Als Joanna Drury 1871 in Melbourne von Bord ihres Schiffes aus England geht, ahnt sie noch nicht, was ihr in Australien bevorsteht und in welcher Weise sich ihr Schicksal hier erfüllen wird. Vierzig Jahre zuvor waren ihre Großeltern in Australien gelandet, ein junges Missionarsehepaar, das, auf der Suche nach dem wahren Garten Eden, im Landesinneren mit den Aborigines leben wollte. Vier Jahre später gab es keine Spur mehr von ihnen. Nur ihre kleine Tochter tauchte als verstörtes Kind, versehen mit wenigen geheimnisvollen Habseligkeiten, wieder an der Küste auf und wurde zurück nach England gebracht. Sie war die Mutter von Joanna, die nun die Spuren ihrer Familie finden will. Auf der Suche nach ihrem eigenen Traumpfad stößt Joanna bis in das unerforschte Herz des Fünften Kontinents vor…

Barbara Wood ist international als Bestsellerautorin bekannt. Allein im deutschsprachigen Raum liegt die Gesamtauflage ihrer Romane weit über 14 Millionen, mit Erfolgen wie ›Rote Sonne, schwarzes Land‹, ›Traumzeit‹, ›Kristall der Träume‹ und ›Dieses goldene Land‹. 2002 wurde sie für ihren Roman ›Himmelsfeuer‹ mit dem Corine-Preis ausgezeichnet. Barbara Wood stammt aus England, lebt aber seit langem in den USA in Kalifornien.
Ihr Gesamtwerk liegt im Fischer Taschenbuch Verlag vor.

BARBARA WOOD

TRAUMZEIT

ROMAN

Aus dem amerikanischen Englisch von
Manfred Ohl und Hans Sartorius

FISCHER Taschenbuch

Aus Verantwortung für die Umwelt hat sich der S. Fischer Verlag zu einer nachhaltigen Buchproduktion verpflichtet. Der bewusste Umgang mit unseren Ressourcen, der Schutz unseres Klimas und der Natur gehören zu unseren obersten Unternehmenszielen.

Gemeinsam mit unseren Partnern und Lieferanten setzen wir uns für eine klimaneutrale Buchproduktion ein, die den Erwerb von Klimazertifikaten zur Kompensation des CO_2-Ausstoßes einschließt.

Weitere Informationen finden Sie unter:
www.klimaneutralerverlag.de

MIX
Papier aus verantwortungsvollen Quellen
FSC® C083411
FSC
www.fsc.org

2. Auflage: Dezember 2020

Erschienen bei FISCHER Taschenbuch
Frankfurt am Main, Januar 2021

Die amerikanische Originalausgabe erschien unter dem Titel ›The Dreaming‹ im Verlag Random House, Inc., New York

Druck und Bindung: CPI books GmbH, Leck
Printed in Germany
ISBN 978-3-596-70096-7

Teil Eins

1871

Kapitel Eins

1

Joanna träumte.
Sie sah sich am Arm eines hübschen jungen Offiziers, war dankbar für den Halt, den er ihr bot, doch über dieses Gefühl hinaus unempfindlich gegenüber seiner fürsorglichen Aufmerksamkeit. Sie nahm auch die englischen Soldaten in ihren schnittigen Uniformen und die vornehmen Damen in den eleganten Kleidern und Häubchen nicht wahr. Offiziere zu Pferde hoben die Säbel zum Salut, als man die beiden Särge in die Gräber gleiten ließ. Joannas Gedanken kreisten nur um eines: Sie hatte die beiden einzigen Menschen verloren, die sie liebte, mit achtzehn Jahren stand sie plötzlich allein auf der Welt.
Die Soldaten legten die Gewehre an und feuerten in die Luft. Joanna hob überrascht den Kopf, als über ihr der blaue Himmel aufriß. Durch den schwarzen Schleier vor ihrem Gesicht sah sie die Sonne – viel zu groß, viel zu heiß und der Erde zu nahe.
Als der Regimentskommandant an den Gräbern von Sir Petronius und Lady Emily Drury den Nachruf verlas, sah ihn Joanna erstaunt an. Weshalb sprach er so undeutlich? Sie verstand seine Worte nicht. Sie betrachtete die Menschen, die ihren Eltern die letzte Ehre erwiesen. Von den Dienstboten bis zu den höchsten Rängen des Heeres und indischer Würdenträger waren sie alle erschienen. Niemand außer ihr selbst schien die Rede des Kommandanten als undeutlich oder ungewöhnlich zu empfinden.
Joanna spürte, daß etwas nicht stimmte, und plötzlich hatte sie Angst.
Dann erstarrte sie. Am Rand der Menschenmenge sah sie einen Hund.
Dieser Hund hatte ihre Mutter umgebracht.
Aber man hatte das Tier doch erschossen! Joanna war mit eigenen Augen

Zeuge, als ein Soldat das Tier tötete! Und doch war dieser Hund wieder da. Seine schwarzen Augen schienen sie zu durchbohren. Als er sich jetzt geduckt und drohend in ihre Richtung bewegte, wollte Joanna schreien. Aber sie konnte nicht schreien.
Der Hund rannte in großen Sätzen auf sie zu, er sprang, aber anstatt sie anzugreifen, flog er geradewegs in den Himmel, begann zu glühen, explodierte und wurde zu zahllosen heißen, weißen Sternen.
Die Sterne kreisten am Himmel wie ein strahlendes Karussell von überwältigender Schönheit und majestätischer Macht.
Dann formten sich die Sterne am Himmel zu einem langen, gewundenen und mit Diamanten gepflasterten Weg. Doch eigentlich war es kein richtiger Weg, denn er bewegte sich.
Aus dem Weg wurde eine riesige Schlange, die über den tiefschwarzen Nachthimmel glitt.
Der diamantene Körper der Schlange funkelte und leuchtete in den Farben des Regenbogens. Er entrollte sich langsam und kroch auf sie zu. Joanna spürte, wie die kalte Hitze des Sternenfeuers sie erfaßte. Der gewaltige Schlangenleib wurde größer, immer größer, bis sie mitten auf dem Kopf der Sternenschlange ein einziges feurig leuchtendes Auge sah. Die Schlange öffnete das Maul, und Joanna sah den schwarzen Schlund – ein Tunnel des Todes, der sie verschlingen wollte.
Sie schrie.

Joanna schlug die Augen auf und wußte zuerst nicht, wo sie sich befand. Dann spürte sie das sanfte Wiegen des Schiffs und sah im schwachen Licht die Wände der Kabine. Jetzt erinnerte sie sich: Sie war an Bord der *Estella* auf dem Weg nach Australien.
Sie setzte sich auf und griff nach den Streichhölzern, die auf dem kleinen Tisch neben ihrem Bett lagen. Ihre Hände zitterten so heftig, daß sie die Lampe nicht anzünden konnte. Sie legte sich das Umschlagtuch um die Schultern, stand auf und ging zum Bullauge. Mit Mühe gelang es ihr schließlich, es zu öffnen. Die kalte Meerluft strich ihr über das glühende Gesicht. Sie schloß die Augen und versuchte, sich zu beruhigen.
Der Traum war so wirklich gewesen.
Sie holte tief Luft und fand die vertrauten Geräusche des Schiffs tröstlich – das Quietschen der Takelage und das Knarren der Masten. Langsam

kehrte sie in die Wirklichkeit zurück. »Es war nur ein Traum«, murmelte sie leise, »wieder ein Traum . . .«
»Sind Träume unsere Verbindung mit der geistigen Welt?« hatte Joannas Mutter, Lady Emily, in ihr Tagebuch geschrieben. »Sind sie Botschaften oder Warnungen oder geben sie Antworten auf die Geheimnisse dieser Welt?«
»Ich wünschte, ich wüßte es, Mutter«, flüsterte Joanna und starrte auf das endlose Meer, das sich bis zu den Sternen erstreckte.
Sie hatte die Sterne über Indien immer als strahlend und überwältigend empfunden. Aber jetzt fand Joanna, sie seien nicht mit dem einzigartigen Schauspiel an diesem nächtlichen Himmel zu vergleichen. Die Sterne bildeten Formationen, die sie noch nie gesehen hatte. Die vertrauten Sternbilder ihrer Kindheit waren verschwunden. Neue leuchteten jetzt über ihr, denn sie befand sich inzwischen bereits in der südlichen Hemisphäre.
Joanna dachte über den Traum nach und über seine mögliche Bedeutung. Es war verständlich, daß sie von dem Begräbnis träumte und auch von dem Hund. Aber wieso träumte sie von einer Sternenschlange und weshalb die Angst? Warum schien die Schlange sie vernichten zu wollen?
Wenige Wochen vor ihrem Tod hatte Lady Emily in ihr Tagebuch geschrieben: »Träume quälen mich. Ein ständig wiederkehrender Alptraum, für den ich keine Erklärung habe, macht mir unerträgliche Angst. Die anderen Träume sind seltsame Bilder von Ereignissen, die mich zwar nicht beängstigen, die mir aber unglaublich wirklich zu sein scheinen. Handelt es sich dabei um verlorene Erinnerungen? Taucht auf diese Weise endlich langsam meine Kindheit wieder auf? Wenn ich es nur wüßte! Ich spüre, daß die rätselhaften Träume die Antwort auf mein Leben enthalten. Ich muß diese Antwort bald finden, oder ich werde sterben.«
Geräusche, die über das Wasser drangen, rissen Joanna aus ihren Gedanken. Sie hörte die Stimme eines Mannes aus der Dunkelheit: »Schlag, Schlag, Schlag«, und das rhythmische Eintauchen von Rudern ins Wasser. Joanna fiel wieder ein, daß die *Estella* in einer Flaute lag.
»So etwas habe ich noch nie erlebt«, hatte der Kapitän am Vortag zu ihr gesagt. »In all den Jahren zur See bin ich auf diesen Breiten noch nie in eine Windstille geraten. Ich kann es mir absolut nicht erklären. Ich muß

wohl die Barkassen zu Wasser lassen und sehen, ob meine Männer uns mit Rudern aus dem Windloch herausbringen können.«

Joannas Angst stellte sich wieder ein.

Sie hatte gewußt, daß es so kommen würde. Sie hatte es geahnt. Bereits in dem Sanatorium in Allahabad, wo sie sich nach dem plötzlichen und unerwarteten Tod der Eltern ein paar Wochen erholte, hatte sie von dieser bedrohlichen Windstille geträumt.

Warum . . . ? Sie fröstelte unter dem Umschlagtuch und dachte: Kann das, was meine Mutter quälte und schließlich tötete, auch mich bis hierher auf dieses Meer verfolgen?

»Du mußt nach Australien fahren«, hatte Lady Emily wenige Stunden vor ihrem Tod zu Joanna gesagt. »Du mußt die Reise allein machen, die wir zusammen vorhatten. Etwas vernichtet uns. Du mußt die Ursache finden und dem Unheil ein Ende setzen, sonst wird dein Leben wie das meine enden – zu früh, und ohne daß jemand weiß, warum.«

Joanna wandte sich vom Bullauge ab und sah sich in der winzigen Kabine um. Als wohlhabende junge Frau konnte sie sich für die lange Fahrt von Indien nach Australien eine Einzelkabine leisten. Jetzt war sie dafür sehr dankbar. Sie wollte auf dieser Reise niemanden in der Kabine bei sich haben. Sie mußte mit ihrer Trauer allein sein. Sie brauchte Zeit, das zu verstehen, was ihrer Familie und ihr selbst zugestoßen war. Sie mußte langsam begreifen, was sie eigentlich auf die andere Seite der Welt führte und in ein Land, von dem sie so wenig wußte.

Joanna blickte auf die Papiere, die auf dem kleinen Sekretär lagen. Sie enthielten ein altes Erbe, das Erbe von Großeltern, die sie nie gekannt hatte. Joanna hatte versucht, diese Papiere zu entziffern, so wie ihre Mutter versucht hatte, ihre Bedeutung zu verstehen. Auf dem Sekretär lag auch das Tagebuch ihrer Mutter – Lady Emilys ›Leben‹, ein Buch voll von ihren Träumen, Ängsten und vergeblichen Bemühungen, das Geheimnis ihres Lebens zu enthüllen: die verlorenen Jahre, an die sie keine Erinnerungen besaß, und die Alpträume, die offenbar eine beängstigende Zukunft prophezeiten. Dort lag auch eine Grundbesitzurkunde – auch sie gehörte zu dem Erbe, das jene Großeltern Joanna hinterlassen hatten. Niemand wußte, wo sich das in der Urkunde bezeichnete Land befand, und weshalb die Großeltern es gekauft oder ob sie dort gelebt hatten.

»Aber ich spüre es deutlich, Joanna«, sagte Lady Emily am Ende ihres

Lebens, »die Antwort zu allen Fragen liegt an diesem Ort, den diese Urkunde nennt. Das Land befindet sich irgendwo in Australien. Vielleicht bin ich dort geboren worden. Ich weiß es nicht. Manchmal frage ich mich, ob die Frau, die ich in meinen Träumen sehe, dort ist oder einmal dort war. Es ist denkbar, daß meine Mutter noch dort ist, daß sie noch lebt. Aber das wäre sehr unwahrscheinlich. Ich weiß nur, man nannte den Ort Karra Karra. Du mußt ihn suchen, Joanna, damit meine Seele Ruhe findet. Du mußt ihn suchen, um dich zu retten, aber auch um deine zukünftigen Kinder zu retten.«

Mich retten? Uns retten?

Wovor, dachte Joanna bekümmert. Was hat das alles nur zu bedeuten?

Auf dem Sekretär lag außerdem ein Brief – ein zorniger Brief, in dem stand: »Du sprichst von einem Fluch. Das ist eine Versündigung an Gott.« Der Brief trug keine Unterschrift, aber Joanna wußte, er stammte von ihrer Tante Millicent, die Joannas Mutter, Emily Drury, großgezogen hatte. Tante Millicent hatte sich angstvoll geweigert, mit der Tochter ihrer Schwester über die Vergangenheit zu sprechen. Und dann stand auf dem Sekretär noch eine Miniatur von Lady Emily – das Bildnis einer schönen Frau mit traurigen Augen. Wie fügten sich diese Dinge in das Rätsel ihres tragischen Todes? Und was haben sie mit meinem Schicksal zu tun? dachte Joanna.

»Ich weiß nicht, weshalb Ihre Mutter stirbt«, hatte der Arzt zu Joanna gesagt, »das zu verstehen, übersteigt mein Wissen und meine Fähigkeiten. Sie ist nicht krank, und doch scheint sie zu sterben. Ich glaube, es ist weniger ein Leiden des Körpers als des Geistes. Aber ich finde keine Erklärung dafür und kann auch keine Ursache benennen.«

Einige Tage vor diesem Gespräch war ein tollwütiger Hund auf dem Garnisonsgelände aufgetaucht, wo ihr Vater stationiert war. Der Hund entdeckte Joanna, die sich vor Angst erstarrt hilflos an eine Mauer drückte. In diesem Augenblick erschien Lady Emily und stellte sich zwischen ihre Tochter und den Hund. Das tollwütige Tier wollte angreifen und setzte zum Sprung an. Ein Soldat sah die Gefahr, zielte, schoß, und der Hund fiel tot vor ihren Füßen zu Boden.

»Lady Emily hat alle Symptome der Tollwut, Miss Drury«, erklärte der Arzt, »aber der Hund hat Ihre Mutter nicht gebissen. Ich verstehe nicht, weshalb die Symptome bei ihr auftreten.«

Joanna blickte aus dem Bullauge auf das dunkle Meer. Sie hörte, wie die Männer in den Booten versuchten, das Schiff wie ein riesiges, hilfloses blindes Wesen durch die Nacht zu ziehen. Und sie dachte daran, wie ihre Mutter im Sterben gelegen hatte und sich nicht gegen die Macht wehren konnte, die sie tötete. Nur wenige Stunden nach dem Tod seiner geliebten Frau hatte ihr Mann, Oberst Petronius, den Dienstrevolver an seine Schläfe gesetzt und abgedrückt.

»Unheimliche Kräfte sind am Werk, meine liebste Joanna«, hatte Lady Emily gesagt, »sie erheben nach all den vielen Jahren Anspruch auf mich. Sie werden auch auf dich Anspruch erheben. Bitte ... geh nach Australien. Finde heraus, was geschehen ist, und verhindere, daß dieses schleichende Gift auch dich tötet ... Was immer es sein mag, verhindere, daß dieser Fluch auch dich trifft.«

Joanna erinnerte sich an das, was die Mutter ihr vor langer Zeit anvertraut hatte. »Ein Kapitän brachte mich zu Tante Millicent nach England, als ich vier Jahre alt war«, erzählte Lady Emily damals. »Ich war auf seinem Schiff gewesen, das offenbar aus Australien kam. Ich hatte nur wenig bei mir. Ich war stumm. *Ich konnte nicht sprechen.* Ich kann mir nur vorstellen, daß die Ereignisse in Australien, an die ich mich nie erinnern konnte, im wahrsten Sinne des Wortes unaussprechlich gewesen sein müssen.

Millicent sagte, es habe Monate gedauert, bis ich überhaupt ein Wort über die Lippen brachte. Joanna, es ist wichtig zu erfahren, warum das so war, und was unserer Familie in Australien zugestoßen ist.«

Vor einem Jahr dann, nach Lady Emilys neununddreißigstem Geburtstag, begannen Träume sie zu quälen, und sie glaubte, es könne sich dabei um Erinnerungen an die verlorenen Jahre ihrer Kindheit handeln. Sie schilderte diese Träume in ihrem Tagebuch: »Ich bin ein kleines Kind. Eine junge Frau hält mich in den Armen. Sie hatte eine sehr dunkle Haut. Menschen stehen um uns herum. Wir alle warten schweigend auf etwas. Wir blicken auf eine Art Höhle. Ich beginne zu reden, aber man sagt mir, daß ich schweigen soll. Irgendwie weiß ich, daß wir auf meine Mutter warten. Ich möchte, daß sie kommt. Ich habe große Angst um sie ... Ich spüre die heiße Sonne auf meinem Körper. Ich frage mich, ob das eine Erinnerung an meine Jahre in Australien ist. Aber was bedeutet dieser Traum?«

Joanna blickte zu den Sternen am Himmel auf und suchte das Kreuz des

Südens. Seine Spitze deutete nach Australien, das nur noch wenige Tage entfernt lag. Joanna war entschlossen, dorthin zu gehen und die Antworten zu finden. Als sie am Bett ihrer Mutter gesessen und mit angesehen hatte, wie die schöne Lady Emily an einer rätselhaften Krankheit starb, dachte Joanna: Jetzt ist es vorbei. Mutter, deine jahrelangen Alpträume, die namenlosen Ängste – alles ist vorbei. Jetzt hast du Frieden.

Aber im Sanatorium, wo Joanna sich nach dem Tod der Eltern von dem Schock erholte, hatte sie einen Traum: Sie befand sich auf einem Schiff mitten auf dem Meer. Das Schiff lag in einer Flaute. Die Segel hingen schlaff an den Masten, und der Kapitän erklärte seiner Mannschaft, Wasser und Lebensmittel seien bedenklich knapp. Und im Traum hatte Joanna irgendwie gewußt, daß sie der Grund für diese Flaute war.

Sie war voller Entsetzen aufgewacht und hatte im selben Augenblick erkannt, was immer Lady Emily das ganze Leben über verfolgt haben mochte, war nicht mit ihr gestorben. Es war nun das Erbe ihrer Tochter.

Während Joanna hörte, wie die Matrosen sich in der Dunkelheit in die Riemen legten und versuchten, die *Estella* aus der Windstille zu schleppen, überkam sie plötzlich das Gefühl, sie habe keine Zeit zu verlieren. Die Dringlichkeit ihrer Aufgabe wurde ihr in aller Deutlichkeit bewußt. Es konnte kein Zufall sein – der Traum und das Schiff in der Flaute. Es war also doch etwas Wahres an den dunklen Geheimnissen, die ihre Mutter so gequält hatten. Joanna blickte in die Nacht und versuchte, sich den Kontinent vorzustellen, der nur wenige Tage entfernt lag: Australien! Dort warteten möglicherweise die Geheimnisse der Vergangenheit und die ihrer Zukunft.

2

»Melbourne! Der Hafen von Melbourne! Meine Damen und Herren, machen Sie sich bereit, von Bord zu gehen!«

Joanna stand mit den anderen Passagieren an Deck und sah, wie der Hafen von Melbourne näher kam. Sie wollte möglichst schnell von Bord und weg von der kleinen Kabine. Sie warf einen Blick über die Menschenmenge, die sich zur Ankunft des Schiffes am Kai versammelt hatte, dann hob sie den Kopf und betrachtete die nicht weit vom Hafen entfernte Silhouette der Stadt. Joanna fragte sich beklommen, ob sie dort hinter den Gebäuden und Kirchtürmen die Antworten finden würde, die ihre Mutter gesucht hatte. Vielleicht lagen sie auch irgendwo im Innern eines Landes, das für Tausende von Jahren nur von Nomaden, von den Aborigines, bewohnt worden war. Sie wünschte, das Herz wäre ihr in diesem Augenblick nicht so schwer gewesen.

Die Landungsbrücke wurde am Schiffsrumpf befestigt. Dann versammelten sich die Offiziere des Schiffs und verabschiedeten sich von den Passagieren. Als Joanna den Kopf hob und zum Himmel aufblickte, mußte sie sich an der Reling festhalten, so überwältigend war das strahlende Licht. Eine solche Kraft und Intensität hatte sie noch nicht erlebt – das war nicht die heiße, sinnliche Sonne Indiens, unter der sie aufgewachsen war, auch nicht das sanfte, dunstige Licht Englands, das sie als Kind erlebt hatte. Australiens Sonne war groß, stark und klar. Und Joanna empfand die grellen, durchdringenden Strahlen beinahe als aggressiv.

Sie entdeckte eine Gruppe Männer, dem Aussehen nach Arbeiter, die schnell die Gangway heraufstiegen. An Deck angelangt, griffen sie nach den Gepäckstücken und versprachen den Passagieren, ihnen die Sachen für nur einen oder zwei Penny an Land zu tragen. Ein junger Schwarzer näherte sich Joanna. »Ich mach' das für Sie, Miss«, erklärte er und griff nach ihrem Schrankkoffer. »Ich verlange nur sechs Pennys. Wohin wollen Sie?«

Sie sah ihn mit großen Augen an. Es war ihre erste Begegnung mit einem Aborigine, einem der australischen Ureinwohner. Ihr ganzes Leben lang hatte sie von diesen Menschen gehört. »Ja«, sagte sie nach kurzem Zögern. »Bitte bringen Sie mein Gepäck hinunter zum Kai.«

Der Mann packte den Griff an einem Ende des Koffers und hob ihn hoch. Er lächelte Joanna an. Dann verschwand sein Lächeln, und er musterte sie plötzlich eingehend. Seine Augenlider zuckten, er ließ den Koffer los und drehte sich auf dem Absatz um. Er griff nach dem Korb, mit dem sich eine ältere Frau abmühte. »Soll ich Ihnen den Korb tragen, Lady?« fragte er, und als die Dame nickte, folgte er ihr über das Deck und entfernte sich von Joanna.

Ein Träger der Reederei kam mit einem kleinen zweirädrigen Karren auf sie zu. »Darf ich Ihren Koffer an Land bringen, Miss?« fragte er.

»Was hat das zu bedeuten?« fragte sie und wies auf den Aborigine.
»Nehmen Sie es nicht persönlich, Miss. Vermutlich war ihm der Koffer zu schwer. Diese Menschen halten nicht viel von richtiger Arbeit. Ich werde Ihnen das Gepäck hinunterbringen.«
Sie folgte dem Mann die Gangway hinunter und drehte sich noch einmal verwirrt nach dem Ureinwohner um. Aber er schien wie vom Erdboden verschluckt zu sein.
»Da wären wir, Miss«, sagte der Träger, als sie am Kai standen. »Werden Sie abgeholt?«
Sie sah auf die vielen Menschen, von denen einige den ankommenden Passagieren zuwinkten, und dachte an einen Tagebucheintrag ihrer Mutter. Lady Emily hatte dort geschrieben: »Manchmal frage ich mich, ob irgendwo in Australien noch jemand von meiner Familie lebt – meine Eltern vielleicht?«
Joanna gab dem Mann ein paar Münzen und sagte: »Nein. Nein, ich werde nicht abgeholt.«
Inmitten der aufgeregten Menschenmenge zwang sich Joanna, darüber nachzudenken, was als nächstes zu tun war. Zuerst brauchte sie eine Unterkunft. Sie mußte irgendwie mit dem für ihren Lebensunterhalt ausgesetzten Geld zurechtkommen, denn das ganze Erbe würde man ihr erst in zweieinhalb Jahren auszahlen. Als nächstes würde sie jemanden suchen müssen, der ihr half, den Grundbesitz ihrer Familie ausfindig zu machen, und jemanden, der noch etwas über die Verhältnisse in Australien vor siebenunddreißig Jahren wußte.
Plötzlich hörte Joanna hinter sich lautes Geschrei. Jemand rief: »Haltet ihn! Haltet den Jungen!«
Sie drehte sich um und sah an Deck einen kleinen Jungen, der wie ein Blitz durch die Menge rannte. Er konnte höchstens vier oder fünf sein. Ein Steward verfolgte ihn erst in die eine und dann in die andere Richtung.
»Haltet ihn!« rief der Mann atemlos. Als die Leute das Kind festhalten wollten, drehte der Kleine sich blitzschnell um, stürmte die Gangway hinunter und dicht an Joanna vorbei.
Sie sah, wie der Junge mit seinen dünnen Beinchen in seiner kurzen Hose ziellos hin und her rannte. Als der Steward ihn schließlich einholte, ließ er sich fallen und begann, den Kopf auf den Boden zu schlagen.

»Aber, aber!« rief der Mann, packte den Jungen am Kragen und schüttelte ihn. »Hör damit auf!«
»Warten Sie!« sagte Joanna, »Sie tun ihm weh!«
Sie kniete sich neben den Jungen, der sich im Griff des Stewards wand, und sah, daß er sich die Stirn aufgeschlagen hatte. »Hab keine Angst«, beruhigte sie ihn, »niemand wird dir etwas tun.« Sie öffnete die Tasche, holte ein Tuch heraus und betupfte sanft die Wunde. »Siehst du«, sagte sie, »jetzt tut es nicht mehr weh.«
Sie sah den Steward an. »Was ist denn geschehen?« fragte sie. »Er hat schreckliche Angst.«
»Tut mir leid, Miss, ich weiß es nicht. Und ich bin auch kein Kindermädchen. Man hat ihn in Adelaide an Bord gebracht, und jemand mußte sich um ihn kümmern. Er war in den letzten Tagen unter Deck und hat mir nichts als Ärger gemacht. Er wollte nichts essen, nicht reden ...«
»Wo sind seine Eltern?«
»Weiß ich nicht, Miss. Ich weiß nur, er hat mir nur Ärger gemacht und soll hier von Bord. Jemand wird ihn abholen.«
Joanna bemerkte, daß am Hemd des Jungen mit einer Sicherheitsnadel ein Geldschein und ein Blatt Papier festgesteckt waren. Auf dem Papier stand: ADAM WESTBROOK. »Heißt du Adam?« fragte sie. »Adam?«
Der Junge starrte sie an, sagte aber nichts.
Der Steward machte Anstalten, sich den Geldschein zu nehmen. »Ich glaube, nach all der Mühe, die ich mit ihm hatte, habe ich das wohl verdient.«
»Das Geld gehört ihm«, sagte Joanna. »Nehmen Sie es ihm nicht weg.«
Der Steward sah sie verblüfft an, betrachtete das hübsche Gesicht der jungen Dame und hörte an ihrer Stimme, daß sie gewohnt war, Befehle zu geben. Er bemerkte das teure Kleid, und als er den Anhänger an ihrem Schrankkoffer sah, der verriet, daß sie erster Klasse gereist war, kam er zu dem Schluß, sie müsse eine Dame der besseren Gesellschaft sein. »Sie haben vermutlich recht«, sagte er. »Wissen Sie, ich habe nichts gegen Kinder. Aber er war wirklich eine Zumutung. Die ganze Zeit hat er nur geweint und solche Ausbrüche gehabt. Und er wollte nicht reden – nicht ein einziges Wort! Also, ich muß wieder an Bord.« Ehe Joanna etwas erwidern konnte, übergab ihr der Steward ein Bündel und verschwand in der Menge.

Joanna betrachtete den Jungen aufmerksam. Er hatte ein blasses, sehr zartes Gesicht. Sie dachte: Wenn ich ihn hochhebe und gegen das Licht halte, kann ich durch ihn hindurchsehen. Warum war er allein auf dem Schiff? Und welches Unglück, welche schreckliche Qual hat ihn jetzt dazu getrieben, sich selbst zu verletzen . . . ?

Plötzlich hörte Joanna die Stimme eines Mannes. »Entschuldigen Sie, Miss, aber ist das Adam?«

Sie hob den Kopf und sah einen gutaussehenden Mann vor sich. Er hatte ein kantiges Kinn, eine gerade Nase und von der Sonne eingebrannte Fältchen um die rauchgrauen Augen.

»Ich bin Hugh Westbrook«, sagte er und zog den Hut. »Ich möchte Adam abholen.« Er lächelte sie an, dann kniete er sich vor Adam: »Hallo, Adam. Es ist ja gut. Ich bin gekommen, dich nach Hause zu bringen.«

Ohne den Hut glaubte Joanna eine Ähnlichkeit zwischen dem Jungen und dem Mann zu sehen – der gleiche Mund, eine schmale Oberlippe und eine vollere Unterlippe. Und als der Mann das Kind ernst ansah, erschien zwischen seinen Augenbrauen die gleiche senkrechte Falte wie bei dem Jungen.

»Ich nehme an, du hast Angst, Adam«, sagte Westbrook. »Es ist alles in Ordnung. Dein Vater war mein Vetter. Wir sind also miteinander verwandt. Du bist auch mein Vetter.« Er streckte die Hand aus, aber Adam wich zurück und drückte sich an Joanna.

Westbrook hatte ein in braunes Packpapier gewickeltes Paket bei sich. Er löste die Schnur und sagte: »Hier, das habe ich für dich gekauft. Ich dachte, du möchtest vielleicht etwas Neues anziehen . . . So etwas, wie wir auf Merinda tragen. Hat dir deine Mutter von meiner Schaffarm Merinda erzählt?«

Als der Junge nicht antwortete, erhob sich Hugh Westbrook und sagte zu Joanna: »Das habe ich in Melbourne gekauft.« Er hielt ein Jäckchen in der Hand, das um Stiefel und einen Hut gewickelt gewesen war. »In dem Brief stand nichts Genaues darüber, was der Kleine vielleicht brauchen würde. Aber vorerst reicht es. Und später kann ich dir mehr kaufen. Hier, das ist für dich«, sagte er und hielt Adam das Jäckchen hin. Aber der Junge stieß nur einen seltsamen Schrei aus und verbarg den Kopf in seinen Armen.

»Bitte«, sagte Joanna, »bitte, lassen Sie mich ihm helfen.« Sie nahm das

Jäckchen und zog es dem Jungen an. Aber es war zu groß. Adam schien darin zu verschwinden.
»Und wie ist es damit?« fragte Westbrook und setzte dem Jungen den Hut auf den Kopf. Er rutschte Adam über Augen und Ohren bis auf die Nase.
»Na ja«, meinte Joanna.
Westbrook sah sie an: »Ich hätte nicht gedacht, daß er noch so klein ist. Er wird im Januar fünf. Ich habe keine Erfahrung mit Kindern und sehe jetzt, daß ich mich verschätzt habe.« Er sah Adam nachdenklich an und sagte dann zu Joanna: »Ich dachte, der Junge würde für sich selbst sorgen können. Ich habe keine Ahnung, was ein so kleines Kind braucht. Auf der Farm arbeiten wir den ganzen Tag. Wie ich sehe, braucht Adam viel Zuwendung.«
Joanna blickte auf das Kind hinunter und auf die Platzwunde an seiner Stirn. »Er leidet sehr«, sagte sie. »Was ist mit ihm passiert?«
»Ich weiß es nicht genau. Sein Vater ist vor einigen Jahren tödlich verunglückt. Damals war Adam noch ein Baby. Und vor kurzem ist seine Mutter gestorben. Die Behörden haben mich benachrichtigt und mir mitgeteilt, daß Adam plötzlich verwaist ist. Sie haben angefragt, ob ich als sein nächster Angehöriger bereit sei, ihn aufzunehmen.«
»Der arme Junge«, murmelte Joanna und legte ihm die Hand auf die Schulter. »Wie ist seine Mutter denn gestorben?«
»Das weiß ich nicht.«
»Ich hoffe, er war nicht dabei. Er ist noch so jung. Aber etwas scheint schreckliche Spuren bei ihm hinterlassen zu haben. Was hast du denn erlebt, Adam?« fragte ihn Joanna. »Sag es uns bitte. Weißt du, es wird dir helfen, wenn du darüber sprichst.«
Aber der Junge starrte mit großen Augen auf einen riesigen Kran, der Fracht von einem Schiff entlud.
Joanna sagte zu Westbrook: »Meine Mutter erlitt einen Schock, als sie noch ein kleines Kind war. Sie hatte etwas Schreckliches mit angesehen, und das hat sie ihr ganzes Leben lang verfolgt. Niemand konnte ihr helfen, niemand ihren seelischen Schmerz verstehen und ihr die Liebe und die Zuneigung schenken, die sie brauchte. Sie wuchs bei einer Tante auf, der das notwendige Mitgefühl fehlte, und vermutlich ist ihre seelische Wunde nie verheilt. Ich glaube, sie ist schließlich an den Folgen dieser schrecklichen Kindheitserlebnisse gestorben.«

Joanna legte die Hand unter Adams Kinn und hob sein Gesicht. Sie sah in seinen Augen Qualen und auch Angst. Für ihn scheint das alles ein Alptraum zu sein, dachte sie, für ihn gehören wir alle zu einem schrecklichen Traum.

Sie bückte sich zu dem Jungen: »Du träumst nicht, Adam. Du bist wach. Glaub mir, es ist alles in Ordnung. Man wird für dich sorgen. Niemand will dir wehtun. Ich habe auch schreckliche Träume. Sie verfolgen mich ständig. Aber ich weiß, daß es nur Träume sind, und sie können mir nichts anhaben.«

Westbrook beobachtete Joanna, die begütigend auf den Jungen einredete. Ihm fiel auf, wie sanft sich ihr schlanker Körper Adam zuneigte. Wie die Eukalyptusbäume im Busch, dachte er und mußte lächeln. Und als er sah, wie der Junge sich beruhigte, sagte er: »Vielen Dank für Ihre Hilfe. Das war sehr freundlich von Ihnen. Sie haben es sicher eilig. Wenn Sie abgeholt werden, dann wird man Sie suchen, Miss ...«

»Drury«, sagte sie. »Joanna Drury.«

»Machen Sie hier Ferien, Miss Drury?«

»Nein, ich mache keine Ferien. Meine Mutter und ich wollten zusammen nach Australien kommen. Wir wollten uns um einige Familienangelegenheiten kümmern. Es geht dabei auch um geerbtes Land. Aber sie ist gestorben, bevor wir Indien verlassen haben. Deshalb bin ich jetzt allein hier.« Sie lächelte. »Ich war noch nie in Australien. Schon der erste Eindruck ist überwältigend.«

Westbrook sah sie an und bemerkte zu seiner Überraschung ein Leuchten in ihren Augen, das aber schnell wieder verschwand. Es hatte noch etwas anderes in ihrem Lächeln gelegen, und er begriff, daß es Angst gewesen war. Er hörte die Zurückhaltung in ihrer Stimme, die klang, als seien die Worte eingeübt. Aber dahinter schien sich ein Geheimnis zu verbergen. Hugh mußte sich eingestehen, daß diese Frau ihn faszinierte.

»Wo liegt dieses Land, nach dem Sie suchen?« fragte er. »Ich kenne Australien ziemlich gut.«

»Ich weiß es nicht. Es muß in der Nähe eines Ortes mit dem Namen Karra Karra liegen. Kennen Sie Karra Karra?«

»Karra Karra. Das klingt wie ein Ort der Aborigines. Ist er hier in Victoria?«

»Tut mir leid, ich weiß es nicht.«

Westbrook sah sie erstaunt an. Dann meinte er: »Ich kenne viele Leute in Australien. Ich würde mich freuen, Ihnen zu helfen, das Land zu finden.«

»Das wäre sehr liebenswürdig von Ihnen, Mr. Westbrook. Aber Sie werden Adam sicher schnell nach Hause bringen wollen.«

Er sah, wie sie sich eine Haarsträhne aus der Stirn strich, und die anmutige Geste machte ihn sprachlos. Er warf einen Blick auf die Männer, die sich um die Gangway drängten und die weiblichen Passagiere musterten, die in Australien einwandern wollten. Einige hielten Tafeln mit der Aufschrift: »Suche eine Frau, die kochen kann«, und: »Gesunde Frau gesucht! Ehe nicht ausgeschlossen.« Einige Mutige riefen den Frauen ihre Wünsche zu. Westbrook stellte sich vor, wie es Joanna mutterseelenallein in Melbourne ergehen würde. Es war eine rauhe Siedlerstadt, in der viermal mehr Männer als Frauen lebten. Sie würde den Rücksichtslosen und Unverschämten ausgeliefert sein.

»Miss Drury«, sagte er, »darf ich fragen, wo Sie in Melbourne wohnen werden?«

»Ich werde mir wohl zuerst ein Hotel suchen und dann eine Pension oder eine Wohnung.«

»Ich denke mir, Miss Drury, daß wir uns vielleicht gegenseitig nützlich sein können. Sie brauchen Hilfe, um Australien kennenzulernen, und ich brauche Hilfe mit Adam. Können wir nicht ein Abkommen treffen? Sie helfen mir einige Zeit mit Adam, damit er sich bei uns eingewöhnt, und ich werde dafür sorgen, daß Sie dieses Karra Karra finden. Es wäre nicht für lange. Ich werde in einem halben Jahr heiraten«, sagte er. »Meine Schaffarm Merinda ist nicht gerade luxuriös. Ich glaube, Sie sind sehr viel Besseres gewöhnt. Das Wohnhaus ist eher eine Hütte und besteht im wesentlichen aus einer Veranda und einem Zimmer. Aber Sie können es zusammen mit Adam für sich haben. Ich werde dafür sorgen, daß es Ihnen an nichts fehlt. Ich möchte, daß der Junge sich von Anfang an bei mir wohl fühlt, und bei Ihnen scheint er ruhiger zu werden.«

Als er ihre Unsicherheit spürte, fügte er hinzu: »Ich kann Ihr Zögern verstehen. Aber was haben Sie zu verlieren? Unser Abkommen lautet: Sie kommen mit mir nach Merinda und sorgen ein halbes Jahr für Adam. Ich werde Ihnen helfen, das zu finden, wonach Sie suchen. Australien ist drei Millionen Quadratmeilen groß. Der größte Teil ist noch unerforscht, aber von dem Wenigen, was besiedelt ist, kenne ich das meiste.

Sie werden nicht in der Lage sein, Ihr Ziel allein zu erreichen. Sie brauchen Hilfe. Ich habe viele Freunde, und einer davon ist Anwalt. Ich könnte ihn bitten, nach dem Land zu suchen, das Sie geerbt haben. Denken Sie bitte darüber nach, Miss Drury. Vielleicht kommen Sie auch nur für einen Monat, damit wir einen Anfang finden, und ich werde Ihnen helfen, Ihre Sache in Gang zu bringen. Ich verspreche Ihnen, es wird nichts Unschickliches geschehen. Denken Sie darüber nach, während ich das Fuhrwerk hole.«

Joanna beobachtete ihn, als er in der Menge verschwand. Dann spürte sie eine kleine Hand, die sich in die ihre schob. Adam sah sie mit seinen großen grauen Augen fragend an, und Johanna dachte über diese unerwartete Wendung der Ereignisse nach.

Sie erinnerte sich an alles, was sie geopfert hatte, um hierher zu kommen. Sie hatte soviel zurückgelassen – ihre Freunde in Indien, die Städte, die sie so gut kannte, die Kultur, in der sie aufgewachsen war, und nicht zuletzt den gutaussehenden jungen Offizier, der bei der Beerdigung ihrer Mutter an ihrer Seite stand. Er hatte sie um ihre Hand gebeten...

Plötzlich bekam sie Heimweh. Sie beobachtete, wie die Leute Fuhrwerke und Kutschen bestiegen oder davonritten. Sie sah den dichten Verkehr auf den Straßen, die nach Melbourne führten, und ihr wurde bewußt, daß sie zum ersten Mal in ihrem Leben allein war – eine Fremde unter Fremden in einem unbekannten Land. Ohne die Bitte ihrer Mutter, nach Australien zu fahren, wäre es so einfach für sie gewesen, in Indien zu bleiben.

Sie mußte an den jungen Ureinwohner denken, der an Bord gekommen war. Warum hatte er sie so merkwürdig angesehen und sich geweigert, ihren Koffer zu tragen? Und dann fiel ihr ein, daß sie im Grunde überhaupt keine andere Wahl gehabt hatte, als nach Australien zu kommen.

Sie dachte wieder an Hugh Westbrook und gestand sich erstaunt ein, daß sie ihn eigentlich sehr anziehend fand. Er sah gut aus und war jung – ungefähr dreißig, vermutete sie. Aber es war mehr als das. Joanna kannte nur Männer mit makellosen Uniformen und diszipliniertem, absolut korrektem Benehmen. Selbst der Heiratsantrag des jungen Offiziers war steif und höflich gewesen, als halte er sich genau an eine Dienstvorschrift. Dieser junge Mann hätte nicht im Traum daran gedacht, eine Dame anzusprechen, der er nicht förmlich vorgestellt worden

war. Westbrook dagegen wirkte ungezwungen und ausgeglichen. Er schien seinen eigenen Regeln zu folgen, und das gefiel Joanna.
Er hatte versprochen, ihr bei der Suche nach Karra Karra behilflich zu sein. Sie wußte, jemand mußte ihr helfen. Und er hatte gesagt, ihm sei Australien vertraut. Soll ich ihm auch den anderen Teil der Geschichte erzählen, überlegte sie, soll ich ihm von den Träumen erzählen und den schrecklichen Ereignissen, die ihnen folgen? Nein, das wollte sie nicht – *noch* nicht. Denn sie hatte ja selbst keine Erklärung dafür, war sich unsicher, ob diese Dinge tatsächlich oder nur in ihrer Einbildung existierten.
Als die Erinnerung an den jungen Ureinwohner auf dem Schiff wieder auftauchte – sein seltsamer Blick und die Abruptheit, mit der sich von ihr abgewendet hatte –, schob Joanna diesen Gedanken energisch beiseite. Das tat sie auch mit dem Traum von dem Schiff in der Flaute, der in Erfüllung gegangen war. Sie versuchte, sich statt dessen vorzustellen, wie Hugh Westbrooks Schaffarm sein mochte. Lag sie inmitten von sanften grünen Hügeln und saftigen Weiden wie die Farmen, die sie einst in England gesehen hatte? Standen dort große schattenspendende Eichen? Zirpten Sperlinge in einem Garten hinter der Küche? Oder unterschied sich Hugh Westbrooks Zuhause von den Farmen in England? Joanna hatte über Australien, diesen seltsamen und geheimnisvollen Kontinent, so viel wie möglich gelesen. In diesem Land gab es keine Huftiere, keine großen Raubkatzen. Die Bäume warfen im Herbst nicht die Blätter ab, sondern die Rinde, und einige behaupteten, die Ureinwohner seien die älteste Menschenrasse der Erde. Und plötzlich wurde Joanna neugierig. Ja, sie wollte das alles kennenlernen.
»Nun, Miss Drury? Wie lautet Ihre Antwort?«
Joanna drehte sich um und sah Hugh Westbrook an. Er hatte den Hut nicht wieder aufgesetzt, und ihr fiel auf, daß ihm die Haare kreuz und quer auf dem Kopf lagen. Sie kannte nur pomadisierte Männer, denn die Offiziere achteten sehr darauf, daß ihre geölten Haare immer glatt anlagen. Westbrooks lange Haare fielen locker und wellig in alle Richtungen, als habe er es aufgegeben, sich zu kämmen, und lasse sie wachsen, wie die Natur es wollte.
Joanna spürte den Druck der kleinen Finger in ihrer Hand und erinnerte sich daran, wie verzweifelt dieser kleine Junge den Kopf auf den Boden geschlagen hatte, als versuche er, unaussprechliche Eindrücke zu verja-

gen. Deshalb antwortete sie: »Also gut, Mr. Westbrook. Ich komme für einige Zeit mit Ihnen.«

Er lächelte sie erleichtert an. »Möchten Sie in der Stadt noch etwas besorgen? Vielleicht wollen Sie Ihrer Familie einen Brief schicken und Ihre Adresse mitteilen.«

»Nein«, sagte sie, »ich habe keine Familie.«

Als Westbrook den großen Koffer im Wagen verstaute, öffnete Joanna eine kleinere Tasche. Sie holte eine Flasche und einen sauberen Verband heraus. Dann betupfte sie Adams Wunde.

»Womit behandeln Sie die Wunde?« fragte Westbrook.

»Eukalyptusöl«, erwiderte Joanna. »Es wirkt antiseptisch und beschleunigt die Heilung.«

»Ich wußte nicht, daß es außerhalb Australiens Eukalyptusbäume gibt.«

»Man hat einige nach Indien gebracht, wo ich gelebt habe. Meine Mutter kaufte das Öl bei einem ansässigen Drogisten. Sie hat es oft verwendet. Zu ihren Begabungen gehörten die Medizin und das Heilen.«

»Ich dachte immer, außerhalb von Australien wisse kein Mensch etwas über die Heilkraft von Eukalyptusöl. Natürlich verdanken wir dieses Wissen den Aborigines. Sie benutzten Eukalyptus als Heilmittel schon viele Jahrhunderte, bevor der weiße Mann hierherkam.«

Der Wagen setzte sich langsam in Bewegung. Sie verließen den Kai, die Menschen und die *Estella*. Joanna fragte sich, was sie möglicherweise irgendwo in dem drei Millionen Quadratmeilen großen Land finden würde. Sie dachte an eine geheimnisvolle junge Schwarze, von der ihre Mutter erzählt hatte, weil sie öfter in ihren Träumen aufgetaucht war, dachte auch an die Großeltern, die vor mehr als vierzig Jahren auf diesen Kontinent gekommen waren. Joanna dachte an Träume und Alpträume und daran, welche Bedeutung sie haben mochten. Und sie dachte daran, daß sie an den Ort zurückkehren würde, wo alles seinen Anfang genommen hatte, wo auch die bruchstückhaften Erinnerungen der Mutter ihren Anfang nahmen. Dort hatte etwas begonnen, das ein Ende finden mußte.

Schließlich beschäftigte sich Joanna mit dem Mann neben ihr und dem kleinen verletzten Jungen. Diese Menschen waren unvermutet in ihr Leben getreten. Und plötzlich überkam sie Staunen und das Gefühl einer unbestimmten Angst.

Kapitel Zwei

1

Pauline Downs konnte ihre Hochzeitsnacht kaum erwarten. Während die Näherin die letzten Nadeln an dem eleganten *Peignoir* befestigte, drehte sich Pauline hierhin und dorthin und bewunderte sich in dem hohen Spiegel. Sie konnte kaum ihre Erregung unterdrükken.

Wenn Hugh mich darin sieht!

Es war der allerletzte Schrei – das heißt, es waren nur die Wochen vergangen, die Schnittmuster und Stoff für den Transport von Paris nach Melbourne gebraucht hatten. Der *Peignoir* aus blassem, pfirsichgelbem Satin war mit Valenciennespitze besetzt und hatte die winzigen Knöpfe, die nur das Haus Worth produzieren konnte. Der schimmernde Stoff umspielte Paulines schlanken Leib, betonte die vollen Brüste und die glatte Hüfte. Er umspielte die Füße fast wie eine Schleppe und ließ die große, schlanke Pauline noch größer wirken. Viele Wochen hatte sie gebraucht, um den richtigen Schnitt für diesen *Peignoir* zu finden, den sie in ihrer ersten Nacht mit Hugh Westbrook tragen wollte. Jetzt war er fertig, und Pauline wünschte sich nichts sehnlicher, als daß auch jene Nacht gekommen sei.

Der *Peignoir* war nur ein Teil der riesigen Ausstattung, die sie für ihre Flitterwochen vorbereitete. In der Suite in Lismore, ihrem Haus im westlichen Distrikt, türmten sich die Stoffballen, Modezeitschriften, Schnittmuster und Roben in verschiedenen Stadien der Fertigstellung. Es waren alles keine gewöhnlichen Kleider. Pauline hielt sich nicht für eine gewöhnliche Frau. Sie würde sicherstellen, daß ihre Brautausstattung nach der allerletzten Mode war, auch wenn sie auf der anderen Seite

der Welt in einer Kolonie lebte, die üblicherweise ein paar Jahre hinter der europäischen Mode herhinkte.
Wunderbar, dachte Pauline, als sie einen Blick auf die Kleider warf, die sie als Mrs. Hugh Westbrook tragen würde. Mit den beschwerlichen alten Krinolinen war es endlich vorbei. Aus Europa kam eine völlig neue Mode, und Pauline konnte es nicht erwarten, diese radikal neue Erfindung vorzuführen, die man Tournüre nannte, und die gewagten, hinten gerafften Röcke, die den Saum einige Zentimeter vom Boden hoben. Und erst die Stoffe! Blaue Seide und zimtfarbener Satin mit schwarzem oder goldenem Samt gefaßt und zur Betonung von Hals und Händen mit weißer Spitze besetzt. Ihr platinblondes Haar und die blauen Augen konnten nicht vollkommener dazu harmonieren. Mode gehörte zu Paulines Leidenschaften. Wenn sie sich nach der neuesten kleidete, half ihr das, zu vergessen, daß sie nicht in London war, sondern in einer Kolonialprovinz, die zu Ehren der englischen Königin den Namen Victoria trug.
Pauline gehörte zu Victorias feiner ländlicher Gesellschaft. Sie war auf einer der ältesten und größten Schaffarmen der Kolonie geboren und aufgewachsen. Sie kannte in ihrem Leben nur Luxus. Ihr Vater nannte sie ›meine Prinzessin‹, und sein Sohn Frank mußte ihm versprechen, daß er seiner Schwester auch nach dem Tod des alten Downs ein Leben in Reichtum und Sorglosigkeit ermöglichen werde. Jetzt lebte sie, umsorgt von vielen Dienstboten, mit ihrem Bruder Frank in dem zweistöckigen Herrenhaus der fünfundzwanzigtausend Morgen Land umfassenden Farm im westlichen Distrikt. Paulines Leben kreiste um Fuchsjagden und Wochenendgesellschaften, um festliche Bälle und gesellschaftliche Ereignisse und unterschied sich darin wenig vom Leben des reichen Landadels in England. Frank und seine Schwester gaben in dieser Schicht den Ton an und setzten die Maßstäbe, an denen die anderen sich orientierten. Pauline vertrat den Standpunkt, auch wenn man in einer Kolonie lebe – oder vielleicht gerade deshalb! –, dürfe man unter keinen Umständen ›verwildern‹.
Nur in einem Punkt folgte Pauline nicht der Mode ihrer Zeit: Sie war mit vierundzwanzig noch nicht verheiratet.
Natürlich hatten sich ihr immer wieder Gelegenheiten zur Ehe geboten. Viele Verehrer hatten sich große Hoffnungen gemacht. Aber meist waren es rauhe Männer, die es im Busch zu Reichtum gebracht hatten und

in das Viehzuchtgebiet gekommen waren, um in ihren prächtigen Häusern die großen Herren zu spielen. Das viele Geld hatten ihnen die Schafe eingebracht oder Goldfunde, und einige waren sogar reicher als ihr Bruder. Aber Pauline fand, daß diese Männer keine Manieren und keine Erziehung besaßen. Sie spielten, tranken aus der Flasche und benahmen sich unerträglich vulgär. Sie hatten keine Achtung vor Rang und Namen. Noch schlimmer war, ihnen fehlte der Ehrgeiz, ihr Benehmen zu ändern, denn sie sahen keinen Grund dazu. Hugh Westbrook war anders. Auch er kam aus dem Busch. Er hatte sich als Goldgräber ein kleines Vermögen erworben und gehörte zu den Viehzüchtern, die mit ihren Leuten zur Arbeit hinausritten und selbst die Pfähle für die Zäune in den Boden schlugen. Aber in vieler Hinsicht unterschied er sich von den Männern, die sie kannte. Etwas in Hughs Wesen hatte Pauline schon bei der ersten Begegnung fasziniert. Das war bereits vor zehn Jahren gewesen, als er Merinda kaufte. Damals war Pauline erst vierzehn und Hugh zwanzig.

Sie hatte sich nicht wegen seines guten Aussehens in ihn verliebt. Sie glaubte, daß er mehr besaß als nur Muskeln und ein anziehendes Lächeln. Vor allem war er ehrlich, und das konnte man von den wenigsten Männern im Busch sagen. Außerdem spürte sie in ihm eine besondere Kraft – eine stille Kraft –, die nicht von der Art war, wie sie im prahlerischen und großtuerischen Gehabe der anderen Männer zum Ausdruck kam, die miteinander konkurrierten. Pauline fand, Hugh strahle eine tief wurzelnde, verläßliche und unerschütterliche Kraft aus. Deshalb sah sie weniger den Mann von heute in ihm, sondern den Mann, der er in der Zukunft sein würde.

Als Hugh Merinda gekauft hatte, gab es dort nur eine Rindenhütte und ein paar kranke Schafe. Mit seinen beiden Händen und einem starken Willen war Hugh allein darangegangen, Merinda in mühsamer Arbeit zu einer Farm zu machen, auf die er jetzt stolz sein konnte. Damals hatte Paulines Bruder Frank geglaubt, der junge Queensländer würde Merinda wieder verkaufen, noch bevor das erste Jahr um war. Aber Hugh bewies Frank und allen anderen Viehzüchtern, daß sie sich in ihm getäuscht hatten. Und jetzt, nach zehn Jahren, bestand kein Zweifel daran, daß Hugh Westbrook noch viel mehr erreichen würde.

Wir werden beide zusammen noch mehr erreichen, mein Liebster, dachte Pauline. Wenn andere Hugh sahen, fielen ihnen vielleicht nur die schwieligen Hände und die staubigen Stiefel auf, aber wenn Pauline ihn ansah, dann stand vor ihr der kultivierte Gentleman, der er eines Tages sein würde – denn dazu würde sie ihn machen. Dafür liebte sie ihn.

»Das reicht für heute«, sagte Pauline zu der Näherin. »Gönnen Sie sich eine Pause und trinken Sie eine Tasse Tee. Ach, und würden Sie bitte Elsie sagen, sie soll mir ein Bad einlassen?«

Pauline hatte ihre Hoffnungen auf Hugh Westbrook lange Zeit für sich behalten. Die Gesellschaft im westlichen Distrikt hatte erwartet, sie werde jemanden aus ihrer Klasse heiraten – einen reichen, angesehenen Mann –, aber Pauline hatte sich Hugh in den Kopf gesetzt. Sie sorgte dafür, daß sie ihm bei jeder erdenklichen Möglichkeit begegnete: auf der jährlichen Landwirtschaftsausstellung, bei Tanzfesten und Einladungen auf den umliegenden Farmen, beim Pferderennen und bei ihr zu Hause, wenn Hugh mit ihrem Bruder Frank Probleme der Schafzucht besprach. Und jedesmal, wenn sie ihn sah, wuchs ihr Verlangen. Manchmal erschien er unerwartet auf seinem Pferd. Wenn er dann lächelte und ihr zuwinkte, schlug ihr Herz schneller. Danach konnte Pauline abends nicht einschlafen. Sie stellte sich immer wieder vor, wie es wohl sein mochte, seine Frau zu sein und mit ihm in einem Bett zu liegen ...

An den genauen Zeitpunkt, an dem sie wußte, daß sie ihn heiraten würde, konnte sie sich nicht mehr erinnern. Aber ihre vorsichtige und fein gesponnene Verführung dauerte beinahe drei Jahre. Sie zog Hugh in einen Flirt, der bei ihm den Eindruck erweckte, er habe sie dazu verführt. Man mußte Pauline nicht sagen, wie ihr Haar im Mondlicht wirkte. Deshalb machte sie in mondhellen Nächten Spaziergänge mit Hugh im Garten. Sie wußte auch, wie gut sie aussah, wenn sie mit dem Bogen am Schießstand stand. Deshalb sorgte sie für Hughs Anwesenheit bei den Wettbewerben, an denen sie teilnahm. Als sie von seiner Vorliebe für *Dundee*-Kuchen und Eiercurry erfuhr, fand sie bald ebenfalls großen Geschmack daran. Als Hugh erzählte, sein Lieblingsdichter sei Byron, las Pauline tagelang Byrons Werke.

Schließlich begann Hugh, über die Ehe zu reden. Er wurde dreißig, und immer öfter hörte sie bei ihm den Satz: »Wenn ich verheiratet bin«, oder »Wenn ich Kinder habe«. Da wußte Pauline, die Zeit war gekommen. Doch andere Frauen machten sich ebenfalls Hoffnungen. Pauline zweifelte nicht mehr daran, daß er viel für sie empfand, aber eine eindeutige

Äußerung hatte sie von ihm noch nicht gehört. Und so kam ihr großes Geheimnis in die Welt.
Die gesamte feine Gesellschaft wäre schockiert gewesen, wenn bekannt geworden wäre, was sie getan hatte. Sie hatte Hugh einen Antrag gemacht. Ihre Freundinnen hätten erklärt, ein solches Vorgehen erniedrige eine Dame, und kein Mann sei es wert, sich so schamlos ›wegzuwerfen‹. Pauline hielt es für ein sehr pragmatisches Vorgehen. Die Zeit verging. Mehrere Frauen im Distrikt luden Hugh zum Tee oder zu Ausritten ein und schenkten ihm bei gesellschaftlichen Veranstaltungen ihre Aufmerksamkeit. Pauline sah sich deshalb eines Tages aus ganz praktischen Erwägungen dazu veranlaßt, Hugh zu einem Picknick am Fluß einzuladen – an diesem Tag lag Regen in der Luft. Sie ritten zusammen aus und aßen am Fluß ein köstliches Eiercurry und *Dundee*-Kuchen. Sie sprachen über Schafe, über die Kolonialpolitik, über den aufsehenerregenden Darwin und den neuen Roman von Jules Verne. Und dann öffnete der Himmel seine Schleusen, als habe Pauline es so inszeniert. Sie und Hugh mußten unter den nahen Bäumen Schutz suchen. Aber natürlich wurden sie naß, stolperten auf dem weichen Boden, mußten sich aneinander festhalten, weil sie so ausgelassen lachten. Und dann sagte Pauline: »Weißt du, Hugh, ich finde, wir sollten heiraten.« Er hatte sie daraufhin so fest und leidenschaftlich geküßt, daß Pauline später fand, sein flammender Kuß habe die Blitze in Schatten gestellt, die um sie herum zuckten. Er hatte sie nur einmal geküßt, aber das reichte. Hugh hatte gesagt: »Heirate mich«, und Pauline hatte gewonnen.
Doch nach der offiziellen Verlobung stellte Pauline fest, Hugh auf einen Hochzeitstermin festzulegen, war ebenso schwer, wie einen Wirbelwind festzuhalten. Seine Farm stand immer an erster Stelle: Die Hochzeit konnte nicht im Winter sein, wegen der notwendigen Ausbesserungsarbeiten, hatte er gesagt, auch nicht im Frühling, weil dann die Lämmer geworfen und die Schafe geschoren wurden. Im Sommer hatte er alle Hände voll zu tun mit dem Desinfizieren der Herden und der Zucht, und im Herbst ...
Aber Pauline wies ihn sehr ruhig und sachlich darauf hin, daß der Herbst auf jeder Farm die ruhigste Jahreszeit sei, und so hatten sie sich auf einen Hochzeitstermin im März geeinigt.
Alles verlief planmäßig, bis der Brief von den südaustralischen Behörden eintraf, die Hugh von Adam Westbrooks Schicksal in Kenntnis setzten.

Plötzlich entdeckte Pauline einen dunklen Fleck in ihrer Vision der gemeinsamen Zukunft. Sie und Hugh würden nicht nur für einander dasein, sich nicht leidenschaftlich, spontan und hemmungslos lieben können. Ihr Eheleben begann bereits mit der Last eines Kindes – dem Kind einer anderen Frau. Pauline wollte nicht daran denken, was Hugh mit nach Hause bringen mochte: einen wilden Jungen aus dem Busch. »Du bist nicht verantwortlich für dieses Kind«, hatte sie gesagt, ihre Worte jedoch sofort bedauert, denn Hughs Augen blitzten vor Zorn. Pauline hatte ihm daraufhin schnell versichert, sie werde den Jungen gerne aufnehmen, aber in ihrem Herzen fürchtete sie das Kind.
Sie war noch nicht bereit, Mutter zu sein. Sie wollte sich zuerst daran gewöhnen, eine Ehefrau zu sein. Sie wußte, daß zur Mutterschaft bestimmte Opfer gehörten und ein Leben, das meist bedeutete, die eigenen Bedürfnisse zurückzustellen. Pauline konnte sich nicht vorstellen, wie das Leben einer Mutter aussah. Ihre Mutter war vor vielen Jahren während einer Grippeepidemie gestorben, die auch ihre beiden Schwestern und der jüngere Bruder nicht überlebten. Pauline war mit ihrem älteren Bruder Frank unter der Obhut des Vaters und einer Reihe von Gouvernanten aufgewachsen. Sie wußte nicht, wie eine Beziehung zwischen Müttern und Kindern aussah, und die Beziehung zwischen Müttern und Töchtern konnte sie sich überhaupt nicht vorstellen. Sie wünschte sich eine Tochter. Sie malte sich oft aus, wie es sein würde, ihrer Tochter Reiten und Jagen beizubringen und vor allen Dingen, was es bedeutete, etwas Besonderes zu sein. Pauline glaubte, es erfülle eine Mutter mit großer Befriedigung, eine Tochter zu formen und zu erziehen. Aber die Gefühle zwischen Mutter und Tochter – Liebe, Ergebenheit und Pflichtbewußtsein – schien sie nie ganz verstehen zu können.
»Ihr Bad ist eingelassen«, sagte Paulines Zofe und unterbrach damit ihre Gedanken.
Nach dem ermüdenden, wenn auch aufregenden Tage der Beschäftigung mit Schnittmustern und Stoffen, den Anproben, bei denen sie stillstehen mußte, während die beiden Näherinnen mit Nadeln und Scheren wirkten, freute sich Pauline auf ein langes Bad, das sie in vollen Zügen genießen wollte. Sie war eine sinnliche Frau. Sie ließ sich von den glatten Perlen an ihrem Hals küssen, von der Federboa die nackten Schultern streicheln und überließ sich dem schmeichelnden Luxus von zartem Satin und weichen Spitzennachthemden. Stoffe bereiteten ihr Vergnügen.

Selbst die Härte der in Silber und Gold gefaßten Edelsteine bereitete ihren Fingerspitzen Genuß. Frank war reich genug, seine Schwester mit französischem Champagner zu verwöhnen, und auf ihren Tisch kamen nur die erlesensten Gerichte. Pauline saß stundenlang am Flügel und überließ sich dem Genie eines Chopin und Mozart. Sie ritt tollkühn während der Jagden, nahm die gefährlichsten Hindernisse und sprang über die breitesten Gräben. Sie glühte vor Begeisterung bei dem Gefühl, das Pferd zu beherrschen, durch die Luft zu schweben und das Schicksal herauszufordern. Es gab nicht wenig, das Pauline Downs mit ihren vierundzwanzig Jahren nicht ausgekostet hatte. Es fehlte ihr nur noch das eine – der Gipfel aller Freuden: Sie hatte noch nicht mit einem Mann geschlafen.

Während Pauline sich wohlig im heißen Wasser rekelte und langsam den Schwamm über den Körper gleiten ließ, warf sie einen Blick in den dunstigen Spiegel und sah, daß Elsie, die Zofe, ihr frische Unterwäsche zurechtlegte. Elsie war eine junge hübsche Engländerin, und Pauline wußte, daß sie mit einem der Stallburschen von Lismore ging. Sie sah der Zofe nach, die das Badezimmer verließ, und fragte sich, was Elsie wohl mit ihrem jungen Liebhaber tat, wenn sie alleine war.

Und plötzlich durchzuckte sie Neid.

Sie betrachtete ihr Bild in dem großen Spiegel. Sie sah das, wie sie wußte, schöne Gesicht mit den ebenmäßigen Zügen, das von dichten blonden Locken umrahmt wurde, und dachte: Pauline Downs, die Tochter einer der ältesten und reichsten Familien von Victoria, beneidet ihre Zofe!

Aber, so mußte sie sich eingestehen, es ließ sich nicht leugnen!

Schlafen sie miteinander? überlegte sie. Lieben sie sich, Elsie und ihr hübscher junger Verehrer? Umarmen sie sich jedesmal, wenn sie sich treffen? Laufen sie dann zu einem versteckten Platz, wo sie sich küssen, streicheln und die Hitze, Härte und Weichheit ihrer Körper spüren?

Pauline schloß die Augen und sank tiefer in das heiße Wasser. Sie ließ die Hände über die Schenkel gleiten und spürte wieder das Sehnen. Dieses Sehnen wurde allmählich zu einem körperlichen Schmerz. Es war ein Verlangen, eine Begierde und das unstillbare Bedürfnis, in Hugh Westbrooks Armen zu liegen. Ihre Gedanken kreisten um die Hochzeitsnacht. Sie rief sich den einzigen Kuß an jenem regnerischen Nachmittag am Fluß ins Gedächtnis und spürte wieder seinen harten Körper, der sich

an sie drückte und das Versprechen, das von ihm für zukünftige Liebesnächte ausging.
Bald ist es soweit, dachte Pauline. Nur noch sechs Monate, und ich liege mit Hugh im Bett. Dann werde ich endlich die Ekstase erleben, von der ich schon so lange träume . . .
Die Uhr im Schlafzimmer schlug die volle Stunde, und Pauline wurde plötzlich bewußt, daß es bereits spät war. Frank mußte inzwischen von Melbourne zurück sein und Nachrichten haben, die für sie von größter Bedeutung waren. Hat er Erfolg gehabt? fragte sie sich.
Pauline war fest entschlossen, ihre Hochzeit zu einem Fest zu machen, wie es der westliche Distrikt noch nicht erlebt hatte. Deshalb mußte Frank, dem die *Melbourne Times* gehörte, seinen Einfluß geltend machen und eine weltberühmte Opernsängerin dafür gewinnen, auf ihrer Hochzeit zu singen. Pauline wollte sich nicht mit einer australischen Sängerin begnügen. Mochte die Stimme auch noch so makellos sein, eine Sängerin aus der Kolonie würde die Hochzeit nur zu einem kolonialen Ereignis machen. Aber im Februar sollte die Royal Opera Company im Rahmen einer Tournee in Melbourne sein, und Dame Lydia Meacham, eine umjubelte englische Diva, die von Covent Garden bis Petersburg für ihre klare und bezaubernde Stimme bekannt war, würde auch dabeisein. Pauline hatte Frank wissen lassen, es sei ihr Traum, daß Dame Lydia auf ihrer Hochzeit singe.
Frank konnte sich nicht so recht mit der Idee anfreunden. Außerdem hielt er nicht allzuviel von der Royal Opera Company. »Sie behandeln uns, als seien wir ein unerwünschtes Stiefkind«, erklärte Paulines Bruder immer verärgert, wenn die Opera Company zu einer Tournee in die australischen Kolonien aufbrach. »Sie erscheinen hier mit ihrem vornehmen Getue und ihrer hochgestochenen Art und benehmen sich, als würden sie uns eine große Gunst erweisen.«
Aber das stimmt doch auch, dachte Pauline, denn schließlich sind die Kolonien nun einmal so weit von England entfernt . . .
Sie erinnerte sich an ihre Erlebnisse und Gefühle vor vielen Jahren bei ihrem ersten Ball in England. Es war nahezu eine Katastrophe gewesen! Pauline war sich hoffnungslos altmodisch vorgekommen, und die anderen Mädchen an der London Academy hatten gestaunt, daß sie in Kleidern von vorgestern auf dem Ball erschien. Als sie ihre Verwirrung und Verlegenheit bemerkten, trösteten sie Pauline mit den Worten, es sei

natürlich verständlich, denn sie komme schließlich von so weit her. Man hatte sie mit dieser herablassenden Nachsicht behandelt, die Pauline schließlich als unvermeidlich hinnahm, wenn jemand erfuhr, daß sie aus Australien kam. »Sie kommen eben aus den Kolonien«, sagten die Leute über die Geschwister, und man schien weder sie noch das Land, in dem sie lebten, ernst zu nehmen. Die jungen Mädchen wollten nicht absichtlich grausam sein. Sie brachten nur ganz offen ihre Geringschätzung für jemanden zum Ausdruck, der aus einem so fernen Land kam, aus Kolonien, mit denen sich die Engländer wenig beschäftigten – und wenn sie es taten, dann erschienen ihnen die Menschen von dort rückständig und provinziell.

Damals hatte man Pauline zu ihrem gesellschaftlichen ›Debüt‹ nach London geschickt. Die Töchter der reichen Familien in den Kolonien schickte man zur Ausbildung immer ›nach Hause‹, und zu Hause war England. Paulines Mutter, die auf einer Farm in Neusüdwales aufgewachsen war, hatte in ihrem entsprechenden Alter die lange Reise nach England ebenfalls unternommen. Und Pauline wollte diese Tradition auch mit ihren Töchtern fortsetzen. Sie sollten in England ›debütieren‹, denn das gehörte sich so.

Pauline stieg aus der Wanne und hüllte sich in das Badetuch, das ihr Elsie reichte. Frank muß jeden Augenblick eintreffen, dachte sie ungeduldig, denn sie wollte unbedingt von ihm die ersehnte Nachricht hören. Hatte er Dame Lydia für die Hochzeit engagieren können? Alles sollte perfekt sein: die Trauung, das Hochzeitsfest, die Flitterwochen – ihr Leben.

Pauline lächelte, als ihre Gedanken zu Hugh und der Hochzeitsnacht zurückkehrten. Sie hoffte, es werde ihr gelingen, sie zu einer Nacht der Überraschungen zu machen – für sie beide.

2

»Frank!« rief John Reed und ging zu seinem Freund hinüber, der in Finnegans Pub an der Bar stand. »Seit wann bist du wieder zurück?«

Frank mußte den Kopf heben, um seinen Freund anzusehen. Reed überragte ihn wie die meisten Leute. »Guten Tag, John. Erst seit heute. Ich wollte mir hier ein Glas genehmigen, ehe ich nach Hause reite.« Und ehe

ich mit Pauline rede, dachte er bekümmert, denn er hatte gute, aber auch schlechte Nachrichten. »Wie geht es auf Glenhope?«
»Alles bestens. Ich rechne in diesem Jahr mit einer guten Ausbeute bei der Schur. Hast du Nachrichten von der Expedition ins Landesinnere?«
Frank hatte die unbedeutende *Times* ursprünglich als eine Art Zeitvertreib, als ein Hobby für sich gekauft. Aber die Zeitung entwickelte sich nach Ansicht einiger seiner Freunde sehr schnell zu einer Art Leidenschaft, denn Frank war inzwischen entschlossen, die *Times* so attraktiv zu machen, daß sie es mit allen Zeitungen in Australien aufnehmen konnte. Die *Times* war noch immer klein, aber ihre Auflage wuchs, und das lag in erster Linie am Einfallsreichtum und der Energie ihres mittlerweile vierunddreißigjährigen Besitzers. Er suchte ständig nach neuen Methoden, um den Absatz der Zeitung zu verbessern. Als er zum Beispiel erfuhr, daß der *New York Herald* einen Mann namens Stanley nach Afrika entsandte, um den verschollenen Dr. Livingstone zu suchen, hatte Frank die Idee übernommen, eine Expedition auszurüsten. Seine Leute sollten in das Landesinnere von Australien vorstoßen, um herauszufinden, wie das große, unbekannte Herz des Kontinents aussah.
Viele hatten versucht, den Kontinent von Süden nach Norden zu überqueren. Sie begannen ihre Expeditionen im südlichen Melbourne oder Adelaide und marschierten in Richtung Norden zum Indischen Ozean. Aber vor der endlosen Salzwüste, in der es kein Wasser gab, und wo die Sonne wie in einem Hochofen brannte, mußten sie alle kapitulieren. Frank glaubte, daß irgendwo hinter der flimmernden Hitze, aus der keiner der Abenteurer lebend zurückkehrte, ein großes Binnenmeer lag. Deshalb hatte er mit eigenem Geld eine zehn Mann starke Expedition mit sechzehn Kamelen zusammengestellt und hoffte, die Männer würden dieses Binnenmeer finden. Für diesen Fall hatten sie ein großes Boot auf Kufen bei sich. Und zum Dank für Franks finanzielle Unterstützung würden sie das Meer, wenn sie es fanden, nach ihm benennen.
Die *Times* veröffentlichte regelmäßig Berichte über den Verlauf der Expedition, denn die Männer schickten von unterwegs Telegramme. Aber seit einiger Zeit hatte man nichts mehr von ihnen gehört, und inzwischen kursierten wilde Gerüchte, sie seien wie alle anderen vor ihnen in der Großen Wüste ums Leben gekommen.
»Glaubst du, wir haben sie verloren?« fragte Reed.

Frank kannte seit seiner Kindheit Geschichten über die Ureinwohner, die angeblich in dem gewaltigen, unerforschten Land lebten – es waren phantastische Geschichten von Traumpfaden und Plätzen, wo Wunder und Zauberkräfte das Leben bestimmten. Dort gab es angeblich magische Feuerringe und unerklärliche Springfluten. Die Ahnen und Geister der Ureinwohner kämpften mit mythischen Ungeheuern wie etwa Yowie, dem Riesen der Nacht, und der alles verschlingenden Regenbogenschlange. Ein Weißer konnte diese märchenhaften Erzählungen nicht glauben. Und doch, so hatte Frank immer behauptet, mußten sie irgendwie auch auf wirklichen Ereignissen beruhen. Wenn die Ureinwohner in dieser Wildnis überlebten, konnten das auch Weiße schaffen. »Sie werden sich schon melden, John«, sagte Frank. »Mach dir deshalb keine Sorgen.«
Reed trank einen großen Schluck Bier und fuhr fort: »Ach, übrigens, was hältst du denn von dem neuen Mädchen hinter der Bar?«
Die Frau war Frank beim Hereinkommen aufgefallen. Finnegans Pub lag am Rand von Cameron Town, wo die Hauptstraße in die Landstraße mündete, die man den Cameron Highway nannte. Als Frank an diesem späten Nachmittag zum Pub gekommen war, hatte er zu seiner Überraschung im Hof viele Pferde und Einspänner gesehen. In Finnegans Pub war nie viel los, denn die Preise waren höher als die der Konkurrenz, und die Gäste kamen aus den oberen Schichten. Die reichen Schaf- und Rinderzüchter trafen sich bei Finnegans, um in Ruhe ihr Bier zu trinken. Bei Faceys, dem Arbeiterpub gegenüber, verkehrten die Erntehelfer und Schafscherer. Im Hof von Finnegans Pub standen nur selten viele Pferde, aber an diesem späten Oktobernachmittag war er voll. Und beim Eintreten stellte Frank zu seinem noch größeren Staunen fest, daß im Pub nicht ein freier Platz zu finden war.
»Der Grund dafür ist sie«, sagte Reed mit einer Kopfbewegung in Richtung der neuen Bedienung, die gerade am anderen Ende der Bar ein Glas mit Whisky füllte. »Sie hat vor sechs Wochen hier angefangen. Der alte Joe Finnegan macht seitdem gute Geschäfte.«
Frank betrachtete die Frau aufmerksam. Sie war nicht übermäßig attraktiv, nicht gerade schlank und vermutlich Ende dreißig. Mit ihrem eher schlichten Kleid beabsichtigte sie eindeutig nicht, die Phantasie der Männer anzuregen. Während sie jetzt den Whisky über die Bar reichte und von dem Gast das Geld entgegennahm, bemerkte Frank nichts von der

üblichen Koketterie einer Bardame. Ihr Aussehen fand Frank nicht besonders aufregend oder ungewöhnlich.

»Sie ist der Grund für die vielen Gäste?« fragte er ungläubig.

»Sie heißt Ivy Dearborn«, sagte Reed. »Sie zeichnet die Leute.«

»Wie bitte?«

»Wenn sie nicht bedient, macht sie Porträts. Siehst du den Block und den Bleistift neben der Kasse? Paß auf. Bald wird sie den Block nehmen und einen der Gäste zeichnen.«

»Und bezahlen die Leute dafür?«

»O nein. Sie macht es nicht für Geld, und du kannst kein Bild von dir bestellen. Die Entscheidung liegt bei ihr. Und man weiß nie, was sie zeichnen wird, oder wie das Bild aussieht. Sie macht Karikaturen, die manchmal wenig schmeichelhaft sind. Sie sagt, sie zeichnet jemanden so, wie sie ihn sieht. Du solltest einmal sehen, wie sie mich gezeichnet hat! Ich bin für sie ein dicker, fauler Koala-Bär!«

Frank lachte. »Sie zeichnet also die Wahrheit, John, wie?«

»Vorsicht, mein Freund. Dich hat sie auch schon gezeichnet.«

»Mich?«

»Mir ist aufgefallen, daß sie dich nicht aus den Augen läßt, seit du hier bist.«

Frank hatte außer dem Whisky vor ihm auf der Theke wenig um sich herum wahrgenommen. Ihn beschäftigte die Expedition, das mögliche Schicksal seiner Leute und dann die Nachrichten, die er Pauline überbringen mußte. Außerdem ging ihm Hugh Westbrook nicht aus dem Kopf. Er war ihm zufällig in Melbourne mit dieser fremden jungen Frau begegnet. Hugh hatte erklärt, sie werde sich um den Jungen kümmern. Die junge Frau hatte mit Frank über eine Grundbesitzurkunde gesprochen, denn wie sie glaubte, hatten ihre Großeltern vor siebenunddreißig Jahren Land in Australien gekauft. Frank konnte ihr zwar keine Auskunft darüber geben, ob der Kauf noch rechtsgültig war, aber die Frau hatte sein Interesse geweckt. Frank suchte ständig gute Geschichten für seine Zeitung. Jetzt dachte er darüber nach, ob sich aus dieser Frau und ihrem alten Dokument etwas für die *Times* machen ließ.

»Na los«, sagte Reed, »bitte Ivy, dir dein Bild zu zeigen. Bist du denn nicht neugierig, wie sie dich sieht?«

Frank konnte sich bereits vorstellen, wie sie ihn gezeichnet hatte. Er machte sich über seine Erscheinung keine Illusionen. Er wußte, wie er aussah: klein, mit zurückweichendem Haaransatz und einem Gesicht, das selten eine Frau dazu bewegte, ihn zweimal anzusehen. Als er noch jünger war, hatte er an Fasching einmal eine Karikatur von sich machen lassen. Der Künstler hatte ihn als einen aufgeplusterten Hahn mit einer Zigarre im Schnabel dargestellt.

Reed redete ununterbrochen weiter: »Sie ist alleinstehend. Sie hat ein Zimmer in Mary Smiths Pension. Jeder Mann am Ort hat sie schon einmal eingeladen, aber sie lehnt immer ab. Ich habe Finnegan gefragt, ob er in aller Stille etwas mit ihr habe, aber er schwört, das sei nicht der Fall. Ihre Beziehung sei rein geschäftlicher Natur, beteuert er. Ich kann mir nicht vorstellen, auf welchen Prinzen sie wartet!«

Frank beobachtete die Frau, die mit fliegendem Bleistift ein Bild zeichnete. Sie blickte in völliger Konzentration auf den Block und hatte nichts von dem gezierten Gehabe an sich, das darauf hindeutete, daß sie mit einem Trinkgeld rechnete. Sie schien völlig vom Zeichnen in Anspruch genommen zu sein.

Als sie fertig war, reichte sie das Blatt über die Theke hinweg Paddy Malloy, dem Mann, den sie porträtiert hatte. Alle drängten sich um ihn und wollten das Bild sehen. Plötzlich hörte man Paddy empört rufen: »Das ist eine Beleidigung! Eine Frechheit!«

»Du liebe Zeit«, sagte John Reed, »was hat sie denn aus dem armen Burschen gemacht?«

Frank und John gingen zu den anderen hinüber, die den wütenden Iren umstanden. »Das lasse ich mir nicht gefallen!« schrie er.

Frank blickte dem Mann über die Schulter und sah auf dem Papier einen großen Vogel, einen Kranich mit einer Melone und einem Monokel im Auge. Der komische Vogel hatte leider nur allzu große Ähnlichkeit mit Malloy.

»Ach, Paddy«, sagte einer seiner Freunde, »sie hat es doch nicht böse gemeint.«

»Ich möchte, daß man sie rausschmeißt!« rief der Ire. »Ich möchte, daß diese Frau hier auf der Stelle verschwindet!«

»Aber, aber, Mr. Malloy«, sagte Finnegan, der Wirt, beschwichtigend. Er kam hinter der Theke hervor und trocknete sich die Hände an der Schürze ab. »Ich bin sicher, Miss Dearborn wollte sie nicht beleidigen. Es ist doch alles nur ein Spaß.«

»Finnegan, Sie müssen mir helfen. Wenn Sie diese unverschämte Person nicht entlassen ...«
»Beruhigen Sie sich, Malloy«, sagte Frank. »Haben Sie denn keinen Sinn für Humor? Sie können doch die Ähnlichkeit nicht leugnen, oder?«
»Das finden Sie, was? Ich möchte sehen, was Sie sagen, wenn es um Sie selbst geht!« Er griff nach dem Stapel Blätter auf der Bar und suchte Franks Bild. »Ich weiß genau, daß sie eine Zeichnung von Ihnen gemacht hat«, murmelte er. »Sie hat uns alle schon aufs Korn genommen.«
Frank sah die Bardame an, die sich augenscheinlich über die Situation weder amüsierte noch aufregte. Plötzlich ertappte er sich bei der Überlegung, wie es ihr wohl gelang, die dichten wundervollen roten Haare so ordentlich hochzustecken, ohne daß ihr eine Strähne in die Stirn fiel. Ihre Blicke begegneten sich, und Frank spürte, wie er rot wurde. Er wollte das Bild nicht sehen, das sie von ihm gemacht hatte. »Lassen Sie es gut sein, Molly«, sagte er und wandte sich ab.
Aber John Reed hielt ihn lachend fest. »Kommt nicht in Frage, Frank. Sei kein Spielverderber! Wir wollen doch wissen, wie sie dich sieht.«
Jemand machte eine spöttische Bemerkung, und alle lachten. Und schließlich meinte ein verdrießlicher Schotte von seinem einsamen Platz am anderen Ende der Bar laut und vernehmlich: »Die Kleine hat für Sie vermutlich nur ein halbes Blatt gebraucht, Downs!«
In diesem Moment rief Malloy: »Hier haben wir es!« Und dann bekam er große Augen.
Frank wollte nicht hinsehen, aber als er Malloys erstauntes Gesicht bemerkte, und die anderen plötzlich verstummten, nahm er das Blatt und betrachtete es.
»Großer Gott, Downs«, sagte jemand, »das ist ein Bild, von dem Sie nur träumen können.«
Frank hatte noch nie ein so schmeichelhaftes Bild von sich gesehen. Es war sein Gesicht und es war es auch wieder nicht. Ivy hatte seine Augen haarscharf getroffen, aber über Haare und Kinn hatte sie einen unmerklichen Zauber geworfen. Frank fand, daß er beinahe ein attraktiver Mann war!
Er sah Ivy an, die geschäftig die Theke abwischte, und dann wieder das Bild. Plötzlich wurde ihm die Stille im Pub bewußt. Er räusperte sich und sagte: »Ich weiß nicht, warum Sie sich so aufregen, Malloy. Die Dame ist eindeutig sehr begabt.«

Malloy warf das Blatt zu den anderen auf die Theke und kehrte an seinen Platz zurück. Auch die anderen Männer gingen wieder zu den Tischen und zu ihren Plätzen an der Bar und setzten ihre Gespräche fort. Als Frank nach seinem Whisky griff, stieß ihn John Reed in die Seite: »Ich wette, sie hat es auf dich abgesehen.«

Aber Frank wußte nicht so recht, was er von dem Bild zu halten hatte. Er trank einen Schluck und versuchte, einen vernünftigen Gedanken zu fassen. Was sollte er als nächstes tun? Sollte er überhaupt etwas tun? Zuerst mußte er an Pauline denken und an die heikle Nachricht, die er zu überbringen hatte. Die Sache mit Westbrook und dem hübschen Kindermädchen war nicht ohne, und dann gab es auch noch den Jungen, der Adam hieß. In wenigen Tagen würde man sich im westlichen Distrikt darüber die Mäuler zerreißen. Frank versuchte auch, wieder an die Expedition zu denken. Sollte er einen Suchtrupp losschicken?

Aber sehr schnell kehrten seine Gedanken zu Ivy Dearborn zurück und zu der tieferen Bedeutung des schmeichelhaften Porträts, das sie von ihm gezeichnet hatte.

3

»Miss Downs?« Elsie kam ins Bad. »Entschuldigen Sie bitte, aber Mister Downs ist soeben eingetroffen.«

Pauline griff nach ihrem Morgenmantel. »Danke, Elsie. Sag ihm, ich werde sofort kommen.«

Frank sah sich im Zimmer seiner Schwester um und gönnte sich noch ein Glas Whisky. Es sah aus, als sei der Koffer einer Dame explodiert.

Auf Sesseln und Sofas lagen ausgebreitet elegante Roben und kostbare Kleider. Den Perserteppich schmückten Rüschen und Spitzen, und überall hingen Bänder und Schleifen. Er wußte, das war ihre Garderobe für die Flitterwochen mit Westbrook. Die Schneiderrechnungen würden astronomische Höhen erreichen, aber, so dachte Frank, wenn Pauline damit glücklich ist, werde ich kein Wort darüber verlieren.

Als Pauline aus dem Bad kam, konnte Frank sie bereits riechen, bevor er sie sah. Dampf und der Duft von Badesalz kündigten seine Schwester an. Und bei ihrem Anblick dachte er wie immer: Mein Gott, sie ist wirklich schön. Aber das lag nur daran, daß Frank für große Frauen schwärmte,

Frauen von der Größe dieser Bardame, die ihm immer noch nicht aus dem Kopf ging.

»Frank!« rief Pauline, eilte auf ihn zu und drückte ihm einen Kuß auf die Wange. »Ich hoffe, du hast gute Nachrichten für mich.«

Er freute sich darüber, daß seine Schwester Hugh Westbrook heiraten würde – unter anderem deshalb, weil sie in ganz Victoria die einzige Frau sein würde, die sich auf die Treue ihres Mannes verlassen konnte. Hugh Westbrook war kein Frauenheld. Wie man allgemein wußte, gab es für Hugh nur eine große Leidenschaft in seinem Leben: Merinda, seine Schaffarm.

»Mit etwas Diplomatie und dem Versprechen des besten Orchesters, das Melbourne zu bieten hat«, erwiderte Frank, »und einer astronomischen Gage läßt sich dein Wunsch erfüllen. Aus London ist endlich der Brief eingetroffen, in dem steht, daß Dame Lydia sich bereit erklärt hat, auf deiner Hochzeit zu singen.«

»O Frank! Ich danke dir!« rief Pauline und umarmte ihn stürmisch. »Jetzt ist alles perfekt. Wie um alles in der Welt soll ich es ertragen, noch ein halbes Jahr zu warten?«

Frank lachte. Pauline würde es nicht schwerfallen, sich die Zeit bis zur Hochzeit zu vertreiben. Das Pferderennen um den Melbourne-Pokal stand bevor, und das bedeutete den Ball des Gouverneurs, viele Empfänge und mehrere Jagden. Danach kamen Weihnachten und der jährliche Ball, den die Ormsbys auf Strathfield gaben. Dieses gesellschaftliche Ereignis nahm Pauline immer völlig in Anspruch. Darauf folgte die traditionelle Mitternachtsmaskerade bei Colin und Christine MacGregor auf Kilmarnock. Später gab es die üblichen Sommerpicknicks und Ausflüge ans Meer, und in diesem Stil ging es weiter.

Pauline stand am Frisiertisch und kämmte sich die Haare. »Ich habe die MacGregors für heute abend zum Essen eingeladen, Frank. Ich hoffe, du wirst dich nicht wieder in deinen Männerclub verziehen, sondern hierbleiben.«

»Ich dachte, du magst die MacGregors nicht.«

»Stimmt. Aber ihre Farm grenzt an Merinda. Sie werden bald meine Nachbarn sein. Also dachte ich, am besten bemühe ich mich schon jetzt um ihre Freundschaft.«

»Da wir von Merinda reden, Pauline«, sagte Frank, »ich bin heute in Melbourne zufällig Hugh begegnet.«

Pauline drehte sich um und sah ihn an. Ihm entging nicht die Röte, die ihr bereits bei der Erwähnung von Hugh in die Wangen stieg. Und er sah, wie ihre Augen strahlten. »Ist er auf dem Heimweg?«
Frank beneidete Westbrook. Er bezweifelte, daß die Erwähnung seines Namens jemals diese Wirkung auf eine Frau gehabt hatte. Er dachte plötzlich wieder an das schmeichelhafte Porträt. Warum hatte Ivy Dearborn ihn so gezeichnet und alle anderen als Karikaturen? Frank hatte versucht, mit ihr zu sprechen, ehe er das Pub verließ. Aber sie war zu beschäftigt mit den vielen Gästen gewesen, und Frank wußte, daß Pauline ihn erwartete. »Ja, Pauline«, erwiderte er, »Hugh ist auf dem Rückweg.«
»Dann müßte er morgen da sein. Ich werde ein Picknick vorbereiten...«
»Er wird vermutlich noch zwei oder drei Tage brauchen. Ich bin geritten, aber Hugh kommt mit dem Pferdewagen – und mit dem Kind.«
»Ach«, sagte sie, »der Junge ist also angekommen.«
»Ja.« Frank blickte nachdenklich ins Glas. Der Junge war ihm etwas merkwürdig vorgekommen, und seine Augen hatten gequält gewirkt. »Da ist noch etwas.«
Sie sah ihn an. »Das wäre?«
»Auf dem Wagen sitzt auch eine Frau.«
»Eine Frau?«
»Ja. Hugh hat so eine Art Kindermädchen von einem der Einwandererschiffe eingestellt. Sie soll sich um den Jungen kümmern.«
Pauline starrte ihren Bruder an. Hugh hatte unter anderem deshalb auf der langen Verlobungszeit bestanden, weil Merinda im gegenwärtigen Zustand für eine Frau unzumutbar sei. Er hatte erklärt, er brauche Zeit, um für Pauline ein anständiges Haus zu bauen. Und jetzt nahm er eine andere Frau mit dorthin!
Einen Augenblick lang verspürte sie Eifersucht, doch dann erinnerte sich Pauline an die einwandernden Frauen, die sie gesehen hatte. Viele waren schon dankbar für ein Dach über dem Kopf und stellten keinerlei Ansprüche.
»Ich weiß, was du denkst, liebe Schwester«, sagte Frank, »aber du mußt dir allein die Schuld geben. Wenn du angeboten hättest, dich um das Kind zu kümmern, wäre Westbrook nicht gezwungen gewesen, ein Kindermädchen einzustellen.«

»Da hast du natürlich recht. Außerdem ist es so vielleicht das Beste. Dann haben wir jemanden, der sich während der Flitterwochen um den Jungen kümmert. Übrigens, wie heißt er denn?«

»Adam«, sagte Frank und füllte sein Glas.

Pauline beobachtete ihren Bruder und stellte fest, daß er sich übertrieben hingebungsvoll mit seinem Whisky beschäftigte. Er vermied es, sie anzusehen.

»Frank«, sagte sie, »was ist los?«

»Was soll los sein?«

»Frank, ich kann in dir lesen wie in deiner Zeitung. Da ist noch etwas. Was ist es?«

»Nun ja«, sagte er langsam, drehte sich um und sah sie an, »du wirst es früher oder später ohnehin hören. Also ist es wohl besser, du hörst es von mir. Das Kindermädchen . . . ist jung.«

»Jung? Wie jung?«

»Ach, du weißt doch, ich kann das Alter einer Frau schlecht schätzen.«

»Wie jung, Frank?«

Er hob die Schulter. »Noch nicht zwanzig, würde ich sagen.«

»Es ist also ein junges Mädchen?«

»Nein, kein Mädchen, Pauline. Sie ist eine junge Frau.«

»Aha.« Pauline legte langsam die Haarbürste auf den Frisiertisch. »Wie sieht sie aus?«

»Nun ja, hm, also, sie ist nicht gerade das, was man erwarten würde. Ich meine, sie sieht nicht wie eine dieser Einwandererfrauen aus. Sie ist zum Beispiel sehr gut gekleidet.«

»Weiter.«

Frank trank einen Schluck. »Und einige Leute finden sie möglicherweise hübsch.«

Schweigen senkte sich über Kleider, Spitzen und Stoffe. »Einige Leute«, sagte Pauline. »Und was sagst du? Findest du sie hübsch?«

»Hm, ja«, sagte Frank, »ich denke schon.«

»Würdest du sie sogar als schön bezeichnen?«

Als er keine Antwort gab, sagte Pauline: »Ich verstehe. Wie heißt sie?«

»Joanna Drury.«

Joanna Drury, dachte Pauline. Die junge und schöne Joanna Drury. Und sie ist ganz allein mit Hugh auf dem Weg von Melbourne hierher – vier Tage sind sie zusammen auf seinem Wagen.

Pauline fühlte, wie ihr ein kalter Schauer durch den Körper ging.

»Also gut!« sagte Frank und stellte sein Glas ab. »Ich brauche jetzt ein Bad und muß mich umziehen. Ich hoffe, du verzeihst mir, liebe Schwester, aber ich fühle mich nicht in der Lage, heute die MacGregors beim Essen zu ertragen. Colin ist ein Langweiler und redet immer nur von seiner adligen Herkunft, und der armen Christina fällt nichts ein, als zu seufzen. Verzeihst du mir noch einmal?«

Aber seine Schwester hörte ihm nicht zu.

»Außerdem«, sagte Frank und ging zur Tür, »gehe ich heute abend aus. Ich habe John Reed versprochen, mich mit ihm in Finnegans Pub zu treffen ...«

Pauline hörte nicht einmal, wie die Tür ins Schloß fiel. Sie betrachtete sich im Spiegel und dachte: Frank hat recht. Es ist meine Schuld. Ich bin dafür verantwortlich, daß Hugh ein Kindermädchen eingestellt hat. Ich kann aber auch dafür verantwortlich sein, daß sie geht. Ich werde Hugh sagen, ich möchte den Jungen bis zur Hochzeit hier bei mir haben. Dann wird er wohl einsehen, daß er kein Kindermädchen braucht.

Kapitel Drei

1

»Dort vorne ist ein geeigneter Platz zum Übernachten«, sagte Hugh. Der Wagen rollte langsam auf einer Straße entlang, die von hohen Eukalyptusbäumen beschattet wurde. »Ich hoffe, Sie haben nichts dagegen, daß wir im Freien übernachten. An dieser Straße gibt es nicht viele Gasthäuser, und deshalb kampieren die meisten Leute einfach unterwegs.«

Der Nachmittag neigte sich dem Ende entgegen, und Melbourne schien bereits weit hinter ihnen zu liegen, während sie vorbei an grünen Feldern, Farmhäusern und großen Schafherden mit neugeborenen Lämmern durch die ländliche Stille fuhren. Es war Oktober, und in der fruchtbaren Ebene von Victoria herrschte Frühling. Hugh hatte Adam in den vergangenen Stunden von Merinda erzählt. Sein neues Zuhause würde eine Schaffarm im westlichen Distrikt der Kolonie sein.

»Schafe werden diese Kolonien groß machen, Miss Drury«, sagte er. »Die Welt braucht Wolle und Schaffleisch, und *wir* können den ganzen Bedarf liefern. Wenn wir zusammenarbeiten – ich meine die Kolonien. Wir müssen Wege finden, um die australischen Kolonien in der Wollproduktion an die erste Stelle zu bringen. Und ich habe eine Vorstellung davon, wie das geschehen kann.«

Joanna sah, daß Adam müde wurde und war froh, daß sie bald anhalten würden.

»Nur ein kleiner Teil dieses Kontinents ist besiedelt, Miss Drury«, fuhr Hugh fort, »nur die Gebiete an den Küsten. Alles andere, das Landesinnere, ist zu rauh, zu mörderisch, und deshalb bleibt es ungenutzt. Ich arbeite daran, eine neue Schafrasse zu züchten, eine Rasse, die in einer

solchen Umgebung überleben kann. Wenn ich Erfolg habe, können wir den Busch nutzbar machen und Millionen Schafe halten.«
Joanna fiel auf, daß Hugh langsam sprach. Er machte Pausen zwischen den Sätzen und überlegte sich jedes Wort. Er sprach nicht so schnell, wie Joanna es in den Clubs der Garnisonen in Indien erlebt hatte. Sie vermutete, Hugh Westbrook habe sich nie bemühen müssen, auch einmal zu Wort zu kommen. Er kannte das Leben unter vielen Menschen nicht. Die Pausen zwischen den Sätzen deuteten auf ein einsames Leben hin.
»Sie scheinen fest dazu entschlossen zu sein, Mr. Westbrook«, sagte sie.
»Ja, das bin ich.«
Adam richtete sich plötzlich auf und deutete nach vorne. In einiger Entfernung entdeckten sie Menschen. Ein Teil der Leute saß auf Pferden, andere standen auf der Straße. Man hörte Geschrei und sah drohend erhobene Fäuste.
»Was ist dort los, Mr. Westbrook?« fragte Joanna. »Was hat das zu bedeuten?«
Hugh trieb das Pferd mit den Zügeln an, und als sie die Leute erreichten, wurden sie Zeuge, wie ein Mann auf einem Pferd zornig die Peitsche hob und mit hochrotem Kopf schrie: »Ich schlage euch alle tot!«
Hugh sprang vom Wagen: »He, was ist denn los?«
Joanna sah, daß die Reiter Weiße waren und die anderen Schwarze, Aborigines. Es schienen arme Leute zu sein. Joanna hielt sie für eine Familie, denn sie bemerkte ein älteres Paar, einige Männer und Frauen und Kinder. Die Frauen trugen Decken und Bündel auf dem Rücken.
Der Mann mit der Peitsche antwortete Hugh: »Sie wollten uns bestehlen! Sie haben uns angehalten und gebettelt. Und als wir abgelenkt waren, haben die Kinder versucht, Sachen von den Packpferden zu stehlen!«
»Nein, Boss«, sagte der Älteste der Gruppe. Es war ein alter Mann mit einem weißen Bart. Seine Augen lagen so tief unter den buschigen Brauen, daß man sie nicht sehen konnte. »Das ist nicht wahr«, sagte er und schüttelte den Kopf. »Wir stehlen nicht, wir klauen nicht.«
»Ich habe es mit eigenen Augen *gesehen*, Alter«, rief der Mann auf dem Pferd. Dann sagte er zu Hugh: »Man darf sie nicht aus den Augen lassen. Sie stehlen einem das Hemd vom Leib.«
Während die Männer sich stritten, spürte Joanna, wie die schwarzen

Frauen sie musterten. Sie schienen sie so durchdringend anzustarren, daß Joanna sich plötzlich unwohl fühlte.
Die Reiter gaben ihren Pferden schließlich die Sporen und ritten davon. Der alte Mann sagte noch einmal zu Hugh: »Der Mann ist ein Lügner, Boss.«
»Vielleicht«, erwiderte Hugh. Er warf einen prüfenden Blick auf die kleine Gruppe, auf ihre schäbige Kleidung und auf die Kinder, die an den Röcken der Frauen hingen. »Wollt ihr etwas verkaufen?« fragte Hugh. »Ich könnte ein paar gute Körbe gebrauchen oder vielleicht ein paar Opossumdecken.«
»Wir haben keine Decken, Boss«, sagte der alte Mann, »auch keine Körbe.« Die Frauen flüsterten miteinander, und der Alte hörte ihnen zu. Dann drehte er sich wieder zu Hugh um: »Meine Frau sagt, sie kann Ihnen die Zukunft voraussagen.«
»Gut«, erwiderte Hugh und lächelte, »bitte.« Er griff in die Tasche und holte ein paar Münzen heraus.
Die älteste der Frauen kam zum Wagen. Sie sah Joanna aufmerksam an und bekam große Augen. Sie hob die Hände und sagte etwas in einer Sprache, die Joanna nicht verstand.
»Was sagt sie?« fragte Hugh den Alten.
»Sie sagt, mit Ihrer Missus ist etwas. Schatten umgeben sie. Der Schatten eines Hundes. Er folgt der Missus. Sie sagt, sie sieht den Schatten eines Hundes dort hinter der Missus.«
Adam drehte sich verwirrt um, aber Joanna erstarrte. Der alte Alptraum! Der Alptraum vom Schiff, von dem Hund, dem Begräbnis und der Sternenschlange.
»Kann ich ihr eine Frage stellen?« sagte Joanna. »Ich möchte gerne wissen, ob sie auch Träume deuten kann.«
»Träume sind in ihren Glaubensvorstellungen sehr wichtig«, sagte Hugh. »Was möchten Sie wissen?«
»Was bedeutet es, wenn man von einer Schlange träumt – von einer Riesenschlange?«
Als Hugh dem Alten die Frage wiederholte, hob der Mann plötzlich abwehrend die Hände und murmelte etwas, das Hugh nicht verstand.
»Was bedeutet das, Mr. Westbrook?« fragte Joanna.
»Ich fürchte, wir haben ein Tabu verletzt. Sie dürfen nicht über die Schlange sprechen.«

»Das verstehe ich nicht. Was für eine Schlange? Halt, bitte, sie sollen nicht gehen. Ich möchte, daß sie mir etwas erklären.«

Joanna sah, wie der alte Mann die anderen zur Eile antrieb, mit ihnen die Straße verließ und zwischen den Bäumen verschwand. Die alte Frau drehte sich noch einmal um, dann war auch sie nicht mehr zu sehen.

Hugh stieg wieder auf den Wagen, griff nach den Zügeln und sagte: »Tut mir leid, Miss Drury, aber es gibt Dinge, über die sprechen die Aborigines einfach nicht.«

»Diese Frau hat etwas gewußt«, sagte Joanna. »Ich möchte nur wissen, was.«

Hugh sah Joanna erstaunt an. »Miss Drury, Sie zittern ja. Was ist los?«

»Diese alte Frau weiß etwas über mich. Ich habe es an der Art gesehen, wie sie mich angestarrt hat. Sie wußte von dem Hund, der mich beinahe getötet hätte und irgendwie auch für den Tod meiner Mutter verantwortlich ist.«

»Das glaube ich nicht«, sagte Hugh. »Die Frau wollte Ihnen die Zukunft voraussagen. In Ihrer Zukunft muß ein Hund eine Rolle spielen.«

»Nein«, widersprach Joanna, während der Wagen in der einsetzenden Dämmerung langsam weiterrollte, »ich weiß, wovon sie gesprochen hat...« Bekümmert dachte sie: Die alte Frau hat bedrohliche Schatten gesehen. Was haben sie wohl zu bedeuten?

Sie wandte sich wieder Hugh zu und fragte: »Warum sind Schlangen für die Ureinwohner etwas Besonderes?«

»In ihrer Mythologie gibt es eine Regenbogenschlange. Viel weiß ich auch nicht darüber. Ich weiß nur, daß die Regenbogenschlange ein Wesen der Zerstörung ist. Ich glaube, die Ureinwohner sind der Ansicht, daß man sich vor dieser Schlange sehr fürchten muß.«

»Die Regenbogenschlange«, wiederholte Joanna leise und dachte an die Notizen im Tagebuch ihrer Mutter. Sie hatte Träume über eine ›Schlange mit vielen Farben‹ erwähnt.

»Worum ging es bei dem Streit, Mr. Westbrook? Warum haben sich die Reiter so über diese Leute aufgeregt?«

»Sie haben behauptet, die Aborigines hätten versucht, sie zu bestehlen. Aber ich bezweifle das.«

»Der eine wollte den Alten sogar auspeitschen. Warum?«

»Leider fürchten sich einige Weiße vor den Schwarzen. Sie glauben, diese Menschen hätten besondere Kräfte – übernatürliche Kräfte. Und deshalb haben sie vor ihnen Angst.«

»*Haben* sie übernatürliche Kräfte? Glauben Sie das auch, Mr. Westbrook?«

»Manche Leute glauben daran. Ich weiß es nicht. Ich habe erlebt, daß Aborigines zu außergewöhnlichen Dingen in der Lage sind.« Er schwieg. »Wer kann sich darüber ein Urteil erlauben? Vor fünfunddreißig Jahren gab es in diesem Teil des Landes noch keine Weißen. Wir kennen diese Menschen kaum, die hier Tausende und Abertausende von Jahren vor uns gelebt haben. Einige von uns haben sich mit ihnen angefreundet. Auf meiner Farm arbeitet eine junge Eingeborene. Sie hilft Ping-Li im Kochhaus und versorgt die Wäsche. Und ich habe Schwarze unter den Arbeitern. Sie sind in Ordnung. Ach ja, dann gibt es noch Ezekial. Er ist uralt und erinnert sich noch an die Zeit, als seine Leute keine Weißen kannten. Die meisten Aborigines und ich, wissen Sie, wir kommen miteinander aus. Aber ich muß gestehen, daß ich sie nicht so gut verstehe wie Weiße.«

Joanna stellte fest, daß die Dämmerung anbrach und der Tag in die Nacht überging. Was hat die alte Frau gesehen, überlegte sie. »Wohin wollen diese Leute, Mr. Westbrook?« fragte sie. »Ich meine den alten Mann und seine Familie.«

Hugh seufzte. »Es ist wirklich traurig. Sie wandern nur aus einem Instinkt heraus. Da die weißen Siedler sich mittlerweile ihr Land angeeignet haben, wissen die Schwarzen nicht mehr, wohin sie ziehen sollen. Wie man mir erzählt hat, war diese Straße zum Beispiel einst das, was sie einen Traumpfad nennen. Vielleicht sind wir ihnen deshalb heute begegnet.«

»Ein Traumpfad?«

»Ich weiß nicht, ob ich Ihnen das richtig erklären kann«, sagte er. »Diese Wege gehören zum heiligen Wissen der Ureinwohner. Sie sind Teil ihres Glaubens. Es ist ihnen verboten, über heilige Dinge zu sprechen, besonders mit Weißen. Deshalb wissen wir so wenig über sie. Soweit ich es verstehe, kann man sich Traumpfade wie unsichtbare Wege vorstellen. Auf ihnen sind die Vorfahren der Ureinwohner gezogen – vor vielen tausend Jahren und noch bis vor kurzem, also bis vor etwa fünfunddreißig Jahren, in manchen Gegenden sogar noch danach. Die Traumpfade sind wie unsichtbare Straßen, die den Kontinent kreuz und quer durch-

ziehen. Ihre Vorfahren sind früher offenbar durch ganz Australien gewandert, und beim Wandern sangen und träumten sie die Namen aller Dinge, denen sie begegneten. Sie glaubten, durch ihr Singen und Träumen die Welt zu erschaffen. Die Aborigines glauben, daß Gesang und Traum Wirklichkeit ist, oder anders ausgedrückt: Singen und Träumen ist Leben. Und aus diesem Grund ist den Ureinwohnern auch alles in der Natur heilig – die Felsen, die Bäume, die Wasserstellen. Sogar«, sagte er und beugte sich zu Adam, »*sogar* kleine Jungen, die nicht sprechen!«
Adam sah Hugh mißtrauisch an, aber dann lächelte er schüchtern.
Joanna beobachtete, wie die Landschaft langsam in der Dunkelheit versank, und mit der Nacht stellte sich eine merkwürdige Stille ein. Die Welt kam zur Ruhe. Wie war wohl das Australien von früher gewesen, überlegte sie. Lebte etwas aus dieser Zeit in ihr selbst? Wirkte in ihr, in ihrer Familie ein alter Fluch, wie ihre Mutter geglaubt hatte?
Joannas Großeltern waren vor vierzig Jahren nach Australien gekommen, also etwa um die Zeit, in der, wie Hugh sagte, die Ureinwohner ihr Land an die Weißen verloren hatten. Verfluchte damals einer der Alten, ein Mann wie der, dem sie heute begegnet war, John und Naomi Makepeace und ihr dreieinhalb Jahre altes Kind Emily?
Joanna versuchte sich vorzustellen, auf welchen unsichtbaren Wegen die Vorfahren der Ureinwohner gezogen waren und welche Art Lieder sie gesungen hatten. Sie dachte daran, daß ihre Mutter hier zur Welt gekommen war und als Kind hier gelebt hatte. Dann mußte sie wieder an die Begegnung mit den Ureinwohnern denken. Vielleicht hatte eine Frau, die aussah wie diese Frauen, vor achtunddreißig Jahren die kleine Emily den Behörden übergeben, die sie auf einem Schiff nach England schickten. War es diese Frau gewesen, die Lady Emily immer wieder im Traum erschien? Diese Ureinwohner mußten damals, in der Kindheit ihrer Mutter, noch Würde besessen haben.
Die Ureinwohner, die Joanna an diesem Tag gesehen hatte, wirkten verwahrlost und wie Vertriebene, die von ihrem Instinkt getrieben, langsam und ziellos durch das Land wanderten und nirgendwo hingehörten. Ein unbestimmter Traum ließ sie weiterziehen. Es ist ein ererbter Zwang, dachte Joanna, ein Zwang, vielleicht dem nicht unähnlich, der mich hierher geführt hat. Auch meine Mutter wurde von dieser Zwangsvorstellung getrieben, sie müsse zurück nach Australien und zurück an den Ort ihrer Geburt, denn sie hoffte, die verschlungenen Bah-

nen ihres Lebens zurückverfolgen zu können – den tragischen Weg ihrer Familie. Sie lächelte und dachte: Gewissermaßen sind das die Traumpfade unserer Familie ...

Joanna blickte angestrengt in die Dunkelheit, in der sich das schmale Band der Straße verlor. Sie stellte sich vor, daß diese Straße vielleicht ihr Pfad werden würde, und sie fragte sich: Wenn ich ihm weit genug folge, komme ich dann an das Ende – und an den Anfang?

2

Sie schlugen das Lager an einer Stelle auf, die man Emu Creek nannte. Dort hatten auch andere Zelte errichtet und Lagerfeuer entzündet. Über dem Platz hingen Rauchschwaden. Kinder rannten lachend herum, und überall roch es nach Kaffee und gebratenem Schinken.

»Was sind das für Leute?« fragte Joanna, während sie vor ihrem Feuer saßen und darauf warteten, daß das Teewasser kochte.

»Die meisten sind Scherer«, erwiderte Hugh und rührte den Tee in dem Kessel um, den er Billy nannte. »Bald beginnt das Scheren der Schafe, und deshalb sind die Trupps unterwegs. Die anderen sind Familien, die zu Farmen im Westen und im Norden unterwegs sind.«

Joanna sah sich staunend um. Die Nacht schien vor Leben zu pulsieren, dessen Rhythmus sie erfaßte und in Erregung versetzte. So viele Menschen unterwegs!

Hugh fiel auf, wie hübsch Joanna aussah, wie anmutig sie sich über das Feuer neigte, und stellte zu seiner Überraschung fest, daß er sie mit Pauline verglich – Pauline, die Frau, die er bald heiraten würde.

Er warf einen Blick auf Adam, der den Umkreis ihres kleinen Lagers erkundete. »Der Junge scheint sich etwas wohler zu fühlen«, sagte er zu Joanna. »Ich hoffe, daß die Fahrt ihn nicht zu sehr anstrengen wird. Wir werden Merinda in vier oder fünf Tagen erreichen. Ich mache Ihnen und Adam ein Bett im Wagen. Ich schlafe hier draußen am Feuer.«

»Es ist seltsam, daß er kein Wort spricht«, sagte Joanna. »Er hat sich offenbar in sich selbst zurückgezogen und scheint ein Geheimnis zu verbergen, über das er nicht sprechen kann. Wenn wir nur wüßten, wie seine Mutter gestorben ist. Vielleicht würde das seine hysterischen Ausbrüche auf dem Schiff und das Schweigen erklären.«

Hugh sah Joanna an und wollte sagen: Auch du hast Geheimnisse, über die du nicht sprichst . . .
»Erzählen Sie mir von dem Land, das Sie suchen«, sagte er. »Sie meinen, es heißt Karra Karra.«
Joanna griff in die Tasche, die neben ihr auf der Erde stand, und holte ein vergilbtes Blatt Papier heraus. »Die Urkunde ist sehr alt«, sagte sie und reichte das Dokument Hugh. »Leider ist die Tinte verblaßt. Wir konnten nicht feststellen, wann und wo sie unterschrieben wurde.«
Westbrook betrachtete das Blatt aufmerksam und konnte auch einzelne Worte entziffern.
»Zwei Tagesritte von . . . und zwanzig Kilometer von Bo– – Creek.« Er sah eine unleserliche Unterschrift und ein offiziell wirkendes Siegel. Die Urkunde mußte einmal naß geworden sein. Das Ausstellungsdatum war beinahe völlig verwaschen. »Anhand der Urkunde kann man unmöglich sagen, wo dieses Land liegt«, erklärte er. »Aber Sie meinen, es liegt in der Nähe eines Ortes mit dem Namen Karra Karra. Das ist sehr wahrscheinlich ein Name, der von den Aborigines stammt. Viele der alten Namen sind in den vergangenen Jahren geändert worden. Bei manchen ist das schon so lange her, daß sich niemand mehr an den ursprünglichen Namen erinnert.«
»Ich werde das Land irgendwie finden«, sagte Joanna, rollte das Papier wieder zusammen und schob es in die Tasche zurück. »Ich muß es finden.«
Der Tee kochte. Während Hugh zwei Emaillebecher füllte, sagte er: »Ich kann mir nicht helfen, Miss Drury, aber dieses Karra Karra bedeutet für Sie sehr viel mehr als nur ein Stück Land, das Sie geerbt haben.«
Sie rief Adam zu, daß er bald schlafen gehen müsse, dann erwiderte sie: »Ja, es bedeutet mir sehr viel mehr, Mr. Westbrook.« Sie trank einen Schluck Tee.
»Vielleicht ist meine Mutter dort geboren worden. Sie wollte ihr ganzes Leben lang dieses Geheimnis enträtseln. Ich habe keine Verwandten, und deshalb ist es mir sehr wichtig, das für meine Mutter zu tun, wozu sie nicht mehr in der Lage war.«
Westbrook blickte auf den dampfenden Tee und sagte: »Meine Mutter starb bei meiner Geburt. Mein Vater und ich waren von da an allein. Wir waren entwurzelt. Wir hatten nie ein Zuhause. Wir zogen durch den Busch und nahmen Arbeit an, wenn sich etwas bot. Wie Briefe, die man

jemandem hinterherschickt, kamen wir von einer Stadt in die andere. Mein Vater starb, als ich fünfzehn war. Ein Pferd warf ihn ab, und er war auf der Stelle tot. Wir wollten zum Scheren auf eine Farm. Ich schaufelte ihm ein Grab unter dem einzigen Baum weit und breit. Und seitdem bin ich allein gewesen.«

Er schwieg, trank einen Schluck und fuhr fort: »Deshalb habe ich den Behörden in Südaustralien geschrieben, ich würde Adam zu mir nehmen. Ein Kind braucht ein Zuhause, eine Familie.«

»Er kann von Glück reden, daß er Sie hat, Mr. Westbrook«, sagte Joanna.

Hugh sah Joanna kurz an. Das Mondlicht schimmerte in ihren bernsteinfarbenen Augen. Er fragte: »Was wollten Sie die alte Frau über die Regenbogenschlange fragen?«

»Es hat etwas mit meiner Mutter zu tun«, erwiderte sie. Sie griff wieder in die Tasche und zog ein Buch heraus. »Meine Mutter wurde von Alpträumen gequält. Oft kam darin eine riesige Schlange vor. Seltsamerweise begann ich, nach ihrem Tod ebenfalls von einer unheimlichen Schlange zu träumen. Meine Mutter hat alles in ihrem Tagebuch niedergeschrieben.«

Joanna reichte Hugh das Buch. Er schlug die erste Seite auf und las die Widmung: »Für Emily Makepeace zu ihrer Hochzeit von Major Petronius Drury, ihr sie liebender Mann, 12. Juli 1850.«

»Es ist eine Art Buch der Erinnerungen«, erklärte Joanna. »Meine Mutter begann es als Tagebuch, aber dann glaubte sie, wenn sie ihre Träume und jede einzelne Erinnerung, die sich wieder einstellte, niederschrieb, würde es ihr vielleicht gelingen, die leeren Stellen in ihrem Leben zu füllen. Und sie wollte auch den ...«

Hugh hob den Kopf. »Den was?« fragte er.

»Ich weiß nicht, ob Sie das hören wollen. Ich fürchte, es klingt merkwürdig.«

Hugh lächelte und sagte: »Erzählen Sie nur weiter.«

Joanna sagte leise und langsam: »Meine Mutter glaubte, auf ihrer Familie liege eine Art ... Fluch. Es gab keine Beweise dafür. Das sagten ihr nur ein inneres Gefühl und ihre seltsamen Träume ...«

»Was für ein Fluch?«

»Ich weiß es nicht. *Sie* wußte es nicht. Aber sie glaubte, es habe mit den Aborigines zu tun.«

Hugh sah sie verwundert an und sagte dann: »Erzählen Sie weiter.«
Joanna berichtete stockend von dem tollwütigen Hund, von Lady Emilys Versuch, durch ihr Dazwischentreten Joanna das Leben zu retten, und von dem Soldaten, der im letzten Augenblick den Hund erschossen hatte. Und wie bei Lady Emily kurz darauf die Symptome der Tollwut auftraten, an denen sie schließlich gestorben war. »Sie glaubte bis zum Ende, der Fluch töte sie ... Wie ein Gift, sagte sie.«
»Ein Gift? Warum ein Gift?«
»Ich weiß es nicht. Sie sagte, sie habe es geträumt. Sie glaubte, der Fluch sei auf mich übergegangen.«
»Glauben Sie daran?«
»Ich weiß nicht, was ich glauben soll, Mr. Westbrook. Aber ich werde das Gefühl nicht los, daß ... mich manchmal etwas umgibt. Ich weiß nicht, was es ist, vielleicht eine Art Unglück oder wie immer man es nennen will.«
Als er sie verständnislos ansah, fügte sie hinzu: »Das Schiff, auf dem ich gekommen bin, geriet in eine Flaute. Der Kapitän erklärte, das habe er an dieser Stelle noch nie erlebt. Wir lagen mehrere Tage auf dem Meer und kamen nicht weiter, Mr. Westbrook. Unsere Wasservorräte gingen bereits zur Neige.«
»Ach, wissen Sie, so etwas kommt immer wieder vor.«
Sie seufzte und sagte: »Ja, ich weiß. Und ich weiß, es klingt verrückt. Aber ich hatte in Indien vor meiner Abreise einen Traum. Ich träumte, ... was geschehen würde, und alles ereignete sich so wie in dem Traum.«
»Merkwürdig, aber das kommt vor. Ich verstehe nicht, weshalb Sie glauben, daß Sie der Grund dafür waren. Miss Drury, wußten Sie damals schon, daß Sie nach Australien fahren würden?«
»Ja.«
»Dann war Ihr Traum vielleicht nichts anderes als ein Ausdruck von Ängsten, die vor einer so langen Reise durchaus verständlich und allgemein üblich sind. Viele Menschen haben Angst vor einer Schiffsreise. Immer wieder versinken Schiffe im Meer. Es ist eine gefährliche Art zu reisen. Ich würde sagen, daß Sie sich insgeheim geängstigt haben, mehr nicht.«
»Die meisten träumen dann von Wracks und vom Ertrinken, Mr. Westbrook, aber nicht von einer Flaute.«

Er blätterte in dem Tagebuch und sah, daß auf den ersten Seiten Anweisungen für die Herstellung von Heilmitteln und die Behandlung von Krankheiten standen. »Ihre Mutter scheint viel von Medizin verstanden zu haben«, sagte er.
»Wir wurden oft von einem Ort zum anderen versetzt. Mein Vater war Offizier der britischen Armee. Und nicht selten lebten wir in Gegenden, in denen es keinen Arzt gab. Meine Mutter lernte von den indischen Heilern. Sie las Bücher und brachte sich ihr Wissen selbst bei. Sie behandelte meinen Vater und mich, unsere Dienstboten und manchmal auch verwundete Soldaten.«
»Wodurch erwachte das Interesse Ihrer Mutter für die Heilkunst? War Ihr Vater Arzt?«
»Nein, ich glaube, er war Pfarrer. Das heißt, er war Missionar bei den Ureinwohnern irgendwo hier in Australien.«
»Ich verstehe«, sagte Hugh. Er sah, daß ihr Becher leer war, und fragte: »Darf ich Ihnen noch etwas Tee eingießen?« Joanna reichte ihm den Becher, und er fuhr fort: »Deshalb glaubte Ihre Mutter, es sei ein Fluch oder ein Gift der Ureinwohner. Sie hat offenbar als Kind eine Zeitlang bei ihnen gelebt.«
»Das vermutete sie, aber sie konnte sich nicht daran erinnern, außer vielleicht in ihren beängstigenden Träumen ...«
»Vielleicht hat sie die Gabe des Heilens von den Schwarzen geerbt. Als die Weißen in dieses Land kamen, waren die Aborigines sehr gesunde Menschen. Sie verstanden es, jedes Leiden zu kurieren. Miss Drury, Sie haben mir erzählt, daß Ihre Mutter Eukalyptusöl als Medikament verwendet hat. Es ist noch nicht lange her, da gab es Eukalyptusbäume nur in Australien.«
Adam kam zu Joanna zurück, und Hugh sprach ihn an: »Also, um ehrlich zu sein, Adam, du siehst aus, als würde es dir nicht besonders gutgehen. Was ist los mit dir, mein Sohn? Tut dir der Kopf weh?«
Joanna legte dem Jungen die Hand auf die Stirn und stellte fest, daß sie sehr heiß war. »Hast du Kopfschmerzen, Adam?« fragte sie, und als er nickte, sagte Joanna: »Ich werde dir etwas geben, dann geht es dir besser.« Sie griff in die Tasche und holte ein kleines Elfenbeinkästchen heraus. Als sie es öffnete, sah Hugh eine Reihe Fläschchen. Joanna nahm eins heraus und gab für Adam ein paar Tropfen in den restlichen Tee. »Was ist das?« fragte Hugh.

»Es ist Auszug von Weidenrinde. Es lindert den Schmerz und senkt das Fieber. Er hat den Kopf zu heftig auf den Boden geschlagen. Komm Adam, trink das, und dann ab ins Bett mit dir.«
Als Adam im Wagen lag und schlief, fragte Joanna: »Ob er wohl schon immer Schwierigkeiten mit dem Sprechen hatte?«
»Das glaube ich nicht. Mary schrieb, Adam sei ein fröhliches, gesundes Kind. Die Behörden in Südaustralien teilten mir mit, er sei stumm gewesen, als man ihn fand, und niemand konnte ihn zum Sprechen bewegen.«
»Wir müssen erreichen, daß er über das spricht, was geschehen ist. Aber man darf ihn nicht dazu zwingen. Das dauert seine Zeit. Könnten wir vielleicht an die Behörden schreiben, um mehr Einzelheiten zu erfahren? Wenn sie uns berichten können, was geschehen ist, werden wir möglicherweise Wege finden, dem Jungen zu helfen.«
»Ich werde einen Brief schreiben, sobald wir auf Merinda sind.«
»Es ist sehr gut, daß Sie Adam zu sich nehmen, Mr. Westbrook. Ich glaube, er braucht mehr als andere Kinder das Gefühl, ein Zuhause zu haben.«
»Als sein Vater starb, habe ich Mary angeboten, sie könne mit dem Baby nach Merinda kommen. Aber sie schrieb, die Farm sei Joes Traum gewesen, und sie wolle sie deshalb nicht aufgeben. Ich habe ihr Geld geschickt, aber vielleicht hätte ich mehr tun müssen.«
»Jetzt helfen Sie ihr. Sie sorgen sich um ihren Sohn, und ich bin sicher, das wird sie irgendwie spüren.«
»Vielleicht. Die Schwarzen glauben, daß die Toten immer bei uns sind. Die Toten kehren zu den Träumen zurück, aber sie sind trotzdem noch bei uns.«
»Zu den Träumen?«
Hugh nahm einen Stock und stocherte damit in der Glut. »Für diese Vorstellungen haben die Weißen wenig Verständnis. Ich muß gestehen, ich auch nicht. Sie gehören zu ihrer Art Religion, und weil es ein Tabu ist, heiliges Wissen zu offenbaren, und jeder mit dem Tod bestraft wird, der es bricht, wissen wir nur aus unzuverlässigen Quellen etwas darüber.«
Joanna sah ihn an. Sie dachte an die Erinnerungsträume ihrer Mutter, die sie im Tagebuch beschrieb. »Ich habe geträumt, ich warte vor einer Höhle. Ich bin noch klein. Jemand hält mich im Arm. Ich sehe, wie

Frauen aus dem dunkelroten Eingang der Höhle kommen. Sie sind schwarz. Sie tragen Gegenstände, und sie singen. Eine Weiße erscheint, und ich weiß, es ist meine Mutter. Sie ist nackt. Im Vergleich zu den anderen Frauen ist ihre Haut so unglaublich weiß. Ich rufe nach ihr, aber sie sieht mich nicht. Ihr Gesicht wirkt so seltsam, und plötzlich habe ich große Angst.«

War das ein Traum gewesen oder nur eine vergessene Erinnerung oder beides? Joanna wußte darauf keine Antwort. Warum hatte ihre Mutter das alles niedergeschrieben?

Hugh fuhr fort: »Soweit ich weiß, ist für die Ureinwohner das Träumen oder die Traumzeit jene ferne Vergangenheit, in der die ersten Menschen auf der Welt lebten und alles durch ihren Gesang erschufen. Ihre Spiritualität ist sehr erdverbunden. Wir kommen von der Erde, die Erde ernährt uns, und wenn wir sterben, kehren wir zur Erde zurück. Wenn wir der Erde schaden, dann schaden wir uns selbst. Deshalb haben die Aborigines nie Landwirtschaft betrieben, Bodenschätze abgebaut oder ihre Umgebung in irgendeiner Weise verändert. Sie waren nicht nur Teil der Natur, sie *waren* Natur.«

»Mr. Westbrook«, sagte Joanna, »*haben* die Aborigines die Macht, einen Menschen zu verfluchen? Können sie jemanden auf diese Art töten?«

»Ich kann nur sagen, sie haben eine gewisse Macht, und ganz sicher können sie jemanden verfluchen. Aber ich meine, es kommt darauf an, ob der Betreffende an die Macht des Fluches glaubt oder nicht.«

»Dann wäre man also vor dem Fluch sicher, wenn man einfach nicht daran glaubt?«

Ein Funken explodierte plötzlich im Feuer und flog durch die Luft.

»Sie glauben doch nicht ernsthaft, daß auf Ihnen ein Fluch liegt?« fragte Hugh ruhig.

»Ich weiß nicht«, sagte sie, »mir ist bewußt, daß es vermutlich schrecklich weithergeholt klingt. Aber ich muß dahinterkommen. Mr. Westbrook, wir haben Schwarze in Melbourne und auf dieser Straße gesehen. Gibt es auch Ureinwohner, die noch so leben wie früher? Ich meine, wie vor fünfunddreißig Jahren?«

»Sie möchten herausfinden, ob die Aborigines in Karra Karra immer noch die Macht haben, die Sie in Angst und Schrecken versetzt.«

»Leben diese Menschen vielleicht noch dort?«

Unter dem Eindruck ihrer sorgenvollen Frage antwortete Hugh: »Ich glaube, Miss Drury, die Aborigines, die im Busch leben, halten sich noch an die alten Sitten. Aber sie leben weit entfernt von hier tief im Landesinnern. Und das ist eine große gefährliche Wüste. Wie diese Menschen heute dort leben, weiß niemand genau. Mehr als eine Million Quadratkilometer dieses Kontinents sind noch ein unerforschtes Gebiet. Dort kann es alles mögliche geben, von dem wir nichts wissen.« Er lächelte. »Aber ich glaube, auf Ihnen liegt kein Fluch, Miss Drury. Nein, das glaube ich wirklich nicht.«

Sie blickte zum Himmel hinauf, zu den unbekannten Sternen und fragte sich, ob Karra Karra in weiter Ferne oder irgendwo in der Nähe lag. Würde sie es jemals finden? Und wie? Und wann? Dann dachte sie an ihre Mutter, an die Qualen und Ängste ihres Lebens. Am Ende hatte sie geglaubt, von etwas Schrecklichem, Unbekanntem verfolgt zu werden, das schließlich zu einem grausam frühen Tod führte. Joanna spürte, wie ihr plötzlich die Kehle trocken wurde. Eine schreckliche Angst erfaßte sie, und sie fühlte sich mutterseelenallein.

Westbrook sah den Schein der Flammen auf ihrem Gesicht, die Spannung in ihrem Körper, und sie erschien ihm sehr jung und sehr schön. Er suchte nach Worten und begann dann leise zu rezitieren:

»Denk an das lustige Lagerfeuer,
Ein Licht, das funkelt und strahlt,
Und am Lager sind so viele versammelt.
Vor den Zelten sitzen die Männer;
Sie erzählen schläfrig heitere Geschichten
Und sie singen ihre Lieblingslieder.
Durch die Kraft der Herzen und der Lungen
stellt sich Frieden und Eintracht ein.«

Joanna sah ihn an und lächelte. »Das war schön«, sagte sie. »Von wem ist es?«

»Von mir. Ich vertreibe mir damit die Zeit, wenn ich die Schafe hüte.«

Ihre Blicke begegneten sich, während das Lagerfeuer langsam erlosch. Joanna senkte den Kopf, griff nach ihrem Schultertuch und legte es um. »Sind die Herbstabende hier immer so kalt?«

»Hier ist jetzt nicht Herbst, sondern Frühling.«

»Ach ja, natürlich. Das hatte ich ganz vergessen. Es ist schon merkwürdig, daß im Oktober Frühling ist . . .«

»Machen Sie sich keine Gedanken, Miss Drury«, sagte Hugh, »wir finden für Sie die Antworten. Schließlich haben wir ja ein Abkommen. Bald werden wir auf Merinda sein, und dann können wir auch darangehen, uns um Ihr Problem zu kümmern. Aber bis dahin kann ich Ihnen versichern, *ich* glaube nicht an die Macht von Flüchen oder an die Regenbogenschlange. Und deshalb sind Sie bei mir in Sicherheit.«

Kapitel Vier

1

»Soweit Sie sehen können«, sagte Hugh, »ist das alles Merinda.«
Joanna war fasziniert. Sie hatte den Eindruck, über ein Meer grüner, fruchtbarer Wiesen zu blicken, die sich über sanfte Hügel und Täler unter dem wolkenlosen Himmel bis zum Horizont erstreckten. Ein frischer Wind blies, bauschte ihren Rock und bog den Rand von Hughs Hut. Über ihnen zog ein Keilschwanzadler seine Kreise. In der Ferne erhoben sich dunstige Berge, deren Gipfel seltsam wie Wellenkämme geschwungen waren, als sei dieses Gebirge einst ein Meer gewesen, das gegen die Ufer brandete, jetzt aber zu Stein erstarrt war.
»Merinda hat erst fünftausend Schafe auf siebentausend Morgen Land. Aber die Farm wird noch wachsen«, erklärte Hugh.
»Warum heißt Ihre Farm Merinda, Mr. Westbrook?«
»Merinda ist der Name der Aborigines für diesen Ort. Er bedeutet ›die schöne Frau‹.«
»Wurde diese Stelle nach einer schönen Frau benannt?«
Er sah Joanna an und stellte fest, daß ihre bernsteinfarbenen Augen im Sonnenlicht zu einem dunklen Honiggelb wurden. Ihn durchzuckte der Gedanke, daß die schöne Frau jetzt hier war. »Das weiß niemand«, antwortete er. »Es gibt natürlich Geschichten darüber. Es heißt, daß vor langer, langer Zeit, vielleicht in der Traumzeit, hier eine junge Frau namens Merinda lebte. Sie war eine Frau der Gesänge, das heißt, sie hütete alle Gesänge und Traumpfade ihrer Sippe. Jeder in der Sippe kennt einige der Gesänge, aber nur eine Frau oder ein Mann der Gesänge kennt sie alle, denn wer sie alle kennt, besitzt die Macht der Sippe. Die Geschichte erzählt, daß eines Tages jemand von einer benachbarten Sippe

über den Fluß kam und beschloß, Merindas Macht zu rauben, damit er ihre Sippe vertreiben und die guten Jagd- und Fischgründe für sich nutzen konnte. Man sagt, er habe Merinda entführt und versucht, sie zu zwingen, ihm die Gesänge zu verraten. Aber sie weigerte sich und starb, ohne einen Ton zu sprechen. Damit rettete sie ihre Sippe.«

»Hat sich das an dieser Stelle ereignet?«

»Der Geschichte nach ist die Frau hier irgendwo in der Nähe gestorben.«

»Was ist aus den Ureinwohnern geworden, die hier lebten?« fragte Joanna.

»Die meisten sind tot. Als die ersten Siedler hier ankamen, so erzählt man sich, dachten die Schwarzen, die Weißen würden auf der Suche nach ihrer Heimat nur durchziehen. Aber als der weiße Mann blieb und begann, die Aborigines von dem Land ihrer Vorfahren zu vertreiben, brachen Kämpfe aus – sehr blutige Kämpfe. Wenn etwas von der Farm eines Weißen gestohlen wurde, ritt der Besitzer mit seinen Nachbarn los, und sie töteten wahllos alle Schwarzen, die ihnen begegneten, ganz gleich, ob sie etwas mit dem Diebstahl zu tun hatten oder nicht. Dann rächten sich die Schwarzen, indem sie die Farm in Brand steckten, die Familie des weißen Mannes ermordeten und seine Viehherden vernichteten. Die Rivalitäten entwickelten sich zu einem riesigen Gemetzel. Die Siedler haben unter dem Vorwand, ihr Land zu verteidigen, buchstäblich ganze Stämme abgeschlachtet. Die überlebenden Eingeborenen erlagen Krankheiten, gegen die sie nicht immun waren – Windpocken, Masern, Grippe. Man schätzt, daß in den ersten Jahren nach der Ankunft der Verbrecher in der einstigen Sträflingskolonie Australien Tausende von Aborigines allein an eingeschleppten Krankheiten starben.«

»Es dauerte nicht lange«, fuhr Hugh fort, »bis die Schwarzen, deren Familien und Sippen auseinandergefallen waren, das Gefühl ihrer Einheit und ihrer Kultur verloren. Sie trieben sich in der Nähe der Siedlungen herum und begannen zu betteln. Außerdem gewöhnten sie sich an Alkohol. Ihre Kinder mußten betteln, die Frauen wurden Prostituierte. Und das hat dazu geführt, daß das uralte Wissen verlorengeht. Ohne ihre Sippen haben die jungen Aborigines keine Möglichkeit mehr, die Sitten und Gesetze ihrer Ahnen zu lernen. Wenn das so weitergeht, dann wird ihre Kultur eines Tages ausgelöscht sein.«

Joanna blickte auf das grüne, von Hecken und Zäunen umgebene Weideland, das sich bis zum Fuß der Berge erstreckte. Sie sah vereinzelte, majestätische, alte Eukalyptusbäume und große Schafherden, die wie Ebbe und Flut über die Landschaft zogen. »Man kann sich nur schwer vorstellen«, sagte sie leise, »daß ein so schönes Land Schauplatz solcher Tragödien sein konnte.« Und dann fragte sie sich beklommen, ob den Aborigines, bei denen ihre Mutter möglicherweise einmal gelebt hatte, ein ähnliches Schicksal beschieden gewesen war.

»Wo ist Ihr Farmhaus, Mr. Westbrook?«

Er deutete nach vorne: »Am Ende der Straße. Sehen Sie das Gebäude zwischen den Bäumen dort?«

Joanna blickte in die Richtung und nickte: »Ja, ich sehe es.«

Plötzlich rief Adam, der zwischen ihnen stand: »Farm! Eine Farm!«

Hugh und Joanna sahen ihn verblüfft an. »Oh, Adam«, sagte Joanna und legte ihm die Hand auf die Schulter, »du hast gesprochen. Du *kannst* also sprechen!«

»Farm!« wiederholte er aufgeregt und deutete auf das Haus. »Eine Farm!«

»Hm, hm«, sagte Hugh, »seit fünf Tagen kein Ton von ihm und jetzt plötzlich ...« Er lachte. »Ich glaube, wenn wir wollen, daß er noch mehr sagt, müssen wir ihn schnell dorthin bringen.«

2

Den Hof der Farm umstanden eine Reihe Hütten aus allen möglichen Materialien, die offenbar gerade zur Hand gewesen waren – einige hatte man aus Stämmen und Schalbrettern gezimmert, andere waren aus Stein. Sie schienen ohne System oder Plan zu verschiedenen Zeiten gebaut worden zu sein. Im Hof herrschte lautes, geschäftiges Treiben. Männer auf Pferden trieben mit Pfiffen und Geschrei verängstigte Schafe in Hürden, während Hütehunde mit lautem Gebell aufgeregt hin und her rannten.

Als Hugh den Wagen zum Halten brachte, ritt ein Mann auf sie zu. »Gott sei Dank, daß du wieder da bist, Hugh!« rief er. »Wir haben ein ernstes Prob...« Er sah Joanna und verstummte.

»Das ist Miss Drury, Bill«, sagte Hugh und stieg vom Kutschbock. »Sie wird sich um den Jungen kümmern. Und das ist Adam. Was für ein Problem haben wir?«

Der Mann musterte Joanna noch einen Augenblick, dann antwortete er: »Die Hammelherden sind von Läusen befallen.«

»Aber die Tiere waren doch völlig in Ordnung, als ich losgefahren bin!«

»Es gibt keinen Zweifel, Hugh. Die Tiere haben die typischen wunden Stellen, und die Wolle ist bereits in Mitleidenschaft gezogen.«

»Wann habt ihr das festgestellt?«

»Vor etwa fünf Tagen. Draht-Larry glaubt, die Läuse sind vielleicht von den Merino-Schafen eingeschleppt worden, die du im letzten Monat in Neusüdwales gekauft hast. Aber ich bin nicht so sicher. Ich habe mir die Tiere selbst angesehen, Hugh, und ich schwöre, ihre Felle waren in Ordnung. Ich kann mir nicht vorstellen, woran es liegt.«

Hugh rief einen jungen Burschen herbei, der vor den Stallungen ein Pferd beschlug, dann fragte er Bill: »Wie weit hat sich der Befall ausgebreitet?«

»Das weiß ich noch nicht. Wenn wir Glück haben, sind es nur die Hammel.«

»Das allein wäre ein Viertel der Schur. Was ist mit den trächtigen Mutterschafen?«

»Draht-Larry und seine Leute überprüfen sie gerade.«

Hugh bestieg das Pferd, das ihm der Stallbursche gebracht hatte. »Gibt es eine Möglichkeit, die befallene Wolle zu retten, bevor die Scherer hier sind?«

»Da würde ich mir keine großen Hoffnungen machen.«

Hugh wandte sich Joanna zu, die noch mit Adam im Wagen saß, und rief: »Das ist Bill Lovell, mein Vormann. Tut mir leid, Miss Drury, aber ich muß mit ihm die Schafe inspizieren. Gehen Sie mit Adam ins Haus und richten Sie sich ein. Ich lasse Ihnen von ein paar Leuten das Gepäck hineintragen. Wenn Sie etwas essen wollen, dann wenden Sie sich an Ping-Li im Kochhaus.«

Joanna wollte etwas erwidern, aber Hugh wendete bereits sein Pferd und galoppierte aus dem Hof. »Tja, Adam«, sagte Joanna und hob ihn vom Wagen, »wie es aussieht . . .«

»Schafe!« rief er plötzlich und deutete auf eine Hürde, in der ein paar Männer mit einem Widder kämpften.

»Ja, Adam, Schafe«, sagte sie und freute sich, daß er wieder gesprochen hatte. Um ihn zum Weiterreden zu ermuntern, sagte sie: »Aber du darfst den Männern nicht im Weg stehen. Komm mit, wir sehen uns das Haus an. Ja?«

Sie nahm Adam bei der Hand und ging über den Hof zu dem kleinen Rindenhaus, auf das Hugh gedeutet hatte. Als sie am Stall vorbeikamen, unterbrach der junge Mann mit der Lederschürze seine Arbeit und starrte sie an. Ein anderer, der über den Hof lief, drehte den Kopf nach Joanna und blieb wie angewurzelt stehen.

Als sie sich dem kleinen Haus näherten, das aus ungeschälten Holzstämmen gezimmert war, wurde Adam plötzlich ganz aufgeregt. Er zog Joanna am Arm und deutete hinter das Haus. »Fluß! Fluß!« rief er. Sie blickte zu den Bäumen, die im Norden in einiger Entfernung hinter dem Hof standen – in dieser Richtung waren Hugh und sein Vormann davongeritten. Sie glaubte, zwischen den Stämmen Wasser glänzen zu sehen.

»Na gut, Adam«, sagte sie und freute sich, daß er plötzlich so glücklich zu sein schien. »Gehen wir hin und sehen es uns einmal an.«

Sie folgten einem gewundenen Weg, der hinter dem Haus begann, über eine Wiese führte und dann in den etwas entfernter liegenden Wald. Zwischen den Bäumen stießen sie auf eine Lichtung, und Joanna sah sich staunend um.

Sie hatten eine Stelle erreicht, wo sich ein gewundener Seitenarm des Flusses in einen kleinen, stillen See ergoß. Eine Symphonie von Tönen erfüllte die Luft: Wasser murmelte, ein kühler Wind raschelte in den Zweigen der Akazien und Eukalyptusbäume, und in der Frühlingsluft summten und zirpten Insekten. Joanna glaubte sich im Paradies. Um sie herum gab es nur Schönheit. Majestätische, alte rötliche Eukalyptusbäume spiegelten sich orange und weiß im stillen Wasser. Die gelben Blüten der Goldakazien leuchteten fröhlich in der Sonne. Ein schwarzweißer Honigsauger mit leuchtendblauen Kopffedern saß auf einem abgestorbenen Zweig und legte den Kopf von einer Seite auf die andere.

Es war wunderschön hier! Sie erinnerte sich an eine Teeplantage in Indien, die sie einmal mit ihren Eltern besucht hatte. Das Wohnhaus dort stand abseits von den Arbeitsgebäuden inmitten von Bäumen und saftigem grünen Gras auf einem Hügel. Schade, dachte sie, daß das Wohnhaus von Merinda nicht hier am Fluß steht, anstatt in dem lauten, schmutzigen Hof.

Sie hörte ein Klatschen im Wasser, und im nächsten Augenblick riß sich Adam von ihrer Hand los und lief zum Teich. Er kniete sich ans Ufer und streckte die Hände ins Wasser.
Joanna eilte ihm nach. »Vorsicht!« rief sie. Aber zu ihrer Überraschung rief Adam strahlend:
»Schnabeltier!« und schlug mit den Händen auf das Wasser.
Joanna sah voll Staunen, wie das Lachen den Jungen verwandelte. Seine Wangen waren leicht gerötet. Die tiefen Schatten um die Augen schienen zu verblassen.
»Schnabeltier!« wiederholte Adam, während kleine Wellen die spiegelglatte Wasseroberfläche kräuselten. Dann kletterte ein seltsames Tier ans Ufer, das eine Mischung aus einem Biber und einer Ente zu sein schien.
Adam jubelte und klatschte in die Hände.
Dieser Platz war verzaubert!
»Miss Drury! Was machen Sie denn hier?«
Sie drehte sich um und sah Hugh, der mit gerunzelter Stirn vor ihr stand. »Wir wollten uns den Fluß ansehen«, erwiderte sie.
»Miss Drury, ich muß Ihnen leider sagen, daß es hier unten am Billabong gefährlich ist, noch dazu, wenn Sie den Weg durch den Wald nicht kennen.«
»Billabong?« fragte sie und sah sich erstaunt um.
»Billabong ist der Name der Aborigines für einen See.«
»Oh«, sagte sie und fügte dann hinzu: »Es ist wundervoll hier.«
»Ja, das stimmt. Ich werde das Haus hier bauen . . . Wir stehen vermutlich genau da, wo einmal die Haustür sein wird. Das Haus soll sich bis zu den Felsen dort erstrecken. Aber wir haben noch nicht mit dem Bauen angefangen.«
»Wie wird das Haus aussehen?« fragte sie und ließ Adam nicht aus den Augen, der Schuhe und Socken ausgezogen hatte und fröhlich mit den Füßen im Wasser planschte.
»Ich wollte es eigentlich im Queensland-Stil bauen, aber Pauline, die Frau, die ich heiraten werde, hat sich ein Haus in den Kopf gesetzt, das sie in einer Zeitschrift gesehen hat. Sie hat eine Geschichte über den Wiederaufbau in den amerikanischen Südstaaten gelesen, nachdem der Krieg dort vorbei ist, und sich in ein abgebildetes großes weißes Haus mit Säulen verliebt. Es heißt Willows Plantation und steht in Georgia.

Glücklicherweise habe ich in Melbourne einen amerikanischen Architekten entdeckt, der mit diesem Stil vertraut ist.«

»Das klingt schön«, sagte Joanna. »Sie müssen sich bestimmt sehr darauf freuen.«

»Ja«, sagte Hugh. Er betrachtete Joanna. Es war etwas Besonderes daran, wie das Sonnenlicht sie umspielte. Nach fünf Tagen Fahrt sah sie immer noch gepflegt und frisch aus. Nur ein paar braune Locken hatten sich aus den Haarnadeln befreit. Er wollte ihr etwas sagen, aber er wußte nicht was.

Joanna ging auf die etwa hüfthohen zerklüfteten Felsen zu. »Was ist das hier?« fragte sie.

»Das ist ein sehr alter Lagerplatz. Früher, als die Aborigines noch durch das Land zogen, haben sie hier inmitten der Felsen ihr Lager aufgeschlagen.«

»Ist das eine der heiligen Stätten, von denen Sie mir erzählt haben?«

»Vielleicht. Wir wissen es nicht genau. Nur die Alten – die Hüter der Gesänge – können einem Baum oder Steinen ansehen, ob sie von einem der Ahnen aus der Traumzeit erschaffen worden sind.«

»Es könnte also sein, daß der Platz hier heilig ist?«

»Das hängt davon ab, was Sie unter einem heiligen Platz verstehen. Die heiligen Stätten der Aborigines sind mehr als nur heilige Orte, Miss Drury. Die Schwarzen glauben, daß alles, was jemals an dieser betreffenden Stelle geschehen ist, noch immer geschieht. Eine Entweihung würde die Vergangenheit entweihen.«

»Und das Land dort drüben«, fragte sie und deutete über den Fluß, »gehört das auch noch zu Merinda?«

»Dort fängt die Nachbarfarm an. Sie gehört Colin MacGregor«, antwortete Hugh, »und heißt Kilmarnock.«

»Es ist hier alles so grün und freundlich –« Joanna hörte auf zu sprechen und bekam große Augen. Nicht weit von ihnen entfernt stand zwischen den Bäumen schweigend und unbeweglich ein Mann und beobachtete sie. »Mr. Westbrook, wer ist das dort?«

Hugh blickte durch die Bäume. »Ach, das ist Ezekial, der alte Ureinwohner, von dem ich Ihnen erzählt habe. Er arbeitet manchmal für mich. Er ist einer der letzten seiner Generation. Er weiß noch, wie es hier war, bevor die Weißen kamen. Wenn Sie etwas über die Legende von Merinda wissen möchten, dann müssen Sie ihn fragen.«

Joanna sah den alten Mann am Flußufer staunend an. Er schien sich aus der rötlichbraunen Erde materialisiert zu haben. Er trug Hose und Hemd, aber keine Schuhe. Die weißen Haare und der Bart reichten ihm fast bis zur Hüfte. Seine Augen konnte sie aus der Entfernung nicht sehen, aber Joanna spürte sie auf sich ruhen.
Sie drehte sich um und fragte Hugh: »Warum starrt er mich so an?«
»Eine Frau auf Merinda ist etwas Ungewöhnliches. Außerdem stehen wir ganz in der Nähe der Felsen. Ich glaube, er fühlt sich für die alten Stätten seiner Sippe verantwortlich.«
Joanna machte der Blick des alten Mannes beklommen, und sie fühlte sich wie gelähmt.
In diesem Augenblick kam Adam angelaufen. »Seht mal!« rief er und öffnete die Hände, in denen ein Grashüpfer saß.
»Der ist aber hübsch«, sagte Joanna und drehte dem Mann unter den Bäumen entschlossen den Rücken zu. »Kannst du ›Grashüpfer‹ sagen, Adam?«
Hugh beobachtete Joanna und mußte an seine Kindheit im Busch denken, an das einsame Leben in der Wildnis, wo man manchmal wochenlang keiner Menschenseele begegnete. Als er im Alter von zwanzig Jahren Merinda gekauft hatte, war ihm keine Zeit für ein gesellschaftliches Leben geblieben, denn er konzentrierte seine ganze Energie auf den Aufbau der Farm. In all diesen Jahren hatte er nur die Intimität mit solchen Frauen gekannt, wie sie in einem gewissen Haus in St. Kilda anzutreffen waren. Dann trat Pauline in sein Leben – eine Frau, wie er sie bis dahin noch nicht erlebt hatte. Der leidenschaftliche Kuß im Regen am Fluß hatte seine Leidenschaft geweckt.
Hugh sah Joanna an und dachte: Sie ist so schön, sie scheint so tüchtig zu sein, aber auch sehr verletzlich. Er erinnerte sich an die vergangenen gemeinsamen Tage unterwegs, an die Nächte in den verschiedenen Lagerstätten, und stellte plötzlich zu seiner Überraschung eine leichte Wehmut darüber fest, daß die Fahrt zu Ende war.
Und dann mußte er sich eingestehen, daß sein erster Gedanke nach der Inspektion der Schafe mit Bill Lovell nicht Pauline gegolten hatte und einem Besuch auf Lismore, wo sie auf ihn wartete, sondern daß er sich sofort wieder auf die Suche nach Joanna machte.
»Es wird spät«, sagte er. »Ich bringe Sie und Adam jetzt ins Haus.«
»Laß den Grashüpfer springen, Adam«, sagte Joanna, und sie machten

sich auf den Rückweg. Aber sie drehte sich noch einmal um. Dort unten am Fluß stand Ezekial, der alte Aborigine, und sah ihnen nach.

3

Wie Hugh angekündigt hatte, war das Rindenhaus sehr einfach. Es bestand aus wenig mehr als einem Kamin an einem Ende, einem Bett am anderen und einem Tisch dazwischen. Aber Joanna störte sich nicht daran. Für die kurze Zeit ihres Aufenthalts hier würde es gehen.

Hugh ließ sie und Adam bald allein. Er wollte noch einige Herden inspizieren und dann nach Lismore reiten. Mit Adams Hilfe packte Joanna den Schrankkoffer aus. Dann ließ sie ihn vor dem Kamin mit einem Stofftier spielen, das sie von ihrer Mutter geerbt hatte – es war eine lustige Puppe aus Känguruhfell, die Lady Emily ›Rupert‹ getauft hatte. Der Farmarbeiter mit dem Spitznamen Draht-Larry brachte heißes Wasser zum Baden und Holz für das Feuer. Er erzählte lachend, wie er zu seinem Namen gekommen war. Es hatte nichts damit zu tun, daß er groß und dünn war. Eines Tages war er unter brüllendem Gelächter seiner Kameraden über einen Draht zwischen zwei Zaunpfosten gestolpert und der Länge nach mit dem Gesicht in Schafkot gefallen.

Joanna badete Adam. Danach aßen sie, was man vom Kochhaus herübergebracht hatte – ein reichhaltiges Essen aus Lammkoteletts, Erbsen, frischem Brot und Käse. Zu trinken gab es Milch und für Joanna Tee. Nach dem Essen am Lagerfeuer war das eine erfreuliche Abwechslung.

Jetzt lag Adam im Bett, das er in dieser Nacht noch mit Joanna teilen mußte, denn ein zweites Bett würde es erst am nächsten Tag geben. Adam lag auf der Seite und hatte die Arme fest um Rupert geschlungen. Er schlief. Die lustige alte Fellpuppe gehörte zu den wenigen Dingen, die Lady Emily damals aus Australien mitgebracht hatte.

Es war inzwischen schon spät, und die Farm lag im Dunkeln. Ein leichter Frühlingsregen trommelte auf das Blechdach der Hütte. Joanna hatte die Reisekleider gewechselt, gebadet, ein frisches Nachthemd angezogen und die langen Haare gekämmt. Jetzt wollte sie sich den Dingen zuwenden, die sie auf den Tisch gelegt hatte, wo eine Petroleumlampe ihr warmes, freundliches Licht verbreitete.

Joanna schnürte das kleine Bündel auf, das ihr der Schiffssteward am Kai gegeben hatte, als er ihr Adam überließ und berichtete, man habe den Jungen in Adelaide an Bord gebracht. Joanna rechnete damit, vielleicht Schuhe zu finden oder Spielzeug von Adam. Aber in der kleinen Decke lagen eine in schwarzes Leder gebundene Bibel, ein Kamm aus Elfenbein und, am seltsamsten von allem, ein unbenutztes Geschirrtuch aus Devon, England. Joanna schlug die Bibel auf und sah auf der Seite ›Familienregister‹ vier Eintragungen. Die erste lautete: »Joe und Mary Westbrook sind heute, am 10. September 1865, in den heiligen Stand der Ehe getreten.« Darunter stand: »Adam Nathaniel Westbrook, geboren am 30. Januar 1867«, darunter: »Joseph Westbrook, gestorben am 12. Juli 1867 an Wundbrand« und schließlich: »Mary Westbrook, gestorben im September 1871 an Lungenentzündung«.

Jemand hatte einen schmalen goldenen Ehering in ein Taschentuch gewickelt und in die Bibel gelegt.

Joanna blickte auf Adam, dessen geschlossene Augenlider unruhig zuckten, und dachte: Das ist alles, was ihm als Erinnerung an seine Mutter bleibt – ein Ring, ein paar Daten in einer Bibel und ein Geschirrtuch aus Devon.

Sie griff nach dem Tagebuch ihrer Mutter und hielt es lange in der Hand, bevor sie es aufschlug.

Sie empfand es als Trost, den vertrauten weichen Lederband in der Hand zu halten. Sie stellte sich vor, wie alle Höhen und Tiefen des Lebens ihrer Mutter in dieses Buch geflossen waren und es dadurch nun beinahe lebendig war. Das Tagebuch enthielt auch Joannas Leben, ihre Vergangenheit. Sie dachte wieder an die zurückliegenden Jahre, in denen sie so glücklich gewesen war, denn sie hatte als Kind in einer behüteten, verzauberten Welt gelebt. Für sie war ihre Mutter eine Märchenprinzessin gewesen, so zart und anmutig wie die weißen Pfauen auf dem makellos gepflegten Rasen vor der Residenz des Vizekönigs. Und sie hatte sich vorgestellt, daß ihr Vater, der Oberst, mit seinem großen weißen Tropenhelm, der schneidigen Uniform mit den blitzenden Messingknöpfen und den glänzenden Reitstiefeln die Befehlsgewalt über ganz Indien besaß. Er war tapfer und aufrichtig wie die Helden in den Märchen. Und für die junge Joanna war die Vorstellung noch schöner gewesen, daß er seine Frau über alles liebte.

Joanna war in einer Gesellschaftsschicht aufgewachsen, die Wert auf

Höflichkeit im Reden und Handeln legte, in der es feste Regeln gab, an die sich jeder halten mußte, und wo man selbst zwischen Eheleuten auf Anstand und Schicklichkeit achtete. Aber die Liebe von Petronius Drury für seine Frau galt als einmalig. Oft hörte Joanna als Kind Bemerkungen wie: »Die glückliche Emily! Für Petronius gibt es nur sie . . . Er sieht nie eine andere Frau an . . . wenn nur mein Andrew auch so wäre.«
Und deshalb glaubte Joanna, hatte er nach Lady Emilys Tod nicht weiterleben können.
Joanna schlug das Tagebuch auf und las im Schein der Lampe.
Die Seiten über die ersten Ehejahre berichteten von einem aufregenden und schönen Leben mit Bällen in Palästen und Besuchen bei indischen Fürsten. Lady Emily hatte Rezepte für Kräuterheilmittel vermerkt und philosophische Gedanken dem Tagebuch anvertraut. Als Vierundzwanzigjährige hatte sie geschrieben: »Wenn man etwas tun muß, dann kann man es auch.« Mit dreißig: »Optimismus macht stark.« Sie äußerte sich auch über die Mode: »Die englischen Damen tragen jetzt Saris über den Reifröcken«, und über Etikette: »Mir tat die junge Braut leid, die unpassenderweise die Ehefrau eines höheren Offiziers ansprach.« Beinahe neun Jahre hatte Lady Emily Tagebuch geführt, als sich eines Tages – vor dreizehn Jahren – der Ton ihrer Eintragungen plötzlich veränderte.
An Joannas sechstem Geburtstag schrieb Lady Emily: »Heute ist Joanna sechs geworden. Es war eine schöne Geburtstagsfeier mit zwölf Kindern und den Eltern.« Und dann berichtete sie zum ersten Mal von Alpträumen.
»Die Alpträume setzen wieder ein«, schrieb Lady Emily auf der nächsten Seite. »Ich habe diese Träume als Kind gehabt und seitdem nicht mehr. Ich dachte, ich sei endgültig davon befreit, aber jetzt quälen sie mich wieder – wilde Hunde jagen mich, eine große Schlange mit Schuppen in den Farben des Regenbogens will mich verschlingen. Petronius sagt, daß ich schreiend aufwache. Wenn ich mich doch nur erinnern könnte! Ich vermute, in der Mappe meines Vaters liegt möglicherweise der Schlüssel zu den Antworten. Aber ich fürchte mich, sie zu öffnen. Weshalb?«
Das Feuer im Kamin zischte. Adam schrie einmal im Schlaf auf, aber dann schlief er ruhig weiter.
Vor neun Monaten hatte Lady Emily notiert: »Seltsamerweise hat der Schock der Bedrohung durch den tollwütigen Hund in mir entschwundene Erinnerungen wachgerufen. Der Name Karra Karra verfolgt mich

wie eine Melodie. Ich spüre, daß damit etwas unglaublich Wichtiges verbunden ist. Bin ich vielleicht dort geboren worden? Liegt dort das Land meiner Eltern? Noch ein Name ist mir gegenwärtig – Reena. Ist das möglicherweise die junge Eingeborenenfrau, die mich in den Armen hält? Aber mit Karra Karra verbindet sich noch etwas anderes, ein eigenartiges Gefühl, das mich nicht mehr losläßt. Es sagt mir, daß ich schon vor langer Zeit nach Karra Karra hätte zurückkehren sollen, aber mein Weg hat mich in eine falsche Richtung geführt.«

Und als Lady Emily krank geworden war, schrieb sie: »Ich spüre, daß in mir ein Geheimnis verborgen ist. Ich muß das Rätsel lösen. Aber ich kann mich nicht erinnern. Die Ärzte sagen, daß mir nichts fehlt – aber das stimmt nicht. Etwas vergiftet mich, und ich kann mich nicht dagegen wehren. Ich fürchte auch um Joanna.«

Ehe Lady Emily zu krank zum Schreiben wurde, vertraute sie dem Tagebuch ihre Zwangsvorstellungen an. »Ein anderes Erbe wartet auf mich in Karra Karra. Ich muß es antreten!« Sie war besessen von der wachsenden Angst, daß etwas aus der Vergangenheit versuchte, ihr Leben zu zerstören. Als letzte Worte schrieb sie: »Ich fürchte jetzt nicht mehr um mein Leben, sondern um Joannas. Ich glaube, was jetzt mein Leben fordert, endet nicht mit meinem Tod. Ich ahne, daß auch meine Tochter es erben wird.«

Plötzlich schreckte Joanna ein Geräusch am Fenster auf. Sie hob den Kopf und sah ein dunkelhäutiges Gesicht mit großen Augen, die in das Zimmer blickten. Joanna starrte einen Augenblick verwirrt auf das Fenster, dann begriff sie, daß es eine Schwarze war. Joanna stand auf und ging zur Tür. Aber als sie die Tür öffnete, drehte sich das Mädchen um und lief die Verandastufen hinunter.

»Warte!« sagte Joanna, »bitte lauf nicht davon. Komm zurück!«

Sie eilte die Stufen hinunter und um die Ecke der Hütte, wo das Mädchen verschwunden war, und stieß mit Hugh zusammen.

»Was ...«, sagte er und hielt sie fest, weil sie schwankte.

»Oh, Mr. Westbrook! Entschuldigen Sie! Ich habe Sie nicht gesehen!«

»Miss Drury«, sagte er lachend, »was machen Sie denn hier? Es regnet doch!«

Sie liefen schnell unter das Dach der Veranda, und Joanna sagte: »Tut mir leid, daß ich mit Ihnen zusammengestoßen bin. Aber ich habe jemanden am Fenster gesehen, ein Mädchen, das ins Zimmer blickte. Ich wollte mit ihr reden, aber sie lief davon.«

»Das war Sarah«, erklärte Hugh. »Das Missionsdorf der Aborigines in der Nähe von Cameron Town schickt seine jungen Mädchen in die Farmhäuser des Distrikts, damit sie Hausarbeit lernen. Tut mir leid, daß Sarah Sie erschreckt hat. Ich wollte gerade zu Ihnen, um mich zu erkundigen, ob Sie noch etwas brauchen.« Plötzlich bemerkte er, daß Joanna nur ein Nachthemd trug. Ein Schauer durchlief ihn und gleichzeitig empfand er ein heftiges, glühendes Verlangen. Es traf ihn wie ein Schock.

»Adam und ich sind bestens versorgt, Mr. Westbrook«, erinnerte Joanna. Auch ihr wurde plötzlich bewußt, daß sie nur ein Nachthemd trug. »Möchten Sie hereinkommen?«

»Das geht nicht. Ich muß noch nach Lismore. Wir haben bis jetzt die Herden inspiziert.«

»Und wie ist Ihr Eindruck?«

Er blickte zur Seite, denn die unerwartet heftige Erregung machte ihm zu schaffen. »Leider sieht es schlecht aus«, erwiderte er. »Der Erfolg einer Schaffarm beruht auf dem jährlichen Wollertrag. Ein weitverbreiteter Befall mit Schafläusen würde finanzielle Probleme bedeuten. Wir können die Ursache nicht feststellen. Es kam alles so plötzlich. Und das Seltsamste von allem, nur Merinda scheint davon betroffen zu sein.«

Das andere erzählte er ihr nicht – der alte Ezekial war draußen bei den Herden zu ihm gekommen und so lange in seiner Nähe geblieben, bis Hugh ihn schließlich fragte, ob er ihm etwas zu sagen habe. Ezekial hatte ihn daraufhin gewarnt. Er hatte gesagt, mit Joanna verbinde sich Unglück. Der alte Mann konnte oder wollte aber nicht erklären, warum.

Hugh dachte an ihren weichen Körper, den er bei dem unvermuteten Zusammenstoß gespürt hatte. »Einer meiner Leute wird morgen mit Ihnen nach Cameron fahren. Sie können dort für Adam Sachen zum Anziehen kaufen und alles, was Sie vielleicht brauchen. Ich habe in mehreren Läden dort ein Konto. Ich werde Ihnen auch ein Empfehlungsschreiben für einen Anwalt geben. Er ist ein Freund von mir. Er kann sich die Urkunde ansehen und Ihnen vielleicht einen Rat geben, der Ihnen weiterhilft.« Er sah wieder Joanna an, sah, wie ihr die langen braunen Haare über den Rücken fielen und spürte tief im Innern ein seltsames Sehnen. Er hatte das Gefühl, sein Gleichgewicht verloren zu haben.

Er wollte sie verlassen, aber er wollte auch bleiben. »Ich würde Sie gerne selbst in die Stadt begleiten, aber ich kann die Farm nicht allein lassen.«
»Das verstehe ich«, sagte Joanna. »Vielen Dank.«
»Können Sie und Adam da drin wohnen? Ich weiß, es ist alles sehr einfach . . .«
»Wir kommen gut zurecht, vielen Dank.«
»Einer der Männer bringt morgen das zweite Bett. Und ich werde Ihnen dann die Farm zeigen. Wir haben ein paar neugeborene Lämmer, die Adam bestimmt sehen möchte.«
Er schwieg. Als er ihr in die Augen blickte, mußte er wieder gegen das neu entdeckte Verlangen ankämpfen. Verwirrt leugnete er es und unterdrückte es entschieden. Er dachte an Pauline, die bald seine Frau werden sollte, und auch daran, wie leidenschaftlich sie ihre Liebe für ihn bekundet hatte. Er sagte: »Gute Nacht« und zwang sich, in die Dunkelheit und den Regen hinauszugehen.
Joanna sah ihm nach. Dann schloß sie leise die Tür.
Sie warf zuerst einen Blick auf Adam, dann kehrte sie zum Tisch zurück und drehte die Lampe heller.
Vor siebenunddreißig Jahren hatte man Emily ihren Eltern weggenommen und zu einer Tante in England geschickt. Das Kind hatte nur eine Fellpuppe bei sich und eine Ledertasche. Es war offenbar eine Art überstürzte Flucht gewesen, die auf Gefahren hinwies. Da man ihr die Tasche mitgab, schien jemand der Ansicht gewesen zu sein, der Inhalt müsse gerettet werden. Joanna öffnete jetzt die Silberschnallen und nahm einen Stapel Papiere heraus.
Lady Emily hatte von ihrer Tante Millicent nur erfahren, daß ein englischer Kapitän sie in Singapur von einem Schiff der Handelsmarine übernommen hatte. Lady Emily wußte von der langen Reise nichts mehr. Ihre früheste Erinnerung war, daß sie in Tante Millicents Garten spielte. Sie wußte nichts von der Tasche, bis Millicent sie ihr am Tag ihrer Hochzeit übergab. Emily schien sich sofort an die Tasche zu erinnern, das heißt an ihre Bedeutung. Der Anblick erfüllte sie mit entsetzlicher Angst. Sie nahm die Tasche als junge Braut mit nach Indien, verwahrte sie jedoch ungeöffnet an einem sicheren Ort.
Joanna blickte staunend auf die etwa hundert Seiten vor ihr auf dem Tisch. Sie waren eng beschrieben, aber in einer Schrift, die sie noch nie

gesehen hatte. Es war kein Englisch, noch nicht einmal ein richtiges Alphabet, sondern Zeile um Zeile geheimnisvoller Symbole . . .

Was stand auf diesen Blättern, fragte sie sich, und warum hatte man sie einem kleinen Mädchen anvertraut, das seinen Eltern weggenommen wurde? Noch wichtiger war die Frage: Was hatten sie mit Australien zu tun und mit der Reise, zu der Lady Emily sich getrieben gefühlt hatte? Verbarg sich in diesen seltsamen Symbolen auch eine Erklärung ihrer Ängste, ihrer Träume von wilden Hunden, von einer Riesenschlange, der Vergangenheit und der Zukunft?

Joanna betrachtete langsam Seite für Seite, aber sie entdeckte nichts als die seltsame Handschrift und die rätselhaften Symbole. Was es auch sein mochte, es mußte sich um eine Art Kode handeln. Aber wessen Kode, was für ein Kode und warum diese Vorsicht? Joanna war zu müde, darüber nachzudenken.

Sie löschte die Lampe und legte sich in das Bett, aber sehr behutsam, um Adam nicht zu wecken. Als sie den Kopf auf das Kissen drückte, weckte ein vertrauter Geruch sofort die Erinnerung an Hugh Westbrook, und sie wußte, es war sein Geruch auf dem Kissen – ein starker Geruch nach Rasierseife und etwas schwächer nach Seife zum Waschen. Darunter mischten sich Spuren von Tabak, Wolle und noch etwas. Ihre Reaktion auf diese Intimität überraschte Joanna – sie schlief in seinem Bett und wußte, daß sie die Vorstellung erregte, an der Stelle zu liegen, wo normalerweise Hugh schlief. Ein seltsames, ganz neues Gefühl erfaßte sie, das sie bislang noch nicht kannte oder vielleicht nur flüchtig, wenn sie in den Armen des hübschen jungen Offiziers getanzt hatte.

Joanna versuchte, nicht an Hugh zu denken, nicht an die Falte zwischen den Augenbrauen, die sich vertiefte, wenn er konzentriert über etwas nachdachte, und die ihn noch attraktiver machte. Sie wollte sich auch nicht daran erinnern, wie er unerwartet lachte, oder daran, daß er die Angewohnheit hatte, hin und wieder den Hut vom Kopf zu nehmen und mit den Fingern durch die Haare zu fahren, oder an den Druck seiner Hände, wenn er ihr vom Wagen heruntergeholfen hatte, und an die Begegnung vor dem Haus, als sie mit ihm zusammengestoßen war, und er sie gehalten hatte, damit sie nicht fiel.

Joanna war müde gewesen, aber jetzt war sie plötzlich wieder hellwach. Ihr Körper ließ sich nicht täuschen, und auch ihre Gedanken, die um Hugh kreisten, schienen sich zu verselbständigen, denn sie versuchte, sich auszudenken, wie es wohl sein würde, mit ihm jetzt in diesem Bett zu liegen.

Joanna rief sich energisch zur Ordnung und zwang sich, daran zu denken, daß er bald heiraten würde, und daß sie hierhergekommen war, um Adam zu helfen, sich einzugewöhnen. Sie wollte nur einen Ausgangspunkt für ihre Suche nach Karra Karra haben. Deshalb durfte sie nicht auf diese Weise an Hugh Westbrook denken. Also konzentrierte sich Joanna auf den Grund ihrer Reise: Sie wollte ihr Erbe finden, sie wollte die Schuld ergründen, von der ihre Mutter geglaubt hatte, sie habe etwas mit Karra Karra zu tun, und sie wollte damit das Ende der beklemmenden Träume herbeiführen.

Aber sosehr sie sich auch bemühte, ihre Gedanken auf diese Fragen zu richten, ihre Gefühle und ihr Körper führten sie zu Hugh zurück und zu der Sehnsucht, die sie für ihn empfand.

Kapitel Fünf

1

»Wilma Todd behauptete, daß sie dich besiegen wird, Pauline«, sagte Louisa Hamilton und blickte dabei voll Neid auf Paulines Haare.

Pauline Downs sah im Spiegel ihre Freundin hinter sich und lachte. »Meine liebe Louisa, Wilma Todd hat nicht den Mut, mich herauszufordern.«

Sie saßen in Paulines Schlafzimmer. Louisa beobachtete, wie die Zofe Pauline die Haare frisierte, und griff unwillkürlich an die eigene aufwendige Hochfrisur, als müsse sie sich vergewissern, daß sie sich noch immer dort befand.

Die neueste Mode verlangte, die Haare in einem kunstvollen Knoten hochzustecken, der beachtliche dreißig Zentimeter hoch auf dem Hinterkopf saß. Dadurch neigte sich der Hut entsprechend gewagt nach vorne und verdeckte beinahe die Augenbrauen. Aber nur wenige Frauen besaßen genügend eigene Haare für diesen Knoten, und die anderen mußten ihre *Chignons* mit versteckten Haarteilen und Einlagen polstern. Louisa Hamilton gehörte zu den Glücklichen, die einen reichen und großzügigen Mann besaßen. Sie konnte sich ein Haarteil aus Echthaar leisten. Der vertrauenswürdige Händler hatte ihr versichert, daß die Haare »nicht vom Kopf einer Sterbenden oder einer anderen verarmten Straßendirne stammen, wie es meistens der Fall ist, sondern von einer jungen Novizin, die sich bei ihrem Eintritt in ein katholisches Kloster die Haare abschneiden ließ«. Louisas Hochfrisur machte sie stolz und war ihre ganze Freude. Die Freude war jedoch von kurzer Dauer, denn als sie Paulines lange, platinblonde Locken sah, die wie Seidenbänder durch Elsies Hände glitten, mußte Louisa sich neidvoll eingestehen, daß eine so

attraktive Frau wie Pauline mit *eigenen* hellblonden Haaren die bewundernden Blicke auf sich zog.
Louisa spürte den zweiten Anflug von Neid, als Elsie ihrer Herrin aus dem *Peignoir* half und in die Reifen, die Tournüre und Petticoats, die ihrem Kleid den richtigen Sitz gaben. Louisa erinnerte sich, daß ihre eigene Taille einmal ebenso schlank gewesen war. Sieben Ehejahre und sechs Kinder hatten das geändert. Als kaum Fünfundzwanzigjährige war sie matronenhaft dick und mußte zu besonders eng geschnürten Korsagen und gelegentlich auch zu Morphium greifen, um so etwas wie eine Taille zu erreichen, beziehungsweise vorzutäuschen.
Während Elsie ihrer Herrin die vielen kleinen Knöpfe am Rücken des taubengrauen Seidenkleides zuknöpfte, warf Louisa einen kurzen Blick in den bodenlangen Spiegel. Am liebsten hätte sie das Bild, das sie dort zu sehen glaubte, mit Steinen beworfen. Hier saß sie, eine typische dicke Schafzüchtersfrau, die zu nichts anderem taugte, als das Geld ihres Mannes auszugeben und Kinder zu gebären. Aber sofort überkamen Louisa Schuldgefühle, und sie erschrak über diese Gedanken.
»Pauline, ich habe gehört«, sagte sie und drehte ihrem Spiegelbild bewußt den Rücken zu, »daß Wilma Todd den ganzen Winter über trainiert. An deiner Stelle wäre ich zumindest ein wenig nervös.«
»An dem Tag, an dem mich jemand wie Wilma Todd einschüchtert, Louisa, kannst du mich begraben. Beim Bogenschießen hat sie gegen mich keine Chance. Ich halte den Titel ungeschlagen seit vier Jahren, und ich habe die Absicht, ihn auch im fünften Jahr zu verteidigen.«
Pauline freute sich insgeheim darüber, daß Wilma beim Wettschießen im Sommer gegen sie antreten wollte. Sie war eine ausgezeichnete Schützin, und Pauline wußte bereits, daß sie mit ganzer Hingabe trainierte, um die Meisterschaft zu gewinnen. Es würde demnach ein herrlich aufregender Wettkampf werden. Ein Wettschießen war langweilig, wenn es keine ebenbürtige Konkurrentin gab. Je besser die Gegnerin, desto größeres Vergnügen bereitete Pauline der Wettkampf.
»Ich weiß nicht, wie du das machst, Pauline«, sagte Louisa, »ich werde bereits nervös, wenn ich eine meiner Torten zum Backwettbewerb bei der Landwirtschaftsausstellung abgebe. Und wenn ich jemals den ersten Preis gewinnen sollte, müßte ich mich vor Aufregung bestimmt eine Woche lang mit Migräne ins Bett legen!«
»Wettkämpfe geben einem erst das Gefühl, zu leben, Louisa«, erwiderte

Pauline und begutachtete sich im Spiegel. »Und es kommt darauf an, zu siegen. Der Sieg ist der größte Reiz. Jeder Dummkopf kann verlieren, jeder Dummkopf kann einen Wettkampf ausschlagen. Ein Sieg ist die Bestätigung des eigenen Werts.«

Ein Wettkampf hatte für Pauline manchmal etwas Erotisches, ganz gleich, ob es wie beim Bogenschießen um das Kräftemessen mit anderen Menschen ging oder mit der Natur, wie Hugh Westbrook das auf seiner Farm tat. Hughs Kampfgeist und Entschlossenheit hatten Paulines Interesse für ihn geweckt. Er hatte sich von den zahllosen Rückschlägen nicht entmutigen lassen und Merinda trotz aller Widerstände zu einer angesehenen Farm gemacht. Sie fand seine Entschlossenheit, Erfolg zu haben, faszinierend. Es war allgemein bekannt, daß Pauline nur einen Sieger lieben konnte. Sie sonnte sich in der Vorstellung, daß sie sich am Sieg berauschte wie andere am Wein.

Dieses Gefühl bereiten mir auch die kleinen Siege, dachte Pauline, während sie den Hut aufsetzte und zurechtrückte. So ein Sieg stand ihr bevor, wenn sie Hugh dazu brachte, seine Ansicht über das Kindermädchen zu ändern, das er aus Melbourne mitgebracht hatte. Pauline hatte ihm bereits vorgeschlagen, den Jungen nach Lismore zu bringen, aber Hugh wollte die einmal getroffene Entscheidung nicht rückgängig machen. Pauline wußte, wie eigensinnig er sein konnte, aber sie wußte auch, daß sie letzten Endes ihren Willen durchsetzen würde. So oder so, Miss Drury würde wieder gehen müssen.

Als Louisa plötzlich aufseufzte, sah Pauline sie prüfend an und sagte: »Ich habe das deutliche Gefühl, Louisa, du bist heute morgen nicht gekommen, um über Wilma Todd zu reden. Was hast du auf dem Herzen?«

»Ich bin zu einer ungünstigen Zeit gekommen, Pauline. Du möchtest ausgehen.«

Pauline entließ ihre Zofe und setzte sich neben ihre Freundin auf das Bett: »Sag mir, Louisa, worum es geht. Vielleicht kann ich dir helfen.«

»Du kannst mir nicht helfen«, stieß Louisa mit Tränen in den Augen hervor. »Ich ... ich glaube, ich bin wieder schwanger.«

»Aber liebe Louisa! Deshalb muß man doch nicht weinen!«

»Wirklich nicht? Ich habe gerade erst Persephone bekommen, und jetzt geht es schon wieder los! Du weißt ja nicht, wie das ist, Pauline. Du weißt nichts von ehelichen Pflichten.«

Eheliche Pflichten, dachte Pauline, genau danach sehne ich mich doch! Wieder kehrten ihre Gedanken zu Hugh zurück und zu seinem unerwarteten Besuch vor drei Nächten nach der Rückkehr aus Melbourne. Sie hatte ihn ins Wohnzimmer geführt und die Tür kaum geschlossen, als er sie plötzlich in die Arme nahm, sie heftig und leidenschaftlich küßte. Bei diesem unerwarteten Beweis seiner Leidenschaft und der Sinnlichkeit des Kusses vergaß auch Pauline jede Zurückhaltung. Wenn Hugh sich nicht zusammengenommen hätte, wäre es nicht bei dem Kuß geblieben, und Pauline hätte nicht mehr auf das verlockende Geheimnis der Hochzeitsnacht warten müssen. Hugh verhielt sich zwar wie ein echter Gentleman, aber Pauline spürte seine sexuelle Hochspannung, die geballte Energie, die ihn dazu zwang, ungestüm im Wohnzimmer auf und ab zu gehen. Er hatte sie mehr als jemals zuvor in Erregung versetzt.
»Du weißt einfach nicht, wie das ist«, sagte Louisa und betupfte sich die Augen mit einem Taschentuch. »Miles ist so fordernd. Kannst du dir vorstellen, Pauline, daß ich mich abends manchmal schlafend stelle, damit er mich in Ruhe läßt?«
»Louisa, das habe ich nicht geahnt. Kannst du denn nicht mit ihm darüber reden?«
»Mit ihm reden? Pauline, Miles spricht in meiner Gegenwart nicht einmal über Schafzucht, ganz zu schweigen von unseren persönlichen Dingen. Er ist sehr korrekt, weißt du.«
»Ja, das weiß ich«, sagte Pauline und wunderte sich wieder einmal darüber, weshalb ihre lebenslustige Freundin einen so steifen und verknöcherten Mann geheiratet hatte. Als Miles Hamilton seine Louisa vor sieben Jahren am Altar küßte, hatte Pauline den Eindruck gehabt, er beiße in eine saure Zitrone. Sie konnte sich nicht vorstellen, daß dieser Mann im Schlafzimmer fordernd sein sollte ...
»Ich bin so unglücklich, Pauline. Ich weiß nicht, ob ich das noch länger durchhalten kann.«
Pauline wünschte allmählich, ihre Freundin wäre nicht gekommen. Sie verabscheute emotionale Ausbrüche und fand sie geschmacklos. »Meine liebe Louisa«, sagte sie energisch, »du mußt lernen, die Kontrolle zu behalten. Tränen können deine Lage nicht verbessern.«
»Jetzt kannst du das noch sagen, Pauline. Aber warte nur, bis du verheiratet bist. Dann sieht es auch für dich ganz anders aus.«
»Ich habe nicht die Absicht, zuzulassen, daß mein Leben sich ändert, nur

weil ich veheiratet bin. Verheiratet oder nicht verheiratet, ich werde und will immer die Kontrolle behalten. Und so solltest auch du anfangen zu denken. Es gibt bestimmt eine Lösung, Louisa. Wenn Miles nicht mit sich reden läßt, dann setz dich einfach durch. Schlaf in einem anderen Zimmer. Erklär ihm, du seist müde oder gesundheitlich angegriffen. Du kannst die Sache in die Hand nehmen, Louisa. Du mußt nur den Entschluß fassen, es energisch zu versuchen.«

Louisa zerknüllte das Taschentuch und sah sich vorsichtig nach allen Seiten um. Dann sagte sie beinahe flüsternd: »Das habe ich bereits versucht. Pauline ..., ich habe etwas Schreckliches getan.«

Als Louisa bedeutungsvoll schwieg, sagte Pauline schließlich: »Meine Liebe, du weißt doch, was du auch sagen wirst, es bleibt in diesen vier Wänden.«

Louisa trat ans Fenster und blickte auf den Park von Lismore, von dem es allgemein hieß, er sei der schönste in ganz Victoria. Er umfaßte hundert Morgen Land. Obstgärten, gepflegte Rasenflächen, ein See und ein Wildgehege umgaben das herrschaftliche Haus im Tudorstil. Es befand sich weit genug entfernt von der Schaffarm, so daß man nichts von dem geschäftigen Treiben hörte oder sah, sondern wirklich glauben konnte, man befinde sich auf einem Landsitz in England. Louisa sah weiter unten die mit Steinplatten belegte Terrasse, wo Pauline und Frank ihre Gartenfeste feierten. In der Nähe befanden sich der Rasen für das Crocketspiel und ein Schießstand zum Bogenschießen. Dahinter lagen die Dienstbotengebäude, der Holzschuppen, das Waschhaus, die großen Stallungen für die Pferde und die Remisen. Louisa wußte, daß fünfzig Dienstboten Haus und Gelände für Frank und Pauline pflegten und noch sehr viel mehr Leute auf der Farm arbeiteten. Lismore war eine kleine Stadt mit Schmied, Stellmacher, Veterinär, einem Laden und genügend Unterkünften für die Angestellten und die Saisonarbeiter. Auch darum beneidete Louisa ihre Freundin Pauline.

Würde Pauline sie verstehen? Konnte eine Frau, die ein so behütetes Leben führte, sich auch nur annähernd vorstellen, was sie durchmachte?

Louisa war auch bewußt, daß Pauline schon immer übertrieben verwöhnt worden war. Der alte Downs hatte in seiner Jugend in England als Stallbursche gearbeitet und oft mit Bitterkeit über die Härten und das Elend dieser Jahre gesprochen. Man hatte ihn herumgestoßen und mit

Fußtritten behandelt wie einen Hund. Er wurde ohne Grund ausgepeitscht und mußte das Unrecht der Reichen erdulden, weil er sich nicht verteidigen konnte. Paulines Vater hatte sich bei jedem Peitschenhieb geschworen, daß auch er eines Tages reich sein und über andere herrschen werde. Also ging er in die Kolonien, und es gelang ihm, sich eine Schaffarm mit fünfundzwanzigtausend Morgen fruchtbarem Weideland in der westlichen Ebene von Australiens Kolonie Victoria zu erarbeiten. Dann baute er die getreue Wiedergabe des elisabethanischen Herrenhauses, in dem er als Stallbursche sein Leid erfahren hatte. Er ließ aus England die teuersten Möbel, Teppiche, Kronleuchter und Gemälde kommen. Er scheute keine Ausgaben, und seine beiden Kinder Frank und Pauline durften sich nun seiner Leistungen erfreuen.

Pauline lebte in einer reichen und vornehmen Welt. Man hatte Louisa in Paulines Privatgemächer geführt – eine Suite mit einem Schlafzimmer, einem Wohnzimmer, einem Ankleidezimmer und einem Bad. Louisa erinnerte sich noch daran, wie das Bad installiert wurde. Im Distrikt hatten sich alle Gemüter darüber erregt. Der Architekt von Lismore unterhielt jedermann mit den Beschreibungen von Pauline Downs' wundersamem Badezimmer. Selbst in den Häusern der Reichsten gab es kein fließendes Wasser. Aber Pauline hatte darauf bestanden, daß Wasserleitungen gelegt, eine Toilette mit Wasserspülung eingebaut und in dem Raum direkt neben ihrem Schlafzimmer eine in den Boden eingelassene Badewanne aufgestellt wurde! Louisa kam sich in dieser Umgebung immer wieder wie in Kleopatras Palast vor. Und es war für Pauline so typisch, sich über die herrschenden Gewohnheiten hinwegzusetzen. Jeder wußte, es schadete der Gesundheit, im warmen Wasser zu sitzen. Die Ärzte warnten sogar vor dem Baden ganz allgemein und beriefen sich darauf, daß selbst die Königin nicht mehr als zweimal im Jahr ein Bad nahm. Aber Pauline brüstete sich damit, jeden Tag in ihrer Badewanne von heißem Wasser zu sitzen, und erklärte, es sei das Gesündeste von der Welt.

Wie sollte eine Frau, die nur die schönsten Seiten des Lebens kannte, Verständnis für Louisas Gewissensqualen aufbringen? Louisa kämpfte mit sich. Sie mußte mit jemandem über ihr Problem sprechen, und sie wußte, Pauline würde sie vielleicht zwar nicht verstehen, aber immerhin war sie eine Frau, auf die man sich verlassen konnte. Louisa vertraute darauf, Pauline würde ihr Geheimnis nicht verraten.

»Ich war bei Doktor Fuller in Cameron Town«, sagte sie schließlich. »Ich habe ihn um einen Rat gebeten. Ich habe gehört, daß es ... Möglichkeiten gibt, zu verhindern, daß so etwas geschieht. Von Winifred Cameron weiß ich, daß die Frauen in Europa einen Weg gefunden haben, nicht schwanger zu werden. Aber das alles ist streng vertraulich. Es ist bei Strafe verboten, über solche Dinge zu schreiben oder zu sprechen. Ich dachte, Doktor Fuller ist Arzt ... Ich dachte, er wisse möglicherweise etwas darüber und werde es mir vielleicht sagen.«
Pauline sah ihre Freundin mit großen Augen an. »Und hat er es getan?«
Louisa schüttelte den Kopf. »Er hat mir einen Vortrag über Gottes Gebote gehalten und die Pflichten einer verheirateten Frau. Dann drohte er, Miles von meinem Besuch zu erzählen. Aber ich habe geweint und ihn angefleht, es nicht zu tun. Schließlich hat er mir versprochen, zu schweigen, wenn ich diese törichte Idee einer Schwangerschaftsverhütung aufgeben würde. Er hat mir das Gefühl gegeben, eine Sünde zu begehen und schlecht zu sein, Pauline.«
»Was willst du jetzt tun?«
Louisa drehte sich um und sah sie an. »In der Stadt gibt es einen neuen Arzt. David Ramsey ...«
»Ja, das hat mir Maude Reed erzählt. Sie behauptet, er sei sehr gut.«
»Er ist jung, Pauline. Ich könnte mir vorstellen, daß ein junger Mann vielleicht etwas liberaler denkt. Ich werde ihn um die Informationen bitten, wenn es sein muß. Ich werde ihm Geld anbieten – alles, was er will. Ich werde nicht aufgeben. Ich möchte nicht so enden wie meine Mutter. Sie ist bei der Geburt ihres achtzehnten Kindes gestorben. Stell dir vor, sie war gerade erst neununddreißig geworden.«
»Ach ja«, sagte Pauline und fragte sich, ob es wirklich eine Methode gab, mit der eine Frau die Empfängnis eines Kindes verhüten konnte. Sie hatte noch nie darüber nachgedacht. Ihre Zukunft als Mrs. Hugh Westbrook stellte sie sich immer nur mit einem Heer von Dienstboten und vielen gesunden und glücklichen Kindern vor. Aber an Schwangerschaften und an die Geburt dieser Kinder, die körperlichen Unannehmlichkeiten, an die Gewichtszunahme, ganz zu schweigen von den Einschränkungen, die das Kinderkriegen einer Frau auferlegte – daran hatte Pauline bisher kaum einen Gedanken verschwendet. Als sie jetzt daran dachte, spürte sie, wie ihr Kampfgeist erwachte. Das war eine neue Herausforderung, denn sie beabsichtigte nicht, sich von den Pflichten der

Ehe fesseln zu lassen. Sie wollte nicht auf ihre Lieblingsaktivitäten verzichten wie etwa Reiten, Jagen und Bogenschießen. Und auf keinen Fall wollte sie in eine Lage geraten wie Louisa und so viele andere junge Ehefrauen im Distrikt. Sie alle hatten ihre Jugend geopfert und waren vorzeitig gealtert, weil sie nicht selbst bestimmen konnten, wann sie schwanger wurden. Pauline faßte den Entschluß, unter allen Umständen herauszufinden, was für eine geheime Methode der Empfängnisverhütung die Frauen in Europa gefunden hatten.
»Verzeih mir, Pauline«, sagte Louisa, »ich bin nicht gekommen, um dir den Vormittag zu verderben. Aber ich war so niedergeschlagen, ich mußte einfach mit jemandem darüber reden.«
»Schon gut, Louisa, das verstehe ich. Ich bin froh, daß du mich ins Vertrauen gezogen hast. Wann willst du Dr. Ramsey aufsuchen?«
»Ich muß warten, bis ich einen Grund habe, in die Stadt zu fahren. Ich muß mich wohl gedulden, bis Miles mit dem Versand der Wolle alle Hände voll zu tun hat.« Louisa seufzte noch einmal tief. »Aber jetzt muß ich zu den Kindern zurück.«
»Es ist so ein schöner Tag, Louisa. Komm doch mit mir nach Kilmarnock! Ich will einen Besuch bei Christina machen.«
»Danke für dein Angebot, aber dazu habe ich keine Lust. Kilmarnock ist so düster. Und die arme Christina. Ich weiß, sie kann nichts dafür, aber sie geht mir auf die Nerven. Warum um alles in der Welt willst du zu ihr?«
»Die MacGregors werden bald meine Nachbarn sein, und ich möchte mich mit ihnen anfreunden.«
»Und erst ihr Mann! Colin MacGregor ist so kalt, und dann macht er so ein Wesen um seinen Adelstitel. Er läßt sich keine Gelegenheit entgehen, jeden daran zu erinnern, daß sein Vater ein Lord ist.«
Als Pauline ihre Freundin aus dem Zimmer begleitete, fragte sie: »Ach übrigens, was sagst du denn zu dem Kindermädchen, das Hugh aus Melbourne mitgebracht hat?«
»Was soll ich dazu sagen? Ich habe sie noch nicht gesehen.«
»Ich kann mir vorstellen, was für eine Frau das ist. Wir haben zwei unserer Küchenmädchen geradewegs von einem Einwandererschiff weg eingestellt. Sie konnten nicht einmal eine Gabel von einem Löffel unterscheiden. Und von Manieren ganz zu schweigen! Immerhin sind sie besser als die Aborigines.«

Sie erreichten die Eingangshalle im Parterre. Louisa sah sich und Pauline in einem der bodenlangen Spiegel. Wieder flammte in ihr Eifersucht auf. Sie hatte noch nie eines der neumodischen Kleider mit Tournüre gesehen, und sie fand es sehr vorteilhaft an einer so großen und schlanken Frau wie Pauline. Louisa fragte sich, ob diese neue Mode vielleicht auch ihr Aussehen verbessern könnte. Allmählich haßte sie die beschwerliche Krinoline, die sie wie eine dicke, braune Wolke einhüllte.

»Trotzdem, Pauline«, erwiderte sie, »ich an deiner Stelle wäre schrecklich neugierig. Ich meine, du müßtest doch so schnell wie möglich nach Merinda fahren und sie in Augenschein nehmen.«

Pauline hatte bereits eine Vorstellung davon, was sie dort zu sehen bekommen würde. Frank hatte erklärt, die Frau sei hübsch. Zweifellos kam sie aus den unteren Klassen und suchte in den Kolonien einen reichen Mann, der sie heiraten würde. Pauline fand, in Australien wimmele es geradezu von solchen Frauen. »Ihretwegen nach Merinda zu fahren«, erklärte sie kühl, »würde bedeuten, dieser Frau eine Bedeutung zuzumessen, die sie nicht besitzt. Sie ist eine Angestellte, ein Kindermädchen – mehr nicht. Außerdem wird sie nicht lange bleiben. Wenn Hugh und ich erst verheiratet sind, werde ich sie durch eine besser geeignete Frau ersetzen.«

»Du meinst durch jemanden, der älter ist«, provozierte Louisa.

Pauline lachte. »Älter ganz bestimmt!«

Während sie auf die Wagen warteten, sagte Louisa: »Ich wünschte, ich wäre so stark wie du, Pauline. Du hast vor nichts Angst, nicht wahr?« Sie deutete auf die Vitrine, in der einige von Paulines Preisen und Pokalen standen.

Pauline lächelte, denn sie wollte sich unter keinen Umständen ihre geheime Angst anmerken lassen.

Pauline wußte, daß die Leute in ihr eine furchtlose Frau sahen. Sie jagte wilde Hunde und ritt temperamentvolle Pferde. Als man einmal bei einem Tennisnachmittag eine giftige Schlange auf dem Rasen entdeckte, waren die anderen Frauen davongelaufen, aber Pauline hatte die Schlange mit einem Pfeilschuß getötet. Auch ihr Bruder Frank fand, sie habe Nerven wie Drahtseile. »Wenn du einem afrikanischen Löwen begegnen würdest, Pauline«, hatte er einmal gesagt, »dann würde ich mein Geld nicht auf den Löwen verwetten!«

Es gab ein Wesen, vor dem Pauline Angst hatte, aber dieses Geheimnis kannte niemand.
»Dein Wagen kommt, liebe Louisa«, sagte sie. »Bitte laß mich wissen, wie dein Besuch bei Dr. Ramsey ausgegangen ist. Vielleicht werde ich diese Information eines Tages selbst brauchen.«
»Danke, Pauline, daß du mich angehört hast. Jetzt geht es mir wieder besser. Natürlich werde ich dir sagen, was Dr. Ramsey mir rät.«
Sie traten in den hellen Sonnenschein hinaus. »Wenn du Wilma Todd sehen solltest«, sagte Pauline, »richte ihr bitte aus, daß ich mich auf das Wettschießen freue. Und auf den Ausgang möchte ich Geld setzen, wenn sie gegen eine freundschaftliche Wette nichts einzuwenden hat.«
»Wette? Habe ich etwas von einer Wette gehört?« fragte Frank, der gerade die Treppe herunterkam. »Guten Tag, Louisa. Gehen Sie schon wieder? Grüßen Sie bitte Miles von mir.«
Pauline sah ihren Bruder fassungslos an. Es war noch nicht Mittag, und er trug bereits einen schwarzen Frack, ein gestärktes weißes Hemd und – kaum zu glauben – am hellichten Tag während der Schafschur Zylinder und Stock!
»Frank, was um alles in der Welt ist denn in dich gefahren?« fragte sie. »In all den Jahren, in denen du die Farm leitest, habe ich noch nie erlebt, daß du während der Schur nicht bei deinen Leuten bist. Das ganze Jahr über könnte dich nicht einmal Napoleon mit seinen Soldaten aus Melbourne wegschleppen, aber wenn die Schafe geschoren werden, dann läßt du die Scherer nicht aus den Augen, als wärst du ein Dingo, der auf ein Känguruh lauert. Und jetzt erscheinst du seit vier Tagen in diesem Aufzug und gehst aus. Frank, wohin gehst du denn, wenn ich fragen darf?«
»Ich habe Geschäfte in der Stadt«, erwiderte er und zog seine Handschuhe an. »Außerdem geht dich das nichts an.«
»Aha«, sagte sie, »dann ist also eine Frau im Spiel.«
Als er gegen diese Unterstellung protestieren wollte, hob Pauline die Hand. »Ich will nichts hören, Frank. Viel Vergnügen! Aber jammere mir nichts vor, wenn dich der Wollertrag in diesem Jahr enttäuscht, oder wenn die Wollhändler dir keinen guten Preis zahlen. Ich fahre jetzt nach Kilmarnock.«
»Großer Gott, warum?«

»Ich tue es für Hugh. Es ist wichtig, daß er in diesem Distrikt überall Anerkennung findet.«
Frank sah seiner Schwester nach und mußte sich eingestehen, daß er sie zum ersten Mal in seinem Leben beneidete. Sie hatte den Mann, den sie wollte, während er mit vierunddreißig noch eine Frau finden mußte, der er sein Herz schenken konnte. An Versuchen mangelte es allerdings nicht.
An jenem Abend, als die neue Bardame das schmeichelhafte Bild von ihm gezeichnet hatte, war er wieder in Finnegans Pub erschienen und hatte ihr angeboten, sie nach Hause zu begleiten. Zu seiner Überraschung – schließlich war er ein reicher Mann – lehnte Miss Dearborn ab. Am nächsten Abend wollte er sie zu einer Spazierfahrt in seiner Kutsche einladen. Und wieder verblüffte sie ihn mit einer Absage. Am dritten Abend schlug er vor, mit ihr essen zu gehen. Aber sie erklärte, sie habe keinen Hunger. Also kam er zu dem Schluß, daß Miss Dearborn doch nichts Besonderes an ihm fand. Wie konnte eine Bardame nur so wählerisch sein! Am Abend zuvor war er nicht in Finnegans Pub gewesen, und darauf war er stolz. Aber als er an diesem Morgen die Augen aufgeschlagen hatte, stellte er fest, daß er es nicht länger aushielt. Er beschloß, bei Finnegans zu Mittag zu essen und dann zu den Scherern zu gehen.
Er wollte nicht aufgeben. Früher oder später würde er genau die Sache herausfinden, der Miss Dearborn nicht widerstehen konnte. Und dann sollte sie ihm gehören, ihm als einzigem Mann im westlichen Distrikt.

2

Das große, einer Burg ähnliche Haus auf Kilmarnock hatte viele Räume. Aber nur vor einem Zimmer fürchtete sich der junge Judd MacGregor. Er glaubte, es sei von Geistern heimgesucht.
Die Schaffarm Kilmarnock lag zwischen Merinda und Lismore. Zu ihr gehörten 30 000 Morgen Land. Das aus Sandstein gebaute Haus war angeblich eine Kopie der Burg Kilmarnock in Schottland, ein wuchtiger Bau mit Türmchen, Zinnen und schmalen vergitterten Fenstern. Es fehlte nur die Zugbrücke, obwohl ein breiter Ring aus Blumenrabatten um das Haus den Anschein eines Burggrabens erweckte. Kilmarnock stand in-

mitten riesiger Rasenflächen, und hohe Eukalyptusbäume schützten es vor dem Wind aus der Ebene. Dem Besucher, der zum ersten Mal hierherkam, bot es einen düsteren Anblick. Aber so unheimlich es auch wirkte, Kilmarnock war ein majestätisches Herrenhaus. Im Innern setzte sich der Stil der Alten Welt fort, dunkle Holztäfelungen, wuchtige gotische Möbel und alte Ritterrüstungen, die stumm Wache hielten. Dadurch sollte der Eindruck von Feudalismus und Adel entstehen, und jeder, der durch das wuchtige Portal von Kilmarnock und in die dunkel getäfelte Eingangshalle trat, in der gekreuzte Schwerter und mittelalterliche Tapisserien die Wände schmückten, sah unweigerlich in Colin MacGregor den schottischen Laird auf der Burg seiner Vorfahren.
Den Raum, den Judd MacGregor fürchtete, betrat man durch einen Steinbogen und eine massive Holztür. Judd zweifelte nicht daran, daß dort Geister hausten. Wann immer er in diesen Raum mußte, vermied er, die wächsernen Gesichter zu betrachten, die ihn von den Wänden herab anstarrten. Strenge Männer und Frauen mit abweisender Miene waren dort in vergoldete Rahmen gebannt. Diese Menschen waren schon lange tot und blickten doch mit eifersüchtigen Augen auf die Lebenden. Es gab in diesem Raum aber auch Gespenster, die man nicht sehen konnte. Ihr verwunschener Geist umlagerte die Dinge, die in einer Glasvitrine standen: eine silberne Schnupftabaksdose, eine Brille und das Horn eines Stiers. Judd kannte die Geschichten, die sich mit diesen Gegenständen verbanden.
Das Silberdöschen hatte einmal der vierzehnjährigen Mary MacGregor gehört. Sie war enthauptet worden, weil sie Bonnie Prinz Charlie in Kilmarnock versteckt hielt. Zum Dank hatte sie eine Locke von seinen Haaren erhalten, die sie in der Dose aufbewahrte. Die Brille hatte einmal Angus MacGregor getragen. Es war der Bootsmann, der Bonnie Prinz Charlie in Sicherheit brachte. Später wurde er für diese Tat gehängt. Und dann gab es noch die Geschichte von Duncan, dem vierten Herrn auf Kilmarnock. Er hatte im vierzehnten Jahrhundert gelebt und war eines Tages von einem wilden Stier angegriffen worden. Duncan trug nur einen Dolch bei sich. Er tötete den Stier und behielt ein Horn als Siegestrophäe.
In diesem Raum gab es aber noch seltsamere Dinge. Sie stammten nicht aus Schottland, sondern aus Australien. Es waren seltsame Waffen und magische Gegenstände. Judd wußte, sie hatten einst den Ureinwohnern

gehört. Sie besaßen große Macht. Er wußte das, denn der alte Ezekial, der schwarze Fährtensucher, hatte es ihm erzählt. Ezekial erklärte, daß die Geister der getöteten Tiere im Holz des Speeres, im Bumerang und in der Opossumfell-Trommel weiterlebten. Aber am mächtigsten war die *Tjuringa*. Ezekial hatte gesagt, in ihr sei die Seele eines Menschen gebannt. Judd fürchtete die *Tjuringa* und vermied es, in ihre Nähe zu kommen, damit die Seele sich nicht auf ihn stürzen konnte. Sein Vater war stolz auf diese Dinge. Er empfing seine Gäste immer in diesem Raum, den er als Arbeitszimmer benutzte, und prahlte mit seiner Sammlung.

An diesem Nachmittag im Oktober stand Judd beklommen dort und versuchte, seinem Vater zuzuhören, der auf ihn einredete.

Colin erzählte seinem Sohn von den Heldentaten eines MacGregor in der Schlacht von Culloden: »Und dieser Robert MacGregor war waffenlos von Feinden umzingelt. Er packte die Deichsel eines Wagens und erschlug damit acht der Soldaten von Cumberland, ehe man ihn überwältigte und tötete. Eines Tages wirst du an dieser Stelle stehen, mein Sohn. Ich werde dir auch den Platz zeigen, wo Duncan, der vierte Herr auf Kilmarnock, einen wilden Stier tötete und ihm ein Horn als Siegestrophäe aus dem Kopf schnitt. Dieses Horn, Judd«, sagte Colin. Er nahm es aus der Vitrine und zeigte es voll Stolz dem kleinen Jungen. Viele Jahrhunderte hindurch mußten die jungen MacGregors ihre Männlichkeit unter Beweis stellen, indem sie das mit Rotwein gefüllte Horn in einem Zug leerten. Das Wappen der MacGregors trug einen Stierkopf und das Motto: »Sei standhaft.«

Aber Judd wollte eigentlich gar nicht nach Schottland. Den Erzählungen seines Vaters nach zu urteilen, war es ein Land der Nebel und der Ungeheuer, die in den Lochs lebten. Dort hausten die ruhelosen Geister der keltischen Häuptlinge, und es gab Robben, die sich in Frauen verwandelten und unschuldige Männer verzauberten.

Ganz Schottland war unheimlich. Offenbar trieben dort unzählige Gespenster und Dämonen ihr Unwesen, denn seine Großmutter, Lady Ann, hatte ihm von Kilmarnock in Schottland ein Tuch geschickt, auf dem eingestickt stand: »Möge der Herrgott uns beschützen vor allen Gespenstern, Dämonen und nächtlichen Poltergeistern.«

Während Colin seinem Sohn von den großen Schlachten des Clans erzählte und den tapferen Herren, die im Laufe von siebenhundert Jahren auf der Burg Kilmarnock gelebt hatten, wanderten Judds Augen zum offenen Fenster, wo die Sonnenstrahlen durch die Zweige der Ulmen und Erlen fielen. Er wollte da draußen sein, auf dem grünen Rasen in der heißen Sonne, wo der Kookaburra, der Rieseneisvogel, lachte, und die Känguruhs in großen Sprüngen bis in den Himmel zu fliegen schienen.

Colin bemerkte die Zerstreutheit seines Sohnes nicht. Seine Gedanken weilten in der Heimat seiner Ahnen, auf der Insel Skye, der größten der Hebriden. Man nannte sie auch die milde Winterinsel. Von ihrem einen Ende bis zum anderen waren es fünfzig Meilen. Dort hatte Bonnie Prinz Charlie Zuflucht gefunden, bevor er Schottland für immer verließ. Es war die Insel der Hirsche und der Adler, der dichten Wälder und klaren Flüsse, wo nach Sonnenuntergang die Drosseln sangen und Fledermäuse um die Türme verwunschener Kirchen kreisten. Die wilde und karge Insel Skye war ein Land der Heide, Moore und Sümpfe, der Granitberge und Eiswasserseen. Dort gab es Meeresbuchten, die so schmal und lang waren wie Fjorde. Die Burg Kilmarnock stand als große und uneinnehmbare Festung auf einer der felsigen Landzungen und war seit dem elften Jahrhundert, als Schottland noch Kaledonien hieß, der Stammsitz der MacGregors.

Colin träumte oft von seiner Heimat, wo die Steinadler ihre Kreise zogen und ein geheimnisvolles Ungeheuer aus der Vorzeit in den kalten und unergründlichen Tiefen von Loch Kilmarnock lebte. Colin sehnte sich danach, wieder einmal Gälisch, die ›Sprache des Herzens‹, zu sprechen. Und er wollte noch einmal beobachten, wie die Winternebel langsam die steilen Gipfel der Black Cuillins verhüllten.

Colin hatte die Heimat vor zwanzig Jahren als Neunzehnjähriger verlassen. Er und sein Vater, Sir Robert, hatten sich wegen der Vertreibung der Bauern zerstritten. Der alte MacGregor hatte beschlossen, die Verträge der Pächter nicht zu erneuern, um das Land als Schafweiden zu nutzen, denn er wollte mit Wolle und Fleisch seinen Reichtum vergrößern. Der junge Colin vertrat die Partei der vertriebenen Bauern. Aber er verlor die Auseinandersetzung und hatte geschworen, er werde nie zurückkehren. Schließlich war er vor acht Jahren aus Heimweh doch auf die Insel Skye zurückgekommen. Sein Vater weigerte sich, ihn zu sehen, aber seine Mutter, Lady Ann, empfing Colin mit offenen Armen. Sie gab ihm auch die Erbstücke, die jetzt sein Arbeitszimmer zierten. Für Colin war die Reise nicht vergebens gewesen, denn er besaß nun die Schätze der MacGregors, und er hatte eine Braut mit nach Australien gebracht.

Colin sah seinen Sohn an und dachte: Wie sehr er doch Christina gleicht. Mit jedem Jahr wurde Judd MacGregor mehr und mehr das Ebenbild seiner Mutter. Er hatte ihre sonnengoldenen Haare, die blaugrünen Augen und das sanfte gerundete Kinn mit der kleinen Einbuchtung. Colin konnte an dem Jungen nichts von sich entdecken; er besaß weder die pechschwarzen Haare der MacGregors noch die dunklen, tiefliegenden Augen. Der Kleine hatte bereits volle und sinnliche Lippen wie die seiner Frau, und die weichen, runden Wangen erinnerten eher an ein Engelsgesicht. Colins Mund dagegen war schmal und hart, sein Kinn kantig und vorspringend.

»Eines Tages, mein Sohn«, fuhr Colin fort, »wirst du der Laird von Kilmarnock sein. Wenn mein Vater stirbt, werde ich der Laird. Aber du kommst nach mir. Und dann wirst du all das erben.«

Aber Judd wollte ›all das‹ nicht erben.

Es klopfte, und der Butler erschien. »Dr. Ramsey meint, Sie können jetzt hinaufgehen, Mr. MacGregor.«

Vater und Sohn gingen nach oben. Als sie das Schlafzimmer betraten, ging Colin zu Christina und setzte sich auf den Rand der Chaiselongue. »Wie geht es dir, Liebste?«

Christina ruhte an Satinkissen gelehnt und hatte eine Fuchsdecke über den Beinen. Die Vorhänge waren zugezogen, um das helle Sonnenlicht zu dämpfen, aber im Schein der Petroleumlampen sah man deutlich die weiße Haut und die blonden Haare. »Es geht mir gut, Liebling«, erwiderte sie, »ich bin nicht krank. Ich bekomme nur ein Kind.«

Colin sah David Ramsey an, der mit seinen rötlichen Haaren und dem schlaksigen Körper zu jung für einen Arzt zu sein schien. »Wie geht es ihr, Doktor?« fragte Colin.

»Ihre Frau hat einen zu engen Gebärmutterhals, Mr. MacGregor«, erwiderte Ramsey und legte das Stethoskop in die Tasche zurück. »Das bedeutet, sie ist möglicherweise nicht in der Lage, ein Kind auszutragen. Ich könnte operieren, aber ein chirurgischer Eingriff löst manchmal eine Fehlgeburt aus. Ich empfehle strenge Bettruhe, wenig Bewegung und keinerlei Belastungen und Aufregungen.«

Die Diagnose klang zwar besorgniserregend, aber Colin fand sie trotzdem erfreulich. Wissenschaftliche Fakten waren tröstlich und standen im Gegensatz zu der Unfähigkeit des alten Doc Fuller, der den Vollmond und Gänsefedern in den Kopfkissen für Christinas frühere Fehlgeburten verantwortlich gemacht hatte. Colin war froh, daß er John Reeds Rat befolgt und David Ramsey gerufen hatte, obwohl er noch so jung war und noch nicht lange praktizierte.

Colin ergriff die Hände seiner Frau und sah sie nachdenklich an. Nach acht Ehejahren umgab sie noch immer der Zauber, der ihn an einem wundervollen Abend in Glasgow in Bann geschlagen hatte. Colin machte sich die allergrößten Sorgen. Die gefährliche Schwangerschaft war nicht seine Absicht gewesen. Nach Judds Geburt hatte Christina zwei Fehlgeburten und eine Totgeburt gehabt. Trotz Colins Einwänden hatte Christina ihn überredet, es noch einmal mit einem Kind zu versuchen. Jetzt betete er darum, daß er es nicht werde bereuen müssen.

Der Butler erschien mit einer Visitenkarte auf dem Tablett. »Sie haben eine Besucherin, Madam«, sagte er und reichte Christina die Karte.

»Nein«, erklärte Colin, »kein Besuch heute.«

»Aber Liebster, es ist Pauline Downs. Ich würde sie sehr gerne sehen.«

»Keine Sorge, Mr. MacGregor«, sagte Dr. Ramsey, »Ihre Frau kann Besuch empfangen, solange sie sich dabei nicht anstrengt oder zu sehr aufregt.«

»Du mußt auf dich aufpassen und auf das Kind«, sagte Colin zu Christina. »Ich könnte es nicht ertragen, dich zu verlieren. Ohne dich, Christina, hätte mein Leben keinen Sinn mehr.«

Pauline betrat das Zimmer und sah, wie zärtlich und liebevoll Colin seine Frau küßte. Dann hörte sie, wie er sagte: »Wenn es dir wieder gutgeht, dann fahre ich mit dir und den Kindern zu einem Besuch nach Hause. Wir werden das Mondlicht auf der Heide sehen und wir übernachten in dem Gasthaus, wo wir als jungverheiratetes Paar unsere erste Nacht verbracht haben.« Pauline dachte: So wird es auch bei mir und Hugh einmal sein.

»Pauline«, begrüßte sie Christina, »wie nett von Ihnen, daß Sie mich besuchen. Bitte setzen Sie sich. Kennen Sie Dr. Ramsey schon? Dr. Ramsey, ich möchte Sie mit Miß Pauline Downs bekannt machen. Colin, bist du so freundlich und läßt uns Tee bringen?«

»Wie ich höre, hat Westbrook jetzt auch einen Sohn«, sagte Colin zu Pauline und ging zum Klingelzug. »Aber es ist doch nicht dasselbe wie ein eigenes Kind, nicht wahr?«

Pauline interessierte sich nicht für Colin MacGregor, aber sie gab zu, daß er der gutaussehende dunkle Typ des Kelten aus dem schottischen Hochland war. Sie wußte, daß mehrere Frauen im Distrikt den geheimen Wunsch geäußert hatten, ihn ›näher‹ zu kennen.
»Da wir gerade von Hugh sprechen, haben Sie das gesehen?« fragte Christina und gab Pauline die Zeitung. »Sie müssen sehr stolz auf ihn sein.«
Pauline hatte das Gedicht bereits gelesen, das Frank auf der ersten Seite der *Melbourne Times* gedruckt hatte. Es war Hughs neueste Ballade »Treibertage«, das er wie alle seine Gedichte unter dem Pseudonym »Der alte Treiber« veröffentlicht hatte.

»Der Staub weht über das südliche Land,
Der Staub folgt den zehntausend
Über den schwarzen Boden, über den Sand,
Über die roten Berge.«

Hugh ist zu bescheiden, dachte Pauline. Ich muß ihn dazu überreden, unter seinem richtigen Namen zu veröffentlichen.
»Wie geht es Ihnen, Christina?« fragte sie. »Ich habe von Maud Reed erfahren, daß Sie morgens unter Übelkeit leiden.«
»Und mittags und abends!« erwiderte Christina lächelnd. »Aber heute geht es mir besser. Das habe ich auch Dr. Ramsey gesagt. Man hat mir gestern *das* gebracht.« Sie reichte Pauline ein kleines, mit einem Kork verschlossenes Fläschchen.
Pauline öffnete es und roch an der aromatischen Flüssigkeit. »Kamille?« fragte sie.
»Und schwarzer Andorn, Mädesüß und ein wenig Gewürznelken«, erklärte Dr. Ramsey und fügte hinzu, »ein sehr wirksames Mittel gegen morgendliche Übelkeit.«
»Wer hat es Ihnen geschickt?« fragte Pauline.
Christina gab ihr einen Brief, der mit dem Fläschchen gekommen war.
Paulines Augen wurden groß vor Staunen. Es handelte sich eindeutig um die Handschrift einer Dame, und unterschrieben war der Brief mit: »Joanna Drury, Merinda.«
»Miss Drury versteht offenbar erstaunlich viel von Kräutern«, sagte Dr. Ramsey. »Ich bin ihr vor ein paar Tagen in Cameron Town in Thomp-

sons Drogerie begegnet. Sie hat so viele Dinge gekauft und in solchen Mengen, daß ich sie fragte, was sie damit vorhabe. Miss Drury erwiderte, sie versorge sich rechtzeitig mit Vorräten, damit in einem Ernstfall alles zur Hand sei. Ihre Mutter war offenbar eine Art Heilerin. Maude Reed war ebenfalls im Laden und berichtete Winifred Cameron von Mrs. MacGregors morgendlicher Übelkeit. Miss Drury muß so auf den Gedanken gekommen sein, das Mittel herüberzuschicken.«

»Und es geht mir viel besser«, erklärte Christina. »Ich muß mich unbedingt bei ihr bedanken.«

»Ich werde Miss Drury mit Vergnügen eine Nachricht von Ihnen überbringen, Mrs. MacGregor«, sagte Ramsey schnell. »Ich komme morgen auf meinem Weg zu Horsham ohnehin dort vorbei.«

»Wie Phoebe McCleod mir erzählte, hat Hugh Westbrook Miss Drury als Kindermädchen für den verwaisten Jungen eingestellt, den er aufgenommen hat«, fuhr Christina fort. »Was für eine Frau ist sie, Dr. Ramsey?«

»Was für eine Frau sie ist?« Pauline sah, wie er rot wurde.

Während sie zuhörte, wie David Ramsey leicht verlegen von der »reizenden und damenhaften Miss Drury« berichtete, betrachtete Pauline noch einmal den Brief. Sie las mit gerunzelter Stirn die korrekte Anrede und die Grußformel am Ende, die fehlerfreien Sätze, die richtige Zeichensetzung – und alles in flüssiger, zierlicher und geübter Handschrift.

Der Butler erschien mit einer neuen Visitenkarte. »Miss Flora McMichaels möchte Sie besuchen, Madam«, erklärte er.

»Das wird zuviel für dich, mein Schatz«, sagte Colin.

Aber Christina bedeutete dem Butler, Miss McMichaels hereinzubitten.

Diese neue Information über Joanna Drury brachte Pauline plötzlich aus der Fassung. Sie sah David Ramsey an und fragte mit einem kühlen Lächeln: »Wie finden Sie das Leben im westlichen Distrikt, Doktor? Nach Melbourne müssen wir für Sie bestimmt sehr langweilig sein.«

»Alles andere als langweilig, Miss Downs! Seit meiner Ankunft vor fünf Wochen habe ich kaum einen Augenblick für mich allein gehabt, besonders jetzt während der Schafschur nicht. Wir haben im Studium über Unfälle beim Scheren natürlich viel gelernt. Aber ich hatte keine Ahnung, wie gefährlich diese Arbeit in Wirklichkeit ist.«

Eine große Frau betrat den Raum. Ihre Krinoline war so ausladend, daß alle kleinen Tische in Gefahr gerieten, umgestoßen zu werden. »Meine liebste Christina!« rief sie und eilte mit ausgestreckten Armen zur Chaiselongue. »Wie ich von Maude Reed gehört habe, geht es Ihnen nicht gut. Das darf einfach nicht so weitergehen, nein wirklich nicht! Ich habe Ihnen deshalb das Richtige mitgebracht!«
Pauline sah, wie Flora McMichaels einen Korb auf den Boden stellte und begann, Gläser, Dosen und Kuchen auszupacken. »Sie müssen bei Kräften bleiben«, sagte Miss McMichaels, aber es fiel Pauline auf, daß sie bei all ihrer geschäftigen Besorgnis Colin nicht aus den Augen ließ.
Paulines Unbehagen wuchs. Flora McMichaels war ein wenig zu laut und zeigte ihre Verliebtheit in Colin etwas zu deutlich. Sie war die Verkörperung von Paulines heimlicher Angst – sie war das einzige Wesen auf der Welt, vor dem Pauline Angst hatte. Sie fürchtete weniger die Frau als das, wofür sie stand. Alte Jungfern galten als bedauernswerte Frauen, denen es nicht gelungen war, sich einen Mann zu angeln. Eine alte Jungfer war zu einem Leben der Einsamkeit und Zweitrangigkeit verurteilt. Sie wurde die alleinstehende Tante, die wohl oder übel zur Familie gehörte.
Pauline fühlte sich in Gegenwart dieser Frauen nicht wohl. Sie beunruhigten sie. Allein ihre Anwesenheit erinnerte Pauline daran, wie unberechenbar das Leben sein konnte – und auch wie ungerecht. Keine Frau sehnte sich nach diesem Schicksal. Pauline wußte, daß Flora McMichaels einmal eine sehr hübsche und lebensfrohe junge Frau gewesen und mit einem begehrten Mann aus guter Familie verlobt war. Aber Flora hatte ihren Zukünftigen durch einen Jagdunfall am Vorabend der Hochzeit verloren. Jetzt, dreißig Jahre später, galt sie bei all ihren Freundinnen als ›die arme Flora‹.
Pauline war klar, ein solches Schicksal konnte jede Frau jederzeit treffen, ohne daß sie es verhindern konnte. Während Pauline beobachtete, wie Flora McMichaels Colin verzückt anlächelte, dachte sie an verzweifelte, einsame Frauen und fragte sich, ob auch Joanna Drury zu ihnen gehörte. Miss Drury wohnte auf Merinda in Hughs Rindenhaus. »Ich schlafe jetzt bei den Arbeitern«, hatte Hugh Pauline berichtet. Aber das beruhigte sie wenig.
Sie mußte wieder an Hughs Erregung an dem Abend nach seiner Rückkehr aus Melbourne denken. Das lag drei Tage zurück. Er hatte von dem

Lausbefall seiner besten Wollschafe und möglichen finanziellen Problemen gesprochen. Pauline hatte sich bis jetzt darüber keine Gedanken gemacht, aber plötzlich klangen diese Worte in ihren Ohren anders. Es kam ihr vor, als habe Hugh damit ankündigen wollen, daß er möglicherweise das Haus nicht bauen konnte.

Pauline erkannte erschrocken ihren Fehler. Sie hatte sich in Sicherheit gewiegt, anstatt wachsam zu sein. Plötzlich war für sie Joanna Drury nicht mehr das angestellte Kindermädchen, sondern die Rivalin.

»Liebe Christina, ich bin eigentlich heute gekommen«, sagte Pauline energisch und unterbrach damit die geschwätzige Flora, »um Sie und Colin und Judd zu einem Kinderfest einzuladen, das ich nächste Woche für den kleinen Jungen gebe, den Hugh aufgenommen hat. Ich finde, es wäre nett, ihn allen im westlichen Distrikt vorzustellen. Er soll uns kennenlernen und wir ihn.«

»Oh, das ist eine gute Idee«, sagte Christina, »und wie nett von Ihnen, Pauline. Das arme Kind muß sehr einsam sein. Colin, Liebster, wir müssen dafür sorgen, daß sich Judd mit dem Jungen von Hugh anfreundet. Wo ist denn mein Judd überhaupt?« fragte Christina. »Komm zu mir, mein Schatz.«

Judd verließ die Ecke, in der er stand, und ließ sich von seiner Mutter in die Arme schließen. Er wußte, sie mußte sehr krank sein, weil alle sie so behutsam und liebevoll behandelten.

»Ja«, sagte Pauline, während blitzschnell eine Idee in ihr Gestalt annahm, »es soll ein Gartenfest werden. Ich werde Clowns und einen Zauberer auftreten lassen. Adam kann sich dann mit den anderen Kindern anfreunden.« Und er soll auch Geschenke bekommen, dachte Pauline. Ich werde ihm ein Pony mit einem Wagen schenken, und er soll soviel Süßigkeiten haben, wie er will. Ich werde auf Lismore ein Zimmer mit dem schönsten Spielzeug für ihn herrichten. Wenn das Fest dann zu Ende ist, wird er nicht nach Merinda zurückwollen. Er wird ganz bestimmt bei mir auf Lismore bleiben.

Dann hat eine Joanna Drury ihre Schuldigkeit getan und kann gehen.

Kapitel Sechs

1

Es ging nicht mit rechten Dingen zu, daran zweifelte Joanna nicht länger. Sie war auf die Veranda gekommen und hatte vor der Tür sorgfältig mit einer Schnur zusammengebundene Federn gefunden.
So etwas war nicht zum ersten Mal vorgekommen. Seit ihrer Ankunft vor zwei Wochen stieß sie immer wieder auf merkwürdige Gegenstände. Glänzende Steine aus dem Fluß lagen unerklärlicherweise auf dem Fensterbrett; ein paar Wildblumen waren sorgfältig auf der obersten Verandastufe in einem Halbkreis angeordnet worden, vor zwei Tagen hing an der Eingangstür ein aus Flußgras und Menschenhaar geflochtener Reif – und jetzt diese Federn.
Wer brachte diese Dinge hierher und warum?
Joanna sah sich auf dem Hof um, wo man verängstigte Schafe vor dem Scheren durch trichterartige Gatter in die Pferche trieb. Der Lärm und der Gestank waren beinahe unerträglich.
Die Scherer waren einen Tag nach Joanna auf Merinda eingetroffen, und sie hatte gelernt, daß diese drei Wochen in jedem November der Grund für alles andere waren, was auf einer Farm den Rest des Jahres über geschah. In dieser Zeit wurde das Vlies der Schafe geschoren und die Wolle nach England verschifft. Schurzeit bedeutete lange Nächte und frühe Morgen, harte Arbeit und wenig Schlaf, schnelles Essen im Stehen und Aufschub aller anderen Tätigkeiten, bis der Trupp der Scherer weitergezogen und die Wolle in den Hafen gebracht worden war. In dieser geschäftigen Zeit bekam sie Hugh nur zu sehen, wenn er abends im Haus erschien, sich erkundigte, wie es Adam ging, und sich vergewisserte, daß sie und das Kind wohlauf waren.

Joanna stand auf der Veranda und betrachtete die Federn, die sie vor der Tür gefunden hatte. Es waren hübsche zartrosa Kakadufedern mit gelblichen Spitzen. Jemand hatte sie sorgfältig mit dünnen Rindenfasern zusammengebunden. Es waren drei Federn, so wie es drei Steine und drei Blumen gewesen waren. Jemand mußte sich die Mühe gemacht haben, sie zu suchen und hierher zu bringen. Aber warum? Und wer mochte so etwas tun?

Während Joanna darüber nachdachte, beobachtete sie Adam, der den Hühnern nachlief. Die Wunde an der Stirn war verheilt, und es hatte keine hysterischen Ausbrüche mehr gegeben. Auf einen Fremden mochte er wie ein ganz normaler, gesunder Junge wirken. Aber ein Fremder sah nicht den gequälten Blick in Adams Augen, wenn er sich darum bemühte, etwas zu sagen. Ein Fremder erlebte nicht, wie der Junge plötzlich verstummte und vor sich hinstarrte; ein Fremder erwachte nicht nachts, wenn Adam im Schlaf vor Angst schrie.

Joanna sah zu, wie er die Hühner scheuchte und dachte an die Spielsachen, die unbeachtet im Haus lagen. Joanna hatte sie bei Mr. Shapiro gekauft. Der alte Trödler machte regelmäßig seine Runde im Distrikt. Er kam mit einem bunt bemalten Wagen, den ein uraltes Pferd namens Pinky zog, und verkaufte alles, angefangen von Kattun bis zu ›echt orientalischem Parfüm‹. Joanna hatte hauptsächlich Dinge für das Haus gekauft – einen Häkelteppich, eine Teekanne aus Ton, Vorhänge für die Fenster – aber auch einen Drachen und einen Ball. Zu ihrer Überraschung reagierte Adam auf die Geschenke kaum. Dann begriff sie, daß er Spielzeug nicht kannte und vermutlich niemals Spielsachen gehabt hatte. Er spielte lieber mit der Natur. Er paddelte im Wasser am See und verbrachte Stunden damit, die Schnabeltiere zu beobachten, die im Wasser nach Nahrung suchten. Er trug Rupert, die alte Fellpuppe mit den Knopfaugen, mit sich herum, die vor vielen, vielen Jahren ihrer Mutter gehört hatte. Aber mit dem Ball und dem Drachen spielte er nicht.

Joanna versuchte auf unterschiedlichste Weise, Adams Vertrauen zu gewinnen, um den Schlüssel zu seiner inneren Qual zu finden. Aber bislang hatte sie keinen Erfolg gehabt. Als sie ihm die Bibel seiner Mutter und den Ehering gezeigt hatte, war er in Tränen ausgebrochen.

Joanna wartete nun gespannt auf eine Nachricht der Behörde in Südaustralien. Sie hoffte, dadurch etwas zu erfahren, das Aufschluß darüber gab, was ihm diese innere Wunde zugefügt hatte, denn dann würde sie ihm vielleicht helfen können. Sie dachte wieder an ihre Mutter und fragte sich, ob Lady Emily möglicherweise noch am Leben gewesen wäre, wenn ihr jemand vor langer Zeit hätte helfen können, den seelischen Schmerz zu überwinden und sich dem zu stellen, was sie verletzt hatte.

Joanna wartete auch noch auf andere Briefe.

Am Morgen nach ihrer Ankunft auf Merinda hatte sie den Regierungen der sechs Kolonien von Australien geschrieben und um Nachrichten über die Missionare namens Jones und Naomi Makepeace gebeten. Außerdem hatte sie Karten der Kolonien angefordert. Mit der Grundbesitzurkunde war sie zu Hugh Westbrooks Anwalt in Cameron Town gefahren, aber er hatte erklärt, solange man nicht wisse, in welcher Kolonie das Land lag, könne man es unmöglich ausfindig machen oder auch nur feststellen, ob die Urkunde rechtskräftig sei.

Joanna hoffte auch auf einen Brief aus Cambridge in England.

Vor acht Jahren war Joanna mit ihrer Mutter nach England gefahren. Damals hatte Lady Emily in das Tagebuch geschrieben: »Tante Millicent weigert sich zwar, über meine Eltern zu sprechen, denn sie hat ihren Kummer über den Verlust der Schwester noch immer nicht überwunden, aber ich habe ein paar Dinge von ihrer Nachbarin, Mrs. Dobson, erfahren. Sie kannte Millicent und meine Mutter schon, als sie noch Mädchen waren. Mrs. Dobson erwähnte einen gewissen Patrick Lathrop. Sie schien sich zu erinnern, daß er ein guter Schulfreund meines Vaters war. Wenn ich diesen Mr. Lathrop ausfindig machen kann, werde ich vielleicht erfahren, wo ich geboren worden bin und weshalb Vater dort war.«

Soweit Joanna wußte, war ihre Mutter dieser Sache nie nachgegangen, aber Joanna hielt diese Information für wichtig. Sie wußte, daß ihr Großvater von 1826 bis 1829 das Christ's College in Cambridge besucht hatte. Zwei Monate vor ihrer Abreise aus Indien hatte sie an die Universität geschrieben und um eine postlagernde Antwort nach Melbourne gebeten. Auf der Post in Melbourne wußte man inzwischen, daß sie auf Merinda wohnte.

Joanna dachte wieder über die rätselhaften Kakadufedern nach. Plötzlich fühlte sie sich beobachtet. Verstohlen blickte sie sich um.

Ein eiskalter Schauer lief ihr über den Rücken, als sie Sarah sah, die junge Aborigine, die auf der Farm arbeitete. Sie stand regungslos im

Schatten der Scherhütte und starrte Joanna ebenso unverwandt an wie damals Ezekial nach ihrer Ankunft auf Merinda. Die Vierzehnjährige musterte sie auf dieselbe beunruhigende Art wie der alte Mann. Joanna glaubte nicht, daß sie das aus schlichter Neugier tat, wie Hugh meinte. Joanna hatte den Eindruck, Sarah sei mißtrauisch und versuche, sie einzuschätzen.

Sie hatte Sarah schon mehrmals dabei überrascht, daß sie ihr nachspionierte. Joanna glaubte sich dann beobachtet, und wenn sie den Kopf hob, sah sie das Mädchen. Joanna hatte versucht, mit ihr zu sprechen, sich mit ihr anzufreunden, aber Sarah machte stets auf der Stelle kehrt und verschwand. »Sie spricht englisch«, hatte Hugh erklärt, als Joanna sich bei ihm nach Sarah erkundigte. »Ihr Englisch ist nicht sehr gut, aber sie kann sich verständlich machen. Ich glaube, Sie sind ihr unheimlich. Ich glaube, sie hat in dem Missionsdorf für Aborigines, in dem sie aufgewachsen ist, nicht viele weiße Frauen gesehen.«

Joanna fand Sarah hübsch. Sie hatte vorstehende Wangenknochen und große mandelförmige Augen. Sie trug die langen glänzenden mahagonibraunen Haare, die so dunkel wie ihre Haut waren, offen und zog einfache Kleider an, aber sie lief immer barfuß. Warum spioniert sie mir nur nach, fragte sie sich. Warum glaubte sie sich von ihr beobachtet? Sarah schien auf etwas zu warten. War sie für die seltsamen Dinge verantwortlich, die Joanna vor dem Haus gefunden hatte?

In diesem Augenblick erschien Bill Lovell, der Vormann, am anderen Ende des Hofs. Er trug etwas in den Armen. »Hallo!« rief er, »ich habe was für den Jungen.«

Joanna hatte Bill in den letzten Wochen nur selten gesehen, aber er war immer freundlich zu ihr gewesen. Er hatte weiße Haare und die vom Wetter gegerbte Haut eines Mannes, der sein Leben lang in der Sonne gewesen war. Die blauen Augen waren fast grau geworden, als habe er zu oft ins Licht geblickt.

Als er auf die schattige Veranda kam, öffnete er den Sack, und Joanna sah zwei winzige braune Augen in einem weichen, pelzigen Gesicht mit einer unglaublich großen Nase, einem weißen wuscheligen Kinn und seltsamen Ohren. Sie war fasziniert. Noch nie zuvor hatte sie einen Koalabären aus unmittelbarer Nähe gesehen.

»Ich habe ihn am Fluß oben entdeckt. Er lag auf dem Boden«, erzählte Bill. »Ich glaube, er ist etwa acht Monate alt und noch nicht ganz ausge-

wachsen. In der Nähe lag ein totes Weibchen. Ich nehme an, es war die Mutter. Man hatte sie erschossen. Vermutlich hat ein Jäger sich Koalabären für seine Schießübungen ausgesucht. Ich dachte, Adam freut sich vielleicht über den Kleinen.«
»Adam!« rief Joanna, »komm und sieh dir an, was Mr. Lovell dir mitgebracht hat.« Sie warf einen Blick zur Scherhütte und sah, daß Sarah verschwunden war.
»Sie sind im Grunde eine Plage«, sagte Bill, »das wissen Sie sicher auch, Miss Drury.«
»Ja, Mr. Lovell, ich habe es gehört!« Die Koalabären ließen in letzter Zeit niemanden schlafen. Es war ihre Paarungszeit. Nächtelang stießen die Männchen ihre Rufe aus, und das Geheul der Weibchen raubte allen den Schlaf. Die Jäger waren angewiesen worden, sie abzuschießen. »Nun ja«, sagte der Vormann, »aber ich konnte den kleinen Kerl nicht einfach den Dingos überlassen.«
»Schau mal, Adam. Wie findest du ihn?« sagte Joanna und setzte den kleinen Koala dem Jungen auf den Arm. »Du mußt sehr behutsam mit ihm umgehen, denn er ist noch sehr klein.«
»Ko-la!« sagte Adam und strahlte.
»Nein, Adam«, korrigierte ihn Joanna, »das ist ein Koala. Kannst du ›Koala‹ sagen?«
Adam zog die Augenbrauen zusammen und die Falte auf seiner Stirn wurde tiefer. »Ko-ah-la«, sagte er.
Bill Lovell sagte: »Koala ist ein Wort der Aborigines und bedeutet ›trinkt nicht‹. Weißt du, es sind eigentlich keine Bären. Und sie sind wirklich komisch. Sie hängen den ganzen Tag in den Bäumen und betrinken sich mit Eukalyptussaft. Außerdem ist etwas falsch an ihnen. Ihre Beutel öffnen sich nicht wie bei den Känguruhs oben, sondern unten.«
Joanna lachte. »Das ist für ein Baumtier sicher sehr unbequem, könnte ich mir vorstellen! Wir werden ein Ställchen für ihn bauen«, sagte sie. »Ich gebe ihm etwas Wasser und ...« Sie sah Bill fragend an. »Was fressen Koalabären eigentlich?«
»Sie trinken kein Wasser. Und sie fressen nur die Blätter einer bestimmten Eukalyptusart. Aber wir werden ihm schon etwas Futter finden.«
»Oh, Sie haben sich ja die Hand verletzt.«
»Ein Schaf wollte mich beißen«, erwiderte er. »Das ist doch nicht der Rede wert.«

»Ich werde die Wunde verbinden. Adam, geh bitte ins Haus und hol meine Verbandstasche. Ach, und bring mir auch eine Schüssel Wasser . . . «
»Bitte machen Sie keine Umstände, Miss«, wehrte Lovell ab, aber Joanna entfernte bereits das Taschentuch, das er um die Hand gewickelt hatte.
»Das wird schon wieder gut. Stummel-Larson hat Kerosin auf die Wunde geträufelt.«
Joanna lachte. Am Tag ihrer Ankunft auf Merinda hatte sie eine Flasche Kerosin entdeckt. Auf dem Etikett stand: ›Alles damit einreiben.‹
»Diese Wunde muß etwas sorgfältiger behandelt werden, Mr. Lovell«, stellte sie fest.
»Bitte nennen Sie mich Bill.«
»Gerne, Bill. Übrigens, Sie müssen hier einer der wenigen Männer ohne Spitznamen sein!«
»Ja, das stimmt, in Australien sind Spitznamen sehr beliebt. Es kommt nur selten vor, daß jemand keinen hat.«
Adam brachte eine Schüssel Wasser und Joannas Arzttasche. Sie säuberte Lovells Hand zunächst vorsichtig mit Wasser und Seife. Dann trug sie auf die Bißwunde eine Salbe auf. Adam stand daneben und reichte ihr die notwendigen Dinge aus der Tasche.
Bill sah zu, wie Joanna den Verband geschickt anlegte. Dann blickte er auf ihren gesenkten Kopf, auf die glänzenden braunen Haare, die in der Sonne rötlich schimmerten. Ihm wurde plötzlich bewußt, daß er schon lange nicht mehr an eine Frau gedacht hatte – nicht mehr, seit Mildreds Tod. Aber diese junge Joanna, die Hugh hierher gebracht hatte, fing an, ihn zu beschäftigen. Und er war nicht der einzige, dem es so ging. Bill hätte schwören können, daß er auf Merinda morgens noch nie so viele gekämmte Männer mit frisch rasierten Gesichtern gesehen hatte wie in letzter Zeit. Dann war da auch noch der junge Arzt, David Ramsey, der plötzlich öfter erschien. Er war immer ›gerade in der Nähe‹ und kam nur vorbei, um sich davon zu überzeugen, ›daß hier alles in Ordnung ist‹. Bill konnte sich ausrechnen, welche Absichten der junge Mann in Hinblick auf Miss Drury hegte, und stellte zu seiner Überraschung fest, daß er eifersüchtig war. Ach du meine Güte, dachte er, was kann die junge Dame an einem alten Brummbär wie mir finden?
»Sie haben eine zarte und geschickte Hand, Miss Drury«, sagte er und betrachtete anerkennend den Verband.

»Ich wünschte nur, die anderen Männer würden sich auch von mir behandeln lassen. Ich habe versucht, einigen Verletzten zu helfen, aber sie sind einfach davongelaufen.«
»Die Männer möchten vor einer Frau nicht ihre Schwäche eingestehen.«
»Aber es ist doch albern, lieber zu verbluten und auf Doc Fuller oder Dr. Ramsey zu warten! Bitte denken Sie daran, die Wunde muß sauber bleiben, Mr. Lovell. Ein Tierbiß kann böse Folgen haben.« Sie gab Adam den Rest der Binde zurück und zeigte ihm, wie man sie richtig aufwickelte und verstaute. »Wie ist der Wollertrag, Bill?« fragte sie. »Ich habe Mr. Westbrook nicht gesehen, um ihn danach fragen zu können.«
»Leider nicht gut. Die Läuse sind schlecht für die Schafe. Ihre Wolle zerfällt dann leicht. Hugh ist im Augenblick beim Waschen unten am Fluß, und er sieht nicht gerade glücklich aus.«
Joanna blickte auf die Baumgruppe unten am Fluß und mußte an ein Gedicht denken:

Mitten im Strudel und Auf und Ab des Lebens
Kommt es nur auf zwei Dinge an:
Mitgefühl, wenn andere leiden,
Mut im eigenen Unglück.

Joanna hatte diese Zeilen in einem Buch entdeckt, das im Rindenhaus stand, auf der Innenseite des Umschlags. In ungelenker Handschrift hatte der Autor darunter geschrieben: »Hugh Westbrook, siebzehn Jahre alt.«
Joanna war am ersten Vormittag in seinem Haus auf Hughs Bücher gestoßen. Sie standen als eine kleine Sammlung in einem Holzregal. Es waren alte, oft gelesene Gedichtbände, Romane, Geschichtswerke und Bücher über Landwirtschaft. Zu den Romanautoren gehörten Trollope, Thackeray, Dickens und sogar die Brontës. Viele Worte waren unterstrichen, und am Rand standen Bleistiftnotizen. In einem Buch mit dem Titel *Schafzucht und Wollproduktion* entdeckte Joanna eine Reihe alter und vergilbter ausgeschnittener Zeitungs- und Zeitschriftenartikel mit Überschriften wie »Der Anbau von Luzerne« und »Die Anwendung wissenschaftlicher Methoden in der Wollproduktion«. Das Wörterbuch war ebenso abgegriffen wie der Weltatlas und ein Buch über die Geschichte der australischen Kolonien.

Joanna blätterte in den Büchern und erfuhr auf diese Weise etwas mehr über den Mann, dem Merinda gehörte.
»Ich habe keine Schule besucht«, hatte er ihr an jenem Abend im Lager am Emu Creek erzählt. »Wir blieben nie lange genug an einem Ort. Mein Vater und ich mußten immer auf der Wanderschaft sein, um Arbeit zu finden. Ein alter Einsiedler, der in der Nähe von Toowoomba in einem Wald lebte, brachte mir die ersten Buchstaben bei.«
Hughs bescheidene Büchersammlung erzählte Joanna die Geschichte vom Weg dieses jungen Mannes, sich selbst ein Maß an Bildung zu verschaffen. In *Jane Eyre* waren zum Beispiel auf jeder Seite Wörter unterstrichen, die er im Wörterbuch nachgeschlagen haben mußte. Auf der Innenseite des Umschlags standen zwei Datumsangaben: »10. Juli 1856 bis 30. Juni 1857.« Joanna vermutete, die Angaben bezogen sich darauf, wann er das Buch angefangen und wann er es zu Ende gelesen hatte. Hugh war damals fünfzehn gewesen und hatte demnach beinahe ein Jahr dazu gebraucht. Aber bei den *Weihnachtserzählungen* von Dickens hatte es nur von August 1860 bis zum Oktober desselben Jahres gedauert. Damals war er bereits neunzehn gewesen, und er hatte nur noch wenige Worte unterstrichen – ein deutlicher Beweis seiner Fortschritte. Die handschriftlichen Notizen in den Geschichtsbüchern, mit denen er sich ab 1858 beschäftigt hatte, enthielten noch viele falsch geschriebene Wörter, aber seine Anmerkungen im Handbuch für Schafzüchter vom September 1867 – also vor vier Jahren – waren beinahe fehlerfrei und sehr viel besser geschrieben.
An diesen Büchern glaubte Joanna sehr deutlich zu spüren, wie sich Hugh Westbrooks Leben vor ihr entfaltete. Sie sah den ungebildeten Jungen, der sich mit großer Ausdauer und Zähigkeit abmühte, Buchstaben richtig zu schreiben – viele ›B's‹ waren offenbar ausradiert worden, denn man sah noch die Abdrücke der mißlungenen Versuche eines ›B‹ daneben oder darunter. Der wissensdurstige junge Mann hatte sich immer wieder mit dem Weltatlas beschäftigt – um eine Stadt auf der Karte von Queensland hatte er einen Kreis gezogen und einen Stern daneben gezeichnet. Weshalb mochte ihm dieser Ort wohl so wichtig sein, fragte sich Joanna. Schließlich konnte sie sich den selbstbewußten und zielstrebigen Mann vorstellen, der sich das Wissen der ›landwirtschaftlich gebildeten‹ Farmer im fernen England aneignete, das in bescheidenen Busch-Zeitungen veröffentlicht worden war.

Dann gab es noch die Gedichte, die er manchmal mit Bleistift, manchmal mit Tinte auf einzelne Blätter geschrieben hatte. Bei einigen waren Worte durchgestrichen, andere waren fehlerfrei und aus einem Guß, als seien sie ihm mühelos aus der Feder geflossen. Hugh hatte Balladen über die australischen Verbrecher geschrieben, die man hier ›Buschklepper‹ nannte, und auch über die Wollscherer fand sie Zeilen wie: »Sie arbeiten viel, und sie trinken viel, und schließlich schluckt sie die Hölle...« Und über den Busch schrieb er: »Knorrige alte Känguruhbäume seufzen im Tal/Über den mit Lilien übersäten Teichen/Am Ende der grünen Hügel.« Es gab auch eine Ballade über »Die Witwe des Scherers«. Joanna stellte dabei fest, es ging dabei nicht um eine Frau, deren Mann gestorben war. Ihr Mann »machte sich auf den Känguruh-Weg«, um Arbeit als Scherer zu finden. Er war ein halbes Jahr auf der Wanderschaft und kehrte ohne einen Penny nach Hause zurück.

»Es tut mir leid, daß Mr. Westbrook Schwierigkeiten hat«, sagte Joanna jetzt.

»In all den vielen Jahren, in denen ich Hugh kenne – und das sind nicht wenige –, habe ich ihn noch nie so niedergeschlagen erlebt.«

Als Bill gegangen war, zeigte Joanna dem kleinen Adam, wie man die Instrumente in der Arzttasche reinigte und an den richtigen Platz steckte. »Du mußt darauf achten, daß alles wieder an den richtigen Platz kommt«, sagte sie, »dann findest du es, wenn du es brauchst.«

Sie hoben die Köpfe, weil jemand in den Hof geritten kam. »Bring die Tasche wieder ins Haus«, sagte Joanna zu Adam und lief von der Veranda hinunter in den Hof.

»Guten Tag!« rief Joanna, als sie Wachtmeister Johnson sah, der auf sie zuritt. Es war sein vierter Besuch in den vergangenen zwei Wochen, und als er sagte: »Da ich wußte, ich würde an Merinda vorbeikommen, Miss Drury, habe ich gedacht, ich bringe Ihnen die Post«, überraschte sie das nicht, denn das hatte er bisher jedesmal gesagt.

»Vielen Dank, Mr. Johnson«, sagte sie. »Das ist wirklich sehr freundlich von Ihnen.« Joanna fiel auf, daß er zum ersten Mal in Uniform erschien. Er mußte wohl dienstlich unterwegs sein, denn man sah ihn selten in der unbequemen schwarzen Jacke mit den glänzenden Messingknöpfen. Als er schwungvoll absaß, bemerkte Joanna, daß seine Stiefel auf Hochglanz poliert waren und das Polizeiabzeichen am Hut in der Sonne blinkte. Sie roch auch Eau de Cologne und die unvermeidliche Pomade.

»Was für ein wunderschöner Frühlingstag, Miss Drury«, sagte der junge Polizist und reichte ihr die Post.
»O ja, Mr. Johnson«, erwiderte sie und warf einen schnellen Blick auf die Umschläge. Zwei Absenderangaben fielen ihr besonders auf. Der eine Brief kam aus Südaustralien und der andere von der Universität Cambridge in England.
In diesem Augenblick kam Adam aus dem Haus. Wachtmeister Johnson drehte sich um und grüßte: »Guten Tag, mein Sohn!« Adam blieb wie erstarrt stehen und fing an zu schreien.

2

Joanna gab sich Mühe, nicht zu schnell zu fahren. Sie wollte Adam nicht noch mehr aufregen. Nachdem sie wieder ruhiger geworden war, hatte sie ihn in die Arme genommen und getröstet. Dann schlug sie eine Spazierfahrt vor, denn sie wollte ihn so schnell wie möglich vom Hof und aus der Nähe von Wachtmeister Johnson bringen.
Jetzt rollten sie hinter einer kleinen Herde laut blökender Schafe und Lämmer langsam durch die wunderschöne Landschaft. Joanna warf einen prüfenden Blick auf den Jungen. Seine Augen waren noch immer rotgeweint, aber die lebendige Natur um ihn herum fesselte bereits wieder seine Aufmerksamkeit. Als sie ihn gefragt hatte, was ihm solche Angst machte, verschloß er sich wie eine Blume.
Schließlich erreichten sie die Flußbiegung, und dort erwartete sie ein seltsames Schauspiel.
Am Ufer stand eine gewaltige Maschine, die an eine Lokomotive erinnerte. Sie stieß schwarze Rauchwolken hervor und hielt große Räder in Schwung, die ihrerseits mit Hilfe von Lederriemen kleine Räder an einer Art großem, rechteckigem Wassertank antrieben. Aus dem Tank stieg Dampf auf, während aus Leitungsrohren am Boden kochend heißes Wasser hervorschoß. Joanna zog die Zügel an und blickte staunend auf die blökenden Schafe, die man in den Fluß und dann mit Stöcken zum Wassertank trieb. Dort standen Männer in geteerten Fässern und schrubbten die Schafe energisch im heißen Wasser. Wenn sie an der anderen Seite herauskamen, waren sie tropfnaß, aber wunderbar weiß und sauber.

Joanna sah Hugh am Flußufer. Er hatte die Hände in die Hüfte gestemmt und runzelte die Stirn.
»Hallo!« rief sie.
Er drehte sich um, und er sah sie unwillkürlich wieder so vor sich, wie sie in jener ersten Nacht aus dem Rindenhaus gelaufen war, weil Sarah sie erschreckt hatte, und als er sie kurz in den Armen hielt. Trotz aller Versuche, es zu vergessen, war die Erinnerung daran so lebendig wie eh und je: das Nachthemd, die offenen schimmernden Haare, die über Schulter und Brust fielen. Wie unsagbar zart, weich und warm Joanna sich in seinen Armen angefühlt hatte ...
Plötzlich mußte er daran denken, was Bill Lovell einmal vor Jahren gesagt hatte, als er betrunken war. »Nehmen wir zum Beispiel die Frau, mit der ich verheiratet war. Sie wollte nie, daß ich mit ihr schlief. Sie war immer froh, wenn ich schnell machte, und es nicht lange dauerte. So sind die Frauen nun einmal. Sie sind nicht wie die Männer. Es stößt sie ab. Ich weiß einfach nicht, warum der Herrgott die beiden Geschlechter so unterschiedlich gemacht hat. Wie kann ER dann erwarten, daß die menschliche Rasse nicht ausstirbt?«
Und dann hörte er Phoebe Ferguson, der das gewisse Etablissement in St. Kilda gehörte, sagen: »Sie werden es kaum glauben, Mr. Westbrook, aber die meisten meiner Kunden sind verheiratete Männer. Zu mir kommen nicht viele Junggesellen wie Sie. Die Ehemänner kommen hierher, um sich das zu holen, was ihnen ihre Frauen nicht geben. Besonders die vornehmen Damen haben wenig Interesse für das Schlafzimmer.«
Hugh dachte an Pauline und an ihre Reaktion auf seinen Kuß vor zwei Wochen. Er wußte, sie würde sich nicht zieren. Und dann überlegte er, wie wohl Joanna sich verhalten würde ...
»Miss Drury«, sagte er, »was für eine angenehme Überraschung!« Er reichte ihr die Hand und half ihr vom Wagen. Dann sah er trotz ihres Lächelns die Besorgnis in ihren Augen. »Ist alles in Ordnung?« fragte er.
»Adam hat einen großen Schreck bekommen.«
»Ach?« Hugh sah Adam prüfend an, der wie gebannt die ungewöhnliche Szene im Fluß beobachtete. »Was ist denn geschehen?«
Joanna erzählte ihm von dem plötzlichen hysterischen Ausbruch. »Er hat sich mehr aufgeregt als damals am Kai. Und ich glaube, der Grund war Wachtmeister Johnson.«

»Wie ist das möglich? Adam hat Johnson doch schon öfter gesehen.«
»Ja, aber nicht in Uniform.« Sie holte aus der Rocktasche den Brief der südaustralischen Behörde, die sich um Adam gekümmert hatte. Joanna hatte den Brief auf der Fahrt zum Fluß gelesen. Die übrige Post hatte sie im Haus zurückgelassen. »Sie schreiben, ein Goldsucher habe Adam gefunden. Der Mann berichtete der Behörde, er habe gehofft, im Farmhaus ein Essen zu bekommen, und das weinende Kind gehört. Er entdeckte einen Jungen und eine tote Frau. Deshalb lief er in den nächsten Ort und holte einen Polizisten zu Hilfe. Als sie in das Haus zurückkehrten, fanden sie Adam und seine Mutter. Offenbar war sie schon eine ganze Weile tot.«
»Mein Gott«, sagte Hugh und sah wieder Adam an, der von der Wollwaschmaschine fasziniert zu sein schien.
»Er muß tagelang geweint haben«, fuhr Joanna fort, »und ich glaube, das ist auch der Grund für seine Sprachschwierigkeiten.«
»Und deshalb hat er auch Angst vor Johnson. Natürlich – sicher hat ihn ein Polizist in Uniform mitgenommen.« Hugh ging zum Wagen. »Wie ich höre, hast du heute morgen Angst gehabt, Adam. Aber mach dir keine Sorgen, niemand wird dich von uns wegholen. Du bist hier jetzt zu Hause. Wir sind doch Freunde, nicht wahr?«
Adam sah ihn schweigend an.
»Komm runter! Komm, sieh dir an, wie wir die Schafe waschen.« Hugh streckte die Hand aus, und Adam ergriff sie nach kurzem Zögern.
Sie gingen gemeinsam zum Flußufer, und während der Junge mit großen Augen die Maschine bestaunte, sagte Joanna zu Hugh: »Für Sie ist auch Post gekommen, Mr. Westbrook – ein Päckchen von der Buchhandlung in Cameron Town.«
»Ach ja«, erwiderte er, ohne die Schafe im Fluß aus den Augen zu lassen. »Sie können es aufmachen, Miss Drury. Der Inhalt ist eigentlich für Sie bestimmt.«
»Für mich?«
Als Hugh nicht antwortete, dachte Joanna an das Buch über die Geschichte der australischen Kolonien von 1788 bis 1860, das sie im Rindenhaus gefunden hatte. Darin gab es eine Karte des australischen Kontinents – eine riesige Insel am unteren Rand der Erde. Die Städte und Siedlungen zogen sich an der Küste entlang. Aber das Landesinnere war auf der Karte nur eine große weiße Fläche. Man nannte sie den Busch. Es

war das schweigende, geheimnisvolle Herz Australiens, ein unerforschtes Gebiet, in dem keine Flüsse verzeichnet waren, keine Berge, keine Orientierungspunkte. Und in dem Buch stand, es sei ein riesiges, unbekanntes Land, das noch kein Weißer gesehen hatte. Was mag es dort geben, hatte Joanna sich gefragt. Gibt es dort eine fremde Welt, unbekannte Rassen und Städte, von denen die Menschen an Australiens Küste nichts ahnen?

Als sie sich jetzt daran erinnerte, dachte sie plötzlich an das verschlossene Herz von Hugh Westbrook. Er schien Joanna wie jenes geheimnisvolle Land zu sein – unerforscht, rätselhaft, unberechenbar.

»Das ist eine neue Methode, die Wolle zu waschen«, erklärte Hugh nach einiger Zeit. »Früher haben wir die Vliese direkt nach der Schur an die Spinnereien in England geschickt. Dort hat man sie gewaschen. Aber wir haben herausgefunden, daß wir für unsere Wolle mehr Geld bekommen, wenn wir sie vor dem Versand waschen.«

»Mr. Lovell sagt, Sie sind mit dem Wollertrag in diesem Jahr nicht zufrieden, Mr. Westbrook.«

»Leider haben die Läuse meine besten Wollschafe heimgesucht. Wie Sie sehen, ist die Wolle spröde, die Fasern zerfallen im Wasser. Diese Vliese sind nach dem Scheren unbrauchbar. Fünftausend nutzlose Vliese und ein Jahresverdienst schwimmen mir buchstäblich davon.«

Joanna hatte in der kurzen Zeit auf Merinda bereits gelernt, daß das ganze Leben eines Schafzüchters – sein Geld, sein Ruf – um die Wolle kreiste. Nach der Schur Anfang Dezember ruhte ein Schafzüchter nicht eher, bis die schweren Ballen von den Wollhändlern in Melbourne gekauft und an die Spinnereien in Lancashire unterwegs waren. Damit war er wieder ein Jahr reicher. Aber als Joanna sah, wie die Vliese im Wasser zerfielen, wußte sie, daß Hugh allen Grund hatte, niedergeschlagen zu sein.

Dann zog etwas ihre Aufmerksamkeit auf sich. Sie sah, daß sich am Ufer gelblicher Schaum sammelte. Sie ging zum Wasser hinunter, kniete nieder und nahm die fettige Masse in die Hände. »Mr. Westbrook«, fragte sie, »was ist das?«

»Wir waschen es aus der Wolle – Fett, Fettschweiß, Schmutz ...«

»Und auch Lanolin?«

»Ja, auch Lanolin.«

»Die Heiler in Indien schätzen Lanolin sehr«, sagte sie und verrieb die

Masse zwischen den Fingerspitzen. »Sie sagen, es wird von der Haut schneller aufgenommen als Salben und Öle und ist deshalb für Heilmittel, die nicht geschluckt werden können, ein idealer Trägerstoff. Meine Mutter hat viele Rezepte mit Lanolin gemacht. Leider war es sehr teuer. Wir mußten es aus England importieren. Und hier schwimmt es einfach so am Ufer herum. Darf ich mir etwas mitnehmen?«

»Soviel Sie wollen! Ich kann nichts damit anfangen.« Er hob einen Wasserkessel auf, der am Ufer lag. »Hier. Sie können ihn damit füllen.«

»Möchtest du das tun, Adam?«

Der Junge nahm sofort den Kessel und lief damit zu Joanna ans Ufer.

»Paß auf, ich werde dir zeigen, wie man es macht! Du mußt den Schaum vorsichtig von der Wasseroberfläche abschöpfen – ja so, ganz langsam ...«

Joanna nickte Adam aufmunternd zu, der sich geschickt an die Arbeit machte. Sie mußte lachen. »Wenn ich daran denke, wie sparsam meine Mutter mit ihrem Lanolin umgegangen ist! Können Sie sich vorstellen, Mr. Westbrook, daß wir für einen Topf Lanolin, der ein Viertel von der Menge in diesem Kessel enthielt, ein Pfund bezahlt haben? Und hier kostet es nichts!«

»Da!« sagte Adam und gab ihr den vollen Kessel.

»Ich werde es reinigen«, sagte Joanna, »und das Lanolin vom Fett trennen. Dann habe ich ein kleines Vermögen gespart!« Sie sah kopfschüttelnd auf den fetten Schaum, der im Wasser davontrieb, und sagte nachdenklich: »Was für eine Verschwendung, das alles dem Fluß zu überlassen.«

»Ich benutze diese Maschine zum ersten Mal«, sagte Hugh. »Bisher haben wir die Wolle immer ungewaschen nach England geschickt. Ich hätte nicht geahnt, daß man die Rückstände auch verwerten kann.«

Joanna blickte wieder auf den Fluß. »Wissen Sie, daß Mr. Thompson, der Drogist in Cameron Town, zehn Schilling für eine Unze Lanolin verlangt?«

Hugh gab keine Antwort, sondern starrte nur gedankenverloren auf den wächsernen Schaum, den das Wasser vom Uferrand in die Flußmitte zog, wo er um die Biegung verschwand.

3

Es war ein heißer und ruhiger Nachmittag. Adam schlief im Rindenhaus; Joanna saß auf der Veranda und las die Briefe, die Wachtmeister Johnson gebracht hatte, während Bill Lovell einen kleinen Käfig für den verwaisten Koalabären baute.
Der Brief von der Behörde in Queensland enthielt nicht die erwarteten Karten oder Informationen, sondern nur eine kurze Notiz: »Bitte schikken Sie sechs Pennys für die topographischen Unterlagen und zwei Pennys für die Überprüfung der Akten nach Angaben über das Ehepaar Makepeace.«
Der zweite Brief von der Cambridge University klang jedoch vielversprechender. Patrick Lathrop, so schrieb man ihr, hatte das Christ's College von 1826 bis 1830 besucht. »Die Universität hat zum letzten Mal etwas von ihm gehört«, fügte man hinzu, »als Mr. Lathrop 1851 nach Kalifornien reiste. Als Adresse gab er damals das Regent Hotel in San Francisco an.«
Joanna runzelte die Stirn. Das lag zwanzig Jahre zurück. Aber es war ein Anhaltspunkt, den sie aufgreifen konnte. Wenn dieser Mr. Lathrop wirklich ein guter Freund ihres Großvaters gewesen war, dann wußte er vielleicht, wo in Australien John Makepeace als Missionar gewirkt hatte.
Außerdem war in der Post auch das Päckchen von der Buchhandlung in Cameron Town gewesen, das sie öffnen sollte. Als sie das braune Packpapier und die Verschnürung entfernte, fand sie ein Buch mit dem Titel: *Kodes, Geheimschriften, Rätsel.* Verblüfft blätterte sie durch die Seiten mit Kodierungen und Alphabeten. Hugh hatte es offenbar für sie bestellt. Es sollte ihr helfen, die Aufzeichnungen ihres Großvaters zu entziffern. »Wir haben ein Abkommen«, hatte er am ersten Abend auf der Fahrt im Lager am Emu Creek gesagt. Dieses Buch würde für sie deshalb immer einen ganz besonderen Wert haben, das wußte Joanna.
»Hören Sie«, sagte Bill Lovell plötzlich, »da singt doch jemand.«
Joanna hob den Kopf und hörte eine Mädchenstimme. Sie sang eine seltsame Melodie...
Dann entdeckte sie Sarah auf der anderen Seite des Hofs im Schatten der Scherhütte. Die Hütte war leer, und alles war still; auch in den Pferchen und über dem Hof hatte sich wieder Ruhe ausgebreitet. Das Scheren war

beendet, der Trupp der Arbeiter war bereits weitergezogen. Die Hitze des Tages senkte sich auf eine verlassene, beinahe menschenleere Farm.

Sarah stand an derselben Stelle wie an jenem Morgen. Aber nun sang sie eine Melodie in hohen Tönen, mit Worten, die sie wiederholte und wiederholte, und die Joanna nicht verstand. Beim Singen hielt sie den Blick unverwandt auf Joanna gerichtet.

»Bill«, sagte Joanna beklommen, »wie ist Sarah auf die Farm gekommen?«

»Wir haben sie aufgenommen, weil Reverend Simms, der Leiter des Aborigines-Missionsdorfs, uns darum gebeten hat. Er sagte, sie sei in Gefahr, ihre Seele zu verlieren.«

»Wie das?«

»Na ja«, erwiderte Bill und blickte über den staubigen Hof zu dem Mädchen, »offenbar hat man einige der alten Frauen dabei ertappt, daß sie eine Initiation bei ihr durchführten. Simms hat das unterbunden und sie hierher gebracht. Zu den Aufgaben der Mission gehört es, den jungen Aborigines die Lebensweise der Weißen beizubringen und sie daran zu hindern, die Stammessitten zu lernen.«

»Was ist das für eine Initiation?«

»Ich weiß es eigentlich nicht. Es ist alles sehr geheim und tabu. Es geht darum, den Heranwachsenden die Gesetze der Sippe beizubringen, die Lebensweise ihrer Vorfahren, die Traumpfade, die Mythologie ihrer Rasse. Wenn ein Jugendlicher durch die Initiation in die Sippe aufgenommen ist, gilt der Junge oder das Mädchen sein ganzes Leben lang als ein Aborigine. Die Missionare mögen das nicht, denn dann sind die Aborigines nur schwer unter Kontrolle zu halten. Wenn die jungen Leute jedoch nicht die Initiation durchmachen, werden sie von der Sippe nicht aufgenommen. Dann wenden sie sich an die Weißen. Sie suchen Hilfe bei ihrer Kultur und hoffen, ihre Identität dort zu finden.«

»Aber das ist sehr grausam«, sagte Joanna.

»Die Missionare meinen es gut, Miss Drury. Ich glaube, sie handeln in guter Absicht und denken, sie ermöglichten den Aborigines ein besseres Leben. Aber leider haben manche Missionare vor den Aborigines auch Angst. Sie glauben, die Eingeborenen haben eine dunkle, böse Seite, die unterdrückt werden muß.«

Joanna blickte zu dem Mädchen hinüber. Sarah hatte lange, schlanke

Glieder. Ihre Haut glänzte in der Sonne, und die dichten seidigen Haare erinnerten Joanna an einen Wasserfall. Sie sang eine schöne Melodie mit einem einprägsamen Refrain.

»Sind die Aborigines in dem Missionsdorf glücklich?« fragte Joanna und dachte an ihre Großeltern, die vor über vierzig Jahren als Missionare nach Australien gekommen waren.

»Das weiß ich nicht«, erwiderte er. »Bei den meisten Eingeborenen kann man nur schwer sagen, was sie denken. In gewisser Hinsicht haben die Weißen das Leben der Aborigines verbessert. Andererseits haben sie aber auch viel verloren. Da die Jugendlichen nicht mehr in der Stammesgemeinschaft aufwachsen, verlieren sie ihre kulturelle Identität. Sie werden von den Alten nicht mehr anerkannt, aber von den Weißen auch nicht.«

Joanna mußte an den alten Mann, an Ezekial, denken. Wie er Sarah wohl beurteilen mochte? Das Mädchen war halb Aborigine, nur zum Teil initiiert, und sie arbeitete auf der Schaffarm eines Weißen. Auch Ezekial arbeitete hin und wieder für Hugh, das wußte Joanna. Aber was hielt er in Wirklichkeit von den Weißen, der neuen Rasse, die sein Land erobert hatte?

»Was singt sie?« fragte Joanna.

»Ich vermute, sie erzählt eine Geschichte, Miss Drury. Die meisten Lieder der Aborigines erzählen eine Geschichte. Lieder sind für sie, was für Weiße Bücher sind. Ich verstehe einige der Worte, die sie singt.« Er schwieg und hörte zu. »Sie redet von Schafen – Schafe, die ihr Vlies verlieren ...«

Joanna hörte wie gebannt dem Gesang zu, der die stille Luft des Nachmittags erfüllte.

»Bill«, sagte sie, ohne den Blick von Sarah zu wenden, »ich habe Dinge vor dem Rindenhaus gefunden, die ich nicht verstehe.« Joanna beschrieb sie ihm, und er antwortete: »Das klingt nach einem Zauber der Aborigines. Und nach dem, was sie singt, hat sie wahrscheinlich diese Dinge hingelegt.«

»Aber was bedeuten sie? Und was für ein Zauber mag das sein?«

»Ich weiß es nicht. Vermutlich hat Sarah das von den alten Frauen im Missionsdorf gelernt. Sarah ist ein Mischling. Sie ist nicht in der Sippe aufgewachsen. Man hat uns gesagt, ihre Mutter war eine Eingeborene, aber ihr Vater war ein Weißer. Offenbar hat sie jedoch etwas von den alten Frauen im Missionsdorf gelernt, bevor Reverend Simms es verhindern konnte.«

»Haben Sie eine Vorstellung, was sie gelernt haben mag?«

»Ich habe als Junge im Busch gelebt – das ist schon so viele Jahre her, daß ich kaum noch weiß, wann es war. Damals haben die Aborigines noch so gelebt wie vor hundert Jahren, als es in Australien keine Weißen gab. Ich weiß noch, wie sie sich zu ihren *Corroborees*, zu ihren Tänzen, um ein Lagerfeuer versammelten und ihre magischen Lieder sangen. Damals hatten sie noch ihre Traumpfade. Sie glaubten an die Traumzeit. Es gab keinen Diebstahl oder Vorstellungen von Eigentum und Besitz. Niemandem gehörte etwas persönlich, alle waren Teil des Landes. Man teilte alles. Wenn eine Familie etwas erbeutete, wenn die Männer zum Beispiel ein großes Känguruh erlegten, dann hatten alle in der Sippe gut zu essen. Sie achteten darauf, daß die Natur sich erholen konnte. Sie schöpften nie ein Wasserloch aus oder jagten in einem Gebiet so lange, bis dort kein Wild mehr lebte. Wenn sie ein Tier töteten, dann baten sie zuvor das Tier um Vergebung. Und«, fügte Bill hinzu, »sie besaßen das Wissen um mächtige Zauberkräfte. Ich nehme an, das haben sie Sarah beigebracht.«

Joanna dachte an ihre Mutter, die hier als Kind gewesen war, und an die Aborigines, mit denen sie möglicherweise zusammengelebt hatte. Und an ihr Gift, an ihre Magie, die ihre Mutter vielleicht getötet hatte.

Wieder spürte Joanna die vertraute, unbestimmte Vorahnung in sich aufsteigen.

»Bill, ist das Lied, das sie singt, weiße oder . . . schwarze Magie?«

»Was für Gegenstände haben Sie gefunden? Lassen Sie mich nachdenken – Kakadufedern . . . besonders die rosa oder gelben benutzen sie im allgemeinen als Schutz vor schwarzer Magie.«

»Eine Art Schutz-Zauber, meinen Sie?«

Achselzuckend sagte er: »Ich könnte mir denken, das Mädchen versucht, etwas vor etwas zu schützen.«

Joanna blickte wieder zu Sarah und erinnerte sich an eine Stelle im Tagebuch ihrer Mutter. »Ich hatte wieder einen Traum über die Vergangenheit«, schrieb Lady Emily. »Zumindest glaube ich, es könnte die Vergangenheit sein. Ich bin ein kleines Kind und ich bin bei einer dunkelhäutigen Frau – diese Frau erscheint auch in meinen anderen Träumen. Ich glaube, sie könnte Reena heißen. Wir verbergen uns hinter Felsen – wir haben Angst. Ich sehe, wie sie mit ihren braunen Händen etwas mit Federn macht, und sie singt leise.«

Joanna fror plötzlich trotz der Hitze.

»Bill«, sagte sie, »wollen Sie damit andeuten, daß Sarah glaubt, wir brauchen eine Art Schutz?«

Er blickte stumm auf den Eukalyptuszweig, den er dem Koalabären zum Fressen hinhielt. Er wollte Joanna nicht beunruhigen, indem er ihr sagte, daß der alte Ezekial sie aus einem unerklärlichen Grund ablehnte und Hugh gesagt hatte, ihre Anwesenheit sei schlecht für Merinda. Hugh beachtete die Warnungen des alten Mannes nicht, und deshalb sagte Ezekial den Aborigines unter den Farmarbeitern inzwischen, Merinda bringe ihnen Unglück. Bill wußte nicht, was Ezekial gegen Miss Drury einzuwenden hatte, aber er wußte, daß der alte Mann großen Einfluß auf die sehr abergläubischen Arbeiter hatte – jedenfalls genug, um ihnen soviel Angst zu machen, daß sie davonliefen. Und Hugh konnte es sich nicht leisten, die Männer zu verlieren. Es waren seine besten Leute, und er brauchte sie.

Sarah hörte plötzlich zu singen auf und kam zu Joannas Erstaunen über den Hof. Sie blieb am Fuß der Verandastufen stehen. Adam erschien in diesem Augenblick in der Tür, und als er sie sah, lief er zu ihr hinunter. Er wollte etwas sagen, aber brachte nur ein ›Hmmm‹ hervor. Sie sah ihn neugierig an, dann legte sie ihm die Hand auf den Kopf. »*Wandhitnup*«, sagte sie.

Joanna sprang auf und rief: »Was soll das?«

Aber Bill beruhigte sie: »Keine Angst, Miss Drury. Sarah tut dem Jungen nichts. Sie zeigen einem Kind ihre Zuneigung, indem sie ihm die Hand auf den Kopf legen.«

Zu Joannas Verblüffung kniete Sarah vor Adam nieder und sagte: »Du kannst nicht gut reden – wie Sarah. Vielleicht bringen wir uns gegenseitig gutes Englisch bei?«

Dann hob sie den Kopf, sah Joanna an und lächelte.

Kapitel Sieben

1

»Frank Downs hat vor kurzem eine Landkarte gekauft, Miss Drury, die wir uns ansehen können«, sagte Hugh zu Joanna, als er mit dem Wagen auf die Hauptstraße bog. »Wie er mir sagt, ist sie beinahe so groß wie die ganze Wand. Es ist die genaueste Karte von Australien, die er kennt. Karra Karra muß darauf verzeichnet sein.«

Joanna hatte nicht damit gerechnet, zu dem Kinderfest eingeladen zu werden, das Pauline Downs für Adam gab. Es überraschte sie deshalb, als Hugh sie aufforderte, mitzukommen. »Adam möchte Sie in der Nähe haben«, erklärte er, »und Sie haben Gelegenheit, mit Frank zu sprechen und andere Leute kennenzulernen, die Ihnen vielleicht helfen können. Aber ich meine, wenn Ihnen jemand helfen kann, dann ist es sehr wahrscheinlich Frank.«

Also fuhren sie in der heißen Novembersonne nach Lismore. Sie kamen an den geschorenen Schafherden vorbei, die auf den Wiesen weideten. Das Gras wurde allmählich braun. Adam saß schweigend zwischen Hugh und Joanna auf dem Kutschbock. Er trug nagelneue Sachen und war ordentlich gekämmt. Man hatte ihm erklärt, wohin sie fuhren und warum, aber Adam verstand es nicht. Was war ein Gartenfest? Und warum fand es seinetwegen statt? Auch Hugh trug seine besten Sachen: eine hübsche dunkelbraune Wildlederjacke über einem weißen Hemd ohne Krawatte, und dazu eine dunkelbraune Hose. Seine Stiefel glänzten wie alter Sherry. Und wie üblich hatte er seinen Buschhut auf dem Kopf. Joanna trug ein gelbes Satinkleid mit einem passenden gelben Hut.

Sarah war zu Hause geblieben. Sie hatten nicht einmal daran gedacht, sie mitzunehmen, obwohl sich Sarah als gute Spielgefährtin für Adam erwies. Inzwischen stand für sie ein Bett auf der Veranda, und Joanna hatte zwei ihrer Kleider so abgeändert, daß sie Sarah paßten. Sarah half auch, das Rindenhaus in Ordnung zu halten, und sie sammelte Kräuter und Wurzeln für Joanna. Aber Joanna bemühte sich hauptsächlich darum, Sarah beizubringen, daß sie sich um Adam kümmerte. Das Mädchen hatte viel Geduld mit dem Jungen. Sie nahm ihn mit in den Wald und erzählte ihm Geschichten über die Tiere, die dort lebten – zum Beispiel: Wie der Koalabär seinen Schwanz verlor, und: Warum die Schildkröte einen Panzer hat. Sarah ermunterte ihn zu sprechen. Sie ließ dem kleinen Jungen Zeit und forderte ihn auf, ihr Worte nachzusprechen. Adam machte zwar nur langsam Fortschritte, aber er *machte* Fortschritte.

Joanna stellte oft fest, daß Sarah sie verstohlen musterte. Das Mädchen lächelte zwar immer, redete und schien sich für Joannas Heilkünste zu interessieren, aber trotzdem blieb sie ihr ein Rätsel. Joanna hoffte, von Sarah etwas über die heiligen Dinge der Ureinwohner zu erfahren. Sie stellte ihr Fragen nach dem Gesang und den Gegenständen, die sie vor dem Haus gefunden hatte, sie fragte sogar, wovor Sarah sie zu schützen versuche, aber bislang verstand Sarah ihre Fragen nicht oder gab vor, sie nicht zu verstehen. Sie besaß eine natürliche Würde und schien ein besonderes Wissen um die Natur zu haben. Sie wußte zum Beispiel, wann es regnen würde, selbst wenn der Himmel wolkenlos war.

»Pinky!« rief Adam plötzlich und deutete nach vorne.

Auf der Straße kam ihnen langsam Mr. Shapiros bunt bemalter Wagen schaukelnd und quietschend entgegen. An den Seiten hingen Töpfe und Pfannen. Pinky, das alte Kutschpferd, blieb neben Westbrooks Wagen stehen, noch ehe Mr. Shapiro die Zügel anzog.

»Ich wünsche Ihnen einen guten Tag, Sir«, rief der alte Trödler und grüßte, indem er die Finger an den alten Hut hob. »Was für ein glücklicher Zufall, Ihnen hier zu begegnen. Ich wollte gerade nach Merinda. Hier, Miss Drury«, sagte er und griff in seine Jackentasche. »Ich habe Ihre Post.«

»Vielen Dank, Mr. Shapiro«, sagte Joanna. Da es im westlichen Distrikt keinen Postzustelldienst gab, galt es bei allen als selbstverständliche Geste der Höflichkeit, dem Nachbarn die Post aus der Stadt mitzubringen. Joanna warf schnell einen Blick auf den Absender des Briefs. Er kam aus Sydney, von der Hauptverwaltung der Anglikanischen Mission. Es war demnach eine Antwort auf ihre Frage nach den Großeltern.

Joanna hatte von den einzelnen Kolonialbehörden Antworten auf ihre Briefe erhalten und die verlangten Gebühren geschickt. Jetzt wartete sie gespannt auf Landkarten und Hinweise in den Akten. Sie hatte auch allen Missionsgesellschaften geschrieben, deren Adresse sie in Erfahrung bringen konnte. Bislang hatten fünf geantwortet, aber niemand wußte etwas von den Makepeaces.
»Hier, Adam«, sagte sie und gab ihm wie üblich den Brief, »möchtest du ihn aufmachen?«
»Fahren Sie auch zu dem Fest?« fragte Mr. Shapiro. »Ich habe schon viele andere auf der Straße gesehen. Das muß ja eine große Sache in Lismore sein. Da gibt es wohl jede Menge zu essen und zu trinken. Wenn ich an all das Bier denke . . .«
Er lächelte plötzlich verlegen, als habe er zuviel gesagt. Niemand wußte etwas über Mr. Shapiro – er schien schon solange man denken konnte Teil des westlichen Distrikts zu sein. Man schätzte, daß er zwischen siebzig und neunzig war. Er sprach außerdem einen seltsamen Dialekt. Sein Geschäft brachte ihm nicht viel ein. Nicht selten mußte er jemanden um Essen bitten, aber alle mochten ihn wegen seiner Freundlichkeit. Es gab Gerüchte von seiner Frau und seinem kleinen Kind, die vor langer Zeit in seiner alten Heimat von Soldaten ermordet worden waren.
»Mr. Shapiro«, sagte Hugh, »was sind das für Blumen?« Er deutete auf einen kleinen Strauß in einem Eimer neben dem Kutschbock des alten Mannes.
»Das sind englische Schlüsselblumen, Mr. Westbrook, frisch aus dem Garten der Witwe Barns. Sie hat sie mir als Bezahlung für Nähgarn gegeben.«
»Wieviel möchten Sie dafür?« fragte Hugh und griff in die Tasche.
Mr. Shapiros wolkige Augen wurden groß hinter den dicken Brillengläsern. »Ihnen gebe ich sie für zwei Pennys, Mr. Westbrook.«
»Hier nehmen Sie. Ich gebe Ihnen drei Pennys für Ihre Mühe, Mr. Shapiro.«
Der alte Mann blickte auf die Münzen in seiner Hand. Dann schloß er die Finger darum. »Gott belohnt einen großzügigen Mann, Mr. Westbrook.« Shapiro griff nach den Zügeln und fuhr weiter.
Hugh gab die Blumen Joanna und nahm dann die Zügel wieder in die Hand. »Für Sie, Miss Drury«, sagte er.

Joanna sah ihn an.
»Haare, Joanna!« rief Adam und deutete auf ihren Kopf.
»Also gut«, sagte Joanna leicht verwirrt von Hughs unerwarteter Geste. Sie gab dem Jungen den Strauß, nahm eine Schlüsselblume nach der anderen von ihm entgegen und steckte sie in ihren *Chignon.*
Als das geschehen war, gab ihr Adam den geöffneten Briefumschlag, und sie las das an sie gerichtete Schreiben. Zu ihrer Enttäuschung erklärten die Leute von der Anglikanischen Mission, in ihren Unterlagen gebe es keinen Hinweis darauf, daß ein Ehepaar Makepeace in einem ihrer australischen Missionsdörfer gearbeitet hätte.
»Gute Nachrichten?« fragte Hugh.
»Leider nein. Meine Großeltern haben offenbar nicht für die Anglikanische Mission gearbeitet.« Sie legte den Brief in ihre Handtasche. Er würde zu dem wachsenden Stapel der anderen kommen.
Während sie über die Landstraße rollten, sah Joanna hin und wieder durch Bäume hindurch Häuser, und Hugh erzählte Joanna ihre Geschichte.
»Noch vor einer Generation«, berichtete er, »war das Land, durch das wir gerade fahren, für die Europäer so unbekannt und rätselhaft wie eine Mondlandschaft. Als die ersten Forscher über ihre Entdeckungen berichteten, und die Nachricht England erreichte, wo es kein ›neues‹ Land gab, wo alles von einer alten Aristokratie in Besitz genommen war und mit Argusaugen bewacht wurde, kam es zu einer großen Auswanderungswelle. Die Emigranten strömten in die australischen Kolonien. Sie kamen aus England, Schottland und Wales. Das waren die Camerons, die Hamiltons und die MacGregors. Sie kamen mit ihren Kindern und ihren dürftigen Träumen. Sie bekämpften die Ureinwohner, die hier seit Tausenden von Jahren lebten, vertrieben sie oder brachten sie um. Diese Pioniere rodeten die Wälder und stauten die Flüsse. Und sie begannen mit der Schafzucht und dem Anbau von Weizen. Bald waren sie reich. Sie bauten Herrenhäuser und Landsitze. Die Frauen trugen teure Kleider. Man gründete Jagdvereine und Herrenclubs. Man vergaß oder leugnete, daß man früher einmal Straßenkehrer oder Kumpel in einem Kohlebergwerk gewesen war.«
Inzwischen lebten diese Leute auf riesigen Landsitzen mit eindrucksvollen Namen wie zum Beispiel »Monivae« und »Barrow Downs« und »Glenhope«. Die Herrenhäuser waren im georgianischen, elisabethani-

schen oder gotischen Stil erbaut worden. Manche sollten an das Herkunftsland des Besitzers erinnern, wie etwa die Kopie einer schottischen Burg auf Kilmarnock, andere verrieten den Geschmack der Leute, die dort wohnten, so die ›Mittelmeervilla‹ auf Barrow Downs oder das maurische Kuriosum, in dem, wie Hugh sagte, ein Zweig der Familie Cameron lebte. Im Distrikt gab es keine zwei Häuser im selben Stil, aber alle erweckten auf ihre Weise den Anschein, sie gehörten in einen anderen Teil der Welt.

Auch die Parks und Gärten schienen, soweit Joanna es sehen konnte, mit Bäumen und Blumen bepflanzt zu sein, die aus England, Schottland oder Irland importiert waren. Sie sah Kaninchen und Rotwild – Tiere, die, wie sie von Hugh wußte, nicht in Australien heimisch waren. Man hatte sie aus Europa importiert. Auch Vögel, wie etwa Stare, Sperlinge und Goldfinken hatte man auf diesen Kontinent gebracht. Joanna staunte darüber, daß die Menschen auf diesen eindrucksvollen Landsitzen entschlossen zu sein schienen, die Illusion zu erwecken, sie lebten nicht in Australien, sondern in Suffolk, in Yorkshire oder Cork.

Und Lismore, das Joanna als letztes sah, bildete keine Ausnahme. Als Hugh in die zu beiden Seiten von Ulmen gesäumte Auffahrt einbog, sah Joanna ein englisches Gutshaus vor sich, das sie an die imposanten Landsitze erinnerte, die sie in der Umgebung von Tante Millicents Dorf bewundert hatte. Ein englischer Park befand sich auf der Vorderseite. Gärtner mit Rechen, Scheren und Gartenschläuchen waren damit beschäftigt, dem Rasen in der heißen australischen Sonne das Aussehen eines ›englischen Rasens‹ zu geben.

Vor dem Haus standen viele Kutschen in einer Reihe. Hugh lenkte den Einspänner ebenfalls dorthin und übergab die Zügel einem Stallburschen, der sofort bei ihrem Erscheinen herbeigeeilt war. Sie gingen über einen mit Steinplatten belegten Weg um das Haus herum zur Rückseite und erreichten einen riesigen Rasen, auf dem das Fest bereits im Gang war.

So viele Menschen hatten sich hier versammelt – sie saßen an Tischen, standen unter schattenspendenden Bäumen, tranken, aßen und unterhielten sich zwanglos. Kinder jeden Alters liefen zwischen den Erwachsenen herum. Joanna begriff beim Anblick dieser vornehmen Gesellschaft, daß sich die meisten reichen Familien des Distrikts eingefunden haben mußten. Auf langen Tafeln mit weißen Tischdecken waren Speisen angerichtet, die von Dienstmädchen mit weißen Schürzen und Häubchen den Gästen vorgelegt wurden. Dicke Rinder- und Lammsteaks schmorten über fünf großen Grills, und aus riesigen Bier- und Weinfässern wurden unzählige Gläser gefüllt. Erwachsene spielten Krokett und Federball. Für die Kinder gab es sogar ein von einem Esel gezogenes Karussell. Unter einem gestreiften Baldachin spielte eine Kapelle. Joanna erinnerte das Ganze eher an einen kleinen Jahrmarkt als an ein Kinderfest.

Als bei ihrem Erscheinen sofort eine ausnehmend elegant gekleidete Frau auf sie zukam, vermutete Joanna, daß es sich um Hughs Verlobte handelte. Wie Joanna nicht anders erwartet hatte, würdigte die Frau sie keines Blickes. Im Gegensatz zu ihrem Bruder, den Joanna kurz in Melbourne kennengelernt hatte, war Pauline Downs groß, hatte volle blonde Haare und trug trotz der Hitze ein elegantes grünes Samtkleid mit einem passenden Federhut.

»Hugh, Liebster«, sagte sie, schob den Arm in seinen und drückte ihm einen Kuß auf die Wange, »wir warten schon alle auf eure Ankunft. Jeder will unbedingt deinen kleinen Jungen kennenlernen.«

»Pauline«, antwortete er, »ich möchte dich mit Joanna Drury bekannt machen.«

Joanna sah kalte Augen auf sich gerichtet. »Guten Tag«, sagte Pauline. Dann beugte sie sich vor und meinte freundlich: »Und du mußt Adam sein. Guten Tag.« Sie streckte ihm die Hand entgegen. »Ich werde deine neue Mutter sein. Wie findest du das Fest, Adam? Das alles ist für dich.«

Als Adam zurückwich, sagte Joanna: »Sag guten Tag, Adam, und gib Miss Downs die Hand.« Sie nickte ihm aufmunternd zu: »Na los, du mußt keine Angst haben.«

Pauline legte die andere Hand auf Hughs Arm: »Wir müssen Frank finden. Er ist ganz aufgeregt, seit er aus Melbourne ein Telegramm erhalten hat. Offenbar erweist sich dein Lanolingeschäft als sehr erfolgreich.«

»Das haben wir Miss Drury zu verdanken«, antwortete Hugh, »es war ihre Idee.«

»Ach ja?« Pauline zwang sich zu einem Lächeln. Sie warf einen kurzen Blick auf Joanna, und ihre Augen zuckten, als sie die Schlüsselblumen in ihrem Haar bemerkte. »Wie nett«, fügte sie hinzu und drehte ihr den

Rücken zu. »Komm jetzt Hugh, wir müssen Adam mit seinen neuen Freunden bekannt machen.«
Plötzlich erschien ein Mann mit einem rötlichen Gesicht und rief mit dröhnender Stimme: »Da sind Sie ja, Westbrook! Ich möchte mit Ihnen unbedingt über die neue Wollwaschmaschine sprechen. Wie ich höre...«
»Nicht jetzt, John«, fiel ihm Pauline schnell ins Wort, »heute gehört Hugh mir. Ich möchte Ihnen Adam vorstellen. Er ist auf diesem Fest unser Ehrengast.«
Als Hugh sagte: »Sie können jederzeit vorbeikommen, John, und sich die Maschine ansehen«, kamen andere herbei und wollten sich ebenfalls nach Westbrooks neuer Erfindung erkundigen.
Joanna sah, wie Hugh und Adam bald im Mittelpunkt der Aufmerksamkeit standen – mit Pauline an ihrer Seite. Plötzlich wurde ihr bewußt, daß es ein Fehler gewesen war, hierherzukommen. Sie gehörte nicht zu dieser Gesellschaft und wurde auch nicht willkommen geheißen.
Sie ging zwischen den Gästen hindurch, die sie entweder übersahen oder ihr neugierige Blicke zuwarfen. Schließlich erinnerte sie sich an die Landkarte, von der Hugh erzählt hatte. Also beschloß sie, ins Haus zu gehen. Sie betrat die Küche, in der sich offenbar alle Dienstmädchen und Kutscher versammelt hatten. Das Personal schien ein Fest unter sich zu feiern. Alle verstummten bei ihrem Eintritt und sahen sie merkwürdig an. Eine ältere Frau in einem strengen schwarzen Kleid und mit einem Schlüsselring am Gürtel fragte: »Kann ich Ihnen behilflich sein, Miss?«
Joanna bemerkte, wie man sie anstarrte. Ein Mann stand sogar auf und zog sich die Jacke an. Deshalb antwortete sie schnell: »Nein, danke«, eilte zwischen den Leuten hindurch und betrat das Haus. Kaum hatte sich die Küchentür hinter ihr geschlossen, wurde wieder gesprochen und gelacht.
Joanna stand in einem dunklen Gang, von dem rechts und links Zimmer abgingen. Sie folgte ihm, bis sie auf eine offene Tür stieß. Als sie in den Raum blickte, sah sie Bücherregale, die vom Boden bis zur Decke reichten, schwere Ledersessel und einen türkischen Teppich. Sie hatte die Bibliothek gefunden. Dann entdeckte sie auch die Landkarte, die beinahe eine ganze Wand einnahm.
Wie Hugh angekündigt hatte, war es eine Karte des ganzen Kontinents.

Alle Küstenstädte und Siedlungen waren verzeichnet, und in der Mitte befand sich das große Niemandsland mit einem Durchmesser von mehreren tausend Meilen. Aufgeregt blickte Joanna auf die Karte und hoffte, Ortsnamen zu finden, die so ähnlich wie Karra Karra oder dem ›Bo -- Creek‹ auf der Urkunde klangen. Sie sah sich auch sehr genau die Häfen und Flüsse an, wo ihre Großeltern an Land gegangen sein mochten. Möglicherweise waren sie nicht weit in das Landesinnere vorgestoßen – hoffentlich, dachte Joanna. Aber sie entdeckte nichts, was auch nur im entferntesten dem glich, wonach sie suchte. Sie betrachtete die leere Mitte der Karte. Dort gab es keine Namen, Flüsse, geographische Orientierungspunkte, als habe sich eine gewaltige Wolke über das Land gelegt und verberge alles, was darunter lag. Dort irgendwo könnte Karra Karra sein, dachte Joanna enttäuscht.

Als sie von der Landkarte zurücktrat, fiel ihr Blick auf den Schreibtisch, der davor stand. Sie sah ein Blatt Papier mit einer vertrauten Handschrift. Es war ein mit Bleistift geschriebenes Gedicht auf der Rückseite einer Werkzeugrechnung. Joanna wußte inzwischen, daß Hugh in allen möglichen Situationen schrieb, etwa wenn er die Zäune inspizierte, Schafe zählte, und er benutzte dann jedes Stück Papier, das ihm gerade in die Hand fiel. Das Gedicht auf dem Schreibtisch mußte seine neueste Ballade sein. Sie hatte die Überschrift: »Auf der Walz.«

Als sie es las, öffnete sich die Tür, und jemand trat ein.

»Da sind Sie ja, Miss Drury«, sagte Hugh, »ich habe Sie gesucht. Wie ich sehe, haben Sie die Landkarte gefunden. Gibt sie Ihnen irgendwelche Hinweise?«

»Leider nein.«

Er sah, was sie in der Hand hielt. »Mein Gedicht. Wie finden Sie es?«

»Schön«, antwortete sie, »aber ich verstehe es nicht so ganz. Was heißt ›Auf der Walz‹?«

»Auf der Walz bedeutet, man zieht durch das Land. Die Männer ziehen mit ihrer ganzen Habe, die sie zu einem Bündel geschnürt haben, durch den Busch.«

»Und was bedeutet ›walzende Matilda‹?«

»Matilda ist ein Frauenname, aber so bezeichnet man auch das Bündel, mit dem man auf die Walz geht.«

»Warum heißt das so?«

»Da bin ich überfragt. Der Ausdruck stammt noch aus der Zeit der Sträflinge. Viele dieser Männer waren ehemalige Verbrecher, die im Busch die Freiheit suchten.«

Einen Augenblick lang standen sie sich schweigend in der sonnigen Bibliothek gegenüber. »Ich habe gerade mit Frank gesprochen. Er hat gute Nachrichten für mich. Seit dem Tag am Fluß denke ich darüber nach, ob es nicht vielleicht einen Markt für das Lanolin gibt, das wir aus den Vliesen waschen. Ich habe mit Frank darüber gesprochen. Er kennt jeden Geschäftsmann von Adelaide bis Sydney. Frank hat Kontakt zu zwei pharmazeutischen Firmen aufgenommen, die Interesse an unserem Angebot haben. Sie sind bereit, alles Lanolin zu kaufen, das wir gewinnen!«

Er schwieg. »Also hat dieses Jahr für mich nicht nur Verluste gebracht. Und das habe ich Ihnen zu verdanken, Miss Drury.«

Joanna stellte plötzlich fest, wie selbstverständlich Hugh in diese elegante Umgebung paßte. Das winzige Rindenhaus und der staubige Hof von Merinda schienen nichts mit dem großen Mann in der tadellos sitzenden Lederjacke zu tun zu haben. Diese Seite an ihm hatte sie bisher noch nicht wahrgenommen: der vornehme Schafzüchter. Sie dachte: In einem solchen Haus sollte er leben.

»Wollen wir zu der Gesellschaft zurück?« fragte er. Er bot ihr den Arm, und Joanna hakte sich bei ihm ein.

»Wie kommt Adam zurecht?« fragte sie, als sie die Bibliothek verließen. »Ich fürchte, so viele Menschen machen ihm Angst.«

»Na ja, er scheint das alles nicht so recht zu verstehen.«

Draußen im Gang bemerkte Joanna etwas, das sie zuvor übersehen hatte. Es war ein seltsames Bild an der Wand. Sie blieb stehen und betrachtete es.

Es war kein gewöhnliches Gemälde auf Leinwand oder Holz. Es sah aus wie ein Bild auf Baumrinde mit konzentrischen Kreisen und Wellenlinien, Punkten und Strichen.

Hugh bemerkte ihr Interesse und sagte: »Das stammt von Aborigines. Frank hat mir erzählt, daß ein alter Mann von den nördlichen Stämmen es ihm verkauft hat. Es ist auf Baumrinde gemalt.«

Je länger Joanna das Bild betrachtete, desto weniger chaotisch wirkte es. Allmählich erkannte sie Formen. Sie entdeckte ein Menschengesicht, eine Frau mit großen Brüsten und einen Mann mit einem erigierten Glied, ein Känguruh mit einem Jungen im Beutel; sie sah einen Baum, Wolken, einen Fluß und schließlich etwas Großes und Bizarres, das alles zu umschlingen schien – eine Schlange, die offenbar dabei war, alles aufzufressen. Das Bild erschreckte sie.

»Es ist beängstigend«, flüsterte sie und trat einen Schritt zurück.

»Ich glaube, das sollte es auch sein. Der alte Mann, von dem Frank es gekauft hat, behauptete, das Bild sei die Darstellung eines sogenannten ›Gift-Gesangs‹.«

Joanna sah Hugh erschrocken an. »Ein ›Gift-Gesang‹?«

»Es war eine Form der Bestrafung. Die Aborigines hatten sehr strenge Verhaltensregeln. Wenn jemand eines ihrer vielen Gesetze und Tabus verletzte, wurde er zum Tode verurteilt. Eine Art der Hinrichtung geschah durch ›Gesänge‹. Sehen Sie die Gestalten in der Mitte des Bildes? Sie stellen die Schöpfung dar – die Menschen und die Tiere, die Bäume und die Flüsse, die Wolken und so weiter. Die Gestalt am Rand ist die Regenbogenschlange, die sie alle verschlingen will. Ein Hüter oder eine Hüterin der Gesänge könnte einen Blick auf das Bild werfen und den Gift-Gesang anstimmen, der dazugehört. Die Aborigines glauben, derjenige, dem dieser Gesang gilt, wird sterben.«

Joanna lief ein kalter Schauer über den Rücken. »Und sterben die Menschen wirklich?« fragte sie.

»Ich habe Geschichten gehört, wo es der Fall war. Gift-Gesänge gelten als sehr mächtige Magie. Wenn ein Mensch erst einmal ›besungen‹ worden ist, läßt sich der Gesang nicht mehr rückgängig machen. Keine Medizin kann den Betroffenen heilen, denn die Ärzte sind gegen die Macht der Gesänge hilflos.«

Joanna sah Hugh an. »Könnte es sein«, sagte sie stockend, »könnte es sein, daß meine Mutter sich vor diesem Gift fürchtete?« Hatte sie gehört, wie ein Gift-Gesang gesungen wurde? Hatte man auf diese Weise ihre Eltern verflucht? Oder galt er womöglich ihr? Hat sie das vielleicht als Kind erlebt und konnte sie sich nicht mehr daran erinnern? »Mr. Westbrook, könnte ein Gift-Gesang meine Mutter getötet haben?«

»Ach, das bezweifle ich, Miss Drury. Wie Sie sagen, war Ihre Mutter damals noch ein kleines Kind. Sie konnte kaum verstanden haben, was geschah.«

Plötzlich fielen Joanna die Notizen ihres Großvaters ein. »Hat mein Großvater vielleicht einen Gift-Gesang niedergeschrieben? Wäre es möglich, daß er seine Aufzeichnungen zusammen mit meiner Mutter

aus Australien wegbringen ließ, ohne zu ahnen, welche Macht diese Worte besaßen? Könnte es nicht sein, daß diese Blätter, die ich versucht habe zu dechiffrieren, das Gift enthalten, an dem meine Mutter gestorben ist?«
»Miss Drury«, sagte er, »es ist alles Aberglaube. Wir Weiße sind ganz bestimmt zu zivilisiert, um zu glauben, daß ein Gesang einen Menschen töten kann.« Aber während er das sagte, hörte Hugh, wie hohl und unglaubwürdig seine Worte klangen. Er hatte viele Jahre im Busch gelebt und oft nur in Begleitung von Aborigines. Sie hatten ihm erzählt, daß es Kräfte und Geheimnisse gab, die sich rationalen oder ›zivilisierten‹ Erklärungen entzogen.
Er erinnerte sich an seine Auseinandersetzung mit Ezekial vor zwei Tagen. Der alte Mann hatte verlangt, daß Joanna Merinda verließ. »Ich sehe Geister in ihrer Nähe, Boss«, hatte Ezekial gesagt. »Sie hat große Macht, gefährliche Magie. Sie stört das Gleichgewicht. Die Ahnen sagen mir in meinen Träumen: Sorge dafür, daß die Frau geht.«
Als Hugh dem Alten energisch erklärte, das sei alles Unsinn, und er wolle nichts mehr davon hören, hatte Ezekial erwidert: »Deine Schafe haben Läuse, Boss, keine Wolle. Das ist erst der Anfang des Unheils!«
Jetzt redete Ezekial offenbar allen Aborigines auf der Farm ein, Merinda werde von bösen Geistern heimgesucht. Bisher waren vier von Hughs besten Arbeitern davongelaufen, und die anderen wurden immer unruhiger.
Als Hugh die Angst in Joannas Augen sah, den entsetzten Blick, mit dem sie das Bild betrachtete, wußte er plötzlich, daß sie unter keinen Umständen etwas von Ezekials Behauptungen erfahren durfte. Er mußte dafür sorgen, daß der Alte nicht mehr in ihre Nähe kam. »Miss Drury«, sagte er und berührte ihren Arm, »gehen wir und sehen wir nach, was Adam macht, ja?«
Als sie in den Sonnenschein hinaustraten, war Joanna einen Augenblick lang geblendet, und sie legte schnell die Hand über die Augen. Sie sah das Bild in seiner ganzen bizarren Schönheit immer noch vor sich. Sie konnte die Gestalten nicht vergessen und dachte nur an den Gift-Gesang.
Pauline erschien sofort und legte Hugh in Beschlag. Joanna sah, wie sie über den Rasen gingen und hörte plötzlich, wie jemand ihren Namen nannte.

Sie drehte sich um und sah Dr. David Ramsey, der auf sie zukam. Er trug eine dunkelgrüne Frackjacke und eine schwarze Schleife. Einen Hut hatte er nicht auf, so daß seine rotgoldenen Haare im Sonnenschein glänzten.
»Miss Drury, wie schön, Sie hier zu sehen.«
»Guten Tag, Dr. Ramsey.«
»Wie geht es Ihnen? Und was macht Adam? Ist es Ihnen gelungen, ihn zum Sprechen zu bringen?«
»Ja, er macht Fortschritte«, antwortete sie und suchte Adam in der Menge. Schließlich entdeckte sie ihn bei einer Gruppe von Kindern.
»Leider wissen wir so wenig über das menschliche Gehirn. Aber Ihre Freundlichkeit und Geduld werden ihm bestimmt helfen. Er kann froh sein, daß er Sie hat, Miss Drury. Kommen Sie, trinken wir ein Glas Champagner.«
Als sie über den Rasen gingen, sagte Ramsey: »Ich habe Darwins *Die Abstammung des Menschen* gelesen. Kennen Sie es?«
»Nein, ich habe es nicht gelesen«, sagte Joanna und hatte plötzlich das Gefühl, beobachtet zu werden. »Aber ich habe davon gehört. Ich glaube, mein Großvater hat zur selben Zeit wie Darwin in Cambridge studiert.«
Joanna sah sich verstohlen um. Aber die Leute auf dem Rasen und an den Tischen blickten nicht in ihre Richtung. Trotzdem wurde sie das Gefühl nicht los, beobachtet zu werden.
»Ich beneide Darwin«, sagte Ramsey. »Es muß wunderbar sein, zu wissen, daß man Geschichte macht. Heutzutage gibt es in der Wissenschaft und der Medizin so gewaltige Fortschritte. Viele große Männer machen wichtige Entdeckungen. Denken Sie nur an Pasteur, Lister und Koch. Man wird sie nicht vergessen. Ich habe den Ehrgeiz, Miss Drury, auch so einen wichtigen Beitrag zur Medizin zu leisten.«
Plötzlich sah Joanna am Rande des Parks Ezekial. Er trug wie immer das zerrissene Hemd und eine staubige Hose. Aber er stand so regungslos, daß man hätte glauben können, er sei eine Statue, wenn nicht der Wind die langen weißen Haare und den Bart bewegt hätte. Der Alte starrte sie an wie damals am Fluß.
»Ist alles in Ordnung, Miss Drury?«
»Ja, danke«, sagte sie lächelnd, »natürlich ist alles in Ordnung…, die Sonne tut gut.« Sie drehte Ezekial den Rücken zu und sah, daß Adam

von einer Gruppe Erwachsener und Kinder umringt war. Man redete auf ihn ein und versuchte, ihm einen bunten Papierhut auf den Kopf zu setzen. »Mir wäre es lieber, sie würden Adam etwas mehr in Ruhe lassen«, sagte Joanna. »Er ist immer noch sehr mißtrauisch und nicht an so viele Menschen gewöhnt. Wer ist übrigens der hübsche kleine blonde Junge neben ihm?«
»Das ist Colin MacGregors Sohn Judd. Colin steht hinter ihm. Sein Vater ist ein schottischer Adliger.«
Joanna sah den dunklen, gut aussehenden Mann, der beobachtete, wie die beiden Jungen verlegen versuchten, sich anzufreunden. »Ach ja, das ist Christina MacGregors Mann. Wie geht es ihr?«
»Wenn sie vorsichtig ist, wird sie ihr Kind bekommen. Ach, sehen Sie diese herrische Dame dort in Schwarz, bei der man den Eindruck hat, sie halte hof?«
Joanna sah eine stattliche Frau mit einer riesigen Krinoline im Kreis von Damen, die auf Stühlen saßen und Tee tranken.
»Das ist Maude Reed«, erklärte Ramsey. »Man könnte sagen, sie ist die Stammesmutter der Weißen hier im Distrikt. Sie hat acht Töchter, dreiundzwanzig Enkelkinder und ein paar Urenkel, von denen es, soviel ich weiß, bald drei mehr geben wird. Mrs. Reed ist die Frau von John Reed. Er steht übrigens dort drüben«, Ramsey deutete zu einer Gruppe, bei der auch Hugh und Frank Downs standen.
Joanna sah, daß Hugh in Ezekials Richtung blickte und plötzlich die Stirn runzelte. Während David Ramsey über andere Gäste sprach, beobachtete sie, wie Hugh über den Rasen zu dem alten Mann ging. Sie hörte nicht, was er sagte, aber sie hatte den Eindruck, daß Hugh ärgerlich war. Ezekials Gesicht blieb unbewegt, aber er schüttelte den Kopf.
»Dr. Ramsey«, sagte Joanna.
»Bitte nennen Sie mich David«, sagte er.
»David, sehen Sie den alten Mann dort drüben?«
»Ja, das ist Ezekial. Man nimmt ihn allgemein als Fährtensucher bei der Jagd.«
»Lebt er auf Lismore?«
»O nein, niemand weiß genau, wo er lebt. Er taucht einfach hier und da auf, und die Leute geben ihm Arbeit. Wir wissen nicht, was er außer Fährtensuchen macht. Warum fragen Sie?«
»Ich möchte wissen, weshalb er uns so anstarrt.«

»Vermutlich ist er neugierig.«
Joanna sah, daß Hugh sich immer mehr erregte, während Ezekial keine Miene verzog. Weshalb stritten sie sich? Doch wohl nicht ihretwegen? Joanna mußte wieder an den gemalten Gift-Gesang denken und an die unheilvollen Träume. Ihr wurde flau im Magen.
»Miss Drury«, sagte Ramsey etwas verlegen, »erlauben Sie mir, daß ich Sie manchmal besuche? Ich meine offiziell. Auf Strathfield gibt es zum Beispiel einen Weihnachtsball. Es wäre mir eine große Ehre, Sie dorthin zu begleiten.«
»Ich kann leider noch nicht sagen, ob ich überhaupt gehen kann. Vielleicht sollte ich am Weihnachtsabend lieber bei Adam bleiben.«
»Wie wäre es dann mit einem Picknick an einem Sonntag?«
Joanna betrachtete das nette Gesicht, die grünen Augen unter den rotgoldenen Wimpern, die Sommersprossen auf den Wangen, und ihr fiel auf, wie jung er wirkte, obwohl sie schätzte, daß er mindestens fünf Jahre älter war als sie selbst.
Dann sah sie, wie Hugh zu der Gruppe zurückkehrte, während Ezekial zwischen den Bäumen verschwand. Pauline lief Hugh entgegen, schob ihren Arm unter seinen, und Joanna hörte sich sagen: »Ja, David. Ein Picknick wäre sehr schön.«
Adam schrie plötzlich. Joanna eilte zu ihm und nahm ihn in die Arme. Ein als Clown verkleideter Mann sagte verwirrt: »Ich habe nichts getan. Ich wollte ihn nur zum Lachen bringen.«
»Schon gut, Adam«, beruhigte ihn Joanna, »ist ja alles gut. Das ist doch nur Spaß.«
»Na so was!« Maude Reed rauschte mit ihrer riesigen Krinoline herbei. »Wie kann denn ein so großer Junge Angst vor einem Clown haben?«
»Er versteht das nicht«, antwortete Joanna. »Er kennt keine Kinderfeste oder Clowns. Aber das macht weiter nichts, nicht wahr, Adam?«
»Miss Drury hat recht, Maude«, hörte man eine andere Stimme. Als Joanna sich umdrehte, sah sie Pauline durch die versammelten Damen auf sich zukommen. »Weißt du was, Adam, wir holen uns jetzt ein Eis. Ich wette, du hast noch nie Eis gegessen. Miss Drury, möchten Sie nicht auch etwas essen?«
Sie gingen zum Büfett. Es gab Aufläufe, Salate, kalten Braten, Käse, Obst und Kuchen. An den Grillrosten schnitten Köche die knusprigen Schweine-, Rinder- und Wildbraten auf. Adam bekam einen Becher Eis,

das er zunächst sehr skeptisch probierte, dann aber mit sichtlichem Genuß aß. Pauline fragte: »Möchten Sie vielleicht diesen Auflauf probieren, Miss Drury? Man hat mir gesagt, das gibt es nur in Australien – ich glaube, das Rezept stammt noch von den Sträflingen. Wie Hugh sagt, kommen Sie aus Indien. Victoria muß Ihnen sehr fremd erscheinen. Ich habe gehört, Indien ist so ...«, sie machte eine Pause, »na ja, so *unfruchtbar.* Glauben Sie wirklich, daß Sie sich hier eingewöhnen können? Sie werden feststellen, das Leben in Australien ist ganz anders. Wir hier im westlichen Distrikt sind nicht mit anderen Menschen zu vergleichen. Außenstehenden ist es schon immer schwergefallen, sich hier einzugewöhnen. Manchen gelingt es einfach nicht.«
Pauline füllte zwei Teller mit kleinen Portionen Kartoffelsalat, Austern auf Eis und einer hauchdünnen Scheibe Roastbeef.
»Vor nicht langer Zeit war hier eine junge Frau aus England«, fuhr sie fort. »Übrigens, sie glich Ihnen sehr. Sie war auch so jung und unerfahren. Sie heiratete einen Schafzüchter. Und stellen Sie sich vor, diese Frau hat es genau ein Jahr ausgehalten. Sie haßte das Leben hier und fuhr mit dem nächsten Schiff nach England zurück.«
»Ich halte mich nur vorübergehend in Victoria auf, Miss Downs«, erwiderte Joanna. »Ich bin nach Australien gekommen, um einige Dinge über meine Familie in Erfahrung zu bringen. Und ich glaube, ich habe hier ein Stück Land geerbt.«
»Ach ja?« murmelte Pauline. Sie sah, daß Adam sein Eis gegessen hatte und stellte ihren Teller ab. »Komm Adam, ich möchte dir etwas zeigen. Auch Ihnen, Miss Drury.«
Die drei gingen ins Haus. »Man hat mir gesagt, daß für ein Kind die Umgebung sehr wichtig ist, in der es aufwächst«, sagte Pauline, als sie die breite Treppe hinaufstiegen. »Ich kenne das Rindenhaus auf Merinda nur allzu gut. Es ist für ein Kind überhaupt nicht geeignet. Und erst der Hof! Sie müssen mir zustimmen, daß es nicht gerade ein idealer Ort für einen jungen Menschen ist.«
»Adam ist das Leben auf einer Farm gewohnt«, erwiderte Joanna.
»Ja, aber er wird nicht länger auf einer Farm leben. Wenn Hugh erst unser Haus gebaut hat, dann wird auch Adam ein besseres Leben führen. Da wären wir.« Sie öffnete eine Tür und trat zur Seite.
Joanna und Adam blickten in ein Kinderzimmer mit einem Himmelbett und einer Kommode. Die Wände waren mit einer Blumentapete tape-

ziert, und die Sonne fiel durch das hohe Giebelfenster. Aber vor allem gab es in dem Zimmer Spielzeug – Teddybären, Holzsoldaten, eine Spielzeugbahn, eine Kinderstaffelei und Farben, ein Schaukelpferd –, einfach alles, was sich ein Kind wünschen konnte.

»Ich habe die Sachen selbst gekauft«, erklärte Pauline stolz. »Alles, was Sie hier sehen, habe ich für Adam ausgesucht.« Sie beugte sich zu ihm hinunter. »Wie gefällt dir dein neues Zimmer, Adam?«

Joanna sah sich nachdenklich um und bezweifelte, daß der Junge, der an das freie Leben am Fluß gewöhnt war, sich in dieser künstlichen Welt wohl fühlen würde.

»Ich möchte, daß wir so schnell wie möglich Freunde werden, Adam«, sagte Pauline zu ihm. Dann erklärte sie, an Joanna gewandt: »Er wird von heute an hierbleiben. Er wird nach dem Fest nicht nach Merinda zurückkehren.«

»Aber davon hat mir Mr. Westbrook nichts gesagt.«

»Hugh weiß es noch nicht, aber er wird mir zustimmen. Adam und ich brauchen unbedingt Zeit, um uns kennenzulernen.«

»Das verstehe ich«, erwiderte Joanna, »aber Adam hat in letzter Zeit viele Veränderungen erlebt. Er hat einen schrecklichen Verlust erlitten und andere Dinge, von denen wir noch nichts wissen.«

»Ja, ich weiß. Hugh hat mir alles erzählt. Ich werde einen Privatlehrer einstellen, der Adam Unterricht gibt. Auf diese Weise wird er lernen, richtig zu sprechen. Würde dir das gefallen, Adam?«

Joanna fand die Vorstellung entsetzlich, Adam in ein Schulzimmer zu sperren, damit er sprechen lernte. Aber auch ein anderes Gefühl stieg heftig in ihr auf. Sie erhob Besitzansprüche, nicht nur auf Adam, sondern auch auf Hugh.

Die drei kehrten auf den Rasen und zum kalten Büfett zurück. Dort standen Hugh, Frank und John Reed und aßen englisches Trifle mit Erdbeeren. »Hugh«, sagte Reed, »es ist Wahnsinn, zu glauben, Sie könnten eine Schafrasse züchten, die in den Gegenden von Queensland und Neusüdwales überleben kann, die erwiesenermaßen zu heiß und zu trocken für Schafe sind. Man hat es versucht, aber bis jetzt ohne jeden Erfolg.«

Hugh erwiderte: »Ich werde Erfolg haben.«

»Ihr Queensländer seid wirklich eigensinnig.«

Hugh lächelte. »Wer ein Queensländer ist, weiß, wie man überlebt.«

John sah Frank prüfend von der Seite an und sagte: »Sie sind heute so schweigsam, Downs. Das sieht Ihnen überhaupt nicht ähnlich.«
»Mir gehen nur ein paar Dinge durch den Kopf, John.«
Frank wollte ursprünglich Ivy Dearborn zu dem Fest einladen, aber Pauline hatte sich entschieden dagegen gewehrt. Ivy lehnte seine Einladungen immer noch ab. Das verwirrte ihn sehr, denn sie hatte im Finnegans Pub sein Bild an die Wand gehängt. Er machte ihr keinen Vorwurf, weil sie ihren Ruf wahren wollte. Frank vermutete, daß Ivy viel daran lag, als ehrbare Frau behandelt zu werden und nicht wie eine Bardame. Was wäre demnach harmloser und ehrbarer gewesen als ein Kinderfest für einen kleinen Jungen? Aber Pauline hatte energisch dagegen Einspruch erhoben. Hätte er darauf bestanden, Ivy einzuladen, hätte Pauline sie als unerwünschten Gast behandelt, und seine Chancen bei Ivy wären möglicherweise auf den Nullpunkt gesunken. Aber er wollte nicht aufgeben. Je mehr Einladungen sie ablehnte, desto attraktiver wurde Ivy Dearborn für ihn. Frank hatte inzwischen seinen ersten Eindruck von ihr revidiert. Für ihn war sie nicht mehr unscheinbar und wenig bemerkenswert. Bei seinen Besuchen im Pub stellte Frank fest, daß von Ivy eine subtile Faszination ausging. Da sie sich nicht verführen ließ, wurde sie immer begehrenswerter. Jetzt stand Weihnachten bevor, und Frank rechnete damit, daß ihm das richtige Geschenk endlich ein ungestörtes Zusammensein mit ihr einbringen werde.
John Reed fuhr fort: »Übrigens Hugh, ich habe Sie vorhin mit Ezekial sprechen sehen. Sie schienen nicht gerade zufrieden. Was führt der alte Teufel denn im Schild?«
Hugh blickte in sein Glas und antwortete: »Ach, es geht um die Schafe, John.«
»Ich meine, du solltest wissen, was ich von meinen Farmarbeitern gehört habe«, sagte Frank. »Sie behaupten, Ezekial verbreitet überall, daß Merinda schlechte Zeiten bevorstehen. Was sagst du dazu?«
»Was soll ich dazu sagen«, erwiderte Hugh und warf einen Blick auf Joanna. »Ich hatte das Pech, daß die Läuse kurz vor dem Scheren meine Schafe befallen haben. Ich glaube, daß es darum geht.«
»Oh, Miss Drury«, sagte Frank zu Joanna, »ich hoffe, Sie erinnern sich an mich. Wir haben uns schon einmal in Melbourne gesehen. Was haben Sie über die Urkunde in Erfahrung bringen können?«

»Natürlich erinnere ich mich an Sie, Mr. Downs«, sagte sie und berichtete von ihrem Besuch bei Hughs Anwalt in Cameron Town.
»Ja, er hat recht«, sagte Frank, »solange Sie nicht wissen, in welcher Kolonie die Urkunde ausgestellt wurde, ist sie leider wertlos.«
Joanna dachte an die kodierten Aufzeichnungen ihres Großvaters. Vermutlich enthielten sie den Schlüssel zu dem, was sie wissen mußte. Das Buch, das Hugh für sie gekauft hatte – ›Kodes, Geheimschriften und Rätsel‹ –, half ihr nicht weiter. Welche Kodierung ihr Großvater auch benutzt haben mochte, sie war jedenfalls nicht allgemein bekannt.
»Mal sehen, was ich für Sie tun kann«, sagte Frank und zog ein kleines Notizbuch aus der Jackentasche. »Jeder wird Ihnen bestätigen, daß ich eine Schwäche für Geheimnisse habe. Wenn Sie mir erlauben, werde ich über Ihren Fall in meiner Zeitung berichten. Vielleicht liest es jemand und ...«
Joanna sah, wie er sich Notizen in seltsamen Linien und Zeichen machte.
»Was schreiben Sie da, Mr. Downs?«
»Das ist Stenographie. Ich verlange von allen meinen Leuten, daß sie es können.«
»Stenographie?«
»Ja, manche sagen auch Kurzschrift dazu. Man benutzt bestimmte Zeichen und Abkürzungen, um sehr schnell zu schreiben. Es gibt verschiedene Arten von Kurzschrift. Dieses System hat ein Mann namens Pitman im Jahre 1837 erfunden. Wie Sie sehen, ist es sehr praktisch. Ein Reporter kann im Handumdrehen eine ganze Geschichte niederschreiben. Übrigens, Martin Luther hat alle seine Predigten in Stenographie geschrieben. Wußten Sie das?«
»Sie gestatten?« fragte Joanna, und Frank reichte ihr sein Notizbuch. Sie schrieb einige der Symbole hinein, die sie inzwischen so gut kannte, über die aber selbst das umfangreiche ›Kodes, Geheimschriften und Rätsel‹ keine Auskunft geben konnte. »Mr. Downs, kennen Sie zufällig diese Geheimschrift?«
Er betrachtete die Zeichen. »Das ist keine Geheimschrift, Miss Drury. Das ist eine Art Stenographie. Irgendwie kommt sie mir bekannt vor, obwohl ich nicht sagen kann, wo ich sie schon einmal gesehen habe.«
»Mr. Downs«, sagte Joanna, und ihre Stimme klang plötzlich aufgeregt, »mein Großvater hat Aufzeichnungen in dieser Kurzschrift hinterlassen. Ich glaube, wenn ich sie übersetzen könnte, würde ich erfahren, wo

meine Großeltern gelebt haben, und wo das rätselhafte Stück Land liegt. Wissen Sie vielleicht, wie ich herausfinden kann, um was für eine Kurzschrift es sich dabei handelt?«

»Ich habe ein Buch über verschiedene Kurzschriften. Sie können es gerne mitnehmen, Miss Drury. Ich würde Ihnen auch raten, an die Gesellschaft für Stenographie in London zu schreiben, und einen Text beizulegen.« Frank steckte das Notizbuch wieder ein. »Ihre Geschichte wird in der Montagsausgabe erscheinen. Ihre Identität bleibt natürlich geheim. Ich werde einfach schreiben, wenn jemand Auskunft geben kann über . . . wie war noch der Name?«

»John und Naomi Makepeace. Sie haben von 1830 bis 1834 in einem Ort namens Karra Karra gelebt.«

Pauline sah, daß Adam müde wurde, und sagte zu dem Jungen: »Warum gehst du nicht in dein Zimmer und ruhst dich ein wenig aus?«

Hugh fragte: »Was ist das für ein Zimmer, Pauline?«

Sie erklärte es ihm, und Hugh erwiderte: »Der Junge bleibt nicht hier. Er fährt mit zurück nach Merinda.«

»Aber hier ist es viel besser für ihn, Liebling.«

»Merinda ist sein Zuhause, und dort wird er auch wohnen.«

»Ich glaube, wir sollten Adam entscheiden lassen, wo er wohnen will.«

»Wir werden den Jungen nicht entscheiden lassen. Der Junge fährt mit uns nach Merinda zurück.«

Pauline lächelte liebenswürdig. »Also gut, Liebling. Schließlich sind vier Monate schnell vorbei, und dann bin ich seine Mutter.«

Beim Abschied trug Hugh den schlafenden Adam zum Wagen. Ein Diener folgte mit den vielen Geschenken, die der Junge erhalten hatte. Joanna stellte plötzlich fest, wie erschöpft sie war. Die Erinnerung an das unheimliche Bild, die Sorge um Adam und Paulines kalte Strategie lasteten wie eine dunkle Wolke auf ihr. Sie mußte sich aber auch eingestehen, daß ein bis dahin unbekanntes Gefühl sie quälte – Eifersucht!

Kapitel Acht

1

Adam betrachtete das Bild eines fliegenden Vogels, den Sarah gezeichnet hatte. Der kleine Junge versuchte zu beschreiben, was er sah. Aber als er die Lippen bewegte, kamen keine Worte, nur: »Sch . . .« Ärgerlich gab er es auf.

Sarah sah ihn lange und nachdenklich an. »Warum kannst du nicht sprechen, mein Kleiner?« fragte sie. »Welcher Geist lähmt dir die Zunge?«

Er sah sie um Entschuldigung bittend an, und Sarah legte ihm tröstend den Arm um die Schultern. »Schon gut«, sagte sie.

Sie saßen zu ihrer morgendlichen Englischstunde auf der Veranda. Es war Sarahs Idee gewesen. Aber der Unterricht verlief mühsamer, als sie sich vorgestellt hatte. Adams Sprachschwierigkeiten ließen sich nicht mit ihr vergleichen. Sie hatte in einer christlichen Mission unter Aborigines gelebt, die kein Englisch sprachen. Sarah wußte, früher oder später würde sie ebenso gut Englisch sprechen wie Joanna. In der kurzen Zeit, seit sie versuchte, dem kleinen Jungen zu helfen, hatte sie begriffen, daß Adams Problem andere, rätselhafte Gründe hatte.

Adam betrachtete das Bild noch einmal und gab sich große Mühe, die Worte zu bilden. Er wollte es Sarah zuliebe tun. Sie war so freundlich und tadelte ihn nie, wenn er etwas nicht aussprechen konnte. Er wollte die Worte sagen. Er wußte auch, was er sagen sollte. Aber seine Lippen verweigerten ihm den Dienst. Es war wie damals, als . . .

Aber daran wollte er sich nicht erinnern. Es war etwas geschehen, und er hatte versucht zu reden, aber die Worte kamen ihm nicht über die Lippen, und die Polizisten in Uniform waren ärgerlich geworden. Adam hatte geweint, und sie waren immer ungeduldiger geworden.

Dann hatten sie ihn mitgenommen und auf das Schiff gebracht – ganz allein.

Er versuchte es noch einmal. »Walbe«, sagte er. »Schwalbe!« Er sah Sarah an. »Schwalbe«, wiederholte er und deutete auf das Bild.

»Ja«, sagte sie und umarmte ihn. »Sehr gut. Jetzt sag mir, wohin die Schwalbe fliegt...«

Plötzlich erstarrte sie.

Eigentlich war nichts geschehen. Im Hof lag einer der Hütehunde im Staub und wehrte sich mit Schweifwedeln gegen die aufdringlichen Fliegen. Es war ein ruhiger, heißer und verschlafener Dezembermorgen. Die Erde war von der glühenden Sommersonne ausgetrocknet. Sarah blickte zum Himmel hinauf und konzentrierte sich, denn sie wollte versuchen herauszufinden, was die Veränderung ausgelöst hatte. Sie richtete den Blick auf die Weiden, die sich weit bis zum östlichen Horizont erstreckten. Dann dachte sie: Es *geschieht* etwas.

»Sarah?« sagte Adam.

Sie sah ihn an. Seine Stimme klang überlaut. Etwas war nicht in Ordnung, das spürte sie deutlich.

»Sarah«, wiederholte Adam und zog an ihrem Rock.

Sie schloß die Augen und konzentrierte sich ganz auf sich selbst.

Sarah erlebte nicht zum ersten Mal, daß sie in ihrem Innern Warnungen hörte. Im Missionsdorf hatte die alte Deereeree, eine der alten Frauen, Sarah erklärt, das liege daran, daß sie einmal wie ihre Mutter sein würde, die das besondere Wissen gehabt hatte.

Aber Sarahs ›Wissen‹ war oft enttäuschend unvollständig, ungenau und unfaßbar. Die alte Deereeree hatte gesagt, das sei darauf zurückzuführen, daß man Sarahs Initiation unterbrochen habe. Hätten die alten Frauen sie richtig einweihen dürfen, wäre ihr besonderes Wissen klarer und genauer, so wie es bei ihrer Mutter der Fall gewesen war. Und deshalb saß Sarah nun im Schatten der Veranda, während der Hof und die Gebäude in einem seltsamen Licht lagen, und sie wußte nicht, was sie spürte. Sie wußte nur, es war sehr wichtig und es hatte etwas mit Joanna zu tun.

Sarah mußte an die letzte Nacht denken. Ein Schrei hatte sie plötzlich geweckt. Sie blickte durch das Fenster und sah, daß Joanna aufrecht im Bett saß und zitterte. Sarah hatte dann beobachtet, wie Joanna aufgesprungen und in der Dunkelheit unruhig hin und her gelaufen war, als versuche sie, einen bösen Gedanken zu vertreiben. Sie hatte Angst in ihrem Gesicht gesehen. Vielleicht hatte sie einen bösen Traum gehabt. Aber wovon?

»Adam«, sagte Sarah plötzlich entschlossen, stand auf und nahm seine Hand, »komm, wir gehen spazieren.«

Während sie in Richtung der Bäume am Fluß gingen, versuchte sie, ihre Befürchtung richtig einzuschätzen. War es wirklich ein ›Wissen‹ oder war es nur ihre Sorge um Joanna, die wieder einmal zu den Felsen gegangen war?

Es gab so vieles, was Sarah nicht verstand. Wenn sie doch nur mit der alten Deereeree reden könnte. Die alte Frau in der Mission hatte angefangen, Sarah zu unterweisen. Aber Reverend Simms hatte Sarah verboten, die alten Frauen zu besuchen. Die alte Deereeree wußte alles. Sie würde Sarah sagen können, auf welche Weise und warum Joanna sich von anderen weißen Frauen unterschied. Sarah hatte von Anfang an, schon am Abend ihres Eintreffens auf Merinda, gewußt, daß Joanna anders war. Und Sarah hatte sie mit dem Buch gesehen, in dem Joanna jeden Abend las und in das sie schrieb.

Konnte Joanna eine Hüterin der Gesänge sein? War ihre Mutter eine Hüterin der Gesänge gewesen? Sarah wußte, das Buch, das Joanna ›Tagebuch‹ nannte, enthielt die Gesänge von Joannas Mutter. Joanna las sie Tag für Tag, und Sarah glaubte, sie tat es, um das Träumen ihrer Mutter zu bewahren. Das hätte auch Sarah getan, wenn ihre Einweihung beendet worden wäre. Dann würde sie das Träumen ihrer Mutter singen, und sie würde eigene Gesänge hinzufügen, wie Joanna es tat, wenn sie ihre Gesänge dem Buch anvertraute, damit sie einmal ihren Töchtern weitergegeben werden konnten. Natürlich sprachen Sarah und Joanna nie darüber. Joanna hatte nie gesagt, das Buch sei das Träumen ihrer Mutter. Aber Sarah wußte es.

Sie überlegte, ob Joanna auch die Kräfte ihrer Mutter geerbt hatte. Joanna schien zu wissen, welche Pflanzen heilten und welche todbringend waren. Sie konnte auch den Puls eines Menschen fühlen und sagen, ob er ein starkes oder schwaches Herz hatte. Joanna war mit Sarah zum Fluß gegangen und hatte ihr Kräuter und Blumen gezeigt, die dort wuchsen und mit denen man Krankheiten vertreiben konnte. War das nicht eine Kraft, dachte Sarah, eine ganz besondere Kraft?

Sarah wußte, ihre Mutter hatte jene besonderen Kräfte einer Hüterin der Gesänge gehabt, und oft glaubte Sarah zu spüren, daß diese auch in ihr lagen. Bislang hörte sie allerdings immer nur ein Raunen; es war ein Gefühl, als streife sie etwas sanft in der Dunkelheit. Dann fragte sie sich, ob ihre Kräfte sich möglicherweise nie ganz entfalten würden, weil sie nicht richtig eingeweiht worden war. Sie sollten sich eigentlich mit der ersten Menstruation einstellen, die ein Mädchen zur Frau machte.

Als Sarah und Adam den Wald erreichten, gingen sie langsamer.

»Sarah . . .«, begann Adam.

Aber Sarah legte den Finger auf die Lippen. »Psst, du mußt jetzt ganz still sein.«

Sie zog die Schuhe aus, die Joanna ihr gegeben hatte, und ging lautlos barfuß weiter. Sie entdeckten Joanna in der Nähe der heiligen Felsen. Sie saß unter einem uralten Eukalyptusbaum. Sarah sah, daß sie in das Buch ihrer Mutter schrieb.

›Ich habe in Mr. Downs' Buch über Stenographie nichts gefunden‹, schrieb Joanna, ohne zu ahnen, daß sie beobachtet wurde. ›Es gibt keine Kurzschriftmethode, die auch nur annähernd der meines Großvaters gleicht. Ich habe an die Gesellschaft für Stenographie in London geschrieben. Ich glaube, wenn ich Patrick Lathrop finden könnte, hätte ich eine Chance. Möglicherweise kennt er diese besondere Kurzschrift. Ich muß unbedingt den Schlüssel zum Leben meines Großvaters finden und damit auch den Schlüssel zum Leben meiner Mutter. Letzte Nacht hatte ich einen furchtbaren Traum von dem erschreckenden Bild, das ich auf Lismore gesehen habe. Ich bin vor Entsetzen aufgewacht und konnte nicht mehr einschlafen. Es war ein sehr merkwürdiger Traum – ich stand in einer Höhle. Ich war nackt, und Mr. Westbrook kam auf mich zu. Ich spürte großes Verlangen nach ihm. Ich sehnte mich danach, daß er mich in seine Arme nahm. Aber plötzlich tauchte eine Schlange auf – dieselbe Schlange wie auf dem Bild. Sie war groß und gefährlich, und ich wußte, sie würde Mr. Westbrook töten. Ich versuchte zu schreien. Ich wollte ihn warnen. Aber mir versagte die Stimme. Ich wollte zu ihm laufen, aber ich konnte mich nicht bewegen. Zitternd vor Angst wachte ich auf und hatte das deutliche Gefühl einer schrecklichen Gefahr. War der Traum eine Vorwarnung wie der Traum von der Flaute, in die die *Estella* geriet? Ist meine Anwesenheit auf Merinda eine Gefahr für Mr. Westbrook? Wenn ich nur die Ursache dieses Unheils finden könnte!‹

Die Verwaltungen der anderen Kolonien hatten Joanna inzwischen

Landkarten und die Ergebnisse der Überprüfung ihrer Unterlagen geschickt. Keine der sehr genauen Karten wies einen Ort mit dem Namen Karra Karra auf, und in den Akten gab es keinen Hinweis auf das Ehepaar Makepeace. Jetzt wollte Joanna ihre Nachforschungen auf Patrick Lathrop, den Studienfreund ihres Großvaters aus der Zeit in Cambridge, konzentrieren.

Sie schrieb weiter: ›Mr. Westbrook hat angeboten, mit einem Mr. Asquith zu sprechen, der in Melbourne bei einer Behörde arbeitet, die für Aborigines zuständig ist. Er meint, ein Mann, der sich berufsmäßig um die Belange der Eingeborenen kümmert, weiß vielleicht einiges über sie. Ich hatte gehofft, Sarah würde für mich eine Quelle der Informationen sein, aber wenn es um ihr Volk geht, dann verstummt sie. Ich weiß nur das eine: Sarah beunruhigt es zunehmend, daß ich so oft hier unten am Fluß bin. Ich glaube, sie möchte nicht, daß ich hierher zu den Felsen gehe. Ich stelle auch immer wieder fest, daß sie mir nachspioniert. Als ich heute nacht durch den Alptraum aufgewacht bin, spürte ich, daß sie mich durch das Fenster beobachtete. Ich hätte gerne mit ihr über den Traum gesprochen, auch über die Bedeutung der Schlange und der Höhle. Aber dann hätte ich ihr auch den Rest des Traums erzählen müssen, mein heftiges Verlangen nach Hugh Westbrook.‹

Joanna hob den Kopf und blickte zu den Bäumen. Durch die grau, rot und rosa schimmernden Stämme der alten Eukalyptusriesen sah sie gerade noch einen Ausschnitt der weiten Ebene von Merinda, die gelb und verbrannt unter der glühenden Sonne lag. Inzwischen waren ihr die Täler und Hügel dieses Grasmeers sehr vertraut, in dem die alleinstehenden Eukalyptusbäume ebenso auffielen wie die Schafherden oder die vereinzelten Reiter. Sie fragte sich, ob auch Hugh Westbrook jetzt dort draußen war, und ihre Gedanken kehrten wieder zu dem Alptraum zurück. Sie spürte mit aller Intensität die grenzenlose Angst und das sexuelle Verlangen.

Die Vorstellung beunruhigte sie, daß ihre geheimen Sehnsüchte nach Hugh noch stärker werden könnten. Der Gedanke an diesen Mann war inzwischen wie ein nicht endender Schmerz, ein verzehrender Hunger, den sie in jedem Teil ihres Körpers spürte – im Herzen, in den Fingerspitzen, in den Schenkeln. Sie wollte Hugh berühren und seinen Körper fühlen. Joanna erinnerte sich daran, daß sie ihn bei der ersten Begegnung am Kai im Hafen von Melbourne sehr attraktiv gefunden hatte.

Aber nun stellte sie fest, daß ihre Gefühle für ihn inzwischen noch sehr viel stärker geworden waren. Sie entdeckte sich immer wieder dabei, wie sie sich sein Gesicht genau betrachtete – das Kinn, die gerade Nase, die Falte zwischen den Augen – und dabei spürte, daß ihre Leidenschaft wuchs.

Brachte sie ihn durch ihre Anwesenheit auf Merinda wirklich irgendwie in Gefahr? War der Traum in der Nacht eine Warnung vor einem drohenden Unheil gewesen? Sollte sie vielleicht gehen? Joanna hatte gehört, daß Ezekial überall verbreitete, sie werde Merinda Unglück bringen. Sie wußte, daß einige der Aborigines, die für Hugh arbeiteten, bereits verschwunden waren. Joanna war nur gekommen, um Adam zu helfen. Sie wollte nicht die Ursache von Problemen sein. Sie erinnerte sich an Hughs finstere Miene, als Bill Lovell ihm berichtet hatte, daß wieder zwei der Aborigines davongelaufen waren. Hugh hatte mit ihr nicht darüber gesprochen. Aber wenn sie an das Kinderfest für Adam auf Lismore dachte, wo Hugh offenbar eine Auseinandersetzung mit Ezekial gehabt hatte, überlegte sie, ob sie nicht doch abreisen sollte.

Aber wohin sollte sie gehen?

Joanna dachte an Dr. David Ramsey. Er hatte ihr gesagt: »Ich habe mit diesen Florence-Nightingale-Schwestern zusammengearbeitet, Miss Drury. Sie machen Krankenpflege wirklich zu einem sehr geachteten Beruf. Für einen Arzt wie mich gehört es sich eigentlich, eine solche Frau als Partnerin zu haben. Und ich habe mir gedacht, Miss Drury, daß Sie mit Ihrem Wissen über Naturheilmittel und ich mit meinem über Medizin . . ., also, daß Sie und ich ein beachtliches Gespann wären . . .«

Über ihr lachte plötzlich ein Rieseneisvogel, und sie erschrak. Sie hob den Kopf und sah, wie ein scharfes Auge sie von oben musterte.

Joanna dachte wieder an Hugh und wie er am Tag zuvor in den Hof geritten war. Wie mochte es wohl sein, mit einem solchen Mann verheiratet zu sein? Wie mochte das Leben sein, wenn man wußte, daß er abends nach Hause kam, zu ihr?

Joanna hörte ein Geräusch und drehte sich um. Sie lauschte mit angehaltenem Atem und blickte angestrengt auf die Lichtung. Sie sah aber nur die dicken Stämme der alten Eukalyptusbäume mit der weißgrauen Rinde und die mit Flechten überzogenen Felsen, die den Ureinwohnern heilig waren. Sie glaubte sich beobachtet.

Eine Art geisterhafte Stille breitete sich auf der Lichtung aus. Selbst das

Plätschern des Wassers schien gedämpft. Eine Gruppe lachsrosa Kakadus flatterte krächzend in den Ästen über ihr, aber Joanna hörte sie nicht. Sie sah nur die goldenen Sonnenflecken auf dem mit Blättern übersäten Boden und hörte ihr Herz schlagen.

»Wer ist da?« rief sie.

Keine Antwort.

»Sarah?« rief sie noch lauter. »Adam?«

Wieder keine Antwort.

Joanna ging ein paar Schritte weiter. Sie sah niemanden, und doch hatte sie das deutliche Gefühl, nicht allein zu sein.

»Wer ist da?« rief sie.

Sie hörte ein Rascheln und dann merkwürdig klingende Tritte.

Joanna runzelte die Stirn. Das klang nicht nach einem Menschen.

Vorsichtig ging sie weiter durch die Bäume und lauschte mit angehaltenem Atem. Sie blieb stehen und blickte durch die Stämme. Aber sie sah nur die sanften Hügel der Weiden von Merinda, ein Meer aus gelbem Sommergras, das sich bis zum Fuß der Berge erstreckte. Sie blickte nach rechts, wo der Hof mit den Gebäuden lag, dann nach links und sah . . .

Sie hielt den Atem an. »Hallo«, flüsterte sie.

Zwei große braune Augen mit dichten langen Wimpern sahen sie an.

»Hallo«, wiederholte Joanna noch einmal und blieb wie gebannt stehen. Sie war noch nie zuvor einem Känguruh so nahe gewesen.

Es war ein großes blaugraues Muttertier und beinahe so groß wie Joanna. Das Känguruh befand sich nur ein paar Schritte von ihr entfernt. Es saß auf dem Schwanz und den Hinterbeinen und hatte die Arme über der Brust gekreuzt. Aus dem Beutel beäugte sie ein junges Känguruh mit riesigen Augen – Joanna hatte gehört, daß man solche kleinen Känguruhs ›Joey‹ nannte.

Sie standen wie versteinert gegenüber und starrten sich an. Joanna wollte sich nicht bewegen, um das Känguruh nicht zu vertreiben. Es faszinierte sie, dem Tier so nahe zu sein und die zarte Färbung des Fells aus so großer Nähe zu sehen. Die Schnurrbarthaare an der Schnauze bewegten sich. Joanna betrachtete das *Joey*. Es war sehr groß und schien kaum noch im Beutel der Mutter Platz zu haben. Sie sah, wie dieser sich unter seinen Bewegungen dehnte, als habe sich das *Joey* zusammengekrümmt und werde gleich herausspringen.

»Du bist aber hübsch«, sagte Joanna.

Das Känguruh blinzelte, dann drehte es sich um, sank langsam auf die Vorderbeine und sprang hinunter zum See. Joanna folgte ihm vorsichtig.
Das Känguruh hüpfte zum Wasser. Die großen Hinterbeine bewegten sich kraftvoll auf und ab und brachten die Mutter mit ihrer schweren Last mit jedem Sprung ein großes Stück vorwärts. Am Ufer blieb es stehen. Joanna umkreiste es vorsichtig, vermied jedoch, ihm zu nahe zu kommen. Dann tat das Känguruh etwas sehr Merkwürdiges. Es senkte den Kopf, als wolle es Gras fressen, und griff mit den Vorderbeinen nach unten. Der Beutel gab plötzlich nach, und das kleine Känguruh purzelte heraus.
Joanna wagte nicht, sich zu bewegen, während das *Joey* auf ungelenken Beinchen herumhüpfte. Die Mutter blieb schützend in seiner Nähe und ließ es nicht aus den Augen. Das Kleine versuchte, Gras zu fressen, und fiel kopfüber hin. Es richtete sich wieder auf, schien aber nicht zu wissen, wie es den beschwerlichen Schwanz mit den Beinen in Einklang bringen sollte. Es sah Joanna mit seinen großen Augen an und rührte sich nicht.
Joanna lächelte. Sie griff nach einem Büschel Gras und hielt es in der ausgestreckten Hand. Sie machte einen Schritt auf das *Joey* zu, dann noch einen und kam ihm so nahe, daß sie es berühren konnte. Sie ließ das Gras fallen und zog sich langsam wieder zurück. Das *Joey* beschnupperte das Gras und kaute dann darauf herum.
Die Mutter gab ein paar leise schnalzende Laute von sich, und das Kleine kam zu ihr. Sie leckte ihm das Fell, kratzte es zwischen den Ohren und half ihm in den Beutel zurück. Dann ließ sich das große Känguruh wieder auf die Vorderbeine fallen und sprang durch die Bäume davon.
Joanna sah ihm nach, ohne zu ahnen, daß hinter den Bäumen noch andere Augen auf sie gerichtet waren.
Sarah hielt den kleinen Adam immer noch an der Hand und schlich sich mit angstgeweiteten Augen langsam davon.

2

Als Joanna sah, daß Hugh im Hof sein Pferd sattelte, lief sie die Verandastufen hinunter.
»Ich reite jetzt nach Melbourne, Miss Drury«, sagte er und schnallte die Satteltaschen fest. »Ich bin in zwei Wochen zurück, also rechtzeitig zu Weihnachten. Brauchen Sie etwas aus der Stadt?«
Sie zögerte und überlegte, ob sie mit ihm jetzt darüber sprechen sollte, daß sie vorhatte, Merinda zu verlassen. Der Traum der vergangenen Nacht beunruhigte sie noch immer. Durfte sie diese Warnung einfach übergehen? Aber dann sagte sie nur: »Nein danke, mir fällt nichts ein.«
»Ich werde in die Stadtbibliothek gehen und nachsehen, was ich dort finde. Es gibt auch eine Anwaltskanzlei, mit der ich schon einmal zu tun hatte. Ich werde dort Erkundigungen über Ihre Urkunde einholen. Glauben Sie, daß Sie allein zurechtkommen?«
»Ich bin wohl kaum allein, Mr. Westbrook. Ich habe Adam, Sarah und Mr. Lovell.« Sie drehte sich nach Bill um und fragte: »Haben Sie Sarah gesehen?«
»Seit heute morgen nicht mehr, Miss.«
Joanna runzelte die Stirn. »Sarah war noch nie so lange verschwunden. Wo sie wohl sein mag?«
In diesem Augenblick kam Adam angerannt. »*Joey!* Ich habe ein *Joey* gesehen!«
Hugh packte ihn mit beiden Händen und hob ihn hoch in die Luft. »Was meinst du mit einem *Joey?*« fragte er.
»Wir haben heute morgen am Fluß ein junges Känguruh gesehen«, antwortete Joanna.
Hugh sah sie erstaunt an: »Ganz allein?«
»O nein, mit seiner Mutter.«
»Ich hoffe, Sie sind ihm nicht zu nahe gekommen.«
»Sogar sehr nahe. Ich habe dem Kleinen Gras zu fressen gegeben.«
Er starrte sie an. »Miss Drury, das hätte Sie das Leben kosten können. Hat die Mutter Sie gesehen?«
»O ja. Und sie hat etwas sehr Merkwürdiges getan. Sie holte das *Joey* aus ihrem Beutel und später tat sie es wieder hinein, obwohl das Kleine bereits viel zu groß zu sein schien.«

Hugh wechselte einen Blick mit Lovell. »Sie haben die Geburt eines *Joey* gesehen?«
»O nein, es wurde nicht geboren. Es war schon ziemlich groß.«
»Miss Drury, Känguruhs werden zweimal geboren. Die erste Geburt ist wie bei allen Säugetieren, aber danach bleibt das *Joey* etwa acht Monate im Beutel der Mutter zum Säugen. Wenn die Mutter die Zeit für gekommen hält, holt sie es aus dem Beutel und hilft ihm zum zweiten Mal in die Welt. Sie haben diese zweite Geburt miterlebt.«
»Wirklich?« sagte Joanna.
»Ich habe es auch gesehen!« rief Adam.
Bill kratzte sich den Kopf und sagte: »Ich glaube, ich kenne niemanden, der das gesehen hat, und ich kenne ein paar Männer, die schon die seltsamsten Dinge erlebt haben.«
Hugh runzelte die Stirn und zog den Sattelgurt fest. »Das dürfen Sie nie wieder tun, Miss Drury. Wenn ein Känguruh sich bedroht fühlt, greift es an. Mütter mit einem *Joey* sind besonders gefährlich. Ihre Hinterbeine können tödlich sein.«
Er sah sie an. Sie war ohne Hut aus dem Haus gekommen. Er lächelte und sagte: »Versprechen Sie mir, etwas vorsichtiger zu sein.«
Sie nickte, trat zurück und sah ihm nach, als er davonritt.
Bill Lovell nahm seinen Hut ab und wischte ihn in einem Taschentuch trocken. Dann setzte er ihn wieder auf und sagte: »Also, ich muß jetzt in den Stall. Ich habe eine Stute, die fohlt. Wenn Sie mich brauchen ...«
»Fohlen!« rief Adam. »Darf ich mit?«
»Ich weiß nicht ...«, sagte Joanna.
»Schon gut, Miss Drury, lassen Sie ihn nur mitkommen und zusehen. Also los, Adam. Möchten Sie auch mitkommen, Miss?«
»Ja, natürlich. Ich hole nur schnell meinen Hut.«
Im Rindenhaus holte Joanna tief Luft. Sie dachte an Hughs Blick, als sie ihm von dem Känguruh erzählt hatte... Ein Schatten verdunkelte plötzlich die Tür. Joanna drehte sich um. »Sarah!« sagte sie, »wo bist du gewesen?«
»Kommen Sie«, sagte das Mädchen und nahm Joanna bei der Hand, »kommen Sie mit.«
»Was ist los?«
Sie gingen am Stall vorbei, und Joanna rief Bill zu, sie sei in wenigen Minuten zurück.

Als sie und Sarah die heiligen Felsen der Aborigines am See erreicht hatten, setzte sich Sarah und bedeutete Joanna, sich ebenfalls zu setzen.

»Ich habe Sie beobachtet«, sagte Sarah nach kurzem Schweigen. »Ich habe Sie mit dem Känguruh und dem *Joey* beobachtet.«

»Ja, ich weiß. Adam hat es mir erzählt. Sarah, warum hast du mich hierher geführt?«

»Ich muß Ihnen etwas sagen«, erwiderte das Mädchen. »Weiße sehen niemals, wie *Joey* geboren wird. Der Känguruh-Geist erlaubt keinem Weißen, das zu sehen. Das dürfen nur Menschen vom Känguruh-Totem. Dieser Platz gehört zum Känguruh-Träumen, und deshalb ist er den Aborigines heilig.«

Joanna blickte auf die großen roten Eukalyptusbäume am Fluß und auf das Wasser im Teich, das wie Perlen schimmerte. Ihre Umgebung geriet ins Wanken. Es war etwas geschehen – es geschah etwas.

»Sie kommen oft zu diesem verbotenen Ort, an vielen Tagen«, fuhr Sarah fort, »aber Sie sterben nicht. Sie sehen die Geburt des *Joey*, und Sie sterben nicht. Sie laufen auf diesem Platz herum, und das Känguruh wird nicht böse. Sie haben einen starken Zauber, eine große Macht. Sie gehören zum Känguruh-Totem.«

Joanna sah das Mädchen staunend an. »Aber ich bin keine Ureinwohnerin, Sarah. Wie kann ich zum Känguruh-Totem gehören?«

»Die Känguruh-Ahne hat mich im Traum besucht und hat mir gesagt, daß Sie das Känguruh-Träumen haben. Sie befiehlt mir, daß ich mit Ihnen über Ihr Träumen spreche. Sie müssen Ihr Träumen kennen.«

»Aber ich bin nicht in Australien geboren worden«, erwiderte sie.

Sarah schloß die Augen und schien nach innen zu blicken. »Alle Menschen haben Totems. Auch die Weißen. Das Känguruh hat Ihnen ein Zeichen gegeben. Sie haben die Geburt des *Joey* gesehen. Sie spielen für das Känguruh-Träumen eine besondere Rolle.«

Sarah öffnete die Augen und sagte: »Wissen Sie... wo Ihr Traumpfad ist?«

»Mein Traumpfad? Das weiß ich nicht. Ich glaube, ich habe keinen.«

Sarah sagte: »Jeder hat einen Traumpfad. Wo ist der Ihrer Mutter?«

»Ich weiß es nicht«, erwiderte Joanna. »Vielleicht irgendwo hier in Australien. Warum möchtest du das wissen?«

»Weil Sie einem Traumpfad folgen. Deshalb sind Sie hier.«

»Ich weiß nicht einmal genau, was ein Traumpfad ist, Sarah. Wie kann ich ihm dann folgen? Erkläre mir bitte, was das ist.«
Sarah sagte: »Dieser Ort gehört zum Känguruh-Träumen. Der Känguruh-Traumpfad läuft durch Merinda und kommt von dort ...« Sie deutete nach Norden. »Von weit, weit her. In der Traumzeit kam die Känguruh-Ahne von weit, weit her. Sie geht von hier aus weiter, und sie stirbt irgendwo dort«, sie deutete nach Süden. »Das ist ein Traumpfad. Es ist ein Geist-Weg, es ist ein Zeit-Weg, ein Heute-und-gestern-Weg.«
Joanna sah das Mädchen mit großen Augen an. »Sarah, woher weißt du, daß der Känguruh-Traumpfad hier verläuft? Ich sehe nichts.«
»Sehen Sie dorthin«, sagte Sarah und deutete auf einen kleinen, grasbewachsenen Hügel flußaufwärts. »Dort hat die Känguruh-Ahne geschlafen. Sehen Sie die großen Hinterbeine, ihren langen, breiten Schwanz, ihren kleinen Kopf?«
Joanna kniff die Augen zusammen. Zuerst sah sie nichts, aber dann glaubte sie in dem Hügel die Kontur eines Känguruhs ausmachen zu können – das heißt, sie stellte sich vor, es zu können.
Sarah begann plötzlich zu singen.
Joanna fragte: »Was machst du?«
»Ich singe. Wir werden das Känguruh-Träumen singen.«
»Das verstehe ich nicht.«
Sarah zeichnete mit einem Stöckchen Linien, Kreise und Punkte auf den Boden. Sie sagte: »Das ist der Weg der Känguruh-Ahne. Sie kommt von hier, sehen Sie? Und sie geht dorthin. Sehen Sie?«
Aber Joanna sah nur Linien, Kreise und Punkte.
Die Stimme des Mädchens zog sie in ihren Bann. Die Hitze des Nachmittags legte sich drückend auf den Wald. Joanna fühlte sich körperlos. Die Bäume und der Fluß wurden plötzlich unwirklich. Ein traumähnlicher Zustand erfaßte sie. Sarah schien vor ihren Augen alt zu werden. Sie sang Worte, die Joanna nicht verstand, aber der Rhythmus drang in sie ein. Sie spürte ihn in den Adern, sie sah ihn hinter den Augen. Es waren alte Worte, älter als die Zeit. Sie sangen, erzählten, ließen im Singen die Vergangenheit lebendig werden.
Joanna schloß die Augen. Sie spürte eine bleierne Hitze. Plötzlich sah sie kahle, rote Berge und Feuer, das aus der Erde aufstieg. Vögel flogen in großen Scharen durch die Luft. Sie sah deutlich die Silhouetten von großen und starken Menschen vor dem Himmel. Sie liefen mit erhobenen

Speeren durch eine karge Landschaft und senkten die Arme in einem uralten Rhythmus. Und dann sprangen riesengroße Wesen über das Land. Sie hatten große Hinterbeine und kleine Köpfe – es waren Känguruhs, zahllose Känguruhs. Ihre Menge verdunkelte den Horizont. In großen, weiten Sätzen zogen sie über die endlose, rote Ebene. Die Menschen folgten ihnen ehrfürchtig. Die Strahlen der Nachmittagssonne fielen durch die Zweige der Bäume. Das Summen und Brummen der Fliegen und zahllosen anderen Insekten erfüllte die Luft. Joanna versuchte, ihre Gedanken wieder unter Kontrolle zu bringen. Wieso kann ich diese Bilder sehen, überlegte sie verwirrt. Dann erinnerte sie sich an eine Stelle im Tagebuch ihrer Mutter. Dort beschrieb sie einen ihrer erstaunlichen Rückerinnerungsträume: ›Gestern nacht habe ich von Känguruhs geträumt. Große Känguruh-Herden zogen über eine rote Ebene. Dort sah ich auch den roten Berg, den ich aus anderen Träumen kenne. Und vor dem roten Schein der Sonne hoben sich die dunklen Umrisse von Menschen ab. Wäre es möglich, daß ich einmal eine solche unwirkliche Szene erlebt habe?‹

Als Sarah den Gesang beendete, fragte Joanna: »Was kannst du mir über die Regenbogenschlange sagen?«

Sarah antwortete: »Die Regenbogenschlange ist sehr mächtig. Sie gehört zu den Geheimnissen der Frauen, zu dem Träumen der Frauen.«

»Haben Frauen ein eigenes Träumen?«

»Ja«, antwortete Sarah, »Frauen haben ihre eigenen Traumpfade – wir haben mehr Macht als die Männer, denn wir haben das Leben in uns. Ich kann Ihnen das sagen, Joanna, weil Sie eine Frau sind. Jungen müssen sehr viel mehr Prüfungen bestehen, ehe sie Männer werden. Sie müssen Schnitte und Bluten ertragen. Mädchen nicht, denn in ihnen ist bereits das Leben. Sie werden ohne solche Prüfungen zu Frauen.« Sie schwieg. Dann sah sie Joanna an und sagte: »Meine Mutter war eine Hüterin der Gesänge. Sie hütete die geheimen Mythen und Riten der Frauen, und sie sang die Frauen-Rituale. Wenn die Weißen nicht gekommen wären, wäre ich auch eine Hüterin der Gesänge.«

»Gehörst du auch zum Känguruh-Totem?«

»Nein«, erwiderte Sarah, »meine Ahne war die Bärenrobbe, und deshalb habe ich das Bärenrobben-Träumen. Und das ist sehr weit von hier. Eines Tages werde ich meinen Traumpfaden folgen. Ich werde in den Spuren der Ahne gehen und mein Träumen finden.«

»Du hast gesagt, deine Ahne war die Bärenrobbe.« Joanna sah Sarah nachdenklich an. »Bedeutet das, du stammst von einer Bärenrobbe ab?«
Sarah lächelte und erwiderte: »In der Traumzeit sprang die Bärenrobben-Ahne aus den südlichen Gewässern. Sie sang sich in das Dasein. Sie lehrte ihre Kinder den Bärenrobben-Gesang. Der Gesang wurde von einer Generation an die nächste weitergegeben. Es war immer derselbe Gesang durch alle Zeiten hindurch, und so kam er zu mir.«
»Aber«, sagte Joanna, »warum bist du dann keine Bärenrobbe?«
»Weil wir uns verwandelt haben. Wir sind an Land gegangen und allmählich zu Menschen geworden. Aber mein Träumen ist noch die Bärenrobbe, auch wenn ich jetzt ein Mensch bin. Sie kennen doch Ezekial, den alten Fährtensucher. Er hat das Emu-Träumen. Und die alte Deereeree in der Mission hat das Kakadu-Träumen. Wir stammen von diesen Ahnen. Ezekial wird deshalb nie Emufleisch essen oder Emufedern tragen, und die alte Deereeree wird nie einen Kakadu essen. Und ich werde nie eine Bärenrobbe töten oder Robbenfleisch essen oder Robbenfell tragen.«
Joanna dachte nach. Sie schüttelte den Kopf. »Tut mir leid, aber ich verstehe immer noch nicht, was das Träumen ist.«
»Das Träumen verbindet uns mit den Müttern, die vor uns kamen, und mit den Töchtern, die noch nicht geboren sind. Meine Mutter hat mir ihr Träumen gesungen, so wie es Ihre Mutter getan hat, und jede Mutter bis zu den Ahnen, die die ersten Gesänge gesungen haben. Ich werde meinen Töchtern mein Träumen singen. So werden sie durch mich mit allen anderen Müttern vor mir mit dem Bärenrobben-Träumen der Ahne verbunden sein.«
Joanna sagte: »Mein Volk kennt das nicht. Meine Mutter hat mir nie ihr Träumen gesungen.«
Sarah lächelte: »Aber ja doch. Sie haben das Träumen Ihrer Mutter. Es steht in dem Buch, in das Sie schreiben.«
»Du meinst ihr Tagebuch?«
»Ja, es ist ihr Traumpfad. Und Sie schreiben Ihre Gesänge hinein. Sie setzen das Träumen Ihrer Mutter fort. Sie müssen das für Ihre Tochter vorbereiten.«
Joanna war fasziniert. Als Hugh mit ihr über Traumpfade sprach, hatte sie sich etwas Materielles darunter vorgestellt – etwas Ähnliches wie

Wege, die durch Wälder führen und durch Hinweisschilder gekennzeichnet sind. Aber langsam begriff sie, daß gesungene Wege sehr viel mehr waren – sie konnten so einfach sein wie ein Tagebuch oder ein Briefwechsel zwischen einer Mutter und ihrer Tochter. Über Traumpfade wurden der Geist, die Weisheit und die Gefühle weitergegeben. Man konnte sich darunter vielleicht Seelenketten vorstellen. Lady Emily hatte in ihrem Tagebuch einmal notiert: ›Wenn ich über meine Mutter schreibe, habe ich das Gefühl, als sei sie bei mir, als sei sie noch immer am Leben, obwohl ich mich nicht an sie erinnern kann.‹ So gesehen, konnte Joanna zum ersten Mal auch die Bedeutung von Sarahs Worten erahnen: »In das Dasein singen.« Es war die Macht der Bewußtseins, etwas zu erschaffen.

»Wo ist deine Mutter jetzt?« fragte sie Sarah.

»Sie ist aus dem Missionsdorf davongelaufen, um zu ihrer Sippe zurückzukehren. Aber der Hüter der Gesänge sagte, sie habe den Weißen unsere Geheimnisse verraten. Deshalb hat er einen bösen Zauber über sie gesungen.«

Joanna lief ein Schauer über den Rücken. »Meinst du einen Gift-Gesang?«

»Ja.«

»Und . . . ist sie gestorben?«

»Ich weiß es nicht. Vielleicht wird sie zurückkommen. Eine Hüterin der Gesänge ist dazu in der Lage.«

»Sarah«, sagte Joanna leise. »Meine Mutter hat von Gift gesprochen. Wäre es möglich, daß sie durch einen Gift-Gesang gestorben ist? Aber der Gesang hätte dann ihrer Mutter gegolten, nicht ihr – also meiner Großmutter.«

Sarah erwiderte: »Der Großmutter-Geist ist sehr mächtig.«

»Sarah, wenn du mich ansiehst«, fragte Joanna mit trockenem Mund, »siehst du dann Unglück um mich? Siehst du einen Gift-Gesang?«

»Still!« Sarah hob abwehrend die Hand. Sie sah sich prüfend um und stand langsam auf. Auch Joanna erhob sich. Sie sah Ezekial zwischen den Bäumen näherkommen. Er trug einen Bumerang – einen ähnlichen hatte sie in Frank Downs' Bibliothek an der Wand hängen sehen. Ezekial trat zu Sarah und sagte ruhig: »Tabu.«

Dann wandte er sich an Joanna und sagte: »Geh. Dieser Ort ist nicht für dich. Du hörst Tabu. Du bringst bösen Zauber.«

Sarah sagte: »Nein, alter Vater, es ist für sie nicht tabu.« Die Augen des alten Mannes zuckten kurz vor Überraschung.
»Du sprichst Tabus aus, Kind«, wiederholte er.
Joanna bemerkte, wie Sarah zu zittern begann. In ihren Augen lagen Angst und Trotz. Ezekial konnte man anmerken, daß er Widerspruch nicht gewohnt war.
»Schlimme Dinge werden geschehen«, sagte er. Obwohl Ezekial die Stimme nicht hob, ahnte Joanna seinen Zorn und spürte, daß auch er Angst hatte. Sein Gesicht blieb jedoch unbewegt wie eine Maske, und er sprach sanft und leise. Joanna fand, durch seine Ruhe und Beherrschtheit wirkte er noch eindrucksvoller als sonst.
Ezekial sah Sarah und Joanna noch einen Augenblick lang schweigend an, dann ging er an ihnen vorbei und verschwand zwischen den Bäumen.

Kapitel Neun

1

Weihnachten, dachte Pauline, eine Zeit für Geschenke und Lieder, für Freunde, Mistelzweige und Glühwein. Und die Zeit, dachte sie und lächelte ihr Spiegelbild an, für eine Verführung . . .

Sie warf noch einmal einen Blick auf die Uhr über dem Kamin in ihrem Schlafzimmer. Es war halb neun, und als Hugh vor zwei Wochen nach Melbourne geritten war, hatte er versprochen, sie an diesem Abend um neun Uhr zum Weihnachtsball auf Strathfield abzuholen. Als er vor drei Tagen Melbourne verlassen hatte, war ein Telegramm von ihm gekommen. Jetzt würde er auf Merinda sein und sich zum Aufbruch bereit machen.

Auch Pauline machte sich bereit.

Sie konnte nicht aufhören, ihr Spiegelbild anzulächeln. Hugh würde eine Überraschung erleben.

Er wußte es noch nicht, aber Pauline hatte beschlossen, daß die Nacht heute und nicht erst die Nacht in drei Monaten ihre Hochzeitsnacht sein würde.

Sie trug den pfirsichfarbenen Satin-*Peignoir,* der zu ihrer Aussteuer gehörte. Ihr Ballkleid lag auf dem Bett. Die Tournüre und die Unterröcke hingen noch im Kleiderschrank.

Als sie an diesem Morgen in der drückenden Dezembersonne aufgewacht war, hatte sie den Plan gefaßt, Hugh zu verführen. Sie lag im Bett unter den duftenden Satinbettüchern und überließ sich genußvoll den Nachwirkungen eines erotischen Traums mit Hugh. Sie verzehrte sich nach ihm, wünschte sehnlichst, er wäre im Bett bei ihr und konnte sich nicht vorstellen, wie sie noch drei Monate bis zu ihrer Hochzeitsnacht warten sollte. Da kam ihr ein Gedanke. Die Antwort war so einfach: Sie würde nicht warten!

Aber hinter dieser Überlegung steckte auch die kühle und pragmatische Seite ihres Wesens. Pauline war inzwischen zu der Ansicht gekommen, daß Joanna Drury eine echte Gefahr darstellte. Sie mußte immer wieder daran denken, wie bezaubernd Joanna auf dem Gartenfest ausgesehen hatte. Und diese Schlüsselblumen im Haar! Das war nicht gerade zurückhaltend gewesen, fand Pauline. Es war ein deutliches Zeichen dafür, daß Miss Drury es auf Hugh abgesehen hatte. Pauline hatte damals beschlossen, den Kampf gegen Joanna Drury aufzunehmen. Und nach dieser Nacht heute, nach Hughs Verführung, würde Pauline der Sieg sicher sein ...

Es war heiß. Der schwere Duft von Gardenien und Mimosen lag in der Luft. Pauline fühlte den leise raschelnden Satin auf der nackten Haut. Sie ließ die Hand über den Schenkel gleiten und dachte über ihren Plan nach. Alle Dienstboten hatten frei, bis auf Elsie, ihre Zofe, die sie in die Verschwörung eingeweiht hatte. Wenn Hugh erschien, sollte ihn Elsie nach oben bringen. Er würde erwarten, Pauline im Ballkleid zu sehen. Statt dessen wollte sie ihn in ihrem verführerischen Peignoir begrüßen und zu seiner leidenschaftlichen Umarmung bereit sein. Es würde alles vollkommen sein. Er würde nicht widerstehen können – und danach würde Hugh für immer ihr gehören ...

Es klopfte an der Tür, und Pauline fuhr zusammen. Sie warf schnell noch einen Blick auf die Uhr. Hugh war früh.

Aber es war ihr Bruder Frank, der in eleganter Abendgarderobe hereinkam. »Ich wollte dir nur gute Nacht sagen. Ich gehe jetzt zu Finnegans.«

»Du gehst nicht zum Ball?«

»Ich habe etwas anderes vor. Bei Finnegans findet ein Fest im kleinen Kreis statt – nur für Junggesellen«, sagte er mit einem Augenzwinkern.

Pauline wußte, was ihr Bruder vorhatte. Sie hatte das Diamantarmband gesehen, das er heimlich gekauft und in Goldpapier verpackt hatte. »Das klingt mir nach einem langweiligen Weihnachtsabend«, meinte sie spöttisch.

Frank erwiderte: »Langweilig? Das muß nicht sein.« Er dachte dabei an die Suite, die er im Fox and Hounds Inn hatte reservieren lassen. Er wollte auf einen günstigen Augenblick warten und dann Ivy Dearborn sein Weihnachtsgeschenk überreichen. Wenn sie es sah, würde sie seine Einladung zu einem späten Abendessen bestimmt nicht abschlagen können.

Er sah Pauline an. »Ich dachte, Hugh würde jeden Moment kommen und dich abholen. Warum bist du noch nicht angezogen?«

»Zum Weihnachtsessen morgen bist du aber doch da?« fragte sie und überhörte geflissentlich seine Frage. »Bestimmt wird selbst Finnegan Weihnachten mit seiner Familie verbringen wollen.«

»Ich werde da sein«, versprach Frank, trat ans Fenster und blickte hinaus. Das aus England importierte Glas war alt und verwandelte das helle Mondlicht in unzählige winzige Prismen. Er fragte sich, was Miss Dearborn wohl am nächsten Abend vorhatte. Wohin gingen Bardamen an solchen Tagen?

»Was wissen Sie über Miss Dearborn?« hatte er Finnegan vor ein paar Tagen gefragt. »Woher kommt sie?«

»Weiß ich nicht«, antwortete Finnegan. »Sie ist eines Tages hier erschienen und hat erklärt, sie sucht eine Stelle. Na ja, jede Frau kann hinter einer Bar stehen, Frank. Ich habe sehr wohl gesehen, daß sie keine Schönheit ist, und ich weiß, daß meine Gäste etwas Hübsches sehen wollen. Aber sie hat mir ein paar von ihren Zeichnungen gezeigt. Ich habe sofort gesehen, das war etwas ganz Besonderes. Jetzt bin ich froh, daß ich sie genommen habe. Sie ist fröhlich und arbeitet gut. Sie war in den vier Monaten nicht einen einzigen Tag krank. Und sie gehört nicht zu den Frauen, die mir einen schlechten Ruf einbringen – sie ist nicht wie Sal bei Faceys mit ihrem Fünfzehn-Minuten-Bett im Hinterzimmer.«

Dieses Gespräch hatte stattgefunden, als Frank eines Tages in den Pub gekommen war und entsetzt Ivys rotgeweinte Augen sah. Zu seiner Verblüffung stellte er fest, daß ihn das in Zorn und Wut versetzte – Zorn und Wut auf wen und was auch immer sie verletzt haben mochte –, auch wegen seiner Unfähigkeit, ihr zu helfen.

Während er jetzt auf den Park von Lismore hinunterblickte, der im Dezembervollmond wie verzaubert wirkte, mußte Frank sich eingestehen, daß er traurig war – und dieses Gefühl kannte er kaum.

»Was ist, Frank?« fragte Pauline. Er hörte den raschelnden Satin und spürte ihre Hand auf seiner Schulter. »Du hast Kummer. Ist es wegen der Expedition?«

Ja, es hing auch mit der Expedition zusammen. Frank hatte am Vortag von der Rettungsmannschaft, die er auf Suche nach der Expedition ausgeschickt hatte, eine traurige Nachricht erhalten. Bis auf einen Mann, der mit dem Leben davongekommen war, hatte man alle Mitglieder der Expedition tot aufgefunden. Offenbar waren die Männer von Aborigines umgebracht worden. Frank fühlte sich für ihren Tod verantwortlich. Die Expedition war seine Idee gewesen und von ihm finanziert worden. Er hatte geschworen, sich um die Witwen und verwaisten Familienangehörigen persönlich zu kümmern.

»Du schickst noch eine Expedition, Frank«, sagte Pauline, »und sie wird Erfolg haben. Die Männer werden das Binnenmeer finden und nach dir benennen.«

»Nicht, solange die Aborigines dort leben.«

»Warum haben die Schwarzen unsere Leute umgebracht?«

»Sie haben offenbar eine heilige Stätte betreten oder eines ihrer Rituale gestört.«

»Das wird alles aufhören. Solche Zwischenfälle werden seltener und seltener werden. In naher Zukunft wird der ganze Kontinent für Weiße ungefährlich sein.«

»Ja«, sagte Frank, »aber um welchen Preis?«

Pauline sah ihren Bruder prüfend an. »Frank«, sagte sie, »du bist in einer merkwürdigen Verfassung. Was ist denn mit dir los? Dich bedrückt doch nicht nur die gescheiterte Expedition!«

Warum konnte er Miss Dearborn nicht erobern? Und weshalb um alles in der Welt lag ihm soviel daran? Sie redeten an der Bar miteinander. Ivy lachte über seine Witze. Und wenn sie ihm manchmal ein Glas reichte, berührten sich ihre Finger. Warum mußte er ständig an sie denken? Warum konnte er nicht in Melbourne sein, wo er eigentlich hätte sein sollen, und sich um seine Zeitung kümmern? Frank hatte bereits viele Frauen gehabt. Er machte sich nichts vor und wußte, er hatte sie mit seinem Geld verführt – mehr nicht. Aber Miss Dearborn schien es weder auf das Geld noch auf ihn abgesehen zu haben.

Gab es vielleicht irgendwo einen Ehemann? War sie möglicherweise ihrem Mann davongelaufen? Hieß sie wirklich Dearborn? Frank dachte wieder an die verweinten Augen. Sie hatte zu lächeln versucht und wollte den Schmerz verbergen, den er nur ahnte. Der Gedanke machte ihn wütend, daß einer der Gäste – vielleicht sogar einer seiner Freunde –

sie beleidigt haben könnte. Was hatte dieser Jemand getan oder gesagt, um sie zum Weinen zu bringen?
Plötzlich fiel ihm das Diamantarmband in seiner Tasche ein. Als er es gekauft hatte, fand er es schön und dachte, es sei ein Kompliment für Ivy. Aber jetzt erschien ihm das kostbare Schmuckstück zu protzig, zu übertrieben und so eindeutig in seiner Absicht, daß Miss Dearborn es vielleicht als Beleidigung empfinden mochte! Was hatte er sich dabei nur gedacht! Er konnte ihr doch unmöglich einfach über die Theke hinweg ein so wertvolles Geschenk machen . . .
»Pauline«, sagte er und drehte sich um, »was wollen Frauen?«
Sie hob die Augenbrauen. »Ich denke, dasselbe wie Männer: Glück, Erfolg . . .«
»Nein«, unterbrach er sie und ging erregt im Zimmer auf und ab. Er mußte bald in Finnegans Pub sein und hatte plötzlich das Gefühl, Miss Dearborn nichts mitbringen zu können, was sie annehmen würde. »Ich meine, stell dir vor, du wärst eine Frau, die nichts hat. Was würdest du dir als Geschenk wünschen?«
»Wenn ich nichts hätte?« wiederholte sie. »Dann würde ich alles wollen!« Als sie sah, wie er die Stirn runzelte, fügte sie freundlicher hinzu: »Frauen möchten im Grunde keine *Dinge*, Frank. Wenn eine Frau etwas für dich empfindet, dann möchte sie nur dich.«
Aber er hatte sich seit drei Monaten Ivy angeboten, und bis heute hatte sie ihn nicht erhört.
Pauline wußte nicht viel über die neueste Flamme ihres Bruders, aber allmählich begriff sie, es mußte sich um etwas Ernsteres als den üblichen kurzen Flirt handeln. Es tat ihr leid, ihn bekümmert zu sehen, da sie mit Hugh so glücklich war. »Was weißt du von ihr?« fragte sie.
»Sie ist eine Bardame.«
»Dann schenk ihr das eine, das ihr andere Männer nicht geben.«
»Und das wäre?«
»Schenke ihr Achtung.«
Frank starrte seine Schwester an. Er dachte errötend an das Diamantarmband und an die reservierte Suite im Fox and Hounds Gasthof. Dann fiel ihm etwas ein, das ihm an Ivy aufgefallen war: Sie trug immer ein goldenes Kruzifix um den Hals. Plötzlich wußte er, was er tun würde.
»Danke, Pauline«, sagte er und küßte sie auf die Wange, »und ich wün-

sche dir fröhliche Weihnachten. Hoffen wir, daß sich unsere Weihnachtswünsche erfüllen.«

Pauline lachte und schloß die Tür hinter ihm. Sie hatte nicht die Absicht, sich auf die Erfüllung von Wünschen zu verlassen. Sie würde sicherstellen, daß ihr Traum sich in dieser Nacht erfüllte.

2

Hugh hatte nur noch eine Meile bis Merinda vor sich. Er ritt durch das mondhelle Land und sah plötzlich etwas am Straßenrand, das ihn veranlaßte, sein Pferd und das Packpferd anzuhalten.

Mr. Shapiros Wagen stand im Straßengraben. Pinky war noch angeschirrt und fraß gemächlich Gras. Hugh warf einen Blick in den Wagen, aber der alte Trödler war nicht zu entdecken. Er blickte sich prüfend um, sah aber nur die wie Platin schimmernden Wiesen. Von Mr. Shapiro war weit und breit nichts zu sehen.

Er saß wieder auf und ritt weiter, aber er nahm sich vor, Wachtmeister Johnson in Cameron Town zu benachrichtigen.

Als er den Hof erreichte, lag dieser verlassen und still in der mondhellen Nacht. Hugh warf einen Blick in Richtung Rindenhaus. Aus dem einzigen Fenster fiel warmes, goldenes Licht. Er zögerte, beschloß aber dann, zunächst in das Schlafhaus zu gehen. Er wollte sich waschen und für den Weihnachtsball auf Strathfield umziehen, bevor er Miss Drury begrüßte.

Er hatte das Schlafhaus an diesem Abend für sich allein. Die Farmarbeiter waren entweder auf der Weihnachtsfeier bei Faceys an der Hauptstraße oder zu Hause bei ihren Familien. Hugh zog sich langsam und sorgfältig an. Ein Grund für den Ritt nach Melbourne war der Schneider gewesen, wo er einen bereits vor Monaten bestellten eleganten Abendanzug abgeholt hatte. Damals war er in Paulines Begleitung dort gewesen. Sie hatte den Stoff ausgesucht und den Schnitt des Anzugs bestimmt. Sie hatte auch auf dem roten Satinfutter für das Cape bestanden. Als er sich angekleidet im Spiegel betrachtete, hatte er das Gefühl, einen Fremden zu sehen. Er fand es merkwürdig, sich in einem so eleganten Aufzug zu sehen, einschließlich Seidenzylinder und der Krawattennadel mit einer schwarzen Perle – auch sie hatte Pauline ausgewählt.

Als er seine Päckchen holte – Geschenke, die er in Melbourne gekauft hatte –, mußte er wieder an Mr. Shapiros Wagen am Straßenrand denken. Wo mochte der alte Trödler nur sein?

Im Rindenhaus bereitete Joanna den Weihnachtskuchen vor, während Adam und Sarah am Tisch saßen und zeichneten. Das Fenster stand in der warmen Sommernacht offen, und es roch angenehm nach heißem, gewürztem Apfelwein.

Joanna rührte Datteln und Nüsse in den Teig. Anfangs hörte sie noch zu, wie Sarah mit Adam Worte übte. Aber dann blickte sie zur Tür, denn sie erwartete Hugh. Sie hatte gehört, wie er kurz zuvor in den Hof geritten war, und er würde wohl jeden Augenblick auftauchen.

Als Mr. Shapiro vor ein paar Tagen auf der Farm erschienen war, hatte er über Kopfschmerzen geklagt, und Joanna gab ihm etwas von ihrem Weidenrindentee. Dafür hatte er Adam und Sarah einen Malkasten geschenkt. Sarah half Adam gerade beim Mischen der Wasserfarben.

»Das wird ein schönes Farmhaus«, sagte Sarah. »Es fehlen nur noch die Menschen.«

Aber Adam rief: »Nein, nein! Keine Menschen!«

Joanna blickte wieder zur Tür. Sie wollte unbedingt mit Hugh reden, aber sie fürchtete das Gespräch auch. Seit der Begegnung mit Ezekial unten am Fluß vor zwei Wochen und dem Alptraum mit der Schlange aus dem Bild, das in Lismore hing, trug sich Joanna mit der Idee, Merinda zu verlassen. Das Gefühl einer drohenden Gefahr wuchs. Sie spürte deutlich, es würde etwas Schreckliches geschehen.

Schließlich klopfte es an der Tür. Joanna trocknete sich schnell die Hände ab und versuchte, ihre Nervosität zu verbergen, ehe Hugh sie sah.

»Guten Abend«, sagte er und stand mit seinen Päckchen in der Tür. »Fröhliche Weihnachten!«

Joanna staunte ihn mit großen Augen an. So elegant hatte sie ihn noch nie gesehen. Der Zylinder und das Cape ließen ihn noch größer erscheinen und machten die Schultern noch breiter. Der schwarze Frack und die gestreifte Hose verliehen ihm weltmännische Eleganz und Kultiviertheit. Daß er so gut aussah, schmerzte sie fast körperlich. Wie sollte sie es über sich bringen, ihn zu verlassen?

»Guten Abend, Mr. Westbrook. Willkommen zu Hause!«

Er konnte den Blick nicht von ihr wenden. Joanna trug ein blaßrosa Kleid mit einer Schürze. Sie hatte die Ärmel aufgerollt, und an ihren Händen hing noch Mehl. Ihm fiel auf, daß ihre Wangen glühten. Er fand, sie habe noch nie so schön ausgesehen.

Adam rief plötzlich: »Nein! Nein!« und nahm schnell alles vom Tisch. Joanna lächelte und sagte: »Vielleicht gehen wir besser hinaus, Mr. Westbrook.«

Als sie die Tür hinter sich schloß, sagte sie leise: »Adam hat Ihnen ein Geschenk gemacht, und er möchte, daß Sie es noch nicht sehen. Ich will Sie warnen, vielleicht werden Sie nicht erraten, was es sein soll. Es ist ein Pfeifenhalter.«

»Aber ich rauche nicht.«

»Er hat ihn in einer Zeitschrift gesehen und findet, daß Sie unbedingt einen Pfeifenhalter brauchen. Wie war es in Melbourne, Mr. Westbrook?«

»Ich war auf dem Grundbuchamt und habe den Leuten dort von Ihrer Grundstücksurkunde berichtet. Ich dachte, wenn das Land in Victoria liegt, könnten sie es anhand der Anhaltspunkte der Urkunde vielleicht identifizieren. Wir werden in ein paar Wochen Nachricht erhalten. Leider haben meine Nachforschungen in der Bibliothek keine Ergebnisse erbracht. Aber ich habe darum gebeten, jede Information über einen Ort namens Karra Karra an Sie weiterzuleiten.«

»Vielen Dank«, sagte Joanna, »ich bin Ihnen dankbar für alles, was Sie für mich getan haben.« Sie wollte noch mehr sagen. Sie wollte ihm von ihren Ängsten und Vorahnungen erzählen und ihm sagen, daß sie beabsichtige zu gehen. Aber sie wußte nicht, wie sie anfangen sollte.

»Wie geht es Adam?« fragte Hugh.

»Er redet etwas mehr. Sarah kann sehr gut mit ihm umgehen. Aber es gelingt uns noch immer nicht, mit ihm darüber zu sprechen, was geschehen ist – ihm oder seiner Mutter.«

»Ich nehme ihn morgen zum Weihnachtsessen mit nach Lismore.«

»Das habe ich mir schon gedacht.«

»Wie ist es mit Ihnen, Miss Drury? Was haben Sie vor?«

»Dr. Ramsey kommt, und wir werden zusammen essen. Ich dachte, das sei so in Ordnung.«

»Natürlich«, sagte Hugh und sah, wie die Nachtfalter gegen die Lampe flogen. Er hörte die Insekten sirren und roch Joannas Parfüm.

»Ich habe Adam in Melbourne ein Geschenk gekauft. Hier ist es«, sagte er. Joanna nahm das Päckchen, und als sie das Packpapier entfernte, sah sie ein hübsches, glänzendes Messingfernrohr, wie es die Seeleute benutzten.
»Und hier ist etwas für das Mädchen, für Sarah«, erklärte Hugh. Es war ein mit Blumen bestickter Schal. »Ich lasse alles hier auf der Veranda. Sie können es ihnen morgen geben.« Er griff in die Tasche. »Und das ist für Sie.«
Joanna hob den Deckel von einem kleinen Kästchen und sah auf einem Samtkissen zwei fein gearbeitete blaue Ohrringe.
»Die Steine sind Lapislazuli«,, erklärte Hugh. »Ich war mit der Farbe nicht so sicher. Ich wollte, daß sie zu der blauen Brosche passen, die Sie öfter tragen.«
Die Ohrringe waren wunderschön und würden ausgezeichnet zu der Brosche passen.
»Vielen Dank«, sagte Joanna, »sie sind wirklich schön.« Joanna war sich seiner Nähe bewußt. Sie wollte ihn umarmen und küssen. Sie wollte ihm sagen, daß sie noch nie ein so schönes Geschenk bekommen hatte, und sie wollte ihm sagen, daß sie ihn liebte.
»Tragen Sie die Ohrringe morgen«, sagte er.
Joanna blickte auf das Kästchen in ihren mehlbestäubten Händen und dachte: Sie sind nicht dazu gedacht, für Dr. Ramsey getragen zu werden oder für einen anderen Mann, sondern nur für ihn . . .
»Ich habe auch ein Geschenk für Sie«, sagte sie, eilte ins Haus und kam mit einem verschnürten Päckchen in braunem Packpapier zurück. Hugh staunte, als er es öffnete.
»Das ist für Ihre Gedichte«, sagte Joanna.
Hugh fuhr mit der Hand über den kostbaren Ledereinband mit der in Gold geprägten Aufschrift: *Tagebuch.* Als er es aufschlug, sah er leere, weiße Seiten, die darauf warteten, gefüllt zu werden.
»Wie schön«, murmelte er und dachte an die Ballade, die er auf dem Ritt nach Melbourne begonnen hatte:

Der Weg ist lang, die Bäche trocken;
Steine schneiden nackte, rote Füße;
Unter dem drückenden bleiernen Himmel
der Dunst gnadenloser Hitze . . .

Er hatte die Ballade auf der Rückseite einer Quittung geschrieben. Er würde sie in das Buch übertragen.

»Also«, sagte er, »frohe Weihnachten, Joanna.« Er wollte sagen: David Ramsey liebt dich. Er möchte dich heiraten ...

Und er staunte über die stürmische Woge des Verlangens, die in ihm aufstieg.

Während der letzten beiden Wochen hatte er sie nicht vergessen können. Joanna war in seinen stillen Gedanken unterwegs auf der Straße aufgetaucht. Er sah sie als eine unfaßliche Gestalt, halb Mädchen, halb Frau. Er konnte sie nicht festlegen, sein Bild von ihr änderte sich von Sekunde zu Sekunde, und immer wieder entzog sie sich ihm. Aber jetzt stand sie da und füllte die Konturen, die er sich in Gedanken von ihr gemacht hatte. Und plötzlich stiegen Worte in ihm auf: *»Sie kam über das große Meer / in dieses goldene Land ...«*

»Ich mache mich jetzt auf den Weg«, sagte er und dachte: Pauline wird sich Gedanken machen, weil ich so spät bin. »Ach übrigens, übermorgen wird wahrscheinlich ein Mr. McNeil hier ankommen. Er ist der Architekt, der das neue Haus bauen wird. Die Arbeiten sollen am Neujahrstag beginnen. Das Haus müßte dann rechtzeitig zur Hochzeit fertig sein.«

Ja, dachte Joanna, die Hochzeit, das neue Haus, Pauline ...

»Mr. Westbrook, bevor Sie gehen, möchte ich mit Ihnen noch über etwas sprechen.«

Er war überrascht von dem plötzlichen ernsten Ton. »Worum geht es?«

Sie spürte ihr Herz heftig schlagen. »Mr. Westbrook, ich denke daran, Merinda zu verlassen. Ich glaube, ich sollte gehen.«

Er starrte sie an. »Was reden Sie da? Was soll das heißen, Sie wollen gehen?«

»Ich habe gehört, daß Sie erst vor einer Weile in den Hof geritten sind. Ich vermute, Sie haben noch nicht mit Bill Lovell gesprochen. Mr. Westbrook, während Ihrer Abwesenheit sind die restlichen Ihrer eingeborenen Arbeiter davongelaufen. Der Grund dafür bin ich, nicht wahr?«

Er schüttelte ärgerlich den Kopf. »Warum sagen Sie das?«

»Sarah hat mir berichtet, daß Ezekial den Arbeitern sagt, ich bringe Merinda Unglück, und es werde etwas Schreckliches geschehen, wenn ich bleibe. An dem Tag, als Sie nach Melbourne geritten sind, habe ich Ezekial unten am See getroffen.« Joanna schilderte kurz, was geschehen war.

»Ich habe Ezekial ausdrücklich angewiesen, sich von Ihnen fernzuhalten.«

»Ihn trifft keine Schuld, Mr. Westbrook. Sie dürfen nicht böse auf ihn sein, weil er seinem Glauben folgt. Sein Volk war vor den Weißen hier. Er versucht nur, etwas zu verteidigen, das für ihn wichtig ist. Das gehört auch zu den Gründen, aus denen ich nach Australien gekommen bin. Ich möchte die alte Lebensweise der Ureinwohner kennenlernen, die früher hier üblich war, denn sie hat Einfluß auf meine Familie, Einfluß auf *mich*. Und ein anderer Grund ist das, was Ezekial in mir sieht. Ich kann es nicht einfach beiseite schieben. Ich muß herausfinden, wie ich es verstehen und wie ich damit leben kann. Ich möchte nicht gehen, aber ich glaube, wenn ich bleibe, wird es nur noch mehr Schwierigkeiten geben.«

»Sie glauben doch den Unsinn nicht, den er in die Welt setzt? Sie glauben doch nicht an Dinge wie bösen Zauber?«

»Es kommt nicht darauf an, was ich glaube, sondern darauf, was Ezekial glaubt. Und er hat die Männer, die für Sie arbeiten, soweit gebracht, daß sie es ebenfalls glauben. Wenn ich gehe, kommen sie zurück ...«

»Nein«, sagte Hugh, »Sie gehen nicht. Ich werde nicht zulassen, daß der alte Teufel mir vorschreibt, wie ich meine Farm führe.«

»Aber die Arbeiter ...«

»Ich stelle neue ein.« Plötzlich faßte er sie an den Schultern. »Miss Drury«, sagte er, »Joanna, lassen Sie sich von Ezekial keine Angst einjagen. Er wird Ihnen nichts tun. Er ist im Grunde harmlos ...«

»Aber es ist nicht nur Ezekial«, erwiderte Joanna. »Bei meiner Ankunft im Hafen kam ein junger Aborigine an Bord, um das Gepäck zu tragen. Sie hätten seinen Blick sehen sollen. Ich glaube, er hatte Angst vor mir. Und ich hatte einen Traum, einen Alptraum über Sie ... über uns ... Alles war so wirklich, und ich kann ihn nicht vergessen ... Ich habe Angst und glaube, es wird etwas Schreckliches geschehen. Hugh«, sagte sie leise, »ich habe Angst. Ich habe Angst um Merinda, um Sie, um Adam und um mich. Es gibt eine andere Welt, die wir nicht sehen können, aber ich fange an, sie wahrzunehmen. Meiner Mutter ist es ebenso ergangen. Sie hat viele tausend Meilen von hier entfernt gelebt, aber sie glaubte, daß die Wurzeln dieser Kräfte hier liegen, irgendwo hier in Australien. Die Aborigines glauben an übernatürliche Kräfte. Sie glauben an Gift-Gesänge und an Magie. Wie können wir uns anmaßen zu behaupten, sie irren sich? Wie können wir es besser wissen?«

»Ich werde Sie nicht einfach gehen lassen, Joanna. Außerdem, wo wollen Sie hin?« Er drückte ihre Schultern fester und zog sie dichter an sich. »Sie müssen bleiben, Joanna. Sagen Sie, daß Sie bleiben!«

Sie hörten plötzlich Schritte. Ein Mann rannte über den Hof. Es war Matthew, einer der Stallburschen. Er lief die Verandastufen hinauf und rief atemlos: »Mr. Westbrook! Kommen Sie schnell! Mr. Lovell ist krank.«

Hugh folgte ihm über den Hof. Joanna holte ihre Arzttasche und eilte ihnen hinterher. In der Unterkunft des Vormanns fanden sie Bill im Bett.

»Wie lange hat er das schon?« fragte Hugh.

Matthew sah ihn mit großen, dunklen Augen an. »Weiß nicht, Mr. Westbrook. Wir haben ihn ein paar Tage nicht gesehen. Wir haben uns nichts dabei gedacht und geglaubt, er ist über Weihnachten weg, um jemanden zu besuchen.«

»Bill?« sagte Hugh, »kannst du mich hören?«

»Hugh ...«, stieß er stöhnend hervor, »Hugh, es ist nur eine Sommererkältung.«

»Darf ich?« sagte Joanna. Sie setzte sich auf den Bettrand und betrachtete aufmerksam Lovells Gesicht. Dann legte sie ihm die Hand auf die Stirn und fühlte den Puls am Hals.

Bill schlug mühsam die Augen auf. »Guten Tag, Miss Drury«, sagte er schleppend.

»Haben Sie Schmerzen?« fragte sie.

»Ja ... im Bauch.«

»Wann hat es angefangen?«

»Ungefähr vor einer Woche ... mit Kopfweh und Halsschmerzen ...«

»Warum haben Sie niemandem etwas gesagt?«

Er lächelte schwach. »Ich dachte, es würde wieder weggehen.«

»Bleiben Sie ruhig liegen. Wir werden Sie pflegen.«

Sie gingen nach draußen. »Er hat Buschfieber«, sagte Hugh. »Ich habe schon lange keinen Fall mehr gesehen, aber ich kenne die Symptome.«

»Ich weiß nicht so recht«, antwortete Joanna. »Ich versuche, mich an etwas zu erinnern ... aber ich weiß nicht, woran. Normalerweise hat man bei Fieber einen erhöhten Puls. Aber bei Mr. Lovell schlägt das Herz erstaunlich langsam. Wenn ich mich doch nur erinnern könnte ...« Dann sagte sie: »Ich weiß ganz genau, in Mutters Tagebuch steht etwas darüber.«

Sie lief zum Haus und kam kurz darauf wieder zurück. »Ich war damals noch sehr jung«, sie blätterte in den Seiten. »In der Garnison, wo mein Vater stationiert war, brach eine Art Epidemie aus. Meine Mutter hat darüber geschrieben und auf den erstaunlich langsamen Pulsschlag hingewiesen ... Hier ist es.« Joanna las einen Augenblick, dann reichte sie Hugh das Tagebuch.

»Mr. Lovell hat die klassischen Symptome«, sagte Joanna, während Hugh Lady Emilys Bericht über die Epidemie las. »Diese Symptome treten bei anderen Krankheiten nicht auf.«

»Typhus«, sagte Hugh und schloß das Buch. Er wandte sich an den Stallburschen: »Nimm dir ein Pferd. Du mußt Dr. Ramsey finden. Sag ihm, es ist dringend. Wenn er nicht zu Hause ist, versuchst du es auf Strathfield. Er ist bestimmt auf dem Ball. Beeil dich!«

»Wenn es sich wirklich um Typhus handelt«, sagte Hugh zu Joanna, »dann ist die Lage sehr ernst. Und wir müssen schnell handeln.«

»Mr. Lovell hat hohes Fieber«, sagte Joanna, »aber ich glaube, es wird noch steigen. Ich muß unbedingt erreichen, daß es sinkt.«

Joanna ging zurück zum Haus, um eine Schüssel Wasser und Handtücher zu holen. Hugh nahm den Zylinder ab und hängte ihn zusammen mit dem Cape über das Fußende von Bills Bett. Dann setzte er sich neben seinen Freund und sagte: »Was machst du nur für Geschichten, alter Junge? Du fühlst dich wohl an Weihnachten einsam und möchtest Zuwendung, was?«

Bill lächelte gequält. Er hatte offenbar große Schmerzen.

Joanna kam zurück und legte Bill ein kaltes, nasses Handtuch auf die Stirn. Hugh und sie warfen sich über das Bett hinweg einen Blick zu. Er sah die Angst in ihren Augen, und der Ausdruck auf ihrem Gesicht schien zu sagen: *Ich wußte, daß so etwas geschehen würde ...*

3

Es dauerte lange, bis David Ramsey endlich erschien. Er kam im Abendanzug. »Guten Tag, Joanna, guten Tag, Mr. Westbrook. Dann wollen wir mal sehen. Bill«, sagte er und nahm den Zylinder ab, »wie ich höre, geht es Ihnen nicht gut. Glauben Sie, Sie können das im Mund behalten?« Ramsey schob ihm ein Fieberthermometer zwischen die Lippen. Dann hob er Bills Hemd hoch und untersuchte seinen Körper. Auf der blassen weißen Haut sah man rosa Flecken. Als Ramsey leicht auf den Bauch drückte, stöhnte Bill vor Schmerzen. Schließlich nahm Ramsey das Thermometer wieder aus Bills Mund und las im Schein der Petroleumlampe die Temperatur ab.

»Ja, es ist Typhus«, sagte er und ging mit Hugh und Joanna nach draußen. »Jacko Jackson hat Mr. Shapiro, den alten Trödler, tot auf einer Weide gefunden. Offenbar hat er sich noch mit letzter Kraft davongeschleppt, um Hilfe zu finden.«

»Glauben Sie, daß wir mit einer richtigen Epidemie rechnen müssen?« fragte Hugh.

»Das ist schon möglich. Ich schlage vor, wir verhalten uns so, als sei es der Fall.«

»Was sollen wir tun?«

»Als erstes müssen Sie Bill isolieren. Keiner darf in seine Nähe mit Ausnahme der Leute, die ihn pflegen. Niemand weiß, wie Typhus übertragen wird. Aber ich glaube an die neue Bazillen-Theorie. Untersuchungen bei bestimmten Krankheiten haben ergeben, daß eine Quarantäne der Infizierten die Verbreitung der Krankheit eindämmen kann. Wir wissen nicht genau, weshalb, aber es scheint zu wirken.«

»Und was wird aus Bill? Wird er wieder gesund werden?«

»Es gibt kein Heilmittel für Typhus. Wir können ihn nur pflegen, dafür sorgen, daß er ißt und viel trinkt. Vor allem darf das Fieber nicht steigen. Wenn keine Komplikationen auftreten, müßte er in zwei bis drei Wochen alles überstanden haben. Aber ich möchte Sie warnen – bei Typhus kommt es häufig zu Komplikationen. Dazu gehören unter anderem Lungenentzündung und Darmperforationen, die zu einer Bauchfellentzündung führen. Auch dafür gibt es kein Heilmittel.

Behalten Sie alle Ihre Leute im Auge. Achten Sie auf Kopfschmerzen, Rückenschmerzen und Appetitlosigkeit. Später stellen sich Bauch-

schmerzen mit Schwellungen ein. Joanna, ich gebe ihnen dieses Thermometer. Es ist eines der neuen . . . und eine Messung dauert nur drei Minuten. Tja, und was die Pflege der Kranken angeht . . .«
»Keine Sorge, David. Ich weiß, was getan werden muß«, sagte sie. »Es steht alles hier im Tagebuch meiner Mutter.«
»Wir machen uns am besten gleich an die Arbeit«, sagte Hugh. »Ich habe das Gefühl, wir haben morgen mehr Typhusfälle, als wir verkraften können.«
Dr. Ramsey brach sofort auf. Als er aus dem Hof ritt, trat Ezekial aus dem Schatten der Mauer hervor. Er hatte alles mit angehört.

Kapitel Zehn

1

Joanna hielt die ganze Nacht bei Bill Lovell Wache. Hugh und der Stallbursche zogen ihn aus und hüllten ihn in ein feuchtes Tuch. Dann setzte sich Joanna zu ihm. Sie legte Bill regelmäßig feuchte Tücher auf die Stirn, gab ihm schluckweise Wasser zu trinken und überprüfte alle halbe Stunde seine Temperatur. Als einer der Farmarbeiter kurz nach Mitternacht von einer Weihnachtsfeier zurückkam, meinte er, es gehöre sich nicht, daß eine Frau bei einem nackten Mann im Zimmer sitze. Aber als er hörte, wie ernst es um Bill stand, schwieg er schnell.

Hugh hatte wieder seine Arbeitskleidung angezogen und machte die Runde im Distrikt. Zuerst ritt er zu Faceys und bat alle Männer, die zum Reiten noch nüchtern genug waren, sich ihm anzuschließen. Er gab ihnen alle notwendigen Informationen, die er von Joanna und Dr. Ramsey erhalten hatte: die Symptome der Krankheit, Vorsichtsmaßnahmen, um ihren Ausbruch zu verhindern, und die Behandlungsmethoden von Erkrankten. Die Männer machten sich sofort auf den Weg und ritten zu jedem Haus in der Umgebung. Sie weckten die Bewohner und warnten sie vor der möglichen Typhusepidemie. Hugh ritt als erstes nach Strathfield, wo der Weihnachtsball in vollem Gange war. Er sprach kurz zu den versammelten Gästen und riet ihnen, so schnell wie möglich nach Hause zu gehen. Sein nächstes Ziel war Lismore, wo er eine verwirrte Pauline fand. Erst als er wieder auf dem Pferd saß, fiel ihm auf, daß sie nicht im Ballkleid auf ihn gewartet hatte.

Am Weihnachtsmorgen gab es zwölf weitere Typhusfälle, darunter zwei auf Merinda.

Die Farmarbeiter räumten das Schlafhaus, Joanna überwachte die Arbeiten, die es in ein improvisiertes Krankenhaus verwandelten. Alle Matratzen wurden von den Betten entfernt und den Männern gegeben, die entweder im Freien oder in der Scherhütte schlafen sollten. Sie riet allen, ab sofort kein Wasser aus dem Brunnen oder dem Fluß zu trinken, nur noch abgekochtes, und sie wies jeden an, sich bei den ersten Anzeichen eines Symptoms bei ihr zu melden. Auf die Pritschen legte sie mit Eukalyptusblättern gefüllte Säcke, die man leicht entfernen, verbrennen und durch neue ersetzen konnte. Die Männer stellten Eimer mit angerührtem Kalk vor die Tür; damit wurden regelmäßig Wände und Böden gestrichen.

Dann brachte man Bill Lovell ins Schlafhaus, wo Joanna ihn zusammen mit den neuen Fällen pflegte. Sein Bett stand hinter einem Vorhang, und jemand hielt ständig Wache bei ihm.

Sarah, die diese Vorkehrungen nicht ausreichend fand – die Krankheit schien schließlich auf Merinda ausgebrochen zu sein –, sammelte schützende Steine und Federn und legte sie unbemerkt um das Rindenhaus.

Hugh kehrte am Weihnachtstag gegen Mittag zurück. Er war erschöpft und hungrig, aber er wollte nicht schlafen, bis alle Farmen im Distrikt gewarnt waren.

»Maude Reed hat die Symptome«, sagte er beim Essen. »In der Nähe von Mt. Rouse«, fuhr er fort, »habe ich eine ganze Familie mit Typhus gefunden. Draht-Larry ist dortgeblieben, um ihnen so gut wie möglich zu helfen. Wenn es eine Epidemie wird, dann müssen wir es irgendwie schaffen, alle Kranken mit Lebensmitteln und Wasser zu versorgen.«

Joanna erwiderte: »Sie und Ihre Männer werden sich nicht anstecken, wenn Sie sich sofort die Hände waschen, nachdem Sie ein infiziertes Haus verlassen haben. Außerdem dürfen Sie dort nichts essen und nichts trinken. Meine Mutter schreibt, die Ärzte in Indien seien nicht der Meinung, Typhus werde durch die Luft oder den Atem eines Patienten übertragen. Wenn Sie alle Vorsichtsmaßnahmen befolgen, dürfte Ihnen nichts geschehen.«

Bevor sich Hugh wieder auf den Weg machte, warf er einen prüfenden Blick auf Joanna. »Ist mit Ihnen alles in Ordnung?«

»Ja«, antwortete sie und senkte bekümmert den Kopf.

»Es ist nicht Ihre Schuld, Joanna«, sagte er ruhig, »so etwas geschieht, und manche Menschen ahnen es schon vorher. Aber Sie sind nicht die

Ursache dieser Epidemie. Versprechen Sie mir, gut auf sich und Adam aufzupassen.«

Hugh ritt in Richtung Osten, denn dort lagen viele kleine Farmen über ein großes Gebiet verstreut. Joanna beauftragte einen Farmarbeiter damit, Männer einzuteilen, die Eier sammelten, Wasser abkochten und in Flaschen füllten, damit sie, wenn nötig, Vorrat hatten. Dann konzentrierte sie sich auf die Pflege der drei Patienten und wies zwei der Stallburschen als Helfer ein.

Frank Downs erschien auf Merinda und ritt mit Hugh durch den Distrikt, um alle Farmer zu informieren. Joanna gab ihnen Eier, abgekochte Milch, Weidenrindentee und genaue Anweisungen für die Erkrankten mit auf den Weg. Der Distrikt umfaßte mehr als zweitausend Quadratmeilen, und es gab nur zwei Ärzte.

Frank ritt als erstes zu einem Holzhaus, das in einer baumbestandenen Straße am Stadtrand von Cameron Town stand.

Während der Weihnachtsfeier an Heiligabend in Finnegans Pub hatte er beobachtet, wie andere Männer versuchten, Ivy Dearborn teure Geschenke zu machen. Ivy hatte sie alle höflich, aber bestimmt abgelehnt. Als Frank sie dann fragte: »Möchten Sie heute mit mir die Mitternachtsmesse besuchen?« hatte sie »Ja« gesagt.

Sie besuchten zusammen den Gottesdienst, sangen Weihnachtslieder und machten dann in seinem Zweispänner eine Spazierfahrt. Frank hätte sich mehr gewünscht, aber er wußte, er durfte nichts erzwingen. Er unterhielt sich mit Ivy über Kricket und die Sieger des Pferderennens um den Melbourne Cup. Sie sprachen über das Wetter und über das Ende des Krieges zwischen Franzosen und Preußen in Europa. Als er sie in die Pension zurückbrachte und fragte, ob er sie zu einem Picknick einladen dürfe, hatte sie zugestimmt.

Das Picknick sollte an diesem Wochenende stattfinden. Aber jetzt sah alles anders aus.

Frank schob die Vermieterin energisch zur Seite, die empört erklärte: »Keine Herrenbesuche! Das ist ein anständiges Haus!«, und nahm zwei Stufen auf einmal. Er klopfte an Ivys Tür und begann schon zu sprechen, noch ehe sie richtig aufgemacht hatte: »Im Distrikt ist Typhus ausgebrochen«, sagte er. »Ich möchte, daß Sie hier im Haus bleiben. Gehen Sie auf keinen Fall in Finnegans Pub. Versprechen Sie mir, das Haus erst wieder zu verlassen, wenn die Gefahr vorüber ist.«

Er nahm ihre Hand und drückte sie. »Ich komme wieder vorbei und schaue nach Ihnen.«

Drei Tage später trafen in Cameron Town aus einem Umkreis von achtzig Meilen Berichte über Typhusfälle ein. Niemand wußte, warum die Krankheit ausgebrochen war.

Panik erfaßte den westlichen Distrikt. Keine Familie blieb von der Epidemie verschont. Auf Glenhope glühte Maude Reed im hohen Fieber, während John Reed sich mit großen Mengen Whiskey zu schützen versuchte. Auf Strathfield zündete man Kerzen an, und die Ormsbys knieten in der Familienkapelle und beteten rund um die Uhr Rosenkränze. Auf Kilmarnock verschloß Colin MacGregor alle Türen und Fenster. Er wies jeden Besucher ab, denn er glaubte wie die meisten anderen, Typhus werde durch die Luft übertragen.

Als Dr. Ramsey und Doc Fuller den vielen flehenden Hilferufen nicht mehr nachkommen konnten, wandten sich die Leute an Joanna Drury. »Sie hat das Sommerfieber meiner Kinder geheilt«, sagte Winifred Cameron ihren Freundinnen. »Und erinnert ihr euch noch, wie sie Christina MacGregor bei der morgendlichen Übelkeit geholfen hat?« ergänzte Louisa Hamilton.

Ängstliche und aufgeregte Leute erschienen auf Merinda und holten sich bei Joanna Rat. Mit Hilfe der Aufzeichnungen ihrer Mutter gab sie allen Anweisungen. Das hohe Fieber sollte man durch kalte, feuchte Tücher senken; die Patienten mußten viel trinken und durften nur flüssige Nahrung zu sich nehmen; der Bauch mußte auf Schwellungen untersucht werden; Wasser und Milch mußten vor dem Trinken abgekocht sein. Sie versicherte den Frauen, der Wind sei nicht für eine Typhusinfektion verantwortlich, und frische Luft im Krankenzimmer sei nur zu empfehlen.

Dr. Ramseys Einspänner fuhr pausenlos über die Landstraßen. Er eilte zu allen, die ihn riefen, diagnostizierte Typhus, injizierte Digitalis bei Patienten mit Herzschwäche, hinterließ bei den noch Gesunden Pflegeanleitungen und fuhr mit dem schrecklichen Gefühl der Ohnmacht und Hilflosigkeit wieder davon. Er mußte einsehen, daß ein Arzt angesichts einer solch verheerenden Krankheit nicht mehr helfen konnte als jeder andere auch. Trotz abgekochtem Wasser und hingebungsvoller Krankenpflege breitete sich die Epidemie immer weiter aus. In ihm regten sich Zweifel.

Als er neun Tage nach Weihnachten auf Merinda erschien, fand er Joanna in der provisorischen Krankenstation. Sie pflegte inzwischen zehn schwerkranke Männer.
David blieb in der Tür stehen und beobachtete sie. Joanna schob gerade einen Arm unter die Schulter eines Mannes und gab ihm etwas zu trinken. Ramsey fand, daß sie trotz Erschöpfung und Müdigkeit, trotz der gelösten Haarsträhnen und der Schürze aus Sackleinen schön aussah.
»Larry!« rief sie, als der Patient anfing, im Fieber um sich zu schlagen. »Bitte helfen Sie mir mit John.«
Als der Patient sich beruhigt hatte, hob Joanna den Kopf und lächelte Ramsey an.
»Guten Tag, David«, sagte sie, schob sich die Haare aus der Stirn und kam zu ihm. »Wie geht es Ihnen?«
»Mir geht es gut, Joanna. Und Ihnen? Was macht Adam?«
»Er ist gesund, Gott sei Dank!«
»Joanna, ich muß mit Ihnen sprechen.«
»Gut. Ich muß nur noch die Wasservorräte im Kochhaus überprüfen. Begleiten Sie mich?«
»Ich bin nicht sicher, ob wir das Richtige tun, Joanna«, sagte Ramsey, als sie in der glühenden Hitze den Hof überquerten. »Wir pflegen die Kranken, und sie haben jetzt schon drei Wochen oder noch länger Fieber. Das führt zu einer so schwerwiegenden Entkräftung, daß eine Lungenentzündung unvermeidlich wird, selbst wenn der Typhus überwunden ist. Und daran werden sie mit Sicherheit sterben. Es sei denn, sie sterben schon vorher an Bauchfellentzündung infolge der Darmperforationen. Die Dauer der Krankheit führt zum Tod, Joanna, nicht der Typhus an sich. Wenn wir ihn nur schneller aus dem Körper vertreiben könnten. Wenn wir ihn nur genauso schnell heilen könnten, wie er auftritt.«
»Ich kenne keine solche Therapie, David.«
»Ich arbeite an einer, Joanna«, sagte er. »Ich habe kürzlich gelesen, daß Ärzte in Europa mit einer neuen Behandlungsmethode experimentieren. Sie desinfizieren den Darmtrakt mit wiederholten Dosen von Jod und Karbolsäure.«
»Aber das sind doch Gifte.«
»Nur in zu großen Mengen. Häufige Darmspülungen entfernen die typhösen Mikroorganismen aus den Eingeweiden, und der Patient erholt sich. Das leuchtet mir ein, Ihnen auch?«

»Hatten diese Ärzte großen Erfolg mit ihrer Behandlung?«
Er runzelte die Stirn. »Es ist alles noch im Stadium der Experimente. Man hat Erfolg verzeichnet, aber es kam auch zu Todesfällen.«
»David, ich glaube, ich behandle die Patienten lieber nach den Erfahrungen meiner Mutter, ich meine durch ständige Pflege.«
Doch David dachte an Edward Jenner, der einen Impfstoff gegen Pocken entwickelt hatte, und an Rudolf Virchow, dem als erster der Nachweis gelungen war, daß Krankheiten von mikroskopischen Zellen ausgelöst wurden. Diese Männer hatten alle einen wesentlichen Beitrag zur Medizin geleistet. David Ramsey wollte es ihnen unbedingt gleichtun.
Die Epidemie breitete sich immer weiter aus. Der eine Pfarrer und die drei Prediger im Distrikt hatten alle Hände voll zu tun mit Beerdigungen und trauernden Angehörigen. Aber die Kirchen blieben bedrückend leer und still. Man hatte den Menschen geraten, alle Kontakte zu meiden, um sich nicht anzustecken.
Doch auch die, die sich in ein selbstgewähltes Gefängnis begaben, wie die Ormsbys auf Strathfield und die MacGregors auf Kilmarnock, blieben nicht von der Krankheit verschont. Verschlossene Fenster und Türen vermochten den gefürchteten Typhus nicht abzuwehren. Er lauterte im Wasser, das sie tranken, in den Mahlzeiten, die sie aßen. Die Menschen konnten nicht ahnen, daß etwas so Winziges, wie ein für das Auge nicht sichtbarer Bazillus, tödlich sein konnte. Dr. Ramsey versuchte, alle über Mikroorganismen aufzuklären, aber wie sollte man sich vor etwas fürchten, das man nicht sah?
Als Christina MacGregor über Kopf- und Halsschmerzen klagte, ritt Colin sofort nach Cameron Town und weckte David Ramsey, der sich eine Stunde Schlaf gönnte.
»Sie müssen das Fieber mit feuchten Tüchern niedrig halten«, sagte Ramsey nach der Untersuchung. »Geben Sie ihr soviel zu trinken, wie sie aufnehmen kann. Außerdem ist es im Zimmer zu heiß und stickig. Öffnen Sie die Fenster und lassen Sie frische Luft herein. Wenn sich ihr Zustand verschlechtert, und ich nicht erreichbar bin, dann weiß Joanna Drury auf Merinda, was zu tun ist.«
Christina war im achten Monat schwanger. »Was wird aus dem Baby, Doktor?« fragte MacGregor.
Aber Ramsey wagte keine Prognose.
Hugh und Frank ritten Tag für Tag über Land. Sie halfen Farmern,

Frauen und Kinder zu begraben. Sie brachten erkrankte Schafhüter nach Merinda in das improvisierte Krankenhaus. Joanna sorgte dafür, daß alle Patienten ständig in kühlende, feuchte Tücher gehüllt wurden, daß sie genügend aßen und tranken, und sie achtete darauf, daß die Säcke mit den Eukalyptusblättern ständig gewechselt wurden. Sie ging durch die Reihen der Betten, überprüfte mit Dr. Ramseys Thermometer die Temperatur der Patienten und desinfizierte es jedesmal mit Alkohol. Das Fieber stieg und stieg. Der Puls wurde langsamer. Auf den geschwollenen Bäuchen erschienen gerötete Stellen. Die Männer warfen sich im Fieberwahn heftig hin und her.
Und die Epidemie verbreitete sich immer weiter.

2

Ezekial stand so still und schweigend wie die Eukalyptusbäume um ihn herum. Er beobachtete Sarah bei ihrem täglichen Ritual unten am Fluß. Seit dem Ausbruch der Krankheit auf Merinda erschien das Mädchen jeden Morgen am See und besang die Dinge, die sie aus dem Haus mitbrachte: ein Kamm, ein Taschentuch, eine Bibel. Der alte Mann wußte, diese Gegenstände gehörten den Weißen, bei denen Sarah lebte. Sarah benutzte sie für den Zauber, mit dem sie die drei Weißen vor der Krankheit schützte. Ezekial beobachtete sie jeden Tag. Und jeden Tag wuchs seine Verwirrung. Das Mädchen war ein Widerspruch in sich: Sie redete wie die Weißen und sie trug die Kleider der Weißen, aber sie übte die Magie der Schwarzen aus.
Und Ezekial fragte sich: Warum schützt ein Mädchen die Weißen? Sie haben ihr die Ahnen genommen, die Sippe zerstreut und die Traumpfade entweiht...
Nach dem Gesang lehnte sich Sarah zurück und schob sich die langen Haare aus dem Gesicht. Sie blickte durch die Bäume in Richtung der Farm und sah vor ihrem inneren Auge das Schlafhaus. Frisch gewaschene Bettücher hingen zum Trocknen auf der Leine. Alles roch nach Kalk, der die Krankheit töten sollte. Sie glaubte, daß ein unheilvolles Gift seine Wirkung tat. Und dieses Gift mußte man nicht nur mit Kalk bekämpfen, sondern auch mit Magie. Aber sie befürchtete, daß ihre Zauberkräfte nicht stark genug seien. Sie brauchte Hilfe.

Ich werde zur Mission gehen, dachte sie. Ich werde mit der Alten Deereeree sprechen und sie bitten, mich einen Gesang zu lehren, der stark genug ist, um den Gift-Gesang zu bekämpfen, der auf Joanna liegt.
Sarah richtete sich plötzlich auf und hielt den Atem an. Der alte Mann war wieder da und beobachtete sie. Sarah konnte ihn spüren. Vier Wochen waren vergangen, seit sie ihm an diesem Ort die Stirn geboten hatte. Seit damals quälte Sarah die Erinnerung an die Begegnung. Man hatte ihr von klein auf beigebracht, die Alten zu achten und sie mit ›Alte Mutter‹ und ›Alter Vater‹ anzureden, und sie wußte, man mußte sich ihrer Weisheit und ihrem Urteil fügen. Ezekial verstand Joanna aber nicht richtig. Sarah wollte dem alten Mann die Achtung erweisen, die auch ihm gebührt, aber er machte sie zornig.
»Du brichst das Tabu, Alter Vater«, sagte sie jetzt, ohne sich umzudrehen. »Du beobachtest ein Frauenritual. Du darfst diesen Platz nicht betreten. Er ist dem Träumen von Frauen geweiht.«
»Ich breche kein Tabu«, sagte er und kam durch die Bäume näher. Seine Stimme klang böse. Er war es nicht gewohnt, daß junge Frauen sich ihm widersetzten. In den alten Tagen wäre so etwas nicht denkbar gewesen...
Sarah erhob sich und drehte sich um. »Ich weiß es, dieser Platz ist dem Träumen von Frauen vorbehalten«, wiederholte sie. »Die Känguruh-Ahne hat hier mit Joanna gesprochen.«
Eine kurze Unsicherheit zeigte sich in seinen Augen, doch dann sagte er: »Sie hat die Krankheit über Merinda gebracht.«
»Nein, Alter Vater. Schwarze Magie hat die Krankheit gerufen. Ein Gift-Gesang liegt auf ihr.« Er sah sie durchdringend an, und Sarah konnte die widersprüchlichen Gefühle in seinem Gesicht lesen. Sie fuhr fort: »Joanna ist eine Hüterin der Gesänge.«
»Aber sie ist eine Weiße!«
»Trotzdem ist sie eine Hüterin der Gesänge.«
Ezekial wandte den Kopf ab und musterte unter den dichten Augenbrauen die Bäume. Er fragte die Luft, den Himmel und sein eigenes Wissen. Schließlich schüttelte er den Kopf. »Ich verstehe das nicht. Ich glaube, das Träumen wird möglicherweise zu Ende gehen.«
»Nein, Alter Vater«, sagte Sarah leise, »das Träumen wird immer hier sein. Joanna besitzt besondere Kräfte. Aber der Gift-Gesang liegt auch auf ihr.«

»Siehst du diesen Gift-Gesang?« fragte er.
Sarah schüttelte den Kopf. »Nein, sie hat es mir erzählt. Der Gift-Gesang liegt auf ihrer Mutter und auf ihrer Großmutter.«
»Das hat sie gesagt.« Er schüttelte wieder den Kopf. »Warten wir ab. Wir werden ja sehen.« Dann drehte er sich um und ging davon.

3

Als Joanna aus dem Rindenhaus trat, blieb sie stehen und blickte über den Hof und über die verdorrten Weiden. Sie hatte Hugh seit Tagen nicht mehr gesehen. Sie konnte nicht mehr schlafen. Sie hatte Alpträume, in denen Menschen starben. Sie sah Hugh krank und hilflos, ohne einen Menschen weit und breit. Sie stellte sich vor, wie er zu einer der einsamen Hütten der Schafhüter ritt, die überall verstreut auf den Weiden standen, wie er entkräftet zu Boden sank, und wie er von Fieber und Schmerzen geschüttelt wurde ...
Joanna wußte, er ritt Tag für Tag nach Lismore. »Pauline hat die Frauen zusammengerufen«, erzählte er ihr. »Sie sammeln Bettücher und Matratzen, sie verteilen Eier und abgekochtes Wasser in Flaschen. Die Männer holen die Sachen auf Lismore ab und bringen sie zu den einsamen Farmen.«
Joanna hielt nach ihm Ausschau. Dann ging sie über den Hof, um ihre ›Krankenpfleger‹ zu kontrollieren. Das Fieber der Männer stieg immer noch, und der Puls der Kranken wurde langsamer. Ein Mann befand sich auf dem Weg der Besserung. Zwei andere hatten das Stadium des Deliriums überwunden. Bei ihnen mußte man jetzt einer Lungenentzündung vorbeugen. In dem improvisierten Krankenhaus roch es durchdringend nach dem ätzenden Kalk und der Krankheit. Es war ein heißer Tag. Überall saßen Fliegen. Die Säcke mit den Eukalyptusblättern waren schnell verschmutzt und mußten ständig erneuert werden. Manchmal hätte Joanna am liebsten aufgegeben. Es erinnerte sie an die letzten Tage von Lady Emily, als sie schwach und sterbend im Bett lag und Joanna sie gepflegt hatte. Jetzt drohten dieselben Gefühle der Ohnmacht und Hoffnungslosigkeit, der Verzweiflung und des Aufbegehrens sie zu überwältigen.

Sie ging zu Bill Lovell. Drei Wochen waren seit Heiligabend vergangen. Nach Aussagen von Dr. Ramsey und den Aufzeichnungen ihrer Mutter hätte die Krankheit überwunden sein müssen. Aber als Joanna hinter den Paravent trat, bekam sie einen Schreck.
»Matthew«, sagte sie leise zu dem Stallburschen, der den Boden mit Kalk bürstete, »holen Sie sofort Dr. Ramsey. Beeilen Sie sich. Bitten Sie ihn, sofort zu kommen.«
Sie trat an Bills Bett und betrachtete das aschgraue Gesicht. Die Augen unter den geschlossenen Lidern bewegten sich schnell.
Joanna griff nach dem Tagebuch ihrer Mutter und schlug es mit einem Griff bei den Seiten auf, die sie inzwischen auswendig kannte. Aber sie las den Text noch einmal wie eine Bibelstelle. Sie suchte Trost in den Worten und empfand sie wie eine Aufzeichnung ihrer eigenen Erfahrungen. »Wir sind in der dritten Woche der Epidemie«, hatte Lady Emily geschrieben. »Jaswaran pflegt die Kranken unermüdlich. Major Caldwell ist in der Nacht gestorben. Petronius ist gerade bei der Witwe. Ich fürchte, dieser schreckliche Typhus wird nie mehr aufhören. Ich mache mir Sorgen um die kleine Joanna. Ist es richtig, daß ich sie hier bei mir behalte? Sollte ich sie nicht besser wegschicken?«
Joanna schloß die Augen und dachte an ihren kleinen Schützling. Adam erschien ihr so zart, wenn sie ihn Abend für Abend ins Bett brachte. Sie machte sich auch um Sarah Sorgen. Das Mädchen war zwar stark, aber eventuell besaß sie keine Widerstandskräfte gegen die Krankheit der Weißen. Jeden Abend betete Joanna um die richtige Führung und stellte sich dieselben Fragen wie damals Lady Emily. Als Joanna die Augen wieder aufschlug und im Tagebuch weiterlas, kam sie zur selben Schlußfolgerung wie ihre Mutter: »Aber wohin könnte ich Joanna schicken? Wer würde sich so gut um sie kümmern, wie ich es kann?«
Joanna klappte das Buch zu und hielt es zwischen den Händen. Sie fühlte sich plötzlich ihrer Mutter nahe. Ihr kam es vor, als sei Lady Emily tatsächlich anwesend und gebe ihr Rat. Sarahs Worte fielen ihr ein: »Das Tagebuch ist der Traumpfad Ihrer Mutter.«
Glücklicherweise dauerte es diesmal nicht lange, bis David Ramsey erschien. Die rotblonden Haare klebten schweißnaß an seinem Kopf, und er war unrasiert. Er mußte Bill Lovell nur kurz untersuchen, um festzustellen: »Tut mir leid, Joanna. Es ist Perionitis.«
»Was können wir für ihn tun?«

David war verzweifelt. Warum hatte er nicht den Mut gehabt, seine Therapie auszuprobieren? Vielleicht hätte er Bill damit retten können. »Wir können nichts mehr für ihn tun«, sagte er leise. »Sorgen Sie dafür, daß er halb aufgerichtet liegt. Geben Sie ihm nichts zu essen, sondern nur ein wenig Wasser zu trinken. Es kann nicht mehr lange dauern, bis es zu Ende geht.«

»Können Sie bleiben, David?« fragte Joanna.

Er sah die Qual in ihren Augen und hätte sie am liebsten in die Arme genommen. Er wollte das Pferd besteigen und mit ihr den westlichen Distrikt verlassen. Er wollte mit ihr vor dieser Kulisse, dem Tod und der Hoffnungslosigkeit fliehen...

»Tut mir leid«, sagte er, »andere warten auf mich...«

»Ja, natürlich.«

Matthew stand hinter der Scherhütte und weinte. Er hatte das Gespräch mitgehört. Joanna legte ihm die Hand auf die Schulter. »Versuchen Sie, Hugh zu finden. Er sollte jetzt bei Bill sein.«

Bald darauf ritt Hugh in den Hof. Er wirkte erschöpft und niedergeschlagen. Seine grauen Augen waren gepeinigt von all dem Leid, das sie gesehen hatten. Er hatte erlebt, wie ganze Familien am Typhus erkrankt waren. Mütter, Väter, Kinder lagen vom Fieber geschwächt auf den Betten. Sie hatten nichts zu trinken, befanden sich im Delirium. Keiner pflegte sie, keiner war da, sie zu begraben. In einem Haus fand Hugh einen zehnjährigen jungen, der die Gesichter seiner Eltern und Geschwister mit feuchten Tüchern kühlte und ihnen zu trinken gab, obwohl er selbst hohes Fieber und Durst hatte.

Jedesmal, wenn Hugh von seinen Ritten nach Merinda zurückkehrte, fürchtete er das Schlimmste: Joanna oder Adam an Typhus erkrankt. Er wolte bei ihnen bleiben und sie schützen. Aber er wurde an anderen Orten gebraucht. Außerdem, was konnte er tun, wenn er blieb? Manchmal lähmte ihn das Gefühl des Zorns und der Hilflosigkeit. Dann erinnerte er sich daran, wie er als Fünfzehnjähriger seinen Vater unter dem einzigen Baum begraben hatte, den es weit und breit gab. Kein Pfarrer war da, keine Trauergemeinde, es gab nicht einmal einen Sarg, sondern nur die alte blaue Decke, in der sein Vater viele Nächte unter dem sternenübersäten Himmel geschlafen hatte.

Hugh eilte in das Schlafhaus und an das Bett, in dem sein Freund lag. Joanna fragte leise: »Hat Matthew Ihnen gesagt...?«

»Ja«, antwortete er, setzte sich auf das Bett und sah Bill an. Die Totenblässe hatte bereits das sonnengebräunte Gesicht erfaßt. »Hallo, Bill«, sagte er.

Blicklose Augen starrten ihn an. »Tag, Hugh«, sagte er, »sind wir schon in Coorain?«

»Bald sind wir da, Bill.«

»Gut«, flüsterte er, »mit dem Herumziehen ist es ohnehin vorbei, Hugh. Ich möchte jetzt irgendwo bleiben. Vielleicht eine kleine Farm, ein paar Schafe...«

Er murmelte vor sich hin, sprach über vergangene Zeiten, über längst Verstorbene und über Städte im Busch, die es nicht mehr gab. Gegen Mitternacht richteten sich seine Augen plötzlich auf Hugh, und er sagte mit ganz normaler Stimme: »Schreib deine Balladen weiter, Hugh. Die Australier dürfen nicht vergessen, was sie einmal waren.«

Er starb noch in derselben Nacht. Hugh nahm von ihm Abschied: »Er war für mich wie ein Vater«, und Joanna tröstete ihn, als er weinte.

4

Pauline nahm das Fieberthermometer unter Elsies Arm hervor und überprüfte die Temperatur. Es war keines der neuen Thermometer, wie sie Dr. Ramsey benutzte, sondern von der alten Art, mit denen man nur die Temperatur in der Achselhöhle messen konnte, und es dauerte zwanzig Minuten. Aber es war genau, und Pauline sah, daß das Fieber ihrer Zofe an diesem erdrückend heißen Januartag wieder um einen Teilstrich gestiegen war.

Sie nahm ein Handtuch aus einem Eimer mit kaltem Wasser, wrang es aus und kühlte damit Elsie das Gesicht.

»Miss Downs«, flüsterte die junge Frau. »Das sollten Sie nicht tun...«

»Du hast mich versorgt«, erwiderte Pauline sanft, »und jetzt versorge ich dich.«

»Wie geht es meinem Tom?« fragte Elsie. Die Frage galt dem jungen Mann, den sie liebte. Um diese Liebe hatte Pauline ihre Zofe beneidet. Aber Tom war am Vortag gestorben.

»Es geht ihm gut«, antwortete Pauline.
»Warum besucht er mich nicht?«
»Er hilft Mr. Downs, die Kranken im Distrikt zu versorgen. Bleib nur ruhig liegen, Elsie, und mach dir keine Sorgen. Es wird schon alles gut werden.«
Pauline legte das Handtuch wieder in den Eimer und nahm ein anderes heraus. Sie wrang es aus und legte es auf Elsies heiße Schultern. Pauline sah das vom Tod gezeichnete Gesicht ihrer Zofe und dachte: Wie schnell und leicht verlieren wir das Leben. Wieder einmal erschrak sie vor der Unberechenbarkeit des Schicksals. Sie dachte an Miss Flora McMichaels, die vor dreißig Jahren nicht im Traum daran gedacht hatte, am Tag vor der Hochzeit ihren Bräutigam zu verlieren.
Pauline überließ Elsie der Obhut eines anderen Dienstmädchens und ging hinaus auf den Rasen, wo die Frauen Körbe mit Lebensmitteln packten und Bettücher sortierten und falteten, die man den hilfsbedürftigen Familien bringen wollte.
»Wo ist Winifred?« fragte sie und sah sich um.
Louisa legte stöhnend die Hand auf den Rücken. Sie war im fünften Monat schwanger. »Winifred ist nach Hause gegangen. Der kleine Timmy ist krank.«
Pauline nickte stumm. Jeden Tag kamen weniger und weniger Frauen. Entweder waren sie selbst erkrankt oder sie mußten ihre Angehörigen pflegen. Sie dachte an Hugh und fragte sich, wo er sein mochte, ob er noch gesund war. Ihre innere Spannung wuchs. Das Blut in den Adern schien unter dem inneren Druck zu rasen. Elsies Tom war erst sechsundzwanzig und so gesund wie die Pferde gewesen, die seiner Obhut unterstanden. Innerhalb von zehn Tagen war er gestorben.
Pauline betrachtete die Flaschen auf dem langen Tisch, die in verschiedenen Farben in der Sonne glänzten – Milchflaschen, Bierflaschen und Flaschen, in denen einmal Medizin gewesen war. Man hatte sie gesammelt und nach Lismore gebracht. Hier waren sie gewaschen und in kochendem Wasser keimfrei gemacht worden. Jetzt würde man sie mit abgekochtem Wasser füllen. Pauline rollte die Ärmel hoch und begann trotz Hitze und Müdigkeit mit dem Füllen.
Louisa hob den Kopf und sah eine Frau auf dem Weg.
»Ich gehe schon«, sagte sie zu Pauline, »und frage, was sie will.«
»Kann ich Ihnen helfen?« fragte sie die Frau.

»Sind Sie Miss Downs?«
»Ich bin Mrs. Hamilton. Dort drüben, das ist Miss Downs. Wer sind Sie?«
»Ich heiße Ivy Dearborn. Ich würde Ihnen gerne helfen.«
Louisa betrachtete sie prüfend. Sie sah das schlichte Kleid und stellte auch fest, daß die hellroten Haare sittsam unter einer Haube verschwanden. Louisa wußte, wer diese Frau war. Sie hatte gehört, wie ihr Mann über die neue Bardame in Finnegans Pub sprach. »Bedaure, aber wir haben genug Hilfe.«
Ivy blickte zu den langen Tischen, auf denen Lebensmittel lagen, Flaschen standen und Bettücher sich stapelten. Sie sah, daß es viel zu wenig Helferinnen gab. Und sie sah auch die große und schöne Pauline, die Frank überhaupt nicht glich. Ivy stellte sich den Mann in dieser Umgebung vor, um den ihre Gedanken kreisten, seit sie ihn vor ein paar Monaten gezeichnet hatte. Sie dachte daran, wie sehr sie auf ihn gewartet, wie sie Tag um Tag gehofft hatte, er werde in Finnegans Pub kommen. Wie gerne hätte sie seine Einladungen angenommen. Aber aus Angst vor einer Wiederholung dessen, was sie schon einmal erlebt hatte, lehnte sie jedesmal ab. Und dann hatte er sie gebeten, mit ihm in die Kirche zu gehen. Ivys Hoffnungen waren wieder gestiegen – um jetzt im grellen Licht der Wirklichkeit in einen bodenlosen Abgrund zu versinken.
»Ich verstehe«, sagte sie und ging.
Als Louisa zum Tisch zurückkehrte, fragte Pauline: »Wer war das?«
»Niemand«, erwiderte Louisa. »Nur eine Bardame. Sie wollte uns helfen.«
»Und du hast sie weggeschickt?«
»Frauen dieser Sorte brauchen wir hier nicht.«
»Louisa, das ist mein Haus, und ich bestimme, wer hier sein darf und wer nicht.« Sie rollte die Ärmel herunter und wollte der Frau folgen, um sie zurückzurufen.
Aber ehe sie das tun konnte, erschien ein Bote von Kilmarnock. »Mr. MacGregor bittet Sie, sofort zu kommen, Miss Downs.«
Pauline rief nach ihrem Zweispänner und fuhr nach Kilmarnock. Dort fand sie Colin an Christinas Seite. Sie glühte vor Fieber und befand sich im Delirium. Der kleine Judd stand bleich in einer Ecke des Zimmers.
»Ich kann Ramsey nirgends finden«, sagte Colin, »und die Frau, die Christina gepflegt hat, ist seit heute morgen auch krank. Können Sie

mich hier ablösen? Ich werde nach Merinda reiten und Miss Drury holen.«

Pauline war über sein Aussehen entsetzt. Colin MacGregor war immer so kräftig und vital gewesen und achtete sehr auf ein gepflegtes Aussehen. Aber dieser Mann hier war viel zu dünn und blaß, um der großspurige nächste Laird von Kilmarnock zu werden. »Es ist besser, Sie bleiben hier, Colin«, erwiderte Pauline. »*Ich* werde Miss Drury holen.«

5

Hugh ritt in den stillen und menschenleeren Hof von Merinda. Er sprang vom Pferd und ging in das Schlafhaus, wo Joanna gerade ein Laken über das Gesicht eines Farmarbeiters zog. Sie sah Hugh mit tiefen dunklen Ringen unter den Augen an. »Hugh«, flüsterte sie und wurde ohnmächtig.

Er trug sie über den Hof in das Rindenhaus, legte sie auf das Bett und sah sie besorgt an.

»Joanna«, murmelte er und berührte vorsichtig ihr Gesicht. Sie schlug kurz die Augen auf, holte tief Luft und schlief auf der Stelle ein.

Hugh blieb bei ihr sitzen. Sie ist so schön, dachte er, aber sie ist so schmal geworden. Die Backenknochen unter der gespannten Haut traten spitz hervor.

Pauline erschien plötzlich in der offenen Tür. Sie blieb stehen und sah, wie Hugh sich besorgt über Joanna beugte. »Ist sie krank?« fragte Pauline.

Er hob den Kopf. »Pauline!« rief er überrascht. »Nein, aber völlig erschöpft. Sie muß unbedingt schlafen.«

»Colin MacGregor bittet darum, daß sie sofort nach Kilmarnock kommt. Christina ist äußerst krank.«

»Sag ihm, Joanna wird kommen, wenn sie sich etwas ausgeruht hat.«

Pauline sah, wie er sich wieder über Joanna beugte, wie er den Blick nicht von ihr wandte. Sie drehte sich auf dem Absatz um und fuhr davon.

Auf Kilmarnock ging sie in Christinas Schlafzimmer und sagte zu Colin: »Miss Drury wird etwas später kommen.«

»Warum kann sie nicht jetzt kommen?«

Pauline zögerte. Sie konnte nicht vergessen, wie Hugh an Joannas Bett gesessen hatte und sanft ihr Gesicht berührte. Deshalb erwiderte sie: »Sie muß sich um die kranken Farmarbeiter kümmern.« Sie staunte, wie mühelos die Lüge über ihre Lippen gekommen war.
Christina starb drei Stunden später und nahm das ungeborene Kind mit sich. Colin preßte schluchzend seine tote Frau an sich. Dem sechsjährigen Judd, der in der Ecke stand, wurde es klar: jetzt war das geschehen, was er schon immer befürchtet hatte – seine Mutter gehörte zu den Gespenstern im Arbeitszimmer seines Vaters.

6

Es klopfte an die Tür. Joanna erwachte. Es dauerte eine Weile, bis sie sich aus dem tiefen Schlaf gekämpft hatte. Als sie versuchte, sich aufzusetzen, stellte sie fest, wie schwach sie war. Benommen blickte sie sich um und stellte fest, daß es bereits spät am Nachmittag war. Sie versuchte, sich daran zu erinnern, wie sie ins Rindenhaus gekommen war. Dann fiel es ihr wieder ein: Sie war im Krankenzimmer ohnmächtig geworden.
Es klopfte erneut. Sie rief: »Wer ist da?«
»Eine Nachricht von Dr. Ramsey für Sie, Miss Drury«, hörte sie von draußen eine Stimme – es war einer der Farmarbeiter.
»Einen Moment bitte«, sagte sie. So schwach hatte sich sich noch nie in ihrem Leben gefühlt.
Als Joanna die Tür öffnete, gab ihr der Mann einen Brief. Ein Bote von Cameron Town habe ihn gerade gebracht, erklärte der Mann.
Die Nachricht kam von David Ramseys Vermieterin. Sie schrieb, der Arzt sei krank geworden und bitte sie zu kommen.
»Tom«, sagt Joanna zu dem Mann, »können Sie bitte den Wagen für mich anspannen? Ich muß sofort in die Stadt.«
»Mr. Westbrook ist mit dem Wagen unterwegs, Miss.«
»Dann soll mir jemand ein Pferd satteln. Wissen Sie, wo Sarah und Adam sind?«
»Der kleine Junge ist im Kochhaus und hilft Ping-Li. Das Mädchen hat gesagt, sie hat etwas zu erledigen.«
Joanna wusch sich schnell Hände und Gesicht und kämmte sich die

Haare. Danach fühlte sie sich etwas besser, wenn auch noch immer sehr matt. Was Sarah wohl ›erledigen‹ will? dachte sie und schrieb ein paar Zeilen, damit Sarah wußte, daß sie Ramsey besuchte. Sie ließ das Blatt auf dem Tisch liegen.

Dann machte sie sich auf den Weg. Als Joanna die Pension erreichte, in der Ramsey wohnte, fand sie ihn im Bett. Im Zimmer roch es nach Krankheit und Tod. Joanna warf einen Blick auf Ramseys Gesicht. Seine bläulichen Lippen und die seltsame Blässe verrieten ihr, daß er nicht an Typhus litt. Der Arzt hatte Gift genommen. Er erprobte die neue ›Therapie‹ an sich selbst. Auf dem Nachttisch standen Flaschen mit Jod und Karbolsäure.

Sie setzte sich auf den Bettrand und legte ihm ein feuchtes Tuch auf die Stirn.

Die Vermieterin stand händeringend in der Tür. »Ich wußte nicht, was ich tun sollte«, jammerte sie. »Er ist doch schließlich ein Arzt ...«

Ramsey schlug die Augen auf. Er sah Joanna an und lächelte schwach. »Ich hatte die Symptome ... an dem Tag, als ich Sie zum letzten Mal gesehen habe, Joanna«, sagte er langsam und unter großer Mühe. »Als ... ich Bill Lovells Perionitis diagnostizierte. Ich wußte, ich hatte Typhus.«

»Psst«, sagte sie, »sprechen Sie nicht. Ich werde Sie pflegen.«

Sein Kopf fiel zur Seite. »Nein, Joanna«, flüsterte er, »ich weiß, was ich getan habe. Ich wußte ... ich durfte nicht an anderen experimentieren. Ich mußte die Therapie zuerst an mir selbst ausprobieren.« Er deutete auf die Giftflaschen. »Ich ... wollte meinen Beitrag zur Medizin leisten. Ich wollte wie Jenner und Virchow sein. Aber ... das da geht nicht, Joanna. Ich habe mich damit selbst umgebracht. Es tut mir leid, daß ich ... versagt habe ...«

Er starb mit offenen Augen. Joanna schloß sie ihm sanft.

Sie ritt langsam auf der Landstraße nach Merinda zurück. Davids Gesicht stand ihr vor Augen. Sie fühlte sich in ihrem Innern wie abgestorben. So tot wie die Männer, die der Typhus vor ihrem Augen dahingerafft hatte. Die Dämmerung brach herein. Es würde bald dunkel sein. Aber Joanna bemerkte es nicht. Sie fühlte die Last all der Toten auf ihren Schultern. Was hatte sie mit dem zu tun, das hier geschah? Hatte der alte Ezekial doch recht? Wäre das Unheil nie über diese Gegend gekommen, wenn ich nicht hier geblieben wäre, fragte sie sich.

Ihr wurde schwindlig. Sie hatte seit mehr als einem Tag nichts mehr gegessen. Sie blickte angestrengt die dunkle Straße entlang und versuchte, sich zu orientieren. Wie weit lag Merinda noch entfernt? Sie wußte, die Straße führte zuerst nach Süden und bog dann nach Norden. Das bedeutete zusätzliche Meilen, denen sie sich nicht gewachsen fühlte. Sie blickte auf die Weiden zu ihrer Linken, die im letzten Dämmerlicht lagen, und überlegte, wie lange es noch hell sein würde.
Das Schwindelgefühl verstärkte sich. Sie fühlte sich schwach, und ihr verschwamm alles vor den Augen. Plötzlich fürchtete sie, wenn sie auf der Straße blieb, werde sie es vielleicht nicht bis Merinda schaffen. Die einzige Hoffnung, dachte sie, besteht darin, querfeldein über die Weiden direkt in Richtung Haus zu reiten.
Sie gab dem Pferd die Sporen und galoppierte über das trockene Gras. Die Schnelligkeit tat ihr gut. Die Bewegung belebte und erfrischte. Sie dachte wieder an David und begann zu weinen.
Schließlich sah sie die Lichter der Farm durch die Bäume schimmern. Sie trieb das Pferd noch mehr an.
Als Joanna sich für die Abkürzung entschieden hatte, vergaß sie den Fluß, der ihr im Weg lag. Vor dem Pferd tauchte plötzlich das Wasser auf, und es stieg. Joanna war nicht darauf gefaßt. Sie verlor den Halt und flog aus dem Sattel. Sie stieß einen Schrei aus und fiel zu Boden.

7

Adam hatte Angst. Er hatte Ping-Li im Kochhaus geholfen, weil Sarah ihn aufgefordert hatte, dort zu bleiben, während sie heimlich einen Besuch in dem Aborigines-Missionsdorf machen wollte. Sie hatte ihm auch gesagt, er solle nicht in das Rindenhaus, weil Joanna schlafe und nicht gestört werden dürfe. Aber als Ping-Li sich auf seine Pritsche im Kochhaus gelegt hatte und eingeschlafen war, ging Adam zum Rindenhaus. Er fand Joanna nicht – niemand war da. Er lief ins Schlafhaus, aber ein Mann hatte ihm gesagt, er dürfe nicht bleiben, weil hier die Kranken lagen. Jetzt wurde es dunkel, und er war allein.
Er wollte nicht allein sein. Er mußte wieder an damals denken, als er schon einmal allein gewesen war. Und er wollte nicht daran denken. Er

würde *unter keinen Umständen* daran denken. Er ließ diese Gedanken nicht zu, wenn sie sich ihm aufdrängten oder wenn Joanna und Sarah ihn aufforderten, darüber zu sprechen. Er wollte nicht daran denken und nicht darüber sprechen. Doch jetzt hatte er Angst, und es war genau wie damals. Er war von draußen gekommen und hatte Mama merkwürdig blaß im Bett gefunden. Er hatte versucht, sie aufzuwecken. Aber sie wachte nicht auf. Er hatte es immer und immer wieder versucht. Er hatte sie gerufen, immer lauter gerufen. Seine Angst hatte sich in Panik verwandelt, als er erkannte, daß sie eingeschlafen war und nie wieder aufwachen würde... Adam sah sich auf dem stillen Hof um. Waren Sarah und Joanna vielleicht unten am Fluß? Aber als er den Wald erreichte, fand er niemanden dort. Seine Angst wuchs. Er war noch nie in der Dunkelheit hier gewesen.
Dann sah er das Pferd auf der anderen Seite. Es war gesattelt, aber ohne Reiter. Er lief an einer schmalen, flachen Stelle über den Fluß, und als er eine Gestalt, eine Frau, auf der Erde liegen sah, war er wieder in dem Farmhaus und das Schreckliche ereignete sich von neuem. »Mama!« rief er außer sich und lief zu Joanna. »Mama, wach auf! Du darfst nicht schlafen! Mama, Mama!« Er zog an ihr, aber sie reagierte nicht.
Er versuchte zu denken. Er sollte Hilfe holen. Er sollte laufen und jemanden holen. Aber er fürchtete sich so sehr. Er warf sich auf den Boden und schlug den Kopf gegen die Erde. »Nein, nein, nein!« schrie er und fühlte sich hilflos und gepeinigt. »Mama! Wach auf!« Er schlug die Hände vor das Gesicht und begann zu schluchzen. Er war ein schlechter Junge. Er konnte Mama nicht wecken. Er konnte sich nicht bewegen, und er konnte keine Hilfe holen. Er blieb einfach sitzen und weinte.
Schließlich ließen die Tränen nach, und er sah Joanna wieder an. Ihre Augen waren geschlossen. Die Haare hatten sich gelöst.
Plötzlich begriff er: Das ist nicht Mama.
Er kniete neben ihr und sagte verwirrt:
»Joanna? Joanna, wach auf. Bitte, wach auf.« Er schüttelte ihre Schultern. »Wach doch auf, Joanna.«
Er erhob sich und sah sie an. Angst und Unsicherheit überfielen ihn. Er drehte sich um und sah die Lichter der Farm. Er warf wieder einen Blick auf Joanna. Er wollte sie nicht allein lassen. Er fürchtete sich davor, sie allein zu lassen. Aber wenn er keine Hilfe holte, dann würde sie vielleicht für immer schlafen – so wie Mama.

Er drehte sich um und lief los.
»Hilfe, Hilfe, Hilfe!« rief er, als er in den Hof rannte, »Hilfe! Joanna ist verletzt! Joanna ist verletzt!«
Er lief die Verandastufen hinauf, aber er fand niemanden in dem Rindenhaus. Er rannte zum Kochhaus. Ein Topf stand auf dem Ofen, aber den chinesischen Koch sah er nirgends. »Hilfe, Hilfe!« rief er und lief zum Schlafhaus. Er blieb an der mit einer Decke verhängten Tür stehen. Der scharfe Karbolgeruch stieg ihm in die Nase, und seine Augen schmerzten.
Er drehte sich um, lief aus dem Hof und über den Weg zur Straße.

8

Hugh war froh, Merinda bald erreicht zu haben. Er konnte sich nicht erinnern, schon einmal so müde gewesen zu sein. Sarah saß stumm an seiner Seite. Er hatte sie unterwegs getroffen und mitgenommen. Sie hatte gesagt, sie sei in dem Missionsdorf gewesen, um mit der alten Deereeree zu reden. Aber sie hatte erfahren, daß die alte Frau an Typhus gestorben war.
»Es gut mir leid, Sarah«, sagte Hugh, der das Ausmaß ihrer Trauer spürte. »Das mit Deereeree tut mir sehr leid.«
»Sie war alt«, sagte Sarah. Dann schwieg sie wieder, denn es war tabu, über die Toten zu reden. Sarah wußte, sie würde Deereerees Tod mit sich tragen und ihr ganzes Leben daran denken. Sie würde auch nicht vergessen, daß die Geheimnisse der alten Frau, ihre Gesänge und das Wissen der Ahnen mit ihr gestorben waren.
»Nanu«, sagte Hugh, »wer kommt denn da? Das ist ja Adam!«
Er zügelte das Pferd und sprang vom Wagen. »Was ist los, Adam? Was ist geschehen?«
»Joanna! Joanna ist verletzt!« rief Adam atemlos. »Dort unten! Dort am Fluß! Sie ist vom Pferd gefallen! Sie will nicht aufwachen!«
Hugh fuhr mit dem Wagen so schnell wie möglich über die Wiese. Als sie die Bäume erreichten, sprang er vom Kutschbock und lief den Rest des Wegs zu Fuß. »Joanna!« rief er. »Joanna!«
Zuerst sah er das grasende Pferd und dann Joanna. Sie richtete sich gerade auf und rieb sich den Kopf.

»Mein Gott, Joanna«, er kniete sich neben sie.
»Das Pferd hat mich abgeworfen ...«
»Mein Gott, Joanna«, murmelte er noch einmal.
Er nahm sie in die Arme und küßte sie. Dann drückte er sie fest an sich.
Sie legte ihm die Arme um den Hals, preßte sich an ihn und erwiderte seinen Kuß ebenso leidenschaftlich.
Er nahm ihr Gesicht in beide Hände und sah die Tränen.
»David ist tot, Hugh«, flüsterte sie. »Das ist alles ein schrecklicher Alptraum.«
Er half ihr aufzustehen. Sie umarmten sich wieder und blieben eng umschlungen stehen.
Dann kam Adam gelaufen und rief ängstlich: »Wie geht es dir, Joanna? Ich hatte solche Angst. Ich dachte, du würdest nicht mehr aufwachen ... wie Mama. Aber jetzt ist alles gut, nicht wahr? Ich habe Hilfe geholt, nicht wahr?«
»Ja, Adam«, sagte Joanna und lächelte. In Hughs Armen waren plötzlich ihre Schwäche und Müdigkeit verflogen. Sie fühlte seine Kraft und wollte ihn nie mehr loslassen. »Ja, Adam, du hast genau das Richtige getan.«

Kapitel Elf

1

Sarah sammelte ihre Steine, die Federn und die Armreifen aus Menschenhaar zusammen und ging damit wieder zum Fluß. Ihr Zauber hatte gewirkt. Die Typhusepidemie war vorüber. Im Distrikt waren viele gestorben, aber die Krankheit hatte Joanna, Adam und Hugh verschont.
Alle sagten, Mr. Shapiro habe den Typhus in das westliche Victoria eingeschleppt. Aber Sarah glaubte, daß auch der Gift-Gesang einen Anteil daran hatte. Sie glaubte es, denn *ihr* Gesang schien die Krankheit vertrieben zu haben. Jetzt mußten die Gegenstände des Rituals vergraben werden, denn sie besaßen große Macht. Sie besaßen ein Eigenleben, und man mußte ihnen die angemessene Achtung erweisen.
Während Sarah am Ufer des Sees mit den Händen den weichen Ton aushob, stimmte sie einen letzten Gesang an. Aber diesmal war es ein Liebes-Gesang.
Sarah hatte beobachtet, wie die Liebe zwischen Hugh und Joanna wuchs, und die Liebe, die sie für den kleinen Jungen empfanden, der so verletzt worden war und dessen seelische Wunde jetzt zu heilen begann. Aber Hugh würde heiraten, und Joanna hatte gesagt, sie müsse gehen. Sarah fand, es war falsch von Joanna, zu gehen. Sie gehörte hierher. Ihr Traumpfad hatte sie hierher gebracht.
Sarah benutzte einen sehr mächtigen Gesang. Sie hatte ihn vor langer Zeit von ihrer Mutter gelernt, bevor diese in die Wüste gegangen war und nicht mehr zurückkehrte. Sarah sang, um Hugh und Joanna zusammenzubringen.
Beim Singen bedeckte sie die Gegenstände sorgfältig mit Erde, damit man sie nicht finden würde. Dann lehnte sie sich zurück und spürte, daß

der alte Mann wieder zwischen den Bäumen stand. Er hielt einen Bumerang in den Händen. Diese Art Bumerang kauften die Weißen in der Mission und hängten sie als Schmuck an ihre Wände. Ezekial kam Sarah einen Augenblick wie ein Geist vor. Er trug wie immer Hemd und Hose, die er von der Mission erhalten hatte. Aber um den Kopf sah sie ein Stirnband aus Haar und an den nackten Armen die alten Stammesnarben, die man ihm vor langer, langer Zeit in die Haut geschnitten hatte.
Er kam durch die Bäume auf sie zu, denn jetzt war das Ritual vorbei, und es war nicht mehr tabu, sich ihr zu nähern. Sarah erhob sich und begrüßte ihn ehrerbietig. Sie sahen sich auf der vom Sonnenlicht gesprenkelten Lichtung lange an.
Sarah begann das Gespräch: »Hier wirkt ein starker Zauber, Alter Vater. Es ist der Zauber der Hüterin der Gesänge und der Zauber des Gift-Gesangs. Sie bekämpfen sich. Ich brauche deine Hilfe.«
Er blickte auf den Bumerang in seiner Hand. Er war zum Töten gedacht und nicht von der Art, die zurückkam. Er hatte ihn vor langer Zeit selbst geschnitzt und mit den magischen Symbolen seiner Jugend versehen. Während er sie jetzt betrachtete, überlegte er, was es wohl zu bedeuten hatte, daß er in den vergangenen Wochen mehr nachgedacht hatte als in seinem ganzen Leben. Er hatte gewartet und beobachtet, so wie er es Sarah angekündigt hatte, und seine Verwirrung wich noch immer nicht. Nichts war mehr einfach. In den alten Tagen wurde alles von Regeln bestimmt, etwa, wann eine Schwiegermutter zu ihrem Schwiegersohn sprechen durfte oder daß eine Mutter mit ihrem Sohn in der Zeit seiner Einweihung nur in einer bestimmten Weise sprach. Das Gesetz schrieb vor, wer am Lagerfeuer an welchem Platz saß, und wer Wasser holte. Und in jener Zeit, vor der Ankunft der Weißen, hatten alle das Gesetz gekannt. Sie achteten die Regeln. Die Welt war geordnet. Das Chaos war gebannt. Jetzt verlor das Gesetz seine Macht, die Menschen vergaßen die alte Ordnung, und die Alten wie Ezekial wußten keine Antworten mehr auf die vielen Fragen.
Ezekial hatte mit sich um eine Haltung gegenüber der weißen Frau auf Merinda gerungen. Er beobachtete sie, er fürchtete sie. Sie bedrückte und verwirrte ihn. Jetzt dachte er darüber nach, was Sarah über sie gesagt hatte. Er hatte gesehen, welche Macht Joanna besaß und ausübte. Sie rettete Menschen vor der Krankheit. Sie rettete sich und Hugh, den Ezekial achtete, bewunderte und als Freund ansah.

»Warum singst du einen Liebes-Gesang?« fragte er.
»Damit Joanna bleibt. Sie ist heute morgen gegangen. Hugh muß sie zurückholen.«
Ezekial hob die Augenbrauen und blickte zum Himmel hinauf. Liebes-Gesänge waren Frauenmagie. Davon verstand er nichts. Vielleicht bewirkten sie etwas, vielleicht auch nicht. Er dachte kurz darüber nach, dann drehte er sich um und ging durch die Bäume in Richtung Straße. Liebes-Gesänge mochten stark sein, aber die Alten wußten, daß ein Zauber manchmal menschliches Eingreifen brauchte, damit er wirkte.

2

Hugh und Pauline gingen zwischen den Grabsteinen hindurch und legten Blumen unter die vertrauten Namen: Bill Lovell, David Ramsey und zahllose andere wie Cameron, McClintock und Dunn. Pauline blieb vor einem Stein mit der kurzen Inschrift »›Baby‹ Hamilton – 22. Januar 1872« stehen. Louisa war vom Typhus verschont geblieben, aber die Anstrengungen hatten zu einer Frühgeburt geführt. Als Pauline ein paar Blumen auf das kleine Grab legte, fragte sie sich, ob Louisa von Dr. Ramsey das Geheimnis der Empfängnisverhütung vor seinem Tod erfahren hatte.
Pauline trug keine Trauerkleidung, wie so viele Frauen auf dem Friedhof, aber aus Rücksichtnahme auf andere ein graues, schwarz gesäumtes Kleid. Sie und ihr Bruder waren von der Epidemie zwar verschont worden, aber Frank, das wußte sie, hatte den Typhus in gewisser Hinsicht zu spüren bekommen: Miss Dearborn war verschwunden. Frank hatte tagelang vergeblich nach ihr gesucht und war zu dem Schluß gekommen, sie sei auch ein Opfer der Epidemie geworden. Inzwischen war er wieder in Melbourne. Er kümmerte sich um seine Zeitung und schob Arbeit, Zeit und räumliche Entfernung zwischen sich und die schmerzlichen Erinnerungen.
Während Pauline an Hughs Arm zwischen den Gräbern entlangging und die durchdringende Kraft der Februarsonne spürte, die sie wie eine Reinigung empfand, hing sie ihren Gedanken nach: Wir müssen jetzt in die Zukunft blicken. Wir müssen die Tragödie hinter uns lassen und uns

wieder dem Leben zuwenden. Aber über die Hochzeit, die in einem Monat sein sollte, hatten sie bis jetzt nicht mehr gesprochen.
Sie fächelte sich Luft zu. »Ach du meine Güte, ist es heiß heute. Ich hoffe, an der Hochzeit wird es nicht so heiß sein!«
»Pauline«, sagte Hugh.
Sie spürte, es war soweit. Schon seit Tagen hatte es sich angekündigt. Sie wollte es abwehren und daran hindern, Gestalt anzunehmen. »Verlassen wir diesen traurigen Ort, Liebling«, fügte sie schnell hinzu, »fahren wir in die Berge. Sie sehen so kühl und grün aus.«
»Pauline«, wiederholte Hugh, »wir müssen miteinander reden.«
Nun war es heraus, und sie mußte sich dem stellen, vor dem sie seit jenem Nachmittag davonlief, als sie nach Merinda gekommen war und Hugh im Rindenhaus bei Joanna angetroffen hatte.
»Sei nicht so ernst, Liebling«, sagte sie und lächelte ihn an. »Ich glaube, der traurige Friedhof hat dir die Laune verdorben. Komm, wir gehen in den Fox und Hounds Gasthof und trinken ein kaltes...«
»Pauline«, sagte er, »du weißt, ich bin dir gegenüber immer ehrlich gewesen. Und ich muß auch jetzt ehrlich zu dir sein. Es geht um Joanna Drury.«
»Bitte nicht«, sagte sie.
»Es wäre dir gegenüber nicht fair, unsere Ehe zu beginnen und dir die Wahrheit vorzuenthalten. Es wäre ehrlos und eine Schande angesichts der hohen Meinung, die ich von dir habe.«
Pauline erstarrte. »Du willst mir also sagen, daß du sie liebst.«
»Ja.«
Eisig richtete sie die blauen Augen auf ihn. »Und verstehe ich es richtig, daß du beabsichtigst, Adam auch weiterhin ihrer Fürsorge zu überlassen?«
»Nein. Das wäre uns allen gegenüber nicht fair. Joanna verläßt uns. Sie wird ihr eigenes Leben führen, so wie du und ich unser Leben führen müssen.«
»Warum mußt du mir dann etwas über deine Gefühle für sie sagen?«
»Weil es die Wahrheit ist, und weil du es ohnehin weißt. Ich kann nicht dein Mann werden in dem Bewußtsein, daß du und ich uns der Wahrheit nicht gestellt haben.«
Pauline preßte die Zähne zusammen. Dann sah sie ihn an und sagte: »Und was ist mit mir? Liebst du mich?«

Er wich ihrem Blick nicht aus – sie war so schön, so elegant. Aber er dachte an Joanna, daran, wie er sie geküßt hatte, und an die Leidenschaft, vor der sie beide so erschrocken waren. Er nahm Paulines Hände in seine und sagte: »Ich achte dich und ich bewundere dich, Pauline. Ich schätze dich über alles.«
»Aber du liebst mich nicht.«
»Ich mag dich sehr, Pauline.«
»Hugh!« sagte sie, »ich möchte, daß du mich liebst!«
Sie wandte sich von ihm ab. Warum war dieses kleine Geheimnis nicht unausgesprochen geblieben? Es wäre doch kein Schaden dadurch entstanden. Sie hätte weiterhin so tun können, als sei nichts gewesen, und vielleicht wäre es ihr mit der Zeit gelungen, zu glauben, daß er nur sie allein liebte. Vielleicht hätte er mit der Zeit nur sie geliebt.
Zorn stieg in ihr auf. Sie mußte wieder an Hugh und Joanna im Rindenhaus denken. Wie zärtlich er sie berührt, wie liebevoll er sie angesehen hatte. Pauline wollte Joanna zurufen: Geh! Du verdienst ihn nicht! Er steht dir nicht zu! Du hast ihn nicht schon mit vierzehn geliebt. Du hast ihm nicht als Sechzehnjährige die Arme um den Hals gelegt und ihn geküßt, als er den Großen Preis der Schafzüchter gewonnen hatte. Du hast nicht tagelang geweint, als du siebzehn warst, und man Hugh mit totenblassem Gesicht und blutigem Hemd nach einem Jagdunfall ins Haus brachte. Du hast nicht beim Pferderennen an der Bahn gestanden und voller Inbrunst darum gebetet, daß Hugh gewinnt. All das habe ich getan! Hugh gehört mir!
»Das hast du mir erzählt«, erklärte Pauline mit beherrschter Stimme, »weil du die Hochzeit absagen möchtest.«
»Nein, Pauline. Das ist nicht der Grund.«
»Aber das möchtest du, nicht wahr?«
»Nein. Außerdem geht es nicht darum, was ich will.«
»Mein Gott, Hugh, ich möchte keinen Märtyrer heiraten! Ich möchte nicht unter diesen Umständen deine Frau werden ... nicht nur deshalb, weil du ein ehrenhafter Mann bist!«
»Pauline«, sagte er, »ich werde dir ein guter Mann sein. Du wirst bei mir ein gutes Leben haben. Ich werde dir immer treu sein. Das verspreche ich dir.«
Pauline schloß die Augen und dachte: Aber du liebst mich nicht!
»Und wann werden Haß und Abneigung einsetzen?« fragte sie. »Wenn

der Pfarrer uns zu Mann und Frau erklärt hat, werde ich dich ansehen und mich fragen, in welchem Augenblick und unter welchen Umständen du mich hassen wirst, weil ich nicht Joanna bin.«

»Ich werde dich nie hassen, Pauline.«

»Dann werde ich dich langweilen, und das wäre noch schlimmer!«

Pauline dachte an ihre Liebe für diesen Mann und an ihr Vorgehen, mit dem sie ihn gewonnen hatte – das Picknick im Regen, ihr Antrag ... Sie dachte auch an den Feldzug, den sie gegen Joanna gestartet hatte, um alle gegen sie einzunehmen und sie zu vertreiben. Pauline warf einen Blick zurück und sah, wie kühl und logisch, mit welcher Entschlossenheit sie sich in das Rennen begeben hatte. Dann blickte sie auf Hugh und wußte, sie hatte seine Treue, seine Ehre und seine Zuneigung gewonnen und sogar seinen Namen, aber den Mann hatte sie nicht erobern können. Und das bedeutete, ihr Sieg war wertlos.

»Hugh«, sagte sie, »ich möchte, daß du mich willst. Du sollst mich heiraten, weil du mich haben willst ohne Einschränkungen, aus ganzem Herzen und aus Liebe. Du sollst mich nicht heiraten aus einem edlen Gefühl heraus, sondern weil du mich ebenso begehrst wie ich dich begehre.«

»Das kann ich im Augenblick nicht, Pauline.«

»Dann meine ich, wir sollten die Hochzeit absagen.«

Als er schwieg, drang der Dolch noch tiefer in ihr Herz.

Warum ist Liebe so kompliziert, fragte sie sich. Da gab es Colin MacGregor, der sich in seine Burg eingeschlossen hatte und um seine tote Frau trauerte. Und da war Frank, der außer sich vor Sehnsucht nach dieser Frau gesucht hatte, die Ivy hieß. Und jetzt ...

»Es ist nicht nur wegen Joanna«, sagte Pauline und begann instinktiv, sich zu schützen. »Es gibt andere Probleme. Das Haus ist noch nicht gebaut, und ich kann mir nicht vorstellen, in diesem Rindenhaus zu leben. Du möchtest nicht auf Lismore wohnen. Du möchtest auf Merinda sein, um die Arbeit dort zu überwachen. Und ich weiß inzwischen, so sehr ich es auch versucht habe, ich ... ich kann mich einfach nicht mit Adam anfreunden. Er mag mich nicht besonders, und ich möchte mich an diesem Zeitpunkt nicht mit einem Kind belasten, schon gar nicht mit dem Kind einer anderen Frau.«

»Wer ist jetzt edel?« fragte Hugh.

Sie klopfte mit dem Finger gegen ihr Kinn. »Erweise mir die Gunst, alles mit Würde und mit Anstand zu beenden, Hugh. Zumindest das sind wir uns schuldig.«

»Bist du dir sicher?«

Nein, wehrte sich ihr Herz, ich bin mir keineswegs sicher! Ich möchte, daß du mich in die Arme nimmst und mir sagst, daß du mich liebst, und daß du mich unter allen Umständen heiraten möchtest, ganz gleich, was ich sage. »Ja«, erwiderte sie und drehte ihm den Rücken zu, »das ist das Beste.«

Als er nach ihrer Hand griff, sagte sie: »Bitte Hugh, wenn du jetzt nicht gehst, dann wird es kein würdevolles Ende, sondern eine Szene geben, die wir später bedauern.«

»Ich bringe dich nach Hause.«

»Ich gehe lieber zu Fuß. Es ist nicht weit, und ich muß über vieles nachdenken. Vorbereitungen müssen abgesagt, Erklärungen müssen gefunden werden ...«

Sie zog den Verlobungsring vom Finger und wollte ihn Hugh zurückgeben, aber er sagte: »Bitte behalte ihn, Pauline. Wir bleiben doch Freunde.«

Tränen glitzerten in ihren Augen, als sie davonging. Sie erkannte die Ungeheuerlichkeit ihres Verlusts und sah alles, was ihr nie gehören würde: das Gefühl von Hughs Körper neben ihr, der mit ihr schlief, dem sie ihr erstes Kind in den Arm legte. Pauline sah zwei Möglichkeiten vor sich – die eine hätte ihre Zukunft sein können, aber sie gehörte jetzt Joanna Drury und die andere, das mochte jetzt ihre Zukunft sein – eine Zukunft langer, leerer Jahre voller Einsamkeit und Bedauern, in denen sie eine harte verbitterte Frau wurde, die jeden Mann mit Hugh Westbrook verglich und mit dem sich keiner messen konnte. Sie sah die Zukunft einer Frau vor sich, die wie die ›arme Miss Flora‹ sein würde, die ihre Freundinnen bedauerten, weil sie ›keinen gefunden hatte‹.

Aber das würde nicht Paulines Zukunft sein, denn es gab eine dritte Alternative. Und während sie sich in ihrer Vorstellung zu bilden begann, verwandelte sich die Trauer in einen neuen Entschluß. Sie richtete den Blick nach Osten, nach Kilmarnock. Und sie dachte an den gutaussehenden Colin MacGregor, der in seiner Burg den Verlust seiner Frau Christina betrauerte.

3

›Mein lieber Mr. Westbrook‹, schrieb Joanna, ›wenn Sie diesen Brief erhalten, bin ich schon auf dem Weg nach Melbourne.‹

Sie machte eine Pause und blickte auf die Postkutsche, die zur Abfahrt bereitgemacht wurde. Sie saß mit anderen Fahrgästen vor dem Fox und Hounds Gasthof und wartete darauf, die Kutsche zu besteigen. Das Gepäck wurde auf dem Dach verzurrt. Joannas Koffer war als erster hinaufgehoben worden.

Sie schrieb weiter: ›Da wir beide wissen, daß ich nicht auf Merinda bleiben kann, wenn Sie verheiratet sind, habe ich beschlossen, jetzt zu fahren und uns einen schwierigen Abschied zu ersparen. Auf Sie wartet ein neues Leben, und ich muß dem Ziel meiner Reise nach Australien näher kommen. Vielleicht war ich nicht für die Ereignisse auf Merinda verantwortlich – für den Tod der vielen guten Menschen –, aber ich weiß, ich befinde mich unter dem Einfluß von Kräften, denen ich nicht gewachsen bin. Ich habe meiner Mutter versprochen, und ich schulde es meinen künftigen Kindern, daß ich herausfinde, was auf unserer Familie lastet, und ich muß versuchen, mich von dieser Last zu befreien.‹

Sie machte wieder eine Pause und dachte an Hugh – wie er sie am Fluß in die Arme genommen hatte, wie das Leben plötzlich durch ihren Körper geströmt war. Wie stark hatte sie sich in diesem Augenblick gefühlt, erfaßt von der Hitze seines Körpers, von dem ersten Kuß, den Küssen später . . .

Dann dachte sie: Ich bin nicht hierhergekommen, um mich zu verlieben und um Wurzeln zu schlagen, sondern um mein Erbe zu finden, um Karra Karra zu finden. Ich will die Dämonen befrieden, die die Frauen der Drurys mit ihrem Zorn verfolgen.

Joanna versuchte, sich klarzumachen, was sie als nächstes tun mußte. Fünf Monate der Suche hatten sie Karra Karra oder dem Geheimnis der Aufzeichnungen ihres Großvaters nicht näher gebracht. Mr. Asquith, der zum Leiter des Amts für Angelegenheiten der Aborigines ernannt worden war, hatte geantwortet. Joanna hatte gehofft, er wisse etwas über die Einheimischen und könne ihr Informationen geben. Aber wie sich herausstellte, war Mr. Asquith ein Bankier, der seine Stellung aus politischen Gründen erhielt. Er hatte noch nie eine Aborigines-Mission oder eines ihrer Dörfer besucht. Das Grundbuchamt in Melbourne konnte ihr ebenfalls nicht helfen. Die Grundstücksurkunde enthalte nicht genug Einzelheiten, hatte man ihr mitgeteilt, um das Land ausfindig zu machen. Von Patrick Lathrop in Amerika, der ihren Großvater einst gut kannte, hatte sie bisher nichts gehört.

Joanna mußte wieder von vorne anfangen und nach neuen Anhaltspunkten, nach neuen Hinweisen suchen, die sie auf die richtige Spur bringen würden.

Sie setzte den Brief fort: ›Mr. Westbrook, ich verlasse Merinda sehr, sehr traurig. Aber es gibt keinen Grund mehr für meine Anwesenheit, denn Adam befindet sich auf dem Weg der Besserung. An jenem Abend, als Sie mich am Fluß fanden, konnten Sie Adam erklären, daß er nicht für den Tod seiner Mutter verantwortlich ist, und daß er sie nicht hätte retten können. Von diesem Augenblick an setzte bei ihm die Heilung ein. Sarah – und Sie und Miss Downs – werden ihm helfen, alles Restliche noch zu überwinden.

Ich werde die Zeit auf Merinda nie vergessen. Auch Sie werde ich bestimmt nicht vergessen. Ich wünsche Ihnen für Ihr ganzes Leben Gesundheit und Glück.‹

»So, Miss«, sagte der Kutscher, »wir können losfahren.«

Joanna verschloß den Umschlag und warf den Brief in den Kasten. Dann nahm sie mit den anderen Fahrgästen in der Kutsche Platz. Die Leute winkten zum Abschied, die Kutscher ergriffen die Zügel, und der Wagen setzte sich in Bewegung.

Während die anderen Mitreisenden sich gegenseitig vorstellten, über die Hitze klagten und beteuerten, welch ein Segen es sei, daß die Typhusepidemie endlich überwunden war, blickte Joanna aus dem Fenster und verabschiedete sich stumm von der vertrauten Landschaft, die sie vielleicht nie wiedersehen würde. Sie überlegte: Vielleicht komme ich irgendwann einmal zurück und werde sehen, wie sich Adam entwickelt hat und was aus Sarah geworden ist – und aus Hugh.

Die Kutsche blieb plötzlich stehen. Draußen hörte man Stimmen, und einer der Fahrgäste sagte: »Jemand, der zu spät gekommen ist.« Eine ältere Frau stöhnte: »Aber es ist doch kein Platz mehr frei.«

Die Tür wurde aufgerissen, und Joanna sah Hugh draußen stehen. Er war völlig außer sich. »Ich bin Ezekial auf der Straße begegnet. Er hat mir gesagt, daß Sie gegangen sind, Joanna. Ohne sich zu verabschieden.«

»Was ist los, Mann?« rief der Kutscher. »Wir müssen weiter!«
»Ich dachte, es wäre so das Beste«, erwiderte Joanna, »und Ihnen lieber.«
»Mein Gott, ohne Ezekial hätte ich Sie verpaßt! Joanna, steigen Sie aus. Sie können nicht gehen!« Zum Kutscher sagte er: »Holen Sie bitte den Koffer von Miss Drury wieder herunter. Es ist ein Mißverständnis.«
»Aber Mr. Westbrook ...«, widersprach Joanna, »Hugh ...«
»Ich laß dich nicht gehen, Joanna«, rief er. »So nicht. Ich möchte, daß du mich heiratest. Ich liebe dich.«
Sie spürte die Augen der Fahrgäste auf sich gerichtet. »Ich verstehe nicht«, stammelte sie, »Miss Downs ...«
Er reichte ihr die Hand. »Komm mit mir nach Merinda zurück, Joanna. Bitte!«
»Aber wir waren uns doch einig... Ich meine, alle diese Probleme ...«
»Joanna, sei vernünftig. Was es auch sein mag, wir werden es in Ordnung bringen. Ich liebe dich, Joanna. Ich liebe dich, und ich kann ohne dich nicht leben. Ich brauche dich. Und Adam braucht dich.«
»Sie halten hier alle auf, Miss«, sagte der Kutscher. »Entweder Sie fahren mit uns, oder nicht. Aber entscheiden Sie sich. Ich muß mich an meinen Fahrplan halten.«
Joanna sah Hughs ausgestreckte Hand und sein vertrautes Gesicht. Sie ergriff die Hand und stieg aus dem Wagen.
Sie wollte etwas sagen, aber er nahm sie in die Arme. Sie umarmte ihn und erwiderte seinen Kuß.

Teil Zwei

1873

Kapitel Zwölf

1

Ein Fremder ging durch den Wald. Sarah folgte ihm unauffällig am Flußufer entlang. Wenn er stehenblieb, blieb sie auch stehen; wenn er weiterging, folgte sie ihm wie ein Schatten. Sie hatte den Mann noch nie gesehen.

Sarah wollte zum See, um für Joanna Löwenzahnwurzeln zu sammeln. Plötzlich sah sie den Mann am Fluß – er war merkwürdig gekleidet. Er trug eine Wildlederhose und ein weißes Leinenhemd mit weiten Ärmeln. Er trug keine Jacke, keine Krawatte und keinen Hut. Sarah staunte über seine hellbraunen Haare, die beinahe so lang waren wie ihre. Im Nacken hatte er sie zu einem Pferdeschwanz zusammengebunden. Er hielt ein großes, dünnes Buch in den Händen, blieb immer wieder stehen und machte Eintragungen darin. Sarah sah, daß er lange schmale Hände hatte. Es muß ein Gentleman sein, dachte sie.

Er betrachtete gerade eingehend einen Baum und blickte mit zusammengekniffenen Augen durch die verzweigten Äste zum Himmel hinauf. Dann schrieb er etwas in das Buch. Sarah bemerkte am rechten Handgelenk ein metallisches Blinken.

Ihr Körper war angespannt. Der Mann gehörte nicht hierher. Dieser Platz hatte für Frauen – für Joanna und sie – eine besondere Bedeutung. Sie bauten hier Kräuter an. Hier sprachen sie miteinander, lernten voneinander und tauschten Frauengeheimnisse aus. Joanna erzählte Sarah von der großen weiten Welt, von Schiffen, die über endlose Meere segelten, von Soldaten, die korrekt und förmlich mit elegant gekleideten jungen Damen tanzten. Sarah berichtete Joanna vom Glauben ihrer Ahnen, und wie sie die Welt erschaffen hatten.

Sarah betrachtete diesen Ort als ihren Einweihungsplatz. Reverend Simms hatte diese Zeremonie der Alten in der Mission unterbunden. Deshalb kannte sie nicht alle Geheimnisse. Aber jetzt lernte sie andere Geheimnisse des Lebens, und sie waren ebenso heilig. »Wenn du dieses Samenkorn in die Erde legst«, hatte ihr Joanna erklärt, »wenn du ihm Wasser gibst, für Licht und Sonne sorgst und es mit Liebe pflegst, dann wird es wachsen und sich entwickeln wie ein Mensch.« Sarahs Leute hatten nie Samenkörner in die Erde gelegt; sie hatten keine Pflanzen wachsen lassen. Das war ein Zauber – ein guter Zauber.

Und jetzt lief an diesem Märztag, an dem der Sommer langsam dem Herbst wich, ein Fremder über diesen Boden. Sarah war unruhig. Sie konnte ihre Gefühle nicht einordnen. Vielleicht lag es an diesem Mann.

Vielleicht bringt er einen bösen Zauber hierher, dachte sie. Vielleicht schadet er dem Traumpfad der Känguruh-Ahne. Der Mann kam inzwischen den heiligen Felsen bedenklich nahe. Sarah wußte, sie würde ihn unbedingt aufhalten müssen.

Sie sah, wie er am See vorbeilief. Sein großer, schlanker Körper spiegelte sich kurz als dunkle Silhouette im schimmernden Wasser. Und jetzt ging er auf die Felsen zu. Sarah folgte ihm lautlos, ohne ihn aus den Augen zu lassen. Als er vor den alten Steinen nachdenklich stehenblieb, blieb auch sie stehen.

Dann kniete er vor den heiligen Steinen nieder. Er streckte die Hand aus, um sie zu berühren. Sarah stieß einen Schrei aus.

2

Als Joanna auf das Bild der Regenbogenschlange blickte, lief ihr ein kalter Schauer über den Rücken. Die Schlange sah genau so aus, wie ihre Mutter sie im Tagebuch beschrieben hatte – es war die riesige Schlange, die sie in den Träumen verfolgte. Es verwirrte Joanna, ein so erschrekkendes und groteskes Wesen anzusehen und dabei eine unbestimmte Vertrautheit zu empfinden. Das eine funkelnde Auge der Schlange schien sie spöttisch und herausfordernd anzublicken.

»Ich weiß, daß Sie sich für die Aborigines interessieren, Mrs. Westbrook«, sagte Mr. Talbot, der Besitzer der Buchhandlung. »Und wenn ich auf etwas stoße, das Ihnen gefallen könnte, dann lege ich es für Sie beiseite. Wissen Sie, das hier ist ein seltenes Buch, und ich glaube, es ist äußerst faszinierend.«

Joanna las den Titel: *Mein Leben bei den Aborigines* von Sir Finlay Cobb. Es war 1827 geschrieben worden – also vierzig Jahre nachdem die ersten Weißen in Australien an Land gegangen waren, und nur drei Jahre bevor Joannas Großeltern in Australien landeten. »Ja, Mr. Talbot«, sagte Joanna und betrachtete das beängstigende Bild der Regenbogenschlange, »es scheint wirklich sehr interessant zu sein.«

Sie konnte den Blick nicht von dem unheimlichen Schlangenauge wenden. Plötzlich fiel ihr wieder ein, daß das Auge einer Schlange in den Träumen ihrer Mutter eine große Rolle gespielt hatte – nicht nur in den Alpträumen, sondern erstaunlicherweise auch in den Erinnerungs-Träumen. ›Ich sehe, wie meine Mutter aus einer Höhle tritt‹, hatte Lady Emily geschrieben. ›Ihr folgt eine riesige Schlange. Sie hat nur ein Auge. Und dieses eine Auge macht mir Angst. Seltsamerweise hat die Frau, die mich auf den Armen hält, keine Angst. Auch die anderen dunkelhäutigen Menschen um mich herum scheinen froh und glücklich zu sein.‹

»Mrs. Westbrook?« fragte Mr. Talbot. »Möchten Sie das Buch kaufen?«

»Ja«, sagte sie, gab ihm das Buch und griff nach der Geldbörse. Dabei legte sie die andere Hand auf ihren Leib und dachte an das neue Leben darin. Sie würde ein Kind bekommen. Ihre Freude war unermeßlich, aber die Furcht vor dem Erbe ihrer Mutter lag wie ein bedrohlicher Schatten auf ihr.

Eineinhalb Jahre waren vergangen, seit die *Estella* in eine Flaute geriet, und Joanna schließlich den Hafen von Melbourne erreicht hatte. Joanna und Hugh waren seit einem Jahr verheiratet, und Merinda entwickelte sich gut. Joanna war noch immer entschlossen, dem Geheimnis der Vergangenheit ihrer Familie auf die Spur zu kommen und das Stück Land zu finden, das ihre Großeltern gekauft hatten. Aber bisher hatte sie nur wenig in Erfahrung bringen können. Leser antworteten zwar auf die Berichte, die Frank Downs in der *Times* mit der Bitte um Auskünfte veröffentlichte, aber es stellte sich jedesmal heraus, daß etwas nicht stimmte – die Zeitangaben, die Beschreibung der Großeltern; es trafen unglaubwürdige Informationen ein, und manche Leute wollten ihr Wissen sogar verkaufen. Die Gesellschaft für Stenographie in London hatte nicht geantwortet. Deshalb bezweifelte Joanna, daß von dieser Seite mit Hilfe zu rechnen sei. Auch ein Besuch bei Farrell and Sons, den Kartographen in Melbourne, hatte keine neuen Erkenntnisse über die in der Urkunde erwähnten Orte erbracht. Die Grundbuchämter der Kolonialbehörden hatten Joannas Anfragen alle in der gleichen Weise beantwortet: Sie brauchten genauere Angaben.

Aber Joanna wußte sehr genau, sie durfte nicht aufgeben – besonders jetzt nicht, da sie ein Kind erwartete.

Vielleicht werden meine Bemühungen am Ende doch belohnt werden, dachte sie und trieb das Pferd zur Eile an, denn sie wollte nach Hause zurück und zu Hugh. Das gekaufte Buch lag zusammen mit der Post – darunter ein Brief von Patrick Lathrop aus San Francisco – in ihrem Einkaufskorb. Joanna hätte das Pferd am liebsten galoppieren lassen, denn sie wollte Hugh mit der guten Nachricht überraschen. Es schmerzte sie beinahe körperlich, von ihm getrennt zu sein, denn in seiner Nähe fühlte sie ein so tiefes Gefühl der Verbundenheit. Sie wollte ihm auch den Brief von Lathrop zeigen und das Versprechen, das er barg: Vielleicht war ihre Suche zu Ende. ›Ich glaube, Sie kannten meinen Großvater‹, hatte Joanna in den Briefen geschrieben, die sie Lathrop im Laufe der vergangenen Monate schickte. Sie hatte die Hoffnung nicht aufgegeben, daß dieser Mann noch lebte, und daß einer ihrer Briefe ihn erreichen würde. Die Briefe kamen auch nie zurück. Und nun hatte er endlich geantwortet.

Sie fuhr mit dem Wagen auf den Hof und sah sich erwartungsvoll um. Adam half Matthew im Stall. Er war jetzt sechs und wollte unbedingt bei allem, was auf der Farm geschah, dabeisein. Als Joanna weder Hugh noch Sarah sah, ging sie in das Rindenhaus.

Immer wieder hatte es im vergangenen Jahr unerwartete Gründe gegeben, den Bau eines neuen Hauses unten am Fluß zu verschieben. Deshalb wohnten sie noch in dem Rindenhaus. Aber Hugh hatte Zimmer angebaut, um es wohnlicher zu machen. Die Wände waren verputzt worden, und sie hatten Möbel gekauft. Joanna wollte so schnell wie möglich mit ihrer Familie von dem Schmutz, den Fliegen und dem Gestank auf dem Hof weg und hinunter an den Fluß mit seiner sauberen, frischen und gesunden Luft ziehen. Der Umzug sollte bald stattfinden. Hugh hatte seine zehntausend Schafe inspiziert und erklärt, im nächsten

November müßten sie ihren besten Wollertrag und eine große Lanolinproduktion haben. Dann wollten sie ein schönes neues Haus unten am Fluß bauen.
Joanna stellte den Korb ab und nahm das Buch heraus. Sie las den Untertitel: ›Der wahre und ausführliche Bericht eines Weißen über seinen Aufenthalt bei den Wilden von Australien.‹ Bei dem Gedanken, was in diesem Buch berichtet werden mochte, zitterte sie. Vielleicht erwähnte der Autor den roten Berg, der in den Träumen ihrer Mutter immer wieder auftauchte. Vielleicht beschrieb er auch das Ritual der Anbetung der Regenbogenschlange oder erklärte die Gift-Gesänge und nannte die genauen Gründe dafür, weshalb sie gesungen wurden. Joanna glaubte inzwischen, daß entweder ihr Großvater oder ihre Großmutter oder auch beide gegen ein Tabu verstoßen hatten, und daß sie deshalb bestraft worden waren.
Sie schob Lathrops Brief in ihre Rocktasche und ging hinaus, um Adam zu rufen. Danach wollte sie sich auf die Suche nach Hugh machen.

3

Der Mann hob den Kopf und sah das Mädchen, halb im Schatten, halb im Sonnenlicht. Sie war braun, stumm und stand so still wie die Bäume um sie herum.
»Guten Tag«, meinte er lächelnd, aber Sarah blickte ihn nur schweigend an.
Er stand auf und klopfte sich den Staub vom Knie. »Das ist ein schöner Platz«, sagte er, »wohnst du hier?«
Sarah musterte ihn, ohne zu antworten.
»Hast du diesen Garten angelegt?« fragte er.
Inmitten der einheimischen Gewächse am See – kriechender, gelber Hahnenfuß, blaue Glockenblumen, Casuarinen und Baumfarne – hatten Joanna und Sarah exotische Pflanzen gesetzt: Dill, Cayenne und Rosmarin, die nach Joannas Aussagen Heilkräfte besaßen. Etwas weiter oben am Fluß, wo ein kleiner Wasserfall inmitten von sonnenerhitzten Steinen für die notwendige Feuchtigkeit sorgte, pflanzten sie auch den seltenen Ingwer an. Der Ingwer stand nicht weit von den heiligen Felsen

entfernt, und Sarah konnte den betäubenden Duft der späten Blüten riechen.
Sie sah, daß der Mann ein schönes Armband aus schwerem Silber mit Türkisen trug. Sie hatte noch nie einen Mann gesehen, der Schmuck trug.
Er ging in die Hocke und betrachtete eine Pflanze. »Gelbwurz«, murmelte er, »die Indianer in Amerika heilen damit Magenbeschwerden.« Er blickte über die Beete. »Das sieht nach einem Garten mit Heilkräutern aus. Bist du eine Medizinfrau?«
Sarahs Blick schweifte über seinen Kopf hinweg, und er drehte sich um und blickte in Richtung der Farm. »Der Besitzer des Gartens wohnt dort?« fragte er und lächelte. »Jetzt weiß ich zumindest, daß du verstehst, was ich sage.« Dann fügte er hinzu: »Ich heiße Philip McNeal« und streckte die Hand aus, aber Sarah rührte sich nicht von der Stelle.
Er sah ihre tiefliegenden Augen, die langen, rötlichbraunen, seidigen Haare, die nackten Füße und das Kleid, das ganz bestimmt einer anderen Frau gehört hatte und abgeändert worden war, damit es ihr paßte. Sie schien sich nicht vor ihm zu fürchten. Sie wirkte auch nicht scheu, aber irgendwie mißtrauisch und wachsam. Eine Wilde, dachte er, die offenbar jemand zu zähmen versucht.
Als er einen Schritt auf die moosbedeckte Felsplatte zumachte, richtete Sarah sich alarmiert auf.
»Du möchtest wohl nicht, daß ich dorthin gehe?« fragte er. »Das ist sicher ein heiliger Ort, nicht wahr? Ich weiß wenig darüber, aber ich habe große Achtung vor heiligen Orten.«
Er sah, daß trotz der Vorsicht ein Funken Interesse in ihren Augen aufleuchtete. »Du erinnerst mich an eine junge Frau, die ich einmal kannte«, sagte er, »an eine Navajo, eine amerikanische Indianerin. Ich war verletzt, und sie hat mich gepflegt. Ihr Name bedeutete in unserer Sprache ›Blütenstaub im Wind‹. Ich habe versucht, die Zeichen auf diesen Steinen zu entziffern. Weißt du, was sie bedeuten? Blütenstaub im Wind lebte in der Nähe eines Canyons. Dort gab es ähnliche Steine mit Zeichnungen. Die Indianer sagten, dort hätten einst die Anasazi gewohnt, die ›Fremden‹. Sie hinterließen auf den Steinen Zeichen wie diese hier.«
Er bewegte den Arm und bemerkte, wie ihre Augen sich auf sein Handgelenk richteten.

»Wie ich sehe, gefällt dir mein Armreif«, sagte er, nahm ihn ab und zeigte ihn Sarah. »Er stammt von den Indianern. Komm«, forderte er sie auf, »sieh ihn dir näher an.«
Sarah wich plötzlich zurück. »*Tjuringa*«, sagte sie.
»Aha, du *kannst* also sprechen. Ich weiß nicht, was ein ... *Tjuringa* ist. Ich trage den Reif, weil er mich an einen besonderen Menschen erinnert. Er erzählt eine Geschichte ... siehst du? Oben ist ein Regenbogen und unten eine Schlange. Die Schlange war das Totem von Blütenstaub im Wind.«
Sarah bekam große Augen.
»Sag mir, was für ein Ort das hier ist«, bat er sie. »Ich würde es wirklich gerne wissen.«
Sarah drehte den Kopf in Richtung Fluß und blickte über die fahle braune Erde, die im spätsommerlichen Licht leuchtete.
»Ich stelle dir Fragen, die ich nicht stellen dürfte, nicht wahr?« fuhr McNeal fort und schob den Armreif wieder über das Handgelenk. »Blütenstaub im Wind verhielt sich ähnlich wie du. Ihr Stamm hatte viele Jahre gegen die weißen Soldaten gekämpft. Schließlich mußten sie durch die Wüste ziehen und an einem Ort leben, der nicht das Land ihrer Vorfahren war. Blütenstaub im Wind hat mir anfangs auch nicht vertraut, aber später tat sie es. Meine Regierung war der Ansicht, daß die Indianer lernen sollten, in richtigen Häusern zu leben. Ich bin ein Architekt. Und das war meine Aufgabe bei den Indianern – ich sollte ihnen zeigen, wie man Häuser baut wie die Weißen.«
Sarah blickte den Mann wieder an. Sie fand ihn schön trotz der etwas krummen Nase – offenbar mußte er sie sich irgendwann einmal gebrochen haben. Seine Stimme klang daher etwas nasal, und er sprach über Dinge, die sie noch nie aus dem Mund eines Weißen gehört hatte – über Totems, Indianerstämme, heilige Orte und Regenbogenschlangen.
»Sarah«, sagte sie leise.
Er zog die Augenbrauen hoch. »Ist das dein Name? Sarah? Das ist ein sehr schöner Name. Ich weiß, wenn du hier lebst, dann werden wir Freunde. Ich habe den Auftrag, hier ein Haus zu bauen.«
Unsicherheit zeigte sich auf Sarahs Gesicht, aber ehe er noch etwas sagen konnte, hörten sie Schritte. Er drehte sich um und sah eine junge Frau kommen. Sie hatte einen kleinen Jungen an der Hand.

»Guten Tag«, grüßte die Frau. »Sie müssen Mr. McNeal sein. Freut mich, Sie kennenzulernen. Ich bin Joanna Westbrook.« Sie reichten sich die Hände, und McNeal stellte fest, daß Hugh Westbrooks Frau jünger war, als er erwartet hatte. Sie war vermutlich ein paar Jahre jünger als er selbst und sie war sehr schön. Sie hatte große, klare bernsteinfarbene Augen, und die hochgesteckten dichten braunen Haare enthüllten leuchtendblaue Ohrringe. Sie trug ein blaßgrünes Kleid mit einer Brosche am Hals.

»Wie ich sehe, haben Sie sich mit Sarah schon bekannt gemacht«, sagte Joanna.

»Ja«, erwiderte McNeal, »sie möchte offenbar nicht, daß ich hier bin.«

»Dieser Ort ist für die Aborigines etwas Besonderes, Mr. McNeal. Sarah lebt bei uns auf Merinda.«

»Sarah ist meine Freundin«, erklärte Adam, und McNeal lachte. Er lächelte den Jungen an und sagte: »Da kannst du aber froh sein.«

»Das ist Adam«, sagte Joanna. Adam sah McNeal staunend an. »Warum hast du so lange Haare?« fragte er.

McNeal antwortete lachend: »Als ich bei den Indianern in Amerika lebte, habe ich gelernt, meine Haare so zu tragen. Ich habe viel von ihnen gelernt.« Nach einem Blick auf Sarah fragte er: »Warum sind diese Felsen für Sarah heilig, Mrs. Westbrook?«

»Die Aborigines glauben, die Känguruh-Ahne ist in der Traumzeit an diesen Ort gekommen und hat ihn ins Leben gesungen, das heißt, erschaffen. Ihr Geist ist noch immer hier. Deshalb darf niemand außer Angehörigen der Känguruh-Sippe hier sein.«

»Die Aborigines sind noch sehr mit dem geistigen Wesen der Natur verbunden«, erwiderte McNeal mit einem bewundernden Blick auf die schweigende Sarah.

Dann deutete er auf die Lichtung und die alten Eukalyptusbäume, deren Blätter sich im schimmernden Wasser spiegelten. »Ihr Mann hat mir gesagt, daß er das Haus hier bauen möchte. Was würde geschehen, wenn ich das tue?«

»Wie meinen Sie das?«

»Würde es Schwierigkeiten geben? Ich meine, kämpfen die Aborigines, wenn ihre heiligen Stätten entweiht werden?«

Joanna mußte daran denken, was Farrel, der Kartograph, gesagt hatte: ›Der Name Karra Karra kann schon vor vielen Jahren geändert worden sein. Heute heißt der Platz vielleicht Johnson's Creek oder New Dover. Sie können dort sein und werden nicht erfahren, daß es der Ort ist, den Sie suchen.‹

»Wie man mir erzählt, haben sie sich gewehrt«, erwiderte Joanna, »aber das ist schon viele Jahre her. Die Ureinwohner waren den Waffen und Pferden der Europäer unterlegen.«

»Dort, wo ich herkomme, finden jetzt noch Kämpfe statt. Stämme wie die Sioux, die Navajos und die Apachen kämpften gegen die Soldaten der Weißen. Sie kämpfen um ihr Land. Es kommt zu blutigen Schlachten mit großen Verlusten auf beiden Seiten.«

»Ja«, sagte Joanna, »wir haben davon gehört.«

Mcneal blickte auf Sarah und dann zu Joanna. »Was würde nach Meinung der Aborigines geschehen, wenn wir hier ein Haus bauen?«

»Diese Stelle liegt offenbar einem Traumpfad. Und die Aborigines glauben, wenn man sie ändert, dann ändert man die Schöpfung. Wenn man einen heiligen Platz entweiht, verletzt man ein Tabu. Die erschaffene Welt zerfällt dadurch und ist nicht mehr vorhanden. Man vernichtet damit die Welt.«

»Die Welt vernichten...«, wiederholte McNeal und dachte an seinen Abschied von Blütenstaub im Wind und ihrem Stamm. An diesem Tag hatte er gewußt, er würde sie und ihre Welt nie wiedersehen.

»Tritt der Fluß hin und wieder über die Ufer, Mrs. Westbrook?« fragte er und überlegte, ob er nicht einen anderen Bauplatz finden könnte.

»Ich weiß nicht. Wir müssen meinen Mann fragen. Ich bin erst seit eineinhalb Jahren in Australien.«

»Darf ich fragen, weshalb Sie hierhergekommen sind? sagte er und überlegte, welche Beziehung zwischen dieser erstaunlichen jungen Frau, dem Kind und dem halbwilden Mädchen bestehen mochte.

»Meine Mutter ist vor zwei Jahren gestorben«, erwiderte Joanna, »in Indien. Sie starb an einem rätselhaften Leiden.« Joanna schwieg und dachte an den Gift-Gesang. »Sie glaubte, dieses Leiden werde auch mich nicht verschonen. Ich bin hierhergekommen, um die Ursache zu ergründen und um Heilung zu finden.«

»Haben Sie deshalb diesen Garten mit Heilpflanzen angelegt?«

»Diese Kräuter heilen den Körper, Mr. McNeal. Die Heilung, die ich suche, ist leider schwieriger. Zum Teil hat es etwas mit einem Ort zu tun.«

»Ein Ort?«
»Er heißt Karra Karra – zumindest glaube ich das. Meine Mutter war der Ansicht, dieser Ort sei der Schlüssel für alles. Aber ich habe ihn noch nicht gefunden.«
»Ist es ein heiliger Ort?«
»Das weiß ich nicht. Möglicherweise schon.«
»Warum ist es so schwer, ihn zu finden?«
Joanna dachte an den Mann, den sie im vergangenen Jahr in Melbourne kennengelernt hatte, einen Wissenschaftler aus England. Er studierte die Aborigines seit fünf Jahren. ›Wenn Karra Karra ein heiliger Ort ist‹, hatte er erklärt, ›dann werden Sie ihn vielleicht nie finden. Ich weiß inzwischen, daß es für die Aborigines tabu ist, in Gegenwart von Weißen einen heiligen Ort auch nur zu erwähnen. Sie könnten einem Ureinwohner begegnen, der weiß, wo Karra Karra liegt, aber er würde es Ihnen nicht verraten.‹
Philip McNeal meinte nachdenklich: »Vielleicht ist Karra Karra kein wirklicher Ort, Mrs. Westbrook. Vielleicht ist es ein Bewußtseinszustand oder eine Philosophie.«
»Was ist das?« fragte Adam und deutete auf den silbernen Armreif.
»Adam«, ermahnte ihn Joanna.
»Lassen Sie ihn nur«, sagte McNeal. »Hier, Adam.« Er gab ihm den Armreif.
Joanna sah Ezekial auf der anderen Seite des Flusses. Inzwischen beunruhigte es sie nicht mehr, wenn der alte Mann plötzlich auftauchte, unbeweglich dastand, sie ansah, und dann ebenso unvermittelt wieder verschwand. Seit jenem Tag am Fluß hatte er nicht mehr mit ihr gesprochen. Aber sie wußte von Sarah, Ezekial erhob keine Einwände mehr gegen ihre Anwesenheit auf Merinda. Joanna hatte manchmal das eigenartige Gefühl, daß er sie mittlerweile beschützen wollte.
»Dort steht jemand, den Sie nach der Kultur der Aborigines befragen sollten, Mr. McNeal«, Joanna deutete über den Fluß. Der Architekt sah den alten Mann, der wie eine Statue am Ufer stand. Er sagte: »Vielleicht kann Sarah mir auch Auskunft geben. Bei den Indianern in Amerika, bei denen ich gewesen bin, kreiste das Leben um Gesänge. Sie sangen oft stundenlang, manchmal sogar mehrere Tage. Ihre Gesänge waren ihnen das Wertvollste – ihre Geschichte, ihre Kunst, ihre Religion. Der Gesang

des Coyoten setzt sich zum Beispiel aus mehr als dreihundert Gesängen zusammen.«

»Was ist ein Coyote?« wollte Adam wissen.

»Ein Steppenwolf, der in Amerika lebt. Er ist kleiner als eure Dingos.«

Joanna überlief ein Schauer. In der vergangenen Woche hatte sie morgens hier im Garten gearbeitet. Als sie den Kopf hob, sah sie plötzlich einen Dingo zwischen den Bäumen. Er blieb stehen und starrte sie an, dann schlich er davon. Noch jetzt erinnerte sie sich an die Angst, die sie beim Anblick des wilden Hundes erfaßt hatte. Mit Schrecken wurde ihr bewußt, daß sie die panische Furcht ihrer Mutter vor Hunden geerbt hatte.

»Weshalb sind Sie nach Australien gekommen, Mr. McNeal?« fragte sie.

»Man könnte vermutlich sagen, auch ich suche etwas. Ich habe im Osten von Amerika studiert. Ich dachte, ich würde auf dem College alles lernen, was man wissen muß. Aber nach dem Examen habe ich erkannt, daß ich nur wenig wirklich Wissenswertes und Nützliches wußte. Mein Vater ist im Krieg in einem Ort namens Manassas gefallen. Meine Mutter ist über seinen Tod nie hinweggekommen. Ich wollte wissen, warum es so etwas wie Krieg gibt. Ich wollte wissen, weshalb die Welt so ist, wie sie ist. Ich bin durch Amerika gereist und habe Antworten gesucht. Ich habe einige Zeit bei den Indianern verbracht. Dann habe ich Amerika verlassen und bin hierhergekommen.«

Er blickte auf Sarah, die mit Adam den Armreif betrachtete. »Ich fürchte, wir haben ein Problem, Mrs. Westbrook. Ich habe mir heute vormittag die Gegend hier unten am Fluß angesehen. Bei diesen Felsen ist der beste Platz für ihr Haus. Eindeutig wußten das auch die Menschen, die hier vor langer, langer Zeit gelebt haben. Überall sonst ist der Boden zu sandig und zu feucht. Außerdem besteht die Gefahr von Überschwemmungen. Sie und Ihr Mann werden eine Entscheidung treffen müssen – entweder Sie bauen hier oder dort, wo Sie jetzt leben, auf dem Hof.«

4

Hugh hatte Neuigkeiten für Joanna. Er war in Eile nach Hause geritten. Als er vom Pferd sprang, hörte er, wie jemand ihn rief. Er kniff im hellen Licht der Märzsonne die Augen zusammen und sah einen Reiter, den er kannte. Es war Jacko. Ihm gehörten siebentausend Morgen Land nordöstlich von Merinda.

»Kann ich mit dir sprechen, Hugh?« fragte er.

Hugh war verschwitzt und müde. Außerdem wollte er unbedingt Joanna sehen. »Was gibt es, Jacko?« fragte er.

Jacko saß da. Er war dick, und Schweißperlen standen ihm auf der Stirn. »Es geht um das Dienstmädchen, Hugh. Ich bin hergekommen und wollte fragen, ob du die Stelle meiner Peony gibst.«

»Dienstmädchen?«

»Ich war heute morgen in der Stadt und habe von Poll Gramercy gehört, daß deine Frau eine Haushaltshilfe einstellen will, weil sie ein Kind bekommt.«

Hugh starrte den Mann an.

»Peony ist ein ordentliches Mädchen, Hugh«, sagte Jacko. »Sie ist vielleicht nicht sehr gescheit, aber sie ist ehrlich und still. Ja ja, sie wird jetzt achtzehn, und ich weiß, daß kein Mann sie heiraten wird. Meine Frau und ich, wir machen uns Sorgen um Peonys Zukunft. Was meinst du, Hugh?«

Hugh hatte Jacko kaum zugehört. Seine Gedanken überschlugen sich. Er dachte an Joannas Übelkeit in den letzten Tagen, an den verinnerlichten Ausdruck, der manchmal auf ihrem Gesicht lag, und er erinnerte sich an die besondere Fröhlichkeit, mit der sie an diesem Morgen nach Cameron Town gefahren war.

Er rief sich zur Ordnung. »Du sagst, das hast du von Poll Gramercy gehört?« Die Witwe Gramercy war die Hebamme am Ort.

»Ich hoffe, du nimmst es mir nicht übel, daß ich einfach so herkomme, Hugh. Ich wußte natürlich, wenn erst einmal bekannt ist, daß du ein Dienstmädchen suchst, werden eine Menge Leute die Stelle wollen. Und meine Peony, na ja, also sie ist . . .«

Jacko verstummte, als er sah, wie Hugh nachdenklich das Rindenhaus anstarrte. Joanna war also bei der Hebamme gewesen.

»Wirst du es dir überlegen, Hugh?«

Er sah Jacko an. Jedermann im Distrikt kannte das Schicksal der armen Peony Jackson. Sal, Jacksons Frau hatte ein Feld gepflügt, als zwei Monate vor der Zeit die Wehen einsetzten. Ihr Mann war in Melbourne. Die Frau war ganz allein und konnte keine Hilfe holen. Es dauerte einen Tag und eine Nacht, bis das Kind auf die Welt kam, denn es war ihre erste Geburt. Sal war damals erst siebzehn. Niemand glaubte, daß das Baby überleben werde, aber es blieb am Leben. Peony war ein liebenswertes Mädchen geworden, sehr still und gehorsam, wenn auch etwas einfältig.

»Ich werde mit meiner Frau darüber reden, Jacko«, sagte Hugh, »aber ich glaube, Peony kann die Stelle haben. Also, wenn du nichts weiter auf dem Herzen hast...« Hugh wollte den Mann verabschieden.

Aber Jacko blieb stehen. Er verscheuchte eine Fliege und wischte sich die Stirn. »Was ich noch sagen wollte, Hugh...« Die Worte fielen ihm sichtlich schwer, aber dann gab er sich einen Ruck. »Hast du schon gehört, daß ich Schwierigkeiten habe?«

»Nein, ich war in den letzten Tagen draußen bei den Schafen. Was ist los?«

»Meine Schafe haben die Räude. Ich bekomme dieses Jahr keine Wolle.«

Hugh schwieg betroffen. Er wußte, wie sehr Jacko kämpfen mußte, um seine Farm rentabel zu machen. Dieser Verlust konnte ihn ruinieren. Jacko hatte sechs Kinder, und das siebte war unterwegs. »Tut mir leid«, sagte Hugh, »das habe ich nicht gewußt.«

»Ich könnte schwören, daß dieser verdammte MacGregor dahintersteckt«, sagte Jacko und fuhr sich mit dem Taschentuch über das schweißnasse Gesicht, »er hat es schon lange auf mein Land abgesehen. Ich könnte wetten, daß er ein paar kranke Schafe unter meine Herde gemischt hat. Erinnerst du dich an Rob Jones, der das Land neben mir hatte? MacGregor hat ihn in den Bankrott getrieben. Ich kann es nicht beweisen, aber Rob mußte schließlich an MacGregor verkaufen, und jetzt will der Kerl auch mein Land.«

»Aber wie kommst du denn darauf, daß McGregor dahintersteckt?«

»Er hat seinen Vormann geschickt und mir einen Kredit angeboten. Sein Plan ist eindeutig, Hugh. Wenn ich das Geld nehme, und es passiert im nächsten Jahr wieder etwas, und ich bekomme keine Wolle, dann kassiert er meine Farm.«

Hugh blickte in Jackos breites, ehrliches Gesicht und ballte die Fäuste. Er wußte, wie sehr sich Colin McGregor in dem Jahr nach dem Tod seiner hochschwangeren Frau verändert hatte. Der Mann schien sich vor Haß- und Rachegefühlen zu verzehren, und seine Gier war grenzenlos. Er kaufte alles Land im Distrikt auf – und griff dabei wenn nötig auch zu skrupellosen Methoden. Er schien keine Moral und kein Gewissen mehr zu haben. Die anderen Schafzüchter zogen bereits kopfschüttelnd die Augenbrauen hoch. Hugh fürchtete, MacGregor habe auch ein Auge auf Merinda geworfen.

»Ich finde es nicht gut, wenn ein Mann von seinem Land vertrieben wird«, sagte Hugh. »Sag MacGregors Vormann, daß du den Kredit nicht willst. Ich leihe dir das Geld.«

Jacko mußte schlucken. »Das würdest du tun, Hugh? Kannst du das?«

Hugh dachte an das Haus, das sie bauen wollten, an den teuren neuen Zuchtwidder, den er unter allen Umständen kaufen mußte, an die Brunnen, die gebohrt werden sollten – und jetzt . . . war auch noch ein Baby unterwegs. Aber er hatte seine Schafe inspiziert, und alles wies darauf hin, daß er im November mit einem guten Schurergebnis rechnen konnte. »Mach dir keine Gedanken, Jacko«, erwiderte er, »ich komme schon irgendwie zurecht. Und nach der Schur im nächsten Jahr wirst du wie wir alle wieder Wolle in Melbourne verkaufen.«

Jacko ritt davon. Hugh eilte die Verandastufen hinauf und betrat das kühle Rindenhaus. Joanna war nicht da, aber ihr Hut lag auf dem Tisch, und auf dem Boden stand der Einkaufskorb mit den Zeitungen und Zeitschriften, die sie immer für ihn abholte.

Er ging wieder nach draußen und sah Tim Forbes in den Hof reiten. Der junge Mann verdiente sich Geld als Bote in Cameron Town. Er war offenbar schnell geritten, und Hugh sah den Postsack hinter dem Sattel.

»Eine Eilsendung für Sie, Mr. Westbrook!« rief er. »Hier müssen Sie den Empfang mit Ihrer Unterschrift bestätigen.«

Hugh unterschrieb und erhielt ein rechteckiges Paket. Es war ordnungsgemäß in braunes Packpapier gewickelt, versiegelt und verschnürt. Er blickte auf die Adresse und sah, daß es an Joanna gerichtet war. Es kam von dem Anwalt in Bombay, der Joanna alle drei Monate die ihr zustehende Geldsumme überwies. Hugh ging eilig zum Fluß hinunter, wo er Joanna mit Adam, Sarah und dem Architekten aus Melbourne bei den Felsen fand.

»Papa!« rief Adam und eilte Hugh entgegen.
Als er das Paket sah, fragte er: »Was ist das?«
»Das ist für deine Mutter. Guten Tag, Mr. McNeal.« Er gab dem Architekten die Hand. »Wie ich sehe, haben Sie uns gefunden.«
»Ihre Frau und ich haben gerade über den Platz für das neue Haus gesprochen.«
»Bevor Sie weitersprechen, Mr. McNeal«, sagte Hugh und legte seinen Arm um Joanna Hüfte, »möchte ich etwas richtigstellen. Als wir uns vor einem Jahr trafen, habe ich Ihnen gesagt, wir wollen ein amerikanisches Haus mit Säulen und einem Giebeldach. Sie nannten es den Plantagenstil der Südstaaten. Aber wir haben unsere Meinung geändert. Meine Frau und ich möchten ein australisches Haus, das für dieses Klima und diese Umgebung geeignet ist. Wir möchten kein Haus, das verrät, woher wir kommen oder wo wir vielleicht lieber wären. Wir wollen ein Haus, das zu dem Land gehört, in dem wir leben.«
Als er sah, wie McNeal die Stirn runzelte, fragte er: »Was ist?«
»Hugh«, sagte Joanna, »es gibt ein Problem.«
Als sie ihm den Zusammenhang mit den heiligen Felsen erklärte, sagte Hugh: »Aber wir können das Haus nur hier an dieser Stelle bauen. Hier haben wir eine Felsplatte als Fundament, die Entwässerung ist gut, und wir sind vor Überschwemmungen sicher.«
»Aber es ist ein Platz der Traumzeit«, erwiderte Joanna. »Diese Stelle ist heilig.«
»Joanna, die Aborigines leben nicht mehr hier. Sie kommen nicht einmal mehr hierher. Sie haben diese Stelle vergessen, Joanna. Sie vergessen alle Plätze der Traumzeit. Und irgendwo müssen wir unser Haus bauen. Wir können nicht ewig in dem kleinen Rindenhaus leben.«
Als er ihr bekümmertes Gesicht sah, fragte er McNeal: »Was meinen Sie?«
»Ich weiß nicht, Mr. Westbrook. Vielleicht läßt sich ein anderer Bauplatz finden. Ich muß Bodenproben nehmen und feststellen, wo es Sand und wo es Ton gibt. Man müßte auch die Wasserstände überprüfen und ähnliches. Wenn Sie kein Haus im amerikanischen Stil wünschen, dann kann ich einen Entwurf machen, mit dem sich das Problem lösen läßt.« Er lächelte. »Das ist für mich eine Herausforderung. Aber es macht mir Spaß. Wenn Sie einverstanden sind, werde ich mich sofort nach einer anderen geeigneten Stelle umsehen.«

»Aber natürlich bin ich einverstanden.«
McNeal ging hinunter zum Fluß. Nach kurzem Zögern folgte ihm Sarah mit Adam.
»Hugh«, fragte Joanna, »woher kommt das Paket?«
Er sah sie erwartungsvoll an und fragte: »Was hat Poll Gramercy gesagt?«
»Woher weißt du, daß ich bei Mrs. Gramercy gewesen bin? Hugh, es sollte doch eine Überraschung sein!«
»Du kannst mir glauben, Joanna, es ist eine Überraschung. Aber was hat sie gesagt?«
»Mrs. Gramercy hat meine Vermutung bestätigt. Wir bekommen ein Kind!«
Hugh nahm sie in die Arme und küßte sie. »Was wünschst du dir, einen Jungen oder ein Mädchen?« fragte er.
»Deinetwegen hoffe ich, daß es ein Junge wird«, erwiderte Joanna. »Aber ich wünsche mir eine Tochter. Ich habe schon immer ein Mädchen haben wollen.«
»Ich würde mich auch über ein Mädchen freuen. Ich hatte nie Schwestern und kannte auch meine Mutter nicht. Ich dachte immer, wie schön es sein müßte, eine Tochter zu haben.«
Er küßte sie und drückte sie fest an sich. Er konnte es noch immer nicht glauben, daß diese geliebte Frau vor eineinhalb Jahren wie durch ein Wunder in sein Leben getreten war und es völlig auf den Kopf gestellt hatte. Er dachte an die Ballade, an der er arbeitete: ›*Sie kam über das große Meer/In dieses goldene Land ...*‹ Es würde die längste Ballade werden, die er je geschrieben hatte. Sie war beinahe fertig und plötzlich fiel ihm auch der Titel ein: *Traumzeit – für Joanna.*
»Tim Forbes hat das für dich abgeliefert«, sagte Hugh und gab ihr das Paket. »Es ist eine Eilsendung.«
»Es kommt von Mr. Drexler!« rief sie überrascht und begann, Siegel und Schnur zu entfernen.
»Und auch ich habe Neuigkeiten«, sagte Hugh. »Joanna, erinnerst du dich, daß ich dir von einem Mann erzählt habe, den ich in Melbourne kennenlernte, als ich die letzte Lieferung Wolle in den Hafen brachte? Er hieß Finch?«
Joanna dachte nach und ihr fiel es wieder ein – im letzten November hatte Hugh von einem Mr. Finch gesprochen, der einen ganz besonderen

Widder besaß. Er stammte aus einer französischen Zucht, der Rambouillet-Rasse, hatte Hugh erklärt. Dieser Widder besaß die Eigenschaften, die Hugh in seine Merinoschafe einkreuzen wollte, um eine Schafrasse zu züchten, die widerstandsfähig und genügsam war und auf den dürren Weiden von Queensland überleben würde. Aber der Widder war leider unverkäuflich gewesen.

»Ich habe heute von Finch ein Telegramm erhalten. Er will nach England zurückkehren und bietet mir den Widder zum Verkauf an«, sagte Hugh. »Es ist ein wunderbares Tier, Joanna, groß und robust mit einem breiten Brustkorb und langstapeliger Wolle. Finch sagt, er bringt ein Vlies von fünfundzwanzig Pfund ungewaschener Wolle. Stell dir das vor, Joanna! Wenn es mir gelingt, die besten Eigenschaften dieses Widders und meiner besten Merinoschafe zu vereinigen, dann werden wir vielleicht bald Schafe haben, die sich überall in Queensland und Neusüdwales halten lassen. Ich träume schon so lange davon, eine neue Rasse zu züchten, und jetzt scheint der Traum in greifbare Nähe gerückt. Ich kann mir diese Chance nicht entgehen lassen!«

»Aber natürlich nicht!« sagte sie, als sie seine Begeisterung sah. »Wann werden wir diesen Widder haben können?«

»Ich muß sofort nach Melbourne. Finch hat ihn mir zuerst angeboten. Aber es wird mit Sicherheit auch andere Interessenten geben.« Er schwieg und sah sie an. »Also«, sagte er, »wir bekommen ein Kind.« Er lachte. »Das ist schon komisch, wenn ein Mann von einem anderen Mann hört, daß seine Frau schwanger ist.«

»Wer dieses Paket verschnürt hat«, Joanna mühte sich mit der Schnur ab, »der wollte, daß man es nie wieder öffnen kann.«

»Was glaubst du, was dir Drexler schickt?«

»Ich habe keine Ahnung. Die Sonderzustellung hat viel gekostet. Sieh dir die Briefmarken an!« Außer dem regelmäßig eintreffenden Scheck hatte sie von dem Anwaltsbüro in Bombay bisher nichts bekommen. Aber sie rechnete mit einer Nachricht in einem Jahr, denn dann wurde sie einundzwanzig und erhielt die Verfügungsgewalt über ihr ganzes Erbe.

»Ach übrigens, Hugh«, ihr fiel Lathrops Brief wieder ein, und sie griff schnell in die Rocktasche. »Das ist heute gekommen – ein Brief von dem Mann, den meine Mutter im Tagebuch erwähnt.«

Während Joanna weiterhin mit der Verschnürung kämpfte, öffnete

Hugh den Brief und las vor: »Meine liebe Miss Drury, ich schreibe Ihnen als Antwort auf Ihre verschiedenen Briefe an mich. Entschuldigen Sie, daß ich erst jetzt antworte, aber ich war verreist. Da ich viel unterwegs bin, ist meine Adresse nach wir vor das Regent Hotel in Kalifornien. Man kann mich immer durch Mrs. Robbins, die Besitzerin, verständigen, wenn es notwendig sein sollte.

Ja, ich war in den Jahren 1826 bis 1829 ein Kommilitone Ihres Großvaters am Christ's College in Cambridge. Wir wollten uns beide auf die Ordination als Priester der anglikanischen Kirche vorbereiten. Ich erinnere mich noch gut an John und an seine Braut. Ich war ihr Trauzeuge! Die bezaubernde Naomi war wirklich bis über beide Ohren verliebt. John wollte so schnell wie möglich mit seiner praktischen Arbeit beginnen. Aber er ist nicht als Missionar nach Australien gereist, Miss Drury. Und bei seinen Aufzeichnungen handelt es sich ganz bestimmt nicht um Predigten.«

»Keine Predigten«, sagte Hugh. »Was mag er denn sonst geschrieben haben?«

Er las weiter: »John beendete das Studium in Cambridge nicht«, schrieb Lathrop, »denn er stellte fest, daß er für ein religiöses Leben nicht geschaffen war. Ich vermute, Ihr Großvater war eigentlich ein Agnostiker, obwohl er es nicht zugab. Er wollte die Bibel nicht von der Kanzel predigen, sondern ihn interessierte es mehr, sie unter Beweis zu stellen. Soweit ich mich erinnere, setzte er sich am meisten mit den Stellen über das Paradies auseinander.

Er vertrat die Theorie, daß Gott enttäuscht über Adam und Eva in einem anderen Teil der Welt einen zweiten Garten Eden erschaffen hatte. John glaubte, das zweite Paradies in Australien zu finden. Als er die Berichte über das primitive Volk las, auf das man in der Umgebung der Siedlung Sydney gestoßen war, Menschen, die weder lesen noch schreiben konnten, die das Rad nicht kannten, die unbekleidet lebten und ihre Nahrungsmittel nicht anbauten, war er der Ansicht, das sei das zweite Paradies, aus dem die Ureltern *nicht* vertrieben worden waren. Johns Theorie beruhte auf der Information, daß die Aborigines in Australien die Schlange fürchten und verehren. Deshalb, dachte John, waren sie von der Schlange nicht dazu verführt worden, den Apfel vom verbotenen Baum der Erkenntnis zu essen. Mir ist jedoch nicht bekannt, ob es John gelungen ist, seine Theorie zu beweisen.

Sie erwähnen die Aufzeichnungen Ihres Großvaters, Miss Drury. Vielleicht enthalten sie seine Beobachtungen über die Menschen, deren Leben er studiert hat.«

Hugh las die zweite Seite. »Wie Sie andeuten, scheinen Sie in einer Geheimschrift geschrieben zu sein«, fuhr Lathrop fort. »Wir alle bedienten uns damals einer Art Stenographie, um Notizen während der Vorlesungen zu machen. Ich benutzte mein eigenes System. Ich hatte es selbst erfunden, und es war nicht sehr gut. Ich glaube mich zu erinnern, daß Ihr Großvater ein sehr praktisches System hatte. Wenn Sie mir eine Probe schicken, werde ich versuchen, den Text für Sie zu übersetzen.

Ich bedaure sehr, Miss Drury, daß ich Ihnen keine genaueren Auskünfte geben kann, um die Sie in Ihren Briefen bitten – besonders kann ich nicht die Frage beantworten, an welchen Ort in Australien Ihre Großeltern reisen wollten. Ich erinnere mich jedoch an etwas, das Ihnen vielleicht helfen kann. Ich begleitete sie zum Schiff, als sie 1830, also vor dreiundvierzig Jahren, nach Australien aufbrachen. Ich weiß noch, daß das Schiff einen sehr exotischen Namen hatte. An den Namen kann ich mich leider nicht mehr erinnern. Aber ich weiß, es war eine Art mythologisches Tier. Bedauerlicherweise kann ich auch nicht sagen, in welchem Hafen sie an Land gehen wollten. Aber wenn Sie herausfinden, um welches Schiff es sich handelte, können Sie möglicherweise feststellen, wo sie an Land gegangen sind.«

»Ein mythologisches Tier«, wiederholte Hugh.

»Vielleicht ein Einhorn«, sagte Joanna, »oder eine Seeschlange. Hugh, es muß doch Unterlagen über die Schiffe geben, die in Melbourne oder Sydney anlegen. Ich werde dich nach Melbourne begleiten«, sagte sie. »Wir durchsuchen die Akten nach einem Schiff mit einem mythologischen Namen.«

»Ich werde Frank Downs um Hilfe bitten. Er hat überall in der Stadt Freunde.«

»Hugh, ich kann dieses Paket einfach nicht öffnen.«

Er lachte. »Dann werde ich dir helfen.« Er durchschnitt die Schnur und entfernte geschickt das Siegelwachs und die Verpackung. Dann gab er das Päckchen Joanna. In der Schachtel befand sich eine kleinere, in Stroh gepackte Schatulle. Darauf lag ein Brief.

Sie las den Brief und rief: »Oh, Hugh! Ich erhalte mein Erbe schon jetzt! Mr. Drexler schreibt, da ich geheiratet habe, muß ich nicht bis zu mei-

nem einundzwanzigsten Geburtstag warten. Und es ist eine so große Summe. Was sollen wir damit anfangen?«
»Es ist dein Geld, Joanna. Deine Eltern haben es für dich bestimmt. Was möchtest *du* damit anfangen?«
Sie dachte einen Augenblick lang nach und sagte dann: »Ich möchte es für meine Suche nach Karra Karra benutzen. Meine Mutter hätte es so gewollt. Den Rest würde ich gerne für unsere Tochter sparen, für ihre Zukunft.«
»Was ist in der Schatulle?«
»Ich weiß nicht. Mr. Drexler sagt nur, meine Eltern hätten es ihm anvertraut. Er fügt hinzu, der Wert sei ihm nicht bekannt, aber er sei vermutlich beträchtlich.«
Joanna nahm die Schatulle heraus und öffnete den Deckel. Sie blickte einen Augenblick lang schweigend hinein. Dann nahm sie etwas heraus und zeigte es Hugh.
Als er den Edelstein sah, der beinahe so groß wie ihre Hand war, sagte er: »Es ist ein Opal – ein Feueropal. Wenn man ihn in die Sonne hält, glaubt man rote Flammen zu sehen, die nach der Sonne züngeln. Feueropale sind sehr selten, Joanna, und sehr, sehr kostbar.«
Joanna blickte wie gebannt auf den Stein. Er war etwa so groß wie die Scheibe einer Orange, hatte eine unregelmäßige Form und faszinierende Farben: In einem goldgelben Meer leuchtete ein helles Grün und tanzten rote Flammen wie Feuer. Sie schienen tatsächlich nach der Sonne zu züngeln, wie Hugh gesagt hatte, wenn man den Stein drehte. »Er ist schön«, flüsterte sie. »Woher mögen ihn meine Eltern haben? Was meinst du? Könnte er aus Australien stammen?«
»Ich habe gehört, daß man in Neusüdwales Opale gefunden hat – aber keinen Stein wie diesen. Vielleicht ist er aus Mexiko. Dort gibt es große Opalfunde.«
»Die Flammen in der Mitte scheinen sich zu bewegen. Und sieh nur die Farben, Hugh! Wie kommt das?«
»Ich weiß es nicht.«
»Er fühlt sich warm an. Hier, spürst du es?« Sie legte ihm den Stein in die Hand.
Er schüttelte den Kopf. »Ich fühle nichts. Ich finde, er fühlt sich wie ein Stein an.« Er gab ihr den Opal zurück. »Du hast nicht gewußt, daß deine Eltern diesen Edelstein besitzen?«

»Ich kann mich nicht daran erinnern, daß sie je darüber gesprochen haben«, erwiderte Joanna. Sie konnte den Blick nicht von dem rot zuckenden Herzen des Opals wenden.
In diesem Augenblick erschien Philip McNeal, gefolgt von Sarah mit Adam. »Ich glaube, ich habe eine Lösung für Ihr Problem, Mr. Westbrook«, sagte er. »Dort drüben scheint der Boden zum Bauen geeignet zu sein. Wir können tiefe Fundamente graben, die etwa ein bis zwei Meter unter den Wasserspiegel reichen, und sie mit Beton füllen. Wir können das Erdgeschoß höher legen und mit einem betonierten Keller gegen das Wasser sichern. Wenn es trotzdem bei Hochwasser Probleme geben sollte, könnte man einen Schutzdamm anlegen. Aber ich fürchte, das wird teuer, und die Bauzeit wird sich sehr verlängern. Wenn Sie es für richtig halten, nicht hier zu bauen, dann finde ich, das ist eine gute Alternative. Wenn Sie Lust haben, kommen Sie mit, und ich zeige Ihnen die Stelle.« Zu Joanna sagte er lächelnd: »Ich weiß, daß man das Haus dort bauen kann, Mrs. Westbrook, denn als ich den Platz abgegangen bin, hat Sarah kein Wort gesagt.«
Als Joanna und Sarah schweigend zum Hof zurückgingen, drehte sich Sarah noch einmal nach Philip McNeal um.

Kapitel Dreizehn

1

»Man hat deine alte Rivalin Wilma Todd mit Colin MacGregor ausreiten sehen«, sagte Louisa Hamilton und beobachtete, wie Pauline den Bogen auf die weit entfernte Zielscheibe richtete und dann den Pfeil abschoß. Sie traf ins Schwarze.

»Ach ja?« sagte Pauline, nahm einen zweiten Pfeil aus dem Köcher, setzte ihn auf die Sehne, zielte und schoß.

Wieder ein Volltreffer.

»Gut gemacht, Pauline!« rief Louisa. »Damit hast du sechs Treffer auf sechzig Meter. Das ist ein Rekord für den Schützenclub im westlichen Distrikt!«

Pauline übte am privaten Schießstand auf Lismore, während Louisa in einem Sessel unter einem Sonnenschirm saß, Limonade trank und ihr zusah. »Es muß wunderbar sein, soviel Talent zu haben«, sagte sie, »ich beneide dich.«

Pauline warf einen Blick auf ihre Freundin. Sie wußte, daß Louisa sie schon immer beneidet hatte. Aber in letzter Zeit kam zu dem Neid eine Spur Schadenfreude. Der ganze Distrikt schien davon angesteckt. Pauline machte sich keine Illusionen darüber, was ihre Freundinnen dachten: Ein Kindermädchen hat sie ausgestochen! Es half wenig, daß Pauline und Hugh allen erklärt hatten, Pauline und nicht Hugh habe die Hochzeit abgesagt. Und es wurde auch geflissentlich übersehen, daß Joanna Drury kein Kindermädchen, sondern die Tochter eines Edelmannes war. Es ließ sich nicht ändern, Paulines Ruf hatte Schaden genommen.

»Was wollte ich gerade sagen?« überlegte Louisa laut und trank einen

Schluck Limonade. »Ach ja, Wilma Todd und Colin MacGregor. Man hat sie bereits viermal zusammen gesehen. Man munkelt sogar, daß sie heiraten werden.«

»Wirklich?« fragte Pauline und wartete, bis der Diener die Pfeile aus der Zielscheibe entfernt hatte. Sie wußte bereits von Wilma Todd und Colin MacGregor. Es beunruhigte sie nicht weiter. Es beunruhigte sie auch nicht, daß mehrere junge Damen im Distrikt, die sehr viel jünger waren als sie, sich jetzt, nachdem das Trauerjahr für Christina vorüber war, Hoffnungen auf den gutaussehenden Colin machten, denn schließlich war er eine gute Partie. Es beunruhigte Pauline auch nicht, daß sie trotz ihrer wohlüberlegten Strategie, mit der sie Colin MacGregor für sich gewinnen wollte, nur erreicht hatte, daß er sie aus ihr unbekannten Gründen verschmähte. Sie würde ihn schließlich doch bekommen. Sie war dazu entschlossen.

Als die Zielscheibe wieder frei war, wählte sie den nächsten Pfeil, hob den Langbogen, spannte die Sehne und schoß. Diesmal verfehlte der Pfeil knapp den schwarzen Punkt in der Mitte.

Pauline spürte das zufriedene Lächeln ihrer Freundin im Schatten unter dem Sonnenschirm. Nachdem Hugh nicht Pauline, sondern die bezaubernde Joanna Drury geheiratet hatte, gab Louisa sich Pauline gegenüber mit einem gewissen Anflug von Überlegenheit. Pauline ließ sich jedoch nichts anmerken und sah darüber hinweg. Louisa und alle anderen im Distrikt sollten denken, was sie wollten, sagte sie sich und griff nach dem nächsten Pfeil. Dann vergrößerte sie den Abstand auf neunzig Meter, schoß und traf ins Schwarze. Sie würden sich nicht lange freuen können. Sie ahnten nämlich ebensowenig wie die jungen und hübschen Rivalinnen im Rennen um MacGregor, daß Pauline eine geheime Trumpfkarte besaß, die ihr den Sieg garantierte.

Pauline wußte zwei Dinge über Colin, die niemand außer ihr kannte. Erstens, er würde nie wieder eine Frau lieben. Sie war in der Nacht, in der Christina starb, bei ihm im Zimmer gewesen und hatte gesehen, was dieser Verlust für ihn bedeutete. Die anderen jungen Frauen im Distrikt mochten sich der Illusion hingeben, es würde ihnen gelingen, daß Colin sich in sie verliebte. Pauline wußte, daß es für ihn keine zweite Frau geben konnte, die er lieben würde. Pauline besaß noch einen Vorteil: Auch sie würde nie wieder lieben können. Es konnte ihr also nur recht sein, wenn Colin sich nicht in sie verliebte. Sie wollte nur seinen Namen, seinen Reichtum, die Stellung als seine Frau, und sie wollte wie Colin Kinder.

»Du weißt doch, daß Colin MacGregor wieder heiraten will, Pauline«, sagte Louisa. »Er hat meinem Mann erklärt, er werde seinen Sohn nicht auf eine Schule schicken, sondern ihn auf Kilmarnock erziehen lassen. Der Junge braucht also eine Mutter.«

Louisa beobachtete das Gesicht ihrer Freundin genau, weil sie hoffte, einen Riß in der unbewegten Maske zu entdecken. Pauline hielt ihren Körper aufrecht und hatte ihn völlig unter Kontrolle. Wann immer sie an einem Turnier teilnahm, lobte man Paulines ›eindrucksvolle Haltung und hervorragende Körperbeherrschung‹, wie Frank es in brüderlicher Bewunderung einmal in der *Times* ausgedrückt hatte. ›Miss Downs, die zum sechstenmal Mal den Meisterschaftspokal gewonnen hat, begeisterte ihre Zuschauer und versetzte sie in Staunen und Bewunderung. Sie wirkte wie eine Artemis unserer Zeit.‹ Falls Pauline darunter litt, daß es ihr nicht gelungen war, den Mann zu bekommen, auf den sie es abgesehen hatte, wie jeder wußte, verbarg sie es sehr geschickt. Auf Louisa wirkte sie so selbstbewußt und überlegen wie immer.

»Auch wenn er mit Wilma Todd gesehen wurde«, fuhr Louisa fort, »möchte ich wetten, daß Verity Campbell das Rennen macht. Schließlich ist Verity erst neunzehn und die arme Wilma fast vierundzwanzig. Ein Mann, der Kinder will, sucht sich natürlich eine junge Frau.«

Pauline wurde in nicht allzu ferner Zeit sechsundzwanzig. Sie schoß unbeirrt den nächsten Pfeil ab.

Sie traf wieder ins Schwarze.

»Ich habe zufällig Mrs. Gramercy getroffen«, sagte Louisa. »Stell dir vor, sie hat mir gesagt, daß Maude Reed ein Frauenleiden hat ...«

Während Louisa weiterredete, wurde Pauline bewußt, daß mehr als ein Jahr vergangen war, seit ihre Freundin während der Typhusepidemie ihr ungeborenes Kind verloren hatte und noch nicht wieder schwanger war. Pauline fragte sich, ob Louisa möglicherweise inzwischen das Geheimnis einer Empfängnisverhütung kannte.

»Poll Gramercy hat mir noch etwas erzählt«, Louisa ließ Pauline dabei nicht aus den Augen, »Joanna Westbrook ist schwanger.«

»Ja«, sagte Pauline, »ich weiß.«

Pauline konzentrierte sich auf den nächsten Schuß. Kalte Wut hatte sie erfaßt, als sie die Neuigkeit von Joannas Schwangerschaft erfuhr. Wieder einmal verstand sie den Wahnwitz nicht, der sie dazu veranlaßt hatte, in einem Augenblick der Selbstlosigkeit auf Hugh zu verzichten. Es mußte an der erdrückenden Atmosphäre der Krankheit und des Todes gelegen haben, sagte sie sich. Inmitten so vieler neuer Gräber war Pauline edler Verzicht angemessen erschienen. Aber jetzt wollte sie nicht länger mit dem Gefühl des Bedauerns leben. Bedauern empfand Pauline als Zeitverschwendung, es führte zu nichts. Hugh war verheiratet – daran ließ sich nichts mehr ändern.

Aber ist er glücklich mit seiner kleinen englischen Braut? fragte sich Pauline skeptisch.

»Soweit ich weiß«, fuhr Louisa fort, »ist Angus McCleod bei dir gewesen.«

Pauline seufzte, ließ den Bogen sinken und bedeutete dem Diener, ihr ein Glas Limonade zu bringen.

Sie dachte an die Männer, die angefangen hatten, um sie zu werben, als die Auflösung der Verlobung mit Hugh bekannt wurde. Sie erschienen mit Versprechungen und eindeutigen Angeboten; es kamen große und kleine, dicke und dünne, ältere und jüngere, aber alle waren sie langweilig. Manchmal hätte Pauline es vorgezogen, nicht zu heiraten. Sie genoß ihre Unabhängigkeit. Aber sie konnte sich nicht über die Tatsache hinwegsetzen, daß in der Gesellschaft eine unverheiratete Frau als Versagerin galt – als eine Frau, die aus dem Rennen ausgeschieden war. Außerdem war sie einsam. Was sollte sie mit ihrem Leben anfangen?

Pauline dachte an Colin MacGregor. Jedermann wußte, daß er unter allen Umständen mehr Kinder, mehr Erben haben wollte. Der plötzliche Verlust von Christina und dem ungeborenen Kind hatte ihn überempfindlich und fanatisch gemacht, wenn es um Judd ging. Aber er sah ein, daß seine Übertriebenheit schlechte Auswirkungen auf den Jungen hatte. Außerdem quälte ihn die Angst, seinen einzigen Erben zu verlieren. Das Adelsgeschlecht der MacGregors durfte nicht aussterben, und deshalb mußte er wieder heiraten.

Colin war bei den heiratsfähigen Frauen ein begehrter Mann. Und obwohl Colin sie offensichtlich nicht zu den Kandidatinnen zählte, so machte Pauline doch ihre Pläne. Diesmal wollte sie das Ziel nicht verfehlen. Teil ihres Plans war das zweite Geheimnis, das außer ihr niemand kannte.

Der Gedanke an Colin versetzte sie in Erregung. Colin war ein Mann, der Macht besaß, und er wußte sie zu gebrauchen. Und wenn die Leute sagten, er sei in letzter Zeit völlig unberechenbar und kaufe rücksichtslos und ohne Skrupel Land auf, dann kam Pauline zu dem Schluß, das sei vermutlich der Stil der Zukunft. Nur starke Männer würden siegen. Männer mit einem schwachen Willen und einem zaghaften Herzen wurden nicht reich. Sie errichteten keine Imperien. Colins Kraft und Macht entflammten ihre Leidenschaft. Pauline versuchte bereits, sich vorzustellen, wie es wohl sein werde, in Colin MacGregors Armen zu liegen. Wie würde es sein, mit ihm im Bett zu liegen, wenn er die Arme um sie schlang und sie seinen Körper auf sich spürte? Sie wollte mit ihm schlafen, er sollte sie leidenschaftlich in seine Arme nehmen. Sie wollte seinen harten Körper spüren.

Pauline richtete sich plötzlich auf und stellte entschlossen die Limonade auf den Tisch. Sie wußte, der Zeitpunkt war gekommen, um ihre Karte auszuspielen. »Du entschuldigst, Louisa, aber ich muß sofort los.«

»Oh?« Louisa sah Pauline erstaunt an. »Kann ich dich in meinem Wagen mitnehmen?«

»Ich glaube, wir wollen in verschiedene Richtungen, liebe Louisa. Aber bitte bleib und trinke in Ruhe deine Limonade. Ich weiß, wie sehr dir das heiße Wetter zu schaffen macht.«

Wenige Minuten später saß Pauline auf einem Apfelschimmel. Der feurige Hengst hieß Samson. Sie gab dem Pferd die Sporen und galoppierte über das grasbedeckte Land. Samson sprang über Weißdornhecken und Holzzäune. Seine Hufe donnerten durch den weinroten Klee, vorbei an Schwarzholzwäldchen und Känguruhbäumen. Schwärme von Kakadus flatterten von Eukalyptusbäumen auf und flogen aufgeschreckt in die Luft. Ihre zahllosen korallenrosa Körper hoben sich klar vom blauen Himmel ab. Pauline dachte auf diesem Ritt an Colin MacGregor und überließ sich dem sinnlichen Genuß, die Bewegungen des starken Pferdeleibs zwischen den Schenkeln zu spüren. Sie hielt die Zügel fest in der Hand und zwang dem Hengst ihren Willen auf.

2

»Schieß!« rief Colin. »Schieß, habe ich gesagt!«
Judd versuchte zu zielen, aber er zitterte so heftig, daß er das Gewehr nicht ruhig halten konnte.
»Verdammt, Judd! Schieß endlich!«
Judd drückte ab, und der Schuß ging mit einem ohrenbetäubenden Knall los. Die Kugel prallte gegen einen Felsen, und das große Känguruh sprang schnell davon.
Colin fluchte leise. Wieder einmal war ihnen das Tier entkommen.
»Ich weiß nicht, was mit dir los ist, Judd«, sagte er und schüttelte den Kopf. Dann stapfte er durch das dürre, hohe Gras zu seinem Sohn. »Wir sind seit Wochen hinter diesem Weibchen her. Du hättest dir keinen besseren Schuß wünschen können. Und was machst du? Du läßt es entkommen!«
Judd schwieg. Er hielt das Gewehr in beiden Händen und blickte auf die Stelle, wo das Känguruh gewesen war. Jetzt sah er nur Gras, Gestrüpp und Wildblumen.
»Na ja, wenigstens haben wir die da. Das ist kein schlechtes Ergebnis für einen Vormittag.« Colin wies auf die vielen toten Känguruhs, die unter einem Eukalyptusbaum lagen. Judd blickte verzagt zu dem Leichenhaufen. Es waren Känguruhs in allen Größen und in den unterschiedlichsten Farben, aber vorwiegend waren es junge Tiere mit weichem grauen Fell und großen rehähnlichen Augen. Deshalb verabscheute er die Jagd auf Känguruhs.
»Also gut«, sagte Colin zu den Männern, die in der Nähe der Jagdbeute standen, »verbrennt sie. Wir haben für heute genug geschossen.«
Für Judd war das der schlimmste Teil – sie töteten die Tiere nicht, um das Fleisch oder die Felle zu nutzen, sondern aus rein sportlichem Vergnügen. Judd erinnerte sich noch gut daran, wie es früher gewesen war, als seine Mutter noch gelebt hatte. Damals waren viele Gäste nach Kilmarnock gekommen. Es gab große Jagden, bei denen bis zu vierhundert Känguruhs geschossen und in einem Riesenfeuer verbrannt wurden. Manchmal begann das Verbrennen bereits, wenn ein Teil der Tiere noch lebte. Dann hörte man auf dem Heimritt ihre durchdringenden Todesschreie.
»Mach dir nichts daraus, Judd«, sagte Colin, »man kann nicht immer

gewinnen. Zumindest nicht in deinem Alter. Du wirst mit der Zeit mehr Übung bekommen. Ich wette, das nächste Mal triffst du das Weibchen. Es sah so aus, als hätte sie ein *Joey* im Beutel. Das wird dann eine doppelte Jagdtrophäe!«

Judd kämpfte mit den Tränen, aber aus Gründen, von denen sein Vater nichts ahnte. Schließlich ließ er das Gewehr fallen, schlug die Hände vor das Gesicht und begann, heftig zu schluchzen.

Colin kniete sofort nieder und nahm den Neunjährigen in die Arme. »Schon gut, mein Sohn«, sagte er tröstend, »ich weiß, wie dir jetzt zumute ist. Ich war in deinem Alter auch niedergeschlagen, wenn mein Vater mich mit auf die Jagd nahm, und ich nicht so gut schießen konnte wie die anderen Männer. Aber du bist noch ein kleiner Junge. Ich verspreche dir, du wirst einmal ein Meisterschütze werden. Nun komm schon, hör auf zu weinen.«

Der kleine Judd wischte sich mit der Hand die Nase.

»Das ist schon besser«, sagte Colin. Aber als sein Sohn die Hand an der Hose abwischte, runzelte Colin MacGregor die Stirn und fragte: »Wo ist dein Taschentuch? Hier. Nimm das, um dir die Nase abzuwischen. Man macht das nicht mit der Hand. Das weißt du doch!«

Als Judd das Taschentuch seines Vaters nahm und sagte: »Ach scheiß drauf!« sah ihn Colin entgeistert an und fragte streng: »Wo hast du *das* gelernt?«

»Das sagen die Viehhüter.«

»Du bist kein Viehhüter, und du nimmst solche Worte nicht in den Mund! Hast du mich verstanden?«

Judd nickte mürrisch. Colin faßte seinen Sohn bei den Schultern. »Hör mir gut zu. Eines Tages wirst du der Laird von Kilmarnock sein. Dann bist du ein Lord und ein Gentleman. Gentlemen benutzen solche Worte nicht.«

Colin betrachtete das Gesicht von Judd – er sah so sehr seiner geliebten Christina ähnlich. Wieder einmal dachte er: Der Junge braucht unbedingt eine Mutter.

Sosehr Colin diesen Gedanken auch haßte, er mußte sich den Tatsachen stellen. Christina war seit vierzehn Monaten tot. Die Zeit war reif, um ernsthaft ans Heiraten zu denken. Er durfte nicht riskieren, Judd zu verlieren und dann keinen Erben zu haben. Colin weigerte sich zu glauben, all die harte Arbeit, sein Lebenswerk könne umsonst gewesen sein.

Als der junge Colin MacGregor nach Australien gekommen war und keine herrschende Klasse und keine Bauern vorgefunden hatte, sondern nur ein gesellschaftliches Kunterbunt ohne klar definiertes Oben und Unten, wußte er, daß sich auch hier eine Aristokratie herausbilden würde. Er hatte seine Burg als einen Vorposten der Zivilisation in einem wilden, halbkultivierten Land gebaut und als eine Erinnerung für das einfache Volk, daß ein Lord in ihrer Mitte lebte. Er hatte hart gearbeitet, um Kilmarnock einen Namen zu verschaffen, der Macht und Einfluß bedeutete – ein Name, wie Colin felsenfest glaubte, der den einfachen Mann mit Stolz erfüllte, weil er in seiner Nähe lebte. Dieser Name durfte nicht aussterben.
Er nahm Judd an der Hand und ging mit ihm zum Zelt mit den Erfrischungen. Colin überragte alle Diener und Stallburschen. Er war ein großer, aristokratischer Mann und wirkte elegant in seinem Pullover mit Zopfmuster, der Tweedjacke, der Moleskinhose und den auf Hochglanz polierten schwarzen Reitstiefeln. An Colin MacGregor sah man kein Staubkörnchen, nichts beeinträchtigte seine makellose Erscheinung. Die Farmarbeit überließ er seinem Vormann. Er beschäftigte sich nur mit Dingen, die einem Gentleman entsprachen.
Ein Diener reichte ihm einen Whiskey. Als Colin sich umdrehte, sah er seinen Vormann Locky McBean auf das Zelt zureiten. Der Mann saß ab, zog den Hut und drehte ihn verlegen in den Händen. Colin mochte den Mann nicht, aber er brauchte ihn. Locky tat, was man ihm befahl, ohne viele Fragen zu stellen.
»Ich habe leider keine guten Nachrichten, Mr. MacGregor«, sagte er. »Es geht um Jacko Jackson.«
»Ja? Was ist?«
Lockys Augen wanderten zu den Alkoholflaschen und verweilten dort einen Augenblick, dann richteten sie sich wieder auf seinen Herrn. »Jakkos Schafe haben die Räude, und er wird in diesem Jahr keine Wolle verkaufen. Soweit, so gut.« Locky blickte wieder auf die Flaschen und fuhr sich mit der Zunge über die trockenen Lippen.
»Und?« fragte Colin. Er wußte, daß andere Farmer, zum Beispiel Westbrook und Frank Downs, mit ihren Arbeitern anstießen und andere Vertraulichkeiten zuließen, aber er trank grundsätzlich nicht mit seinen Leuten. »Heraus mit der Sprache«, sagte er, »was ist los mit Jacko?«
»Er hat Ihr Angebot abgelehnt – ich meine, den Kredit.«

Colin sagte: »Aber wie kann er das? Keine Bank in der Kolonie wird ihm Geld leihen.«
»Tja, Sir, so wie es aussieht, gibt ihm Hugh Westbrook Geld. Jacko hat sich von Westbrook Geld geliehen.«
Colins Gesicht verdüsterte sich. Als Westbrook vor etwa zwölf Jahren hier im Distrikt erschienen war, hatten ihm Colin MacGregor und alle anderen Farmer keine Chance gegeben. Aber Westbrook setzte sie in Erstaunen. Er wirtschaftete mit Erfolg auf einem Land, auf dem bis dahin jeder vom Pech verfolgt worden war. Merinda wurde im Laufe der Jahre zu einer blühenden und begehrenswerten Farm. Zu dem Land gehörten das beste Ufergelände der ganzen Gegend, hervorragende Weiden und jede Menge Brunnen.
Es ist nicht gerecht, dachte Colin, daß Westbrook so großen Erfolg hat, während Christina in ihrem kalten Grab liegt.
»Gut«, sagte Colin und entließ den Mann. Er blickte nachdenklich in sein Glas, und als er wieder den Kopf hob, sah er einen Reiter in der Ferne. Beim Näherkommen erkannte er, daß es eine Frau war. Sie saß aber nicht seitwärts im Sattel, sondern ritt wie ein Mann. Deshalb konnte es nur Pauline Downs sein.
Colin ahnte, daß Pauline sich Chancen ausrechnete, die nächste Mrs. MacGregor zu werden. Er erinnerte sich noch gut an seinen letzten Besuch auf Lismore. Er wollte mit ihr über die fünftausend Morgen Land sprechen, einen Wald am Südrand der Berge. Er befand sich seit dreiunddreißig Jahren im Besitz der Downs; der alte Downs hatte ihn gekauft, als er sich 1840 seine Ländereien im westlichen Distrikt sicherte. Die meisten Leute hielten den Wald für nutzlos. Er eignete sich nicht als Weideland, es gab dort nicht genügend Wasser, und man konnte weder Weizen noch andere Getreidearten anbauen. Aber etwas sprach für diesen Wald, und das machte ihn für Colin unbezahlbar: Er bildete die Nordgrenze von Merinda.
Colin erinnerte sich noch, wie glücklich und strahlend ihn Pauline begrüßt hatte, wie sie ihn mit ihrem Charme und ihren weiblichen Künsten bezaubern wollte. Als er ihr den Zweck seines Besuchs nannte, hatte sich ihr Verhalten schlagartig geändert. Sie erklärte sehr kühl und förmlich, sie wisse nicht, ob ihr Bruder verkaufen werde. Außerdem sei sie nicht sicher, ob sie Frank dazu raten solle.
Colin hatte einmal tatsächlich kurz in Erwägung gezogen, Pauline zu

heiraten. Aber als er an ihren Charakter dachte – die Neigung zu Unabhängigkeit, ihr leidenschaftlich kämpferisches Wesen –, entschied er, eine Ehe mit ihr sei ein Fehler. Colin suchte weniger eine Frau und Partnerin, sondern mehr eine Mutter für seine Kinder. Ihm kam es darauf an, daß die nächste Mrs. MacGregor eine nachgiebige und fügsame Frau war, die viele Kinder bekam. Darüber hinaus sollte sie keine Forderungen stellen. Außerhalb des Schlafzimmers und des Kinderzimmers würden sie wenig miteinander zu tun haben. Pauline Downs entsprach diesen Vorstellungen nicht.

»Guten Tag, Mr. MacGregor«, rief sie und zügelte Samson, »ich hoffe, ich störe nicht?« Sie musterte Colin, der groß und aufrecht in der Sonne stand. Der leichte Wind fuhr ihm durch die pechschwarzen Haare. Zu ihrer Überraschung spürte sie sexuelles Verlangen.

»Sie stören keineswegs, Miss Downs. Ich befreie das Land von den Schädlingen. Möchten Sie mir dabei Gesellschaft leisten? Ich habe noch genug zusätzliche Gewehre.«

»Ich brauche kein Gewehr«, erwiderte sie mit einer Geste auf ihren Bogen.

»Aber Miss Downs«, sagte Colin, »Pfeil und Bogen sind doch keine Waffen für eine richtige Jagd.«

»Ich treffe alles mit einem Pfeil, was Sie mit einer Kugel treffen können.«

Er lächelte. »Also gut, wie wäre es mit diesem Baum dort drüben? Was meinen Sie, ist er mehr als einhundert Meter von uns entfernt? Kann Ihr Pfeil ihn noch treffen?«

Colin beobachtete Pauline aufmerksam. Sie sprang vom Pferd, wählte einen Pfeil und spannte den Bogen. Unwillkürlich bewunderte er, wie sie im strahlenden Sonnenlicht im Gras stand. Sie trug ein knöchellanges Kleid mit einem enganliegenden Oberteil und einem weiten Rock. Die vollen Brüste fanden ihr Gegengewicht in der eleganten Tournüre. Ein Federhut saß auf ihren platinblonden Locken. Die linke Hand umfaßte den Langbogen. Sie zog den rechten Arm bis hinter das Ohr und zielte – Colin mußte an ein Gedicht denken, das er einst gelesen hatte: *›Kalte Diana, Mondjägerin, ewige Jungfrau, todbringende Jägerin des Hirschs . . .‹*

Er wußte, Paulines Äußeres täuschte. Sie war groß und schlank, hatte helle Haut und wirkte ausgesprochen weiblich. Sie erweckte den Eindruck, als sei sie zart und zerbrechlich, wie man es von einer modebewußten Dame der besseren Gesellschaft erwartete. Aber Pauline war eine starke Frau – körperlich und geistig. Nicht jeder wußte, daß sie den Langbogen meisterhaft beherrschte und beim Spannen der Sehne mühelos vierzig Pfund zog.

Er sah, wie sie die Sehne losließ, und der Pfeil genau und sicher das Ziel traf. Er mußte sich eingestehen, daß etwas sinnlich Aufreizendes davon ausging, wie Pauline Pfeil und Bogen handhabte. Sie hielt den Rücken aufrecht, hatte die Schultern gespannt, das Kinn berührte die linke Schulter. Er fand, sie war eine Frau wie geschaffen für das Schlafzimmer.

Als Pauline nach dem nächsten Pfeil griff und sich auf den Schuß vorbereitete, sagte Colin: »Das scheint mir ein unfairer Wettstreit, Miss Downs. Sie schießen auf ein unbewegliches Ziel.«

Pauline drehte sich mit gespannter Sehne blitzschnell herum und richtete den Pfeil auf Colin. Er erschrak und mußte dann lachen. »Können Sie mit einer so primitiven Waffe jagen, Miss Downs? Oder zielen Sie nur auf Bäume und Heuhaufen?«

Sie entspannte die Sehne und ließ den Bogen sinken. »Es gibt nichts, was ich mit diesem Bogen nicht treffe, Mr. MacGregor«, erwiderte sie vielsagend.

»Aber ist er so gut wie ein Gewehr?«

»Wollen Sie eine Kostprobe?«

Er lachte. »Wir haben ein blaugraues Känguruh mit einem *Joey* am Fluß gesehen. Ich habe es Judd als Jagdtrophäe versprochen. Mein Sohn ist erst neun, und ihm steht sein erster Treffer noch bevor. Möchten Sie uns begleiten? Oder haben Sie vielleicht doch Zweifel an der Treffsicherheit von Pfeil und Bogen?«

»Im Gegenteil, Mr. MacGregor. Ich zweifle keineswegs daran. Ich werde Ihnen mit dem größten Vergnügen beweisen, was ein Pfeil alles vermag.«

3

Die Jagdgesellschaft machte sich in Richtung Fluß auf den Weg. An der Spitze ritten Pauline und Colin. Judd auf seinem Pony trabte zwischen ihnen. Die Diener folgten mit Decken, Picknickkörben und Gewehren. Den Schluß bildete der Fährtensucher, der alte Ezekial. Er ritt ohne Sattel. »Übrigens, Mr. MacGregor«, sagte Pauline, »sind Sie noch an den fünftausend Morgen Land interessiert?«

»Hat Ihr Bruder beschlossen zu verkaufen?«

Frank wußte von der ganzen Sache bis jetzt nichts, aber Pauline konnte sich darauf verlassen, daß er keine Einwände haben würde. Für ihn war das Land nutzlos, und wenn der Verkauf Pauline glücklich machte, dann würde er zustimmen. »Ich bin sicher, er kann überredet werden«, erwiderte sie.

»Wann kann ich ihn treffen, um die Vertragsbedingungen auszuhandeln?«

»Frank hat zuviel mit der Zeitung zu tun, um sich auch noch damit zu beschäftigen. Sie können mit mir verhandeln.«

»Wie sehen die Bedingungen also aus?«

»Das weiß ich noch nicht. Aber ich bin sicher, daß Sie und ich eine Art Einigung finden werden.«

Er sah sie prüfend an und schwieg.

»Wie alt ist Judd jetzt?« fragte Pauline. »Neun, wenn ich nicht irre. Sie werden ihn also bald auf die Schule schicken.«

»Ich habe beschlossen, ihn nicht auf die Schule zu schicken. Ich möchte ihn bei mir behalten.«

»Das arme Kind. Er ist in einem so schwierigen Alter und hat keine Mutter. Im Distrikt erzählt man sich, Mr. MacGregor, daß Sie und Wilma Todd Heiratsabsichten haben.«

»Die Leute im Distrikt scheinen nichts Besseres zu tun zu haben, als dummes Zeug zu reden. Und um Klarheit zu schaffen, Miss Downs, ich habe nicht die Absicht, Miss Todd einen Heiratsantrag zu machen. Ich werde auch Verity Campbell nicht heiraten, über die man im Zusammenhang mit mir bestimmt ebenfalls redet.«

»Sie wollen also nicht wieder heiraten?«

»O doch, das will ich unter allen Umständen. Aber ich habe nicht die Absicht, eine Frau aus dem Distrikt zu heiraten.«

Während er über die verschiedenen Kandidatinnen sprach, die er in Erwägung zog – es waren Töchter angesehener Familien aus Melbourne –, geriet Paulines Selbstbewußtsein ins Wanken. Aber dann erinnerte sie sich daran, was sie über ihn wußte, und ihr Selbstbewußtsein kehrte zurück.

Keine der jungen Damen, die sich Hoffnungen auf Colin MacGregor machten, wußte, daß er in der Nacht als Christina starb, geschworen hatte, sich an dem Mann zu rächen, den er für den Tod seiner Frau und des ungeborenen Kindes verantwortlich machte: Hugh Westbrook. Joanna war nicht gekommen, als er sie rufen ließ. Colin machte Westbrook dafür verantwortlich. Seit damals beobachtete Pauline, wie MacGregors Besessenheit wuchs, Hugh in den Ruin zu treiben. Sie wußte, daß er auch aus diesem Grund die fünftausend Morgen Land unbedingt kaufen wollte. Merinda sollte fallen, und damit würde er den Mann vernichten, der für Christinas Tod büßen sollte. Es beunruhigte Pauline nicht, daß dieser Plan gelingen mochte. Hugh war ein ebenbürtiger Gegner. Es würde zu einem heftigen Kampf kommen, und Pauline versprach sich viel davon, die beiden Männer als erbitterte Konkurrenten zu erleben.

Sie dachte an die fünftausend Morgen Land an der Nordgrenze von Merinda. Es war nicht schwer zu erraten, was Colin damit vorhatte. Rache, dachte sie, ist ein machtvolles Werkzeug. Wenn sie klug zu Werke ging, dann konnte sie es zu ihrem Vorteil nutzen.

Als sie den Fluß erreichten, flogen Regenpfeifer, die in der Nähe nisteten, erschrocken auf und umkreisten die Eindringlinge, wobei sie ihre sonderbaren Warnrufe ausstießen. Ezekial übernahm die Führung. Er lenkte sein Pferd zum Ufer und überprüfte den Boden. Colin folgte ihm mit Pauline und Judd. Hier unten am Wasser war es still. Die Luft roch nach Fäulnis und Erde. Dunkle Schatten lagen zwischen den riesigen Stämmen der Eukalyptusbäume. Die Pferde gingen vorsichtig und langsam. Sie mußten umgestürzten, von Termiten zerfressenen Baumstämmen und Schlangenlöchern ausweichen. Ein Emu lag mit ausgestrecktem Hals auf einem Nest und rührte sich auch nicht, als die Pferde dicht an ihm vorüberkamen. Über ihnen saßen zwitschernd kleine rosagraue Vögel vor einem Baumloch.

»Sie ist hier gewesen, Mr. MacGregor«, sagte Ezekial leise und deutete auf eine frische Känguruhspur, »vor noch nicht langer Zeit. Heute morgen vielleicht. Sie hat auch ein *Joey*.«

Colin nickte und drehte sich nach Pauline um. Ihr Langbogen lag quer über dem Sattel. Den Köcher mit den Pfeilen trug sie über den Schultern. Sie wollten beide versuchen, das Muttertier zu erlegen – Colin mit dem Gewehr und Pauline mit Pfeil und Bogen. Aber das *Joey*, hatte Colin bestimmt, sollte Judd vorbehalten sein.
An einer flachen Stelle überquerten sie den Fluß und ritten eine kurze Strecke am anderen Ufer weiter, bis der Fährtensucher einem kleinen Flußarm folgte. Ezekial hob plötzlich die Hand. Alle warteten schweigend. Er glitt vom Pferd und untersuchte kniend den Boden.
Ezekial kannte die Gegend gut. Er war in der Kindheit mit seiner beinahe dreißigköpfigen Sippe oft hier durchgezogen. Nicht weit von diesem Platz hatten sie flußaufwärts das Lager aufgeschlagen. In späteren Jahren hatte Ezekial erlebt, wie seine Leute an den Krankheiten der Weißen starben oder von den Weißen, die das Land wollten, niedergemetzelt wurden. Er war als einziger seiner Sippe noch am Leben und verdingte sich als Fährtensucher.
»Na Alter«, fragte Colin, »wie sieht es aus?«
Ezekial erhob sich stirnrunzelnd. »Ich glaube, das blaugraue Känguruh ist in diese Richtung durch die Bäume gelaufen, Mr. MacGregor. Aber der alte Ezekial geht nicht dorthin.»
»Warum nicht?«
»Die Stelle ist tabu, Mr. MacGregor. Sie gehört dem Emu-Träumen. Es bringt Unglück, wenn wir weitergehen.«
»Dann bleib hier. Judd, du kommst mit.«
Sie ritten durch die Bäume bis zu einer kleinen Lichtung. Dort saßen sie ab und übergaben die Pferde einem Diener. Dann folgten sie schweigend der Fährte.
Pauline hielt den Bogen schußbereit. Sie hatte einen Jagdpfeil mit einer tödlichen Eisenspitze auf die Sehne gelegt. Sie war froh, daß sie ihr speziell zum Bogenschießen entworfenes Kleid trug – eine enganliegende Tweedjacke mit knöchellangem Rock. Eine Hose wäre praktischer gewesen, aber wenigstens schleppte der Rocksaum nicht über den Boden.
Colin hörte ein Geräusch, blieb sofort stehen und sah sich prüfend um. Judd, der nicht aufpaßte, stieß gegen seinen Vater und erhielt einen tadelnden Blick. Die drei lauschten mit angehaltenem Atem.
»Dort drüben!« flüsterte Pauline. Sie hob den Bogen und zielte.

Das blaugraue Muttertier hob den Kopf und blickte auf die Menschen. In der Nähe saß das *Joey* und fraß saftig grünes Gras.
Colin legte an, aber Paulines Pfeil schwirrte bereits durch die Luft.
Das Känguruh schlug mit einem seiner großen Hinterläufe auf den Boden. Das *Joey* hörte das Warnsignal und sah, wie seine Mutter in die Luft sprang und der Pfeil sich in ihre Flanke bohrte. Sie stürzte zuckend zu Boden. Dann richtete sie sich auf und sprang mit blutender Hüfte davon.
Ehe Pauline einen zweiten Pfeil auf die Sehne legen konnte, schoß Colin, und das Känguruh fiel mit einem dumpfen Schlag auf die Erde.
Das *Joey* sprang in Panik zu seiner Mutter. Dann drehte es sich auf seinem Schwanz um und hüpfte in die andere Richtung.
»Schieß, Judd!« rief Colin. »Das ist ein gutes Ziel. Jetzt hast du deine Chance!«
Judd erstarrte. Er zitterte so heftig, daß er das Gewehr nicht ruhig halten konnte.
»Jetzt!«
Judd versuchte krampfhaft, mit dem Lauf dem ängstlichen *Joey* zu folgen. Ihm wurde übel. Er fing an zu weinen.
»Verdammt noch mal«, schrie sein Vater, *»schieß!«*
Judd zog am Abzug und fiel auf den Rücken.
»Du hast getroffen!« rief Colin und lief zu den toten Känguruhs. »Es ist das Känguruh, das wir im letzten Frühling erlegen wollten, Judd! Ich habe dir damals schon gesagt, daß es ein Junges im Beutel trug.« Er stellte den Stiefel auf das Känguruh und zog Paulines Pfeil mit einem Ruck aus der Flanke. Er warf ihn ihr zu und rief triumphierend: »Ich glaube, Sie haben den Wettkampf verloren, Miss Downs!«
Aber Pauline kümmerte sich nicht um ihn, sondern half Judd beim Aufstehen. »Schon gut«, sagte sie leise und liebevoll, »es ist alles in Ordnung.«
Aber der Junge weinte hemmungslos. »Das arme kleine *Joey*!« stieß er schluchzend hervor. »Das arme kleine *Joey*!«
Colin sagte ärgerlich: »Komm her, Judd!«
Der Junge rührte sich nicht. Er bebte am ganzen Körper.
Die Diener hatten die Schüsse gehört und eilten herbei. »Ein guter Schuß, Sir!« sagte einer. Er zog ein Messer aus dem Gürtel, kniete nieder und begann, die Schwänze der Känguruhs abzutrennen.

»Judd«, wiederholte Colin mit Nachdruck, »komm her und hol dir deine Trophäe ab.«
Aber der Junge kämpfte mit seinen Tränen und schluchzte immer heftiger. »Geh schon, Judd«, sagte Pauline und stieß ihn sanft an. »Tu, was dein Vater sagt.«
Schließlich ging Judd hölzern und mit vor Entsetzen weit aufgerissenen Augen zu seinem Vater. Als er die blutigen Schwänze neben den leblosen Körpern sah, drehte er sich um und übergab sich.
»Komm hierher, mein Sohn!« befahl Colin und griff nach dem Schwanz des *Joey*. »Das ist dein erster Treffer. Du kannst stolz darauf sein.«
Als er Judd beim Arm nahm, rief Pauline: »Warten Sie, Colin«, denn sie wußte, was er tun wollte.
Aber es war zu spät. Colin strich den blutigen Schwanz über Judds Gesicht und Haare.
Das Kind schrie.
»Was soll das?« schimpfte Colin und versuchte, den um sich schlagenden Judd festzuhalten.
»Er hat Angst«, sagte Pauline, »lassen Sie ihn los.«
»Angst! Unsinn, Miss Downs, ich habe die Bluttaufe mit sieben bekommen und hatte keine Angst.«
»Er versteht das nicht! Er weiß nicht, was Sie tun.«
Während die Diener sich besorgte Blicke zuwarfen – wenn ihr Herr schlechte Laune hatte, dann mußten sie alle darunter leiden –, beobachtete Ezekial das Geschehen aus sicherer Entfernung. Er hatte dieses Ritual schon einmal gesehen – das Abschneiden der Schwänze. Und wenn jemand einen ersten Treffer erzielt hatte, wurde er mit dem Blut des Opfers bestrichen. Einer der Farmer hatte Ezekial diese alte Tradition erklärt und gesagt, in seiner Heimat jage man ein Tier, das Fuchs hieß. Ezekial fand, es war eines der wenigen Rituale der Weißen, die ihm vernünftig erschienen. Allerdings vergaßen die Weißen immer, ein Tier um Vergebung zu bitten, bevor sie es töteten. Kein Ureinwohner würde eine so wichtige Regel übertreten, denn das bedeutete Unglück.
Judd schrie und strampelte, bis Colin ihn schließlich losließ. Dann rannte er von seinem Vater weg, und Pauline nahm ihn in die Arme. »Beruhige, beruhige dich«, versuchte sie, ihn zu trösten, »es ist ja alles vorbei. Das muß jeder beim ersten Mal über sich ergehen lassen. Es wird nicht wieder geschehen.«

»Hören Sie auf, ihn zu verwöhnen«, rief Colin wütend, »wie soll er heranwachsen und ein Mann werden, wenn er jetzt nicht damit anfängt. Hör auf zu weinen, Judd!«
»Wenn Sie ihn so anfahren, hilft das nichts. Es macht die Sache nur noch schlimmer. Sehen Sie denn nicht, wie verstört er ist?« Sie strich Judd sanft über die Haare und sagte: »Ist ja gut. Wir gehen jetzt zurück.«
Sie übergab Judd einem der Diener, der ihm das Gesicht wusch.
Colin kam zu Pauline. »Entschuldigen Sie bitte, daß ich Sie angeschrien habe, Miss Downs. Ich mache mir um Judd Sorgen. Er muß lernen, selbständig zu werden. Wissen Sie, wenn ich ihn verlieren sollte ...«
»Der Junge ist in Ordnung, Mr. MacGregor.«
Sie drehte sich um und legte die Hand über die Augen. »Beginnt dort drüben nicht bereits Merinda? Ach übrigens, haben Sie schon gehört, daß Hughs Frau ihr erstes Kind erwartet, Mr. MacGregor?«
Sie sah, wie Colins Gesicht versteinerte.
»Es würde mich nicht überraschen«, sagte Pauline lachend, »wenn Sie in wenigen Jahren eine ganze Sippe von Westbrooks als Nachbarn haben! Wie ich höre, hat Hugh Erfolg. Er läßt sogar ein neues großes Haus unten am Fluß bauen. Offenbar hat er einen außergewöhnlichen Widder gekauft, und er behauptet, mit diesem Widder eine neue, widerstandsfähigere Schafrasse zu züchten. Wer hätte das gedacht, Mr. MacGregor, als Hugh damals in den Distrikt gekommen ist?«
Sie sah, wohin er starrte: auf das Land am Fuß der Berge, auf die fünftausend Morgen Wald an Merindas Nordgrenze. Als sie weitergehen wollte, nahm Colin plötzlich ihren Arm und sagte: »Miss Downs, Ihr Bruder will also das Land dort verkaufen?«
»Nun«, erwiderte sie langsam, »*verkaufen* ist vielleicht nicht ganz das richtige Wort.«
»Was wollen Sie damit sagen?«
Sie blickte zu Judd, der sich von dem Schrecken offenbar wieder erholt hatte. »Es geht ihm wieder besser«, meinte Pauline, »er braucht eben ab und zu auch eine sanfte Hand.«
Nach kurzem Schweigen sagte Colin betont langsam: »Sie hatten recht, als Sie meinten, Judd brauche eine Mutter, Miss Downs. Ich habe schon viel darüber nachgedacht. Vielleicht wäre es nicht richtig, dem Jungen eine Fremde zuzumuten. Er braucht jemanden, den er bereits kennt.«
»Er kennt Miss Todd und Miss Campbell?«

»Ja.«
Pauline sah ihn an. Der Wind wehte durch seine schwarzen Haare. Er schien nach den richtigen Worten zu suchen. »Ich denke, Miss Downs, Judd würde sich vielleicht mehr darüber freuen, wenn ich jemanden wie Sie heirate.«
»Wie mich?«
Er blickte hinüber zu den Bergen, wo Hugh Westbrooks erfolgreiche Farm Merinda lag und stellte sich vor, welch glückliches Leben dieser Mann mit seiner Frau führte. »Denken Sie darüber nach?« sagte er.
Pauline lächelte: »Vielleicht«, sagte sie.

Kapitel Vierzehn

1

»Meine liebe Schwester«, begann der Brief, »nach fünf Monaten auf dem Meer sind wir schließlich in Sydney angekommen. Mit Worten kann man die Qualen unserer Reise nicht beschreiben. Miss Pratt und ich mußten uns mit zwei anderen Frauen eine Kabine teilen, die zwei mal drei Meter groß war. Wir schliefen auf so schmalen Pritschen, daß man nicht richtig darauf liegen konnte, und drei mußten den Raum verlassen, während sich die Vierte anzog. Auf dem Schiff gab es nur zwei Toiletten für über zweihundert Passagiere, und sie befanden sich neben unserer Kabine. Der Gestank war bestialisch und unerträglich. Viele der Einwanderer besaßen nicht einmal Kleidung zum Wechseln. Wir wurden von Läusen schier aufgefressen. Außerdem wimmelte es auf dem Schiff vor Ratten. Auf der Überfahrt kamen acht Kinder zur Welt, fünf starben.«

Joanna blickte auf den Regen, der sanft gegen die Fensterscheibe ihres Hotelzimmers trommelte. Sie sah gerade noch den Schein der Gaslampen auf der Straße und hörte das Quietschen und Rumpeln der Fuhrwerke und Kutschen, die langsam vorüberrollten, und das Klappern der Pferdehufe auf dem Pflaster. Draußen war es kalt, aber das Feuer in den beiden offenen Kaminen der Suite – ein Wohnzimmer und ein Schlafzimmer – im King George Hotel verbreitete eine wohlige Wärme. Sie saß im Wohnzimmer und blickte versonnen auf den Regen, während es draußen langsam dunkel wurde. Seit dem frühen Morgen war sie an der Arbeit und las die Papiere in den Kartons, die Frank Downs von der *Times* hatte bringen lassen. Es handelte sich um eine seltsame Mischung aus Dokumenten, Urkunden, Notizen, Briefen, Rechnungen und Quit-

tungen, alten vergilbten Zeitungen – sogar Tagebücher und ein Schiffslogbuch befanden sich darunter –, und sie gingen bis zum Jahr 1790 zurück. Die Redakteure der *Times* hatten sie gesammelt und katalogisiert, denn Frank plante, ein besonderes Buch zu veröffentlichen, eine Art Album zur Hundertjahrfeier von Australien, die in vier Jahren stattfinden sollte. Er hatte Joanna die Unterlagen zur Verfügung gestellt, nachdem sie ihm von Patrick Lathrops Brief und der Erwähnung eines Schiffes mit einem mythologischen Tiernamen erzählte. »Die Aussies haben Sinn für Mythologie und Geheimnisse«, hatte Frank gesagt. »Die Geschichte Ihrer Familie, meine liebe Joanna, ist ganz bestimmt ein Geheimnis. Wenn Sie unter diesen Dingen etwas entdekken, das Sie auf die Spur von Karra Karra führt, und wenn Sie den Ort schließlich finden, dann wird es bestimmt eine gute Geschichte für die *Times*.«
Joanna dachte, es sei bestimmt mehr als ›eine gute Geschichte‹. Aber sie war für Franks Hilfe dankbar. Es gefiel ihr auch, daß Frank Downs soviel Begeisterung für sein junges Land aufbrachte. »Es ist nur wenigen bewußt, Joanna«, hatte er gesagt, »aber es gibt Australien nur, weil Amerika von England abgefallen ist. Bis 1776 hat England die unerwünschten Verbrecher in die amerikanischen Kolonien geschickt. Als diese Tür geschlossen war, mußte man für den Abschaum einen anderen Platz finden. Australien wurde dazu auserkoren, und jetzt sind wir hier.« Das Buch war Franks persönliches Projekt. Es sollte im Januar 1878 veröffentlicht werden, denn dann feierten die australischen Kolonien ihren hundertsten Geburtstag. Frank hatte erzählt, das Buch werde mit der Entdeckung Australiens durch Kapitän Cook beginnen. Als Joanna fragte, ob den Ureinwohnern wohl bewußt gewesen sei, daß man sie und ihr Land ›entdeckt‹ hatte, sagte Hugh: »Erobert ist wohl das richtigere Wort dafür.«
Joanna dachte an Sarah und überlegte, was sie im Augenblick wohl tun mochte. Vermutlich beobachtete sie Philip McNeal und seine Leute unten am Fluß bei der Arbeit. Joanna war Sarahs wachsende Beschäftigung mit dem Amerikaner nicht entgangen. Sie hielt sich möglichst immer in seiner Nähe auf.
Die Uhr auf dem Kamin schlug sechsmal und erinnerte Joanna an die Zeit. Hugh hatte sich am Vormittag auf den Weg gemacht, um den Transport seines neuen Widders, den er Zeus nennen wollte, zur Farm in

die Wege zu leiten. Dann wollte er zu einer Miss Tallhill gehen, der er Joannas Urkunde und eine Textprobe von John Makepeaces Stenographie überlassen hatte. Außerdem wollte er bei einem Edelsteinexperten erfragen, welchen Wert der Feueropal besaß, den Joanna geerbt hatte. Sie rechnete jeden Augenblick mit Hughs Rückkehr, denn sie hatten sich mit Frank Downs im Hotel zum Abendessen verabredet.

Sie blickte noch einmal auf den Brief, den sie gerade gelesen hatte. Er stammte von einer Miss Margo Pelletier aus dem Jahr 1820. Wie war Frank wohl zu diesem Brief gekommen? überlegte Joanna. Was für eine Frau mochte Miss Pelletier gewesen sein? Weshalb hatte sie England verlassen und war nach Australien gekommen?

Joanna griff nach einem Blatt Papier, auf dem stand: ›*An den Generalanwalt George Fletcher Moore, West Australien, 1834. Ein Bericht über die Lage der Aborigines in der Kolonie.*‹ Sie las: ›Die Schwarzen sind eine ungewöhnliche Menschenrasse. Sie besitzen keine Spur von Zivilisation. Sie leben weder in Häusern noch sonstigen Behausungen und beten keinen Gott an. Sie fürchten keine Teufel, verherrlichen Blutbäder, besitzen keine Moral und haben kein Gewissen. Sie pflegen nicht das Land, wie es ein Weißer tun wird.‹

Bei ihrer stundenlangen Arbeit war Joanna noch nicht auf die Erwähnung eines Schiffs mit einem mythologischen Namen gestoßen, nicht einmal auf einen Hinweis, der ihr geholfen hätte, dem Rätsel der Vergangenheit ihrer Familie näherzukommen. Sie hatte gehofft, irgendwo in diesen Papieren werde der rote Berg erwähnt oder sogar ein weißes Ehepaar, das mit seinem Kind bei den Ureinwohnern lebte. Auch das Buch ›*Mein Leben unter den Aborigines*‹ aus der Buchhandlung in Cameron Town hatte keine brauchbaren Informationen geliefert.

Sie öffnete die letzte Schachtel und nahm eine handgeschriebene Notiz heraus, auf der stand: ›Wer am vergangenen Sonntag meine Pferde gestohlen hat, wird überführt werden! Und er wird bedauern, daß er es getan hat.‹ In dem Blatt war in der Mitte oben ein Loch. Offenbar war es an einen Baum genagelt worden.

Schließlich fand sie noch eine vergilbte Ausgabe von Sydney *Gazette* aus dem Jahr 1835.

»Bekanntmachung«, las sie, ›Die *Nimrod* mit Kapitän White lief am Samstag aus London, Plymoth, Teneriffa und dem Kap kommend im Hafen von Sydney ein. Das Schiff hat Kupfer, Werkzeuge, Stoff, Kutschen, Post und landwirtschaftliche Güter an Bord. Außerdem eine Reihe von Passagieren. Die Schiffseigner, Buchanan und Co., geben hiermit der verehrten Öffentlichkeit bekannt, daß die *Nimrod* in einer Woche wieder nach England zurückkehren wird und zwanzig Passagiere aufnehmen kann.‹

Gibt es irgendwo noch so eine Bekanntmachung, fragte sich Joanna, die 1830 die Ankunft des Schiffs *Minotaurus* oder *Zyklop* oder *Pegasus* mit Frachtgütern und Passagieren mitteilt? Befand sich unter diesen Reisenden ein Mann namens John Makepeace mit seiner jungen Frau Naomi?

Wo auf diesem großen, weiten Kontinent sind sie an Land gegangen?

»Sie werden keine Unterlagen über Schiffe finden, die 1830 Melbourne angelaufen sind«, hatte Frank ihr erklärt. »Damals existierte Melbourne noch nicht. Es gab hier nichts als Ureinwohner, die Aborigines.« Das bedeutete, es kamen nur Sydney und Brisbane im Osten, Adelaide im Süden und Perth im Westen in Frage.

Joanna war fest entschlossen, die Hoffnung nicht aufzugeben. Sie dachte an die Briefe, die sie an die Schiffseigner richten wollte, deren Adressen Frank ihr versprochen hatte. Sie würde bei den Reedereien nach einem Schiff mit einem mythologischen Namen fragen und einem Ehepaar namens Makepeace. Wenn sie das herausfinden konnte, dann würde sie vielleicht feststellen können, wohin die Großeltern von ihrem Bestimmungshafen gegangen waren und wo ihre Mutter geboren wurde. Und dann konnte sie das Rätsel der Vergangenheit lösen und die Träume verstehen, die sie noch immer quälten. Nur dann würde sie die Angst überwinden, auch das ungeborene Kind werde die Last dieser Vergangenheit erben.

2

Miss Adele Tallhills leise Stimme klang wie das Flüstern des Regens hinter den Fensterscheiben. »Mr. Westbrook, die Beschäftigung mit der Urkunde hat mir unterhaltsame Stunden gebracht. Es glich eher der Lösung eines Puzzles. Und ich bin glücklich, Ihnen sagen zu können, daß es mir gelungen ist, einen Teil der Worte zu entziffern.«

Hugh und Miss Tallhill saßen in ihrem Wohnzimmer, das ein knistern-

des Feuer wärmte. Auf einem Tisch vor ihnen stand ein Tablett mit Sherry und Gebäck. Überall im Zimmer gab es Nippsachen, und es duftete stark nach Lavendel.
Hugh hatte dieser an den Rollstuhl gefesselten Frau, die bei ihren Eltern lebte und sich mit Schreibarbeiten ein bescheidenes Einkommen verdiente, die Urkunde und eine Probe von John Makepeaces Stenographie gebracht. Miss Tallhill schrieb auf Bestellung private Briefe, Urkunden und Einladungen sowie phantasievolle Liebesbriefe. In Melbourne galt sie auch als Expertin für Handschriftenanalyse.
Hugh warf einen verstohlenen Blick auf die Uhr über dem Kamin. Er mußte so schnell wie möglich zum Hotel zurück und brannte darauf, Joanna seine Neuigkeiten zu berichten. Nachdem er den Transport seines Widders nach Merinda geregelt hatte, war er in dem Büro von Buchanan und Co., einer großen Reederei, gewesen und hatte erfahren, daß sie Schiffe mit dem Namen *Pegasus* und *Minotaurus* besaß. Man hatte Hugh versprochen, sich beim Hauptsitz der Reederei in London nach der Geschichte der beiden Schiffe zu erkundigen.
Außerdem war er mit dem Feueropal bei einem Juwelier gewesen. Er hatte den Mann um eine Schätzung gebeten und um einen möglichen Hinweis auf seine Herkunft. Der Juwelier konnte das Ursprungsland nicht feststellen, auch nicht den Marktwert, aber er hatte Hugh angeboten, den Stein zu einem beachtlichen Preis zu kaufen.
»Was haben Sie entziffern können, Miss Tallhill?« fragte er.
Sie sah ihren Gast prüfend an. Sie schätzte ihn auf Anfang dreißig. Er hatte rauchgraue Augen und eine attraktive Falte zwischen den Brauen. Ein angenehmer schwacher Duft umgab ihn, und nach einer Weile wurde ihr bewußt, er roch nach Lanolin. Sie hatte das bei Schafzüchtern schon öfter bemerkt. Das Lanolin schien ihnen unter die Haut zu gehen. Dieser Mann besaß die Robustheit der Leute aus dem Busch, aber in einer Hinsicht unterschied er sich von anderen Männern dieser Lebensweise: Er besaß Manieren und eine Kultiviertheit, wie man sie bei Männern, die nicht in der Stadt wohnten, selten erlebte.
Mrs. Tallhill legte die Urkunde vor ihn auf den Tisch und deutete mit ihrem langen, zarten Zeigefinger darauf. »Ich habe mich zuerst auf diese Stelle hier konzentriert«, sagte sie. »Zwei Tagesritte von etwas Unleserlichem, und 20 Kilometer von etwas, das wie Bo . . . Creek aussieht. Ich will Ihnen zeigen, wie ich es schließlich herausgefunden habe.« Sie

nahm ein Blatt Papier. »Sehen Sie auf der Urkunde hier diese Rundung und hier diese Linie. Ich habe die Worte, so gut ich konnte abgeschrieben und mich dabei an die leserlichen Linien gehalten. Wie Sie auf diesem Blatt sehen, habe ich sie dann auf eine andere Weise geschrieben, das heißt, ich füllte die unleserlichen Stellen so lange mit immer wieder anderen Buchstaben, bis ein mögliches Wort daraus wurde. Hier, Mr. Westbrook, dieser Buchstabe ist ein ›t‹. Der hier sieht wie ein ›l‹ aus. Wenn man ein ›l‹ schreibt, ergibt das keinen Sinn. Aber wenn man den Buchstaben für ein langgezogenes ›e‹ hält, dann bekommen wir ein richtiges Wort.«

Hugh verglich die beiden Schriftproben mit den verblaßten Buchstaben auf der Urkunde. »Das erste Wort, Mr. Westbrook«, fuhr sie fort, »heißt Durrebar.«

»Ja«, sagte er und nickte zustimmend, »ich kann es jetzt sehen.«

»Das zweite Wort erwies sich als etwas schwieriger. Aber es ist mir gelungen, es zu entziffern. Bowman's Creek. Und so habe ich es herausgefunden.« Sie nahm ein zweites Blatt Papier, auf dem verschiedene Worte in unterschiedlichen Schreibweisen standen.

»Ich zweifle nicht daran, Mr. Westbrook, daß das auf dieser Urkunde bezeichnete Land zwei Tagesritte von Durrebar entfernt liegt. Vermutlich ist das eine Bezeichnung der Aborigines für einen bestimmten Platz. Und er liegt zwanzig Kilometer von Bowman's Creek entfernt.«

»Ja«, Hugh strahlte, »ja natürlich. Haben Sie herausfinden können, in welcher Kolonie die Urkunde ausgestellt wurde?«

»Leider nein. Offensichtlich war das Dokument irgendwann einmal Wasser ausgesetzt. Das offizielle Siegel und das Datum sind beinahe völlig unleserlich. Ich habe mich äußerst genau damit beschäftigt, Mr. Westbrook, aber ich kann nichts Leserliches erkennen. Und wie Sie sehen, ist auch die Unterschrift völlig verwischt.«

»Bowman's Creek und Durrebar«, sagte Hugh. Er wollte so schnell wie möglich zurück zum Hotel und zu Joanna. »Ich kann Ihnen nicht genug danken, Miss Tallhill.«

Sie lächelte. »Jeder hätte das gekommt. Es ist nur eine Frage von Zeit und Geduld. Und wie Sie sehen, Mr. Westbrook«, sie legte die rechte Hand auf ein Rad ihres Rollstuhls, »Zeit habe ich im Überfluß.«

»Ist es Ihnen gelungen, die Schriftprobe von John Makepeace zu entziffern?«

»Ich habe mich damit beschäftigt, Mr. Westbrook. Und Sie irren nicht, wenn Sie es für eine Art Stenographie halten. Aber bis jetzt konnte ich das System nicht ergründen. Wenn Sie mir die Schriftprobe hier lassen, werde ich weiter daran arbeiten. Ich kann Ihnen meine Ergebnisse per Post zuschicken.«

Als er Miss Tallhill für ihre Mühe bezahlen wollte, lehnte sie ab und sagte: »Es war mir ein Vergnügen. Und wir haben das Rätsel noch nicht ganz gelöst, Mr. Westbrook. Ich werde mich sofort wieder mit der Kurzschrift beschäftigen.«

Er verabschiedete sich, und Miss Tallhill fuhr mit dem Rollstuhl ans Fenster. Sie teilte den Vorhang, blickte auf die regennasse Straße hinaus und sah, wie er eilig in eine Kutsche stieg. Miss Tallhill fand es verblüffend, wie sehr Hugh Westbrook sie an ihren geliebten Stephen erinnert hatte. Ihr Stephen war vor zwanzig Jahren zur Goldsuche aufgebrochen und nie zurückgekommen. Adele hatte die Hoffnung nicht aufgegeben, er werde eines Tages wiederkommen.

Sie rollte wieder zum Kamin. »Eine hysterische Lähmung«, hatten die Ärzte gesagt. »Ihren Beinen fehlt nichts, Miss Tallhill. Sie können gehen, wenn Sie wollen.«

Aber das war Unsinn. Was wußten Ärzte schon von Leiden, die ihre tödlichen Wurzeln im Herzen hatten?

Ja, dachte sie und seufzte. Mr. Westbrook erinnerte sie sehr an ihren geliebten Stephen. Deshalb hatte sie ihn auch nicht mit leeren Händen wegschicken können. Sie hätte es nicht ertragen, auf seinem Gesicht, das Stephens Gesicht so glich, die Enttäuschung zu sehen, wenn sie ihm die Wahrheit gesagt hätte. Es war ihr nicht gelungen, die Worte auf der Urkunde zu entziffern. Vermutlich würde das überhaupt nicht möglich sein, Bowman's Creek klang überzeugend. Und was konnte es schließlich schon ausmachen, daß sie den Namen erfunden hatte, und daß Hugh Westbrook glaubte, es gebe einen solchen Platz? Was war schon dabei, daß sie auch Durrebar erfunden hatte? Als er lächelte, hatte er genau wie Stephen gelächelt...

3

Ein Geheimnis, dachte Frank Downs. Er stand am Fenster und blickte über Melbourne. Das ganze Land ist ein einziges Geheimnis. Er befand sich in seinem Turm hoch über der Stadt und blickte über Dächer, Brükken und Fabrikschornsteine. Frank dachte dabei an das endlose Hinterland an den Busch in der Ferne. Dort gibt es so viele Geschichten, dachte er, so viele Abenteuer und spannende Ereignisse. Deshalb hatte er sich dem Zeitungswesen verschrieben. Er wollte am Puls dieses geheimnisvollen Kontinents sein. Frank wußte, was die Leute lesen wollten. Sie alle hatten eine Ader für ›eine gute Geschichte‹. Ob am Lagerfeuer im Busch oder in den Wohnzimmern von Melbourne, nichts verschaffte einem Australier größeres Wohlbefinden als eine spannende Geschichte. Und die *Times* lieferte sie. Da in den Kolonien inzwischen Schulpflicht bestand, sah Frank in den beiden nächsten Jahrzehnten eine neue Generation Leser heranwachsen, junge, gebildete Menschen. Sie würden Unterhaltung suchen. Die Melbourne *Times* sollte sie ihnen durch den Einsatz und die kreativen Ideen von Frank Downs liefern.

Frank hatte die Zeitung vor vier Jahren für zweitausend Pfund gekauft. Er hatte sich viel einfallen lassen, um sie vor dem Untergang zu retten, und er hatte sie inzwischen in eine sehr beliebte Tageszeitung verwandelt. Frank liebte Neuerungen und Erfindungen. Als er die *Times* übernahm, stellte er fest, daß seine Zeitung als letzte mit den Nachrichten auf den Straßen erschien. Er wußte, um sich gegen die Konkurrenz durchzusetzen, mußte er Wege finden, die Neuigkeiten vor allen anderen zu veröffentlichen. Frank hatte die Idee, seine Reporter mit schnellen Booten den einlaufenden großen Schiffen entgegenzuschicken. Dort kauften sie von Reisenden und der Mannschaft englische Zeitungen, eilten damit in die Stadt zurück, und Frank druckte ›Extraausgaben‹, wobei er die Artikel der englischen Zeitungen Wort für Wort übernahm. Als seine Konkurrenten anfingen, es ihm gleichzutun, hatte Frank eine neue Idee. Er schickte seine Reporter nach Adelaide. Sie gingen auf die Schiffe, bevor sie nach Melbourne kamen. Seine Leute lasen dort die englischen Zeitungen und telegrafierten der *Times* die wichtigsten Nachrichten. Bald arbeiteten Reporter der anderen Zeitungen ebenfalls in Adelaide. Und als Frank die *Times* den Lesern auf dem Land mit der Post zustellen ließ, als seine Ausgaben per Bahn und mit den schnellen Postkutschen von Cobb & Co befördert wurden und damit die nachrichtenhungrige Landbevölkerung als zuverlässige Leser erschloß, folgten *Age* und *Argus* sehr schnell seinem Beispiel.

Franks Erfolg spiegelte sich im Times Tower wider, dem höchsten Gebäude von Melbourne. Es hatte unglaubliche fünf Stockwerke, ragte hoch über die ungepflasterten Straßen in den Himmel, und hinter jedem Fenster brannten Gaslampen. Sein Hochhaus wirkte an diesem nebligen Abend im April wie ein Leuchtturm. Franks Büro befand sich im obersten Stockwerk. Seine Kollegen hatten gelacht, als er dort ›oben bei den Kakadus‹ einzog. Man wußte doch, wie unbequem es war, die vielen Stufen hinaufzusteigen. Männer in führenden Positionen wie Franks Geschäftsfreunde, zum Beispiel die Bankiers, hatten ihre Büros immer im Erdgeschoß. Es war verrückt, in einem Haus nach *oben* zu müssen! Aber Frank begeisterte sich immer für das Neue. Er hatte das Haus mit einem großen Fest eröffnet und seine Freunde in einem dampfgetriebenen Aufzug hinauf in sein Büro gebracht!

Während er jetzt am Fenster stand und über das mit Gaslaternen beleuchtete Melbourne blickte, dachte Frank an die Maschinen seiner Zeitung, die unter seinen Füßen arbeiteten. Die dampfbetriebenen Druckmaschinen standen Tag und Nacht nicht still. Beinahe einhundert Setzer saßen an ihren Setzkästen und bereiteten die Artikel der morgigen Ausgabe Buchstabe für Buchstabe in lange Metallkolumnen auf. In den Redaktionsbüros herrschte große Geschäftigkeit. Boten erschienen mit Berichten vom Parlament, von der Polizei, vom Hafen, während die riesige Uhr hoch oben an der Wand das hektische Treiben wie ein Auge verfolgte und tickend die Minuten zählte. Darunter stand auf einer großen Tafel: DIE *TIMES* SCHLÄFT NIE!

Frank warf einen Blick auf die Uhr und stellte fest, es war Zeit, um ins King George Hotel zu gehen, wo er sich mit den Westbrooks zum Abendessen verabredet hatte.

Joanna Westbrook, dachte er, ja, das ist ein Geheimnis! Manchmal erfaßte ihn selbst die Lust herauszufinden, welch seltsame und furchterregende Dinge sich vor neununddreißig Jahren an diesem Ort namens Karra Karra ereignet haben mochten. Welches Unglück war über einen jungen Weißen, seine Frau und ihre kleine Tochter hereingebrochen? Was war das für ein Fluch oder Gift-Gesang oder was immer es auch sein mochte, der seitdem auf ihrem Leben und dem ihrer Nachkommen lag?

Und dann diese seltsamen Träume von einer Regenbogenschlange... Wie war es dem jungen Paar gelungen, bei den Ureinwohnern zu leben, die vermutlich zum ersten Mal Weißen begegneten?
Man hörte immer wieder Berichte von ›Weißen in der Wildnis‹, von einem Mann oder einer Frau, die von Ureinwohnern in die Sippe aufgenommen worden waren. Australiens kurze Vergangenheit war voll von solchen Geschichten. Sogar jetzt gab es Gerüchte, nach denen man im westlichen Queensland wieder einen Weißen gefunden hatte, der bei einer Sippe lebte. Frank überlegte, ob es sich dabei um das vermißte Mitglied der gescheiterten Expedition von 1871 handeln konnte. Ein Polizeitrupp hatte den Weißen bei den Aborigines in der Nähe von Cooper's Creek entdeckt. Der Mann hatte ausgesagt, er sei Mitglied der Expedition gewesen. Er behauptete auch, nicht die Ureinwohner hätten die Mitglieder der Expedition getötet, sondern unter den Männern sei es zum Kampf gekommen, als ein Teil die Expedition abbrechen und zurückkehren wollte. Die Polizei brachte den Mann nach Melbourne, und Frank wollte ihn persönlich befragen.
Als Frank gerade sein Büro verlassen wollte, kam sein Sekretär mit einem Briefumschlag. »Mr. Downs«, sagte er, »das ist eben für Sie abgegeben worden.«
Sein Anwalt schickte ihm den Vertrag, mit dem Colin MacGregor Besitzer der fünftausend Morgen Land wurde.
Frank freute sich, daß seine Schwester endlich heiratete, obwohl er wahrscheinlich einen anderen Mann als MacGregor für sie gewählt hätte. Aber da sie glücklich war, freute er sich auch. Und als sie ihn als Hochzeitsgeschenk darum gebeten hatte, Colin die fünftausend Morgen Land zu überlassen, wollte Frank ihr diese Bitte nicht abschlagen. Er konnte sich nicht vorstellen, was MacGregor mit diesem Land anfangen wollte – es war völlig nutzlos. Aber Pauline war zufrieden, und nur das zählte. Seit sie die Verlobung mit Westbrook gelöst hatte, fürchtete Frank, sie würde ihr Leben lang eine alte Jungfer bleiben. Aber schließlich hatten sich die Dinge für alle Beteiligten zum Besten gewendet.
Wenn ich doch nur etwas tun könnte, dachte er traurig, um *meine* Lage zu verbessern.
Seit der Typhusepidemie vor einem Jahr lebte Frank wieder in Melbourne. Er hatte verschiedene junge und akzeptable Frauen kennengelernt. Aber er sah sich außerstande, mehr als nur höflich und freundlich

zu ihnen zu sein. Und nach zwei oder drei Begegnungen verzichtete er auf weitere Treffen. Diese Frauen vermochten ihn einfach nicht zu interessieren.

Frank dachte gelegentlich an Ivy Dearborn, und ihr geheimnisvolles Verschwinden wollte ihm noch immer nicht aus dem Kopf. Er hatte im westlichen Distrikt nach ihr gesucht und dann in der *Times* in einer Notiz um Informationen gebeten, so wie er seine Leser aufgefordert hatte, der Zeitung Hinweise auf Karra Karra zu geben. Aber niemand schien etwas über Ivy Dearborn zu wissen.

Vielleicht ist sie doch an Typhus gestorben, sagte er sich wieder einmal, als er den Fahrstuhl betrat, den zu benutzen alle außer ihm ablehnten. Vielleicht war sie auch nach England zurückgekehrt. Was auch geschehen sein mochte, Frank war entschlossen, sie zu vergessen. Er mußte jetzt an andere Dinge denken.

Kapitel Fünfzehn

1

»Es gibt einen schönen Ort«, erzählte Sarah«, »den niemand sieht. Es ist ein Tal mit grünem Gras, mit Bäumen und Bächen. In diesem Tal leben die Monde.« Sie stand am Herd und machte Tee für Philip McNeal und Adam. Sie redete leise. »Die Monde sind in ihrem Tal sehr glücklich, aber manchmal werden diese Monde von Ruhelosigkeit gepackt. Wenn die Nacht kommt, erkunden sie den Himmel. Aber nur ein Mond darf sich auf den Weg machen. Die Monde wissen aber nicht, daß auf der anderen Seite des Bergs ein Riese lebt. Und dann geschieht folgendes: Dieser Riese fängt jeden Mond, der das Tal verläßt. Er schneidet ihm jede Nacht eine Scheibe ab, bis nur noch ein schmales Stück übrig ist. Dann zerstückelt er die letzte Scheibe und verteilt die Stücke am Himmel, so daß Sterne daraus werden. Und dann ...«

McNeal und Adam warteten geduldig. Als Sarah schwieg, fragte Philip: »Wie endet die Geschichte?«

Sarah dachte einen Augenblick nach und sagte schließlich: »Ich weiß es nicht mehr.«

»Es ist eine schöne Geschichte«, sagte McNeal, »du kennst viele gute Geschichten. Vielleicht solltest du sie aufschreiben.«

Sarah schüttelte den Kopf. »Es ist tabu, die Geschichten aufzuschreiben«, sagte sie.

Philip sah der großen und schlanken Sarah bei der Arbeit zu. Sie war fünfzehn und hatte lange Glieder und eine dunkle Haut. Er fragte sich, wie sie wohl als Frau einmal aussehen werde. Dann dachte er an Blütenstaub im Wind und an die Nächte und Tage, die er mit ihr verbracht

hatte. Erlebte sie dasselbe wie Sarah, fragte er sich, die die Geheimnisse ihres Volkes vergaß?
Sarah spürte seinen Blick und konzentrierte sich darauf, die richtige Menge Tee in die Teekanne zu geben. In der Ferne hörte man Donnergrollen. Sie blickte aus dem Fenster und runzelte die Stirn. Ein böser Zauber ist heute abend am Wirken, dachte sie.
Als habe Philip ihre Gedanken verstanden, sagte er: »Es ist nicht das erste Gewitter. Es wird schon alles gutgehen.«
Aber Sarah schüttelte den Kopf und legte die Stirn in Falten.
»Glaubst du, es wird heute nacht schlimmer als sonst werden?«
Sarah wußte nicht, warum sie es wußte. Manchmal wußte sie einfach etwas. Ebenso erinnerte sie sich plötzlich an eine Geschichte oder an ein Geheimnis der Aborigines. Sie konnte sich nicht daran erinnern, die Geschichten von den Alten im Missionsdorf gehört zu haben; Sarah kannte sie trotzdem. So war es auch mit der Geschichte von den Monden. Die alte Deereeree im Dorf hatte ihr diese Geschichte nicht erzählt. Aber wer sonst, fragte sich Sarah. Woher kannte sie die Geschichte? Manchmal sah sie Bilder. Vor ihrem inneren Auge sah sie Menschen, Ereignisse und Szenen, die ihr unverständlich blieben. Sarah wußte, es waren keine Erinnerungen – zumindest nicht ihre eigenen. Und manchmal wußte Sarah ganz plötzlich etwas, wie zum Beispiel, als sie Joanna sagte, daß Blätter der wilden Geranie das Jucken eines Insektenstichs lindern. Joanna hatte sie gefragt: »Wer hat dir das gesagt?« Aber Sarah wußte es nicht.
Hin und wieder machten diese verschwommenen Erinnerungen Sarah Angst. Sie schienen sie zu beherrschen, und sie vermochte sie nicht mehr unter Kontrolle zu halten. Es gab aber auch Zeiten, in denen Sarah sie als Trost empfand. In ihrem innersten Wesen wußte Sarah, sie gehörten zu ihrem Erbe.
Sarah wünschte, es wäre ihr möglich gewesen, in das Missionsdorf zu gehen und mit den Alten zu sprechen. Ein paarmal hatte sie es getan. Sie verschwand, ohne Joanna zu sagen, wohin sie ging. Sie lief über die Felder und Weiden, mied die Straße und umging die Stadt, damit niemand sie sah. Vorsichtig und unbemerkt schlich sie sich auf das Gelände der Mission und ging zu den Alten. Sie sprachen dann eine Weile mit ihr, bis es zu gefährlich wurde, denn wenn Reverend Simms Sarah dort fand, wurde er auf die Alten sehr böse.

Besuche in der Mission wurden immer schwieriger, und so fiel es Sarah auch schwerer, die Verbindung mit ihrem Volk aufrechtzuerhalten. Die alte Deereeree war tot, und die anderen fürchteten die Strafen, wenn man sie dabei ertappte, daß sie die Dinge der alten Zeit lehrten. Wenn Sarah jetzt im Missionsdorf erschien, traf sie auf ängstliche Gesichter, und die Alten blieben stumm.

Es machte ihr Angst. Sie wollte den Kontakt zu ihrem Volk nicht verlieren. Sie begann bereits, viele der Geschichten zu vergessen. Sie kannte auch die Vorschriften und Tabus nicht mehr so genau. Sarah brauchte die Alten als Orientierung. Manchmal saß sie bei Ezekial und hörte ihm zu. Aber er gehörte zu einem anderen Träumen, und er war ein Mann. Er konnte sie die Geheimnisse der Frauen nicht lehren. Mehr und mehr wünschte Sarah, sie wäre als vollwertiges Mitglied der Sippe eingeweiht worden.

Sarah hörte, wie Philip McNeal sich im Zimmer bewegte. Er redete leise mit Adam, warf Holz in den Kamin und vergewisserte sich, daß die Fensterläden geschlossen waren, denn der Wind blies bereits heftig. Sarah mochte den Amerikaner. In seiner Nähe fühlte sie sich ruhig und sicher. Sie überlegte, ob sie mit ihm über ihre Kümmernisse und Ängste sprechen sollte. Sie machte sich Gedanken über den Gift-Gesang, der Joanna bedrohte, und über den bösen Zauber, der möglicherweise den Typhus gebracht hatte wie jetzt dieses Unwetter, das Sarah unheimlich war und ihr Angst machte. Sie spürte, es würde kein gewöhnliches Gewitter werden.

McNeal trat zu ihr an den Herd und beobachtete sie. »Amerikaner trinken keinen Tee«, sagte er langsam. »Die meisten Amerikaner trinken Kaffee. Weißt du, was Kaffee ist?«

Sarah goß den Tee durch ein Sieb und antwortete: »Nein, ich kenne keinen Kaffee.«

Sie war sich seiner Anwesenheit in allen Einzelheiten bewußt – das leise Lachen, die gelöste und unbeschwerte Art, in der er neben ihr stand. »Blütenstaub im Wind war wie du«, sagte McNeal, »sie hatte auch ein besonderes Wissen. Sie konnte es nicht erklären. Sie sagte, daß ihre Vorfahren zu ihr sprechen würden. Aber sie meinte, das Wissen gleiche mehr einer Erinnerung. Manchmal hatte sie Vorahnungen. Sie wußte, daß etwas geschehen würde. Geht es dir jetzt genauso, Sarah?«

Sie sah ihn an. Ja, dachte sie, mir geht es genauso.

Wieder hörten sie den Donner in der Ferne. McNeal blickte aus dem Fenster. »Vielleicht hast du recht, Sarah. Möglicherweise steht uns eine schlimme Nacht bevor.« Er sah sie an. »Ich werde zum Bauplatz gehen und meine Arbeiter nach Hause schicken. Wenn ich das nicht tue, kann es schlimm für sie werden. Das weißt du, nicht wahr?«
Sie erwiderte seinen Blick.
Und was weißt du sonst noch, dachte er und griff nach seiner Jacke, was noch?

2

Als Joanna mit dem Einspänner in den Hof rollte, warf sie einen besorgten Blick auf die Berge in der Ferne. Ein seltsames blaugrünes Licht lag an diesem späten Nachmittag über ihnen, und dicke Wolken verhüllten die Gipfel. Der ganze Himmel hatte ein ungewöhnliches Licht, die Luft war eigenartig, als würde der Luftdruck schnell sinken. Ein Gewitter zog auf.
Sie war nach Cameron Town gefahren, um nachzusehen, ob vielleicht ein Brief der Reederei gekommen war, der die beiden Schiffe *Pegasus* und *Minotaurus* gehörten. Sie hatte auch auf einen Brief von Patrick Lathrop aus San Francisco gehofft. Aber es war nur ein Brief von Tante Millicent dagewesen. Joanna war wegen des Wetters allein gefahren, und die Fahrt hatte länger als üblich gedauert. Es war bereits spät, und der Himmel sah bedrohlich aus. Sie blickte sich auf dem verlassenen Hof um. An einem Samstagnachmittag waren die Männer üblicherweise unten in Faceys Pub oder sie saßen zusammen, unterhielten sich und tranken. Morgen war Sonntag, und Hugh gab seinen Leuten den Samstagnachmittag immer frei. Er tat es als einziger Farmer im Distrikt. Joanna hörte aber aus dem Schlafhaus der Arbeiter keine Stimmen, auch nicht die Maultrommel oder das Banjo. Und in den Ställen sah sie keine Pferde.
»Was ist los, Matthew?« fragte Joanna den Stallburschen, dem sie den Wagen übergab.
»Sie sind alle auf den Weiden, Missus. Mr. Westbrook meint, es kommt ein Unwetter. Da werden die Schafe unruhig. Manchmal geraten sie sogar in Panik.«

Joanna blickte über die langgestreckten Hügel unter dem grauen Himmel. Es war Juni, die Zeit für Hugh und seine Leute, den Schafen, die bald Lämmer bekamen, die Schwänze und Hinterbeine zu scheren. Das geschah aus Gründen der Sauberkeit besonders in Hinblick auf das Lammen, aber auch als Schutz gegen Schmeißfliegen und Infektionen. Es war eine schwierige Aufgabe. Die Männer kämpften mit den ängstlichen Schafen und mußten aufpassen, damit sie die Tiere oder sich selbst nicht verletzten. Es war eine richtige Knochenarbeit, und die Männer hatten sich bereits die ganze Woche über auf ihren Rum am Samstagabend gefreut. Aber da ein Unwetter drohte, waren sie jetzt draußen und hielten Wache bei den unruhigen Herden.

Im Haus brannte das Feuer im Herd, und der Raum war angenehm warm. Peony, Jackos Tochter, saß am Tisch und reinigte die Glaszylinder der Petroleumlampen, während Adam Butterbrot mit Ei aß. »Mama!« rief er, als er Joanna sah, und lief zu ihr.

Joanna nahm Adam in die Arme und drückte ihn an sich. Dann setzte sie den Hut ab. »Wo ist Mr. Westbrook?« fragte sie.

»Er ist mit Mr. McNeal unten am Fluß«, erwiderte Peony. »Mr. Westbrook war hier und hat gesagt, es gibt ein schweres Gewitter.«

»Es wird nicht mehr lange dauern«, erwiderte Joanna. Sie zog das Umschlagtuch fest um die Schultern und ging zur Tür.

»Darf ich mitkommen?« fragte Adam.

Joanna erwiderte: »Du bleibst hier und leistest Sarah und Peony Gesellschaft.«

Sie lief den Weg zum Fluß hinunter und fröstelte, als sie die Blitze am Horizont sah. Sie betrachtete den grauen Winterhimmel und staunte wieder einmal darüber, daß dies Wetter im Juni möglich war. In Indien befanden sich die englischen Damen bereits in den Bergen, um der alljährlichen Sommerhitze zu entfliehen. Aber hier im Westen Victorias war Winter.

Joanna erreichte die Lichtung. Im See spiegelten sich die bleigrauen Wolken. Sie hielt Ausschau nach Hugh und Philip McNeal. Durch die Bäume hindurch sah sie die beiden im Dämmerlicht. Sie begutachteten die Betonfundamente für das neue Haus. Hugh, Joanna und McNeal hatten sich für einen Bauplatz entschieden, der weit genug von den heiligen Felsen entfernt war, um keine Geister zu stören, und an dem das Haus auch sicher vor Überschwemmungen war. Sie hatten keinen einzigen Baum fällen müssen, um Platz für den Neubau zu schaffen. Maude Reed hatte Joanna einmal erzählt: »Als wir unser Haus gebaut haben, ließen wir alle diese widerwärtigen Eukalyptusbäume roden und haben ordentliche englische Weiden und Ulmen gepflanzt.«

Joanna blieb stehen und beobachtete einen Augenblick, wie ihr Mann sich mit McNeal unterhielt.

Hugh trug keinen Hut. Der Wind fuhr ihm durch die Haare. Stiefel und Hose waren vom Schlamm verspritzt. Er hatte die Hemdsärmel aufgerollt, und Schlamm klebte auch auf den nackten Armen. Wie sehr unterscheidet sich Hugh von anderen Schafzüchtern, dachte Joanna. Die anderen schienen das Bedürfnis zu haben, der Welt zu zeigen, wie reich sie waren. Selbst wenn sie zu ihren Herden ritten oder auf der Landwirtschaftsausstellung ihre wertvollsten Tiere vorführten, wirkten John Reed, Colin MacGregor und alle anderen wie englische Landedelmänner, die der Natur dabei nicht näher kamen als beim Krocket.

Würden ihre Gefühle sich einmal ändern? fragte sie sich. Würde die Erregung einmal ausbleiben, wenn sie ihn sah, das Erbeben in seiner Nähe, wenn er abends von den Schafherden kam, wenn er unerwartet in der Tür erschien, wenn der Wind ihr seine Stimme zutrug. Würde das Verlangen nach ihm je nachlassen? Nein, das darf nicht sein, flehte sie innerlich. Es soll immer so bleiben wie jetzt . . .

Joanna rief seinen Namen, aber ein Donnerschlag über den Bergen übertönte ihre Stimme. Kurz darauf zuckten neue Blitze über den Himmel.

»Hugh!« rief sie noch einmal.

Er drehte sich um und lächelte. Philip McNeal hob grüßend die Hand.

»Sei vorsichtig«, sagte Hugh, als Joanna über die betonierte Schwelle trat. Er breitete die Arme aus, und Joanna drückte sich an ihn. Bitte, dachte sie, als er sie küßte, so soll es immer sein . . .

»Ich bin froh, daß du wieder da bist«, sagte er, »ich habe mir schon Sorgen gemacht. Ich hätte dir bald jemanden entgegengeschickt. Philip und ich überzeugen uns gerade davon, daß hier alles in Ordnung ist. Der Himmel gefällt mir nicht. Paß auf, daß du nicht stolperst!« Er nahm Joanna an der Hand. Auf dem Beton lagen Werkzeuge, Steine und abgesägte Bretter. Einer der Arbeiter hatte seinen halbvollen Teekessel in einer Ecke stehen lassen.

Sie betraten das künftige Wohnzimmer. Ein dunkler Schatten legte sich über das Land. Hugh fragte: »Was meint Polly Gramercy?«
»Sie sagt, es ist alles in Ordnung. Ich habe etwa noch fünf Monate.«
»War etwas in der Post?« fragte er.
Joanna dachte an den Brief von Tante Millicent, die ihre Bitte um mehr Auskünfte über die Kindheit ihrer Mutter sehr kurz und klar beantwortet hatte. »Deine arme Mutter ist tot«, schrieb Millicent, »laß sie in Frieden ruhen.«
Der Wind wurde stärker und kräuselte das Wasser im Fluß. Hugh musterte den Himmel und murmelte: »Das Gewitter kann jeden Augenblick losbrechen. Es wird für die Männer draußen bei den Schafen eine lange Nacht werden.«
»He!« hörten sie jemanden rufen. »He da! Hugh!«
Eddie, ein Mischling, ritt auf sie zu. Er galoppierte und schwenkte den Hut. »Hugh! Sie müssen schnell mitkommen!«
Hugh lief ihm entgegen. »Was gibt es, Eddie?«
»Mein Gott, Hugh, es ist schrecklich! Der Blitz ist in einen Baum eingeschlagen. Die Schafe sind in Panik geraten!«
»Ruf die Männer alle dorthin.«
»Hugh«, sagte Eddie mit bleichem Gesicht, »die Herde ist durch den Nordzaun gestürmt, und wir können sie nicht aufhalten! Sie rennen in Richtung Fluß!«
»Joanna, geh zurück zum Haus«, bat Hugh und lief zu seinem Pferd. »Mr. McNeal, würden Sie bitte meine Frau zur Farm zurückbringen?«
Joanna und Philip sahen Hugh nach, der in die stürmische Dunkelheit galoppierte.

3

Hugh und Eddie ritten quer über die Weiden. Blitze zuckten in immer kürzerer Folge am Himmel. Ihre Pferde sprangen über die bis heute ausgetrockneten Wasserläufe, durch die bereits das Wasser schoß. Sie jagten an Bäumen vorüber, die der Wind fast an den Boden drückte. Als sie die nördliche Grenze erreichten, ging ein Wolkenbruch nieder, und Hugh bot sich ein Anblick, der ihm das Blut in den Adern erstarren ließ.

Tausende von Schafen rannten in panikartiger Flucht über die sturmgepeitschte Ebene. Männer auf Pferden versuchten vergeblich, sie wieder unter Kontrolle zu bringen. Die Hirtenhunde bellten aufgeregt, während Blitze Erde und Himmel wie mit großen feurigen Schwertern zu spalten schienen.

»Warum zum Teufel ist der Zaun umgefallen?« rief Hugh, als er Draht-Larry erreichte.

»Die Herde hat ihn nicht umgeworfen, Hugh!« schrie Larry, um das Sturmgeheul zu übertönen. »Sehen Sie! Er ist auf diese Seite gefallen!«

Hugh ritt an dem umgestürzten Zaun entlang und sah, daß Larry recht hatte. Die Pfosten und der Maschendraht lagen in Richtung der Schafe. Und es war eindeutig nicht das Werk des Unwetters.

»Aber der Wald gehört doch Frank Downs!« rief Hugh. »Er hat den Zaun immer in Ordnung gehalten!«

Ein Mann namens Tom Watkins ritt auf sie zu. Das Regenwasser sammelte sich auf seiner Hutkrempe zu einem Wasserring und lief auf die Ölhaut. »Um Himmels willen, Hugh! Die Herde stürzt sich in den Fluß!«

Und dann begann der eigentliche Alptraum.

Im Rindenhaus verriegelten Joanna und Philip McNeal schnell die Fensterläden, während Peony starr vor Angst am Tisch saß und bei den ohrenbetäubenden Donnerschlägen zusammenzuckte. Sarah versuchte mit großer Ruhe, Adam abzulenken. Das Rindenhaus schien unter den Windstößen, die durch den Kamin fuhren, zu erzittern. Funken stoben auf und flogen durch den Raum. Der Läufer vor dem Herd fing Feuer, das Joanna schnell löschte. »Peony!« befahl sie. »Hol alle Teekessel aus der Vorratskammer. Wir brauchen viel Wasser, um Tee zu machen.«

Philip fragte besorgt: »Wird es Ihrem Mann gelingen, die Schafe zu retten?«

»Ich weiß nicht«, erwiderte Joanna und dachte an Geschichten über Männer, die versucht hatten, Schafe aus einem Fluß an Land zu ziehen.

Sie sah die angstvollen und bleichen Gesichter um sich herum. Sarah hielt Adam in den Armen, und Philip saß in ihrer Nähe. Ihnen wird nichts geschehen, dachte Joanna. Ich hatte keine Alpträume und keine Vorahnungen. Aber der nächste ohrenbetäubende Donnerschlag erin-

nerte sie an Hugh, der draußen mit den Elementen kämpfte und versuchte, die Schafe zu retten.
Sarah kam zu ihr. Sie blickte vorsichtig über die Schulter zurück und vergewisserte sich, daß die anderen sie nicht hörten. Dann flüsterte sie: »Heute abend ist ein böser Zauber am Werk.«
In diesem Augenblick spürte Joanna wieder die vertraute panische Angst. Sie kannte sie aus Alpträumen und von den hoffnungslosen Stunden während der Typhusepidemie. Damals hatte sie gehofft, daß ihre Befürchtung, sie sei der Grund für all das Leid, nur eine Wahnvorstellung war. Aber als sie jetzt in Sarahs Augen blickte, wußte sie, das Gift war wieder am Werk. Der Fluch schlug wieder einmal zu.
»Schlimme Dinge werden heute nacht geschehen«, sagte Sarah leise. »Männer werden verletzt. Jemand muß sterben. Die Regenbogenschlange ist zornig.«
Joanna sah sie mit aufgerissenen Augen an. »Warum die Regenbogenschlange, Sarah?«
»Weil die Schlange in der Traumzeit die Flüsse erschaffen hat, und jetzt gehorchen sie ihr.«
Joanna dachte an die Träume ihrer Mutter und an ihre Träume von der Riesenschlange mit dem einen funkelnden Auge. Hatte Lady Emily vielleicht zufällig etwas vom Fluch der Regenbogenschlange gehört? Beruhte die Angst auf etwas, das sich wirklich einmal ereignet hatte? War eine Schlange mit im Spiel gewesen?
»Ja«, Joanna nickte, während sie und Sarah sich ansahen. »Ich verstehe. Wenn es so ist, dann bereiten wir uns lieber vor.« Sie griff nach ihrer Arzttasche. »Mr. McNeal, würden Sie bitte vom Schlafhaus ein paar Decken holen? Außerdem brauchen wir aus dem Kochhaus große Wasserkessel.«
Es hämmerte plötzlich an die Tür. Sie flog auf, und Banjo, ein Farmarbeiter, stand in Regen und Wind. Er hatte den linken Arm in ein blutiges Tuch gehüllt.
Joanna und Philipp halfen ihm auf einen Stuhl, während Sarah mit Adam ins Nebenzimmer ging.
»Mein Gott!« stöhnte Banjo und trank dankbar ein Glas Whisky, »es sieht schlimm aus dort unten ... am Fluß! Viele sind verletzt, und niemand ist da, der sich um sie kümmert.«
Joanna säuberte die Wunde und verband den Arm. Dann nahm sie Arzt-

tasche, Binden und Whisky und ging zur Tür, wo ein Regenmantel am Haken hing. Sie zog ihn an und sagte: »Mr. McNeal, würden Sie bitte bei Sarah und Adam bleiben?«

»Sie werden doch bei diesem Wetter nicht hinausgehen, Mrs. Westbrook!« erwiderte er bestürzt. »Denken Sie doch an das Kind, und überhaupt ...«

»Mir wird schon nichts geschehen, Mr. McNeal. Ich werde Matthew mitnehmen.«

Joanna öffnete die Tür, Philip wollte sie zurückrufen, aber sie war bereits auf der Veranda und verschwand in der Nacht.

Im Stall saß Matthew mit angstgeweiteten Augen im Stroh. Er spannte das Pferd vor den Wagen und hatte Mühe, das nervöse Tier zu beruhigen. Joanna legte Decken in den Wagen, eine Laterne, Streichhölzer, die Arzttasche und zog zum Schutz über alles eine Plane. Schließlich stieg sie auf den Kutschbock und nahm die Zügel in die Hand. Matthew setzte sich neben sie.

Joanna wußte sehr gut, wo sie die Männer finden würde. Hugh hatte ihr die siebzehntausend Morgen Land von Merinda ausführlich gezeigt, mit allen Wegen, Gattern, Brunnen und den Unterkünften, wo die Schafhirten und die Männer übernachteten, die die Grenzen abritten. Aber es war etwas anderes, mit den Bergen als klare und eindeutige Orientierung gemächlich über die sonnigen Weiden zu reiten, als in die stürmische Nacht zu fahren und darauf zu vertrauen, daß sie mit Glück und Instinkt dort ankommen werde, wo man ihre Hilfe brauchte.

Joanna hielt die Zügel fest in der Hand. Es regnete so heftig, daß sie und Matthew bald völlig durchnäßt waren. Das Pferd scheute und wieherte, wenn Blitze in der Nähe zuckten. Zweimal glaubte Joanna, der Wagen werde umstürzen.

Sie fuhren an einer Schafherde vorbei. Es waren Hammel und nicht trächtige Schafe. Es mußten über tausend sein. Sie standen unruhig und dicht gedrängt in einem großen Kreis und wurden von berittenen Männern und flinken Hütehunden zusammengehalten. Als Joanna vorüberfuhr, erhellte ein Blitz das Land, und sie erkannte einen der Männer. Er sah sie erstaunt an und rief etwas hinter ihr her.

Joanna und Matthew erreichten schließlich die Anhöhe, die, wie sie wußte, die Grenze zwischen den Weiden im Südwesten und den Herden der trächtigen Schafe bildete. Sie trieb das Pferd den schlammigen Hang

hinauf. Als sie oben angelangt waren, bot sich ihnen ein schauriger Anblick.
Vor ihnen lag ein flaches Tal, das in der schwarzen Nacht vom Regen gepeitscht wurde. Nicht weit dahinter erhoben sich die Berge. Sie wirkten drohend und unheimlich. Die ständig zuckenden Blitze erweckten die Illusion, als wälzten sich ihr die felsigen Gipfel wie ein tobendes und aufgewühltes Felsenmeer entgegen. Zur Linken entdeckte Joanna den normalerweise friedlichen Fluß. Aber jetzt stürzte er sich als kochende Flut von den Berghängen und riß alles mit, was sich ihm in den Weg stellte. Die Eukalyptusbäume am Ufer krümmten sich im Sturm, während die Schafe sich zu Hunderten in das brodelnde Wasser stürzten.
Joanna blickte wie erstarrt auf dieses Bild des Grauens.
Überall rannten Schafe. Reiter und Hunde versuchten vergeblich, sie unter Kontrolle zu bringen. Die Herde donnerte wie eine Sturmwelle in eine Richtung und wechselte dann wie ein gigantischer Fischschwarm plötzlich die Richtung oder stob auseinander. Die Männer auf den Pferden brüllten und pfiffen. Die Schafe drängten sich verstört wieder zusammen, und beim nächsten Blitz stoben sie wieder davon. Es war erschreckend und gespenstisch.
Und am Fluß . . .
Es war den Männern gelungen, den größten Teil der in Panik geratenen Herde abzudrängen. Sie bildeten mit den Pferden eine Mauer und verhinderten, daß die Schafe an den Fluß kamen. Trotzdem waren viele bis zum schlammigen Ufer vorgedrungen, wo sie unaufhaltsam und hilflos in die kochende Strömung gerissen wurden. Männer fällten in größter Eile Bäume, um einen Damm zu schaffen, der verhindern würde, daß die Schafe davongetrieben wurden.
Joanna ließ die Peitsche knallen und zog die Zügel an. Das Pferd begann zu laufen. Der Wagen rollte den Hügel hinunter. Er holperte und schaukelte und stürzte beinahe um, während Matthew sich an den Sitz klammerte. Als sie schließlich standen und vom Wagen sprangen, versanken sie knöcheltief im Schlamm. Es goß in Strömen. Sie konnten kaum etwas sehen, aber was sie sahen, war genug.
Schafe steckten hilflos im Schlamm und blökten jämmerlich. Ihre zu früh geborenen Lämmer lagen klein und leblos im Morast. Männer auf wiehernden und steigenden Pferden versuchten, einige Tiere mit Seilen zu retten. Ein Hirtenhund lag leblos am Boden. Sein Kopf war im

Schlamm versunken. Andere Männer standen bis zur Hüfte im reißenden Wasser. Sie hieben mit Beilen und Äxten Äste von den Bäumen oder versuchten, mit dem Lasso Schafe einzufangen, die in den Fluß gestürzt waren.
Der dichte Regen nahm einem jede Sicht. Wo war Hugh? Matthew rannte zu den Männern am Fluß und half ihnen bei den Seilen. Joanna hob den durchweichten Rock und stapfte durch den schlammigen Boden. Sie sah Larry und erkannte einen anderen Mann. Es war Tom Watkins. Die beiden hatten keine Hüte auf, und die Haare klebten ihnen am Kopf. Sie hatten Ölzeug an, standen auf einem umgestürzten Eukalyptusbaum und versuchten, mit dem Lasso ertrinkende Schafe zu retten.
Es donnerte und blitzte ununterbrochen, während über ihnen die Wolken sich unheilvoll zusammenballten und der sturzflutartige Regen nicht nachließ.
Joanna entdeckte endlich Hugh. Er stand am Ufer und zog gerade ein Schaf an Land, das er mit dem Lasso gefangen hatte. Das Tier wehrte sich gegen das Seil, und sein Kopf verschwand immer wieder unter Wasser. Ein paar Männer wagten sich in die Flut und versuchten, es mit den bloßen Händen zu packen.
Einer der Männer glitt aus und fiel. Das Seil gab nach, und das Schaf wurde von der Strömung mitgerissen. Es prallte gegen einen Felsen und überschlug sich wie ein Stück Holz. Die heftig strampelnden Beine ragten aus dem Wasser. Und dann war es verschwunden.
Joanna kämpfte sich zum Ufer vor. »Hugh!« rief sie.
Er drehte sich um und blickte mit zusammengekniffenen Augen suchend durch den Regen. »Joanna! Was machst du denn hier?«
»Ich will euch helfen!«
»Geh nach Hause!«
»Achtung, Hugh!« rief Larry von der improvisierten Brücke aus gefällten Eukalyptusbäumen. »Ich hab wieder eins!«
Drei Männer wagten sich in die Strömung und packten Larrys Seil. Sie zogen ein lebloses Schaf durch das Wasser und ans Ufer. Joanna erstarrte bei diesem Anblick. Das Schaf war tot, und das halbgeborene Lamm, von dem nur der Kopf zu sehen war, ebenfalls.
Plötzlich hörte man einen Schrei. Hugh und Joanna sahen gerade noch, wie Larry im Fluß verschwand.
»O Gott!« rief Tom Watkins und sprang ihm nach.

»Freddy!« schrie Hugh einem anderen Mann zu. »Bind mir das Seil um. Los! Schnell!«

Joanna sah mit Entsetzen, wie Hugh mit dem Seil um die Hüfte ins Wasser sprang und untertauchte.

»Hugh!« schrie sie verzweifelt. »*Nein!*«

Sie rannte zu den beiden Männern, die das andere Ende des Seils in den Händen hielten. Sie stemmten sich mit den Füßen in den Schlamm und versuchten mit ganzer Kraft, der Strömung standzuhalten. Aber sie verloren den Halt und rutschten das Ufer hinunter. Joanna packte das Seil hinter Freddy und begann zu ziehen, aber er rief ihr zu, sich in Sicherheit zu bringen.

Im zuckenden Licht der Blitze sahen sie hin und wieder Hugh, der versuchte, sich in der wilden Strömung zu behaupten. Immer häufiger verschwand er im brodelnden Wasser, tauchte wieder auf und versuchte schwimmend, Larry und Tom zu erreichen.

Joanna schluchzte und griff wieder nach dem Seil. Freddy verlor das Gleichgewicht, fiel gegen Joanna, und sie landeten beide im Morast. Der Mann am Seil mußte beinahe loslassen, aber zwei andere sprangen geistesgegenwärtig herbei und packten es.

Joanna hatte nicht losgelassen und während sie das schmerzhaft zukkende Seil in ihren Händen spürte, dachte sie an Hugh, der am anderen Ende dort draußen in der reißenden Strömung kämpfte. Plötzlich haßte sie den Fluß. Nur wenige Meilen weiter unten teilte er sich, und der Seitenarm wurde zu dem See, den sie einst für so friedlich und schön gehalten hatte. Und dann haßte sie Merinda, Victoria und den ganzen Kontinent. Sie schwor in ohnmächtigem Zorn, wenn Hugh in dieser Nacht sterben sollte, dann würde sie dem Land seinen Tod nie vergeben.

Die Männer, die dichter am Wasser standen, gingen plötzlich rückwärts. Freddy schob mit dem Rücken Joanna das Ufer hinauf, während sie Hugh aus dem Wasser zogen. Er hielt jemanden fest. Und als man den Mann, der so leblos und schlaff wirkte wie das Schaf vorhin, in den Schlamm legte, sah Joanna, daß es Larry war.

Sie ließ das Seil los und rannte zu Hugh und den Männern. »Mir ist nichts geschehen«, stieß Hugh hervor. »Kümmert euch um Larry. Tom ist noch immer im Wasser.«

Er sprang noch einmal in den Fluß, und Joanna sah, wie er sich zwischen

toten Schafen und Ästen durch das Wasser kämpfte. Sie überließ den Männern das Seil und untersuchte Draht-Larry. Wie sie schnell feststellte, schlug sein Puls nur noch sehr schwach. Er hatte eine tiefe Wunde auf der Stirn. Dann sah sie erschrocken, daß ein Bein gebrochen war. Der Knochen ragte durch die Hose. Aus der Wunde strömte das Blut. Joanna entfernte schnell seinen Gürtel und band damit das Bein ab. Dann rief sie Eddie, der ihr half, Draht-Larry zum Wagen zu tragen.
»Ich brauche ein Brett!« schrie sie über den Wind hinweg, als Larry auf dem Wagen lag.
Eddie schlug mit einem großen Stein so lange gegen den Wagen, bis sich ein Brett lockerte und er es herausreißen konnte. Er sprang zu ihr hinauf und sah mit aufgerissenen Augen zu, wie Joanna im strömenden Regen versuchte, die Wunde zu reinigen und das Blut zu stillen.
Sie spürte hinter sich den mächtigen und zornigen Fluß, in dessen donnernder Strömung Bäume, Tierleichen und zwei Männer trieben – der fünfzehnjährige Tom Watkins und Hugh.
»Hilf mir!« schrie sie, als wieder eine Sturmböe gegen den Wagen prallte und drohte, ihn umzuwerfen.
Eddie legte das Brett unter Larrys Bein.
»Nimm das Fußgelenk«, befahl Joanna, »zieh fest und langsam, nicht ruckweise! Langsam!«
Eddie zog vorsichtig und starrte dabei mit hervorquellenden Augen auf den bewußtlosen Larry und den Knochen, der aus der Wunde herausragte.
»Ganz ruhig!« sagte Joanna und fügte die beiden Knochenenden behutsam wieder zusammen.
Man hörte ein unangenehmes Knirschen, aber der Knochen verschwand unter der Haut, und Joanna band Larrys Fuß schnell an das Brett.
»Du kannst gehen, Eddie!« rief sie. »Geh und hilf den anderen.«
Joanna wollte sich umdrehen, sie wollte sehen, was am Fluß geschah, aber sie wagte es nicht. Sie betete inbrünstig, während sie Larry weiter behandelte. Sie fühlte seinen Puls am Hals, dann hob sie die Augenlider. Er sah erschreckend bleich aus.
Joanna säuberte die Wunde am Bein und vernähte sie mit einem Seidenfaden. Dann betupfte sie alles mit Kaliumpermanganat und legte einen Verband an, den der Regen bald durchnäßt hatte.
Sie machte aus den Decken ein Kissen und legte es Larry unter den Kopf.

Sie warf schnell einen Blick zum Fluß, aber sie konnte Hugh nicht sehen. Mit einer zweiten Decke baute sie eine Art Zelt, um Larrys Gesicht vor dem Regen zu schützen. Sie überprüfte noch einmal seinen Puls.
Dann sah sie ängstlich wieder zum Fluß. Die Männer standen noch immer am Ufer und hielten das Seil. Aber von Hugh war nichts zu sehen.
Joanna warf einen prüfenden Blick auf Larry. Seine Augen standen offen. Sie waren glasig und blicklos.
Sie fühlte seinen Puls. Er war tot.

4

Der Morgen brach über einer Szene der Verwüstung an.
Soweit das Auge sehen konnte, hatte sich das Land verändert. Die uralten dicken Bäume, die hier schon gestanden hatten, bevor die Weißen kamen, waren umgestürzt. Die Wurzeln waren aus der Erde herausgerissen und ragten in den Himmel. Hütten und Zäune und Wassertanks waren wie Kinderspielzeug durcheinandergewirbelt worden. Fruchtbares Weideland verschwand unter großen Teichen, in denen sich höhnisch ein blauer Himmel und die warme Sonne spiegelten.
Und überall lagen tote Schafe.
Joanna stand neben dem Wagen und zitterte vor Kälte unter dem Mantel. Sie war erschöpft und ratlos. Sie hatte nicht geschlafen – das hatte niemand.
Philip McNeal stapfte durch den Schlamm und half den Männern, die Tierkadaver in einen rasch ausgehobenen Graben zu werfen. Viele der toten Schafe waren mit den Lämmern noch durch die Nabelschnur verbunden. Über ihnen kreisten riesige Raubvögel und warfen düstere Schatten, während die Männer in stummer Entschlossenheit ihrer traurigen Arbeit nachgingen.
Alle hoben plötzlich die Köpfe, als flußabwärts ein Reiter auftauchte. Als er näherkam sahen sie, daß vor ihm quer über den Sattel ein Körper lag.
Joanna eilte dem Reiter mit den anderen entgegen, und als man den Körper auf den Boden legte, untersuchte sie ihn auf Lebenszeichen. Ei-

ner der Männer umfaßte ihre Schultern und sagte leise: »Es hilft nichts, Missus. Er ist tot.«

Sie starrte auf das, was von Tom Watkins' jungem Gesicht übriggeblieben war. Scin Kopf war gegen die Felsen geschleudert worden.

»Habt ihr etwas von Hugh gesehen?« fragte sie den Mann und kannte bereits die Antwort, bevor er den Kopf schüttelte. Das Seil um Hugh hatte sich gelöst, und er war von der Strömung davongetrieben worden. Acht Männer auf Pferden suchten den Fluß nach ihm ab.

Philip trat zu Joanna und legte ihr die Hand auf die Schulter. »Warum gehen Sie nicht zur Farm zurück?« sagte er leise. »Sie müssen etwas essen und sich ausruhen.«

Sie schüttelte nur stumm den Kopf. Hugh war noch immer dort draußen.

Plötzlich hörten sie eine Stimme: »He! Seht mal da!«

Joanna drehte sich um und sah flußaufwärts eine Gestalt am Ufer näherkommen.

»Hugh!« rief sie und rannte ihm entgegen.

Er sah schrecklich aus. Seine Kleider waren zerrissen und schlammbedeckt, das Gesicht eingefallen und bleich. Er war um zehn Jahre gealtert.

»Joanna«, sagte er leise, nahm sie in die Arme und küßte sie. »Geht es dir gut?«

»Was ist geschehen, Liebster?« flüsterte sie und drückte ihn an sich, während ihr die Tränen über die Wangen liefen. »Mein Gott, wir dachten, du seist tot.«

»Ich weiß nur noch, daß ich aus dem Wasser gestiegen bin. Ich wollte hierher zurück, aber ich muß zu weit gelaufen sein. Wie geht es Larry?«

»Er ist tot, Hugh. Man hat auch Tom Watkins gefunden...«

Hugh schwieg einen Augenblick, dann sagte er: »Larry...«

Die anderen drängten sich um ihn und starrten Hugh wie einen Geist an. Einige berührten ihn, um sich zu vergewissern, daß er es wirklich war.

»Gott sei Dank, daß Ihr lebt, Hugh«, sagte einer der Älteren. Er schien den Tränen nahe zu sein.

»Mir geht es gut, Joe«, sagte Hugh, »kümmert euch um die anderen. Hat jemand Ping-Li und den Küchenwagen hierher bestellt?«

»Hugh«, bat Joanna, »laß uns zur Farm zurückgehen. Du mußt dich erholen.«
»Warte«, sagte er und betrachtete mit versteinertem Gesicht das Werk der Zerstörung.
Joanna drückte ihn fest an sich und legte den Kopf an seine Schulter. Sie spürte, wie er tief Luft holte und in einem tiefen Seufzer wieder ausatmete.
»Wie es aussieht, haben wir die meisten Lämmer verloren«, sagte er.
»Das wird schon wieder, Hugh«, flüsterte sie, »wir haben Zeus und seine Herde. Sie haben das Unwetter überlebt.«
»Ja«, sagte Hugh, und es klang hohl, »aber wir werden in diesem Jahr keine Wolle und auch kein Lanolin verkaufen. Und ich habe Jacko Geld geliehen. Joanna, es tut mir leid, aber das neue Haus wird leider warten müssen.«
»Ich weiß«, erwiderte sie und überlegte, wann das geerbte Geld wohl aus Indien eintreffen würde. »Es ist nur wichtig, daß du lebst und gesund bist. Ich kann überall wohnen, wo du bist. Wir brauchen noch kein großes Haus. Wir haben doch uns. Das ist wichtig. Und wir haben Adam und Sarah, und wir werden ein Kind bekommen.«
Er schloß die Arme fest um sie und küßte sie beinahe verzweifelt. Er preßte sie an sich, als sehne er sich inmitten von soviel Tod und Zerstörung nach dem Leben, das ihr Körper verhieß.

Kapitel Sechzehn

1

›Meine liebe Joanna‹, schrieb Frank, ›ich habe gerade eine Nachricht von meinem Freund beim Sydney *Bulletin* erhalten. Er hat die Archive dort durchgesehen, aber in den Jahren, die für Sie wichtig sind, leider kein Schiff mit einem mythologischen Namen gefunden. Ich bin auf ein Schiff mit dem Namen *Einhorn* gestoßen. Bedauerlicherweise stellte sich heraus, daß dieses Schiff zwischen 1780 und 1810 nur Verurteilte und keine zahlenden Passagiere befördert hat. Aber ich gebe die Hoffnung nicht auf und werde weiterhin Nachforschungen anstellen.
Ein anderes Thema beschäftigt mich. Ich wäre so froh, wenn Sie Ihren eigensinnigen Mann dazu überreden könnten, einen Kredit von mir anzunehmen. Ich fühle mich irgendwie verantwortlich für Ihren katastrophalen Verlust. Ich habe den Wald, der fünftausend Morgen umfaßt, dem Mann meiner Schwester überlassen. Ich kann zwar immer noch nicht glauben, daß Colin schuld ist an den schrecklichen Ereignissen, aber ich kann die Möglichkeit leider nicht ganz ausschließen. Bitte, Joanna, versuchen Sie, Hugh zur Annahme des Kredits zu überreden.‹

Frank lehnte sich auf seinem Stuhl zurück und wünschte, er könnte das ungute Gefühl loswerden, das er bei dieser ganzen Sache hatte. Ein zu augenfälliger Zufall schien hier am Werk zu sein. Kaum war Colin Besitzer dieser fünftausend Morgen Land, ereignete sich auf Merinda eine Katastrophe. Man redete im Distrikt schon lange darüber, daß MacGregor seinen Nachbarn Westbrook für den Tod seiner Frau Christina verantwortlich machte und sich rächen wollte. War das möglich? Es schien so absurd, aber Frank wurde sein Unbehagen nicht los. Leider konnte er

Colin nicht zur Rede stellen. Er und Pauline waren sofort nach der Trauung auf Hochzeitsreise gegangen und befanden sich im Augenblick auf einem Schiff, das sie nach Schottland und in Colins alte Heimat, zur Insel Skye brachte.

Frank dachte wieder an die Hochzeit. Pauline schien so glücklich zu sein, auch wenn das Fest sehr viel bescheidener ausfiel, als sie es mit Westbrook geplant hatte. Es war Colins zweite Ehe, und die schlichte Trauung fand im engsten Freundeskreis statt. Frank entging die Ironie jedoch nicht, daß Pauline jetzt die Stiefmutter des neunjährigen Judd war. Und sie hatte behauptet, ihre Verlobung mit Hugh auflösen zu müssen, weil sie ihre Ehe nicht mit dem Kind einer anderen Frau beginnen wolle!

Aber Frank beabsichtigte nicht, dieser Sache weiter nachzugehen. Er fand ohnehin, es sei zwecklos zu versuchen, eine Frau zu verstehen. Immer wenn er glaubte, eine Frau zu kennen, dann schien sie ihn im nächsten Augenblick völlig zu verwirren. Zum Beispiel Ivy Dearborn. Zuerst hatte Ivy alle seine Bemühungen um sie zurückgewiesen, dann nahm sie seine Einladungen an, aber nur, um sehr bald völlig vom Erdboden zu verschwinden. Er war froh, daß er seinen Kummer schließlich überwunden hatte. Frank mochte es nicht, innerlich zerrissen oder mit seinen Gefühlen an eine Frau gebunden zu sein.

»Wann werden Sie heiraten, Frank?« hatte Maude Reed ihn auf Paulines Hochzeit gefragt. Und Frank wußte, nicht nur Mrs. Reed interessierte sich für seine Pläne. Da Lismore keine Hausherrin mehr hatte, richtete sich im Distrikt die Aufmerksamkeit jeder Mutter mit einer heiratsfähigen Tochter auf ihn. Kaum hatte der Pfarrer für Colin und Pauline den Bund der Ehe geschlossen, als Frank bereits im Mittelpunkt weiblicher Interessen stand – angefangen bei der jungen Verity Campbell bis hin zu der nicht mehr ganz jungen Constance McCleod, dieser geborenen Kupplerin. »Sie können doch nicht *ewig* Junggeselle bleiben, Frank«, hatte Louisa Hamilton anzüglich gesagt. »Es ist für einen Mann nicht gut, allein zu sein.« Es sah Louisa sehr ähnlich, dachte Frank, sich zu sehr für eine Dame zu halten, um das Wort ›keusch‹ in den Mund zu nehmen. Aber genau darauf spielte sie an.

Frank war nicht keusch – keineswegs. Kein Mann mit Geld, der in Melbourne lebte, mußte auf sexuelle Freuden verzichten, worin sie auch bestehen mochten und wann immer ihm danach zumute war. Frank hatte in der ganzen Stadt Freundinnen, die nur allzu freizügig waren –

diese Damen nahmen gern sein Geld und seine Geschenke an, ohne Forderungen an ihn zu stellen. An eine Ehe dachten sie ganz bestimmt nicht. Und das gefiel ihm. Er war erst sechsunddreißig und glaubte, er habe noch genug Zeit, das Leben zu genießen, bevor er sich für eine Frau entschied und sich der Aufgabe widmete, einen Erben zu zeugen.
»Frank?« Jemand stand in der offenen Tür.
Er hob den Kopf und sah Eric Graham, einen Reporter der *Times*, zu dessen Aufgabe es gehörte, im Hafen Neuigkeiten zu sammeln. Er war ein großer junger Mann, der eine Melone trug, und von dem Frank wußte, daß er sich einen Namen in seinem Beruf machen wollte. Eric gehörte zu Franks besten Reportern. Er hatte die Geschichte über die Gefangennahme von Dan Sullivan, einem gesuchten Verbrecher, für die *Times* an Land gezogen, als seine Kollegen von *Age* und *Argus* noch schliefen. »Kommen Sie herein, Eric«, forderte ihn Frank freundlich auf. »Ich hoffe, Sie haben etwas Spannendes für die Ausgabe morgen.« Frank hatte es sich zur Regel gemacht, alle Artikel selbst in Augenschein zu nehmen, ehe sie in die Redaktion wanderten.
»Leider ist unten am Hafen heute nichts los, Frank«, erwiderte Graham und nahm den Hut ab, worauf seine sorgfältig gekämmten und pomadisierten schwarzen Haare zum Vorschein kamen. »Mal sehen«, sagte er und blätterte in seinen Notizen. »Ein amerikanischer Klipper ist eingelaufen. Ein bemerkenswertes Schiff ...«
»Ein Klipper ist inzwischen keine Neuigkeit mehr.«
»Gewiß. Hier haben wir etwas: Man hat einen Killerwal vor der Küste gesichtet.«
»Wie weit von der Küste entfernt?«
»Das konnte mir niemand sagen.«
»Hat man ihn vom Strand aus gesehen?«
»Nein.«
Frank schüttelte den Kopf.
»Also gut«, sagte Graham und blätterte weiter, »die *Orion* wird morgen erwartet. Es ist das fünfte Schiff, das in Melbourne eintrifft und durch den Suez-Kanal gefahren ist.«
»Das erste Schiff war eine Sensation, Eric, das fünfte ist es nicht mehr«, sagte Frank. Ein Botenjunge erschien und brachte ihm eine Reihe kopierter Artikel aus anderen Zeitungen, die man telegrafiert hatte. Während Eric Graham weitersprach, überflog Frank die Berichte.

»Hier haben wir etwas«, sagte Eric, »etwas Amüsantes. Gäste aus einem Pub haben eine Bardame verabschiedet. Sie kehrt nach England zurück, und offenbar hat sie eine Reihe ...«
Aber Frank hörte nicht mehr zu. Die erste Geschichte handelte von dem Mann, den die Polizei in Cooper's Creek entdeckt hatte. Es war der einzige Überlebende der gescheiterten Expedition von 1871. Offenbar hatte der Mann Selbstmord begangen, bevor man ihn nach Melbourne bringen konnte.
»Mist!« murmelte Frank. Er wollte ein Extrablatt mit dieser Geschichte bringen – ein Interview mit dem einzigen Überlebenden, der genau erzählen sollte, was auf der Expedition geschehen war – von Anfang an, vom Aufbruch in Melbourne bis zum Massenmord und dem Augenblick, an dem die Polizei ihn bei den Aborigines gefunden hatte. Jetzt war auch das nur eine ganz normale Meldung.
Eric erreichte das Ende seines Berichts und erkannte zu seiner Enttäuschung, daß er in der Ausgabe am nächsten Tag ›nur unter ferner liefen‹ auftauchen würde. Wenn doch nur der amerikanische Klipper eine Schlagzeile hergeben würde, wie zum Beispiel der Klipper vom letzten Monat. Er hatte Forscher an Bord gehabt, die den Südpol finden wollten. Aber der Klipper heute hatte nach Grahams Meinung nur etwas Kulinarisches an Bord gehabt, eine Neuigkeit aus Amerika, die man ›Cracker Jacks‹ nannte. Graham fand die Geschichte über die Verabschiedung der Bardame sehr gut. Es war vielleicht keine sensationelle Nachricht, aber die Sache hatte einen interessanten Aspekt: Die Frau war eine Art Künstlerin. Sie hatte am Kai gestanden, gezeichnet und die Bilder verschenkt. Eric besaß auch eine Zeichnung – er hatte sie darum gebeten, den Premierminister von Victoria zu zeichnen. Die wirklich sehr komische Karikatur ähnelte dem hohen Herrn geradezu verblüffend.
»Also, Frank?« fragte Graham.
Frank dachte noch immer an den Überlebenden der Expedition und sah plötzlich eine Möglichkeit, seine Geschichte doch noch zu retten. Man konnte sie als ›Bericht‹ deklarieren und einen der Polizisten behaupten lassen, der arme Mann habe sie ihm erzählt, bevor er Selbstmord beging. Frank fand, das werde die Sache vielleicht sogar noch spannender machen, denn im Vergleich zur ›wahren‹ Geschichte würde ›seine‹ Geschichte bestimmt einfallsreicher sein.
»Frank?« fragte Eric, »können Sie etwas davon verwerten?«

»Ich brauche in der Ausgabe morgen etwas Politisches, Eric. Die Leute glauben allmählich, im Parlament seien alle inzwischen gestorben.«
»Bedaure, etwas Politisches habe ich nicht zu bieten.«
»Na gut, bringen Sie die Sache mit dem Killerwal. Aber schreiben Sie, er sei einem Fischerboot gefährlich nahe gekommen oder so etwas in der Art. Und machen Sie einen Grauwal daraus.«
»Aber Grauwale schwimmen nicht in den südlichen Gewässern.«
»Ist doch egal. Sie sind jedenfalls größer.«
Graham ging, und Frank las die Fahnenabzüge. Er redigierte und kommentierte ein paar Artikel. Dann nahm er sich den kleinen Stapel mit persönlichen Mitteilungen vor – Leserbriefe, Aktennotizen und Einladungen zu verschiedenen Veranstaltungen. Die Abteilung Nachforschungen schrieb ihm folgende Notiz: »Wir haben die neuesten Landkarten der Behörden und Landbeschreibungen von Queensland, Neusüdwales, Victoria, Südaustralien und Westaustralien überprüft. Leider hat sich kein Punkt mit den Namen Bowman's Creek oder Durrebar gefunden.«
Frank runzelte die Stirn. Hugh hatte ihm erzählt, Miss Tallhill habe bei der Entzifferung von Joannas Urkunde diese beiden Namen lesen können. Die Frau mußte sich eindeutig geirrt haben, und Frank stand nun vor der unangenehmen Aufgabe, es Joanna mitzuteilen. Er hatte gehofft, wenn Joanna nach Karra Karra fuhr, dann würde ein Reporter sie begleiten, um ihre Geschichte für die Leser der *Times* zu schreiben.
Frank warf einen Blick auf seine Taschenuhr und sah, daß es beinahe Zeit zum Mittagessen war. Er verspürte Lust auf ein dunkles Bier und Fleischpastete in Gesellschaft anderer Zeitungsleute. Als er nach seinem Mantel griff, erschien Eric Graham wieder in der Tür.
»Mich beschäftigt noch etwas, Frank«, sagte er hoffnungsvoll. »Ich weiß, wir bringen keine Bilder in der *Times*, aber Sie haben gesagt, Sie suchen etwas Politisches. Was halten Sie davon?« Er hielt ihm die Zeichnung entgegen, die er vom Hafen mitgebracht hatte.
Frank betrachtete sie und lachte. »Du meine Güte«, rief er, »das ist der Premierminister, wie er leibt und lebt! Großartig! Selbst wenn man den Mann nicht kennt, dann wüßte man alles über ihn, wenn man dieses Bild betrachtet. Woher haben Sie das?«
»Ich habe es Ihnen doch erzählt. Am Kai wurde unter großer Anteil-

nahme eine Kellnerin von ihren Gästen verabschiedet. Ich habe mich in der Nähe aufgehalten, denn ich dachte, das könnte eine interessante Geschichte sein.«

Frank starrte ihn entgeistert an. »Wie bitte? Wo war das?«

»Unten im Hafen. Sie fährt nach England zurück ...«

»Allmächtiger! Warum haben Sie mir das nicht gleich gesagt!« Frank knöpfte nicht einmal den Mantel zu, sondern rannte bereits aus der Tür und zum Fahrstuhl. »Mit welchem Schiff fährt sie?«

»Ich glaube, es ist die *Princess Julianna*. Aber das Schiff ist wohl schon unterwegs ...«

2

Frank sprang aus der Droschke, noch bevor sie anhielt. Er drückte dem Kutscher einen Geldschein in die Hand, der schimpfte, weil er kein Wechselgeld hatte, aber Frank war schon in der Menge verschwunden.

Er lief von Anlegestelle zu Anlegestelle und las die Namen der ankernden Schiffe. Dann schob er sich wieder hastig durch die geschäftige Menge. Schließlich entdeckte er einen Zollbeamten. Atemlos fragte er ihn: »Wo liegt die *Princess Julianna*?«

»Die *Princess Julianna*? Sie ist gerade ausgelaufen, Sir«, erwiderte der Mann und deutete auf das Meer, wo Frank weiße Segel sah, die langsam am Horizont verschwanden.

»Ich miete ein Boot und fahre dem Schiff hinterher.« Als Frank in Richtung eines kleinen Landestegs laufen wollte, wo ein verblaßtes Schild Leihboote anpries, hielt ihn der Zollbeamte am Arm fest und sagte: »Es gibt keine Boote mehr. Jemand hat erzählt, man habe einen Wal gesichtet, und jetzt sind alle hinausgefahren, um ihn zu sehen.«

Frank fluchte leise und starrte auf das chaotische Treiben am Kai. Zwei große Schiffe waren gerade eingetroffen. Wie üblich spielte eine Kapelle ›God Save the Queen‹, und viele Menschen standen bereit, um die von Bord gehenden Reisenden zu begrüßen. Im Gedränge hofften ein paar Langfinger, sich zu bereichern und hielten verstohlen Ausschau nach geeigneten Opfern.

Abseits in einer Ecke, fern von der Menge, saß eine gut gekleidete rothaarige Frau auf einem großen Überseekoffer und blickte auf das Meer. Die Federn an ihrem Hut bewegten sich im Wind.

Frank ging zu ihr hinüber, und als sein Schatten auf sie fiel, hob sie den Kopf.

»Guten Tag, Ivy«, sagte Frank.

Sie lächelte und schüttelte den Kopf. »Ich muß völlig den Verstand verloren haben«, sagte sie. »Ich hatte alles so sorgfältig geplant und Geld für die Überfahrt gespart. Meine Freunde haben mich großartig verabschiedet, und dann konnte ich einfach nicht an Bord gehen.«

»Warum nicht?«

»Ein Reporter Ihrer Zeitung bat mich, ihm eine Zeichnung zu machen. Ich wußte, er würde sie Ihnen zeigen.«

»Mein Gott, das war knapp«, sagte Frank und seufzte erleichtert. Dann setzte er sich neben sie. »Ich dachte, Sie wären an Typhus gestorben. Warum sind Sie verschwunden? Wo waren Sie?«

»Während der Epidemie habe ich erfahren, daß Ihre Schwester alle Frauen im Distrikt aufgefordert hatte, die betroffenen Familien mit Lebensmitteln und anderen Dingen zu unterstützen. Ich bin in Ihr Haus gegangen. Ich bin auf Lismore gewesen und habe meine Hilfe angeboten. Aber sie wollten mich nicht. Es fehlten Hilfskräfte, aber ich war ihnen nicht gut genug. Da begriff ich in aller Klarheit unsere Situation. Gottesdienste und ein Picknick an Sonntagen konnten nie darüber hinwegtäuschen, was ich wirklich bin – eine Bardame.«

»Ich habe in der *Times* Suchanzeigen veröffentlicht. Ich habe Sie gesucht!«

»Ich weiß, ich habe die Anzeigen gesehen.«

»Warum haben Sie sich nicht gemeldet? Warum haben Sie sich vor mir versteckt?«

»Weil meine Gefühle für Sie so völlig verwirrt waren! Und weil ich vorsichtig sein muß.«

»Vorsichtig?«

Sie drehte sich um und sah ihn an. Er saß dicht neben ihr. Ivy sah sein Gesicht in allen Einzelheiten, die sanften braunen Augen, der Bartschatten am Kinn, und ihr wurde bewußt, daß sie sich zum ersten Mal im hellen Tageslicht sahen. Jetzt war er leibhaftig wieder da und nicht nur in ihren Gedanken; sie saßen gemeinsam in der Sonne, so eng beisammen, daß sie sich beinahe berührten, und Ivy befragte noch einmal ihre Gefühle. Sie wußte plötzlich, daß sie keineswegs verwirrt waren. »Frank«, sagte sie, »wenn eine unverheiratete Frau um ihre Ehrbarkeit kämpft, dann muß sie sich vor allen intimen Beziehungen mit Männern hüten. Ein Junggeselle wie Sie darf solche Beziehungen haben, aber eine Frau nicht. Und Sie können jeden fragen . . ., ich bin ehrbar.«

»Ich habe nie an Ihrer Ehrbarkeit gezweifelt«, sagte er. Frank konnte seinen Augen immer noch nicht trauen. Da saß sie lebendig neben ihm. Er entdeckte winzige schwarze Flecken in den grünen Augen, sah die funkelnden Steine ihrer Ohrringe, einzelne Locken der roten Haare, in denen der Wind spielte. Als sie lächelte, bemerkte er kleine Fältchen in den Augenwinkeln, und er mußte daran denken, daß in Finnegans Pub ihm jemand einmal gesagt hatte, Ivy sei beinahe vierzig.

»Sagen Sie mir«, fragte er leise, »warum sind Sie nicht mit der *Julianna* abgereist? Wohin wollten Sie eigentlich?«

»Ich hatte eigentlich kein Ziel. Ich . . . wollte nur weg.«

»Weg von mir?«

»Vielleicht.«

»Aber Sie sind geblieben.«

»Ja.«

»Kommen Sie mit mir zurück, Ivy. Geben Sie mir eine Chance.«

»Sie wissen nichts über mich«, sagte sie. »Meine Mutter . . .«

»Und mein Vater«, unterbrach er sie, »war der zehnte Sohn eines armen Fabrikarbeiters in Manchester. Mir ist die Herkunft eines Menschen nicht wichtig. Ich weiß nur, wenn ich an Sie denke, oder wenn ich Sie sehe, dann geht es mir gut. Bitte geben Sie mir einen Platz in Ihrem Leben. Bitte, Ivy.« Er reichte ihr die Hand. »Sie sind mir außerdem immer noch ein Picknick schuldig. Das haben Sie mir versprochen . . .«

Kapitel Siebzehn

1

Sarah wußte, in welchem Zimmer der Pension Philip NcNeal wohnte. Sie wartete an dem kühlen Septembermorgen ungesehen in der Nähe des Hintereingangs und hörte, wie die Dienstmädchen das Frühstück vorbereiteten. Sie blickte zu seinem Fenster hinauf, und ihre Beklemmung stieg. Sie hoffte inständig, daß sie nicht zu spät gekommen war.

Endlich verließen die Dienstmädchen mit Tee und Toast die Küche, und Sarah schlich sich in das Haus. Sie lief durch den langen Flur und vergewisserte sich, daß sie niemand gesehen hatte. Als sie die Treppe erreichte, eilte sie schnell und geräuschlos nach oben. Sie war barfuß.

Philips Zimmertür stand offen. Sie blickte hinein und sah einen leeren Schrank. Auf dem Tisch lagen Blaupausen und Zeichengeräte, und sie sah das Bett, in dem er geschlafen hatte.

Philip stand vor einer Kommode, leerte die Schubladen und legte Kleidungsstücke in einen Koffer. Als er sich aufrichtete, zog er erstaunt die Augenbrauen hoch. »Sarah! Welch eine Überraschung«, rief er und kam zu ihr. Er blickte den Gang entlang. »Bist du allein?«

Als sie keine Antwort gab, sagte er: »Wie bist du hergekommen? Bist du von Merinda bis hierher zu Fuß gelaufen?«

»Ja.«

»Warum?«

Sarah schwieg einen Augenblick, dann antwortete sie: »Ich wollte mich verabschieden.«

»Du bist den weiten Weg gelaufen«, sagte er, »ohne Schuhe, nur, um dich zu verabschieden?«

Sarah blickte auf ihre staubigen nackten Füße.
»Weißt du, Sarah«, er trat wieder an die Kommode, »ich glaube, in all der Zeit, seit ich dich kenne – wie lange ist das eigentlich? Etwa sechs Monate? In all der Zeit hast du nicht viel gesprochen. Vermutlich hat man dir gesagt, daß ich abreise. Da Mr. Westbrook es sich nach dem Unwetter nicht leisten kann, das Haus jetzt zu bauen, und da mein Bruder mir einen Brief aus Amerika geschickt hat und sagt, meine Mutter sei krank, habe ich beschlossen, es sei der richtige Augenblick, um nach Hause zurückzukehren.« Er sah sie an und fügte hinzu: »Du wirst mir fehlen.«
Er betrachtete das große dunkelhäutige Mädchen in der Tür und bemerkte, daß sie die Haare mit einem Band zurückgebunden hatte. Das hatte Sarah noch nie getan. Er dachte daran, wie sie jeden Morgen unten am Fluß saß, wenn er mit den Arbeitern dort erschien. Sie blieb immer in der Nähe und war unter den Eukalyptusbäumen beinahe nicht zu sehen. Sie beobachtete ihn bei der Arbeit und blieb bis zum Sonnenuntergang, wenn er sein Werkzeug zusammenpackte und wieder ging.
»Das tut mir leid«, sagte sie.
Er sah sie fragend an.
»Ich meine, daß es Ihrer Mutter nicht gutgeht.«
»Es ist nett von dir, das zu sagen.« Er legte ein Hemd in den Koffer. »Was ist mit deinen Eltern, Sarah? Du hast nie von ihnen gesprochen.«
Sie stand noch immer in der Tür, als habe sie Angst, die Schwelle zu überschreiten.
»Hast du deine Eltern gekannt?«
»Mein Vater war ein Weißer«, antwortete Sarah ruhig. »Er hatte eine Farm. Man hat mir erzählt, er wollte eine Frau. Man hat mir erzählt, er hat meine Mutter geraubt. Sie mußte bei ihm auf der Farm leben, und dann ließ er sie wieder gehen.«
Sarahs Stimme klang sanft in der morgendlichen Stille. Philip bewegte sich nicht. Er hatte noch immer das Hemd in der Hand.
»Meine Mutter kehrte zu ihrer Sippe zurück«, fuhr Sarah fort, »aber ihre Leute sagten, sie sei tabu. Man vertrieb sie aus dem Lager. So kam sie in das Missionsdorf. Dort wurde ich geboren.«
»Was ist aus ihr geworden?«
»Sie machte sich auf den Weg. Sie ist nie zurückgekommen.«

Er sah Sarah schweigend an, dann legte er das Hemd auf das Bett. »Komm, ich bring dich nach Hause.«
Sie gingen hinunter zum Stall, wo seine Stute bereits gesattelt war. McNeal saß auf und streckte die Hand nach Sarah aus. Sie zögerte.
»Hast du noch nie auf einem Pferd gesessen?« fragte er.
Sie schüttelte den Kopf.
»Hab keine Angst«, erwiderte er und lächelte. »Ich werde aufpassen, daß dir nichts geschieht. Stell den Fuß auf meinen hier im Steigbügel. So.« Er zog sie hoch . »Jetzt leg die Arme um meine Hüfte.«
Sie hielt sich an ihm fest, während sie durch den sonnigen Morgen ritten, vorbei an den grünen Wiesen und Weiden mit den weißen, wolligen Schafen. Aber Sarah schloß die Augen und legte das Gesicht an seinen Rücken. Sie fühlte, wie der Wind in ihren Haaren wehte und spürte Philips Herzschlag unter ihren Händen. Bald galoppierten sie. Sarah warf den Kopf zurück und überließ sich der Kraft des Pferdes. Sie schloß die Arme fester um Philip. Sie wollte mit ihm an Merinda vorbeireiten bis zum Horizont und noch weiter. Sie wollte nie wieder zurück.
Aber dann erreichten sie den Hof. Philip sprang als erster ab und half Sarah beim Absitzen.
»Ich möchte dir das schenken«, sagte er und nahm den silbernen Armreif vom Handgelenk, »als Erinnerung an mich«, fügte er hinzu und gab ihr den Reif.
Sarah betrachtete die leuchtend grünen Steine. »Wann werden Sie zurückkommen, Philip McNeal?«
Er sah sie erstaunt an. Sie hatte noch nie seinen Namen ausgesprochen.
»In sechs Monaten vielleicht«, erwiderte er, »spätestens in einem Jahr. Aber ich komme wieder. Dann bist du erwachsen, und viele Männer werden dir den Hof machen. Dann hast du keine Zeit mehr für einen alten Mann wie mich.«
Er zog sie an sich und umarmte sie. »Gott sei mit dir, Sarah«, sagte er und küßte sie auf die Stirn.
Sarah blickte ihm nach, als er aus dem Hof ritt, und sie dachte an den Tag, als sie ihn zum ersten Mal gesehen hatte – unten am Fluß, an den heiligen Felsen. Damals hatte er sich bereit erklärt, das Haus nicht an der geweihten Stätte zu bauen. Sie dachte an die vergangenen sechs Monate. Sie erinnerte sich daran, daß Philip ihr von Menschen erzählt hatte, die ebenfalls in Sippen lebten und auch von Totem-Ahnen abstammten. Sie

sah ihn vor sich, wie er mit den Arbeitern lachte, wenn sie die Fundamente aushoben oder Beton mischten. Er saß mit seinen Leuten im Gras und aß zusammen mit ihnen. Er erzählte von seinen Reisen durch Amerika. Sie hatte beobachtet, wie genau er seine Aufgabe nahm, wie intensiv er sich mit den Plänen beschäftigte, mit Hugh Westbrook redete, jeden Zentimeter des Bodens untersuchte, die Arbeiter etwas neu machen ließ, wenn es nicht richtig war. Dabei kritisierte er sie nie, sondern zeigte ihnen, wie es gemacht wurde. Und oft wanderte sein Blick zu Sarah. Er lächelte ihr zu, wenn sie ihn von den Bäumen aus ansah ...

Und während sie nun im Hof stand, und seine Gestalt in der Ferne verschwand, wußte die fünfzehnjährige Sarah King plötzlich, was sie tun mußte.

2

Joanna hatte ein seltsames Gefühl, ein Gefühl, das sie nicht kannte. Es ließ sie schon den ganzen Tag nicht los und verhinderte, daß sie sich auf ihre Arbeit unten am Fluß konzentrieren konnte. Sie pflanzte den wertvollen Ingwer. Den ganzen Nachmittag teilte sie die Wurzeln und steckte die Stücke in die feuchte Erde. Ingwer mußte im Frühling gepflanzt werden, damit man ihn im Herbst ernten konnte, wenn die Blätter verwelkt waren. Die Stücke mußten von besonders jungen Wurzeln stammen, die man an der blaßgrünen Farbe erkannte, und sie mußten drei Augen haben wie die Kartoffeln. Da es darauf ankam, daß jedes Stück mindestens drei Augen hatte, war das Schneiden und Pflanzen der Wurzeln eine Aufgabe, die große Behutsamkeit und Aufmerksamkeit erforderte.

Joanna versuchte, ihre Gedanken auf die Arbeit zu richten, aber es wollte ihr nicht gelingen. Ihre Gefühle verwirrten sie: einerseits war sie glücklich und andererseits bekümmert.

Eine Wolke schob sich vor die Sonne. Sie ließ die Hände in den Schoß sinken und hob den Kopf.

Es war ein heißer Septembertag, typisch für den Frühlingsanfang, und sie war im achten Monat schwanger. Ihre Bewegungen waren langsam, schwerfällig, und sie fühlte sich müde. Das Summen und Brummen der

Insekten erfüllte die Luft; die Fliegen umschwirrten sie, und die Vögel zwitscherten. Aber auch die Unruhe, die in den letzten Tagen wie ein Schatten auf ihr lag, wich nicht.
Schließlich legte sie das Messer beiseite und lehnte sich zurück.
Joanna wußte, ein Teil ihrer Sorge kam daher, daß morgen der zweite Jahrestag ihrer Ankunft in Australien war. Damals hatte sie an Deck der *Estella* gestanden und gehofft, bereits innerhalb weniger Tage etwas über ihr Erbe, über Karra Karra zu erfahren. Aber nach vierundzwanzig Monaten eingehender Suche – und vielen glücklichen Tagen – glaubte sie, Karra Karra wenig näher zu sein als bei ihrer Abreise aus Indien. Die Namen Bowman's Creek und Durrebar boten keine Anhaltspunkte und fanden sich auf keiner Landkarte. Hugh und Frank vertraten die Ansicht, daß diese Orte in den dreiundvierzig Jahren, die seit dem Aufenthalt ihrer Großeltern in Australien vergangen waren, andere Namen bekommen hatten. Patrick Lathrop schrieb, es sei ihm bisher nicht gelungen, die Kurzschrift zu entziffern, in der John Makepeace seine Aufzeichnungen geschrieben hatte. Buchanan und Co., die Reederei in London, hatte mitgeteilt, ihre Schiffe *Pegasus* und *Minotaurus* seien erst 1836 gebaut worden – also sechs Jahre, nachdem Joannas Großeltern nach Australien gefahren waren.
Aber Joanna wußte, die erfolglose Suche war nicht der einzige Grund ihrer Unruhe. Da war noch etwas, es saß tiefer, und es hatte ihrer Meinung etwas mit dem Kind zu tun und dem Gift-Gesang.
Sie spürte, wie das Baby sich bewegte. Ob es wohl ihre Unruhe spürte? Seit Joanna wußte, daß sie schwanger war, überschatteten Sorgen und Ängste ihre Freude. Und da der Tag der Entbindung näherrückte, wuchs ihre Furcht. Galt der Gift-Gesang ihrer Familie, und besaß er nach so vielen Jahren immer noch Macht über sie? Joanna dachte an die geheimnisvollen Aufzeichnungen ihres Großvaters, und ein kalter Schauer lief ihr über den Rücken. Waren *sie* der Gift-Gesang? Würde der Fluch auf das Kind übergehen?
Joanna lehnte sich gegen einen großen Stein. Die wohlige Wärme, die er abstrahlte, tat ihr gut. Sie griff in den Korb und nahm das Tagebuch ihrer Mutter heraus. Schon das Gefühl, es in den Händen zu halten, war tröstlich und beruhigend. Sie blätterte darin und las: ›23. Februar, 1848: Habe Löwenzahnwurzeln gesammelt – Petronius erklärt mir, daß der Name auf die gezackten Blätter zurückgeht.‹ Am 14. Mai 1850 hatte

Lady Emily geschrieben: ›Der alte Jaswaran erweist sich als unerschöpfliche Quelle des Wissens über Heilkunst. Heute hat er mir gezeigt, wie man aus der Süßholzwurzel Augentropfen zubereitet. Sie helfen wunderbar bei Entzündungen.‹ Schließlich sah Joanna einen Eintrag vom 30. Januar 1871 – drei Monate vor Lady Emilys Tod: ›Ich bete darum, daß Joanna das Gift nicht erben wird.‹

Ein Windstoß trieb ihr aus der Ferne das Blöken der Schafe auf den Weiden zu.

Joanna dachte an Hugh. Er war zu der Weide geritten, wo er die trächtigen Schafe hielt. Zwar hatte er viele Schafe durch das Unwetter verloren, aber es gab noch beinahe dreihundert Muttertiere, die sein neuer Widder Zeus gedeckt hatte. Das Lammen stand bevor, und Hugh hielt Wache bei der Herde. Wenn Lämmer geboren wurden, drohten ihnen viele Gefahren – von Adlern und Falken, die sie sofort nach der Geburt als Beute davontrugen. Auch die räuberischen Krähen versuchten, den neugeborenen Lämmern die Augen auszuhacken. Joanna wußte, welch große Bedeutung diese Lämmer für Hugh hatten. Sie sollten der erste Schritt auf dem Weg zur Erfüllung seines Traums von einer neuen Schafrasse sein und Merinda wieder auf die Beine helfen.

Joanna blickte versonnen auf die grünen Hügel und fragte sich, was geschehen würde, wenn sich die Nachfahren des neuen Widders als ungeeignet erwiesen. In den vergangenen Monaten waren immer wieder Züchter erschienen, hatten Zeus begutachtet und versucht, sich eine Meinung über Hughs Chancen zu bilden. »Ich glaube, Sie machen einen Fehler, Hugh«, hatte Ian Hamilton gesagt, als er mit einem Zahnstocher im Mund am Zaun stand. »Sie werden niemals besonders weiche Wolle von den Nachkommen dieses Widders bekommen. Und heutzutage wird nur besonders weiche Wolle verlangt.« John Reed hatte den Kopf geschüttelt und erklärt: »Ich weiß, ein paar Züchter in Neuseeland haben dasselbe versucht. Sie haben Lincoln-Widder mit den großen Merinoschafen gekreuzt, und das Ergebnis war katastrophal. Die Lämmer hatten alle schmale Schultern und ein schwaches Rückgrat. An ihrer Stelle würde ich die Sache aufgeben, Westbrook. Das ist reine Geldverschwendung.«

Nur Frank Downs ermutigte Hugh. Ihm gehörten fünfzigtausend Morgen Land in Neusüdwales. Dort hatten sich bisher wegen der Trockenheit keine Schafe gehalten. Er versprach Hugh, die ersten Widder von

Zeus' Nachkommen zu kaufen, wenn sie Hughs Erwartungen entsprachen. Jetzt konnte man jeden Tag mit den Ergebnissen von Hughs Experiment rechnen.

Joanna hoffte inbrünstig, Hugh werde Erfolg haben. Nicht weit entfernt von ihr befanden sich die Betonfundamente, die unter Mr. McNeal bereits entstanden waren. Es waren erst vier, also die Hälfte für das ganze Haus. Joanna dachte auch an Franks angebotenen Kredit. Hugh hatte es entschieden abgelehnt, von jemandem Geld anzunehmen. Joanna hatte sogar vorgeschlagen, den Feueropal zu verkaufen, aber Hugh wollte nichts davon hören. Unglücklicherweise gab es wegen ihrer Erbschaft juristische Probleme. Mr. Drexler hatte in seinem letzten Brief berichtet, ein Verwandter von Joannas Vater habe Anspruch auf einen Anteil des Vermögens erhoben. Drexler vertrat zwar die Ansicht, die Sache werde ganz bestimmt zugunsten von Joanna entschieden werden, aber nun dauerte es doch noch eine Weile, bis das Geld hier eintraf. Die Verluste durch das Unwetter waren sehr, sehr hoch. Hugh war schwer verschuldet.

Joanna grübelte immer noch darüber nach, ob Colin MacGregor wirklich für das Ausmaß des Schadens verantwortlich war, wie einige Leute behaupteten. Sie konnte sich nicht vorstellen, weshalb Mr. MacGregor so etwas hätte tun sollen. Welchen Grund gab es für ihn, Hugh zu hassen? Doch Poll Gramercy, die Hebamme, hatte von Rache gesprochen – aber Rache wofür? fragte sich Joanna.

Sie vermutete auch, daß einige der Aborigines immer noch dachten, die Unglücksfälle hätten etwas mit ihr zu tun. Immerhin schien Ezekial die Arbeiter nicht mehr gegen sie aufzuhetzen.

Joanna sehnte sich nach dem neuen Haus. Aber sie verstand Hughs Stolz. Er wollte so lange im Rindenhaus wohnen, bis er es sich leisten konnte. Er hatte das Rindenhaus noch einmal vergrößert und wohnlicher gemacht. Joanna zweifelte nicht daran, daß sie eines Tages in ihrem schönen großen Haus am Fluß leben würden.

Der Duft der Ingwerblüten stieg ihr in die Nase. Sie konnte sich aber nicht entspannen und wunderte sich wieder über die verwirrende Unruhe, die sie einfach nicht abschütteln konnte. Sie hatte Hugh nichts davon erzählt. Er freute sich so sehr auf das Kind, und sie wollte sein Glück nicht trüben. Mit seinen Gedichten hatte es eine neue Entwicklung gegeben. Frank Downs hatte kurzentschlossen Hughs neueste Ballade unter dem richtigen Namen des Autors veröffentlicht. Und als alle im westlichen Distrikt plötzlich feststellten, daß der ›Alte Viehtreiber‹, dessen Gedichte regelmäßig in der *Times* erschienen, Hugh Westbrook war, stand er schnell im Mittelpunkt der Aufmerksamkeit.

Joanna verstand gut, weshalb die Leute Hughs Dichtung so liebten. Alle seine Freunde hatten übereinstimmend erklärt, es sei seine beste Ballade: ›Die Traumzeit‹ – *In diesem wilden Land da Draußen/ Wo in den stillen Schluchten die Geister der Schwarzen sich zeigen.* Die Leute sagten, in seinen Gedichten sei das ganze Australien zu finden: die Scherer und Farmer, die Viehtreiber und die Entrechteten, die Emus, die Falken und auch die Regenbogenschlange, deren ›Leib gelb und rot gestreift ist‹, die ›um eine Frau sich ringelt‹, und die ›von Kopf bis zum Schwanz blau ist‹. Hughs Leser spürten, daß er sah, wie die Zeiten sich änderten. Und eines Tages würde man vielleicht dem alten Australien nur noch in seinen Gedichten begegnen.

Die heiße Nachmittagssonne und die schwere Luft machten Joanna müde. Über ihr landete ein blaßgelber Kakadu auf einem Ast. Sie betrachtete die langen Ingwerstengel, die schwertähnlichen Blätter und rosa Blüten im Dunst des kleinen Wasserfalls. Der Wind blätterte die Seiten des Tagebuchs um. Joanna sah einen anderen Eintrag ihrer Mutter, die in ihrer feinen, schwungvollen Handschrift vermerkt hatte: ›Das Kind kam im Morgengrauen auf die Welt. Wir werden unsere Tochter Joanna nennen. Ich bin nicht länger ein Mädchen. Ich bin eine Frau.‹

Als das Tagebuch ihren Händen entglitt, dachte sie noch unbestimmt: Vielleicht ist das der Grund für meine Unruhe. Ich verändere mich. Ergeht es jeder jungen Frau bei ihrem ersten Kind so? Ist das der Übergang von der Jugend zum Erwachsenwerden? Joanna hatte geglaubt, eine Frau geworden zu sein, als sie das erste Mal mit Hugh geschlafen hatte. Vielleicht würde sie auch erst an ihrem einundzwanzigsten Geburtstag im nächsten Jahr erwachsen sein. Aber jetzt wurde ihr bewußt, die wahre Bestätigung ihrer Weiblichkeit lag in dem Werden eines Kindes.

Sie schloß die Augen und versuchte, die Unruhe abzuschütteln, die sie quälte. Sie legte die Hände auf ihren Leib und spürte die Stöße des Babys. Joanna wollte glücklich sein. Sie wollte nur die Freude und das Glück erleben, die sich einstellen, wenn eine Frau Mutter wird. Aber vielleicht gehörte zu dieser Änderung auch immer eine gewisse Angst. Vielleicht, dachte sie und schlief langsam ein, ist diese Erfahrung, das alte Ich abzustreifen und ein neues anzunehmen, für jede junge Frau erregend und erschreckend. Joanna wünschte, ihre Mutter wäre an ihrer Seite, um sie sicher durch dieses Wunder der Veränderung zu führen und es mit ihr zu teilen.

Dann erinnerte sie sich verschwommen an etwas, das Sarah ihr einmal über die Einweihungsriten der Aborigines erzählte hatte – über Mütter und Töchter und über Traumpfade . . ., aber sie schlief ein, bevor es ihr wieder einfiel.

3

Sarah lief am Fluß entlang. Sie tat es sehr behutsam, um das Träumen nicht zu stören, an dem sie vorüberkam. Jedesmal, wenn sie einen der heiligen Plätze sah, die sie kannte – das Diamantene Tauben-Träumen, das Goldene Kakadu-Träumen –, sang sie leise als Zeichen ihrer Achtung.

Sie trug in einem kleinen Bündel Ton, Ocker, Buschbeeren und Kakadufedern bei sich. Sie hatte diese Dinge bereits für das Ritual gesammelt, das sie durchführen wollte, wenn Joannas Kind geboren wurde. Sie würde dem Kind dadurch Gesundheit und einen guten Zauber mit auf den Weg geben, und es an das Land seiner Geburt binden. Aber Sarah wollte diese Gegenstände nun für einen anderen Zweck benutzen. Das Bündel enthielt auch Emufett aus dem Kochhaus – sie hatte es entwendet –, ein Kopfband aus Haaren, das sie sich geflochten hatte, und ein Paar Schuhe, die ihr Joanna vor langer Zeit gegeben hatte, die Sarah aber nie trug.

Die Sonne schien ihr ins Gesicht. Sarah ging gleichmäßig und mit großen Schritten. Die Augen richtete sie entschlossen nach vorne und geradeaus. Sie mußte sicher sein, daß alle Gebäude, Schafherden und Menschen weit hinter ihr lagen. Sie mußte einen geschützten Platz finden. Beim Gehen sang sie den Traumpfad der Bärenrobben-Ahne – es war der Traumpfad ihrer Mutter und ihrer Großmütter.

Schließlich erreichte sie eine Stelle am Fluß, die von Bäumen und Felsblöcken geschützt war. Sie lauschte in den Wind und hörte keine Stimmen mehr. Sie drehte sich langsam im Kreis und sah keine Häuser mehr, keine Zäune, keine Reiter. Die Weißen, das wußte Sarah, fürchteten den Zauber der Aborigines. Mr. Simms hatte sie einmal drei Tage eingesperrt und ihr weder zu essen noch zu trinken gegeben, weil sie etwas ›heidnisches‹ getan hatte, wie er es nannte. Sarah hatte nur den Regen vom Himmel rufen wollen, weil das Getreide der Mission verdorrte.

Sie zog sich langsam aus und legte ihre Sachen ordentlich auf die Erde. Dann öffnete sie das Bündel und nahm jeden Gegenstand einzeln heraus. Sie flüsterte seinen Gesang und legte den Gegenstand dabei ans Ufer: die Ockererde, die Buschbeeren, das Fett, die Federn, das Haarband und die Schuhe. Dann lief sie in den Fluß und wusch sich im kalten Frühlingswasser. Sie legte einen Kreis aus Steinen und entzündete ein kleines Feuer am Ufer. Beim Singen fächelte sie die Flammen und bat die All-Mutter, dem Feuer ihre Kraft zu schenken. Dann begann sie, aus dem Ocker, dem Ton und Buschbeeren rote und schwarze Farbe zu machen. Mit der Asche mischte sie weiße Farbe.

Danach rieb Sarah sich am ganzen Körper mit Emufett ein. Sie rieb es in die Haut, bis sie rotbraun in der untergehenden Sonne glänzte. Dann rieb sie es in die Haare, vermischte es mit der Asche und sang die Gesänge der All-Mutter. Schließlich bestrich sie ihren nackten Körper mit der Farbe.

Zuerst betonte sie die Konturen mit Rot und Schwarz. Dabei rief sie das Buschbeeren-Träumen an, von dem das Schwarz kam, und dann das Flußton-Träumen, denn von ihm stammte das Rot. Sie sang die Macht dieses Träumens in die Formen, die sie auf die Haut malte. Das Weiß trug sie mit einem Stock auf. Sie zog Stricke von den Schultern über die Arme bis zu den Händen. Sie zog Kreise um die Brüste und betupfte den Bauch. Auf die Schenkel zeichnete sie Sterne und Sonnen und die großen Wellen der Meere, auch Symbole für einen Felsenstrand, der weit weg im Süden lag, in der Heimat der Bärenrobbe. Sarah sang ohne Unterlaß, bedachte und prüfte die Farben, die Zeichen und verlieh ihnen Kraft. Sie sang den Traumpfad ihrer Mutter.

Beim Singen war ihr bewußt, daß die Zahl ihrer Gesänge als Folge der abgebrochenen geheimen Einweihung im Missionsdorf begrenzt war. Aber Sarah vertraute darauf, daß sie genug von dem Ritual wußte, um die Kraft auf sich zu lenken.

Als ihr Werk vollendet war, schob sie das Haarband auf den Kopf. Dann setzte sie sich und blickte in die untergehende Sonne.
Sie atmete den Rauch des Feuers ein, den Geruch der verbrannten Känguruh-Gräser, der mit Fett verrührten Asche, der verkohlten Federn – der magische Rauch vereinigte in sich die Geister des mächtigen Känguruhs, des Emus und des Kakadus. Sie rief das Träumen und wiegte sich beim Singen hin und her. Sie schloß die Augen und spürte, wie die Strahlen der Sonne ihren Körper durchbohrten. Vor ihrem inneren Auge sah sie wundersame Farben und Formen. Dann erhob sie sich und tanzte die Wiederholung des langen Pfades der Bärenrobbe von den kalten Gewässern des Südpols bis zu den wärmeren.
Ihr Körper schien sich zu verändern. Sie spürte das weite Meer um sich, sie schmeckte das salzige Wasser, sie sah, wie schimmerndes grünes Sonnenlicht durch den Seetang fiel.
Sarah spürte, wie die Kraft in ihrem Körper anfing zu kreisen. Sie kreiste auf der geheimnisvollen Sonnenbahn durch ihre Adern. Sie sang und tanzte das Träumen ihrer Sippe. Und sie glaubte, durch ihren Gesang und ihren Tanz den Traumpfad fortzusetzen, wie die Mütter es vor ihr getan hatten – jede zu ihrer Zeit.
Sie hätte es nicht allein tun sollen: Das Gesetz ihres Volkes schrieb vor, daß ihre Mutter sie durch die heiligen Riten führte und den Traumpfad an ihre Tochter weitergab. Aber Sarah hatte keine Mutter. Sie war allein.

4

Joanna träumte.
Sie sah den Eingang einer Höhle. Sie war noch sehr klein. Jemand hielt sie auf dem Arm.
Frauen traten in einer feierlichen Prozession aus der Höhle, und die kleine Joanna freute sich, sie zu sehen. Dann sah sie eine weiße Frau. Sie war so schön, während sie mit den anderen sang und tanzte. Die weiße Frau mußte ihre Mutter sein, aber Joanna erkannte sie nicht wieder. Joanna dachte in ihrem Traum: Träume ich den Traum meiner Mutter?
Das Kind im Traum fragte die Frau, auf deren Arm es saß: »Darf ich auch in die Höhle gehen?«

Aber man sagte ihr: »Nein, nur Mädchen, die Frauen werden, dürfen in die Höhle. Und ihre Mütter müssen sie begleiten.«
»Dürfen die Väter auch hinein?« fragte die kleine Joanna.
»Nein, das ist für Väter tabu. Es bringt großes Unglück, wenn sie es tun.«
Und dann sah die kleine Joanna zu ihrem Erstaunen einen Mann hinter den tanzenden Frauen aus der Höhle treten. Und sie rief: »Da ist er! Da ist Papi!«
Und sie streckte die Arme nach ihm aus.
Und nun veränderte sich der Traum. Der Himmel wurde dunkel. Das Land sah plötzlich unheimlich aus. Die Menschen wurden zornig. Sie verfolgten den Mann, der aus der Höhle gekommen war. Plötzlich sah Joanna viele Hunde. Sie lief auf den Mann zu, den sie für ihren Vater hielt, den sie aber nicht erkannte. Könnte es mein Großvater sein? fragte sich Joanna im Traum. Sie hatte schreckliche Angst, denn die Hunde kamen näher, immer näher.
Der Mann schien die Arme nach ihr auszustrecken. Sie wollte zu ihm, aber sie sah plötzlich, daß seine Gestalt sich veränderte. Er wurde groß, immer größer und sank zu Boden. Sein Leib schien über den roten Sand zu gleiten. Er glitt in den fahlen Schatten, und plötzlich sah Joanna, daß er sich in eine riesige Schlange in Regenbogenfarben verwandelt hatte.
Joanna wollte schreien, aber sie hatte keine Stimme. Sie wollte davonlaufen, aber ihre Füße bewegten sich nicht. Die Schlange kroch langsam auf sie zu, und plötzlich stellte sich ihre Mutter, Lady Emily, schützend vor sie. Joanna war vor Angst wie erstarrt und sah, wie die riesige Schlange näher, immer näher kam. Das Ungeheuer hatte nur ein Auge, das sich böse funkelnd auf sie richtete.
Die Meute der geifernden Hunde hatte Lady Emily erreicht. Sie griffen an und sprangen, aber in diesem Augenblick öffnete die Schlange das riesige Maul, und sie verschlang Lady Emily mit Haut und Haaren.
Joanna sah ihre Mutter in der Schlange verschwinden und schrie aus Leibeskräften. Plötzlich war die Schlange über ihr. Sie ringelte sich um ihre Hüfte und begann, sie zu erdrücken. Ein unerträglicher, stechender Schmerz durchzuckte sie.
Joanna wachte plötzlich auf. Sie lag regungslos am Boden. Die Nacht war

angebrochen. Das Wasser im Fluß war schwarz. Sie lag in der Dunkelheit der Bäume und befand sich noch im Bann des schrecklichen Traums. Deshalb spürte sie die stechenden Schmerzen in ihrem Leib kaum. Sie dachte nur benommen, wie seltsam dieser Traum gewesen war. Hatte sie wirklich den Traum ihrer Mutter geträumt? Sie versuchte, sich noch einmal in allen Einzelheiten daran zu erinnern. Joanna kannte die lebenslange Angst ihrer Mutter vor Hunden und erwog die Möglichkeit, daß der Traum vielleicht die Erinnerung an ein Geschehen war, das sie einst erlebt hatte. Vielleicht gab es einen Zusammenhang zwischen dem Gift-Gesang und den wilden Hunden. War das der Fluch, der auf den Makepeaces und auf ihren Nachkommen lag? Ein Fluch, bei dem wilde Hunde eine tödliche Rolle spielten?

Plötzlich tauchte eine andere Erinnerung auf: Vor zwei Jahren war Joanna Aborigines auf der Straße in der Nähe des Lagers am Emu Creek begegnet. Eine der alten Frauen hatte ihr geweissagt: »Ich sehe den Schatten eines Hundes. Er folgt Ihnen.« Joanna hatte damals geglaubt, die Frau spreche von der Vergangenheit, während Hugh meinte, sie habe ihr die Zukunft vorausgesagt. Bedeutete der Fluch einen unnatürlichen Tod durch Hunde – seien es nun imaginäre oder wirkliche?

Aber warum, warum ...? Joanna stellte die stummen Fragen dem dunklen Fluß. Was hatten ihre Großeltern getan, um auf sich und ihre Nachkommen eine so schreckliche Strafe zu ziehen? Lady Emily hatte in ihrem Tagebuch einen Traum beschrieben, in dem sie sah, wie ihr Vater aus einer Höhle kam. Hatte sich das wirklich ereignet? An einer anderen Stelle schrieb sie: ›Etwas ist vergraben, und ich muß es wieder ausgraben. Ich fühle mich getrieben, nach Karra Karra zurückzukehren und mein Erbe anzutreten.‹ Was war das für ein Erbe? Was hatte das alles zu bedeuten?

Joanna blickte sich langsam in der Dunkelheit um und spürte die Kraft der Aborigines an diesem Ort. Die Ureinwohner mochten nicht mehr hier sein, aber ihre Gegenwart, ihr Geist, ihre Kraft und ihre Leidenschaften waren noch immer spürbar. Joanna verstand jetzt das Wesen ihrer Unruhe, die ihre Schwangerschaft überschattet hatte. Im Innersten fürchtete sie das Mutter-Tochter-Vermächtnis der Angst. Der Gift-Gesang – mochte er nur eingebildet sein oder nicht – würde irgendwie auf das Ungeborene übertragen werden.

Joanna wollte aufstehen, aber plötzlich spürte sie einen heftigen Schmerz um die Hüfte. *Die Regenbogenschlange erdrückte sie.*
Nein, dachte Joanna erschrocken und sank wieder zu Boden. Nein, es ist das Kind. Es kommt zu früh!

5

Sarah badete im Fluß. Sie wusch die heiligen Symbole und das Emufett ab. Sie gab dem Fluß ihre Kraft und sah, wie das Wasser sie zu einem geheimen Ort trug. Am Flußufer verwischte Sarah die Symbole, die sie in die Erde gezeichnet hatte. Sie löschte das Feuer und sang das Träumen in das Land zurück. Es war vollbracht: Sie hatte sich verändert.
Sarah hatte die Einweihung durchgeführt. Sie hatte es allein getan. Ihre Mutter hatte sie nicht durch die Geheimnisse geleitet und sie nicht die Geheimnisse gelehrt. Keine Großmutter hatte ihr das Wissen der Ahnen übergeben, keine Schwestern oder weibliche Verwandten hatten ihren Übergang vom Mädchen zur Frau gefeiert, keine Sippe nahm sie liebevoll in ihre Mitte auf. Deshalb hatte Sarah ihre Einweihung allein vollzogen. Und sie wußte, daß es in dieser Zeit, in diesem Leben so geschehen mußte.
Sarah ahnte auch, daß es möglicherweise das letzte Ritual ihres Volks war, das sie durchgeführt hatte.
Als sie an Philip McNeal dachte und an den Ritt hinter ihm auf dem Pferd, während sie die Arme um ihn gelegt und dabei den beruhigenden Schlag seines starken Herzens gespürt hatte, entfernte sie behutsam den Lederbeutel von ihrem Hals. Sie steckte den Knochen vom Bärenrobben-Träumen in ihre Rocktasche. Dann zog sie zum ersten Mal die Schuhe an. Schließlich schob sie das Armband, das Philip McNeal ihr geschenkt hatte, über das Handgelenk.
Und sie drehte der untergegangenen Sonne den Rücken zu.

6

Der Schmerz durchzuckte Joanna von neuem. Wie ein glühendes Band lag er um ihre Hüfte. Die Beine gaben unter ihr nach, und sie fiel auf die Erde. Sie konnte nicht mehr weiter.
Sie lehnte sich gegen einen Stein und zwang sich, ruhig und langsam zu atmen. Sie schloß die Augen und versuchte, sich von innen zu sehen. Etwas stimmte nicht. Sie wußte alles über eine Geburt. Sie hatte ihrer Mutter geholfen, wenn sie anderen Frauen beim Entbinden als Hebamme zur Seite stand. Joanna wußte, das Baby mußte sich drehen, ehe es kam, aber sie spürte den Kopf noch immer hoch oben. Die Wehen setzten jetzt in kürzeren Abständen ein.
Joanna lauschte in die Nacht. Sie hörte nur das Rauschen des Wasserfalls und den Wind in den Bäumen. Sie dachte an die Regenbogenschlange, die jeder Ureinwohner ehrte und fürchtete. Sogar ihre Mutter, Lady Emily, hatte sie gefürchtet –, und der Traum hatte Joanna auch die eigene Angst vor der Regenbogenschlange gezeigt. Sie spürte die Geister in den Felsen und in den Bäumen. Sie erwachten um sie herum zu neuem Leben, als wecke Joannas Anwesenheit sie aus einem langen Schlaf. Sie erinnerte sich daran, daß Sarah erzählt hatte, daß Menschen, die eine heilige Stätte entweihten, schreckliches Unheil widerfuhr. Es war tabu, auf einen Stein zu treten, in dem sich ein Geist befand. Man durfte einen Ast nicht einmal berühren, wenn darin ein Geist wohnte. In der alten Zeit, so berichtete Sarah, hatten die Menschen gewußt, wo man gehen durfte, und welchen Steinen und Bäumen man Ehrfurcht erweisen mußte. Joanna wußte nichts über diesen Ort. Niemand hatte ihr etwas Genaues darüber gesagt.
Sie richtete sich wieder mühsam auf und blieb stehen, während der heftige Schmerz wie Feuer um ihre Hüfte brannte. Sie versuchte zu gehen, aber bei jedem Schritt nahmen die Schmerzen zu. Das Kind kam.
Dann hörte sie einen Laut, bei dem ihr eiskalt wurde. In der Ferne heulte ein hungriger Dingo.
Sie erinnerte sich an den Alptraum und stellte fest, daß auch sie plötzlich schreckliche Angst vor wilden Hunden hatte.
Sie mußte sich in Sicherheit bringen. Der Fluß war gefährlich, die wilden Hunde waren gefährlich. Langsam tastete Joanna sich von Baum zu Baum und blieb stehen, wenn der Schmerz zu heftig wurde.

Schweiß bedeckte ihr Gesicht. Die Beine drohten, ihr den Dienst zu versagen.

Im Wald war es dunkel. Sie konnte kaum etwas sehen. Am Himmel stand nur eine schmale Mondsichel. Joanna sah sich angstvoll in der Dunkelheit um und dachte an die Geschichten, die Sarah ihr von Geistern erzählt hatte, die in der Nacht erschienen. »Wenn die Sonne sinkt«, hatte Sarah gesagt, »erwachen Geister und Gespenster. Sie stehlen kleine Kinder und töten die Alten. Meine Leute wußten, daß man nachts nicht das Lagerfeuer verlassen darf, sondern wachsam zusammenrückt.«

Joanna war wie gelähmt von den Schmerzen. Ihr Atem ging schnell und keuchend. Sie wünschte, Sarah wäre bei ihr. Sarah kannte die Kräfte, die in der Nacht durch das Land zogen. Sie wußte, wie man sich ihnen gegenüber verhalten sollte.

Bestimmt würde bald jemand kommen. Sicher machten sich alle Gedanken, wo sie wohl blieb. Man würde nach ihr suchen. Oder glaubten Sarah und Adam, sie sei mit Hugh draußen bei den Schafen? Was würde geschehen, wenn noch Stunden vergingen, ehe man sie vermißte?

Plötzlich tauchte etwas Schwarzes und Formloses vor Joanna auf – es war einer der niedrigen Felsen, der zu der heiligen Stätte der Aborigines gehörte. Viele Jahrhunderte hindurch hatten die Ureinwohner hier ihr Lager aufgeschlagen und ihre Rituale und Tänze durchgeführt.

Joanna dachte an das Känguruh mit dem *Joey*. Sarah hatte ihr gesagt, sie gehöre zum Känguruh-Totem, und sie tröstete sich bei der Vorstellung, die Känguruh-Ahne sei vielleicht hier in den alten Steinen. Joanna sank auf den Boden und lehnte sich gegen den Stein. Sie legte die Hände auf ihren Leib und spürte die Bewegungen des Kindes.

Wieder setzten die Wehen ein. Plötzlich hörte sie Rascheln, dann heftiges Atmen.

Es war Sarah. »Ich bin im Haus gewesen«, stieß sie atemlos hervor. »Adam sagte, du seist nicht zurückgekommen. Ich habe dich gesucht.«

»Das Baby kommt, Sarah.«

»Ich hole Hilfe.«

»Nein«, erwiderte Joanna und umklammerte ihre Hand, »es ist keine Zeit mehr, Sarah ... du mußt mir helfen. Mein Umschlagtuch ... leg es unter mich.«

Sarah drehte den Kopf. Sie konnte die Farm nicht sehen. Sie war zu weit weg. Wenn sie um Hilfe rief, würde niemand sie hören.
»Beeil dich!« sagte Joanna.
Sarah bewegte sich schnell.
Joanna schrie laut auf. Sarah hob ihren Rock hoch, und was sie sah, ließ sie erstarren.
Zwei winzige Füße waren sichtbar. Aber sie bewegten sich nicht.
Joanna schrie noch einmal. Sarah bekam große Augen. Die Füße des Kindes kamen etwas weiter heraus und verschwanden dann wieder.
»Halt es fest«, stöhnte Joanna, »das nächste Mal ... Versuch, das Kind festzuhalten.«
Sarah versuchte, sich an Geburten im Missionsdorf zu erinnern und an das, was die Frauen erzählt hatten. Sie beugte sich vor und ergriff vorsichtig die winzigen Füße, als sie wieder sichtbar wurden.
Joanna schrie laut auf, Sarah zog sanft, aber das Baby bewegte sich nicht. Sarah glaubte, es sei zu viel Blut dabei.
Ihre Gedanken überschlugen sich. Sie konnte zum Rindenhaus laufen und Hilfe holen. Aber wer würde helfen? Hugh war draußen bei den Schafen, und es wäre aussichtslos, jemanden zu Poll Gramercy zu schikken, die in Cameron Town wohnte.
Joanna schrie wieder, und als Sarah sah, daß sich das Baby nicht bewegte, dachte sie an das Missionsdorf und daran, wie Frauen dort entbanden – in der Art der Aborigines.
Sie sprang auf und tastete schnell die Umgebung ab. Als sie einen dicken Zweig fand, begann sie damit zu graben.
»Sarah ...«, keuchte Joanna, »was ...?«
Das Mädchen bearbeitete fieberhaft die feuchte Erde, und Laub und Erdklumpen flogen beiseite. Sie grub, bis ihr der Schweiß über den Körper strömte. Sie hob eine so tiefe Grube aus, daß ihre Arme bis zu den Ellbogen darin verschwanden. Dann nahm sie ihr Tuch ab und legte es in die breite Mulde.
Sie ging zu Joanna und half ihr aufzustehen. »Dorthin«, keuchte sie, »schnell!«
Sie wankten zusammen zu der Grube. Sarah stützte Joanna, als sie sich darüber kniete. »Jetzt«, sagte Sarah.
Joannas Schenkel verkrampften sich, als die nächste heftige Wehe sie schüttelte. Sarah wartete gespannt.

»Noch einmal«, sagte sie.
Joanna grub die Finger in die Schulter des Mädchens und preßte bei der nächsten Wehe mit aller Macht.
Wieder zeigten sich die winzigen Füße.
Sarah ließ Joanna los und griff schnell nach den winzigen kalten Beinchen. »Noch einmal«, rief sie, »es kommt!«
Joanna mußte noch mehrmals pressen, dann war das Kind schließlich heraus. Sarah hielt es fest und sah, daß es ein rotes, faltiges, kleines Mädchen war. Es zitterte, aber es schrie nicht.
Joanna sank auf die Erde. Sarah riß schnell ein paar Büschel Känguruhgras ab und rieb damit den Körper des Babys trocken. Sie entfernte den Schleim aus Nase und Mund, und dann begann das Kind zu schreien. Sie legte es Joanna an die Brust.
Joanna blickte auf das Kind in ihren Armen. Ein Mädchen! Sie dachte daran, wie Naomi Makepeace wohl ihr Kind, ihre Emily, irgendwo in der australischen Wüste geboren hatte. Sie dachte daran, wie Lady Emily in einer fernen Provinz in Indien Joanna auf die Welt gebracht hatte, und begriff plötzlich, daß sie etwas verband – der Traumpfad. Es war ein leuchtender silberner Faden, der von Großmutter zu Mutter und zur Enkeltochter führte. Joanna blickte auf das schöne Baby und dachte: Meine Tochter.
Als sie leise lachte, runzelte Sarah die Stirn. Sie legte sich neben Joanna und wärmte sie und das Kind mit ihrem Körper.
»Halte die Regenbogenschlange von ihr fern, Sarah«, flüsterte Joanna.
»Ja«, erwiderte Sarah leise. »Ja!« Sie hoffte, dazu in der Lage zu sein. Sie hoffte, jetzt, nach ihrer Einweihung, die Macht zu besitzen – die Macht der Traumpfade der Frauen. Sie hoffte, mit ihrem Gesang Merinda, diese Frau und das Kind von dem Gift zu befreien – jetzt und für alle Zeiten.

Teil Drei

1880

Kapitel Achtzehn

1

»Und, Mrs. Westbrook«, fragte der Junge von der Tür aus, »was fehlt Mutter?«

Deiner Mutter fehlt der richtige Mann, dachte Joanna, während sie den Verband überprüfte. »Sie hat sich verletzt«, sagte sie mit einem Blick auf Sarah, die am Fußende des Bettes stand. Fanny hatte sie gebeten, niemandem etwas von dem wahren Grund ihrer Verletzungen zu sagen. »Keine Angst, sie wird bald wieder gesund sein.«

Es war noch sehr früh am Morgen. Vor ein paar Stunden, noch vor Sonnenaufgang, hatte es heftig an die Tür des Rindenhauses geklopft, und ein Junge rief aufgeregt: »Missus, kommen Sie schnell! Mutter krümmt sich vor Schmerzen!« Solche Notfälle, die oft den Schlaf oder Mahlzeiten unterbrachen, waren auf Merinda nicht selten, denn für die Frauen im westlichen Distrikt war es inzwischen selbstverständlich geworden, Joanna Westbrook rufen zu lassen, wenn ärztliche Hilfe notwendig war, und nicht den Arzt aus Cameron Town. Mrs. Westbrook hatte zwar nicht Medizin studiert, aber alle, angefangen von Maude Reed bis zur ärmsten Pächtersfrau, waren sich darin einig, daß Joanna verständnisvoller und behutsamer mit den Kranken umging als die meisten Ärzte.

Joanna und Sarah hatten sich schnell angekleidet und folgten mit dem Einspänner in der Dunkelheit dem Jungen auf dem Pferd. Die Drummonds lebten etwa zwölf Meilen entfernt auf einer armseligen Farm. Es gab dort nur ein kleines Holzhaus, einen halb zerfallenen Stall und die Überreste einer Scherhütte. Mike Drummond mühte sich mit dreißig Morgen Land ab, auf dem er Weizen anbaute und ein paar Schafe hielt;

und er hatte acht verwahrloste Kinder im Alter von zehn Jahren bis vier Monaten. Joanna war schon einmal dort gewesen, als Drummond sich betrunken und seine Frau geschlagen hatte.
»Fanny, warum melden Sie das nicht Wachtmeister McManus?« fragte Joanna, als sie sich die Hände wusch, die Ärmel herunterrollte und die Bündchen zuknöpfte. Sie sprach leise, um die Kinder nicht zu beunruhigen, die barfuß, mit laufenden Nasen und erschrockenen Gesichtern vor der offenen Tür standen.
»Er kann nichts dafür«, antwortete Fanny mit geschwollenen und aufgesprungenen Lippen, »ich habe es nicht anders verdient.«
Joanna schüttelte den Kopf. Fanny sagte das jedesmal – »ich habe es nicht anders verdient«.
Welche Ironie, dachte Joanna, diese Männer im Busch wollten unbedingt eine Frau, und die jungen unverheirateten Dinger, die nach Australien kamen, wollten unbedingt einen Mann. Aber solche Ehen schienen nur selten gutzugehen. Die jungen Männer kamen mit der unrealistischen Vorstellung nach Australien, schnell reich zu werden. Wenn ihre Träume langsam zerrannen, weil die Ernten ausblieben, Goldminen ausgebeutet waren, oder sie die Ersparnisse eines Lebens beim Spielen verloren, reagierten sie ihre Enttäuschungen an den unschuldigen Frauen ab. Die jungen Mädchen kamen unwissend und ungebildet aus England, sie wußten wenig vom Leben und ahnten nicht, was es bedeutete, von einer armseligen Farm zu leben. Sie heirateten den ersten Mann, der ihnen große Versprechungen machte. Viele Mädchen nahmen in ihrer Unschuld den Heiratsantrag eines Fremden schon an, wenn sie von Bord gingen. Die Hochzeitsnacht wurde ein Schock und glich oft eher einer Vergewaltigung. Und der Alltag wurde zu einer unentrinnbaren Tretmühle. Kinder, Schulden, Armut und Trunkenheit.
Joanna betrachtete Fannys geschundenes Gesicht. Mike hatte sie diesmal mit den Fäusten bearbeitet. Das hatte er bisher noch nie getan. »Fanny«, sagte sie kopfschüttelnd, »Sie müssen sich das nicht gefallen lassen.«
»Wo soll ich denn hin? Ich habe acht Kinder.« Die junge Frau versuchte zu lächeln. »Es wird von jetzt an schon besser werden«, meinte sie tapfer, »er hat mir versprochen, nicht mehr zu trinken.«
Joanna verließ das Bett und band ihre Tasche zu. Sie benutzte nicht mehr das kleine Köfferchen ihrer Mutter. Zu ihren Hausbesuchen nahm sie

inzwischen viele Dinge mit, und deshalb hatte ihr eine der Aborigine-Frauen im Missionsdorf eine große Tasche aus Rindenbast geflochten.
»Leider kann ich Sie nicht bezahlen«, sagte Fanny.
Joanna sah sich in dem Zimmer um. Auf dem Boden lag eine Matratze für die Kinder. Der Tisch war offenbar schon wochenlang nicht mehr mit Seife und Wasser geschrubbt worden. Darauf lag ein halbes Brot, und daneben stand eine offene, beinahe leere Teedose. »Schon gut, ich weiß, Sie werden mich bezahlen, wenn Sie es können.« Sie wußte, daß Fanny nie das Geld dazu haben würde.
Joanna und Sarah zogen die Köpfe ein, um unter der niedrigen Tür hindurchzugehen, und traten in das helle Licht des frühen Morgens. Die Kinder wichen zurück und starrten sie an. Joanna blickte über den staubigen Hof: Ein Wagen ohne Räder lag auf der Seite; der angebundenen Kuh traten die Rippen so weit hervor, daß es Joanna wie ein Wunder vorkam, daß sie überhaupt noch lebte. Sie betrachtete die Kinder. Sie wußte, die Missionare und die Beauftragten der Regierung wollten solche Kinder durch die Einführung der Schulpflicht aus dem Elend befreien. Aber die Kinder erschienen so gut wie niemals in den Schulen, denn sie hatten keine Schuhe und keine Lust zum Lernen, oder ihre Väter erklärten, sie müßten bei der Farmarbeit helfen. Sie blieben Analphabeten, wuchsen ungebildet und ahnungslos wie ihre Eltern auf, und der Kreislauf begann von neuem.
Joanna griff in die Rocktasche, holte ein paar Bonbons heraus und gab sie den Kindern, die sie gierig nahmen.
Als sie hinter Sarah in den Einspänner stieg, erschien Fanny Drummond in der Tür und sah flehend in ihre Richtung. »Was ist los?« fragte Joanna und ging zu ihr zurück.
»Ich wollte fragen, Missus«, die junge Frau wich verlegen Joannas Blick aus, senkte die Stimme und flüsterte: »Ich wollte fragen, ob Sie mir vielleicht helfen können. Es geht um Kinder. Ich habe jetzt acht, und ich habe schon Poll Gramercy gefragt, aber Poll ist katholisch, sie wollte mir ...«
»Ich verstehe«, erwiderte Joanna ruhig. Diese Frage kannte sie nur allzu gut. »Haben Sie einen Schwamm, Fanny? Ich meine zum Waschen?«
»Ja, ich glaube.«
»Schneiden Sie ein Stück ab, das ungefähr so groß ist wie ein Ei. Binden Sie einen etwa so ... langen Faden darum. Vergewissern Sie sich, daß er

gut festgebunden ist. Legen Sie den Schwamm in Essig. Wenn Sie glauben, daß Ihr Mann mit Ihnen schlafen will, führen Sie zuerst den Schwamm ein. Achten Sie auf den Faden, damit Sie den Schwamm später wieder herausziehen können. Tun Sie das danach so schnell wie möglich.«

Fanny sah sie mit angstgeweiteten Augen an. »Er wird wissen, daß da etwas ist! Er wird mich bestimmt umbringen, wenn ich ...«

»Er wird nichts merken, Fanny«, beruhigte sie Joanna. »Er darf natürlich nicht sehen, wie Sie den Schwamm einführen oder herausholen. Es wirkt nicht hundertprozentig, aber es wird helfen.«

Als Joanna und Sarah aus dem Hof rollten, sagte Sarah: »Das nächste Mal wird es noch schlimmer sein. Dann hat er ihr einen Arm oder ein Bein gebrochen. Und keiner kann etwas dagegen tun.«

»Ich werde Wachtmeister McManus informieren. Er wird herkommen und sich die Sache ansehen. Er kann Mike Drummond in aller Strenge ermahnen. Manchmal hilft das.«

Sie fuhren durch die Morgensonne. Die beiden jungen Frauen trugen praktische Baumwollblusen, lange braune Röcke und auf den hochgesteckten Haaren breitkrempige Hüte. Ein Fremder hätte sie auf den ersten Blick für Schwestern halten können. Sie saßen beide auf dem Kutschbock im Einspänner, verjagten die Fliegen und redeten leise miteinander. Aber die Ähnlichkeit endete bei Sarahs dunkler Haut und dem exotischen Gesicht. Als Joanna angefangen hatte, Sarah zu Hausbesuchen mitzunehmen, um Frauen bei Entbindungen zu helfen oder eine Wunde zu behandeln, fanden die Leute das eigenartig. Aber mit der Zeit, als man Sarahs zunehmende Geschicklichkeit bemerkte, hatte man sie akzeptiert – auch in den großen Häusern wie Barrow Downs oder Williams Grange, wo man Aborigines nur als Hilfskräfte in der Küche duldete. Auch die Farmarbeiter überwanden ihre Vorurteile dagegen, sich von einer Frau oder einer Eingeborenen behandeln zu lassen. Die einundzwanzigjährige Sarah King galt mittlerweile als eine Westbrook, und nur Fremde hoben hin und wieder die Augenbrauen.

Nach ein paar Meilen hielt Joanna den Wagen an und holte das Tagebuch heraus. Im Licht der frühen Sonne schrieb sie: ›12. März, 1880: Fanny Drummond ist wieder einmal von ihrem Mann geschlagen worden. Diesmal mußte ich nähen.‹ Alles andere hielt sie nicht fest. Die Weitergabe von Informationen über Empfängnisverhütung war illegal und

wurde vom Gesetz bestraft. Joanna wußte, sollte das Tagebuch einmal in die falschen Hände geraten, wären sie und Fanny in ernsten Schwierigkeiten, wenn sie solche Dinge notiert hätte.
Joanna blickte über das hügelige Land. Bald mußten die herbstlichen Regenfälle einsetzen. Aber der wolkenlose Himmel schimmerte wie eine blaue Porzellanschale. Die Luft war selbst zu dieser frühen Stunde ungewöhnlich trocken, als liege eine sommerliche Hitzewelle über dem Land. Soweit das Auge reichte, war das Gras gelb und trocken. In der Ferne entdeckte sie eine kleine Schafherde, die langsam vorüberzog. Joanna fügte ihrem Eintrag hinzu: ›Ich fürchte, die vorausgesagte Trockenheit wird uns bald zu schaffen machen. Dann hat Fanny Drummond noch größere Probleme. Nach meiner Meinung gehörte Mike Drummond zu den Männern, die ihre Familie im Stich lassen, wenn schwere Zeiten kommen.‹
Das Tagebuch gehörte Joanna. Hugh hatte es ihr nach der Geburt von Lisa, ihrem ersten Kind, geschenkt. Das war vor sechseinhalb Jahren gewesen. Joanna hielt darin alles fest – Ereignisse, Beobachtungen, Gedanken und alle Details, wenn sie jemanden behandelte. Dieses Buch enthielt die Geschichte der Familie Westbrook. Es berichtete von der Geburt des zweiten Kindes, Edward, 1874, und seinem Tod im folgenden Sommer, von zwei Fehlgeburten und der Geburt von Joannas letztem Kind. Es war ein Junge gewesen, der ebenfalls nicht überlebte. Auf seinem Grabstein stand: ›SIMON WESTBROOK, gestorben 1878 im Alter von drei Monaten.‹ In dem Buch mit dem Saffianledereinband war aber auch ausführlich die Geschichte des Lebens im westlichen Distrikt festgehalten, zum Beispiel: ›14. Januar, 1874 – die Diphtherie hat in Cameron Town vierzehn weiteren Kindern das Leben gekostet. Ich habe mich dafür ausgesprochen, eine unterirdische Kanalisation zu bauen, denn zur Zeit laufen alle Abwässer offen die Hauptstraße entlang.‹ ›10. November, 1876 – ein Buschfeuer hat über einhunderttausend Morgen Land verwüstet. Gracemere und Strathfield waren davon am meisten betroffen.‹ ›30. Mai, 1877: War auf der Hochzeit von Verity Campbell mit Wachtmeister McManus. Es war ein schönes Fest mit über zweihundert Gästen.‹ ›12. November, 1878 – Jacko Jackson hat aufgegeben und Hugh seine siebentausend Morgen Land überlassen als Bezahlung der Schulden. Jacko und seine Familie sind auf Merinda eingezogen. Er wird Hughs Vormann und Mrs. Jackson unsere Köchin.‹

Das Tagebuch war auch eine Chronik der Suche nach der Vergangenheit ihrer Mutter.

Joanna notierte sehr genau, mit wem sie wann Kontakt aufgenommen hatte und mit welchen Ergebnissen. Als Bowman's Creek und Durrebar trotz aller Bemühungen nicht aufzufinden waren, hatte sie noch einmal Miss Tallhill in Melbourne geschrieben und gefragt, ob sie sich möglicherweise geirrt habe. Aber man teilte Joanna mit, Miss Tallhill sei ihrer Gesundheit wegen in den Norden gezogen, und man habe nie wieder etwas von ihr gehört. Am 25. Juli 1877 hatte sie geschrieben: ›Ich habe wieder einen Brief von Patrick Lathrop aus San Francisco erhalten. Sein schlechter Gesundheitszustand hindert ihn daran, der Entschlüsselung der Stenographie meines Großvaters soviel Zeit zu widmen, wie er möchte. Aber er hat versprochen, sich weiterhin damit zu beschäftigen.‹ Kurz danach notierte sie: ›Mein letzter Brief an Patrick Lathrop kam mit dem Vermerk zurück: ›Der Adressat ist verstorben.‹ In das Tagebuch hatte Joanna auch verschiedene Briefe an Missionsgesellschaften, Reedereien und an Tante Millicent in England übertragen. Tante Millicent beantwortete Joannas Briefe zwar immer, erwähnte aber niemals ihre Schwester Naomi oder Joannas Mutter, Lady Emily, die bei ihr aufgewachsen war. Sie äußerte sich auch nicht über das Thema Karra Karra und die Ereignisse dort.

Im Tagebuch bewahrte Joanna auch Landkarten auf, die sie anhand der Informationen in der Urkunde gezeichnet hatte, wobei sie versuchte, die Lage von Durrebar und Bowman's Creek im Verhältnis zueinander darzustellen. Sie hatte Hugh und Frank Downs die Karten in der Hoffnung gezeigt, die beiden könnten vielleicht etwas erkennen, das ihnen vertraut war. Sie meinten jedoch nur, der Urkunde nach müsse es sich um ein sehr großes Stück Land handeln. Und wenn sie es je fand, könne sich herausstellen, daß es sehr viel wert sei. Joanna hatte daraufhin die zwölftausend Meilen lange Küste von Australien sehr genau studiert und kopiert, sie abschnittsweise mit ihren Karten verglichen, um vielleicht zufällig eine Ähnlichkeit zu entdecken. Aber es fehlte immer der entscheidende Schlüssel – der Hafen, in dem ihre Großeltern an Land gegangen waren.

Joanna hatte auf vielen Seiten im Tagebuch auch selbst versucht, die Kurzschrift von John Makepeace zu entziffern. Alle Bemühungen führten jedoch nur zu Kauderwelsch. Schließlich hatte sie alle Hinweise aus

dem Tagebuch ihrer Mutter und aus allen anderen Quellen systematisch geordnet. Aber die Liste war dürftig und hatte ihr bisher keine Erkenntnisse gebracht.
Als sie jetzt das Tagebuch wieder in die Tasche legte, stellte sie fest, daß Sarah sie prüfend ansah. »Was ist los?« fragte Joanna.
»Das wollte ich dich eigentlich fragen. Du reibst dir ständig die Stirn.«
»Wirklich? Das ist mir nicht aufgefallen.«
»Du hast Kopfschmerzen, nicht wahr?« fuhr Sarah fort, »und du schläfst in letzter Zeit nicht gut. Ich habe dich mitten in der Nacht auf der Veranda gehört. Was ist los, Joanna? Warum kannst du nicht schlafen?«
Joanna blickte zu den Bergen im Osten und sah, wie das gelbe Licht der Sonne den Himmel zart blau färbte, und sie dachte an die Freude, die ihr in den vergangenen Jahren gewährt war – an das Leben mit Hugh. Sie dachte auch an Lisa, ihr sechseinhalbjähriges Töchterchen und an Adam, der zu einem völlig gesunden Jungen heranwuchs. In den vergangenen Jahren hatte sie das schreckliche Erbe nicht vergessen – den Gift-Gesang, die Angst, daß das Unheil sie jederzeit wieder treffen könnte. Aber die Alpträume waren verschwunden und der Drang, Karra Karra zu finden, hatte etwas weniger auf ihr gelastet. Jetzt stellten sich die Träume plötzlich wieder ein und mit ihnen die alten Ängste.
»Ich habe wieder Alpträume, Sarah«, sagte sie, »wieder wie früher ... Ich träume von wilden Hunden, von der Regenbogenschlange und der Höhle in dem roten Berg. Beim Aufwachen habe ich nicht nur Angst, sondern fühle mich geradezu getrieben, dorthin zu gehen, wo immer diese Dinge sich ereignet haben mögen, um mich endlich einer Sache zu stellen ..., aber ich weiß nicht welcher. Derselbe Druck lastete am Ende ihres Lebens auf meiner Mutter.«
»Wann haben die Alpträume wieder eingesetzt?«
Joanna dachte einen Augenblick nach. »Kurz vor dem Scheren der trächtigen Schafe, glaube ich. Ja, richtig, etwa vor einem halben Jahr.«
»Hast du eine Vorstellung, was die Ursache dafür sein könnte?«
»Ich weiß es nicht. Ich glaube, ich habe notiert, wann es das erste Mal wieder auftrat ...« Sie holte das Tagebuch aus der Tasche und blätterte darin. »Ja, hier steht es, es war in der Nacht von Lisas Geburtstagsfeier.« Sie runzelte die Stirn. »Seltsam ...«
»Wieso?«
»Mir fällt gerade etwas ein ...« Sie sah Sarah an. »Die Alpträume mei-

ner Mutter begannen, als *ich* sechs wurde. Offenbar muß sich dieser Zeitpunkt in mir festgesetzt haben. Ich hatte eine Stelle über die Träume meiner Mutter gelesen. Vielleicht entstehen sie in meinem Innern wieder oder werden von ihm geschaffen.«

Die beiden Frauen saßen schweigend im Wagen, während das Land um sie herum lebendig wurde. Ein Rieseneisvogel flog lachend über sie hinweg. »Sarah, wie kann ich etwas träumen, das ich nie erlebt habe? Habe ich die Erinnerungen meiner Mutter geerbt? Oder sind meine Träume Erinnerungen an das, was meine Mutter mir vor langer Zeit erzählt hat?«

»Es ist nicht wichtig, ob die Träume auf wirklichen Ereignissen beruhen oder nicht«, erwiderte Sarah, »auch nicht, ob es den Gift-Gesang gibt oder nicht. Mir scheint, die Wirkung ist wichtig. Wenn dein Bewußtsein davon überzeugt ist, daß etwas Unheilvolles geschehen wird, dann geschieht es vermutlich auch.«

Joanna ließ den Kopf hängen. »Und wird sich dann alles wiederholen? Wird Lisa das erleben, was ich mit meiner Mutter erlebt habe? Ich sehe, wie sich ein Schema abzuzeichnen beginnt, Sarah. Ich hatte früher nie Angst vor Hunden, aber jetzt habe ich Angst vor ihnen. Ich hatte früher nie Alpträume, aber jetzt habe ich welche. Was wird als nächstes geschehen? Und was kann ich tun, um es zu verhindern? Ich werde nicht zulassen, daß meine Tochter ein Opfer dieses Wahnsinns wird.«

»Worum geht es in den Alpträumen, Joanna? Was erzählen sie dir?«

»Sie sagen mir, daß ich Angst haben muß. Ich werde den Gedanken nicht los, daß der Feueropal eine wichtige Rolle dabei spielt. Möglicherweise ist er sogar der Schlüssel zu dem Geheimnis. Aber ich weiß nicht, wie.«

»Was willst du tun?«

Melbourne bereitete sich auf ein großes Ereignis vor, auf eine Weltausstellung. Joanna wollte mit Lisa und Adam diese Ausstellung besuchen. Alle australischen Kolonien würden vertreten sein und auch die meisten Nationen der Welt – und zwar an einem Ort, unter einem Dach und zur selben Zeit. Dort trafen sich Regierungsbeamte der Kolonien, Journalisten und Reporter, Forscher, Wissenschaftler, Missionare und Spezialisten auf allen möglichen Gebieten. »Ich werde den Opal mit nach Melbourne nehmen«, sagte Joanna. »Unter den vielen Leuten gibt es bestimmt jemanden, der mir sagen kann, woher er stammt.«

2

Joanna fuhr mit dem Einspänner an der Farm vorbei und auf dem neu angelegten Weg hinunter zum Fluß. Dort waren die Arbeiten an dem neuen Haus, die sie vor sieben Jahren begonnen, aus vielerlei Gründen aber nicht weitergeführt hatten, wieder in vollem Gang. Jedesmal, wenn Joanna hier entlangfuhr, staunte sie, wie sehr sich das Land veränderte. Sie erinnerte sich noch gut daran, wie es vor fast neun Jahren bei ihrer Ankunft auf Merinda ausgesehen hatte. Damals gab es in dieser Gegend weniger Farmen und mehr Bäume. Die Straßen waren kaum mehr als ausgetretene Wege. Inzwischen gab es eine Bahnverbindung von Melbourne bis Cameron Town, und das hatte viele Menschen in den westlichen Distrikt gebracht. Die Hauptstraße war inzwischen gepflastert, und entlang der Straße verliefen Telegraphenleitungen. Überall in der Landschaft standen Farmhäuser. Es gab mehr Brunnen, mehr Windmühlen und mehr Zäune. Auch Merinda wuchs. Trotz der drohenden Dürre entwickelte sich die Farm gut. Es war Hughs Umsicht und Geschicklichkeit zu verdanken, aber auch einigen erfolgreichen Investitionen und dem steigenden Preis für Lanolin.

Die ersten Nachkommen von Zeus waren ein Erfolg geworden. Als die neugeborenen Lämmer herangewachsen waren, hatte Hugh sie mit den großen angelsächsischen Schafen gekreuzt. Ihre Nachkommen wurden Tiere mit einem kräftigen Knochenbau und fester Wolle. Alle waren der Ansicht, daß diese Schafe auch in Trockengebieten überleben würden. Ihre Wolle war nicht ganz so weich wie die der Schafe im westlichen Distrikt, auf die man besonders stolz war. Aber sie lieferten eine kräftige, praktische Wolle, die zu Decken und Teppichen verarbeitet werden konnte. Inzwischen sank die Nachfrage nach der teuren, besonders weichen Wolle auf der ganzen Welt, und der Preis für kräftige Wolle stieg. Frank Downs unternahm auf seinen fünfzigtausend Morgen Land in Neusüdwales als erster einen Versuch mit den Merinda-Schafen. Alle waren sehr gespannt gewesen, wie die Schafe sich halten würden. Als man sah, daß sie sich auf dem trockenen und kargen Land behaupteten, waren auch andere Züchter zu dem Risiko bereit und kauften bei Westbrook. Im Frühjahr 1880, also sechseinhalb Jahre nach der Geburt der ersten Lämmer, erprobten mehrere Farmer in Victoria und Neusüdwales die neuen Merinda-Schafe.

Merindas Wohlstand konnte man der Farm ansehen, an der Joanna gerade vorbeifuhr. Neue Gebäude waren entstanden, neue Zäune und Ställe. Auf dem Hof herrschte ein geschäftigeres und lauteres Treiben als je zuvor. Neugeborene Lämmer blökten, Widder liefen mit den Schafen im Zuchtpferch, und die Farmarbeiter gingen ihren tausend Pflichten nach. Das alte Rindenhaus stand noch, aber es war inzwischen sehr viel größer. Im Laufe der Jahre hatte Hugh Zimmer angebaut, die Wände frisch gestrichen und eine neue Veranda zog sich um das ganze Haus. Davor standen große Sonnenblumen und üppig blühende Oleanderbüsche. Der mit Steinplatten belegte Weg war rechts und links von hübschen grünen Rasenstreifen gefaßt. Jetzt wurde das neue Haus endlich gebaut, und Joanna erkannte plötzlich, daß ihr etwas fehlen würde, wenn sie nicht mehr im Rindenhaus wohnten.
Als sie die Lichtung erreichte, zügelte sie das Pferd und hielt im Schatten einiger Bäume – *ihrer* Bäume. Aus den Schößlingen, die sie vor neun Jahren gepflanzt hatte, waren inzwischen große und ausladende Bäume geworden. Joanna beobachtete ihre sechseinhalbjährige Tochter, die braun wie die Rinde der Bäume im See planschte und mit dem halbblinden Knopf, einem Hirtenhund, spielte. Joanna und Hugh hatten ihre Tochter Elizabeth nach Hughs Mutter getauft. Aber Joanna und Sarah nannten sie Lisa; für Hugh und Adam war sie Lizzie. Es war ein kräftiges Kind, robust und ausdauernd – wie die Eukalyptusbäume, dachte Joanna manchmal, die auf Merinda wuchsen. Und man sah sie nie ohne den allgegenwärtigen Knopf. Vor zwei Jahren hatte die kleine Lisa erreicht, daß ihm das übliche Schicksal der Hütehunde erspart blieb, denn wenn ein Hund nicht mehr nützlich war, bekam er eine Kugel in den Kopf. Lisa bat um sein Leben, Hugh ließ sich erweichen, und seitdem war Knopf ihr ständiger Spielkamerad. Adam war gerade dreizehn geworden. Er saß im Schatten eines Baumes und malte mit Wasserfarben. Er wird ein hübscher Junge, dachte Joanna. Er hatte die Augen der Westbrooks und Hughs ernste, attraktive Falte zwischen den Augenbrauen. Aber er besaß nicht dessen Robustheit, eher das sanftere Wesen eines Denkers. Alles in der Natur faszinierte Adam – Vögel und Insekten, Steine und Pflanzen. Nach der Lektüre von Darwins *Die Entstehung der Arten* hatte er erklärt, er wolle Naturwissenschaftler werden. Deshalb hatte er sich zu einem besonderen Lehrprogramm an der höheren Schule in Cameron Town angemeldet. Der Unterricht würde im nächsten Monat beginnen.

Kein Tag verging, an dem Joanna sich nicht über die beiden Kinder freute. Und über diese überwältigende Liebe, die sie für sie empfand! Als Joanna mit Lisa schwanger war, hatte sie damit gerechnet, die Liebe einer Mutter für ihr Kind zu empfinden. Aber als sie dann ihr Töchterchen zum ersten Mal in den Armen hielt, war sie sprachlos über die Intensität und die Unmittelbarkeit dieser Liebe. Und wie war es möglich, daß sie noch zunahm, dachte sie oft, wenn sie die schlafende Lisa betrachtete, oder wenn die Kleine sich stirnrunzelnd mit einem Buch beschäftigte. Wie konnte ein menschliches Herz die ständig wachsende Liebe ganz in sich aufnehmen? Jetzt verstand Joanna die andere Seite der Mutter-Tochter-Beziehung. Jetzt wußte sie, welche Liebe Lady Emily für sie empfunden haben mußte.

Aber das Glück war bedroht. Während Joanna zusah, wie Lisa mit Knopf im See herumplanschte, wuchs ihre Entschlossenheit: Sie würde ihre Tochter vor dem Erbe der Angst und des Todes schützen! Keine Regenbogenschlange, kein Gift-Gesang sollte diesem wunderbaren Kind etwas zuleide tun.

Joanna sah Hugh durch den Wald kommen. Er unterhielt sich mit einem anderen Mann. Hugh sah nicht so aus, als werde er in einem Jahr bereits vierzig. In der staubigen Hose, dem Flanellhemd und dem breitkrempigen Hut wirkte er eher wie der faszinierende Held seiner letzten Ballade: ›Nur ein Baum.‹

Sarah stieg vom Wagen und lief zu den Kindern. Joanna sah, daß Hugh sich mit dem Architekten Mr. Hackett unterhielt. Sie spürte von weitem die große Spannung, unter der Hugh stand, und dachte an seinen Wunsch, den er vor kurzem geäußert hatte, nach Queensland zu reisen und ›den Spuren seiner Jugend‹ zu folgen. ›Nur ein Baum‹ war zwar ein großer Erfolg gewesen, aber Hugh hatte die Ballade vor vier Jahren geschrieben und seitdem nichts mehr. »Ich möchte nach Queensland zurück«, hatte er plötzlich eines Abends gesagt. »Ich weiß nicht, warum. Vielleicht liegt es daran, daß ich bald vierzig werde und erkenne, daß meine Jugend vorüber ist. Auf jeden Fall sehne ich mich in letzter Zeit nach Queensland. Ich möchte dich mitnehmen, Joanna. Ich möchte, daß wir zwei allein fahren, ohne die Kinder. Ich werde dir zeigen, wo ich aufgewachsen bin. Du mußt auch einmal die Städte dort sehen, die Menschen und die einsamen Farmen. Du mußt es sehen, ehe es alles für immer verschwindet.«

Aber wann sollten sie die Zeit zu einer solchen Reise finden, bei der sie bestimmt einige Wochen unterwegs wären? Wie es aussah, wurde Hugh immer, Tag für Tag, Jahr um Jahr, auf Merinda gebraucht und sie nicht minder. Und nun wollten sie endlich das große Haus am Fluß bauen ...

Es hatte einige Jahre gedauert, die finanziellen Schwierigkeiten zu überwinden, denn das Unwetter hatte Menschenleben gekostet und die Herden dezimiert. Als Joannas Erbschaft schließlich aus Indien eintraf, ging es ihnen bereits wieder so gut, daß Joanna das Geld für Lisas Zukunft beiseite legen konnte, denn sie waren sich einig, daß Adam einmal die Farm erben sollte.

Aber als sie den Hausbau wieder in Angriff nehmen wollten – nach Philip McNeals Plänen und unter Einbeziehung der Betonfundamente –, war der Fluß über die Ufer getreten, und der Bauplatz lag unter Wasser. Mehr als ein Jahr hatten sie daran gearbeitet, die Fundamente zu verstärken und den Boden vorzubereiten. Dann brach in Victoria eine Grippeepidemie aus. So viele Männer waren ans Bett gefesselt, daß alle Arbeiten im Distrikt, sei es nun die Ernte, das Scheren oder der Bau von Häusern, zum Erliegen kamen. Nicht lange danach führten falsche Gerüchte von großen Goldfunden in der Nähe von Horsham dazu, daß die meisten Männer der Gegend davonliefen und auf den Farmen nur die allertreuesten Arbeiter zurückblieben. Inzwischen waren wieder Bauarbeiter zu haben, und Hugh hatte das Geld. Aber es war ein anderes Problem aufgetaucht. Hugh fand keinen Architekten, der nach McNeals Plänen arbeiten wollte. Keiner schien mit dem Bauplatz einverstanden zu sein. Alle rieten, die heiligen Felsen der Aborigines nicht weiter zu beachten und das Haus dort zu bauen. Darüber verhandelte Hugh gerade auch mit Mr. Hackett, als Joanna sie sah.

Joanna wartete, bis Mr. Hackett – ärgerlich, wie ihr auffiel – davonging. Dann lief sie zu Hugh und legte ihm den Arm um die Hüfte. Er sah sie an und fragte: »Wie geht es Fanny Drummond?«

»Sehr viel schlechter als mir«, erwiderte sie, und er zog sie lächelnd an sich. Bei Joannas Anblick mußte Hugh immer an einen Satz aus der Bibel denken: ›Ich werde ihm Frieden bringen wie ein Fluß ...‹ Ja, so ist Joanna, dachte er, ruhig und erholsam.

Es wehte ein heißer Wind. Das war für März ungewöhnlich. Der Regen wollte und wollte nicht kommen, und die Sommerhitze nahm kein Ende.

Hugh spürte die Trockenheit und den Staub in der Luft. Keine Wolke war am Himmel zu sehen. Der See war flach geworden und der Fluß nur noch ein Rinnsal. In all den vielen Jahren auf Merinda hatte er noch nie eine so lange Trockenheit erlebt.

Er bückte sich und hob eine Handvoll Erde auf. Sie fühlte sich staubig und tot an. Er mußte an die von der Sonne verbrannten Weiden denken und an die Schafe, die Nahrung und Wasser suchten. Der wolkenlose Himmel versprach noch immer keinen Regen, und das konnte bedeuten, daß Hugh bald die ersten Tiere verlieren würde ...

Er rieb sich den Staub aus den Augen und mußte an den verdammten Colin MacGregor denken.

Auf der letzten Sitzung des Schafzüchterverbandes hatte er sich mit ihm gestritten. Hugh hatte eine Rede gegen die unverantwortliche Zerstörung der Landschaft gehalten. MacGregor ließ die Bäume fällen, die auf seiner Seite am Flußufer standen, und verkaufte das Holz zu einem guten Preis. Inzwischen hatte er allerdings so viele Bäume gefällt, daß kein Windschutz mehr vorhanden war. Wenn Hugh Neuanpflanzungen versuchte, trug der heiße Wind den Mutterboden davon, und die jungen Pflanzen hatten keine Chance.

Als er vor beinahe zwanzig Jahren nach Victoria gekommen war, hatte dort am Fluß ein Wald gestanden. Jetzt sah er nur noch Baumstümpfe. Die Landschaft veränderte sich. Überall im Distrikt hatte es früher mehr Bäume und weniger Zäune gegeben. Inzwischen nahm auch der Wildbestand merklich ab. In letzter Zeit hatte er kein einziges Känguruh mehr gesehen. Die Menschen vertrieben die Tiere, und die Schafe nahmen ihnen den Lebensraum. Am schlimmsten wirkten sich die großen Jagden aus, die bei den Reichen im Distrikt nach wie vor sehr beliebt waren.

Das Land wird überweidet und zu einseitig bewirtschaftet, dachte Hugh. Die Natur muß im Gleichgewicht bleiben. Die Aborigines wußten das. Wenn sie eine Wasserstelle fanden mit vielen Fischen und reichlich Wild, dann blieben sie nur eine Weile dort und zogen weiter, ehe der Reichtum der Natur erschöpft war. Sie kamen erst zurück, wenn sie sicher sein konnten, daß Fische und Wild wieder in Fülle vorhanden waren. Sie ließen der Natur Zeit, sich zu regenerieren. Aber die Weißen tun das nicht.

»Du bist so schweigsam«, sagte Joanna. »Wie ist es dir mit Mr. Hackett ergangen?«

»Ich habe ihn gerade entlassen. Er wollte unbedingt bei den Felsen bauen. Ich wußte, es hat keinen Zweck, mit ihm zu arbeiten.«
Joanna betrachtete die von Moos und Flechten bewachsenen Felsen am See, in dessen Wasser sich die Sonnenstrahlen brachen. In den sechseinhalb Jahren hatten sie von Philip McNeal nur einmal etwas gehört. Vor vier Jahren hatte er ihnen den Tod seiner Mutter mitgeteilt.
»Sie denken alle, wir sind nicht ganz richtig im Kopf. Sie wollen nichts von der Traumzeit oder von Traumpfaden hören. Und um dir die Wahrheit zu sagen, Joanna, ich bin mir auch nicht mehr so sicher. Aber ich werde das Haus bauen, das verspreche ich dir!«
»Ohne einen Architekten? Es scheint nur sehr wenige fähige und gute Männer zu geben. Man hat den Eindruck, sie bauen alle Mietshäuser in Melbourne.«
Hugh lächelte und griff in die Tasche. »Ich habe eine gute Nachricht«, er zog einen braunen Briefumschlag hervor. »Das ist heute mit der Post gekommen, während du auf der Drummond Farm gewesen bist. Der Brief ist von McNeal.«
»*Philip* McNeal?« Joanna nahm das Schreiben heraus. Dann rief sie: »Oh, Hugh! Er schreibt, er kommt nach Melbourne zur Weltausstellung! Er sagt, er will auch Merinda besuchen!«
»Ich werde ihn bitten, eine Weile zu bleiben und das Haus zu bauen. Schließlich stammen die Fundamente von ihm.«
Joanna winkte Sarah. »Komm schnell, eine gute Nachricht!«
Als Sarah den Brief las, strahlte sie. »Philip kommt zurück. Ich wußte, er würde kommen.« Sie las weiter. »Er sagt, seine Frau und sein Sohn begleiten ihn.« Sarah hob den Kopf und sagte zu Joanna: »Er ist verheiratet ...« Nachdenklich fügte sie hinzu: »Wie seine Frau wohl sein mag? Er schreibt nichts über sie, nicht einmal ihren Namen. Er sagt nur, seine Frau und sein Sohn werden ihn begleiten.«
Sarah blickte auf den silbernen Armreif mit den Türkisen. Sie erinnerte sich noch sehr gut an den Tag, als Philip ihn ihr geschenkt hatte. Damals war sie fünfzehn und hoffnungslos in ihn verliebt gewesen. Immer wieder hatte sie an ihn gedacht und sich gefragt, was er tat, und wo er wohl sein mochte. Jetzt lächelte sie. Es wird schön sein, ihn wiederzusehen, dachte Sarah.
»Wir gehen besser zurück, wir haben noch viel für die Fahrt morgen nach Melbourne vorzubereiten.« Während sie zum Rindenhaus gingen,

sagte sie zu Hugh: »Wenn du doch nur mit uns zur Ausstellung gehen könntest ...«
»Das wünsche ich mir auch. Aber die ersten Bohrlöcher sind ausgetrocknet und der Fünf-Meilen-Brunnen ist völlig leer. Wir müssen die Schafe über weite Strecken zur Tränke treiben. Aber keine Sorge«, Hugh nahm ihre Hand, »ich komme hier schon zurecht. Du mußt nur dafür sorgen, daß ihr alle viel Spaß auf der Ausstellung habt.«
Lisa rannte voraus und sang: »Wir fahren nach Melbourne! Wir fahren nach Melbourne! Wir fahren nach Melbourne!« Aber wieder einmal trübte der Gedanke an die Alpträume und ihre mögliche unheilvolle Botschaft Joannas Freude.

3

Sie nahmen eine Suite im King George Hotel an der Elizabeth Street. Joanna und Sarah schliefen in einem Zimmer und Lisa und Adam in dem anderen. Am Tag der Ausstellungseröffnung gingen sie direkt in die Halle für Kunst und Architektur. Sie mußten sich durch eine große Menschenmenge zum amerikanischen Stand drängen, aber dort sagte man ihnen, Mr. McNeal sei nach Sydney gefahren und werde erst am Wochenende zurückerwartet.
Die Woche brachte ihnen manches Abenteuer, und es gab viel zu bestaunen. Melbourne war schon sehenswert genug – die laute Stadt mit dem Verkehr und den Gehwegen voller Menschen und die hohen Gebäude –, aber das Ausstellungsgelände mit den vielen Ständen kam ihnen wie ein Märchenreich vor. Dort drängten sich Ausländer in seltsamen Gewändern, und überall hörte man fremde Sprachen. Es gab Gerichte und Lebensmittel aus aller Welt; überall wurde musiziert und gesungen. Und die neugierigen und wissensdurstigen Menschen ließen sich anstecken von den überwältigenden Errungenschaften des neuen wissenschaftlichen Zeitalters. So vieles gab es zu bestaunen: neue Erfindungen, Maschinen und die Geheimnisse des Universums. Erstaunliche Dinge wurden vorgeführt, zum Beispiel junge Männer, die an sogenannten Schreibmaschinen saßen, auf Tasten hämmerten und sofort richtig gedruckte Buchstaben auf das Papier zauberten. Ein Mann in einer karierten Jacke streute Schmutz auf ei-

nen nagelneuen Teppich und ließ ihn wie durch ein Wunder wieder verschwinden. Und das Wunder bewirkte eine sogenannte ›Teppichkehrmaschine‹. Aus Amerika kamen auch ein Eisschrank, in dem man Lebensmittel kühlte, und eine noch mehr bestaunte Erfindung, der Staubsauger. Eine Frau in der Kleidung eines Dienstmädchens führte das Gerät vor, und ein kleiner Junge trieb das Gebläse mit den Füßen an. Dann sahen sie die ›elektrische Kerze‹, die ohne eine Flamme brannte. Sie verbreitete ein helles, leuchtend weißes Licht und verbrauchte weder Öl noch Petroleum, sondern wurde von einem elektrischen Generator mit ›Strom‹ versorgt.

Joanna und Sarah hatten Mühe, die Kinder nicht aus den Augen zu verlieren. Adam lief aufgeregt und ausgelassen mit seiner Schwester von Stand zu Stand. Die beiden jubelten und lachten und deuteten mit den Fingern auf die erstaunlichen Erfindungen. An einem Stand führte man das ›Telefon‹ vor, und daneben zeigte ein Amerikaner etwas wirklich Wunderbares. Er nannte es ›Grammofon‹. Er forderte einen Herrn aus der Zuschauermenge auf, in einen Kasten zu sprechen, während er eine Kurbel drehte, und kurz darauf hörte man tatsächlich die Stimme des Mannes!

Es gab auch komische Dinge, zum Beispiel einen ›fleißigen‹ Schaukelstuhl. Eine Frau saß darin und strickte, während sie durch das Schaukeln irgendwie ein Butterfaß antrieb. Ein Wecker weckte den Schläfer mit einem Guß kaltem Wasser, und danach hob sich das Fußende des Bettes. Eine Maschine mit Rädern, einem Sitz und einem rauchenden Motor fuhr unter lautem Geknatter mit einem Mann im Kreis herum. Das Gefährt sah aus wie ein Zug ohne Schienen. Der Fahrer behauptete, es sei das Transportmittel der Zukunft.

Aber es wurden auch furchteinflößende Dinge gezeigt. Adam bestaunte lange das Skelett eines Dinosauriers in der französischen Ausstellungshalle. Dort zeigte man auch einen Vorfahren der Menschen. Man hatte die Überreste in Frankreich gefunden, an einem Ort, der Cro-Magnon hieß. Darunter stand: ›Vermutlich 35 000 Jahre alt.‹

Sie gingen durch einen großen Torbogen, und Joanna sah ihr Spiegelbild in einem hohen, goldgerahmten Spiegel. Meine Familie, dachte sie stolz. Adam trug seine erste lange Hose und hatte die braunen Haare ordentlich gekämmt. Lisa hatte ein tailliertes Kleidchen mit einer großen Schleife auf dem Rücken an. Ihre Locken fielen bis auf die Schultern. Die dunkelhäutige Sarah wirkte so damenhaft gelassen und schön, daß die Männer ständig den Kopf nach ihr drehten. Sie trug ein langes Kleid mit schmaler Taille und Tournüre, und ihr Hut mit den Federn neigte sich auf den rotbraunen hochgesteckten Locken keck in die Stirn. Auch Joanna war mit ihren achtundzwanzig Jahren noch schlank. Der Saum ihres blauen Samtkleids glitt über den glänzenden Marmorboden. Wenn doch nur Hugh hier sein könnte, dachte sie, dann wäre das Bild vollkommen ...

Der letzte Tag kam allzu schnell. Morgen würden sie wieder in den westlichen Distrikt zurückkehren. Joanna freute sich auf Merinda. Der Besuch in der Stadt war aufregend gewesen, aber sie sehnte sich nach Hugh und der Farm.

Der Alptraum mit der Regenbogenschlange und den wilden Hunden hatte sie bis nach Melbourne verfolgt. Joanna war mehrmals mit klopfendem Herzen mitten in der Nacht aufgewacht und hatte sich verwirrt in dem Hotelzimmer umgesehen. Sie wußte nicht mehr, wo sie sich befand. Sie hörte draußen die fremden Geräusche auf der Straße und fühlte sich abgeschnitten von Hugh, Merinda und den Dingen, die in ihr Leben gehörten. Der Traum änderte sich jedesmal, aber immer tauchten die wesentlichen Elemente auf – die Hunde, die Schlange, der Feueropal. Dann überkam sie der unsagbare Schrecken, der auch nach dem Erwachen nicht sofort wieder wich. Joanna lag im Bett, und ihr Herz schlug heftig. Sie hatte das Gefühl, die Regenbogenschlange richte in der Dunkelheit das eine funkelnde Auge drohend auf sie.

Es kann nicht sein, redete Joanna sich vernünftig zu. Es war alles Einbildung, eine Wahnvorstellung. Die Ursache dafür lag im Tagebuch ihrer Mutter. Aber Joanna wußte, darauf kam es nicht an – auch Sarah hatte das gesagt –, denn das Ergebnis war dasselbe: eine wachsende, tödliche Angst. Sie fürchtete um ihre Sicherheit und um die Sicherheit ihrer Tochter. Joanna wußte, sie mußte entweder den Grund für den Gift-Gesang finden und die Sache zu einem Ende bringen oder ihr Inneres davon überzeugen, daß der Gift-Gesang keine Macht mehr über sie besaß.

Da der Feueropal in den Träumen eine Rolle spielte, überlegte sie, ob der Stein sie vielleicht zur Ursache ihrer Ängste führen könnte. Stammte er aus Australien oder hatten ihre Eltern ihn in Indien erworben? Leider hatten ihre Fragen an Geologen, an Edelsteinexperten und an die Vertreter verschiedener Länder auf der Ausstellung keine Klarheit über die Herkunft des Opals gebracht.

Jetzt hatte sie nur noch eine Aufgabe vor der Heimfahrt: Sie mußten Philip McNeal finden!

»Sieh nur!« rief Lisa, und ihre Stimme verschmolz mit den vielen tausend anderen Stimmen, deren Echo unter der Kuppel des Rundbaus widerhallte. Sie nahm ihren Bruder bei der Hand und zog ihn zu einem großen Stand.

Die Westbrooks versammelten sich vor einem faszinierenden Tableau. Es wurde mit den stolzen Worten angekündigt: ›Die Melbourne *Times* zeigt: Melbourne im Laufe der Zeiten.‹ Man hatte vier lebensgroße Schaubilder zusammengestellt, die beinahe die ganze Länge der Halle einnahmen. Die Zuschauer gingen an einer Samtkordel entlang und konnten so in aller Ruhe die historischen Abschnitte in der Entwicklung Melbournes bestaunen: ›Wäldliche Einsamkeit, 1800‹ – man sah beinahe nackte Ureinwohner, die Bumerangs warfen und sich die Körper bemalten; ›Ein schlichtes Dorf, 1830‹ – ein paar Weiße lebten in primitiven Hütten; ›Die kleine Stadt, 1845‹ – man hatte einen Gemischtwarenladen aufgebaut und davor ein lebendes Pferd angebunden; und schließlich: ›Eine Stadt im Umbruch, 1870‹ – auf einer großen Leinwand sah man die Anfänge der Stadtsilhouette und davor die Masten und Schiffe im geschäftigen Hafen.

In einer kleinen Broschüre stand, daß diese ›teure Darstellung‹ von Frank Downs, dem Verleger der Melbourne *Times*, erdacht und gestaltet worden sei. Nicht erwähnt wurde jedoch, daß die Idee in Wirklichkeit von der unbekannten Malerin Ivy Dearborn stammte.

Die Westbrooks tranken nach der Besichtigung Limonade und aßen Sahnewaffeln. Danach liefen sie durch die Halle für Medizin. Dort erfuhren die Kinder zu ihrer großen Verwunderung, daß es gewerbsmäßig erzeugte Heilmittel gab, mit denen man offenbar jede Krankheit auf der Welt heilen konnte. Man sah Ärzte, die ihre Hände mit Dentinseife wuschen, Kinder lagen in Krankenhausbetten und aßen munter Dr. Graham's Crackers. Bruchbänder wurden vorgeführt, und Verkäufer standen auf Podesten und priesen über die Köpfe der Menge hinweg lautstark die indianische Wunderkur der Kickapoos an oder Dr. Foote's Krebskur. Ein Amerikaner namens Kellogg hatte ein neues Frühstück aus Getreideflocken erfunden, und es ›garantiert eine Verringerung des Sexual-

triebs‹. Bücher mit so erstaunlichen Titeln wie ›Die türkische Liebeskunst‹ und ›Die Bedeutung von Träumen‹ wurden zum Verkauf angeboten. An die Erwachsenen verteilte man Proben von ›Gono, Männerfreund‹ für die Männer, und die Frauen erhielten kleine Tuben von ›Dr. Cooper's Haarnährcreme‹. Für Kinder gab es bunte Karten, auf denen man für ›Mrs. Winslow's Kinderberuhigungsmittel‹ und ›Dr. Smiley's Rosa Pillen für Bleichsüchtige‹ warb.
Französische Ärzte hielten Vorträge über die neue ›Bazillentheorie‹, mit der ihr Kollege Louis Pasteur vor kurzem großes Aufsehen erregt hatte. Joanna hörte aufmerksam den Erklärungen über Bakterien und Bazillen, Mikroben und Zellen zu, und wie man entdeckt hatte, daß sie für das Entstehen von Krankheiten verantwortlich waren. Als Beispiel führte man den Typhusbazillus an, den man auf großen Schautafeln zeigte, und Joanna mußte an David Ramsey denken, der sein Leben für die Medizin geopfert hatte. Er war zu früh gestorben. Andere Männer hatten seine Ideen in die Tat umgesetzt, und sie waren jetzt berühmt.
Als sie die ›Halle der Medizin‹ verließen und wieder zur ›Halle für Kunst und Architektur‹ gingen, kamen sie an einem kleinen Stand vorbei. Auf einer Tafel stand: ›Eine idyllische Szene, um das Auge zu erfreuen und die Nerven zu beruhigen.‹ Die Kolonie Westaustralien hatte diesen Beitrag geliefert. Es war ein künstlicher Teich mit Gräsern und Büschen, in dem schwarze Schwäne schwammen. Joanna und Sarah und auch die Kinder bestaunten die anmutigen Vögel, denn sie hatten noch nie schwarze Schwäne gesehen.
Die nächste Halle enthielt eine Reihe kleiner Stände, die im Grunde nur aus Tischen und Stühlen bestanden, die durch Seile getrennt waren. Transparente wiesen auf Vereine und Gesellschaften hin, die hier vertreten waren, zum Beispiel die Abstinenz-Liga der Frauen und das Sankt-Joseph-Irrenhaus. Joanna fiel die Britisch-Indische Missionsgesellschaft besonders auf. Sie befand sich zwischen der Waisenhilfe, der Joanna manchmal Geld spendete, und der Heilsarmee, von der sie noch nie etwas gehört hatte. Vor einer Tafel mit der Aufschrift: ›Hungerhilfe für Indien‹ blieb sie stehen. Während sie sich mit dem Mann und der Frau am Stand unterhielt – es waren Missionare, die »zwanzig Jahre ihres Lebens dem Dienste Gottes im Punjab« geweiht hatten –, langweilten sich die Kinder. Adam wollte zum Stand der Königlichen Expeditionsgesellschaft zurück, denn dort zeigte man echte Kopfjäger aus Neu-Guinea.

Als Joanna den Bericht der Missionare über die Hungersnot in Indien hörte, sagte sie erschüttert: »Das wußte ich nicht. Natürlich muß etwas geschehen, um diesen Menschen zu helfen.« Lisa und Adam beschlossen, zum Ende der Halle zu gehen, denn dort war eine kleine Farm aufgebaut.

Man hatte Erde aufgeschüttet und richtige Zäune um das ganze Terrain gezogen. Heuballen lagen herum, es gab ein Pferd, einen Pflug und freilaufende Hunde. Man scherte Schafe, und Kühe wurden gemolken. Die Arbeiter demonstrierten, wie man Holz spaltet, Weizen drischt und Getreide reinigt. An einem langen Tisch saßen junge Männer und überprüften mit Mikroskopen Erdproben, Getreide und Gräser. Eine andere Gruppe saß vor der großen anatomischen Schautafel eines Widders. Herren in schwarzen Fräcken erklärten den Zuschauern: »Meine Herrschaften, Sie sehen hier die neueste und beste Methode fortschrittlicher Erziehung und Bildung auf der ganzen Welt.« Lisa und Adam betrachteten die Tafel, auf der stand: ›Die Landwirtschaftsschule Tongarra‹. In einem kleinen Kasten lagen Prospekte und Broschüren mit der Aufforderung: ›Bitte bedienen Sie sich.‹

Adam nahm sich eine der Broschüren. Darin gab es viele Bilder von jungen Männern, die Schafe scherten, Pferde ritten und moderne Pflüge lenkten. Auf einem Bild sangen die Schüler in einer Kapelle, und man sah sie auch beim Kricketspiel auf dem Rasen. Auf der letzten Seite gab es sogar Abbildungen der Klassenräume.

Lisa und Adam gingen am Zaun entlang und konnten nicht glauben, daß in einem Raum eine ganze Landschaft aufgebaut war, die man normalerweise nur im Freien finden konnte. »Das sieht nach einer tollen Schule aus, Lizzie«, sagte Adam. »Vielleicht sollte ich lieber auf diese Schule gehen und nicht auf die in Cameron Town.«

»Ich möchte auch dorthin«, sagte Lisa.

»Das kannst du nicht! Sei doch nicht dumm.«

»Warum nicht?«

»Diese Schule ist nicht für Mädchen. Verstehst du?« Er zeigte ihr, daß auf den Abbildungen nur Jungen zu sehen waren und kein einziges Mädchen. »Wenn du groß bist, dann gehst du auf eine Mädchenschule.«

Lisa runzelte die Stirn. Sie fand das nicht richtig.

»Da seid ihr ja!« rief Joanna, als sie und Sarah die beiden entdeckten. »Wir haben euch überall gesucht.«

Endlich erreichten sie die ›Halle für Kunst und Architektur‹. Als sie sich dem amerikanischen Stand näherten, stellte Sarah zu ihrer Überraschung fest, daß ihr Herz klopfte. Dann sah sie ihn.
Philip McNeal trug zwar einen förmlichen grünen Frack mit grauer Hose. Aber er sah noch genauso aus, wie sie ihn in Erinnerung hatte: groß, schlank – und er sah gut aus.
»Da ist ja Mr. McNeal«, sagte Joanna im selben Augenblick.
»Mrs. Westbrook!« Er kam zu ihr und nahm ihre Hand. »Wie schön, Sie zu sehen! Ich hatte gehofft, Ihnen vielleicht hier zu begegnen.«
»Ja, wir haben in der letzten Woche Ihren Brief bekommen. Ich freue mich, Sie wiederzusehen, Mr. McNeal!«
»Ich bin Lisa!« sagte die Kleine.
Philip lachte und schüttelte die kleine Hand. »Guten Tag, Lisa!«
»Sie wurde an dem Tag geboren, als wir uns voneinander verabschiedet haben«, erklärte Sarah.
Er drehte sich um und sah sie an. »Sarah?«
»Es freut mich, Sie wiederzusehen«, sagte sie.
Ein kurzes Schweigen entstand, dann legte Sarah den Arm um Adams Schulter. »Das ist Adam. Erinnern Sie sich an ihn?«
»O ja doch! Ich erinnere mich. Du bist wirklich groß geworden, Adam«, sie reichten sich die Hände.
»Wie ist das neue Haus geworden, Mrs. Westbrook?« fragte er dann Joanna.
»Es ist leider bis jetzt nicht geworden. Aber das ist eine lange Geschichte. Wir sind noch am Bauen. Sie schreiben in Ihrem Brief, daß Sie uns auf Merinda besuchen wollen. Hugh würde sich riesig freuen, Sie zu sehen.«
»Ja, ich habe es wirklich vor, zu Ihnen zu kommen, Mrs. Westbrook. Ich schreibe ein Buch über Australiens Architektur. Es gibt hier bestimmte Dinge, die man nirgendwo sonst auf der Welt findet. Ich wollte meinen Aufenthalt nutzen und noch etwas dazulernen. Ich habe mich eingehend mit der Architektur in den Städten von Melbourne und Sydney beschäftigt. Jetzt möchte ich mir noch ein paar Dinge auf dem Land ansehen.«
»Der westliche Distrikt ist dazu bestens geeignet, Mr. McNeal. Sie sind auf Merinda jederzeit herzlich willkommen. Wir können Ihnen auch die Gegend zeigen. Wann dürfen wir Sie erwarten?«
Er sah Sarah an – und wieder wirkte er erstaunt und sehr beeindruckt.

»Ich muß für die Dauer der Ausstellung hier sein, aber danach haben meine Frau und ich nicht die Absicht, sofort nach Amerika zurückzukehren.«
»Teilen Sie uns einfach Ihre Ankunft mir, Mr. McNeal«, sagte Joanna, »bis dahin auf Wiedersehen.«
Sie verließen die Halle durch ein anderes großes Tor mit Palmen rechts und links. Die Palmen verdeckten die Stände auf der anderen Seite, und deshalb sahen sie die Tafeln nicht, auf denen stand: ›St. Mary's Kinderheim‹, ›Jüdischer Wohlfahrtsverband‹ und ›Karra Karra Aborigines-Missionsdorf‹.

4

Als sie das Ausstellungsgelände verließen, stand die Sonne schon tief am westlichen Himmel, und es wurde langsam dunkel. Joanna blieb stehen und blickte auf das geschäftige Treiben. Wie sehr hatte sich Melbourne in den Jahren seit ihrer Ankunft verändert! Und mit welcher Geschwindigkeit ging die Veränderung weiter. Joanna hatte beinahe das Gefühl, wenn sie die Augen schloß und wieder öffnete, dann sah sie ein neues Gebäude, oder ein Haus wurde abgerissen, oder weitere fünfzig Fuhrwerke rollten die Straße entlang. Das war nicht mit Cameron Town zu vergleichen. Dort gab es nur ein- oder zweistöckige Häuser, und die Pferde liefen langsam und mit beschaulichem Hufgeklapper durch die friedlichen Straßen. Die Farmarbeiter, die Cowboys und die Schafhirten trafen sich in den einfachen Pubs zu einem Bier und erzählten sich geruhsam Geschichten.
Joanna fühlte sich von Melbournes hektischem Treiben mitgerissen. Hier gab es so viel Leben, so viel Schönes, zum Beispiel den neuen Stadtpark, die leuchtend grüne Pferdebahn und Denkmäler zur Erinnerung an all jene, die etwas Bedeutendes geleistet hatten. Es war wirklich kaum zu glauben, daß an dieser Stelle vor fünfzig Jahren noch ›Das einfache Dorf‹ gestanden hatte!
»Mal sehen, ob wir eine Droschke finden«, sagte Joanna und ging weiter.
Aber sie blieb plötzlich wie angewurzelt stehen, als sie Pauline MacGregor aus einem Geschäft treten sah.

Joanna blickte einen Augenblick lang erstaunt auf die Frau, die sie kaum kannte. Hugh hatte es zwar nie beweisen können, aber er machte noch immer Colin MacGregor für den umgelegten Zaun verantwortlich und den darauffolgenden Verlust so vieler Schafe bei dem Unwetter. So kam es, daß die Westbrooks und die MacGregors zwar Nachbarn, aber keine Freunde waren. Wenn die MacGregors die bessere Gesellschaft im westlichen Distrikt nach Kilmarnock einluden, dann sah man Hugh und Joanna nicht darunter. Und wenn auf Merinda gefeiert wurde, und alle kamen, dann erschienen die MacGregors nicht. Bei den Sitzungen der Vereinigung der Schafzüchtersfrauen in Cameron Town, wo man über soziale Aufgaben sprach und wohltätige Aktionen beschloß, vermieden Pauline und Joanna sehr höflich, miteinander zu sprechen oder sich auch nur anzusehen.
Joanna sah jetzt, wie Pauline zögernd auf dem Gehweg stehenblieb, als überlege sie noch, in welche Richtung sie gehen sollte. Mit dreiunddreißig war Pauline MacGregor noch immer eine schlanke und attraktive Frau, und nicht wenige Männer warfen einen aufmerksamen Blick auf diese elegante Dame in dem eng anliegenden dunkelblauen Seidenkleid.
Joanna begann gerade, sich darüber zu wundern, warum Pauline, die immer genau wußte, was sie tat und so großen Wert auf Formen und ein tadelloses Auftreten in der Öffentlichkeit legte, allein auf der Straße stand, als eine elegante, von zwei Pferden gezogene Kutsche vorfuhr und anhielt. Joanna sah Pauline lächeln und auf die Kutsche zugehen. Ein Mann verließ mit ausgestreckten Händen die Kutsche.
Joanna sah ihn im Profil.
Es war Hugh!
Und dann ...
Sie runzelte die Stirn. Der Herr nahm Paulines Hand, drehte dabei Joanna den Rücken zu, und sie konnte sein Gesicht nicht mehr sehen.
War es wirklich Hugh gewesen?
»Sieh mal, Mama!« rief Adam. »Da kommt eine Droschke.«
Aber Joanna blieb wie angewurzelt stehen.
»Mutter?«
Joanna blickte wieder die Straße hinunter und sah gerade noch, wie Paulines Schleppe in der Kutsche verschwand.
Es *war* Hugh gewesen, das hätte Joanna schwören können.

»Sarah, hast du gesehen, wie ...« Joanna sprach nicht weiter, sondern schüttelte nur den Kopf. Natürlich war das nicht Hugh gewesen! Der Mann war nicht so groß wie Hugh und außerdem, weshalb sollte Hugh hier in Melbourne sein?

»Na ja«, sagte sie und beobachtete stirnrunzelnd, wie die Kutsche davonrollte. »Ich muß müde sein.« Natürlich, das war es! Sie war übermüdet. Es war eine anstrengende Woche gewesen – und dann die Alpträume. Offenbar sah sie bereits Gespenster.

»Also los!« sagte sie, »nehmen wir die Droschke!«

Als sich der Wagenschlag hinter ihnen schloß und der Kutscher auf dem Kutschbock Platz nahm, seufzten alle erleichtert auf. Es tat gut, endlich wieder einmal zu sitzen und ins Hotel zu *fahren*.

Adam sprach aufgeregt von den erstaunlichen Dingen, die er gesehen hatte: Forscher, Ballonflieger und Abenteurer, Männer, die Flüsse entdeckten und unbekannten Bergen einen Namen gaben. Sie machten aufregende Expeditionen und fuhren zu allen exotischen Plätzen dieser Erde. Aber am meisten hatte ihn der Dinosaurier beeindruckt und der Cro-Magnon-Mensch. »Ich werde das auch einmal tun!« erklärte er. »Ich werde die Skelette einer uralten Rasse ausgraben oder einer ausgestorbenen Tierart. Vielleicht werde ich auch eine Pflanze finden, die noch kein Mensch gesehen hat.«

»Dann kannst du sie nach mir nennen, Adam«, sagte Lisa.

»Gut, ich werde eine Blume nach dir benennen. Wie findest du das? Ich fahre nach Neu-Guinea und werde eine der seltenen Orchideen finden, die noch keinen Namen hat. Ich werde sie dann *Elizabethus officinale* nennen. Gefällt dir das?«

»Adam«, sagte Joanna, »was hast du da?«

Er hielt in der Hand Broschüren und Faltblätter, die er auf der Ausstellung gesammelt hatte. »Sie haben nichts gekostet«, erwiderte er, »man durfte sie mitnehmen.« Er reichte ihr den Packen.

Joanna betrachtete sich die Prospekte, die Adam gesammelt hatte, und staunte über die komische Mischung. Da warb jemand für ›Wilson's elektrisches Heizkissen‹ und man pries ›Schwarzen Kautabak‹ an. Es gab auch eine Einladung: ›Besuchen Sie Dr. Snow's Praxis in der Swansons Street und lassen Sie sich kostenlos von ihm mit der einmaligen Messmer-Hypnose behandeln!‹ Ein Coupon sollte bei Vorlage jeden Hut in ›McMahon's Hutmacherei für Herren‹ um sechs Pennys verbilligen.

»Ich durfte sie doch nehmen, oder?« fragte Adam.

»Natürlich, mein Schatz. Aber ich vermute, diese Werbung ist mehr für Leute bestimmt, die auch die entsprechenden Dinge kaufen.« Als Joanna ihm den Packen zurückgeben wollte, fiel ihr Blick auf ein Faltblatt ganz unten, das etwas hervorragte. Sie sah nur ein fett gedrucktes Wort: ›Karra‹. Sie zog das Faltblatt heraus und sah, daß man alle um Hilfe bat, um das Karra Karra Aborigines-Missionsdorf in Neusüdwales zu retten.

Kapitel Neunzehn

1

Das Baby fing an zu weinen. Mercy Cameron streckte die Arme aus und sagte: »Ich nehme sie jetzt besser wieder. Sie will zu ihrer Mutter.«
Pauline antwortete: »Ja, natürlich«, und gab ihr zögernd das Baby zurück.
»Jane ist zwar erst zwei Monate alt, aber sie weiß, wer ihre Mutter ist, nicht wahr, mein kleiner Janie-Schatz?«
Pauline beobachtete, wie die kleine Janie in den Armen ihrer Mutter sich sofort wieder beruhigte und drehte sich um. Vor dem Schießstand warteten schon wieder die Kinder, die mit dem Bogen schießen wollten. Aber Pauline hatte ihren Platz verlassen, um sich Mercy Camerons Baby anzusehen. Sie ging wieder zurück, um den Kindern beim Schießen zu helfen, das Ziel zu treffen, denn dann würden sie einen Preis gewinnen. Dabei fiel ihr Blick auf das Transparent, bei dem ihr ein Schauer über den Rücken lief: ›Kommen Sie herein, solange Sie noch am Leben sind, denn im Grab werden Sie sehr lange liegen.‹ Der makabere Spruch erinnerte Pauline daran, daß sie in zwei Tagen Geburtstag hatte. Sie wurde dreiunddreißig.
Auf dem Jahrmarkt von Cameron Town drängten sich an diesem warmen Aprilmorgen unglaublich viele Menschen. Alle aus dem westlichen Distrikt schienen gekommen zu sein, um die erstaunlichen und seltsamen Dinge zu bestaunen, die es hier zu sehen gab – zum Beispiel den Schwertschlucker oder den Aborigine, der mit einem Känguruh boxte. Es gab auch Pferderennen und Wettkämpfe im Holzhacken. Akrobaten liefen auf Stelzen, und Clowns ritten auf Eseln. Eine Wahrsagerin mit dem Namen Magda sagte die Zukunft voraus, und der Zauberer Presto

begeisterte alt und jung mit seinen Tricks. Pauline und Louisa Hamilton hatten einen Stand, in dem Kinder mit einem kleinen Bogen auf eine Zielscheibe schießen konnten, die an einem Heuballen hing. Ihr Stand war ein großer Erfolg. Drei Schüsse kosteten einen Penny. Die Einnahmen sollten dem neuen Waisenhaus von Cameron Town zugute kommen. Aber Pauline konnte sich nicht auf ihre Aufgabe konzentrieren, denn zwei Dinge beschäftigten sie: Babys und ein Mann, den sie im letzten Monat in Melbourne kennengelernt hatte – John Prior, ein Geschäftsmann aus Sydney. John Prior sah Hugh Westbrook erstaunlich ähnlich.

»Die kleine Jane hat Koliken«, Mercy beobachtete Pauline, die einem kleinen Jungen half, den Bogen zu spannen. »Maude Reed hat mir geraten, Pfefferminz in ihre Milch zu geben, aber es scheint nicht zu helfen.«

Pauline hatte ein Buch über Säuglingspflege gelesen. Eine bekannte Kinderschwester aus Melbourne hatte es geschrieben. Pauline las auch Artikel in Frauenzeitschriften über Babypflege, und sie hörte immer aufmerksam zu, wenn Mütter Erfahrungen austauschten. Sie wollte Mercy sagen, daß Pfefferminz für Säuglinge zu anregend war und daher die mildere grüne Minze vorzuziehen sei. Aber Pauline verzichtete darauf, Mercy einen Rat zu geben. Sie hatte seit langem begriffen, wenn es um Kinder ging, dann hörte niemand auf eine Frau, die selbst keine Kinder hatte.

Es ist ungerecht, dachte Pauline, während sie die schmalen Schultern des Jungen umfaßte, dem sie beim Zielen half. Pauline wußte sehr viel über Säuglingspflege. Sie konnte nichts dafür, daß sie noch kein Kind hatte. Und sie wußte, wenn man ein Baby bekam, wurde man damit noch nicht automatisch zu einer Expertin. Aber es war eine besondere Auszeichnung, ein Kind zur Welt zu bringen. Kinderlose Frauen galten irgendwie als Versagerinnen und als zweitklassig. Ganz bestimmt hielt man sie nicht für kompetent, etwas zum Thema Kinderpflege beizutragen.

Pauline sehnte sich manchmal so sehr nach einem Kind, daß sie mitten in der Nacht aufwachte und feststellte, daß sie im Schlaf geweint hatte. In den ersten Jahren ihrer Ehe mit Colin hatte sie sehnsüchtig auf ein Kind gewartet, das nie kam. Sie suchte Ärzte in Melbourne auf, aber man konnte ihr nicht helfen. Pauline sprach mit den Hebammen in der Gegend. Sie empfahlen ihr, verschiedene Tees zu trinken und bestimmte

Kräuter unter das Kopfkissen zu legen. Aber nichts hatte zu dem ersehnten Erfolg geführt.
»Es ist Gottes Wille, meine Liebe«, hatte Pastor Moorehead gesagt, als sie ihm ihre Sorgen gestand. »Sie können nichts tun, um etwas daran zu ändern. Aus Gründen, die nur ER kennt, bekommen Sie keine Kinder.«
Aber es ist nicht gerecht, wollte Pauline einwenden. Louisa Hamilton hatte sechs Kinder. Konnte Gott seine Gunst nicht etwas gerechter verteilen?
Maude Reed nannte schließlich einen anderen Grund für ihre Unfruchtbarkeit, und Pauline fragte sich inzwischen, ob Maude vielleicht recht hatte. »Wenn ein Kind empfangen werden soll, dann muß Liebe vorhanden sein«, hatte Maude unverblümt festgestellt. »Ich spüre eine gewisse Kälte zwischen Ihnen und Colin. Unter solchen Bedingungen wird kein Kind empfangen.«
Liegt es daran? überlegte Pauline. Ist die mangelnde Zärtlichkeit die Wurzel des Übels? Wollte ihr das vielleicht auch Pastor Moorehead sagen? Erlaubte Gott nicht, daß Kinder in ein liebloses Leben geboren wurden? Sollte das der Fall sein, dann gab es offenbar nur eine Lösung des Problems: Sie mußte Colin irgendwie dazu bringen, sie zu lieben.
Nach sieben Jahren Ehe war Colin für Pauline eher ein Fremder als ein Ehemann. Ihr Leben verlief in zwei Kreisen, die sich unabhängig voneinander drehten und sich nur bei einem Ball oder einer Jagd auf Kilmarnock berührten. Dann spielten Pauline und Colin das vollkommene Ehepaar. Als idealer Ehemann stand Colin an ihrer Seite, als ideale Ehefrau lachte sie über seine Scherze, und sie ergänzten sich augenscheinlich gegenseitig bestens – Colin mit seiner Arroganz und Pauline mit ihrer Schönheit. Victorias bessere Gesellschaft huldigte den Pseudo-Majestäten auf Kilmarnock, anschließend verabschiedeten sich die Gäste neidvoll und bewundernd, und alle hatten viel teuren Champagner getrunken.
Danach lösten sich die beiden Kreise wieder voneinander. Colin inspizierte seine Schafe und erschien in seinem Club in der Stadt. Er engagierte sich in der Kommunalpolitik, und Pauline widmete sich ihrer Wohltätigkeitsarbeit, erschien im Tennisclub und trainierte Bogenschießen. Sie redeten sich als Mr. und Mrs. MacGregor an. Sie speisten abends zusammen, schliefen nachts in getrennten Schlafzimmern, und

einmal in der Woche erschien Colin bei ihr und machte sein Recht als Ehemann geltend. Sex war ein genau berechnetes Ritual.

Aus einer solchen Verbindung, das sah Pauline ein, konnte nie ein Kind entstehen.

Aber es war einmal anders gewesen ...

Sie half dem kleinen Jungen, den Pfeil auf die Zielscheibe zu richten, und dachte an die erste Zeit mit Colin – besonders an ihre Hochzeitsnacht an Bord des Schiffs, als sie nach Schottland reisten. Wie leidenschaftlich hatte er sie in die Arme genommen, wie hart und elektrisierend war sein Körper gewesen. Sie hatte versucht, etwas zu sagen, aber er hatte ihr die Hand auf den Mund gelegt. »Sag nichts«, flüsterte er.

Pauline war überwältigt gewesen von der Kraft und der Härte, mit der Colin sie nahm. Er war gierig gewesen, so gierig, als wolle er sie verschlingen. Sie hatte versucht, eine Partnerin zu sein, aber er hatte sie bezwungen. Er hatte sie auf so gewaltsame Weise genommen und unterworfen, daß sie zuerst erschrak. Pauline hatte nicht gewußt, was Unterwerfung bedeutete, wie es war, sich so absolut in die Gewalt eines anderen zu begeben. Zum ersten Mal in ihrem Leben gab sie nicht den Ton an.

Und das hatte ihr gefallen.

So hatten sie in den ersten Jahren ihrer Ehe miteinander geschlafen, und Pauline zweifelte nicht daran, daß bei solcher Leidenschaft ein Kind kommen werde. Aber die Jahre vergingen, Pauline wurde nicht schwanger, und wenn sie miteinander schliefen, geschah es immer mechanischer.

Jetzt war sie verzweifelt. Pauline befand sich im letzten Jahrzehnt ihrer Fruchtbarkeit. Der Gedanke an die Zukunft, die vielleicht vor ihr lag, machte ihr Angst. Sie fürchtete einsame, leere Jahre, in denen sie nur die ›Tante‹ für die Kinder anderer sein würde.

Natürlich gab es noch Judd. Er war jetzt sechzehn und bereits ein sehr unabhängiger junger Mann. Judd hatte sich Paulines Bemühungen widersetzt, ihm eine Mutter zu sein. Und wenn sie ehrlich war, dann mußte Pauline zugeben, daß sie sich keine große Mühe gegeben hatte. Er war das Kind einer anderen Frau. Als Judds Stiefmutter konnte sie für ihn nicht dieselben Gefühle entwickeln wie für ein eigenes Kind.

Sie wußte, was alle ihre Freundinnen dachten. Mit welcher Überraschung hatte man einige Jahre nach der Hochzeit festgestellt, daß sie

kein Kind bekam. In den Augen ihrer Freundinnen galt Pauline als unangefochtene Siegerin in allen Bereichen des Lebens. Sie hatte immer Erfolg, wenn sie etwas in Angriff nahm. Aber offenbar brachte sie nicht das zuwege, was auch der einfachsten Frau gelang, und wozu Frauen von der Natur geschaffen waren.
Pauline konnte das allgemeine Mitleid nicht ertragen. Sie wollte ebenso wie Mercy Cameron einer anderen Frau das Kind aus den Armen nehmen und sagen: »Mein Schatz will zu mir. Er will zu seiner Mutter.«
»So mußt du den Bogen halten«, erklärte Pauline jetzt dem kleinen Jungen. Sie hatte die Arme um ihn gelegt, stützte mit der einen Hand den Bogen und half ihm, die Sehne zu spannen. »Du mußt mit dem Pfeil etwas tiefer zielen, um ins Schwarze zu treffen. Richte die Spitze des Pfeils auf den Boden vor der Zielscheibe. So jetzt zieh die Sehne zurück, bis die Federn des Pfeils dein Ohr berühren – ja, so ... jetzt laß los.«
Der Pfeil schwirrte durch die Luft, prallte gegen die Leinwand auf der Rückseite des Stands und fiel auf den Boden.
»Gut so«, sagte Pauline aufmunternd, »du mußt es üben. Hier hast du noch einen Pfeil.«
Im Grunde sollte er für einen Penny nur drei Pfeile bekommen, aber sie gab ihm fünf. Trotzdem gelang es dem Jungen noch nicht einmal, den Heuballen zu treffen. Als der nächste an die Reihe kam, standen dem Kleinen die Tränen in den Augen, aber Pauline ließ ihn schnell einen Preis wählen, weil er sich so große Mühe gegeben hatte.
»Also wirklich, Pauline«, sagte Louisa, als der Junge strahlend davonlief, um den Preis seinen Eltern zu zeigen, »du kannst doch nicht jedem Kind einen Preis geben. Wie soll der Junge denn etwas lernen, wenn er für einen Mißerfolg belohnt wird?«
»Das macht doch nichts, Louisa.«
»Ich finde es erstaunlich, das von dir zu hören, Pauline, wenn ich daran denke, wie sehr du um jeden Preis kämpfst.«
Pauline betrachtete ihre Freundin, die so dick war, daß sie sich in dem kleinen Stand kaum bewegen konnte. Wie ist es Louisa gelungen, sechs Kinder zu bekommen, dachte Pauline. Haben sie und ihr Mann sich so sehr geliebt? Oder irrte sich Maude Reed doch, wenn sie behauptete, Liebe sei notwendig, um ein Kind zu empfangen? Auch aus diesem Grund mußte Pauline immer wieder an John Prior denken, den Geschäftsmann aus Sydney.

Sie war in Melbourne gewesen und machte einen Einkaufsbummel bei Wallach's, dem größten Kaufhaus am Ort, das von sich behauptete, man könne dort, angefangen von Hutbändern bis zu Gasöfen, alles finden. In der Abteilung für Herrenbekleidung sah sie plötzlich Hugh Westbrook, der gerade bei einem Verkäufer bezahlte. Es überraschte Pauline, ihn in Melbourne zu sehen. Sie spürte plötzlich die alte Faszination und die alte Sehnsucht nach ihm. Sie brachte es deshalb nicht über sich, weiterzugehen und ihn nicht zu beachten, was sie normalerweise hätte tun sollen. Hugh war der Gegner ihres Mannes, aber ihre alte Liebe für ihn war noch immer nicht erloschen. Sie verließ also das Warenhaus nicht, sondern ging geradewegs auf ihn zu, legte ihm die Hand auf den Arm und sagte so spöttisch wie möglich: »Du meine Güte, liebster Hugh, wie kommen denn deine vielen Schafe ohne dich aus?«
Er drehte sich um und sah sie erstaunt an. »Wie bitte?« Pauline bemerkte ihren Irrtum zu spät und starrte entsetzt zurück. Dann stammelte sie verwirrt: »Oh, Verzeihung! Ich . . . ich habe Sie mit jemandem verwechselt . . .«
Aber der Fremde, der Hugh so erstaunlich ähnlich sah, lachte freundlich. »Wie schön für ihn, wie schade für mich, Madam.« Und noch ehe sie weitergehen konnte, zog er den Hut. »John Prior, ich stehe zu Ihren Diensten.«
Pauline wußte nicht, weshalb sie wie angewurzelt stehenblieb. Der Anstand hätte verlangt, daß sie schnell weiterging, und zwar sehr würdevoll – nicht einmal die unmoralischsten Fabrikarbeiterinnen besaßen die Kühnheit, einen fremden Mann in der Öffentlichkeit anzusprechen! Aber irgend etwas hielt sie dort fest. Vielleicht lag es an der Ähnlichkeit mit Hugh, obwohl er eine andere Stimme hatte und nicht so groß war wie Hugh. Vielleicht lag es an seinem charmanten Lächeln oder an der teuren Kleidung und der selbstbewußten Art, in der er vor ihr stand. Wie auch immer, Pauline blieb lange genug stehen, daß er sich vorstellen konnte und sie plötzlich einem wildfremden Mann die Hand reichte und, was noch schlimmer war, mit ihm sprach!
»Ich habe Sie wirklich für einen alten Freund von mir gehalten. Ich versichere Ihnen, es ist nicht meine Art, unbekannte Männer anzusprechen!«
»Nun ja, jetzt kennen Sie mich«, erwiderte er, »und nachdem Sie dieses wichtige Geschäft unterbrochen haben, bin ich der Ansicht, daß Sie mir

zumindest die Höflichkeit schuldig sind, mir Ihren Namen zu nennen.«
Pauline sah sein charmantes Lächeln und vergaß sich einen Augenblick lang. Er war Hugh wirklich so ähnlich ... »Pauline MacGregor«, erwiderte sie.
»Ich sehe also wie ein Schafzüchter aus?«
Zu ihrem Entsetzen wurde Pauline auch noch rot. »Sie ähneln einem Freund von mir, dem eine Schaffarm im Westen gehört.«
Er sah sie lange aufmerksam an, und offenbar gefiel ihm, was er sah, denn er sagte ruhig: »Ihr Freund kann sich glücklich schätzen. Ich glaube, Sie haben mich ›Liebster‹ genannt.«
»Er ist ein alter Freund«, erklärte sie schnell. »Er ist wie ein Bruder für mich.«
»Dann können Sie mich vielleicht ja auch als einen alten Freund betrachten und mir die Ehre erweisen, mit mir Tee zu trinken?«
Pauline verschlug es den Atem. Er stand zu dicht vor ihr und lächelte zu vertraut. »Das kann ich leider nicht, Mr. Prior.«
»Warum nicht?«
»Wir kennen uns nicht. Außerdem bin ich eine verheiratete Frau.«
»Du meine Güte, bitten Sie Ihren Mann, sich uns anzuschließen.«
Pauline warf einen Blick auf den Verkäufer, den das Gespräch zu amüsieren schien. Sie gab ihm stumm, aber energisch zu verstehen, daß er sich entfernen möge. »Mein Mann ist nicht mit nach Melbourne gekommen, Mr. Prior.«
»Das erstaunt mich. Wenn Sie meine Frau wären, würde ich Sie in einer Stadt wie Melbourne nicht allein lassen.« Dann fügte er hinzu: »Genauer gesagt, auch nicht an einem anderen Ort.«
»Sie sind sehr direkt, Mr. Prior«, sie wandte sich zum Gehen.
»Bitte, Mrs. MacGregor! Ich wollte Sie nicht verletzen, sondern Ihnen ein Kompliment machen. Ich versichere Ihnen, meine Absichten sind völlig ehrenhaft. Ich bin geschäftlich ein paar Tage in Melbourne und kenne in dieser überwältigenden Stadt keine Menschenseele. Ich komme mir inzwischen ziemlich einsam und verlassen vor. Wenn ich noch eine Mahlzeit nur in der Gesellschaft von John Prior verzehren muß, dann werde ich verrückt.«
»Sind Sie so langweilig?« fragte sie und konnte dem Flirt nicht widerstehen.

»Ich glaube schon – wenn ich allein mit mir bin. Aber mit einer so charmanten Frau wie Ihnen, Mrs. MacGregor, könnte ich bestimmt sehr geistreich sein.«
Pauline wollte seine Einladung nicht annehmen, aber sie tat es trotzdem. Außerdem mußte sie sich eingestehen, daß sie die Vorstellung, mit Mr. Prior Tee zu trinken, richtig aufregend fand.
Sie willigte also ein, ihn zwei Stunden später vor dem Kaufhaus zu treffen. Bis dahin war Pauline von ihrem unerklärlichen Verhalten so schokkiert und so aufgeregt über die gewagte Unschicklichkeit, daß sie sich nicht mehr auf ihren Einkauf konzentrieren konnte.
Mr. Priors Haare hatten eine andere Farbe als Hughs. Er hatte auch nicht die sonnengebräunte Haut eines Farmers, aber es bestand eine erstaunliche Ähnlichkeit, die sie noch immer beschäftigte. Als sie zur verabredeten Zeit das Warenhaus verließ und Mr. Prior in einem eleganten Zweispänner, einem Brougham, vorfuhr, reichte sie ihm die Hand.
Sie verbrachten den Nachmittag in einer Teestube, tranken Darjeeling, aßen Gurkensandwiches und sprachen über die erstaunlichen Dinge, die es auf der Weltausstellung zu sehen gab. Und während eine Stunde um die andere verging, die Gaslampen angezündet wurden und sich eine gewisse Vertraulichkeit einstellte, erlag Pauline immer mehr dem Charme dieses Fremden. Sie kannte nur die Kälte ihres Mannes und hatte vergessen, wie es war, sich in Gesellschaft eines liebenswerten Mannes zu befinden. Und John Prior war liebenswert. Er beugte sich über den Tisch und sah Pauline an, als sei sie die einzige Frau auf Erden, als kreisten seine Gedanken nur um sie. Er verzauberte sie mit seiner Aufmerksamkeit. Er schmeichelte ihr, und er bewunderte sie. Er hörte ihr zu und schien ihre Worte wichtig zu finden. Er lachte, wenn sie etwas Lustiges sagte. Er erklärte, er habe das Gefühl, sie schon ewig zu kennen. Und Pauline stellte fest, daß dieser Mann, der all das verkörperte, was Colin nicht war, sie, ohne es eigentlich zu wollen, fesselte.
Als sie schließlich aufbrachen und John Prior sagte: »Darf ich Sie heute abend ins Theater einladen und anschließend zum Essen«, wußte Pauline, sie hätte ablehnen und dem ein Ende setzen sollen, was da begann. Aber sie konnte sich seinem Zauber nicht mehr entziehen und antwortete: »Ja.«
Einen Abend lang war Pauline wieder jung. Sie war begehrenswert wie früher. Sie lachte mehr, als sie in Jahren gelacht hatte. Sie fühlte, wie die

Düsterkeit und Kälte von Kilmarnock wichen. Und sie überließ sich Gefühlen, die sie seit Ewigkeiten nicht mehr erlebt hatte: die Freude am Flirt, das elektrisierende Prickeln bei der Berührung eines Mannes, das leichte Schwindelgefühl, das sich mit dem sexuellen Verlangen einstellte. John Prior verhielt sich die ganze Zeit sehr anständig. Er berührte Pauline nur, um ihr den Mantel abzunehmen, ihr beim Verlassen des Wagens zu helfen oder ein Blumensträußchen an ihr Kleid zu heften. Aber sie spürte hinter jeder Geste und jedem Gesichtsausdruck eine Bedeutung. Was sie beide ängstigte und erregte, blieb unausgesprochen und war tabu, aber Pauline wußte, sie empfanden es beide.
Als sie sich mit einem langen Händedruck und dem Austausch von Visitenkarten verabschiedeten, gelobte Pauline, sie werde ihn nie wiedersehen.
Doch sie konnte ihn nicht vergessen.
Persephone, Louisa Hamiltons jüngste Tochter, riß sie aus ihren Gedanken, als sie zu ihrer Mutter sagte: »Mami, darf ich bitte Zuckerwatte haben?«
»Aber Persephone, mein Schatz«, erwiderte Louisa und fächelte sich Luft zu, »der Stand mit Zuckerwatte ist auf der anderen Seite des Jahrmarkts. Es ist viel zu heiß, um so weit zu gehen.«
»Ich gehe mit ihr«, sagte Pauline schnell, denn sie wollte hier weg, »wir holen auch Limonade. Möchtest du Limonade, Persephone?«
Sie liefen durch die Buden und Stände und betrachteten die vielen Dinge, die zum Verkauf angeboten wurden. Sie sahen ein Spiel, bei denen man Ringe auf Rundhölzer werfen mußte, und blieben vor einem roten Plakat stehen, auf dem stand: ›Kommen Sie! Das müssen Sie sehen! Der Große Carmine schießt sich eine Kugel in den Hals!‹ Aber das beste Plakat war so groß wie ein Mensch. Es hing überall an Wänden und Zäunen im westlichen Distrikt und kündigte den GROSSEN AUSTRALISCHEN ZIRKUS mit den verheißungsvollen Worten an: ›Ein Panorama der Attraktionen! Die Ritter von Palästina! Alles in einem Riesenzelt für 600 Personen! Das beste Blechorchester auf Reisen! Die australischen Musiker werden Sie einen Abend lang mit ihren Melodien unterhalten, und in der Arena folgt eine aufsehenerregende Nummer nach der anderen. Nur bei uns treten Akrobaten aus Japan auf! Voll Stolz zeigen wir zum ersten Mal in Australien eine Nummer am TRAPEZ. Monsieur Leotard, der Erfinder des Trapez, wird ohne Netz unter der Zir-

kuskuppel durch die Luft fliegen. Der Zirkus wird ganz bestimmt am Freitag, dem 10. April 1880, in Cameron Town zu sehen sein.‹
»Sieh nur, Tante Pauline!« rief Persephone und deutete auf ein Podest, wo ein Mann in einer bunten Jacke versuchte, die Aufmerksamkeit der Leute auf sich zu lenken. Auf einer Leinwand hinter ihm sah man einen gemalten blauen Himmel, Wolken und das weite grüne Land. Auf dem Podest stand noch ein Mann. Er sah so seltsam aus, daß alle Kinder stehenblieben und ihn mit offenem Mund anstarrten.
Pauline blieb ebenfalls stehen. Aber nicht Häuptling Buffalo, ein ›echter Indianer mit roter Haut aus Amerika‹, der eine Lederhose und einen langen Federschmuck trug, zog Paulines Aufmerksamkeit auf sich. Sie starrte auf das Zelt nebenan, wo man eine andere Attraktion anpries. Für nur einen Penny konnte man in diesem Zelt, wie ein Mann mit lauter Stimme rief: »Miss Sylvia Starr leibhaftig!« sehen. »Sie ist die australische Venus und das Modell für Lindstroms berühmte Statue. Sie wird genau so vor Ihnen erscheinen wie für den Künstler. Und Sie werden verstehen, weshalb ihre Schönheit eine Sensation ist.« Hinter ihm sah man auf einem riesengroßen Plakat zwei Bilder von Miss Starr. Auf der rechten Seite trug sie ein rotes enganliegendes Kleid mit einer übertrieben schmalen Taille und einem ebenso übertrieben großen Busen, und auf der linken posierte sie als Venus, wobei Blumen den nackten Körper an gewissen Stellen bedeckten. Zwischen beiden Bildern konnte man Miss Starrs ›bewundernswerte Maße‹ von der Nase bis zu den Füßen lesen, einschließlich der Angaben: ›Größe: 1,62 m; Gewicht: 137 Pfund.‹
Pauline interessierte sich weniger für Miss Starrs Schönheit. Sie staunte über die Menschenmenge, die Karten kaufte, um sie zu bewundern. Es waren alles Männer, und Pauline entging nicht, mit welchen Blicken sie das Plakat betrachteten. Pauline erinnerte sich noch gut daran, daß einmal die meisten Männer sie auf ähnliche Weise angesehen hatten. Aber inzwischen waren es weniger geworden, und das rief ihr wieder einmal ins Gedächtnis, wie die Jahre vergingen.
Pauline dachte wieder an John Prior. Sie wußte, er hatte sie begehrenswert gefunden und mit ihr schlafen wollen. Aber das lehnte Pauline ab. Liebesaffären konnte sie haben. Es gab Verehrer, die sich um sie bemühten. Mehr als ein Mann hatte angedeutet, wie gerne er mit ihr auf vertrauterem Fuß stehen würde, auf einem Ball etwa, wenn sie zuviel

Champagner getrunken hatte und sich auf der Tanzfläche von starken Armen im Kreis drehen ließ, während man ihr etwas Verführerisches und Erregendes ins Ohr flüsterte. In solchen Augenblicken überlegte sie manchmal, wie es wäre, nachzugeben, die Einladung in ein Gasthaus auf dem Land oder zu einer langen Wagenfahrt anzunehmen. Aber Pauline hatte kein Interesse an Sex. Das lieferte ihr Colin. Sie sehnte sich nach Liebe und wollte ein Kind.

Und natürlich wollte sie Hugh Westbrook. Selbst nach all den Jahren, in denen sie versucht hatte, die schmerzlichen Erinnerungen zu begraben und das Verlangen zu leugnen, das sie für ihn empfand, war die alte Liebe noch vorhanden. Prior hatte die alte Liebe für Hugh neu entfacht, und jetzt dachte sie wieder darüber nach, wie ihr Leben wohl aussehen würde, wenn sie ihn geheiratet hätte. Würde ich dann Kinder haben? überlegte sie.

»Mrs. MacGregor, da sind Sie ja! Ich habe Sie überall gesucht.«

Es war Mrs. Purcell, die Leiterin des Waisenhauses. Sie hielt zwei Tassen Tee in der Hand und schien in der Hitze völlig aufgelöst. »Wir haben großen Erfolg beim Verkauf unserer Kunst. Wir werden fünf neue Betten für das Waisenhaus kaufen können. Wie geht es beim Bogenschießen? Ich würde mich so freuen, wenn Sie uns einmal im Waisenhaus besuchen. Die Kinder brauchen Liebe und Zuwendung so sehr.«

Aber Pauline war entschlossen, keinen Fuß in das Waisenhaus zu setzen. Sie half, Geldspenden zu sammeln, und sie spendete selbst, aber darüber hinaus wollte sie sich nicht engagieren. Vor einem Jahr hatte Mrs. Purcell die Kühnheit besessen, laut darüber nachzudenken, ob Pauline nicht einen der Säuglinge adoptieren wolle. Aber jeder wußte, was für Babys das waren – uneheliche, unerwünschte Kinder, die unverheiratete Frauen auf die Stufen des Waisenhauses legten. Pauline wollte nicht das Kind einer anderen Frau, sie wollte ihr eigenes Kind!

Als sie zu ihrem Stand zurückkehrte, brachte sie für Louisa ein Glas Limonade mit, die es dankbar trank und dann stöhnte: »Du meine Güte, ist es heiß!«

Pauline kam es wie ein Wunder vor, daß ihre Freundin bei dem eng geschnürten Korsett unter dem hochgeschlossenen Seidenkleid noch nicht in Ohnmacht gefallen war. Wenn Louisa sich bewegte, hörte man jedesmal das Geräusch der Fischbeinstäbe. Unter den Armen war das Kleid durchgeschwitzt.

»Ich beneide dich um deine schlanke Figur, Pauline«, sagte sie, und es klang überhaupt nicht neidisch. »Du siehst immer so frisch aus, als könne dir die Hitze nichts anhaben. Sieh mich an. Das wird aus einer Frau, wenn sie Kinder bekommt. Ich versuche ja abzunehmen, aber es ist schwierig, denn wir sitzen jeden Tag dreimal mit acht Personen am Tisch.«

Pauline trug die Bogen und Pfeile zusammen und legte sie ordentlich auf die Theke.

»Du hast wirklich Glück«, fuhr Louisa fort, »Judd ist in der Schule, und Colin ißt meistens im Club. Du kannst jeder Versuchung aus dem Weg gehen.«

Pauline hörte ihr nicht zu. Sie dachte: Ich weiß, Colin ist fähig zu lieben. Als ich ihn geheiratet habe, wußte ich, daß er es wahrscheinlich nicht wieder tun würde. Aber ich weiß auch, daß er in seinem Innern die Fähigkeit dazu besitzt. Sie hatte einmal ein deutliches Beispiel dieser Liebe gesehen, als sie vor neun Jahren Christina besucht hatte und erlebte, wie Colin seine junge Frau mit Zärtlichkeit, Fürsorge und Hingabe überschüttete. Diese verborgene und tiefe Quelle der Liebe in ihm mußte es immer noch geben. Vielleicht, dachte Pauline, war es falsch von mir, zu glauben, Colin werde nie wieder dazu fähig sein. Vielleicht hatte sie deshalb den Zugang zu dieser Quelle nicht gefunden. Vielleicht war sie doch nicht verschüttet und wartete darauf, von ihr entdeckt zu werden.

»Nun sieh dir das an!« sagte Louisa. »Sieh dir dieses Mädchen an! Ich könnte schwören, sie wächst von Stunde zu Stunde!«

Pauline drehte sich um und sah, daß Minerva Hamilton, Louisas älteste Tochter, auf den Stand zukam. Sie war groß, hatte dunkle Augen, hübsche Haare und einen sinnlichen Mund. Sie war beinahe sechzehn, und Pauline bemerkte, wie die Männer sich nach ihr umdrehten, als sie vorüberging.

»Ihr laufen schon die ersten Verehrer nach«, sagte Louisa und fächelte sich Luft zu. »Ich finde, sie ist noch viel zu jung. Andererseits muß ich mich daran erinnern, daß ich mit achtzehn Mr. Hamilton geheiratet habe, und Minerva ist in zweieinhalb Jahren ebenso alt. Wenn ich daran denke!« Sie lachte. »Ich dachte, ich hätte Babys und das alles endlich hinter mir, und nun bin ich vielleicht bald Großmutter!«

Pauline biß sich auf die Lippen, um Louisa nicht zu sagen, sie möge endlich den Mund halten. Statt dessen konzentrierte sich Pauline darauf, zu überlegen, wie sie es schaffen konnte, daß Colin sie liebte, und sie endlich von ihm ein Kind bekam.

2

Colin stand an der offenen Glastür, die von seinem Arbeitszimmer in den Garten führte. Er atmete tief die trockene, heiße Luft ein. Es fiel schwer, zu glauben, daß nach dem Kalender in einem Monat der Winter anfangen sollte. Es war ein Abend wie im Januar und nicht wie im April. Wie alle Schafzüchter in Victoria betete er, daß die Trockenheit den Wollertrag des Jahres nicht zu sehr beeinträchtigen werde. Die Preise auf dem Weltmarkt waren gefallen. Vor zwanzig Jahren gab es noch zweiundzwanzig Cents für ein Pfund; inzwischen waren es weniger als zwölf. Es wurde schwieriger und schwieriger, den jährlichen Gewinn von Kilmarnock zu vergrößern. Und nun herrschte auch noch diese Dürre!

Colin betrachtete sein Spiegelbild in den Fensterscheiben, und er sah das Gesicht seines Vaters, des zwölften Laird von Kilmarnock. Es war ein strenger, aber gutaussehender Mann, der mit einem Blick einen Mann zum Verstummen und eine Frau zum Zittern bringen konnte. Das Gesicht dieses Mannes verriet, daß er Macht und völlige Kontrolle über alles besaß. Colins Vater besaß diese Macht auf seiner Burg auf der Insel Skye. Aber Colin wußte, sein eigener Blick war nur eine Maske, seine Macht ein Schein. Sie war abhängig von Regen und Dürre, von Schafen und Gras. Sein Reich von über dreißigtausend Morgen Land gründete sich nicht auf Tradition und Adelsrechten wie das seines Vaters. Er war den Schwankungen von Wetter und Wirtschaftsentwicklungen ausgeliefert. Er konnte alles verlieren, wenn er nicht ständig auf der Hut war.

Colin dachte an Hugh Westbrook. Trotz Merindas Einbußen durch die Trockenheit konnte sich Westbrook über den Erfolg seiner neuen Schafrasse freuen.

Als Hugh vor sieben Jahren den Rambouillet-Widder als Zuchttier für seine Herde kaufte, hatte Colin sich als erster abfällig geäußert. »Das schafft er nie!« hatte er zu John Reed und Angus Hamilton gesagt. »Jeder Dummkopf weiß, daß man westlich von Darling Downs keine Schafe halten kann.« Aber die neuen Merinda-Schafe sahen vielversprechend aus. Mehrere Farmer hatten Hughs neue Widder gekauft und sie zur Zucht eingesetzt. Sie kreuzten sie mit ihren besten Schafen, trafen sorgfältig ihre Auswahl, und die neue Rasse erwies sich mittlerweile als sehr widerstandsfähig. Bereits die dritte Generation weidete auf Land, auf dem man nie zuvor Schafe halten konnte, und man sprach von Coleraine bis zum Barcoo nur noch von den Merinda-Schafen.

Deshalb haßte Colin seinen Widersacher – und noch wegen anderer Dinge.

Als die nutzlosen fünftausend Morgen Land am Fuß der Berge in Colins Besitz übergegangen waren, hatte er den Zaun entlang der Grenze zu Merinda umlegen lassen. Das Glück schien auf seiner Seite zu sein, denn der größte Teil von Westbrooks Herde war daraufhin bei dem Unwetter im Fluß ertrunken. Aber danach begann man im Distrikt, Colin schief anzusehen. Er mußte seinen Durst nach Macht und Rache zügeln. Aber er würde nicht vergessen, wie Hugh verhindert hatte, daß Joanna Drury seiner sterbenden Frau zu Hilfe kam. Er wartete ab. Der richtige Augenblick, um es ihm heimzuzahlen, würde kommen, und Colin war bereit. Er wird so leiden müssen, wie ich gelitten habe, dachte er grimmig. Und sein Verlust wird ebenso groß sein wie mein Verlust.

Es klopfte an der Tür. Es war Locky McBean, sein ehemaliger Aufseher. Er betrat das Arbeitszimmer mit der Mütze in der Hand. »Guten Abend, Mr. MacGregor. Ich bin gerade zurückgekommen.«

»Das sehe ich. Was haben Sie für mich?«

Locky war vor ein paar Jahren mit der sehr viel besseren Aufgabe betraut worden, die Pacht für Colins Grundbesitz im Distrikt einzutreiben. Einige Familien, die Land gepachtet hatten, lieferten die Gewinne ab, die sie erwirtschafteten und behielten nur einen kleinen Prozentsatz für sich. Andere hatten kleine Farmen oder Zuchtbetriebe von ihm gekauft. Sie bezahlten regelmäßig die Raten ihrer Hypotheken zuzüglich eines vereinbarten Prozentsatzes der Gewinne, die sie durch den Verkauf von Getreide oder Wolle erzielten. Locky hatte die Aufgabe, dafür zu sorgen, daß alle rechtzeitig zahlten und daß es zu keinem Betrug kam. In schweren Zeiten, wie die kleineren Farmer sie gerade erlebten, kümmerte sich Locky darum, daß sie trotzdem zahlten, ob sie es sich nun leisten konnten oder nicht.

McBean zog ein abgegriffenes Rechnungsbuch hervor und legte es auf den Schreibtisch. Er schlug es auf und deutete mit einem schmutzigen Fingernagel auf eine Stelle: »Sie müssen die Zinsen für Drummonds Hypothek erhöhen, Mr. MacGregor.«
»Warum? Wo liegt das Problem?«
»Wegen der Trockenheit ist seine Wolle schlecht. Nach dem Scheren werden Sie Einbußen haben.«
Einige Großgrundbesitzer im Distrikt hatten es sich zur Regel gemacht, die Zinsen der Hypotheken zu erhöhen, wenn der Pächter mit dem jährlichen Wollertrag nicht den üblichen Gewinn erwirtschaften konnte. Das Problem bestand nun darin, daß Pächter wie Drummond, die höhere Zinsen für ihre Hypothek bezahlen sollten, auf anderen Gebieten sparen mußten – meist entließen sie ihre Hilfskräfte und vergrößerten damit die Zahl der Arbeitslosen auf dem Land.
»Geben Sie ihm noch einen Monat«, sagte Colin, »wenn er dann nicht zahlt, werfen Sie ihn raus.«
»Drummond hat acht Kinder.«
»Ich bin nicht für sie verantwortlich. Was gibt es sonst noch?«
Sie besprachen die Abrechnungen, und Locky schlug in mehreren Fällen vor, den Familien zu kündigen. Es handelte sich um Farmer, die keineswegs Probleme wie Drummond hatten, sondern in diesem Jahr mit guten Gewinnen rechnen konnten und deshalb ihre Hypotheken ablösen würden, wenn sie die Wolle oder den Weizen verkauft hatten. Colin reagierte in solchen Fällen damit, daß er den Kredit kündigte, und den ganzen Betrag vor dem Verkauf der Wolle oder der Ernte zurückforderte. Auf diese Weise zwang er den Farmer und seine Familie, das Land ohne einen Penny Entschädigung aufzugeben, und er kassierte das Anfangskapital, das der Mann in die Farm gesteckt hatte. Colin sah sich sofort nach einem neuen Käufer um, der wiederum hoffte, sich mit etwas Eigenkapital den Traum von der eigenen Farm zu erfüllen. Colin rechnete damit, *ihn* ebenfalls von dem Land vertreiben, wenn er dicht davor stand, seine Schulden zu bezahlen. Für Colin war es eine lächerlich einfache Methode, Geld zu verdienen. Er verachtete Großgrundbesitzer, die nicht zu solchen Methoden griffen, denn sie waren schließlich völlig legal.
Nachdem McBean gegangen war, griff Colin nach einem Brief, den er am Morgen aus Schottland erhalten hatte. Er las noch einmal den einen

wichtigen Satz in dem Schreiben seiner Mutter: ›Dein Vater ist sehr krank. Ich wünschte, du könntest nach Hause kommen.‹

Nach Hause, dachte Colin bitter. Er würde gerne nach Hause zurückkehren. Er wollte sich dem Land nicht entfremden, in dem er geboren war. Colin hatte ernsthaft versucht, sich mit seinem Vater auszusöhnen, als er vor sieben Jahren mit Pauline zur Hochzeitsreise auf die Insel Skye gefahren war. Aber Sir Robert hatte es abgelehnt, ihn zu empfangen. Er verübelte seinem Sohn immer noch, was dieser vor vielen, vielen Jahren in einem Streit darüber gesagt hatte, daß Sir Robert die Farmer von ihrem Pachtland vertrieb, um mit der Schafzucht größere Gewinne zu machen. Colin hatte daraufhin seinem Erbe den Rücken gekehrt und war nach Australien gefahren. Er und Pauline verbrachten bei ihrer Rückkehr zwei Wochen auf Skye und überließen sich dem schwermütigen Charakter der Insel. Sie streiften durch die Erlen- und Birkenwälder und ritten über die Hochmoore, wo Schafe mit schwarzen Köpfen weideten. Sie jagten in den Wäldern um die Burg und angelten im Loch Kilmarnock. Sie stießen auf keltische Kreuze und Grabsteine, deren Inschriften man nicht mehr lesen konnte. Sie speisten mit Lady Anne, kürzten den Besuch ab und fuhren zurück, ohne Sir Robert ein einziges Mal gesehen zu haben.

Colin wurde noch einmal durch ein Klopfen an der Tür in seinen Gedanken unterbrochen. Es war der fünfzehnjährige Judd. Er trug die Schulkleidung der Landwirtschaftlichen Hochschule Tongarra: graue Flanellhose und einen marineblauen Blazer. Judd war groß geworden und sehr schlank. Er hatte weißblondes Haar und entwaffnend blaue Augen.

»Kann ich kurz mit dir sprechen, Vater?« fragte er.

Colin freute sich, ihn zu sehen. »Aber gewiß doch, mein Sohn. Komm herein.«

Judd schloß die Tür hinter sich und zögerte. Er hätte mit seinem Vater lieber an einem anderen Ort gesprochen, etwa im Wohnzimmer, und nicht hier, wo die Vergangenheit und die Toten so unheimlich gegenwärtig waren. Mit beinahe sechzehn empfand Judd immer noch großes Unbehagen im Arbeitszimmer seines Vaters. Er versuchte, nicht auf die letzte Stickerei zu blicken, die Lady Anne angefertigt hatte. Sie hing gerahmt und unter Glas an der Wand und hatte die Inschrift eines Gedichts: ›Die Gespensterkirche von Kilmarnock‹, wo »*Über Kilmarnock blies der Wind so kalt, Wo in der Nacht der Ruf der Geister und*

Gespenster schallt.« Judd fand Gedichte über den australischen Busch schöner, etwa Hugh Westbrooks Balladen. Sie erzählten von der goldenen Sonne und dem strahlenden Himmel und von Männern, die lebten und mutig waren. Sie fürchteten sich nicht vor Geistern oder Legenden.

»Was gibt es, Judd?« fragte Colin und schenkte sich einen Whiskey ein. Er freute sich schon jetzt auf den Tag, an dem er Judd in seinen Club in die Stadt mitnehmen würde und sie sich beim ersten Glas zuprosten würden.

»Man hat mich aufgefordert, eine Entscheidung zu treffen, Vater. Ich werde bald sechzehn und schließe die Schule ein Jahr später ab. Aber wenn ich bleibe, dann gibt man mir die Möglichkeit, ein besonderes ...«

Colin hob die Hand. »Du kennst meine Meinung zu diesem Thema, Judd. Ich habe es dir klar und deutlich gesagt. Warum müssen wir noch einmal darüber sprechen?«

»Ich finde, daß du nicht gerecht bist, Vater.«

»Judd«, Colin lächelte geduldig, »du bist erst fünfzehn. Du weißt noch nicht, was du wirklich willst.«

»Ich werde bald sechzehn. Wußtest du in dem Alter nicht genau, was du wolltest?«

Colins Lächeln wurde traurig und nachdenklich. »Ich glaubte es zu wissen. Aber damals war ich jung und dumm. Ich habe viele Fehler gemacht. Das möchte ich dir ersparen.«

»Ich möchte lieber meine eigenen Fehler machen, Sir.«

Colin mußte kurz an das grollende und unversöhnliche Gesicht von Sir Robert denken. »Fehler bedeuten Leid«, sagte er zu Judd, »und ich möchte dir das Leid ersparen, das ich ertragen mußte. Du weißt, daß ich manchmal den Tag bedaure, an dem ich nachgegeben habe, als du mich bestürmt hast, Tongarra besuchen zu dürfen. Ich hätte dich auf eine Schule nach England schicken sollen, wie ich es vorhatte. Aber ich dachte, wenn du auf eine Landwirtschaftsschule gehst, dann würde das Kilmarnock zugute kommen. Ich sehe jetzt, daß ich mich getäuscht habe.«

»Aber Vater, die Schule ist gut für mich«, erwiderte Judd eifrig, »und ich glaube, daß es mir eines Tages gelingen wird, mit dem, was ich gelernt habe, eine neue Weizenart zu züchten, die unter trockenen Bedingungen gedeiht.«

»Judd, du wirst Schafe züchten und keinen Weizen«, erklärte Colin. Er kam hinter dem Schreibtisch hervor und legte seinem Sohn die Hand auf die Schulter. »Ich wünschte, wir würden uns nicht in dieser Art streiten. Verstehst du denn nicht, daß ich nur das Beste für dich will? Ich kann nicht erlauben, daß du dich soweit erniedrigst, Lehrer zu werden.«

»Ich werde nicht ewig Lehrer sein, Vater. Ich möchte Wissenschaftler werden.«

Colin schüttelte den Kopf. Woher hatte der Junge nur diesen Eigensinn? Und plötzlich sah sich Colin in einem ähnlichen Arbeitszimmer. Er stand in der großen Burg vor einem ebenso strengen Vater, wie er es jetzt war, und er hörte ihn sagen: »Du wirst eines Tages der Laird von Kilmarnock sein. Ich verbiete dir, nach Australien zu fahren.«

Nein, dachte Colin, das war etwas anderes. Ich mußte weg von zu Hause. Ich mußte meinen Weg selbst finden. »Judd, ich habe diese Farm für dich aufgebaut. Am Tag deiner Geburt habe ich gelobt, daß ich dir ein Imperium übergeben werde. Wie kannst du mir jetzt sagen, daß du damit zufrieden bist, ein Lehrer zu sein?«

»Ich werde mich mit nichts zufriedengeben, Vater. Es gibt so vieles, was ich lernen will, was ich tun will ...«

»Judd, du wirst eines Tages der Laird von Kilmarnock sein ...«

»Vater, ich bin kein schottischer Lord und werde es auch nie sein. Ich bin Australier und ich bin stolz darauf.«

Colin seufzte ungeduldig. Woher hatte der Junge nur diese Ideen? Vom ersten Tag an, als Judd sprechen konnte, hatte Colin ihm von seiner Heimat auf den Hebriden erzählt. Er beschrieb ihm die rauhe Schönheit von Skye, die Sturmwolken am Himmel, die saftigen samtgrünen Wiesen, die majestätische Erhabenheit der Cuillins; er schwärmte von Lochs, deren Wasser an flüssiges Zinn denken ließ; er beschrieb die halb zerfallenen Hütten der Bauern und erinnerte an die Jahrhunderte der Geschichte, die mit diesem Boden verbunden waren. Colin hatte Judd die Liebe und die Treue zum alten Stammsitz seiner Vorfahren, der Burg Kilmarnock, gelehrt und zu Schottland im allgemeinen.

Wo ist diese Treue jetzt? fragte sich Colin. Was hatte er falsch gemacht bei dem Versuch, seinem Sohn ein Gefühl für seine Abstammung und den keltischen Stolz zu vermitteln? Die Helden von Judds Kindheit hätten William Wallace und Robert the Bruce sein müssen, statt dessen verehrte er einen rebellischen Sträfling namens Parkhill und einen Gesetzlosen, der Kelly hieß.

In diesem Augenblick ging Pauline draußen auf dem Gang an Colins Arbeitszimmer vorüber. Sie hörte Stimmen durch die geschlossene Tür. Sie überlegte, ob dies wohl ein günstiger Moment sei, mit Colin zu sprechen. Sie wollte ihm vorschlagen, daß sie zusammen, nur sie beide, an einen schönen und romantischen Ort verreisten. Sie blieb vor der Tür stehen und lauschte.

Judd stritt sich wieder einmal mit seinem Vater.

Manchmal wünschte sich Pauline, Judd wäre ihr Kind. Er war groß und sah gut aus. Er glich seiner Mutter mehr als seinem Vater: Er war intelligent und hatte ein umgängliches Wesen. Pauline hatte anfangs ohne großen Erfolg versucht, ihm eine Mutter zu sein. Sie und auch Colin konnten nicht vergessen, daß Judd das Kind einer anderen Frau war. Und später war sie nicht mehr zu einem ungezwungenen Verhältnis fähig gewesen. Auf die instinktive Art von Kindern hatte Judd das gespürt. Er redete sie mit »Pauline« an und stellte sie seinen Freunden als »die Frau meines Vaters« vor. Manchmal hätte Pauline gewünscht, daß er sie zumindest in Gegenwart anderer »Mutter« nannte.

Sie öffnete die Tür einen Spalt und sah, wie Colin hinter den Schreibtisch ging und sich das Glas füllte. Er sah mit achtundvierzig immer noch sehr gut aus. Colin achtete darauf, daß er körperlich in Form blieb. Die Silberfäden in den schwarzen Haaren unterstrichen nur sein gutes Aussehen. Pauline erinnerte sich an das heftige sexuelle Verlangen, das sie vor langer Zeit für ihn empfunden hatte. Damals verzehrte sie sich nach seiner Berührung. Wann war dieses Verlangen erloschen? überlegte sie. Wann war er einfach zu dem Mann geworden, mit dem sie in einem Haus zusammenlebte?

Dann dachte sie an John Prior, der sie auf so ganz andere Art in Erregung versetzt hatte. Durch Prior waren die alten Gefühle für Hugh Westbrook wieder an die Oberfläche gekommen – Zärtlichkeit, Zuneigung und auch Leidenschaft.

Pauline hörte, wie Colin zu Judd sagte: »Kein MacGregor von Kilmarnock ist je Lehrer gewesen, und wir wollen das auch nicht ändern.«

»Aber Vater ...«, antwortete Judd.

»Großer Gott, Sohn, was würde deine Mutter sagen?«

»Pauline hat nichts dagegen ...«

»Nicht sie! Deine *richtige* Mutter!«
Pauline erstarrte. Sie schloß langsam die Tür und blickte auf die Schatten in dem langen Gang.
Sie hatte sich also nicht getäuscht! In Colin gab es noch Liebe, aber nicht für sie. Ja, natürlich – sie hatte es immer gewußt. Sein Herz gehörte noch immer Christina. Pauline mußte einsehen, daß es vermutlich nie anders sein würde.
Sie suchte Antworten in den dunklen Schatten. Sie wollte ein Kind. Sie dachte an John Prior. Sie dachte an Hugh Westbrook.

3

Pauline wollte für ihren ersten Besuch auf Merinda seit neun Jahren so gut wie möglich aussehen. Deshalb zog sie sich mit größter Sorgfalt an. Sie war weder nervös noch ängstlich, sondern erstaunlich ruhig und dachte: Eine verzweifelte Frau greift zu verzweifelten Mitteln.
Seit der schicksalhaften Begegnung mit John Prior vor einem Monat mußte Pauline ständig an Hugh Westbrook denken. Sie grübelte darüber nach, was wohl gewesen wäre, wenn sie ihn nicht törichterweise einer anderen Frau überlassen hätte. Pauline versuchte sich vorzustellen, wie ihre Kinder wohl gewesen wären, wenn sie ihn geheiratet hätte. Sie dachte an das leere Kinderzimmer neben ihrem Schlafzimmer, an die monatliche Enttäuschung und an den immer verzweifelteren Wunsch, ein Kind zu bekommen, bevor sie zu alt dazu war. All das brachte sie mit Hugh in einen Zusammenhang.
Sie betrachtete sich im Spiegel. ›Noch immer schön‹, stand jetzt in den Gesellschaftsspalten über sie zu lesen. Aber Pauline wußte, es würde nicht mehr lange dauern, bis sich auch in ihren blonden Haaren weiße Strähnen zeigten. Einer Frau sind graue Haare gleichgültig, wenn sie etwas im Leben vorzuweisen hat, dachte sie.
Aber was habe ich mit meinen dreiunddreißig Jahren vorzuweisen? Einen Schrank voller Siegespreise – glänzende, aber kalte Pokale und Statuetten mit eingravierten Daten, Wettkämpfen und Ehrungen. Einen Siegespreis konnte man nicht zärtlich an sich drücken oder lieben, und er brachte ihr auch keine Liebe entgegen. Wieviel mehr hätten ihr diese

Auszeichnungen jetzt bedeutet, wenn jemand dagewesen wäre, um ihm dieses Vermächtnis zu übergeben. Hätte sie ihr Können einer Tochter beibringen können, wäre sie wirklich stolz auf ihre Leistungen im Reiten und Bogenschießen gewesen. Aber so fand Pauline ihr Leben steril und sinnlos.

Eine neue Ausgabe der *Times* lag auf ihrer Kommode. Pauline hatte den Brief gelesen, der auf der zweiten Seite abgedruckt worden war.

›Es ist Zeit, daß wir aufhören, uns als Victorianer und Queensländer zu sehen und als Leute aus Neusüdwales‹, hatte Hugh Westbrook geschrieben. ›Wir sind Australier. Wir sollten nicht England als unsere Heimat ansehen. Wir sollten nicht mehr über das Meer blicken und Schutz und Sicherheit von dort erwarten. Es ist Zeit, daß wir mündig werden und ein vereintes Volk.‹

Pauline hatte Hugh über die Vereinigung der australischen Kolonien sprechen hören. Hugh führte aus, daß in den fast einhundert Jahren, seit Weiße diesen Kontinent betreten hatten, es in Australien sechs unabhängige, selbständige Regierungen gab, die so wenig mit ihren Nachbarn zusammenarbeiteten, daß jede Kolonie ein eigenes Postsystem, eigene Briefmarken, ein eigenes Heer und eine eigene Marine mit unterschiedlichen Uniformen hatte. Jede Regierung belegte Waren aus anderen Kolonien mit hohen Steuern; die Eisenbahn hatte in den einzelnen Kolonien unterschiedliche Spurweiten. Er wies darauf hin, daß dies für alle Australier nur schädlich und ihren Interessen abträglich sei. ›Es ist einfach lächerlich‹, hatte er in der *Times* geschrieben. ›Wenn jemand von Neusüdwales nach Victoria reist, muß er die Uhr stellen, weil sich die beiden Kolonien nicht auf eine einheitliche Zeit einigen können. Die Rivalitäten unserer Kolonien stellen die Auseinandersetzungen der europäischen Nationen in den Schatten.‹

Hughs Überzeugungskraft erfüllte Pauline mit Stolz. Und sie fühlte sich noch mehr zu ihm hingezogen.

Während sie vor dem Spiegel stand, spürte sie, wie ihre Entschlossenheit wuchs. Sie zweifelte nicht mehr an der Richtigkeit ihres Besuchs auf Merinda. Sie mußte gehen. In den sieben Jahren ihrer Ehe mit Colin hatte sie kein Kind bekommen. Ein Verhältnis mit John Prior, einem Mann, der sie faszinierte, den sie aber nicht liebte, kam nicht in Frage. In Merinda lag die Lösung ihrer Probleme.

4

Er ritt in den Hof, sprang schnell vom Pferd und gab einem Stallburschen die Zügel. Die ehemalige vordere Veranda des Rindenhauses war jetzt die Küchenveranda. Das Rindenhaus diente nur noch zum Essen und Kochen, denn er hatte daneben ein zweites kleines Haus errichtet und beide durch einen überdachten Gang miteinander verbunden. Zum Schutz vor der Nachmittagssonne waren die schweren Leinwandvorhänge auf der Küchenveranda geschlossen. Hugh ging zur anderen Seite. Er lief zwischen schützenden Hecken entlang und kam in den kleinen Garten, den sie vor dem neueren Haus angelegt hatten. Es war ein Kompromiß gewesen, denn das alte Rindenhaus war für die Westbrooks zu klein geworden, bevor sie das große Haus am Fluß bauen konnten. Das Holzhaus war bescheiden, es hatte ein hohes pyramidenförmiges Dach, damit an heißen Tagen die Luft zirkulieren konnte, und eine geräumige Veranda mit bequemen Rohrsesseln und Topfpflanzen.

Hugh sah Joanna auf dem Rasen. Sie saß auf einem Hocker in der Sonne und trocknete sich mit einem Handtuch die frisch gewaschenen Haare. Die Abgeschiedenheit des kleinen Gartens hinter der Auffahrt – das Haus verwehrte den Einblick – erlaubte ihr, die oberen Knöpfe der Bluse zu öffnen und die Ärmel aufzurollen. Sie hatte sich die Haare in einer Blechwanne gewaschen und fing gerade an, die dichten braunen Locken auszubürsten. Hugh blieb stehen und betrachtete sie. Acht Ehejahre hatten Joannas geheimnisvolle Ausstrahlung nicht beeinträchtigt. Und selbst ein so prosaischer Anblick wie das Haarewaschen weckte noch immer sein Verlangen nach ihr. Als er sie zum ersten Mal bei dem wöchentlichen Ritual des Haarewaschens überraschte, hatte er sie in die Arme genommen, sie ins Haus getragen und mit ihr geschlafen, obwohl die Haare noch naß waren und am Körper klebten. Auch jetzt hätte er es am liebsten wieder getan. Aber in den acht Jahren hatten sich die Umstände geändert. Er und Joanna besaßen nicht mehr die Freiheit, ihren sinnlichen Bedürfnissen wie damals spontan zu folgen. Hugh hörte Adams und Lisas Stimmen auf der rückwärtigen Veranda, wo sie spielten. Durch das Wohnzimmerfenster sah er ein Dienstmädchen beim Staubwischen. Und er hatte auf dem Weg hierher bemerkt, daß einer seiner Leute in der Nähe arbeitete. Der Mann konnte Joanna nicht sehen, aber trotzdem, sie müßten Rücksicht nehmen.

Hugh rief Joanna und hob die Hand mit den Briefen, die er gerade aus Cameron Town geholt hatte.
Sie setzten sich auf die Veranda, die im Halbschatten lag, und Joanna bat das Dienstmädchen, ihnen den Tee zu bringen. Das war ihr tägliches Ritual. Sie unterbrachen ihre Arbeit, lasen gemeinsam die Post und informierten sich gegenseitig über die Neuigkeiten. Diese Stunde der Ruhe war ganz allein ihnen vorbehalten.
»Hier ist etwas aus Karra Karra!« sagte Joanna, nachdem sie die Bluse zugeknöpft und die Ärmel heruntergeholt hatte. Aber sie ließ die Haare offen, damit sie an der Luft völlig trockneten.
Am Abend ihres letzten Tages in Melbourne, wenige Stunden, nachdem Joanna das Faltblatt bei Adam entdeckt hatte, schrieb sie an die Mission in Karra Karra, die an der Grenze von Neusüdwales lag. Sie erklärte den Grund des Briefes und bat um Auskunft, ob in der Mission Unterlagen über jemanden mit dem Namen Makepeace vorhanden seien. Während sie jetzt die Antwort von Mr. William Robertson, dem Leiter der Mission, las, öffnete Hugh seine Post.
»Das ist eine gute Nachricht!« sagte er kurz darauf. »Der Brief kommt von McNeal. Er schreibt, er kann im übernächsten Monat zu uns kommen, denn dann schließt die Ausstellung ihre Tore. Er will nicht sofort nach Amerika zurück und ist in der Lage, sofort mit der Arbeit an unserem Haus zu beginnen. Ich antworte gleich und lade ihn und seine Frau ein, hier bei uns zu wohnen. Wir haben genug Zimmer. Ein Hotel in der Stadt wäre ein unnötiger Aufwand.« Er sah Joanna fragend an. »Na, was schreibt die Mission?«
»Der Leiter schreibt wenig«, erwiderte sie und las den Brief noch einmal. »Sehr seltsam, er erwähnt meine Großeltern nicht und beantwortet auch keine meiner Fragen. Aber er lädt uns ein, die Mission zu besuchen und steht jederzeit zu unserer Verfügung.«
»Vielleicht gibt es soviel zu berichten, daß er es vorzieht, mit dir persönlich zu sprechen.«
»Ja«, sie schob den Brief in den Umschlag zurück, »vielleicht. Hugh, meinst du, es ist wirklich das Karra Karra, das ich suche? Irgend etwas kommt mir merkwürdig vor.«
»Wir fahren sofort hin und werden die Sache klären«, erwiderte Hugh.
Jacko, der Vormann von Merinda, erschien in der großen Öffnung der

Hecke. »Es gibt Probleme, Hugh«, rief er. »Bohrloch sechs und sieben sind völlig ausgetrocknet.«
»Na dann«, sagte Hugh, stand auf und griff nach seinem Hut, »reiten wir los und sehen nach, was wir tun können.« Er küßte Joanna auf die Wange. »Ich versuche, zum Abendessen zurückzusein. Aber vielleicht muß ich über Nacht draußen bleiben.«
»Dann schicke ich Ping-Li mit dem Essen.«
Joanna sah ihm nach. Als sie den unverständlichen Brief von Karra Karra noch einmal lesen wollte, sah sie zu ihrer Überraschung, wie jemand auf das Haus zukam. Ihr Staunen wuchs, als sie Pauline MacGregor erkannte.
»Pauline«, sagte Joanna, »was für eine Überraschung. Kommen Sie herein. Leider ist mein Mann gerade gegangen.«
»Ich weiß. Ich habe gewartet, bis er weggeritten ist. Ich wollte zu Ihnen.«
»Bitte«, erwiderte Joanna verwirrt, »kommen Sie herein. Im Wohnzimmer ist es etwas kühler. Kann ich Ihnen eine Tasse Tee anbieten?«
»Nein, vielen Dank«, sagte Pauline, als sie den abgedunkelten Raum betraten, in dem es nach Herbstblumen und Zitronenpolitur roch. Pauline erinnerte sich an ihren letzten Besuch auf Merinda. Damals lebte Hugh in einer schäbigen und primitiven Hütte, die fast unbewohnt wirkte. Jetzt hatte er ein richtiges Haus. Es war nichts Besonderes, aber gepflegt, und Büsche, Blumen und Kletterpflanzen machten es sehr freundlich. Das nicht gerade elegante Wohnzimmer war vorbildlich sauber. Sie sah neue Möbel, einen hübschen türkischen Teppich, gemütliche Tischlampen, schön gerahmte Bilder und Spitzenvorhänge. Und wieder einmal mußte sie denken: Was wäre, wenn ich ...
»Was kann ich für Sie tun?« fragte Joanna, und Pauline sah sie an. Sie hatten sich lange Zeit nicht mehr gesehen, und Pauline fand, daß Joanna unglaublich jung wirkte. Ihr fiel ein, daß sie noch nicht dreißig war. Mit den offenen Haaren sah sie beinahe mädchenhaft aus.
»Ich komme aus einem sehr persönlichen Grund, und ich weiß nicht recht, wo ich anfangen soll.«
Joanna setzte sich und wartete.
»Ich habe gehört«, sagte Pauline und registrierte, wie sie die behandschuhten Hände im Schoß faltete, »daß Sie verschwiegen sind ...«

»Ich gebe Ihnen mein Wort, daß alles, was Sie sagen werden, in diesen vier Wänden bleibt.«

»Also gut, dann will ich gleich zur Sache kommen. Sie wissen bestimmt, daß ich seit sieben Jahren verheiratet bin und bis jetzt keine Kinder habe. Ich habe erfahren, daß Sie Verity McManus helfen konnten, schwanger zu werden, obwohl die Ärzte und Poll Gramercy der Frau erklärt hatten, sie werde keine Kinder bekommen. Können Sie auch mir helfen?«

»Möglicherweise«, erwiderte Joanna, »aber zunächst müssen wir versuchen, den Grund für Ihre Kinderlosigkeit zu finden. Nicht selten ist das ganz leicht zu beheben.«

»Ehe Sie weitersprechen, muß ich Ihnen etwas sagen«, unterbrach sie Pauline. Sie blickte sich in dem Wohnzimmer um, das ihr Wohnzimmer hätte sein können, betrachtete die Bilder des Jungen und des Mädchens, die hübschen kleinen Blumenvasen auf den Spitzendeckchen und die Bibel auf dem Lesepult. Vom Rindenhaus nebenan hörte man geschäftige Geräusche in der Küche und Kinderstimmen auf der Veranda. Im Vergleich dazu schien Kilmarnock ein Museum zu sein, kein Zuhause, nicht einmal ein Haus, sondern eine Sammlung von Andenken und Reichtümern.

»Ich habe Sie in all den Jahren abgelehnt«, Pauline sah Joanna an, »denn ich dachte, Sie hätten mir Hugh weggenommen. Jetzt erkenne ich, daß er mir im Grunde nie gehört hat. Besonders in dem Jahr nach der Typhusepidemie ... habe ich Ihnen sehr gegrollt. Deshalb habe ich etwas getan, worüber ich mich jetzt schäme.«

Joanna konnte Pauline nicht ganz folgen. Seit so langer Zeit bestand eine scheinbar unüberwindliche Kluft zwischen ihnen und plötzlich diese Vertrautheit! Sie spürte, Pauline kündigte ihr ein Geständnis an, aber das alles verwirrte sie so sehr, daß sie nur betroffen schwieg.

»Ich spreche von den fünftausend Morgen Land, die meinem Bruder gehörten«, fuhr Pauline fort, »an der Nordgrenze von Merinda. Ich wußte, Colin wollte das Land haben, weil er über Christinas Tod nicht hinwegkam und sich an Hugh rächen wollte. Ich habe Colin das Land angeboten, weil ich wollte, daß er mich heiratet. Ich wußte nicht, was er damit vorhatte. Ich bedaure sehr, daß Sie und Hugh bei dem Unwetter einen so großen Schaden erlitten haben.«

Joanna sah sie erstaunt an. »Das verstehe ich nicht«, sagte sie leise. »Ich

habe gerüchteweise von dieser Rache gehört, aber ich weiß nicht, worum es dabei geht.«
Pauline erzählte Joanna in ihrer direkten Art von der Nacht, in der Christina gestorben war, und daß Hugh erklärt hatte, Joanna werde nach Kilmarnock kommen, wenn sie etwas geschlafen habe. »Ich habe Colin belogen. Ich wußte damals, daß ich Hugh an Sie verloren hatte, und ich habe Sie beide gehaßt. Deshalb sagte ich Colin, Sie hätten es abgelehnt zu kommen und seiner Frau zu helfen.«
»Und als sie starb, machte er Hugh und mich für ihren Tod verantwortlich...«, flüsterte Joanna.
»Ja.«
»Ich verstehe.« Joanna stand auf und ging zum Kamin. Sie strich mit dem Finger über den Sims und nahm sich vor, Peony zu sagen, daß sie wieder einmal vergessen hatte, auch hier Staub zu wischen. »Ich weiß Ihre Ehrlichkeit zu schätzen, Pauline«, sagte sie nach einem kurzen Schweigen. »Es war eine entsetzliche Tragödie. Wir haben bei diesem Unwetter zwei Männer verloren, und beinahe wäre auch Hugh ums Leben gekommen. Für Merinda war es ein schwerer Schlag. Aber wir haben das Unglück überwunden, und Menschen sind manchmal gegen ihre Gefühle machtlos. Ich glaube, wir sollten das alles hinter uns lassen.« Obwohl, dachte sie unglücklich, Draht-Larry und der junge Tom durch Colins Rache nicht mehr am Leben sind.
»Ich werde Ihnen einige sehr persönliche Fragen stellen müssen«, fuhr Joanna fort und kehrte zu ihrem Sessel zurück. Sie würde später über Paulines Geständnis in Ruhe nachdenken – später, wenn sie wieder allein war. Dann würde sie auch entscheiden müssen, wann und wie sie Hugh darüber berichtete, oder ob sie besser schwieg.
»Sie können mich alles fragen, was Sie wollen.«
»Lieben Sie und Ihr Mann sich oft?«
Lieben, dachte Pauline, wir schlafen miteinander, wir haben Sex. Liebe ist dabei nicht im Spiel. »Wir schlafen einmal in der Woche zusammen«, antwortete sie.
»Für eine Empfängnis ist manchmal die Position wichtig. Liegen Sie dabei auf dem Rücken?«
Pauline stieg die Röte in die Wangen. Nicht einmal die Ärzte hatten so intime Einzelheiten wissen wollen. »Ja«, sagte sie.
Joanna stellte noch weitere Fragen: Stand Pauline anschließend sofort

auf? Wusch sie sich hinterher? Hatte sie die Gewohnheit, regelmäßig hygienische Spülungen durchzuführen? Dann erklärte sie Pauline, wie wenig man im Grunde über den weiblichen Körper und den geheimnisvollen Vorgang der Fortpflanzung wußte.

Joanna hatte in Melbourne ein Buch mit dem Titel: *Moderne Gynäkologie* gekauft. Ein bekannter amerikanischer Arzt hatte es bereits 1876 geschrieben, und er wies auf die Entdeckung des menschlichen Ovums im achtzehnten Jahrhundert hin. Der Autor erklärte, die Eizelle unterliege möglicherweise einem periodischen Zyklus, und dieser Zyklus stehe vermutlich in Zusammenhang mit dem Menstruationszyklus. Der Arzt ging sogar noch einen Schritt weiter mit der radikalen Auffassung, die Menstruation werde nicht vom Mond ausgelöst, wie allgemein geglaubt wurde, sondern von physiologischen Faktoren im Körper.

Die Ärzteschaft lehnte diese Theorie zwar rundweg ab, aber Joanna meinte, der Mann habe möglicherweise recht. Hatten Frauen wirklich einen regelmäßigen Zyklus, den man irgendwie vorausbestimmen konnte? Sie hatte erfahren, daß die Schafzüchter seit Jahrhunderten wußten, daß Schafe nicht das ganze Jahr über fruchtbar sind, sondern nur zu gewissen Zeiten. Diese Zeiten kannte man und brachte sie dann mit den Widdern zusammen. Joanna wollte nicht ausschließen, daß auch Frauen nur an bestimmten Tagen ihres Zyklus schwanger werden konnten. War es möglich, diese Tage zu bestimmen und im Kalender zu vermerken?

»Ich bitte Sie, Pauline, sich für drei oder vier vollständige Zyklen Aufzeichnungen zu machen«, sagte Joanna. »Schreiben Sie jeden Tag, wenn möglich sogar jede Stunde auf, wie Sie sich fühlen. Ich werde Ihnen ein Fieberthermometer geben. Messen Sie die Temperatur täglich und notieren Sie die Werte. Vermerken Sie alle körperlichen und sonstigen Veränderungen und seien sie noch so unbedeutend. Beschreiben Sie auch Ihre Gefühle, Ihre Wünsche, notieren Sie Kopfschmerzen oder andere Probleme. Vielleicht entdecken wir ein Muster und können dann entscheiden, wann bei Ihnen der günstigste Augenblick für eine Schwangerschaft ist.«

»Ich tue alles, was Sie vorschlagen.«

»Ich kann nicht für den Erfolg garantieren, aber ich habe von Experimenten mit dieser Zyklen-Theorie gelesen, die man ›Ovulation‹ nennt. Offenbar hat man vielversprechende Ergebnisse damit erzielt.«

Sie erhoben sich beide. Ein Sonnenstrahl fiel ins Zimmer, in dem die Staubpartikel tanzten.

»Außerdem«, sagte Joanna, »denken Sie auch daran, ein Kissen unter die Hüften zu legen. Und bleiben Sie anschließend eine Weile auf dem Rükken liegen.«

Als Pauline Merinda verließ, dachte sie an Joannas Vorschläge: Temperatur messen und ein Tagebuch führen. Aber was war mit der Liebe?

Kapitel Zwanzig

1

Sarah stand vor dem Spiegel und betrachtete sich. Sie war nackt, denn sie hatte sich gerade gewaschen.

Philip McNeal und seine Frau würden jeden Augenblick auf Merinda eintreffen. Hugh war zum Bahnhof gefahren, um sie abzuholen. Im Haus ging es mit den letzten Vorbereitungen noch sehr geschäftig zu. Sarah hörte die Stimmen im Eingang. Lisa schärfte Knopf ein, sich gut zu benehmen. Adam wollte von Joanna wissen, ob Mr. McNeal ihnen Geschichten von Amerika erzählen werde, und Joanna versicherte der Köchin, Mrs. Jackson, ihr Pfirsichbaiser werde bei den Gästen bestimmt großen Erfolg haben. Seit Tagen waren die Vorbereitungen im Gang, genauer gesagt, seit dem Augenblick, als Hugh die McNeals eingeladen hatte, auf Merinda zu wohnen. Joanna war entschlossen gewesen, das Haus einem gründlichen Hausputz zu unterziehen. Sie stellte noch zwei zusätzliche Dienstmädchen ein, und sie hatten die einfachen Räume geputzt und poliert, als wollten sie einen Palast daraus machen. Die Vorhänge wurden gewaschen und die Teppiche geklopft; die Böden wurden geschrubbt und gewachst. Die Bettwäsche wurde gewaschen und gebügelt, und alles, was nicht beweglich war, wurde abgestaubt, repariert, poliert und mit kritischen Blicken überprüft. Das ganze Haus roch nach Zitronenöl und den appetitlichen Gerüchen der Dinge, die Mrs. Jackson seit Tagen gebacken hatte.

Die McNeals sollten so lange auf Merinda leben, bis das neue Haus fertig war. Philip würde mit seiner Frau in Sarahs Zimmer und Bett schlafen. Sarah zog zu Lisa in das Zimmer nebenan.

Sarah hörte, wie alle zur Veranda gingen, wo man die Gäste willkommen heißen wollte. Sie würde zu spät kommen, denn sie hatte sich beim Waschen Zeit gelassen. Jetzt stand sie vor dem Spiegel und betrachtete mit kritischem Blick ihre großen Brüste und die breiten Hüften. Sie empfand die körperliche Fülle, das Erbe ihres Volkes, als einen Fluch. Sie hätte Joannas kleinere Brüste und ihre schmale Hüfte vorgezogen.

Sie dachte an Philip. Es überraschte sie, daß er geheiratet hatte. Er schien ein so ruheloser Geist zu sein, eine Seele, die immer auf Wanderschaft sein mußte. In gewisser Weise folgte er seinem Traumpfad. Vielleicht hatte dieser ihn zu der Frau geführt, die er geheiratet hatte. Seit der Begegnung auf der Ausstellung vermochte Sarah kaum, an etwas anderes zu denken, und das bekümmerte sie. Sie wußte, daß sie als junges Mädchen hoffnungslos in ihn verliebt gewesen war, aber als die Jahre vergingen, hatte sie eigentlich nicht mehr damit gerechnet, ihn jemals wiederzusehen. Der plötzliche Ansturm der Gefühle bei seinem Anblick in Melbourne verblüffte sie, und jetzt versuchte Sarah, ihre Gefühle zu ordnen. Bestimmt, dachte sie, werde ich mich nicht noch einmal in ihn verlieben.

Was er wohl über sie dachte? Was hatte er gedacht, als er sie nach sechseinhalb Jahren plötzlich wiedersah? Er schien überrascht gewesen zu sein.

Sarah versuchte, sich seine Frau vorzustellen. Sie konnte sich nur denken, daß Philip eine starke Frau mit einer großen Persönlichkeit geheiratet hatte. Sie dachte an Blütenstaub im Wind. Vielleicht hatte Philip sie geheiratet. Er hatte oft von ihr gesprochen.

Aber seine Frau hieß Alice. Das hatte er in seinem letzten Brief geschrieben. Alice . . ., ja das war ihr Name.

Trotz der geschlossenen Läden und der feuchten Leinwand, die draußen an den Wänden hing, um das Haus innen kühl zu halten, war es in dem Zimmer heiß. Die späte Nachmittagssonne schickte ihre grellen Strahlen durch die Schlitze in den Läden. Sarah legte die Hände auf die Brüste. Ihre Haut war feucht und glühte. Sie schloß die Augen. Philip ist verheiratet, ermahnte sie sich.

Eilige Schritte im Flur erinnerten sie an die Zeit. Und dann hörte sie Lisas Stimme durch das Haus schallen: »Sie sind da! Sie sind da!«

Sarah zog sich schnell an. Ihre Hände zitterten, als sie die weiße Bluse zuknöpfte. Der hochgeschlossene Kragen und die Manschetten waren gestärkt, die vielen Unterröcke schwer. Plötzlich lehnte sie sich gegen diese beengende Kleidung auf. Sie war in der Hitze so unpraktisch. Oft fragte sie sich, weshalb die weißen Frauen sich trotz des warmen Klimas in Australien anzogen, als lebten sie noch immer im nebligen, kalten England. Aber Sarah fügte sich den Regeln. Sie schnürte die Taille mit einem Korsett. Sie trug die Haare aufgesteckt. Sie steckte eine Kameebrosche an den hochgeschlossenen, unbequemen Kragen, und sie zwängte ihre Füße in Schnürstiefel mit hohen Absätzen.

Sie betrat die Veranda, als der Zweispänner gerade in den Hof rollte. Lisa wollte hinunterlaufen und die Gäste begrüßen, aber Joanna legte ihrer Tochter entschlossen die Hand auf die Schulter. »Benimm dich wie eine Dame.« Die allgemeine Aufregung war spürbar. Hausgäste waren keine Seltenheit auf Merinda, aber meist handelte es sich um Hughs Schafzüchterfreunde. Ein Architekt aus Amerika mit seiner Familie, das war etwas ganz anderes.

Hugh stieg auf einer Seite vom Wagen, und Philip auf der anderen. Sie halfen beide Mrs. McNeal und dem kleinen Jungen beim Aussteigen.

»Sie ist hübsch!« flüsterte Mrs. Jackson, die hinter Joanna stand. »Aber sie ist ja noch so jung. Ich würde sagen, sie ist fast ein Mädchen.«

Sarahs Augen richteten sich auf Alice McNeal. Sie sah eine zierliche Gestalt in einem braunen Samtkleid. Alice setzte behutsam den Fuß auf den Boden, reichte Philip anmutig die Hand und lächelte dankbar, als sie Hugh die andere gab. McNeal half seinem kleinen Sohn beim Aussteigen, und dabei stellte Sarah fest, daß Alice ihrem Mann kaum bis zur Schulter reichte. Im Vergleich zu den beiden Männern, die auf dem Weg zum Haus an ihrer Seite gingen, wirkte Mrs. McNeal fast wie eine Puppe. Sarah bemerkte dichte schwarze Haare unter einem kleinen hübschen Häubchen, und eine unglaublich weiße Haut. Sie hatte das herzförmige Gesicht, das zur Zeit in den Frauenzeitschriften als Ideal verherrlicht wurde.

»Mrs. Westbrook«, sagte Philip, »darf ich Sie mit meiner Frau Alice bekannt machen? Und das ist Daniel.«

Joanna ging mit ausgestreckten Händen die Stufen hinunter. »Ich freue mich sehr, Sie kennenzulernen, Mrs. McNeal. Seien Sie willkommen auf Merinda. Guten Tag, Daniel, du bist aber ein großer Junge!«

Als Alice McNeal die Stufen heraufkam, sah Sarah ein schwaches Lächeln und tiefliegende, überschattete Augen. Etwas Melancholisches ging von ihr aus, das Sarah aus der Ferne nicht wahrgenommen hatte.

»Das sind meine Kinder, Adam und Lisa«, sagte Joanna, »und das ist Sarah King. Sie lebt bei uns.«
Sarah stellte fest, daß Alice sie sehr lange ansah. Dann gingen alle ins Haus.
Kaum im Wohnzimmer angelangt, konnte Hugh seine Ungeduld nicht länger bezähmen und sagte zu Philip: »Wir könnten hinunter zum Fluß gehen und uns den Bauplatz ansehen. Ich bin so gespannt, was Sie sagen werden.«
»Aber Hugh, Liebster«, widersprach Joanna, »unsere Gäste sind gerade erst angekommen. Das hat doch Zeit, bis sie sich etwas ausgeruht haben.«
Doch Philip war bereits aufgestanden. »Keine Sorge, Mrs. Westbrook. Ich habe große Lust, mit der Arbeit anzufangen. Ich habe auch ein paar neue Ideen, die Sie sicher interessieren werden, zum Beispiel Gaslampen. Ich bin sicher«, er ging mit Hugh zur Tür, »in zehn Jahren wird jedes Haus Gaslampen haben. Wenn wir die Leitungen jetzt verlegen und einen Platz für die Gastanks vorsehen, werden sie später teure Umbauten sparen. Und dann denke ich, werden wir Wasserleitungen verlegen ...«
Die beiden Männer verließen in angeregtem Gespräch das Haus. Lisa und der Hund und auch Adam folgten ihnen. Als Joanna Mrs. McNeal anbot, sich frisch zu machen, nahm Alice dankbar an. »Daniel und ich wären froh darüber, Mrs. Westbrook. Die Reise war sehr anstrengend.«
»Ich zeige Ihnen Ihr Zimmer«, aber plötzlich erschien Hugh wieder in der Tür und fragte: »Joanna? Kommst du nicht mit?«
»Geh nur, Joanna«, sagte Sarah, »ich werde Mrs. McNeal und Daniel in ihr Zimmer führen.«
Sarah nahm einen Koffer, und Alice McNeal ergriff die Hand des dreijährigen Daniel. Als sie durch den Flur gingen, meinte Alice: »Draußen ist es so warm. Wie kommt es, daß es im Haus so angenehm kühl bleibt?«
»Wir hängen feuchte Sackleinwand draußen an die Wände. Wenn das Wasser verdunstet, kühlt es das Haus innen.«
Sarah öffnete die Tür zu ihrem Zimmer. Man hatte noch ein Bett und ein Kinderbett für Daniel hineingestellt. Sarah hatte alle ihre persönlichen Dinge ausgeräumt. »Die Kommode ist leer«, sie öffnete die Schubladen,

»und der Kleiderschrank ist sicher groß genug. Diese Tür«, erklärte sie und deutete auf die geschlossene, mit Jalousien versehene Glastür, »führt zur Veranda. Abends und in der Nacht können Sie die Tür öffnen, um kühle Luft hereinzulassen. Neben dem Waschständer befinden sich Kannen mit frischem Wasser. Zusätzliche Handtücher liegen im Schrank in der obersten Schublade. Wenn Sie noch etwas brauchen ...«

Daniel hatte die Hand seiner Mutter losgelassen und war unbemerkt aus dem Zimmer gelaufen.

»Daniel!« rief Alice und folgte ihm.

Sie und Sarah fanden ihn in Lisas Schlafzimmer. Er griff nach der ausgestopften Fellpuppe, die auf dem Bett lag.

»Nein, nein Daniel!« sagte Alice, »das gehört dir nicht.«

Aber Sarah beschwichtigte: »Ich glaube, er darf sie ruhig haben.«

Glücklich drückte der kleine Junge die seltsame Puppe an sich, und Alice fuhr fort: »So eine Puppe habe ich noch nie gesehen. Sie sieht wie ein Fellkissen aus. Woher kommt sie?«

»Das wissen wir nicht. Sie hat einmal Joannas Mutter gehört.« Sarah beugte sich zu Daniel hinunter. »Die Puppe heißt Rupert. Und sie ist sehr, sehr alt. Du mußt gut auf sie aufpassen, ja?«

Alice sah sich im Zimmer um und bemerkte, wie vollgestellt es war. Das zweite Bett gehörte eindeutig nicht hierher. »Sie haben uns Ihr Zimmer gegeben, Miss King?« sagte sie. »Es tut mir leid, daß wir Sie vertreiben. Ich habe Philip vorgeschlagen, Daniel und ich könnten gut in ein Hotel gehen, aber er wollte unbedingt Mr. Westbrooks Einladung annehmen und hier wohnen.«

»Machen Sie sich keine Gedanken«, antwortete Sarah, »ich schlafe solange bei Lisa. Das macht mir nichts aus. Und bitte nennen Sie mich Sarah.«

Alice sah sie unsicher an, und Sarah fand, daß sie sogar neben den Bettpfosten klein wirkte. Sarah schätzte Alice auf etwa fünfundzwanzig und sie hatte überraschenderweise eine englische Aussprache. »Ich bin etwas durcheinander«, erklärte Alice und lächelte entschuldigend, »Philip und ich sind seit unserer Hochzeit auf Reisen. Wir haben England verlassen, um in Amerika zu leben. Dann, als wir Amerika verließen, um an der Ausstellung teilzunehmen, hatte ich den Eindruck, wir würden nicht lange in Australien bleiben. Mir fehlt meine Familie. Sie sind alle in England, und ich habe sie schon so lange nicht mehr gesehen.«

Sie blickte zu dem kleinen Jungen, der Rupert neugierig untersuchte und in den Händen drehte, um herauszufinden, wo oben und unten war. Sein Gesicht war verschwitzt und die schwarzen Locken klebten ihm an der Stirn. »Daniel hat noch nie ein richtiges Zuhause gehabt«, meinte Alice leise. »Philip und ich haben immer nur in Hotels gelebt, weil seine Arbeit verlangt, daß wir ständig unterwegs sind. Und dann die lange Schifffahrt nach Australien und die fünf Monate der Ausstellung, und jetzt ...«

Sie sah Sarah an und lächelte wieder entschuldigend. »Nun ja, ich denke, wir werden das Beste daraus machen. Vielen Dank, daß Sie uns Ihr Zimmer überlassen. Das ist wirklich sehr freundlich von Ihnen. Ein Haus ist so angenehm nach den vielen Hotels. Daniel wird hier bestimmt sehr glücklich sein.«

»Er kann mit Lisa spielen und natürlich auch mit den Tieren«, Sarah spürte eine beinahe greifbare Traurigkeit in Alice McNeal.

Alice musterte Sarah still. »Philip hat mir von Ihnen erzählt. Sie sind wirklich so nett, wie er Sie beschrieben hat.«

Sarah ging mit den beiden wieder zu ihrem Zimmer, ließ sie aber an der Tür allein. Sie versuchte, ihre Verwirrung zu verstehen – zuerst die plötzlichen, unerwarteten Gefühle für Philip, dann die Begegnung mit seiner Frau, das Mitgefühl für sie, ein Verständnis von Frau zu Frau, und das Mitleid mit dem kleinen Jungen, der nie ein Zuhause gehabt hatte.

2

Sarah zählte sorgfältig die Löffel mit Fenchelblättern, die sie in den Topf mit kochendem Wasser streute, und versuchte, nicht an Philip zu denken. Sie stand im Gewächshaus und machte Kräutersirup. Es war spät am Abend. Joanna und Alice saßen mit Lisa und Daniel im Wohnzimmer. Hugh und Philip waren noch einmal zum Fluß gegangen, um sich die Fundamente bei Mondlicht anzusehen. Sarah hörte in der Ferne das einsame Heulen eines Dingo.

Die Nacht schien sie wie warmer Samt einzuhüllen. Der Mond stand groß und gelb am Himmel und strahlte wie eine zweite Sonne. Sarahs Haut war feucht. Die Unterröcke klebten ihr an den Beinen. Sie beobachtete die Fenchelblätter im Topf und achtete darauf, daß das Wasser nicht zu sehr kochte. Sie mußte daran denken, wie sie beim Abendessen Philip beobachtet hatte. Das Kerzenlicht verlieh seinem Gesicht einen ganz besonderen Schimmer. Die winzigen Schweißperlen auf seiner Oberlippe faszinierten sie, und sie konnte den Blick nicht von seinen Lippen wenden, wenn er sprach.

Während der Unterhaltung bei Tisch glaubte sie zu bemerken, daß auch Philip sie öfter ansah. Hatte sie sich getäuscht oder versuchte er, sich über den Tisch hinweg stumm mit ihr zu verständigen? Sie warf sich eine übertriebene Phantasie vor und redete sich ein, es sei nur ihre Wunschvorstellung gewesen, daß Philip sie öfter ansah als die anderen. Es war bestimmt reine Einbildung gewesen, daß er nur Augen für sie gehabt hatte, wenn er über Amerika sprach, über die Ausstellung oder über Pläne für das neue Haus der Westbrooks. Vermutlich hatte sie ihn angestarrt! Sie hatte kaum einen Blick für die anderen gehabt, konnte sich nicht einmal daran erinnern, was für Kleider Joanna und Alice zum Abendessen trugen. Sie hatte kaum einen Bissen essen können, sondern alles auf dem Teller hin und her geschoben, hatte kaum zugehört, als Alice McNeal mit leiser Stimme von der Schiffahrt von San Francisco nach Melbourne erzählte, sondern nur verlegen in das Weinglas gestarrt. An ihre Ohren drang nur Philips angenehmes Lachen, und wie er seine Frau mit »Liebste« anredete. Als sich nach dem Essen alle ins Wohnzimmer begaben, hatte sich Sarah entschuldigt und erklärt, sie müsse sich um den Fenchel kümmern, da er sonst seine heilende Wirkung verlieren würde.

Während sie jetzt durch die Glasscheiben auf das mondhelle Land blickte, wurde ihr bewußt, daß Philips Anwesenheit in diesem Haus für sie sehr beunruhigend war.

Sie hörte ein Geräusch, drehte sich um und sah ihn auf dem Rasen näherkommen.

»Hallo!« rief er und trat durch die offene Tür. »Ich suche Joanna. Alice ist schlafen gegangen, und Hugh meinte, Joanna sei vermutlich hier. Er meint, sie könnte mir vielleicht bei einem Problem helfen, das ich mir angelacht habe.«

»Ich glaube, Joanna liest Lisa eine Geschichte vor dem Einschlafen vor. Kann ich Ihnen vielleicht helfen?«

Er lächelte verlegen. »Es ist nichts weiter«, erklärte er und rollte einen Hemdsärmel hoch. »Unten am Fluß hat mich etwas sehr ungnädig begrüßt.«
Er hielt den Arm in den Schein der Lampe, und sie sah an seinem Unterarm eine Art Ausschlag. »Sie müssen auf etwas reagieren«, sagte sie. »Als Sie das erste Mal hier waren, ist mir das nicht aufgefallen.«
»Da hatte ich es auch nicht. Aber ich glaube, ich kenne die Ursache. Ich hatte diesen Ausschlag schon einmal zu Hause. Hat Joanna vielleicht im Garten inzwischen eine Pappel gepflanzt? Ich reagiere so auf Pappeln.«
»Wir haben vor ein paar Jahren mehrere Bäume aus Amerika importiert, darunter auch eine Pappel. Wahrscheinlich kann ich Ihnen helfen.«
»Ich habe es an beiden Armen«, Philip rollte auch den anderen Ärmel hoch. Er setzte sich auf einen Schemel. »Es brennt wie Feuer.« Er sah sich im Gewächshaus um, in dem bei Tag die Sonne durch die offenen Fenster schien. Topfpflanzen standen überall oder hingen vom Dach. In Pflanzkästen wurden Ableger gezogen, und Kräuter und Blätter waren zum Trocknen ausgebreitet. Auf dem Arbeitstisch standen Flaschen, Reagenzgläser und Krüge. Es roch stark nach Fenchel und Honig.
Aber seine Aufmerksamkeit galt Sarah. Als sie auf der Ausstellung plötzlich vor ihm stand, hatte sie einen Sturm der Gefühle bei ihm ausgelöst. Und seitdem mußte er ständig an sie denken.
»So«, sie kam zu ihm zurück, »das müßte das Brennen lindern.« Sie nahm den Deckel von einer Dose, holte mit den Fingern vorsichtig eine Art Salbe heraus und verteilte sie auf seinen Armen.
»Was ist das?« Philip beobachtete, wie ihre Finger langsam über seinen Arm glitten, wobei sich ihre Haut dunkel von dem weißen Hemd abhob. Er spürte ihre Nähe und roch schwach einen angenehmen Duft.
»Das ist Ringelblumensalbe«, erwiderte Sarah. »Sie wird den Ausschlag nicht heilen, aber die Reizung lindern. Wenn Sie ihn loswerden wollen, dürfen Sie nicht in die Nähe von Pappeln gehen.«
Er schwieg einen Moment, dann sagte er: »Es ist wirklich eine heiße Nacht.«
»Ja, in diesem Herbst herrscht leider Dürre.«
»In Amerika ist im Mai Frühling und nicht Herbst. Schon beim letzten Mal konnte ich mich hier nicht an die Umkehrung der Jahreszeiten gewöhnen. Mir ist außerdem noch etwas aufgefallen. Sarah, wußten Sie,

daß das Wasser hier in der entgegengesetzten Richtung in den Abfluß fließt wie auf der nördlichen Erdhalbkugel?«

Sie lächelte. »So, das müßte Ihnen eine Weile Linderung verschaffen. Behalten Sie die Dose und cremen Sie sich damit ein, wenn der Ausschlag wieder auftritt oder die Reizung zunimmt.«

Philip rollte die Ärmel herunter. Sarah ging zum Arbeitstisch zurück und überprüfte die Hitze im Topf mit dem Fenchel. Sie konnte jetzt Honig hinzufügen und den Sirup abkühlen lassen.

»Es ist schön, Sie wiederzusehen, Sarah«, sagte er. »Offengestanden hatte ich nicht damit gerechnet, Sie hier auf Merinda wieder anzutreffen. Ich dachte, Sie wären inzwischen verheiratet und weggezogen.«

»Nein«, erwiderte sie ruhig, »ich bin nicht verheiratet.«

Er wollte sich nach dem Grund erkundigen, aber dann dachte er, die Frage sei unhöflich. Sarah war ein Mischling, wie man in Amerika sagen würde, und das war kein besonders freundliches Wort. Philip vermutete, daß in Australien dieselben Vorurteile herrschten wie in seiner Heimat.

»Haben Sie immer noch das besondere Wissen, Sarah?«

Sie sah ihn an. »Wie meinen Sie das?«

»Ich erinnere mich, daß Sie Vorahnungen hatten, das zweite Gesicht. Erinnern Sie sich noch an das Unwetter, bei dem Hugh so viele Schafe verlor? Sie wußten damals, daß etwas Unheilvolles geschehen würde. Wissen Sie solche Dinge immer noch?«

»Manchmal, aber nicht oft.« Sarah lächelte.

Sie konzentrierte sich wieder auf den Fenchelsirup. Sie nahm Tonkrüge von einem Regal über dem Arbeitstisch, stellte sie nebeneinander und goß in jeden Krug etwas von dem Sirup.

»Wozu werden Sie das benutzen?« fragte Philip.

»Es beruhigt den Magen und dient auch als harntreibendes Mittel.«

Sie schwiegen wieder. Philip betrachtete die Dose in seiner Hand. Sie war aus schwerem undurchsichtigem dunkelrotem Glas und fühlte sich glatt an. Ein großer runder Kork verschloß sie. Auf dem Etikett stand: »Ringelblumensalbe, Februar 1880.«

»Alice ist sehr nett«, sagte Sarah, nachdem sie den Sirup gleichmäßig in die Krüge verteilt hatte. »Wie haben Sie Ihre Frau kennengelernt?«

»Ich bin durch England gereist, und wir sind uns bei einem gemeinsamen Freund begegnet.«

»Sie reisen viel.«
»Ja, das stimmt. Ich bin offenbar ein ruheloser Geist.«
Sie sah ihn wieder an und ließ die Hände sinken. Ich erinnere mich, daß Sie damals sagten, Sie suchen Antworten. Suchen Sie die Antworten noch immer?«
»Ich weiß nicht, ob es überhaupt Antworten gibt, Sarah. Ich arbeite. Im Grunde tue ich das – ich arbeite.«
»Sie bauen für andere Häuser und haben selbst kein Haus.«
Er konnte den Blick nicht von ihr wenden. Er sah die hohen Wangenknochen, den vollen Mund und vereinzelte Haarlocken, die sich aus der Hochfrisur gelöst hatten und auf der samtigen Haut ihres Nackens lagen. Die natürliche Ausstrahlung von Sexualität verschlug ihm die Sprache. Die betörende Sinnlichkeit schien kaum gemildert durch die fein gearbeiteten Perlenohrringe, die sittsame Kamee-Brosche am Hals und die Schildpattkämme, die die dichten braunen Haare hielten.
»Wissen Sie, Philip«, Sarah verschloß die Krüge mit Korken, »wenn Sie ein australischer Eingeborener wären, würde ich sagen, Sie sind viel auf der Wanderschaft. Ich würde sagen, Sie folgen Ihrem Traumpfad.«
»Folge ich ihm«, sagte er, »oder suche ich ihn vielleicht nur? Kann ein Traumpfad um die ganze Erde führen, Sarah?«
»Ja. Aber irgendwann und irgendwo muß er enden. So wie am Anfang ein Träumen steht und am Ende.«
»Ich weiß, man nennt es Geburt und Tod. Vielleicht ist mein Leben mein Traumpfad, und ich weiß nicht, wohin er mich führt.«
Sie lächelte. »Sie haben sich die Haare abschneiden lassen.«
Er strich sich über den Hinterkopf. »Schon vor ein paar Jahren. Alice mochte die langen Haare nicht. Für mich war es eine Erinnerung an meine Zeit bei den Navajos. Manchmal glaube ich, es war die glücklichste Zeit meines Lebens. Das«, sagte er, »und die sechs Monate hier.«
Ein großer Nachtfalter flog plötzlich von außen gegen die Glasscheibe über dem Arbeitstisch. Er flatterte verzweifelt gegen das Glas und schlug heftig mit den Flügeln, um in den Raum zu gelangen, wo das Licht brannte. Sarah beobachtete den Falter und war sich plötzlich überdeutlich bewußt, daß Philip ganz nahe bei ihr saß und sie betrachtete. Etwas ereignete sich zwischen ihnen, und sie wußte, er spürte das auch. Und sie wußte, daß sie sich beide davor fürchteten.

»Erzählen Sie mir von dem Buch, das Sie schreiben«, sagte Sarah.
»Ich möchte australische Landhäuser zeichnen und so bald wie möglich damit anfangen. Ich will durch den Distrikt fahren und mir die typischsten Beispiele australischer Architektur aussuchen. Vielleicht können Sie mich dabei begleiten.«
»Joanna und ich fahren morgen nach Neusüdwales. Wir sind in ein Missionsdorf eingeladen worden.«
»Wann kommen Sie zurück?«
»Ich weiß nicht genau, wann«, sie bemerkte, daß der Nachtfalter davongeflogen war.

3

Joanna warf sich im Schlaf unruhig hin und her.
»Wo sind wir, Mutter? Was machen wir hier?«
Lady Emilys Stimme kam von weit, weit her: »Psst, mein Kleines. Wir verstecken uns.«
»Wovor verstecken wir uns, Mutter?«
»Vor den Hunden ...«
Joanna setzte sich kerzengerade im Bett auf. »Nein!« schrie sie.
Hugh erwachte. »Joanna«, er richtete sich auf, »was ist los? Wieder ein Alptraum?«
Joanna zitterte so heftig, daß sie kaum sprechen konnte. »Es war schrecklich«, flüsterte sie, »es war alles so ... so wirklich.«
»Trink doch ein Glas Milch. Und dann laß uns darüber sprechen.«
Sie legte ihm eine Hand auf die Wange und fühlte seine Bartstoppeln. Hugh war sehr spät ins Bett gekommen. Er mußte früh aufstehen und zu den weit entfernten Herden reiten, um dafür zu sorgen, daß sie Wasser bekamen. »Mach dir keine Sorgen«, sagte sie, »es geht schon wieder. Ich werde aufstehen und eine Weile lesen.«
Sie zog ihren Morgenmantel an, verließ leise das Schlafzimmer und schloß die Tür hinter sich. Sie ging ins Wohnzimmer, zündete die Lampe an, setzte sich in einen Sessel und legte den Kopf an das Rückenpolster. Sie schloß die Augen und versuchte, mit Willenskraft die Kopfschmerzen zu vertreiben. Sie wußte, dagegen half keine Medizin. Es gab keinen körperlichen Grund für den Kopfschmerz. Sie konnte nur mit Konzen-

tration das dumpfe Pochen zurückdämmen, das sich jedesmal mit einem Alptraum einstellte.
Wenn ich diese Träume doch nur vertreiben könnte, dachte sie gequält.
Sie hatte das Tagebuch ihrer Mutter mit ins Wohnzimmer genommen, schlug es auf und blätterte darin. Wie oft schon hatte sie diese Seiten gelesen, aber sie begann von neuem, weil sie hoffte, vielleicht eine Anspielung, einen Schlüssel zu finden, der ihr bisher entgangen war.
Die Uhr über dem Kamin tickte leise. Draußen vor dem Haus raschelte etwas unter den Büschen. Ein Nachtvogel setzte sich kurz auf das Fensterbrett und flog dann mit leise schlagenden Flügeln wieder davon.
Joanna blätterte langsam in dem Tagebuch, bis die Aufzeichnungen ihrer Mutter endeten und ihre Eintragungen begannen – ihre ersten Tage auf Merinda, ihre Sorgen um das Wohl von Adam, die ersten Anzeichen ihrer Liebe für Hugh. Dann kam der Tag, als Sarah mit ihr zum Fluß gegangen war und ihr vom Känguruh-Träumen erzählt hatte. »Sarah sagt, ich folge einem Traumpfad«, hatte Joanna vor beinahe neun Jahren geschrieben, »und ich schaffe dabei meine Wirklichkeit, ich singe sie. Was hat sie damit gemeint: Ich singe die Wirklichkeit? Ich bin mir dessen nicht bewußt.«
Joanna blickte auf die Seite und plötzlich erinnerte sie sich an etwas, daß Sarah ebenfalls vor langer Zeit gesagt hatte. »Auch das Tagebuch ist eine Art Traumpfad«, hatte Sarah ihr erklärt.
Wenn dieses Buch mein Pfad ist, dachte Joanna, dann ist vielleicht das Schreiben, das Führen des Tagebuches, dasselbe wie die Wirklichkeit schaffen, sie singen. Hatte Sarah das damit sagen wollen? Und wenn das mein Traumpfad ist, dann ist es auch der meiner Mutter, denn es war zuerst ihr Tagebuch... Und ich führe es weiter, so wie ich die Alpträume habe, unter denen sie litt. Ich erlebe dieselbe Angst und das Gefühl der Bedrohung wie sie am Ende ihres Lebens.
Traumpfade, dachte Joanna gequält, Regenbogenschlangen und wilde Hunde. Was hatte das alles zu bedeuten? Sie wollte nichts mehr davon wissen und doch war sie davon wie besessen. Warum vermochte sie das Geheimnis nicht zu lösen? Es mußte möglich sein, einen Traumpfad zu ändern, seine Richtung zu ändern. Joanna wollte nicht zulassen, daß das Schicksal ihrer Mutter auch ihr Schicksal wurde – und das von Lisa.
Joanna klappte das Tagebuch zu und ging zu dem kleinen Schreibtisch, in

dem sie ihre Korrespondenz aufbewahrte. Sie zündete die Petroleumlampe an, nahm ein Blatt Papier und begann zu schreiben: ›Liebe Tante Millicent, ich weiß, ich habe Sie in der Vergangenheit bereits darum gebeten, mir über bestimmte Lücken im Leben meiner Mutter Auskunft zu geben. Aus Achtung vor den Schmerzen der Trauer, die solche Erinnerungen wieder auffrischen, wie Sie sagten – die Trauer um den Verlust Ihrer Schwester –, habe ich nicht auf den Informationen bestanden. Aber das muß ich jetzt. Ich leide unter einer bestimmten seelischen Krankheit, die auch meine Mutter vor ihrem Tod hatte. Sie äußert sich in Alpträumen, Kopfschmerzen und in einem wachsenden Gefühl der Bedrohung und Angst. Es ist sehr wichtig, daß ich den Grund dafür erkenne. Und ich glaube, er hat irgendwie mit der Kindheit meiner Mutter zu tun, über die nur Sie mir Einzelheiten berichten können. Tante Millicent, ich bitte Sie inständigst, sagen Sie mir, was Sie über die Umstände wissen, unter denen meine Mutter Australien verlassen hat. Es geht um meine Gesundheit und um das Wohlergehen meiner Tochter. *Gibt es etwas, das ich wissen sollte?*‹

4

Der Postkutscher ließ nicht mit sich reden. »Ich bedaure, Missus«, sagte er, »in meiner Kutsche fahren keine Schwarzen. Ich muß an die anderen Fahrgäste denken. Sie haben bezahlt. Sie haben Rechte.«

Joanna konnte es nicht glauben. Bis hierher waren sie nach einer so langen Reise gekommen, Karra Karra konnte nicht mehr weit sein und jetzt lehnte es der Kutscher der Überlandkutsche ab, Sarah mitzunehmen, weil sie eine Ureinwohnerin war.

»Das kann doch nicht Ihr Ernst sein«, erwiderte sie. »Sie wollen uns doch wohl nicht einfach hier zurücklassen?«

Der Mann senkte die Stimme. »Verstehen Sie, Missus, es liegt nicht an mir. Ich habe nichts gegen Nigger. Wenn ich zu entscheiden hätte, dürfte sie einsteigen. Aber die anderen Fahrgäste . . .«

Joanna blickte zu den anderen fünf Personen, die mit ihr und Sarah den Zug verlassen hatten – es waren drei Männer und zwei Frauen. Sie saßen bereits in der Kutsche und blickten betont in eine andere Richtung.

»Was sollen wir denn machen?« fragte Joanna den Kutscher. Der Bahn-

hof bestand aus einer kleinen Hütte im Busch. Ein paar Meter neben den Geleisen begann dichter Wald. Es war der letzte Halt für alle, die nicht nach Sydney weiterfuhren. Wer zu anderen Städten und Siedlungen wollte, verließ hier den Zug und fuhr mit der Überlandkutsche weiter.
»Ich bedaure, Missus, aber ich muß mich an die Vorschriften meiner Gesellschaft halten: Keine Aborigines.« Er hob bedauernd die Schultern und stieg auf den Kutschbock.
»Bitte, Joanna«, sagte Sarah, »fahr du mit der Kutsche. Ich kann hier warten.«
»Aber vielleicht werde ich in der Mission übernachten, Sarah. Wo wirst du schlafen? In dieser Hütte?« Joanna drehte sich zu dem Kutscher um. »Können Sie mir wenigstens sagen, wie weit es bis zum Missionsdorf Karra Karra ist?«
»Zehn Meilen. Aber die Straße steigt auf der ganzen Strecke. Außerdem sieht es nach Regen aus. Sie sollten besser auf die Schwarze hören und mit mir fahren.«
»Ich habe nicht die Absicht, das zu tun. Außerdem können Sie sicher sein, daß ich mich bei Ihrer Gesellschaft beschweren werde.«
»Wie Sie wünschen«, erwiderte er und nahm die Zügel auf.
Als die Kutsche sich langsam in Bewegung setzte und zwischen den hohen Kiefern verschwand, spürte Joanna die ersten Regentropfen. Im Westen mochte zwar eine schreckliche Trockenheit herrschen, aber hier in den grünen Bergen an der Grenze von Neusüdwales fiel leichter Regen. »Also, Sarah«, sie griff nach ihrem Koffer, »ich glaube, wir gehen am besten sofort los.«
Die frische Bergluft belebte sie beim Gehen. Der Geruch nach Kiefern und Waldboden wirkte beinahe berauschend. Sie liefen auf der Straße durch den Wald, und Joanna fühlte, wie ihre Erregung wuchs. Würde sie nach all den Jahren wirklich bald in Karra Karra sein? Gab es in der Nähe einen Wasserlauf, der Bowman's Creek hieß und einen Ort mit dem Namen Durrebar? Gingen sie und Sarah womöglich bereits durch das Land, das in der Urkunde ausgewiesen war und rechtmäßig ihr gehörte?
Joanna hatte William Robertson, dem Leiter der Mission, noch einmal geschrieben und ihn gefragt, ob er etwas über ihre Großeltern wisse. Er hatte jedoch nur kurz im Stil eines Mannes geantwortet, der viel zu tun hat: »Ich weiß nicht, was ich Ihnen sagen soll, Mrs. Westbrook. Aber

wenn Sie kommen und uns besuchen, werden wir Ihnen unsere bescheidene Gastfreundschaft anbieten.«

Regenschauer zwangen Joanna und Sarah immer wieder anzuhalten und unter dichten Bäumen Schutz zu suchen. Die Wollmäntel saugten sich mit Feuchtigkeit voll und wurden immer schwerer. Ihre Stiefel waren bald völlig verdreckt. Aber ihre Stimmung war bestens. Seit Joanna das Faltblatt gesehen hatte, fieberte sie diesem Besuch entgegen. Und jetzt waren sie hoch in den Bergen und würden möglicherweise den Ort kennenlernen, an dem ihre Mutter geboren worden war.

Sie liefen unverdrossen die Straße entlang, die durch den stillen Wald führte. Hin und wieder sahen sie zwischen den Bäumen kurz das blaurote Gefieder eines vorüberfliegenden Papageis. Aus dem dichten Unterholz drangen Tierlaute, und am Straßenrand wuchsen Blumen, die sie nicht kannten. Sie wurden bald müde, denn sie waren die Höhe nicht gewöhnt, und der ständige Anstieg erschöpfte sie. Sie blieben immer öfter stehen, wechselten den Koffer von der einen in die andere Hand und mußten eine Pause einlegen.

Es regnete immer heftiger. Sie suchten sich eine geschützte Stelle und blickten beunruhigt auf den Regen. Bald goß es in Strömen. Als der Regen nach längerer Zeit nachließ, und Joanna und Sarah weitergehen konnten, stellten sie fest, daß die Straße immer schlammiger wurde.

Joanna begann, sich Sorgen zu machen. Wieviel von der Strecke hatten sie bereits hinter sich gebracht? Wie weit war es noch bis zum Missionsdorf? Wegen der Wolken konnten sie nicht einmal schätzen, wie lange es noch hell sein würde. Die Straße machte eine Kurve, und ihnen bot sich ein erstaunlicher Anblick.

Weiter vorne versperrte ein Ochsengespann den Weg. Zwölf massige Ochsenpaare zogen einen riesigen, mit Baumstämmen beladenen Wagen. Auf dem Wagen stand ein Mann. Er trieb laut fluchend die Ochsen an und ließ dabei ständig eine lange Peitsche über den Rücken der Tiere knallen. Hugh hatte Balladen über die malerischen Gespanne und ihre verwegenen Treiber geschrieben – meist handelte es sich um Sträflinge. In seiner Jugend, als das Land erschlossen wurde, waren die Gespanne ein selbstverständlicher Anblick gewesen. Aber jetzt wurden sie immer seltener, denn sie waren sehr langsam. Pferdegespanne und die neue Eisenbahn verdrängten die Ochsen. Zur Erinnerung an sie hatte Hugh die beliebte Ballade ›Die Ochsengespanne‹ geschrieben.

Aber Joanna und Sarah staunten nicht über das Ochsengespann, sondern über die Überlandkutsche dahinter. Die Reisenden lehnten sich aus der Kutsche und beschwerten sich lautstark. Der Kutscher schrie auf den Ochsentreiber ein, der ihn überhaupt nicht beachtete.
Joanna und Sarah überholten schließlich die Kutsche, und neben dem riesigen Wagen, der wie eine Schnecke den Berg hinaufkroch, und der Ladung kamen sie sich wie Zwerge vor. Als der Ochsentreiber die beiden Frauen sah, lachte er und winkte ihnen zu. Joanna winkte zurück und rief: »Wie weit ist es noch bis zum Missionsdorf Karra Karra?«
»Acht Meilen«, erwiderte er. »Bleiben Sie nur immer auf der Straße.«
Acht Meilen! Das bedeutete, sie und Sarah hatten erst zwei Meilen zurückgelegt. Sie hatten geglaubt, schon viel weiter zu sein.
Sie ließen das Gespann hinter sich und stapften weiter durch den Schlamm. Hoffentlich würde der Regen ein Einsehen haben. Kurze Zeit später sagte Joanna: »Vielleicht stoßen wir unterwegs auf eine Farm.« In diesem Augenblick sahen sie einen Wagen, der ihnen auf der Straße entgegenkam.
»Brrr!« rief der Mann auf dem Kutschbock. »Sind Sie Mrs. Westbrook? Ich bin William Robertson, der Leiter von Karra Karra.«
Als er ihnen beim Einsteigen half, sagte er: »Es wurde spät, und die Kutsche war noch nicht da, deshalb bin ich Ihnen entgegengefahren. Es kommt immer wieder vor, daß ein Ochsengespann die Straße blockiert. Es wird noch viele Stunden dauern, bis die Überlandkutsche ihren ersten Haltepunkt erreicht.« Robertson drehte den Wagen, und sie fuhren die Straße hinauf. Joanna und Sarah drehten sich um und sahen den Kutscher, der immer noch mit rotem Gesicht wütend auf den Ochsentreiber einschrie, während die Fahrgäste mißmutig in der Kutsche saßen. Nach ein paar Minuten waren sie außer Sicht.
Robertson war ein Schotte mit langen Haaren und einem dichten roten Bart. Als er Joanna sagte, er sei Pfarrer, staunte sie, denn er trug eine Holzfällerjacke. »Sie wissen nicht, wie sehr ich mich über Ihren Brief gefreut habe, Mrs. Westbrook«, erzählte er. »Unsere Mission findet so wenig Beachtung. Sie fragten nach einem Ehepaar mit dem Namen Makepeace. In unseren Unterlagen habe ich nichts über sie gefunden, aber einige der ersten Leiter dieser Mission haben nicht alles sorgfältig aufgezeichnet. Ich dachte, wenn Sie kommen und mit einigen unserer Alten sprechen, werden die sich vielleicht erinnern können.«

»Wie alt ist die Mission, Mr. Robertson?« Joanna blickte angestrengt geradeaus, denn sie hoffte, jeden Augenblick etwas von Karra Karra zu sehen.
»Sehr alt. Es ist eine der ersten Missionen in den Kolonien.«
Joannas Erregung wuchs. »Warum soll sie geschlossen werden?«
Robertson machte ein finsteres Gesicht. »Man hat den Aborigines vor vielen Jahren dieses Land zugestanden, weil die Regierung es damals für wertlos hielt. Aber inzwischen sind die Siedlungen der Weißen in unsere Nähe gerückt, und man braucht mehr Holz. Im Augenblick ist es wegen des Bau-Booms besonders gefragt.«
Joanna und Sarah hatten Anzeichen dieses Booms gesehen: Als ihr Zug durch Melbourne fuhr, waren ihnen die vielen neuen Häuser in den Vororten aufgefallen. Überall wurde gebaut, um den Bedürfnissen der wachsenden Bevölkerung Rechnung zu tragen. Und später, auf dem Weg nach Norden, nach Neusüdwales, war der Zug Meile um Meile durch gerodeten Wald gefahren. Soweit das Auge reichte, standen dort nur noch Baumstümpfe.
»Hier in dieser Gegend gibt es viel Wald, Mrs. Westbrook«, sagte Robertson, »und viele Leute möchten ihn kaufen. Deshalb üben sie Druck auf den Ausschuß aus, damit die Ureinwohner ausgesiedelt werden.«
»Was ist das für ein Ausschuß?«
»Es ist der Ausschuß zum Schutz der Rechte der Aborigines. Aber ich kann Ihnen verraten, sie tun nichts, um die Ureinwohner zu schützen.«
»Wie kann die Regierung die Leute zwingen, das Land zu verlassen? Ist das gesetzlich zulässig?«
»Der Ausschuß kann das, wenn er den Anschein erweckt, daß er im Interesse der Aborigines handelt. Man nimmt die hohe Sterblichkeitsrate bei Tuberkulosefällen zum Vorwand und behauptet, die Kälte und Feuchtigkeit in diesem Gebiet verursache die Krankheit. Deshalb sollen die Aborigines in eine wärmere und trockenere Gegend umgesiedelt werden – zum Schutz ihrer Gesundheit, behauptet der Ausschuß! Aber diese Leute gehören hierher. Ihre Vorfahren haben hier gelebt.«
»Aber Mr. Robertson, die Wissenschaftler haben inzwischen bewiesen, daß Tuberkulose von einem Bazillus übertragen wird und nicht durch Feuchtigkeit und Kälte. Der Ausschuß wird das doch wissen!«
»Die Leute dort wissen es, denn ich habe es ihnen gesagt. Aber die Aus-

schußmitglieder lassen sich aus einsichtigen Gründen nicht von ihren Vorurteilen abbringen. Sie haben sogar einige angesehene Ärzte in Melbourne um Gutachten gebeten, die ihnen ihren Standpunkt bestätigen.«

Und plötzlich waren sie da.

Robertson bog von der Straße ab, und Joanna sah einen Torbogen. In das dicke Holz geschnitzt stand dort: KARRA KARRA ABORIGINES-MISSIONSDORF. Joanna nahm die Bäume in sich auf, den grauen Himmel, die gemauerten Gebäude, die Schweine und die Hühner im Hof. Sie versuchte sich vorzustellen, was ihre Großmutter hier vor langer, langer Zeit erlebt haben mochte, als es vermutlich noch nichts gab außer ein paar Hütten. Joanna atmete langsam und tief die kühle Bergluft und versuchte, den Glauben und die Begeisterung von John Makepeace nachzuempfinden, die ihn auf der Suche nach dem Zweiten Paradies in diesen Wald geführt hatte. Und sie dachte an die junge Schwarze, an die Lady Emily sich zu erinnern glaubte, an Reena! Vielleicht war sie oder einer ihrer Nachkommen noch am Leben.

»Wir werden zuerst Tee trinken«, sagte Robertson, »dann zeige ich Ihnen alles.«

Der Missionsleiter wohnte in einem kleinen Steinhaus mit zwei Zimmern und einer Veranda. Eine Mischlingsfrau mit dem Namen Nelli servierte den Gästen in Robertsons bescheidenem Wohnzimmer Tee. Sie betrachtete die beiden Gäste immer wieder neugierig und musterte besonders Sarah mit Staunen.

»Also, Mrs. Westbrook«, sagte Robertson, »was interessiert Sie an Karra Karra?«

Joanna erzählte ihm von John und Naomi Makepeace. Sie sprach auch von der unerklärlichen Abreise ihrer Mutter aus Australien und ihrer eigenen Suche nach einer Lösung der Geheimnisse. Als sie mit ihrem Bericht zu Ende war, sagte Robertson: »O je, ich fürchte, das kann unmöglich derselbe Ort sein!«

»Warum nicht?«

»Nun ja, diese Mission wurde erst 1860 ins Leben gerufen.«

Joanna und Sarah sahen sich an. »Aber Sie haben doch gesagt, die Mission sei alt!«

»Relativ gesehen, ja. In Kolonien, die weniger als hundert Jahre alt sind, bedeuten zwanzig Jahre bereits eine sehr lange Zeit. Aber außerdem hieß dieses Missionsdorf ursprünglich nicht Karra Karra, Mrs. Westbrook. Bis vor einem Jahr, als ich hier meine Arbeit begann, hieß es St.-Josephs-Heim für Eingeborene.«

»Ach so«, sagte Joanna, »deshalb habe ich das Dorf auf keiner Landkarte finden können.«

»Ich hielt den früheren Namen nicht passend für ein Dorf der Aborigines. Deshalb habe ich die Bewohner aufgefordert, selbst einen Namen zu wählen. Sie haben miteinander beraten und sich für *Karra Karra* entschieden. Es ist der Name einer Blume, die hier in der Gegend häufig wächst. Sie ist Ihnen bestimmt aufgefallen. Sie hat trompetenförmige Blüten mit weißen und lavendelblauen Blütenblättern.«

Joannas Enttäuschung war groß. Sie wußte nicht, was sie sagen sollte.

»Es tut mir leid, Mrs. Westbrook. Ich würde mich wirklich sehr freuen, wenn das der Ort wäre, den Sie suchen.«

»Wissen Sie zufällig«, fragte Joanna schließlich, »ob das Wort *karra karra* bei allen Aborigines dasselbe bedeutet?«

»Man schätzt, daß es unter den Aborigines auf diesem Kontinent mehr als zweihundert verschiedene Sprachen gibt, Mrs. Westbrook. Man könnte sagen, jeder Stamm hat eine eigene Sprache. Ein Wort in der einen Sprache kann in einer zweiten etwas völlig anderes bedeuten.«

»Ich verstehe.« Joanna seufzte.

»Möchten Sie sich jetzt vielleicht die Mission ansehen?«

Robertson führte Joanna und Sarah zuerst in die Kapelle, wo sie zusammen ein Gebet sprachen. Dann zeigte er ihnen das Zentrum der Mission, die aus einzelnen kleinen Häusern, Gebäuden für die Allgemeinheit und Ställen für die Tiere bestand. Man zeigte Joanna, wie die Frauen Körbe flochten. Sie taten es immer noch wie ihre Vorfahren. Die Frauen mußten weit laufen, um die geeigneten Binsen zu sammeln, erklärte Robertson. Die Binsen wurden gespalten, zusammengebunden und einige Stunden in Wasser gestellt. Danach hängte man sie auf und ließ sie so lange an der Luft trocknen, bis man sie verarbeiten konnte. Man erzählte Joanna, daß die Körbe in den umliegenden Städten guten Absatz fanden.

Sie und Sarah beobachteten, wie Männer Opossumfelle gerbten, aus denen sie dann Decken machten, die ebenfalls verkauft wurden. Sie sahen den Gemüsegarten, wo die Leute pflanzten und ernteten. Kühe wurden gemolken, und Kinder sangen in dem winzigen Schulhaus. Überall begrüßte man sie und Sarah sehr höflich und mit freundlichem Lächeln. Aber Joanna bemerkte den Unterschied zwischen diesen Menschen und Aborigines in der Mission im westlichen Distrikt. Hier im Karra-Karra-Missionsdorf hielten sich die Leute aufrecht, sie wirkten größer und bewegten sich mit einem gewissen Stolz. Die Aborigines bei Reverend Simms waren unterwürfig, aber bei Robertson besaßen sie Würde.

»Wir haben es inzwischen geschafft, Mrs. Westbrook«, sagte Robertson, »daß wir völlig unabhängig sind. Das Dorf ist nicht länger auf die Unterstützung der Regierung angewiesen. Wir bauen unseren eigenen Weizen, Hopfen und Gemüse an. Wir haben siebzig Rinder, davon fünfzehn Milchkühe und genug Schweine, um das ganze Jahr hindurch mit Fleisch versorgt zu sein. Verstehen Sie, die Leiter anderer Missionsdörfer glauben, man müßte die Eingeborenen wie Kinder behandeln, sie sozusagen bevormunden. Ich bin der Ansicht, daß die Aborigines besser zurechtkommen, wenn sie für sich selbst verantwortlich sind. Wenn man ihnen Eigeninitiativen verweigert, dann verlieren sie ihr Selbstwertgefühl.«

Joanna erinnerte sich an die Besuche in der Mission im westlichen Distrikt, die immer noch von Reverend Simms geleitet wurde. Die Aborigines dort waren im allgemeinen unglücklich und oft aufsässig. Simms verschärfte dann die Disziplin, und Joanna fand, daß er dadurch alles nur noch verschlimmerte.

»Sind Ihre Leute hier glücklich?« fragte sie.

»Sie sind ganz zufrieden, Mrs. Westbrook. Natürlich handelt es sich bei der Mehrzahl um Mischlinge. Sie fühlen sich an diesem Ort sicherer als draußen in der Gesellschaft, wo sie weder von den Schwarzen noch von den Weißen anerkannt werden.« Er warf einen kurzen Blick auf Sarah in dem eleganten Samtkostüm mit Federhut und dem goldenen Kruzifix am Hals. »Wir haben nur wenige reinrassige Aborigines, und sie sind sehr alt.«

Joanna mußte an die Aborigines denken, die sie im Missionsdorf des westlichen Distrikts gesehen hatte, als Reverend Simms sie das letzte Mal herumführte. Die Leute waren alle ordentlich gekleidet und gut genährt. Sie hatten gelächelt und stolz ihre Körbe und Decken gezeigt. Aber unter der Oberfläche spürte Joanna eine Art Verwirrung und Unsicherheit. Sie hatte sich die winzigen, aber ordentlichen und sauberen Hütten angesehen, und man hatte sie mit Mary, Joseph und Agatha bekannt gemacht. Sie sah lächelnde Mütter in europäischen Kleidern

und stolze alte Herren in Frackjacken und gestreiften Hosen. Aber sie wurde das Gefühl nicht los, daß irgend etwas nicht stimmte. Trotz der scheinbaren Zufriedenheit und dem offensichtlichen Wohlstand wirkten die Menschen verloren. Joanna hatte den Eindruck, daß diese Menschen sich unter der Leitung von Reverend Simms nicht entwickelten, sondern einfach so in den Tag hinein lebten, bis sie starben.
Sie kamen zu einem größeren Gebäude, und Joanna fragte: »Wird da gesungen, Mr. Robertson?«
»Ja, richtig«, erwiderte er, »das ist unsere Krankenstation. Eine Frau liegt dort. Sie ist sehr krank. Ihre Verwandten versuchen, sie zu heilen. Die Frauen singen einen Heil-Gesang.«
»Was fehlt ihr?«
»Sie hat starke Bauchschmerzen, die gestern nacht ganz plötzlich auftraten. Die Frauen singen bereits viele Stunden.«
»Tun sie nicht mehr für die Frau?«
»Sie haben ihr den Körper mit Emufett und Asche eingerieben und ihr ein Haarband um die Hüfte gelegt. Aber der Gesang ist das Wesentliche an ihrer Behandlung.«
»Müßte nicht ein Arzt gerufen werden?«
»Das hilft ihr nicht, Mrs. Westbrook. Der Distriktarzt hat sie untersucht und erklärt, er könne ihr nicht helfen. Die Krankheit hat keine organische Ursache. Soweit ich gehört habe, ist die Kranke mit dem Mann einer anderen Frau weggelaufen. Sie sind bis in die nächste Stadt gekommen, und dort hat der Mann sie verlassen. Als sie wieder hier erschien, hat die andere Frau sie ›besungen‹. Ich will damit sagen, es ist eine Art Magie im Spiel.«
»Sie meinen, einen Gift-Gesang?«
»Ja richtig. Sie haben also davon schon gehört.«
»Kann man der Frau denn nicht helfen?«
»Ihre Verwandten versuchen, das Gift unschädlich zu machen, indem sie ihre Heilkraft durch den Gesang auf sie übertragen. Medikamente der Weißen können nicht helfen, vielleicht werden sie Erfolg haben. Es kommt nur auf den Glauben an.«
»Glauben Sie, die Leute haben etwas dagegen, wenn ich die Frau untersuche? Ich kann einige Krankheiten erfolgreich behandeln.«
»Sie werden überhaupt nichts dagegen haben, Mrs. Westbrook. Sie werden sich freuen, wenn Sie versuchen zu helfen. Gehen Sie hinein, ich

warte hier. Ich darf nicht anwesend sein, wenn Frauen eines ihrer Rituale vollziehen.«

Joanna und Sarah traten durch die Tür und standen in einem langen Raum mit acht Betten und ein paar Stühlen und Tischen. Sieben Betten waren ordentlich bezogen und standen leer, aber in dem achten lag eine Frau mit geschlossenen Augen. Sie war eindeutig krank. Sie drehte den Kopf von der einen Seite zur anderen und stöhnte. Eine Gruppe Frauen tanzte um das Bett. Sie hielten die Hände wie Schalen vor dem Körper, schoben sie beim Tanzen vorwärts und hielten sie über die liegende Frau.

Plötzlich entdeckte eine der Frauen Sarah und Joanna und verstummte. Auch die anderen hörten auf zu singen und blickten neugierig auf die Fremden.

»Guten Tag«, sagte Joanna, »entschuldigen Sie die Störung. Aber darf ich die Kranke untersuchen? Vielleicht kann ich helfen.«

Joanna hatte mit Widerstand oder gar Ablehnung gerechnet. Aber die Frauen lächelten verlegen und bedeuteten ihr, ans Bett zu treten. Joanna setzte sich auf die Bettkante und untersuchte die Patientin auf gewissse Symptome. Es gelang ihr zwar nicht, die Krankheit zu diagnostizieren, aber sie sah in den Augen der Frau die Ergebenheit in ihr Schicksal. Dann bemerkte sie auf dem Nachttisch zwei Tütchen mit »Ingwer« und »Schafgarbe«, wie die Etiketten auswiesen, eine Flasche Weidenrindenextrakt und eine Senfpackung. Das alles hätte auch sie empfohlen. Offenbar hatte es der Distriktsarzt verschrieben – ohne Erfolg.

Als Joanna sich erhob, sahen die Frauen sie erwartungsvoll an, aber sie konnte nur sagen: »Bedaure ...«

Die Frauen nahmen ihren Gesang und den seltsamen Tanz wieder auf, während Sarah und Joanna zur Tür gingen. »Ich möchte doch wissen, ob sie ihr helfen können«, sagte Joanna.

»Ich kenne das Ritual nicht«, sagte Sarah, »und ich weiß nicht, wie man jemandem hilft, der besungen worden ist.«

»Vielleicht kommt es nicht auf das Ritual an. Vielleicht muß das Opfer nur daran glauben, daß ihm die Worte und der Gesang helfen werden. Ich wünschte, ich könnte wie diese Frauen an solche Kräfte glauben. Ich wünschte, ich könnte meinen eigenen Gesang singen und damit das Gift vertreiben. Vielleicht würde es tatsächlich verschwinden. Vielleicht hätte ich dann keine Alpträume mehr und wäre von der entsetzlichen Angst und der unheilvollen Ahnung befreit, wenn ich Lisa ansehe.«

Robertson erwartete sie, und als Joanna darauf hinwies, daß solche Rituale in anderen Missionsdörfern verboten seien, erwiderte er: »Es macht mich traurig, mit anzusehen, wie diese Menschen ihre Kultur verlieren. Man hat den Aborigines so viele ihrer heiligen Stätten genommen. Hunderte, vielleicht sogar Tausende ihrer heiligen Wasserstellen und Höhlen haben sie verloren. Und ich möchte hinzufügen, es handelt sich dabei nicht nur um einen geistigen Verlust. Denken Sie daran, daß die Aborigines nie ihre Geschichte niedergeschrieben haben. Die Wahrzeichen der vorausgegangenen Generationen sind die heiligen Stätten entlang der Traumpfade. Die Aborigines folgten den alten Spuren und wiederholten dabei die alten Geschichten. Als man ihnen ihre Traumpfade nahm, verloren sie sehr bald die Verbindung zu ihren Vorfahren. Ich habe oft darauf hingewiesen, daß der Verlust der heiligen Stätten für die Aborigines gleichbedeutend war mit dem Verbrennen einer Bibliothek!«

»Ihre Leute scheinen hier sehr glücklich zu sein«, erwiderte Joanna, als sie sich Robertsons Haus näherten.

»Leider gibt es trotzdem genug, Mrs. Westbrook, die davonlaufen.«

»Wohin gehen sie?«

»Meist in die Städte und Siedlungen. Sie finden Geschmack an Tabak und Alkohol, und manchmal werden sie sogar abhängig. Dann tun sie alles, um sich Alkohol und Tabak zu verschaffen. Einige wenige verschwinden im Landesinnern, weil sie hoffen, dort die alte Lebensweise wiederzufinden und Land, in dem es keinen Weißen gibt.«

»Leben viele im Busch, die so denken?«

»Das weiß niemand. Große Teile von Australien sind immer noch nicht erforscht.«

Von Weißen nicht erforscht, dachte Joanna, aber zweifellos sind sie gründlich erforscht und den Aborigines bekannt, die dort leben.

Joanna mußte unwillkürlich an den Kutscher der Überlandkutsche denken und an die Reisenden, die keine Einwände erhoben hatten, als er Sarah nicht einsteigen ließ. Joanna dachte auch an Eingeborene, die sie in Melbourne gesehen hatte – Betrunkene, Bettler, Prostituierte. Ihr war auch schmerzlich bewußt, daß Sarah weniger und weniger von der Kultur ihres Volks zu wissen schien. Reverend Simms hatte einmal zu Joanna gesagt: »Wir ermutigen die Aborigines zu Ehen außerhalb der eigenen Rasse, denn dadurch werden sich die besseren Eigenschaften der Weißen durchsetzen und das Erbe der Schwarzen verschwindet.«

»Kann man die Entscheidungen des Ausschusses zum Schutz der Aborigines beeinflussen, Mr. Robertson?« fragte sie, als sie wieder in seinem Haus waren. »Kann man den Ausschuß vielleicht dazu bringen, wirklich mehr für die Leute zu tun?«

»Ich habe es versucht, Mrs. Westbrook, aber ich bin eine Stimme gegen sechs. Deshalb habe ich die Faltblätter auf der Ausstellung verteilt, um andere, die ebenso denken wie ich, auf die Situation aufmerksam zu machen und sie um Hilfe zu bitten.«

»Ich würde gerne helfen, Mr. Robertson. Sagen Sie mir, was ich tun kann.«

Er ging zu seinem Schreibtisch und erwiderte: »Ich gebe Ihnen eine Liste mit den Namen der Ausschußmitglieder. Sie können ihnen schreiben. Protestieren Sie gegen die Entscheidung, meine Leute zu zwingen, das Dorf zu verlassen.«

Während Robertson die Namen aufschrieb, betrachtete Joanna eine Photographie über dem Kamin. Der Text darunter verriet, daß es sich um ein Bild des Alten Wonga handelte, des letzten Häuptlings dieses Gebiets. Bis auf einen Umhang aus Opossumfell war er nackt und hielt stolz einen Speer in der Hand. Was hat dieser Mann wohl gedacht, überlegte Joanna, als er in das Objektiv der Kamera blickte? Hat er im Klicken des Auslösers das Todesurteil für sein Volk gehört?

»Hier bitte«, Robertson reichte ihr die Liste. »Ich wäre Ihnen sehr dankbar, wenn Sie etwas unternehmen würden. Möchten Sie vielleicht bei uns übernachten? Wir haben Räume für Gäste.«

Bevor Joanna antworten konnte, fiel ihr etwas auf. Sie sah ein sehr altes und vergilbtes Dokument an der Wand. Es war gerahmt und hing hinter Glas. Joanna trat näher. Sie sah wohlbekannte Punkte, Linien und Kreise, geheimnisvolle Zeichen, mit denen sie inzwischen bestens vertraut war, obwohl ihre Bedeutung sich nach wie vor entzog. »Mr. Robertson!« rief sie plötzlich aufgeregt. »Was ist das?«

»Das, Mrs. Westbrook, ist mein Stolz und meine Freude. Es ist eine Seite aus Julius Caesars »Der gallische Krieg«. Es ist natürlich nicht das Original, sondern ein sehr gutes Faksimile. Ein Freund hat es mir aus England geschickt. Ich bin nämlich als Klassischer Philologe ausgebildet, müssen Sie wissen.«

»Aber was ist das? Ich meine die Schrift, Mr. Robertson. Was ist das?«

»Es ist eine Kurzschrift, eine Art Stenographie, die ein Römer namens Marcus Tullius Tiro erfunden hat. Viele berühmte Männer, darunter auch Julius Caesar, bedienten sich der Tiro-Kurzschrift für ihre Aufzeichnungen. Sie war ungefähr tausend Jahre allgemein bekannt und verschwand im Mittelalter, als man Kurzschrift mit Hexerei und Magie in Verbindung brachte.«

»Ich möchte Ihnen etwas zeigen«, Joanna ging zu ihrem Koffer, nahm die Ledermappe heraus und zeigte Robertson die Aufzeichnungen ihres Großvaters.

»Mein Gott!« rief er, »das ist ja dieselbe Kurzschrift! Wer das geschrieben hat, muß wie ich Klassischer Philologe gewesen sein.«

»Können Sie den Text lesen?«

»Mal sehen ...« Er zog eine Brille aus der Tasche und setzte sie auf. Während er sich auf den Text konzentrierte, zog er die buschigen roten Augenbrauen zusammen. Schließlich sagte er: »Leider nein, Mrs. Westbrook. Mein Dokument ist lateinisch. Dieser Text ist in Englisch geschrieben.«

»Aber können Sie ihn übersetzen?«

»Ich bin leider kein Experte in Tiro-Kurzschrift. Sie hat Hunderte von Zeichen, verstehen Sie?«

»Gibt es eine Möglichkeit, den Text zu entziffern?«

»Der Freund, der mir das Faksimile geschickt hat, beherrscht die Tiro-Kurzschrift recht gut ... Er hat dieses Faksimile sogar selbst geschrieben. Ich werde ihm die Papiere Ihres Großvaters schicken und das Problem erklären. Giles ist mir ohnehin noch einen Gefallen schuldig.«

Joanna zögerte. »Ich möchte diese Papiere eigentlich nicht aus der Hand geben, Mr. Robertson. Sie sind für mich sehr wertvoll.«

»Ja natürlich, das verstehe ich. Ich werde Giles bitten, mir den Tiro-Kode mit Erläuterungen zu schicken. Dann können Sie die Aufzeichnungen Ihres Großvaters selbst übersetzen. Wie finden Sie das?«

Kapitel Einundzwanzig

1

›Am Morgen des elften August 1880, pünktlich um zehn Uhr, erlebte die Kolonie Victoria das Ende einer Ära. Seamus Langtree, der berüchtigte Buschräuber, der so lange anständige Bürger in Angst und Schrecken versetzt und sich immer wieder dem Zugriff der Polizei entzogen hatte, wurde im Pentridge-Gefängnis von Melbourne gehängt. Mit einer weißen Kapuze über dem Kopf zappelte und strampelte Langtree geschlagene vier Minuten am Seil, ehe der Tod eintrat. Das schaurige und schimpfliche Ende des Straßenräubers markiert das Ende der Gesetzlosigkeit in Australien.‹

So begann Frank Downs' Augenzeugenbericht von der berühmtesten Hinrichtung in den australischen Kolonien. Er schrieb fieberhaft und wie besessen, notierte sich alle Einzelheiten und ergänzte sie durch ein paar eigene Ausschmückungen: »Fünftausend Menschen hatten sich vor dem Gefängnis eingefunden und warteten auf die Todesnachricht. Darunter befanden sich auch viele Frauen, die um den verurteilten Gesetzesbrecher weinten.« *Age* und *Argus*, die Konkurrenz der *Times*, hatten Reporter geschickt, um über das sensationelle und einmalige Ereignis zu berichten, aber Frank fand, die Hinrichtung sei einen Artikel des Verlegers persönlich wert.

»Das wär's also«, sagte einer der Journalisten in der Gruppe von etwa dreißig Männern am Fuß des Galgens. »Ich bin jetzt für Steak und Nierenpastete bei Lucy. So eine Hinrichtung macht einem richtig Hunger und man braucht etwas Kräftiges!«

Frank blickte auf die Uhr. Er hatte eine Verabredung zum Mittagessen mit dem Präsidenten der First Melbourne Bank. Aber bis dahin war noch

etwas Zeit, genug Zeit, um den Artikel in die Redaktion zu bringen, damit er für die Nachmittagsausgabe in Druck ging.
Es war eine gute Geschichte, und Frank glaubte, seine Zeitung werde sich besser verkaufen als die anderen, denn er hatte sich noch etwas ganz Besonderes einfallen lassen. Sein Bericht sollte durch Ivys anschauliche und phantasievolle Bilder der Langtree-Bande und der berüchtigten Schießerei in Glenrowan ergänzt werden.
Frank hatte Ivy seit zwei Wochen nicht mehr gesehen. Er wußte, sie würde ihn vermissen und sich einsam fühlen. Während er mit den anderen durch das Gefängnistor hinausging und dem Pförtner die Hand gab, beschloß Frank, Ivy an diesem Abend unter allen Umständen zu besuchen.
Seine Zeit wurde nicht nur von der *Times* in Anspruch genommen, sondern auch von anderen Dingen. Eines Morgens war ihm beim Aufwachen ganz plötzlich klar geworden, daß er dreiundvierzig Jahre alt war. Das wiederum führte zu dem Gedanken, es sei an der Zeit, ernsthaft an die Zukunft zu denken – an die Zukunft von Lismore, die Zukunft der *Times* und die Zukunft des Namens Downs. Kurz und bündig: Es war Zeit zu heiraten und eine Familie zu gründen. Doch dieser Aufgabe stellte Frank sich nicht gerade mit großer Freude. Er war mit Ivy so glücklich gewesen und war es noch. Wenn es doch nur so weitergehen, wenn er sie heiraten könnte. Aber das stand außer Frage. Für Frank lag der einzige Sinn einer Ehe darin, Erben zu zeugen, und Ivy konnte keine Kinder bekommen.
Seit Frank auf dezente Weise in seinen Kreisen hatte durchblicken lassen, daß er, nun ja, Ausschau nach einer geeigneten Kandidatin hielt, wurde er von Einladungen geradezu überschwemmt – ein Abendessen hier, ein Abendessen da, er ging zu diesem Ball und zu jenem, zum Gartenfest bei Soundso und Soundso. Er sah im Geist, wie sich die Neuigkeit gleich einem Buschfeuer in Melbourne verbreitete: Frank Downs sucht eine Frau! Anscheinend hatte jede Mutter mit einer heiratsfähigen Tochter inzwischen herausgefunden, daß ein geeigneter und erstrebenswerter Mann auf dem Heiratsmarkt aufgetaucht war. Das Werk der Buschtrommeln, sagte sich Frank und seufzte, wenn sein Diener wieder mit einem Stapel Einladungen auf dem Tablett erschien. Die Damen der besseren Gesellschaft flüsterten, tuschelten und konspierierten – alle Mütter in Melbourne, die mit ihrem scharfen Blick die teure Garderobe und

das Bankkonto ihrer Ehemänner zu Recht verdienten, waren am Wirken.
Und so erschien Frank auf den Festen, den Bällen, den Abendessen und Mittagessen. Es war ein endloser Reigen des Lächelns und der konventionellen Höflichkeiten mit schlechtem Whisky, reizlosen Töchtern und überfürsorglichen Müttern mit übergroßem Busen, die sich darum bemühten, den Besitzer der *Times* zum Schwiegersohn zu machen. Frank fand das ermüdend, und es gab Augenblicke, in denen er sich sagte, es lohne sich alles nicht. Doch dann stand er wieder vor dem neuen zehnstöckigen Redaktionsgebäude, sah in Gedanken den schönen Park von Lismore und die leeren Räume dort, in denen niemand lebte, und er dachte: Doch, es lohnt sich! Außerdem war es seine Pflicht. Jeder Mann hatte die Pflicht, einen Sohn zu zeugen, dem er sein Erbe übergeben konnte.
Aber die Suche nach der richtigen Frau erwies sich als keine leichte Aufgabe. Frank fand seine Erwartungen nicht übertrieben und zu hochgeschraubt. Er wollte nur eine Frau, die elegant, nett und angenehm war, die ein großes Haus führen und die Dienstboten beaufsichtigen konnte, ohne bei jedem kleinen Problem zu ihrem Mann zu laufen. Aber bis jetzt fand er immer etwas an den jungen Frauen auszusetzen, die man ihm vorführte. So dachte er beim Essen etwa stirnrunzelnd: Sie redet zuviel, sie ist zu klein, sie ist zu belesen. Ivy ist viel netter. Frank mußte sich eingestehen, daß er zwar nicht genau wußte, was er suchte, aber er hatte klare Vorstellungen davon, was er nicht wollte. Und nur junge Damen dieser Kategorie waren ihm bisher in den Häusern von Melbourne begegnet.
Trotzdem mangelte es nicht an Kandidatinnen. Die Abend- und Wochenendeinladungen nahmen kein Ende. Man schmeichelte ihm damit unerheblich und förderte den Stolz auf seine Männlichkeit und natürlich auch die Eitelkeit. Frank gestand sich ein, daß er es durchaus genoß, wenn man so großes Aufheben um ihn machte und wenig gegen die mehr als höfliche Aufmerksamkeit einzuwenden hatte, die sein Erscheinen überall auslöste.
Aber Frank gab sich nicht der Illusion hin, daß das romantische Interesse, das ihm die vielen unverheirateten jungen Frauen in Melbourne entgegenbrachten, auf eine heftige Leidenschaft für ihn zurückzuführen sei. Er war dreiundvierzig und sah auch so aus. Er wirkte gesetzter und

behäbiger denn je. Es ließ sich nicht leugnen, sein Bauch wurde größer, und seine Haare wurden weniger. Frank wußte also, worauf es diese Damen abgesehen hatten – auf Geld und Macht. Jede mit etwas Verstand im Kopf hatte es darauf abgesehen. Und Frank Downs besaß beides.

Während er zwischen zahllosen anderen Melbournern, die sich von der Augustkälte offenbar nicht schrecken ließen, durch die Collins Street ging, besserte sich seine Stimmung. Trotz des drohenden Regens aus den dicken schwarzen Wolken war der Eigentümer der Melbourne *Times* guter Laune. In der Zeitung und auf Lismore lief alles gut. Die Auflage der *Times* stieg, und mit der erfreulich erfolgreichen Lanolinproduktion und der Wolle hatte Lismore in diesem Jahr den bislang größten Gewinn erzielt. Und er hatte Ivy.

Frank wußte, das war auch der Grund, weshalb in seinen Augen anderen Frauen etwas zu fehlen schien. Ivy war eine ideale Frau – liebevoll und treu. Sie war immer für ihn da. Mit ihr konnte er gute Gespräche führen und über alles, was in der Welt vorging, reden. Sie war bereit, mit ihm zu lachen, und gelegentlich schimpfte sie auch mit ihm. Er liebte Ivy wegen ihres Hangs zur Unabhängigkeit und wegen der Direktheit, mit der sie sagte, was sie dachte. Sie hatte Spaß an Sex und wies Frank nur selten ab. Und noch etwas sprach für sie – blieb aber ein unausgesprochenes Geheimnis: Ivy wurde nicht schwanger.

Frank wartete am Bordstein darauf, die Straße überqueren zu können, als die Schlagzeile von *Argus*, dem Konkurrenzblatt, seine Aufmerksamkeit auf sich zog. ›Ein Weißer bei den Aborigines.‹

Frank kaufte eine Zeitung und überflog rasch den Artikel. Forschungsreisende hatten in der Großen Wüste im Westen des Kontinents einen Felsen entdeckt, in den die Buchstaben S. W. und das Datum 14. Jan. 1848 eingemeißelt waren. Weiter hieß es, sei bekannt, daß ein Mann namens Sam Wainwright zusammen mit vier anderen 1848 in die Große Wüste vorgedrungen war, um einen Landweg von Perth nach Sydney zu finden. Man hatte nie mehr etwas von ihnen gehört. Der Felsen mit der aufregenden Inschrift befand sich in unmittelbarer Nähe eines Lagers der Aborigines, und die Schwarzen hatten den Forschern von einem Weißen erzählt, der fünfzehn Jahre lang bis zu seinem Tod bei ihnen gelebt hatte.

Üblicherweise druckte die *Times* solche guten Geschichten, und Frank gefiel die Vorstellung nicht, *Argus* könne ihm voraus sein. Er nahm sich

vor, Eric Graham, seinen besten Reporter, auf die Sache anzusetzen, um zu sehen, ob man an weitere Informationen herankam.
Während Frank über die Straße eilte und dabei mißmutig Kutschen und Pferdebahnen auswich, dachte er an Joanna Westbrook und an ihre Reise in das Missionsdorf Karra Karra in Neusüdwales, die sie vor kurzem unternommen hatte. Der Leiter der Missionsstation hatte versprochen, ihr den Schlüssel für die Kurzschrift ihres Großvaters zu beschaffen. Frank setzte große Hoffnungen auf die Entzifferung der Texte. Möglicherweise bot das Stoff für eine Sensationsgeschichte. Deshalb konnte Frank es kaum erwarten, zu erfahren, was diese rätselhaften Aufzeichnungen enthüllen würden. Er sah die Schlagzeile schon vor sich: ›Der Fluch der Ureinwohner bringt nach siebenunddreißig Jahren einer Weißen den Tod.‹
Eine Droschke fuhr in schnellem Tempo durch eine Pfütze, und das schmutzige Wasser spritzte nach allen Seiten. Frank wich geistesgegenwärtig zurück und verwünschte die Gefahren des Winters in Melbourne. Trotzdem, dachte er, während er seine Hose abklopfte, im Sommer war es noch schlimmer. Dann fielen Schwärme von Fliegen über die Stadt her, Krankheiten brachen aus und der puderfeine Staub der unbefestigten Straßen wurde ständig aufgewirbelt. Im Sommer konnte man die Neureichen von Melbourne unfehlbar daran erkennen, daß sie in ihren Wagen hustend in Fahrtrichtung saßen. Leute mit Erfahrung saßen dagegen immer mit dem Rücken zu den Pferden.
Als Frank das Redaktionsgebäude der *Times* betrat, stellte er zufrieden fest, daß seine Zeitung *Argus* im Rennen um die Leser doch überlegen war. Ivys Karikaturen ließen die Verkaufszahlen und damit auch die Auflagen immer noch steigen. *Argus* und *Age* brachten inzwischen zwar ebenfalls Illustrationen, aber die Bilder der Konkurrenz konnten es mit denen von Ivy in keiner Hinsicht aufnehmen. Von wem, so fragten sich alle, stammten diese großartigen Zeichnungen? Doch Frank enthüllte die Identität seines Illustrators nicht. Er war sich mit Ivy darin einig, daß dieses Rätsel den Verkauf der Zeitung förderte.
Ja, dachte er, während er in dem ruckenden hydraulischen Fahrstuhl zu seinem Büro im zehnten Stockwerk hinaufschwebte, ich muß Ivy heute abend unbedingt sehen. Nach sieben Jahren – er stellte zu seiner Verblüffung fest, daß es in einer Woche genau sieben Jahre sein würden – schien sie immer noch die einzige Frau zu sein, die Frank aus unerfind-

lichen Gründen um seiner selbst willen liebte. Sie hatte nie Interesse an seinem Geld gezeigt, und sie verlangte nie etwas von ihm.
Frank fand ihre sexuelle Beziehung wunderbar, denn seit ihm eines Morgens aufgegangen war, daß er beinahe zwölf Monate mit Ivy geschlafen hatte, ohne daß sie schwanger geworden war, machte er sich keine Sorgen mehr wegen einer unerwünschten Schwangerschaft. Er stellte Ivy deshalb keine Fragen – ein Gentleman sprach über ein solches Thema nicht, auch nicht mit seiner Geliebten –, doch er wußte es. Inzwischen war sie sechsundvierzig, und vermutlich bestand kaum noch die Möglichkeit, daß sie schwanger werden würde. Deshalb konnte er jetzt, wo er Erben haben wollte, auch nicht daran denken, Ivy zu heiraten.
»Mr. Downs«, begrüßte ihn eilfertig der junge Mann, der als sein Sekretär fungierte, als sich die Fahrstuhltür öffnete. Frank konnte ihn bei dem Geklapper der neuen Remington-Schreibmaschinen im großen Büro kaum hören. »Ein Herr möchte Sie sprechen. Er wartet bereits den ganzen Morgen.«
»Dann kann er auch noch etwas länger warten. Ich bin jetzt nicht zu sprechen«, erwiderte Frank bissig und wunderte sich insgeheim über die plötzliche Gereiztheit. »Hier«, sagte er etwas versöhnlicher und gab dem Sekretär das Notizbuch. »Langtrees Hinrichtung. Lassen Sie den Bericht transkribieren. Wir brauchen das schnell!«
Der Umfang der *Times* nahm wie der Bauch ihres Verlegers ständig zu. Frank hatte auch andere Vorschläge von Ivy aufgegriffen. Sie hatte ihm zum Beispiel geraten, doch auch über andere Themen als Politik und Politiker zu berichten. Vor einigen Jahren hatte der *Daily Telegraph* in London einen Reporter namens Stanley in das Innere von Afrika geschickt, um einen vermißten Arzt zu suchen. Dieses Ereignis zog die Aufmerksamkeit der ganzen Welt auf sich. Ivy hatte vorgeschlagen, die Melbourne *Times* sollte vielleicht eine Expedition in das unerforschte Neuguinea finanzieren. Frank betraute daraufhin einen Starreporter, einen tollkühnen Abenteurer namens Jameson, mit dieser Aufgabe. Der Mann wurde auf der Expedition von einem Speer in den Bauch getroffen und beinahe von Kannibalen gefressen, aber er kam mit seiner Geschichte zurück, und die Auflage der *Times* verdoppelte sich.
Dann sagte Ivy: »Warum bringst du nicht regelmäßig die Ergebnisse von Fußball und Kricket? Warum läßt du dir vom Astronomischen Institut nicht die neuesten Wettervorhersagen geben und druckst sie in der

Nachmittagsausgabe? Und du könntest Bildgeschichten bringen, damit die Leute morgens beim Tee etwas zu lachen haben, und einmal in der Woche einen Artikel über einen interessanten Einwohner von Melbourne. Außerdem solltest du jedes Jahr an Weihnachten irgendeinen Wettbewerb veranstalten und für die Sieger Preise aussetzen.« Frank hatte diese Ratschläge alle befolgt, und die Ergebnisse waren überwältigend. Die *Times* hatte inzwischen sechzehn Seiten und rühmte sich, das umfangreichste Tageblatt im ganzen Empire zu sein.
Natürlich vergaßen die Politiker und Kandidaten für einflußreiche Ämter nicht, daß jeder wahlberechtigte Mann von Melbourne bis Wagga Wagga die *Times* las.
Frank betrat sein Büro, setzte sich und stützte erschöpft den Kopf in die Hände. Er fühlte sich plötzlich sehr müde. Die Hinrichtung mußte ihm doch nahe gegangen sein – mehr als er gedacht hatte. Er wurde das Bild nicht los, wie Langtree mit den Beinen getreten und gestrampelt hatte ... Frank blickte auf die Uhr. In einer Stunde sollte er den Bankpräsidenten treffen. Aber er wollte nicht zu diesem Essen. Er wollte Ivy sehen, sie in die Arme nehmen und sich daran erinnern, daß er noch lebte. Er wollte sich bei ihr vergewissern, daß er den Tod eines anderen Mannes und nicht den eigenen mit angesehen hatte.
Dann dachte Frank wieder an den Bankpräsidenten, an die unverheiratete Tochter, die ihm der Mann unbedingt vorstellen wollte, und er wußte, wohin ihn die Pflicht rief. Er mußte eine Frau finden, die ihm eine Familie schenken konnte.

2

Ivy hatte Angst.
Sie wußte, sie würde Frank verlieren. Es war nur eine Frage der Zeit.
Als sie vor dem Spiegel stand und den Hut richtete, bevor sie ausging, wurde sie wieder einmal daran erinnert, daß sie sechsundvierzig Jahre alt war – in diesem Alter freuten sich viele Frauen bereits über ihre Enkelkinder. Und was konnte sie als Ergebnis ihres Lebens vorweisen? Ein Zimmer voller Bilder, die niemand wollte.
Sechsundvierzig, dachte Ivy, und keinen Mann, keine Kinder, keine Familie. Sie ging durch die Straßen von Melbourne und sah überdeutlich

die armen Frauen, die in dunklen Hauseingängen standen: ungewollte, verstoßene Frauen, die oft ohne eigenes Verschulden weder für sich selbst noch für die Gesellschaft von Nutzen waren. Sie bettelten, verkauften Obst, das sie gestohlen hatten, und boten den Männern ihre Körper als Bezahlung für eine Mahlzeit an. In Melbourne wimmelte es von ihnen, und obwohl Ivy seit sieben Jahren mit Frank zusammen war, steckte an ihrem Finger kein Ring, gab es keine Heiratsurkunde, die Frank an sie band. Ganz sicher würde er eines Tages beschließen, es sei Zeit, eine Familie zu gründen. Und ein reicher Mann wie Frank suchte sich bestimmt ein junges, ehrbares Mädchen als Ehefrau und Mutter für seine Erben.

Ivy sagte sich, der Zeitpunkt sei gekommen, an dem sie anfangen mußte, an ihre Zukunft zu denken und Pläne für das Überleben zu machen. Aber das Problem war – wie?

Wie, fragte sie sich, überlebt eine Frau ohne Einkommen und ohne einen Mann, der sie unterstützt, in einer so unmenschlichen Stadt wie Melbourne, wo zerlumpte Kinder in den Straßen betteln und feine Damen und Herren achtlos an ihnen vorübergehen? Wie kann sich eine alleinstehende Frau, deren Aussehen und Jugend dahinschwinden, eine Frau ohne besondere Bildung und ohne spezielle Kenntnisse ein sorgenfreies Alter sichern?

Als Ivy sich diese Frage vor einigen Monaten zum ersten Mal gestellt hatte, beschloß sie, sich in Melbourne genau umzusehen, um ihre Möglichkeiten und Zukunftsaussichten zu überprüfen. Was sie erlebte, entmutigte sie nicht nur, sondern machte ihr Angst.

Kein Mensch in der ganzen Stadt wollte sie einstellen.

Die Gasthäuser suchten als Bedienung junge Frauen, in reichen Häusern wollte man ehrbare Gouvernanten und Kindermädchen, und Ivy war weder eine gute Köchin, noch hatte sie Referenzen vorzuweisen. Alle anderen Berufe wurden von Männern beherrscht.

Wenn Ivy die Hoffnung verließ, dachte sie jedesmal an Frank, an den soliden, tröstlichen Frank, und sie sagte sich: Er wird nicht zulassen, daß mir dieses Schicksal droht. Doch an den langen Abenden, wenn die Stadt ruhig wurde und Ivy wach im Bett lag, lauschte sie auf das ängstliche Pochen ihres Herzens und spürte, wie die Panik sie erfaßte. Dann dachte sie: Ich kann nicht mit ihm rechnen. Er wird mich verlassen. Er muß mich früher oder später verlassen.

Aber auch wenn Ivy Dearborn nichts besaß, so hatte sie doch zumindest ein Talent: Sie konnte malen.
Solange Ivy denken konnte, hatte sie davon geträumt, eine Künstlerin zu sein. Selbst in der Kindheit, als ihre Familie sich noch in England mit dem Lohn des Vaters, der als Bergarbeiter wenig genug verdiente, mühsam über Wasser hielt, hatte Ivy in jeder freien Minute gezeichnet. Als sie sich auf die lange Reise in die australischen Kolonien machten, waren sie, ihre Mutter und die fünf Brüder und Schwestern voller Illusionen, die der Vater, Daniel Dearborn, mit seinen glühenden Reden in ihnen geweckt hatte. Er sprach überzeugend und mitreißend von einem märchenhaften Leben und den unbegrenzten Möglichkeiten, die sie in Australien erwarteten. Er werde Gold schürfen, hatte er gesagt, und sie würden reich sein. In Ivys kleinem Kopf überschlugen sich die Gedanken. Sie hatte kühne Träume und entwickelte großen Ehrgeiz. Ich werde auf die Kunstakademie gehen, dachte sie, ich werde eine berühmte Malerin werden. Aber aus Daniel Dearborns Plänen wurde nichts. Er scheiterte an der harten Wirklichkeit. Er und zwei seiner Söhne fielen in Ballarat dem Typhus zum Opfer. Eine Tochter starb ein Jahr darauf im Kindbett. Die zweite Tochter machte sich auf den Weg nach Tasmanien, und man hatte nie mehr etwas von ihr gehört. Ivy blieb mit ihrer Mutter und dem jüngeren Bruder allein zurück.
Sie kamen nach Melbourne, weil sie im Busch nicht überleben konnten. Mrs. Dearborn übernahm in einer kleinen Wohnung hinter der Collins Street Näharbeiten und starb, ehe sie fünfzig war. Der Bruder fuhr enttäuscht und verbittert allein nach Neuseeland und ließ Ivy zurück.
Ivy versuchte noch einmal, ihren Traum zu verwirklichen. Sie nahm jede Anstellung, die sie finden konnte, und arbeitete in Mittelklassehaushalten als Mädchen für alles. Der Lohn reichte kaum zum Leben, und die Arbeitszeit war so lang, daß sie nie einen Augenblick für Bleistift und Papier fand. Innerlich zermürbt und entmutigt wurde Ivy von Hoffnungslosigkeit gepackt. Und deshalb fiel sie wohl auch auf einen gutaussehenden jungen Goldgräber herein, der eines Tages erschien und ein Auge auf sie warf. Ivy glaubte voller Naivität, daß sie bei diesem Mann Sicherheit finden werde.
Aber als sie schwanger wurde, lief er davon. Ivy wachte eines Morgens auf und war mit ihrem kleinen Kind allein. Nur dem Glück hatte sie es zu verdanken, daß zwei freundliche Menschen ihren Weg kreuzten, ein

Ehepaar, das keine eigenen Kinder bekommen konnte. Die beiden wollten Ivys Baby ein gutes Zuhause geben. Damit war Ivy wieder frei und konnte sich Arbeit suchen. Nach einigen Jahren in unbefriedigenden Stellungen – in vielen war ihr Verbleiben abhängig von besonderen Gunstbeweisen gegenüber dem Hausherrn – vertauschte Ivy die Stadt mit dem Land, wo niemand sie kannte. Finnegan, ein reicher Wirt, gab ihr in seinem Pub eine Chance, und bereits kurze Zeit später fiel sie Frank Downs auf.

Damals war ihr Traum, Malerin zu werden, wieder erwacht. Nachdem sie mit Frank zusammenlebte, stellte Ivy fest, daß sie endlich die Zeit und das Geld hatte, um diesen Traum zu verwirklichen. Die Wohnung bestand aus einer Küche, einem Wohnzimmer, einem Schlafzimmer und einem Eßzimmer, das Ivy in ein Atelier verwandelte. Dort fiel das strahlende Sonnenlicht durch ein gewölbtes Erkerfenster auf ihre Staffelei, auf die Farben und die Stapel aufgezogener Leinwände. Ivy hatte keine anderen Verpflichtungen, als Frank zu unterhalten. Sie nutzte die viele freie Zeit und die Möglichkeiten und machte sich mit Feuereifer ans Malen. In den Jahren, die seitdem vergangen waren, hatte sie ihr Talent entdeckt. Sie sah mit einem neu erwachten Selbstbewußtsein in ihren Arbeiten etwas Außergewöhnliches. Und sie stellte etwas Ernüchterndes fest: Niemand interessierte sich für Bilder, die von einer Frau gemalt waren.

Deshalb befand sich Ivy in einem Dilemma, als sie an diesem wolkigen Augusttag auf den überfüllten Gehwegen durch Melbourne lief. Sie fand keine Arbeit, die ihr einen festen Lohn einbringen würde, und sie hatte sehr wenig gespart. Sie überlegte, ob sie es ertragen würde, weiterhin für Frank zu arbeiten und Karikaturen für die *Times* zu zeichnen, wenn er sie verlassen hatte. Aber im Grund war diese Frage gegenstandslos, denn das erschien ihr unmöglich.

Um die Teezeit stand Ivy vor einem der vielen Fotoateliers, die überall in Melbourne aus dem Boden schossen. Das neue Trockenplatten-Verfahren und die kürzeren Belichtungszeiten bescherten den Fotografen einen Boom. Früher hatten die Leute für ein Porträt gesessen oder die Maler in ihre Häuser bestellt, um Ansichten malen zu lassen, jetzt stellten Männer mit Kästen und Stativen in kürzerer Zeit und für weniger Geld wirklichkeitsgetreue Fotografien her.

Ivy wußte, die meisten Maler lehnten die neue Technik, die Fotografie, kategorisch ab. Sie fürchteten, ihre Profession könnte dem Fortschritt zum Opfer fallen und aussterben. Deshalb behaupteten sie, eine Fotografie sei ›seelenlos‹, und kein Fotograf habe einen eigenen Stil. Das stimmte gewissermaßen. Aber Ivy gefielen Fotografien. Ihr gefielen der Realismus und die Präzision. Ganz gleich, wie gut ein Maler war, er konnte niemals die Einzelheiten ganz so genau einfangen, wie es eine Fotografie tat. Andererseits, so räumte sie ein, während sie vor dem Schaufenster des Ateliers stand und die ausgestellten Fotos betrachtete, hatten die Bilder etwas Flaches an sich. Zum einen wirkten sie statisch und leblos, und zum anderen fehlte ihnen die Farbe. Und das war schade. Denn in der Natur hatte alles Farbe. Selbst in den trostlosesten Dingen gab es Farbe, und das konnten – bei Stürmen, im tobenden Meer, bei den Schatten hinter Türen – die dramatischsten und eindrucksvollsten Farben sein. Und die Gesichter der Menschen, dachte Ivy beim Anblick einer Porträtaufnahme, sind ganz bestimmt nicht schwarz und weiß. Wo war das Fleisch dieses Mannes? Welche Farben hatten seine Augen? Waren seine Lippen weiß oder grau oder rosa? War er bei guter Gesundheit oder war er krank? Die Fotografie ließ vieles aus.

»Kann ich Sie für ein Porträt interessieren, Madam?«

Überrascht drehte Ivy sich um und sah einen Mann in einem großkarierten Jackett vor sich. Er trug keinen Hut, denn er kam geradewegs aus dem Geschäft.

»Mir ist aufgefallen, daß Sie schon lange hier stehen und meine Bilder betrachten«, sagte der Mann lächelnd. »Denken Sie daran, sich fotografieren zu lassen? Ich bin Al Gernsheim, und ich kann Ihnen versichern, meine Preise sind die günstigsten in ganz . . .«

»Sie sind ohne Leben.«

»Wie bitte?«

»Ihre Bilder sind ohne Leben.«

Er sah sie mit großen Augen an. »Wie können Sie so etwas sagen, Madam? Sie sind direkt dem Leben entnommen!«

»Ich meine, sie sind ohne Farbe. Und das Leben ist farbig oder?«

Er runzelte die Stirn. »Niemand kann Farbaufnahmen machen. Eines Tages wird es vielleicht möglich sein. Aber heute noch nicht.«

»Das ist schade«, sagte Ivy leise. »Dieses Foto dort, der Eukalyptusbaum in der Landschaft . . . gewiß, es ist ein hübsches Bild. In Farbe wäre es sehr viel eindrucksvoller. Aber . . . ein weißer Himmel, weißer Sand und ein schwarzer Baum?« Sie schüttelte den Kopf. »Das Bild braucht das Blau des Himmels über dem Busch, die Goldtöne der Landschaft und die dramatischen Schattierungen der Eukalyptusrinde. So könnte es überall aufgenommen sein oder etwa nicht?«

»Doch«, sagte der Fotograf mit einem Seufzer. »Das könnte es. Und dabei ist es eines meiner besten Bilder. Ich habe es in Tumbarumba aufgenommen.«

»Es ist schön«, sagte Ivy und dachte plötzlich an eine von Hugh Westbrooks Balladen. Diese Fotografie, dachte sie, hat etwas vom selben Geist.

Ihr kam eine Idee. »Wie lange steht das Bild schon im Fenster?«

»Seit ich es vor einem Jahr aufgenommen habe. Bis jetzt hat sich noch kein Mensch dafür interessiert.«

Ivy sah ihn an und spürte, daß sie ganz aufgeregt wurde. »Wenn ich darf, würde ich es gerne haben. Wieviel kostet es?«

Der Mann nannte ihr den Preis, und Ivy mußte ernsthaft überlegen. Es war ein Glücksspiel mit einem hohen Einsatz, und es gab keine Garantie für den Ausgang. Aber welche anderen Chancen hatte sie? Manchmal mußte man eben ein Risiko eingehen – Frank sagte das immer.

Sie kaufte die Landschaftsaufnahme und trug sie zurück in die Wohnung in der Elizabeth Street. Dort zog sie sich um, stellte das Bild auf die Staffelei im Atelier und machte sich daran, die Farben vorzubereiten. Dieses eine Mal würde sie nicht mit den teuren Ölfarben arbeiten, sondern mit Aquarellfarben. Noch ehe sie den ersten Pinselstrich getan hatte, wußte sie bereits, mit ihrer Idee würde sie Erfolg haben.

Drei Tage später starrte der verblüffte Al Gernsheim auf das verwandelte Bild. Mit seinen leuchtenden Farben wirkte es so lebendig, daß er das Gefühl hatte, den australischen Busch in den Händen zu halten.

»Das ist ein Wunder!« erklärte er. »Es ist zehnmal besser als vorher. Es ist sogar besser als ein Gemälde!«

»Glauben Sie, Sie können es verkaufen, Mr. Gernsheim?«

»Verkaufen?! Das Bild ist weg, noch ehe der Tag vorbei ist! Sehen Sie doch nur, was Sie getan haben! Sie haben die wirklichen Farben einer Landschaft im Busch eingefangen! Es hat Stimmung! Sie haben sehr viel mehr erreicht, als meine Kamera jemals vermag!«

Ivy war überglücklich, hielt sich jedoch zurück. »Ohne Ihre Fotografie hätte ich es nicht annähernd so gut machen können, Mr. Gernsheim. Vielleicht könnten wir bei anderen Aufnahmen zusammenarbeiten. Denken Sie darüber nach – Sie mit der Präzision und Genauigkeit Ihrer Kamera und ich mit meinem Auge für Farben ...«

»Mein Gott, Sie bringen mich auf eine Idee!« Er hob nachdenklich den Kopf und sah Ivy lange an. Und dann wußte er es: Plötzlich war sein vollgestopfter kleiner Laden mit dem Staub und dem Geruch der Chemikalien zu klein für seinen Ehrgeiz. In ganz Melbourne gab es keinen Fotografen, der Bilder anbieten konnte, die genau die Farben der Vorlagen hatten. »Besser als ein Gemälde!« rief er im Geist, und seine Gedanken überschlugen sich. Er sah die Werbung in seinem Schaufenster und in Zeitschriftenanzeigen: ›Wirklichkeitsgetreu und lebensecht!‹ ›Der Fotografie bei weitem überlegen!‹

»Wären Sie bereit, mir das Bild wieder zu verkaufen?« fragte er. »Ich gebe Ihnen das Doppelte von dem, was Sie bezahlt haben. Und dabei mache ich immer noch Gewinn.«

Ivy lachte. »Natürlich können Sie es zurück haben!«

Er sah sie noch einmal lange und nachdenklich an. »Meine liebe Mrs. ...?«

»Dearborn«, sagte Ivy, »Miss Ivy Dearborn.«

»Meine liebe Miss Dearborn. Würden Sie mir die Ehre erweisen und in meinem Atelier eine Tasse Tee mit mir trinken? Ich habe Ihnen einen Vorschlag zu machen.«

Plötzlich sah Ivy in dem breit lächelnden Al Gernsheim ihr Schicksal und ihre Rettung. Sie schob ihre Hand durch seinen Arm. »Mit dem größten Vergnügen, Mr. Gernsheim.«

3

Noch ein trostloses Mittagessen, noch eine eifrige Mutter, die ihm ihre Tochter andrehen wollte. Diesmal hieß das Mädchen Lucinda Carmichael.

Frank Downs wußte bereits genau, wie sie sein würde. Seit er eine Frau suchte, war er tausendmal demselben Typ begegnet. Üblicherweise waren diese Töchter der besseren Gesellschaft klein – die Mütter achteten sehr darauf, nicht den Fauxpas zu begehen, Frank allzu deutlich vor Augen zu führen, daß er nicht gerade der Größte war –, oder die gut vorbereitete Anwärterin zog die Schultern zusammen, um die Zentimeter, die sie ihn überragte, nicht so deutlich sichtbar werden zu lassen. Ihre Frisur war kokett, und sie trug ein sündhaft teures Kleid, das noch nach dem Modeatelier roch, von dem es stammte. Sie gab sich bescheiden und so zurückhaltend, daß sie Frank geradezu langweilte. Sie spielte amateurhaft Klavier und sang miserabel.

Wenn Franks Freunde oder seine Schwester wieder einmal mit mehr oder weniger großem Nachdruck darauf hinwiesen, er lasse sich Zeit, erwiderte Frank ungerührt, er sei wählerisch, und da es sich um einen wichtigen Schritt handle, werde er sich nicht einfach für irgendein Mädchen entscheiden.

»Guten Tag, Downs«, sagte Geoffrey Carmichael, als Frank das Wohnzimmer betrat. Das prächtige Haus der Carmichaels stand auf einem Hügel über dem Yarra River in einem Vorort von Melbourne, in dem nur die ganz Reichen lebten. Frank beabsichtigte, nach seiner Heirat ebenfalls ein solches Haus zu bauen, damit er und seine Frau sich die Zeit zwischen dem westlichen Distrikt und der Stadt teilen konnten.

»Tag, Carmichael«, sagte Frank und schüttelte die Hand seines Gastgebers.

Geoffrey Carmichael war ein robuster Mann in den Sechzigern. Er hatte sein erstes Vermögen als Goldgräber gemacht und sein zweites mit der Herstellung von Stiefeln und Sätteln. Nun war er dabei, ein drittes Vermögen zu machen – diesmal mit Silber. Das war auch der vorgeschobene Grund ihres Treffens. Er wollte sich bei Frank über Broken Hill, einen Ort in Neusüdwales, informieren. Frank war dorthin gefahren und hatte sich eine vielversprechende Silbermine angesehen. Er war gerade mit großen Plänen wieder zurückgekommen. Der eigentliche, unausgesprochene Grund für die Einladung war jedoch, daß Frank ›ungezwungen‹ die Möglichkeit haben sollte, Lucinda, die einzige Tochter der Carmichaels, kennenzulernen.

Frank nahm dankend ein Glas Whiskey an und stellte sich damit vor den Kamin. Es war September, der Winter ging zu Ende, und es war ein kalter Tag in Melbourne. Frank freute sich, wieder zurück in der Zivilisation, unter kultivierten Menschen zu sein und vernünftigen Whiskey zu trinken. Er und Carmichael diskutierten die Vorzüge einer Investition in der neuen Silbermine von Broken Hill. Als Carmichael nach einiger Zeit das Glas abstellte, die Hand ausstreckte und sagte: »Ich vertraue Ihnen, Frank. Betrachten Sie mich als einen Ihrer Partner«, erschien plötzlich Mrs. Carmichael in der Tür, als habe sie draußen gelauscht und das Ende der Unterredung abgewartet. »Da sind Sie ja! Also, Mr. Carmichael, seien Sie nicht so besitzergreifend und nehmen Sie unseren Gast nicht ganz allein in Beschlag. Mr. Downs«, fuhr sie liebenswürdig fort und trat ins Zimmer, »ich möchte Ihnen meine Tochter Lucinda vorstellen.«

Frank stellte das Glas auf den Tisch und richtete sich auf. Als er sah, wer auf ihn zukam, wurde sein Blick starr.

Lucinda Carmichael war groß – sogar größer als Ivy. Und sie streckte ihm mit einem offenen, bezaubernden Lächeln die Hand entgegen. Sie duftete nach Rosen und fürchtete sich nicht, ihm in die Augen zu sehen. Frank Downs war angenehm überrascht und hörte sich sagen: »Ich freue mich, Ihre Bekanntschaft zu machen, Miss Carmichael« – und diesmal war es tatsächlich nicht gelogen.

4

Anstatt auf der Stelle in den westlichen Distrikt zu fahren, um mit Hugh über die Silbermine zu sprechen, verschob Frank die Abreise aus Melbourne. Nach dem Mittagessen ging er am selben Abend mit Mr. und Mrs. Carmichael und Lucinda ins Theater. Am nächsten Tag erschien er wieder im Haus. Diesmal saß er mit Geoffrey auf dem Rasen und sprach über das Geschäft, während sie der schönen Lucinda zusahen, die auf dem neu angelegten Platz Tennis spielte. Er aß dort auch zu Abend und begleitete die Familie am folgenden Tag zu einem Ausflug ans Meer. Sie aßen in einem Restaurant in St. Kilda zu Mittag und unterhielten sich über die belebende Wirkung der Seeluft. Sechs Tage lang war Frank ständig in Gesellschaft von Miss Lucinda Carmichael – allerdings niemals allein mit ihr. Am Ende dieser Zeit traf er eine sehr praktische Entscheidung: Er konnte keine bessere Frau finden.

Durch den Reichtum und die Verbindung von Lucindas Vater würde Frank sogar mehr bekommen, als er zunächst erwartet hatte. Wichtiger fand er jedoch Lindas umgängliches Wesen. Sie war nicht geziert und verlogen wie so viele andere, die er kennengelernt hatte, und die mit

Sicherheit ihr wahres Gesicht zeigen würden, sobald die Trauung vorüber war. Lucinda war geradeheraus, selbstsicher und auf eine Art ehrlich, die ihm tatsächlich ein Gefühl dafür gab, wie das Eheleben mit ihr sein würde. Und als Frank sich die langen Beine vorstellte, die unter den Röcken verborgen sein mußten, den üppig gerundeten Busen über der schmalen Taille, entschied der wählerische Junggeselle, seine Suche sei zu Ende.

Die Angelegenheit mußte weder mit den Eltern noch mit der Tochter lange besprochen werden. Die Carmichaels hatten deutlich gemacht, daß Frank ihnen ein willkommener Schwiegersohn wäre, und Lucinda war einundzwanzig, nach allgemeinen Maßstäben viel zu groß für eine Frau und heiratswillig. Es bestand auch kein Grund zu warten. Wenn Frank einmal einen Entschluß gefaßt hatte, verlor er niemals Zeit. Er mußte nur förmlich um Lucindas Hand anhalten, dann konnten sie sich auf eine angenehme Verlobungszeit von schicklicherweise sechs bis zwölf Monaten einrichten. Danach würde er seine Braut nach Lismore bringen und sie an das Leben auf dem Lande gewöhnen.

Wenn er an das Vermögen dachte, das ihm seine Anteile an der Silbermine einbringen sollten, und an die Dividende, die ihm das Haus Carmichael beschert hatte, fand Frank, er habe ein gutes Geschäft gemacht. Und während er nun darauf wartete, daß sein Diener ihm Kaffee, Brandy und heißes Wasser zum Rasieren brachte, staunte er über sein großes Glück.

Dann dachte er: Ich werde heute abend auf dem Weg zu den Carmichaels bei Ivy vorbeigehen.

Eine Stunde später stand Frank vor Ivys Tür. Er brachte Champagner, Blumen und ein sehr teures Diamantarmband mit.

»Du bist zurück!« rief Ivy, die ihn während seiner Reise nach Neusüdwales sehr vermißt hatte.

Als Frank nun Ivys immer noch leuchtendrote Haare sah und den leichten Lavendelduft roch, der sie stets umgab, wurde ihm unerwartet weh ums Herz, und er bekam Gewissensbisse. Er hätte sofort zu ihr gehen sollen, nachdem er von der Reise zurück war. Aber er hatte unbedingt Carmichaels Zusage bekommen wollen, und dann war Lucinda auf der Bildfläche erschienen und dann, nun ja, die Woche war einfach so dahingegangen. Aber nun war er hier in Ivys gemütlicher Wohnung, überließ ihr seinen Mantel und gab ihr die Geschenke.

»Habe ich dir gefehlt, Ivy?« fragte er.
Ivy hatte mit ihm schimpfen wollen. Sie hatte seit mehr als drei Wochen nichts von ihm gehört und gesehen. Aber bei seinem Anblick, beim Klang seiner Stimme siegte ihre Liebe. Sie schmiegte sich an ihn, und er küßte sie. Und als seine Arme sich fest um sie schlossen, als sie seine Leidenschaft spürte, fragte sie sich, wie sie jemals hatte fürchten können, er werde sie verlassen. Sie würde niemals etwas sagen oder tun, das ihn verletzte.
Deshalb wahrte sie auch ein Geheimnis, ihr großes Geheimnis.
Sie wußte, daß Frank glaubte, sie könne nicht schwanger werden. Er sprach nie darüber, aber sie hatte nach ihrem ersten gemeinsamen Jahr gespürt, wie erleichtert er sich in dieser Hinsicht fühlte. Ivy wußte, es war einer der Gründe für die wunderbare Freiheit, wenn sie sich liebten. Deshalb hatte sie beschlossen, Frank diese Illusion nicht zu nehmen. Sie wollte nicht über das uneheliche Kind sprechen, das sie vor Jahren zur Welt gebracht hatte und von dem sie nicht einmal wußte, wo und wie es lebte. Ivy ahnte auch den Grund für das erstaunliche Ausbleiben einer Schwangerschaft. Nicht sie konnte keine Kinder bekommen, sondern Frank konnte keine zeugen. Aber das kam niemals über ihre Lippen.
Ivy nahm Frank den Mantel ab, auf dem winterlicher Tau glänzte, und dankte ihm für den Champagner und das Bukett Orchideen aus dem Regenwald, deren Farben von Tiefblau bis Leuchtendrosa reichten. Ivy kannte diese seltenen Blüten – sie kamen den weiten Weg von der tropischen Nordküste von Queensland und waren sehr, sehr teuer.
»Das war vielleicht ein Tag!« sagte Frank und stellte sich mit dem Rükken zum Kamin, um sich die Beine zu wärmen. »Ich mußte heute nachmittag eine Sonderausgabe drucken. Ich hatte vom letzten eingelaufenen Dampfschiff die Nachricht bekommen, daß die Amerikaner daran denken, das australische Wahlsystem für ihre Bundeswahlen zu übernehmen. Kannst du dir das vorstellen? Dort drüben haben sie bis jetzt noch keine geheimen Wahlen? Ivy, ich sage dir, eines Tages wird Australien in jeder Hinsicht ganz vorne sein. Übrigens ...«, er griff in die Tasche und brachte ein kleines Päckchen zum Vorschein, »... das ist auch noch für dich.«
»Was ist es?«
»Mach es auf, Ivy. Heute feiern wir.«
Während Frank den Champagner entkorkte und eingoß, beobachtete er

gespannt, wie Ivy das Kästchen öffnete. Er freute sich schon im voraus auf ihre Reaktion. Das Armband war bei weitem das wertvollste Geschenk, das er ihr je gemacht hatte.
»Es ist schön«, sagte Ivy und sah ihn verwirrt an. »Aber was ist der Grund dafür?«
»Leg das Armband an und trink deinen Champagner. Ich habe dir gesagt, wir feiern.«
Während Ivy trank und die Diamanten an ihrem Handgelenk im zuckenden Flammenschein blitzende Funken an die Wände warfen, berichtete ihr Frank von der Silbermine in Broken Hill. »Wir werden unvorstellbar reich sein, Ivy!«
Sie ließ sich von seiner Stimmung anstecken und lachte glücklich.
»Du bekommst eine größere Wohnung, Ivy. Wie findest du das? Und einen Hermelinmantel. Wie wäre es mit einem wunderschönen Cape?«
»Ich brauche diese Dinge nicht, Frank«, sie lachte. »Ich habe dich. Das reicht mir.«
Frank schwieg, denn er dachte an die andere Neuigkeit. Das würde nicht so leicht sein. Er räusperte sich. »Also, äh, da ist noch etwas anderes, Ivy. Ich muß dir etwas sagen.«
Sie wartete.
»Ich habe beschlossen zu heiraten.«
Das Feuer im Kamin knisterte, und der Rauch verschwand im Schornstein. Draußen fuhr ein Einspänner vorbei, die Pferdehufe klapperten hohl auf dem Pflaster.
Ivy starrte Frank an und hatte das Gefühl, sich in ein Stück Holz zu verwandeln. Also war es schließlich doch so gekommen, wie sie es befürchtet hatte. Wie lange schon bereitete sie sich auf diesen Augenblick vor? Sie hatte versucht, sich vorzustellen, wie es sein würde, wie er es ihr sagen und wie sie reagieren werde. Aber nun war der Augenblick gekommen, Frank hatte die gefürchteten Worte ausgesprochen, und Ivy mußte plötzlich erleben, daß sie doch nicht darauf vorbereitet war.
»Heiraten?« hörte sie sich sagen.
Frank räusperte sich noch einmal und stellte fest, daß er Ivy nicht in die Augen blicken konnte. »Nun ja, Ivy, ich muß an Lismore denken. Ich brauche einen Erben. Das bin ich meinem Vater schuldig.«
»Wen?« fragte Ivy. »Wer ist es?«

»Lucinda Carmichael. Sie ist die Tochter des Mannes, der zusammen mit mir die Silbermine kaufen wird.«

Ivy saß wie erstarrt auf dem Sofa und hielt die Hände krampfhaft im Schoß gefaltet.

Frank sprach hastig weiter. »Ich möchte nicht, daß du glaubst, dadurch wird sich zwischen uns etwas ändern, Ivy. Ich werde wie immer hier in Melbourne leben.«

Ivy sah ihn an. »Wovon sprichst du?«

»Von uns, Ivy! Du hast doch nicht geglaubt, ich würde dich aufgeben oder?«

Sie starrte ihn an, und plötzlich weiteten sich ihre Augen vor Entsetzen. Sie hatte sich viele Versionen ausgemalt, aber diese gehörte nicht dazu. Er wollte sie aushalten! »Frank«, sagte sie, »du wirst verheiratet sein. Wenn du verheiratet bist, können wir uns nicht mehr sehen.«

»Weshalb nicht?«

Ivy sprang auf und begann zu zittern. Plötzlich war alles falsch. Die Szene schien verdreht und völlig verkehrt zu sein. Es spielte sich nicht so ab, wie es hätte sein sollen. Nicht Frank kündigte an, daß er sie verlassen werde, sondern Ivy sprach die seit langem gefürchteten Worte aus und machte den gemeinsamen Jahren ein Ende. »Weißt du nicht, was das aus dir, was es aus mir machen würde?«

»Ich sehe da keinen Unterschied.«

»Frank, es war etwas anderes, solange du nicht verheiratet warst. Aber nun wirst du eine Ehefrau haben! Du wärst ein Ehebrecher, und ich wäre eine...« Sie wandte sich ab. »Wir werden uns nicht mehr sehen, Frank«, sagte sie ruhig. »Nach heute abend werden wir uns nicht mehr sehen.«

Frank trat zu ihr und legte ihr die Hände auf die Schultern. »Ivy, glaub mir, Lucinda Carmichael kann mir nie das bedeuten, was du mir bedeutest. Mein Gott, glaubst du, ich tu das gerne? Ich habe das beste Leben, das sich ein Mann nur wünschen kann. Ich habe dich...«

Ivy wich zurück. »Du hast mich nicht mehr, Frank. Ich werde nicht die Geliebte eines verheirateten Mannes sein.«

»Aber Ivy, bei dir und mir ist es doch etwas ganz anderes. Wir sind schon zu lange zusammen. Wir leben zusammen, und wir gehören zusammen...«

Ivy drehte sich um und sah ihn an, ruhig und ohne Zorn. »Frank, ich habe dich sieben Jahre lang geliebt, vielleicht sogar noch länger. Vermutlich habe ich dich schon geliebt, als ich bei Finnegan arbeitete. Und ich werde dich bis zu dem Tag lieben, an dem ich sterbe. Aber wir sind an dem Punkt angelangt, an dem sich unsere Wege trennen. Du hast von Pflicht gesprochen. Du hast recht. Du mußt heiraten. Das weiß ich schon seit einiger Zeit. Ich wußte, daß dieser Abend kommen würde. Aber von diesem Augenblick an gehen wir getrennte Wege.«

Er starrte sie an. »Das kannst du nicht im Ernst meinen, Ivy.«

»Das kann ich, und mir ist es ernst.«

»Aber wovon willst du leben? Du hast keine Einkommen. Du brauchst mich, Ivy!«

»Tatsache ist«, ihre Stimme wurde fest, »ich brauche dich nicht. Zumindest nicht, damit du mich finanziell unterstützt. Ich kann mich selbst ernähren, und genau das habe ich auch vor.«

Franks Beklemmung verwandelte sich in Zorn. »Und wie, möchte ich wissen, hast du vor, ohne meine Hilfe zu leben? Die Wohnung...«

»Ich brauche die Wohnung nicht mehr. Ich habe eine andere gefunden.«

»Und einen anderen Mann, der für dich sorgt, nehme ich an.«

Ivy wußte, sie hätte wütend über seine Worte sein sollen, aber sie fühlte sich nur traurig und enttäuscht. »Nein, Frank«, sagte sie, »es gibt keinen anderen Mann. Ich werde von jetzt an allein für mich sorgen.

»Und wie soll das aussehen?«

Ivy blickte auf ihre Hände und stellte fest, daß sie Franks Diamantarmband nervös verdrehte.

Judasdiamanten, dachte sie, um ein schlechtes Gewissen zu beruhigen.

»Ich werde in St. Kilda leben«, sagte sie. »Ich habe dort ein Häuschen am Strand gemietet.«

Frank sah sie an.

»Es ist wahr, Frank. Ich habe eine Kaution für ein kleines Haus am Meer hinterlegt. Ich hoffe, daß ich es irgendwann kaufen kann. Ich werde noch vor Monatsende dorthin ziehen. Und wir werden uns nie wieder sehen.«

Er starrte sie ungläubig an. »Aber wie kannst du das finanzieren, Ivy?«

Sie erzählte ihm von Al Gernsheim und der Arbeit, die sie in seinem Atelier aufgenommen hatte. Ihre geschickt kolorierten Fotografien wurden immer beliebter und deshalb für Gernsheim und für sie selbst lukrativ. Ivy rechnete damit, daß sie in Kürze so beschäftigt sein würde, daß sie Aufträge ablehnen mußte.

Als sie schwieg, starrte Frank sie immer noch an, als habe er kein Wort von dem verstanden. Deshalb verschwand Ivy in ihrem Atelier und kam mit einem gerahmten Bild zurück. Es war die Landschaftsaufnahme mit dem Eukalyptusbaum im Busch. Ivy behielt das Bild aus Sentimentalität, und nun zeigte sie es Frank zum ersten Mal. »Ich werde von dieser Arbeit leben können«, sagte sie. »Mr. Gernsheim prophezeit sogar, daß von I. Dearborn kolorierte Bilder bald sehr gefragt und hoch im Kurs sein werden.«

»Warum, Ivy?« flüsterte Frank. »Warum bist du nicht zu mir gekommen? Du weißt, du hättest bei der *Times* immer Arbeit gehabt.«

»Weil ich wußte, ich würde dich eines Tages verlieren. Und ich wußte, danach würde ich nicht mehr für dich arbeiten können.«

»Aber du verlierst mich nicht. Das habe ich dir doch gesagt. Dadurch, daß ich heirate, ändert sich überhaupt nichts!«

Ivy stiegen die Tränen in die Augen. »Frank, es ist so schrecklich. Ich habe die ganze Zeit gefürchtet, daß du mich einmal verläßt. Darauf war ich vorbereitet. Das konnte ich verstehen. Aber ... zu sagen, daß du mich weiterhin haben willst, daß du aus unserer Liebe etwas Schmutziges und Unehrliches machen willst, das kann ich nicht ertragen.«

Frank spürte, wie etwas Dunkles, Fremdes in ihm aufwallte. Da stand Ivy, seine geliebte Ivy mit diesem kolorierten Foto vor ihm, als wolle sie ihn verspotten. Sie sagte ihm, daß sie ihn nicht länger brauchte, weil sie sich hinter seinem Rücken eine Stellung gesucht hatte und für einen anderen Mann arbeitete! Er, Frank, hatte für sie gesorgt, und nun besaß sie die Unverschämtheit, jawohl die Unverschämtheit, ihm zu sagen, daß sie ihn nicht mehr brauchte. Das machte ihn so zornig, daß er im ersten Augenblick sprachlos war.

Schließlich fand er Worte. »Das ist der Dank«, sagte er mit gepreßter Stimme, »nach allem, was ich für dich getan habe.«

»Nach allem, was du für mich getan hast?« rief sie. »Wie viele Stunden habe ich hier gesessen, die Uhr angestarrt und gehofft, daß du kommen würdest, und bin schließlich doch allein und enttäuscht schlafen gegangen? Selbst an Tagen, an denen es mir nicht gut ging, sind mir deine

Bequemlichkeit und dein Vergnügen immer das Wichtigste gewesen. Was ist denn mit allem, was ich für *dich* getan habe?«

»Und was glaubst du wohl, was ich all die Jahre getan habe! Ich habe dir ein Leben im großen Stil ermöglicht! Dir hat es nie an etwas gefehlt, Ivy. Du hast an nichts Mangel gelitten! Wenn du einen Wunsch hattest, mußtest du mich nur bitten!«

»Ich wollte nie einen Mann, der mich aushält!« schleuderte sie ihm entgegen. »Ich wollte nur einen Mann, der mich liebt und dem etwas an mir liegt.«

»Mir hat mehr an dir gelegen als an irgend jemand sonst.«

»Hast du dich jemals wirklich für meine Malerei interessiert, Frank? Hast du mich je nach meinen Träumen gefragt, nach meinen Sorgen, nach meinen Unsicherheiten? Es ging immer nur um dich, niemals um mich.«

Er griff nach ihrem Arm und hob ihn an die Lampe. »Und wie bezeichnest du das? Ein Armband, das mich zweihundert Pfund gekostet hat! Wenn das nicht bedeutet, daß mir etwas an dir liegt, was dann?«

Ivy holte tief Luft, sah ihn gequält an und sagte: »Das ist der Lohn für geleistete Dienste.«

Schweigen breitete sich unheilvoll aus, ein Schweigen voller gefährlicher, schwarzer Untertöne. Frank ließ Ivys Handgelenk los, drehte sich um und nahm seinen Mantel. Er ging zur Tür und ließ sie mit einem lauten Knall hinter sich ins Schloß fallen.

5

Lohn für geleistete Dienste!

Wie konnte sie es wagen!

»Halten Sie hier an«, sagte Frank zum Kutscher. Der Wagen stand auf der Princes-Brücke, die sich über den schläfrigen, dunstverhangenen Yarra spannte. In seinem Rücken blinkten die Gaslaternen der nächtlichen Straßen von Melbourne. Vor ihm verschwand der Fluß hinter dichten Bäumen, und nur vereinzelt fiel Licht durch die Fenster abgeschiedener herrschaftlicher Häuser.

Frank war so zornig, daß er kaum atmen konnte. Er blickte auf das

schwarze Wasser hinunter und hörte im Geist noch einmal ihre Stimme: »Der Lohn für geleistete Dienste.«
Wer war sie, daß sie sich erlaubte, so mit ihm zu sprechen! Eine Bardame, die glaubte, Talent zu haben. Eine Frau, die kein anderer Mann wollte. Eine Frau, die in der Collins Street gelandet wäre, wenn Frank nicht gekommen wäre und Mitleid mit ihr gehabt hätte. Und so behandelte diese Frau ihn nach all den Jahren!
Na ja, Gott sei Dank bin ich sie los, dachte er und versuchte, seine Wut unter Kontrolle zu halten. Er mußte bald bei den Carmichaels sein. Sie erwarteten ihn. Er wollte Lucinda einen förmlichen Heiratsantrag machen, und danach wollten sie zur Feier des Tages in ein teures Restaurant essen gehen. In diesem Zustand konnte er nicht bei ihnen erscheinen. Was wäre, wenn sie ihn fragten, was los war? »Wissen Sie, ich bin etwas durcheinander. Ich habe nämlich gerade mit meiner Geliebten Schluß gemacht.«
Großer Gott, warum konnten die Dinge nicht einfach sein? Und warum mußte er erleben, daß Ivy genauso war wie der Rest ihrer Geschlechtsgenossinnen, über die man sich nur ärgern konnte? Frank hatte ihr zugute gehalten, daß sie anders war als die Millionen Frauen auf der Welt. Aber an diesem Abend hatte er seinen Irrtum einsehen müssen.
Also gut, sagte er sich, als er mit großen Schritten etwas abseits von den Reitern und Pferdewagen auf der Brücke hin und her ging. Soll sie doch allein leben. Wir werden ja sehen, wie sie das findet. Frauen denken, es ist leicht, sich wie ein Mann durchzusetzen. Wir werden ja sehen, wie es ihr gefällt, ihren Lebensunterhalt selbst verdienen und beten zu müssen, daß Geld ins Haus kommt und nicht irgendein Unglück geschieht. Ich brauche sie jedenfalls nicht. Frank war sich sicher, er brauchte keine Frau. Es war ihm jetzt noch peinlich, daß er sie damals im Hafen gesucht hatte. Er mußte verrückt gewesen sein. Und doch war er sieben Jahre mit ihr zusammengeblieben – noch dazu mit einer Frau, die älter war als er! Es war weiß Gott gut, daß er Lucinda gefunden hatte. Sie war gerade zur rechten Zeit gekommen, damit ihm endlich einmal richtig die Augen aufgingen. Er brauchte Ivy nicht mehr. Er hatte sie nie wirklich gebraucht. Er war sein eigener Herr und fühlte sich bei seinen Freunden im Pub sehr viel glücklicher als in der langweiligen Gesellschaft einer Frau.

Der Lohn für geleistete Dienste!
Wie konnte sie es wagen, ihm so etwas zu sagen! Er hätte jede Frau in der Stadt haben können. Aber er war bei Ivy geblieben. Und das war eine bequeme Gewohnheit geworden, so bequem wie ausgetretene Hausschuhe.
Damit war jetzt Schluß. Seinetwegen konnte sie mit ihren albernen kolorierten Fotografien ruhig eigene Wege gehen und sich einbilden, etwas Besseres zu sein, als sie in Wirklichkeit war. Frank brauchte die Wohnung in der Elizabeth Street nicht. Es war Zeit, sie loszuwerden, und es war Zeit für eine andere Frau. Lucinda war jung und frisch. Er würde aus ihr die Frau machen, die er wollte. Und dann gehörte sein Leben wieder ihm.
Auf dem Rückweg zum Wagen blieb Frank stehen und betrachtete mit bösen Blicken die Lichter der Stadt.
Es gefiel ihm nicht, die Sache so auf sich beruhen zu lassen. Wenn *er* die Beziehung beendet hätte, wäre er leichten Herzens zu den Carmichaels gegangen. Aber so hatte Ivy ihm den Laufpaß gegeben und diese Beleidigung mit ihrer unverschämten Äußerung noch schlimmer gemacht. Sie hatte sein großzügiges Geschenk abschätzig als Bezahlung für geleistete Dienste bezeichnet.
Ivy hatte das letzte Wort gehabt, das letzte, beleidigende Wort. Das konnte Frank nicht auf sich sitzen lassen. Er war noch nicht fertig mit ihr, noch nicht! So, wie er sich jetzt fühlte, konnte er nicht zu den Carmichaels gehen. Er hatte ein Recht auf das letzte Wort.
Und genau das würde er haben. Er würde ein letztes Mal in die Elizabeth Street zurückgehen und Ivy sagen, was er dachte. Ivy würde nicht einfach davonkommen, indem sie hochmütig sagte: »Damit trennen sich unsere Wege.« Er würde es nicht schmerzlos für sie machen. Sie würde leiden. Jawohl leiden! Er würde zurückgehen und darauf bestehen, daß sie ihn einließ. Dann würde er ihr sagen, was er von ihr hielt, und ihr ankündigen, daß sie die Wohnung am nächsten Tag räumen mußte und daß es keinen Aufschub gab.

6

Frank hämmerte aufgebracht gegen die Tür, und als sie aufging, stand Ivy umrahmt vom flackernden Feuerschein vor ihm. Tränen liefen ihr über die Wangen, und die Augen waren rot vom Weinen. Frank hatte auf der Rückfahrt von der Brücke seinen Auftritt immer wieder geprobt. Jetzt zog er den Hut und hörte sich sagen: »Heirate mich, Ivy.«

Kapitel Zweiundzwanzig

1

Plötzlich rief jemand laut in der Wollkammer: »Gänse auf dem See!« Damit kündigte der Wollpresser den Scherern an, daß eine Frau den Schuppen betreten hatte. Der Aufseher hörte das rufen, gab die Neuigkeit weiter und schrie dann über den Lärm hinweg: »Aufgepaßt, Jungs! Die Gänse sind gelandet!«

Die Warnung war nicht als Beleidigung der Besucherin gedacht, sondern sollte die Scherer ermahnen, in Anwesenheit einer Dame die Zunge im Zaum zu halten und die Augen bei der Arbeit zu lassen, um die Schafe oder sich selbst nicht zu verletzen. Bei der ›Dame‹ handelte es sich diesmal um die siebenjährige Lisa, der es sehr gefiel, wenn sie wie eine Erwachsene behandelt wurde. Wenn sie in den Scherschuppen kam, zogen die Männer, die die Hände frei hatten, die Mütze; und ihr zuliebe machten plötzlich nur fröhliche Hänseleien die Runde.

Im Schuppen herrschte ein geradezu ohrenbetäubender Lärm. Die Scheren klapperten, Hunde bellten, Männer schrien und Schafe blökten. Die zwölf Scherer beugten sich unter die Tiere und bewegten mit höchster Konzentration die gefährlich scharfen Werkzeuge unter dem Fell vorwärts. Sie schälten die Wolle sozusagen von den sich windenden Schafen oder Widdern. Die Helfer rannten durch die Schuppen, zogen den Scherern die schwere Wolle blitzschnell unter den Beinen weg und trugen sie zum Rolltisch, während die Scherer schrien: »Los, Wolle weg!« oder »Schwing den Besen, Kleiner!« Draußen trieben Treiber die ungeschorenen, verängstigten Schafe in Pferche, um sie jederzeit für das Scheren bereit zu haben.

Lisa liebte die Schur. Es war eine aufregendere Zeit als Weihnachten,

und sie dauerte länger. Sie mochte den Dottergeruch der frisch geschorenen Wolle und das Gelächter der Männer, die sich mit den Schafen abmühten und sie trotz heftiger Gegenwehr von der Wolle befreiten. Am meisten mochte Lisa jedoch die Scherer.
Sie sah in ihnen Helden und Abenteurer, ein verwegener Trupp, der sie an die Männer in den Abenteuergeschichten erinnerte, die sie las. Sie waren wie Piraten, dachte Lisa, oder Räuber oder Ritter auf ihren Rössern. Lisa hatte von ihrem Vater alles über Scherer erfahren, denn er war vor langer Zeit selbst einmal einer gewesen. In Australien fand jedes Jahr zu Beginn des Winters ein Massenexodus von Männern aus allen Städten der Kolonien statt. Die Männer schnürten ihr Bündel, küßten ihre Frau oder ihre Liebste zum Abschied und machten sich auf den ›Känguruh-Weg‹. Sie blieben monatelang weg, zogen von einer Farm zur anderen, folgten der Arbeit und kamen dabei durch Orte mit so exotischen Namen wie Cunnamulla, Alice Downs oder One Tree Plain. Nach Hughs Meinung war es für einen jungen Mann, der keine Wurzeln besaß, ein herrliches Leben. Ein Scherer zog zu Pferd oder zu Fuß ins Ungewisse und konnte nie sicher sein, Arbeit zu finden; er schlief unter den Sternen, trank Tee aus dem Kessel und fand Wohlbehagen in der Gesellschaft von Kameraden. Es war ein komischer Haufen. Lisa dachte immer, so etwas wie die Scherer auf dem Känguruh-Weg konnte es nirgendwo sonst auf der Welt geben. Die Männer hatten kräftige, muskulöse Körper; derbe Redensarten und ein rauher Ton gehörten zu ihrem Alltag. Aber das Lanolin in der Wolle machte ihre Hände weicher als die eines Babys. Außerdem hielten die Scherer wie Pech und Schwefel zusammen. Sie waren eine verschworene Gemeinschaft, hatte Hugh seiner Tochter gesagt, denn man mußte ein ungewöhnlicher und besonderer Typ sein, um bei dieser Arbeit zu bleiben. Das Leben eines Scherers machte jedem Mann den Rücken krumm, es zerstörte seine Ehe und bestrafte ihn mit Krankheiten, Verletzungen und harter Arbeit in Schuppen, in denen die Temperatur auf fünfzig Grad stieg. Es war ein gefährlicher Beruf, bei dem immer Gefahr bestand, von einem Huf getreten oder verletzt zu werden oder sich mit der Schere die Finger abzuschneiden. Wenn nach einem unendlich anstrengenden Tag die Teeglocke läutete, war ein Scherer von Kopf bis Fuß mit Schweiß, Blut, Urin und Kot beschmiert. Am Ende der Saison setzten sich die Männer in das nächste Wirtshaus und begannen zu saufen. Drei Tage später wachten

sie mit schwerem Kopf auf, ohne sich an das Saufgelage zu erinnern. Dann machten sie sich auf den langen ermüdenden Weg nach Hause zu Frau und Kindern und schworen bei allem, was ihnen heilig war, das sei für sie endgültig die letzte Saison gewesen. Aber im nächsten Jahr lockte es sie wieder hinaus, wenn die anderen auf dem Känguruh-Weg zu den Schafherden zogen.

Lisas Vater hatte eine Ballade mit dem Titel ›Emu Creek‹ über die Scherer geschrieben. Es war ein langes Gedicht über Männer auf der Wanderschaft – sie hatten Namen wie Buckliger Mick und Lachender Jack –, über die Farmen von Gundagai bis Moulamein, auf denen sie geschoren hatten, und über die Härten und Abenteuer, die sie an Orten erlitten, die Broken River oder Winding Swamp hießen. Es war ein Gedicht über ihre Kameradschaft und ihre Opfer und über die Bräute mit Namen wie Mary, Jane und Lizzie, die sie zurückgelassen hatten. Die Ballade war als eine der ersten Arbeiten ihres Vaters unter seinem wirklichen Namen veröffentlicht worden, und das machte Lisa sehr stolz.

Die Siebenjährige liebte die Scherer, sie liebte das Leben der Scherer, und wenn sie groß war, würde sie ein Scherer werden.

»Na, kleines Fräulein«, sagte einer der Männer mit dem Spitznamen Stinky Lazarus und kam mit großen Schritten auf Lisa zu, die aufgeregt in der Türöffnung stand. »Was kann ich für dich tun?«

»Oh, Stinky!« rief sie. »Es ist hier einfach wunderbar!«

Mit einem Blick auf die erschöpften Männer, denen der Schweiß über die Gesichter rann, und auf die blökenden, pissenden Schafe sagte er trokken: »Ja, ich glaube, du hast recht, es ist wirklich wunderbar.«

Lisa steckte die Hände in die Tasche ihres Kleids und seufzte. Sie war ein wildes Mädchen mit langen Zöpfen und einem meist dreckverschmierten Gesicht; sie lief immer barfuß. Wenn Stinky an Lisa Westbrook dachte, konnte er nur den Kopf schütteln. Während der Schur trieb sie sich so oft wie möglich im Schuppen herum. Ansonsten konnte man sie mit Knopf, dem alten Schäferhund, im Schlepptau auf ihrem Pony in der näheren Umgebung der Farmgebäude sehen. Ihr Bruder Adam dagegen interessierte sich mehr für die Pflanzen, die am Fluß wuchsen.

Lisa verehrte Stinky Lazarus. Er kam Jahr für Jahr mit seinem Trupp Scherer, hatte eine Menge lustiger Geschichten parat und offenbar immer Zeit für Lisa. »Man nennt mich Stinky«, hatte er ihr einmal erzählt, »weil es in der Bibel heißt, daß Lazarus zum Himmel stank.« Es gab übrigens kaum einen Scherer ohne Spitznamen. Stinky hatte in der Küche der Scherer ein Schild angebracht, auf dem stand: SCHERER MÜSSEN ALLE ZWÖLF MONATE BADEN, GANZ GLEICH OB ES NÖTIG IST ODER NICHT.

Stinky erzählte wundervolle Geschichten. Etwa die über einen Scherer, der Old Turnip, also Alte Rübe hieß. Eines Tages hatte Old Turnip keine Lust zu arbeiten. Scherer schoren niemals nasse Schafe, denn es hieß, das sei für die Männer und für die Tiere zu gefährlich. Also sagte Old Turnip, der sich vor dem Scheren drücken wollte, dem Farmer, die Schafe seien naß. Er hoffte nämlich, der Mann werde ihm den Tag frei geben. Der Farmer war ein schlauer Kopf und sagte: »Na gut, Alte Rübe, aber die Lämmer mußt du trotzdem scheren. Sie sind kleiner und werden schneller trocken.« Old Turnip war jedoch noch schlauer und erwiderte: »Nein, guter Mann. Lämmer sind nicht schneller trocken. Sie sind kleiner und deshalb weiter weg von der Sonne!«

»Wenn ich groß bin, werde ich auch Scherer«, erklärte Lisa und hatte das Gefühl, vor kribbelnder Aufregung zu platzen.

»Du kannst kein Scherer werden, kleines Fräulein«, sagte Stinky lachend.

»Warum nicht?«

»Weil Mädchen keine Scherer sein können, darum. Du wirst kochen lernen und nähen und solche Sachen.«

Lisa reckte das Kinn. »Das habe ich alles schnell gelernt. Aber ich werde auch ein Scherer wie mein Papi, als er noch jung war. Und ich werde ein Treiber sein, der das Land abreitet und die Zäune repariert, so wie er.«

Stinky lachte und schob den Hut etwas weiter aus der Stirn. Für Oktober war es ein ziemlich warmer Tag. Im westlichen Distrikt herrschte immer noch Trockenheit, und es sah aus, als gebe es wieder einen heißen Sommer. »Und was wird dein Mann dazu sagen? Meinst du, er ist damit einverstanden?« fragte Stinky grinsend.

»Ich heirate nicht.«

»Und wenn du dich verliebst?«

»Ich verliebe mich nicht. Ich mag keine Jungen. Zumindest nicht so wie du es meinst. Ich bekomme Merinda, und dann kann ich machen, was ich will.«

Stinky zog die Brauen hoch. »So, so, du bekommst Merinda? Und wer sagt das?«

»Ich. Merinda gehört einmal mir.«
»Das glaube ich nicht, kleines Fräulein. Die Farm wird an deinen Bruder Adam gehen.«
Lisa blickte zu ihm auf. »Warum?«
»Weil er ein Junge ist, darum. Die Jungen erben alles. Mädchen erben überhaupt nichts.«
»Das glaub ich dir nicht.«
»Na ja«, er tätschelte ihr den Kopf, »eines Tages wirst du es erleben. Und dann wirst du nichts dagegen haben zu heiraten, anstatt Schafe zu scheren!«
Stinky Lazarus ging mit seinen O-Beinen und dem vom jahrelangen Scheren gebeugten Rücken davon, und Lisa stellte fest, daß ihr überwältigendes Glücksgefühl sich plötzlich in große Enttäuschung verwandelte. Das ist nicht gerecht, dachte sie empört. Immer sagte man ihr, sie könnte das nicht tun, was sie tun wollte – etwa bei der Landwirtschaftsausstellung in den Pferchen arbeiten. Nur Jungen und Männer durften das. Mädchen und Frauen mußten kochen und trugen das Essen auf.
Lisa wußte, Adam hatte kein Interesse an Merinda oder zumindest nicht ihre Art Interesse. Ihm waren seine Schulbücher mit den vielen Bildern von Fossilien und Insekten wichtiger. Nicht er, sondern Lisa ritt manchmal mit ihrem Vater hinaus. Während der Dürre war es einmal so heiß und trocken gewesen, daß das Gras nicht ausreichte. Deshalb mußten sie die Schafe füttern. Lisa war im Wagen mitgefahren und hatte zugesehen, wie die Männer den hungrigen Schafen Körner und Heu vorwarfen. Sie begleitete ihren Vater, wenn er die Tröge am Fluß mit Steinsalz füllte, sie half ihm, wenn er das Einbringen neuer Bohrlöcher beaufsichtigte, und sie sah zu, wenn die Zäune ausgebessert wurden. Lisa hörte aufmerksam zu, wenn die Männer von der Dürre redeten und darüber, wie weit sie die Schafe zum Tränken treiben mußten, und sie sang mit, wenn Stinky Lazarus Banjo spielte und die Männer sangen: »Wir kampierten beim Faulen Harry, an der Straße nach Gundagai ...«
»Und ich *werde* Scherer«, sagte sie leise und verließ die Wollkammer. Knopf trottete geduldig hinter ihr her.
Lisa lief über den Hof und am Haus vorbei zum Weg, der hinunter zum Fluß führte.
Sie machte einen Bogen um das neue Haus, das leer und beinahe fertig war, und wanderte ziellos zwischen den Eukalyptusbäumen und Pappeln

umher, warf Kiesel ins Gebüsch oder zog einen Stock durch den Staub. Plötzlich blieb Knopf stehen und stieß ein langes tiefes Knurren hervor. Lisa sah sich um. Sie hörte, daß sich etwas näherte. »Was ist los, Knopf?« fragte sie.
Der Hund streckte die Nase in die Luft und schnupperte. Im nächsten Augenblick wedelte er mit dem Schwanz.
»Ach, guten Tag«, sagte Lisa, als sie sah, daß der alte Ezekial zwischen den Bäumen auftauchte. Auch der Fährtensucher war zur Zeit ein vertrauter Anblick auf den Farmen. Die Dürre zwang viele umherziehende Männer – Weiße und Schwarze –, sich in Flußnähe aufzuhalten. Ein paar Meilen weiter flußaufwärts war ein Lager entstanden, eine Ansammlung von Zelten und Hütten. Sie gehörten Männern, die während der Schur als Tagelöhner arbeiteten. In einem anderen Lager mehrere Meilen flußabwärts lebten Ureinwohner wie Ezekial, die normalerweise ein weites Gebiet durchstreiften. Aber die Wasserknappheit beschränkte sie in ihrer Bewegungsfreiheit.
»Du gehst heute spazieren, kleines Mädchen?« fragte Ezekial.
Lisa kickte einen Stein und sah ihm nach, als er davonrollte. »Sie lassen mich nicht Scherer werden«, sagte sie ärgerlich.
»Die Weißen haben komische Vorstellungen.« Er setzte sich auf einen großen Stein und griff in die Tasche seiner Hose, die ihm viel zu groß war. »Ein Schwarzer, der läßt die Frauen arbeiten. Die Männer sitzen im Schatten, die Frauen arbeiten.«
Lisa warf ihm einen vorsichtigen Blick zu, und als sie sah, daß er grinste, lächelte sie. »Was hast du da, Ezekial?« fragte sie, als er etwas aus der Tasche zog.
»Ich führe Mr. MacGregor und andere Weiße in die Berge. Sie gehen auf Känguruhjagd. Da gibt es jede Menge zu essen. Ezekial nimmt sich manchmal mehr, als er essen kann.« Er hielt ihr etwas entgegen, Lisa bekam große Augen und rief: »Oh, das ist ja Schokolade! Vielen Dank, Ezekial. Darf ich Knopf auch etwas geben?«
»Gib ihm ruhig etwas«, sagte der alte Mann und streichelte Knopf den Kopf. »Das ist ein guter Hund. Manche Hunde sind nicht so gut. Aber *der* Hund ...« Er sprach plötzlich nicht weiter.
Lisa brach vorsichtig ein kleines Stück Schokolade ab und gab es Knopf. Ezekial kniff die Augen zusammen und blickte prüfend in den Wald hinter ihr.

»Hier«, sagte Lisa und reichte ihm den Rest der Schokolade. »Schokolade schmeckt unheimlich gut. Danke.«
Der alte Mann blickte schweigend auf den ausgestreckten Arm und das strahlende Lächeln. Dann wanderten seine Augen wieder über sie hinweg zu den Schatten, die sich am Fuß der Bäume gebildet hatten. Er schloß die Augen und spürte etwas, das er schon einmal, vor vielen Jahren gespürt hatte, als er an dieser Stelle der Mutter des Mädchens begegnet war. Er öffnete die Augen und sah, daß der Schatten immer noch da war – der Schatten eines Hundes.
»Was ist, Ezekial?« fragte Lisa, als der alte Mann ihr die Schokolade nicht aus der Hand nahm.
Ezekial blickte über seine Schulter nach hinten und dachte an die beiden Dingos, die er vor ein paar Tagen nur wenige Meilen von hier gesehen hatte. Es waren ein halbverhungerter Rüde und eine Hündin, denen die Rippen hervorstanden – keine zahmen Dingos, wie man sie in den Lagern der Ureinwohner fand, sondern gefährliche wilde Hunde.
Er legte die Stirn in Falten. Er mußte nachdenken. Seit die Weißen gekommen waren, hatte sich alles verändert. Die Traumpfade, die heiligen Plätze der Traumzeit. Es war inzwischen schwierig, durch das Land zu streifen, denn zu viele Zeichen waren verschwunden. Das Eukalyptuswäldchen, wo der Emu-Ahne auf seinem Nest gesessen hatte, gab es nicht mehr. Wie sollte der Schwarze Mann die in der Traumzeit geschaffene Welt erhalten, wenn er nicht länger umherziehen konnte?
Und so hatten Ezekial und andere wie er gedacht: Das ist das Ende der Welt, das Ende des Träumens.
Aber während er jetzt das kleine Mädchen ansah und an seine Mutter dachte, zu der die Känguruh-Ahne gesprochen hatte, kam dem alten Mann langsam ein anderer Gedanke. Über Monate hinweg hatte er beobachtet, wie das neue Haus am Fluß entstanden und Teil des Waldes geworden war. Und er hatte nicht gewußt, was er davon halten sollte. Aber nun fragte er sich: Ist das vielleicht nicht das Ende der Welt, sondern nur der Anfang eines neuen Träumens? Nachdem er diesen Gedanken in seinem Kopf gefunden hatte, sah er sich mit anderen Augen um und entdeckte plötzlich neue Traumpfade, neue heilige Plätze, die einem neuen Volk gehörten. Und hier stand dieses kleine Mädchen. Es stand am Anfang von allem, so wie die Ahnen einmal am Anfang gestanden hatten, und er fragte sich, ob sie das ebenfalls zu einer Ahne machte.

Der alte Ezekial trug Kleider, wie man sie ihm vor langer Zeit, als seine Sippe auseinandergebrochen war, im Missionsdorf gegeben hatte: Hemd und Hose. Doch unter diesen fremdländischen Kleidern trug er immer noch, was er getragen hätte, wenn die Weißen nie gekommen wären – einen geflochtenen Haargürtel um die Hüfte und einen kleinen Beutel aus Opossumfell, in dem sich sein wertvollster Besitz befand. In alter Zeit hatten Männer in einem solchen Beutel scharfkantige Steine getragen, ein Stück Schnur, eine Speerspitze, manchmal auch einen Klumpen Bienenwachs, einen Haken zum Fischen und einen Feuerstein. Nun befanden sich darin Streichhölzer und Tabak, ein kleines Messer, Schnürsenkel und, wenn sie Glück hatten, ein paar Münzen.

Der alte Mann griff in sein Hemd und kramte in dem darunter verborgenen Beutel. Dann hielt er Lisa die Hand entgegen und sagte: »Das ist für dich.«

Lisa betrachtete den merkwürdigen Gegenstand auf seinem Handteller. Es dauerte einen Augenblick, bis sie erkannte, daß es sich um den Zahn eines Tieres handelte. »Du meine Güte«, sagte sie, »was ist denn das?«

»Ein Zahn von einem Dingo«, erwiderte Ezekial. »Er ist sehr alt und in ihm lebt ein sehr starker Zauber. Ich geb' ihn dir.«

»Der ist für mich?« sagte sie. »Aber warum?«»

Ezekial wollte sie nicht erschrecken, indem er ihr die Wahrheit sagte. Er hatte gesehen, daß das kleine Mädchen sich in Gefahr befand und Schutz brauchte. Deshalb erwiderte er lächelnd: »Es ist ein Talisman und bringt Glück. Das kleine Mädchen von Merinda ist immer freundlich zum alten Ezekial. Jetzt mache ich dir ein Geschenk. Dann bist du in Sicherheit.«

»Du meine Güte«, sagte Lisa noch einmal, als sie den Zahn an sich nahm. »Danke, Ezekial.«

»Trag ihn immer bei dir«, sagte er, »in ihm lebt ein sehr starker Zauber.«

2

Plötzlich fiel Sarah ein Lied der Ureinwohner ein.

Ich steige auf den hohen Felsen.
Ich blicke hinunter,
Ich blicke hinunter,

Und ich sehe den Regen fallen, fallen, fallen,
Auf meine Liebste sehe ich ihn fallen.

Seltsam, dachte sie, während sie mit dem Einspänner durch die fahlbraune Landschaft fuhr. Seit Jahren hatte sie nicht mehr an dieses Lied gedacht. Als kleines Mädchen hatte sie es von der alten Deereeree gelernt. Weshalb fällt es mir jetzt plötzlich wieder ein, überlegte sie. In letzter Zeit erinnerte sich Sarah an vieles, zum Beispiel daran, wie die alte Deereeree sie gelehrt hatte, Körbe aus Pflanzenfasern zu flechten; an ein Mädchen namens Becky, die ihre beste Freundin in der Mission gewesen war; an geheime Rituale im nahe gelegenen Wald. Diese Erinnerungen tauchten in ihr auf, weil Philip ihr gelegentlich Fragen stellte. Üblicherweise begann es mit: »Wie macht man bei deinem Volk das ...?« Dann erkannte Sarah, wie schön es war, wieder an solche Dinge zu denken.

Sie war an diesem Morgen nach Cameron Town gefahren, um die Post abzuholen und einiges einzukaufen: Stickgarn für Alice, Backpulver für Mrs. Jackson und Bleistifte für Adam. Es waren zwei Briefe für Joanna dabei, einer von Mr. Robertson vom Missionsdorf Karra Karra und der andere aus England. Außerdem hatte sie Briefe für Alice.

Sarah dachte an Philips Frau. Sie war so still und so unaufdringlich. Wie Alice selbst gesagt hatte, verwirrte sie dieses Leben in der Wildnis. Offenbar verbrachte sie viel Zeit damit, Briefe an ihre vielen Freunde und Verwandten in England zu schreiben. Man hörte und sah stundenlang nichts von ihr, und dann tauchte sie aus ihrem Zimmer auf und hatte einen Stapel Briefe, die zur Post gebracht werden sollten. Sie bekam Postkarten und Fotografien und Zeitungsausschnitte von ihrer Familie und saß viele Stunden am Tisch und klebte sie sorgfältig in ihre Sammelmappen. Aber es blieb niemandem verborgen, daß Alice McNeal schreckliches Heimweh hatte.

Deshalb war es auch nicht wirklich überraschend gekommen, daß Philip am Tag zuvor beim Abendessen erklärt hatte, nachdem das Haus beinahe fertig sei, würden er, Alice und Daniel so bald als möglich nach England abreisen.

Sarah hatte gewußt, daß der Augenblick seines Abschieds kommen mußte. Aber als sie hörte, wie Philip es tatsächlich aussprach und daß es so endgültig klang, wurde sie traurig. Sie wußte allerdings auch, daß es so das Beste war, denn das, was irgendwie zwischen ihnen entstanden war, ohne daß einer von ihnen es sich eingestehen wollte, hätte überhaupt niemals erwachen dürfen. In den vergangenen Monaten hatte Sarah sich nicht erlaubt, auch nur einmal mit Philip allein zu sein. Aber ihre Gefühle für Philip wurden trotzdem stärker und intensiver. Und was die Sache noch schlimmer machte, sie spürte diese Gefühle auch bei ihm. Es war eine gefährliche Lage.

Sie hatte versucht, ihre Liebe zu ergründen und sich viele Male gefragt: Warum Philip? Sarah fehlte es nicht an Bewunderern. Da war Eddie, der Mischling, ein intelligenter, aufgeweckter Farmarbeiter. Er sah gut aus und war sichtlich in sie vernarrt. Es gab den jungen Eingeborenen, der in Thompsons Laden in Cameron Town arbeitete. Er trieb sich immer in der Nähe von Sarahs Einspänner herum, wenn sie dort einkaufte. Sogar ein Weißer interessierte sich für sie – Arnie Ross. Er war Anwalt in der Stadt und hatte Sarah bei einem Gemeindepicknick gesehen. Er hatte schriftlich in Merinda angefragt, ob er sie besuchen dürfe.

Doch Sarah interessierte sich nur für Philip McNeal – sie interessierte sich nicht nur für ihn, sie war bis über beide Ohren in ihn verliebt. Und sie wollte wissen, weshalb. Er sah gut aus – Arnie Ross auch. Er war witzig, klug und lachte viel – Eddie auch. Er war sensibel und freundlich – der junge Mann bei Thompson war ebenfalls sensibel und freundlich. Was hatte Philip also an sich, das ihn für sie zu einem so besonderen Mann machte?

Vielleicht lag es an der Art, in der er die andere Seite ihres Wesens ansprach und sie aufforderte, an das Leben der Ureinwohner zu denken und sich daran zu erinnern. Er sprach ständig mit ihr darüber, er schien geradezu fasziniert davon zu sein. Es hatte den Anschein, als wolle er diese Seite in Sarah wieder wecken und ihr zum Durchbruch verhelfen. Sie überlegte, was mit dem weißen Anteil ihres Wesens geschehen würde, wenn sie Philip erlaubte, diesen ans Tageslicht zu bringen. Sie konnte nicht gleichzeitig zwei Menschen sein. Sie konnte nur das eine oder das andere sein. Und doch schien die weiße Hälfte ihres Wesens sich nicht zu behaupten. Nach sieben Jahren, in denen sie wie eine weiße Frau gelebt hatte, in denen sie Joanna nachahmte, den Körper in ein Korsett schnürte, die Füße in Schuhe zwängte und den schwarzen Teil ihres Ichs geheim und für sich behielt, nach dieser langen Zeit schien das weiße Ich dem anderen, unterdrückten Ich zu unterliegen. Die Erinnerungen an die Vergangenheit lieferten den Beweis dafür. Ein weiterer Beweis war die Tatsache, daß Sarah sich freute, wenn diese Erinnerungen auftauchten, daß sie die Bilder und Gedanken begrüßte. Vielleicht war das wirklich ein Grund dafür, daß sie Philip so sehr liebte.

Während sie nun in der Morgensonne dahinfuhr, fragte sie sich: Wenn ich einen Mann wie Philip heiraten würde, genauer gesagt, wenn ich Philip heiraten würde, dürfte ich dann wieder eine Aborigine sein?

Sie dachte daran, wie sie Philip vor ein paar Abenden beobachtet hatte, ohne daß er etwas davon merkte. Sie stand versteckt zwischen den Bäumen unten am Fluß, so wie sie vor beinahe acht Jahren einmal dort gestanden hatte, und beobachtete Philip im Musikzimmer des neuen Hauses. Er fuhr mit den Händen über das Holz, inspizierte den Anstrich und bückte sich, um die Fußleisten zu begutachten. Fahles Mondlicht fiel in das Zimmer, und Philip sah unwirklich und fast körperlos aus. Er war groß und schlank, hatte eckige Schultern und knochige Hüften, und trotzdem bewegte er sich mit fließender Anmut.

Sarah hatte in diesem Moment zu ihm gehen und sich von ihm verabschieden wollen. Sie hatte sich leidenschaftlich und auf eine bleibende Art mit ihrem Körper und ihrem Atem verabschieden wollen. Sie wollte sich ihm einprägen, damit er sie nie vergessen würde, so wie er Blütenstaub im Wind nie vergessen hatte. Aber das Wilde, das in ihr lauerte, erschreckte sie immer noch, und Sarah glaubte, sie dürfe ihm niemals freien Lauf lassen. Und so hatte sie sich nur stumm mit den wenigen Worten ihrer Sprache von ihm verabschiedet, an die sie sich noch erinnerte: *Winjee khwaba.*

Als sie nun mit ihrem Wagen über die Landstraße fuhr, hob sie unwillkürlich den Kopf und sah einen Keilschwanzadler, der vom blauen Himmel herunterschwebte. Er kam im Sturzflug ganz tief, fing sich kurz über der Erde und flog wie ein bronzefarbener Blitz wieder davon. Sarah hielt ihr Gesicht in den Wind. In der Ferne entdeckte sie die verkohlten Reste eines ausgebrannten Farmhauses umgeben von verbrannten Feldern. Und dann sah sie ihn ...

Philip. Er saß im Gras und zeichnete in seinen Skizzenblock. In der Nähe stand sein angebundenes Pferd.

Sarah hielt den Wagen an und beobachtete ihn. Sie dachte daran, wie er an vielen Abenden noch spät mit Joanna und Hugh über den Plänen für das Haus gesessen und hier eine Änderung, dort eine Ergänzung vorgeschlagen hatte. Jeder Balken war unter Philips Aufsicht an seinen Platz gelegt und verankert, jeder Nagel unter seinen Augen eingeschlagen worden. Wenn er Mängel entdeckte, die außer ihm offenbar niemand sehen konnte, ließ er das betreffende Teil wieder herausreißen und durch ein neues ersetzen. Er war mit den zusammengerollten Plänen unter dem Arm über den Bauplatz gelaufen, hatte inspiziert, gemessen, geprüft und noch einmal geprüft. Und wenn noch zwei zusätzliche Hände gebraucht wurden – um eine Mauer hochzuziehen, um Zement anzumachen –, hatte Philip zugegriffen.

Das neue Haus auf Merinda war nach Sarahs Ansicht einmalig. Philip hatte mit seinem Entwurf mutig neue Wege beschritten. Es war ein sehr großes, einstöckiges Haus, und alles befand sich unter einem Dach. Das gab es bei keinem anderen Farmhaus im Distrikt. Philip hatte die Küche in das Haus eingegliedert, anstatt sie wie üblich als separates Gebäude an das Ende eines langen überdachten Gangs zu legen. Auf der hinteren Veranda befand sich ein eingemauerter Waschkessel mit Hähnen für fließendes Wasser – eine höchst ungewöhnliche Einrichtung. Und als erstes Haus im Distrikt hatte es eine Gasbeleuchtung.

Es war ein schönes Haus mit einem hübschen Walmdach und einer breiten, umlaufenden Veranda mit geschmackvollen, durchbrochenen Gußeisenornamenten an den Pfosten. Aus dem ganzen Distrikt waren Besucher gekommen, um dieses Haus zu sehen. Sarah dachte oft, es sei durch geistige Kräfte geschaffen worden. Frank Downs hatte in der *Times* darüber geschrieben, und zu dem Artikel erschien eine Illustration seiner Frau Ivy. Auf dem Bild sah man das Haus auf Merinda, das groß, aber harmonisch inmitten von Eukalyptusbäumen, einheimischen Sträuchern und Gräsern stand.

Nur Philip konnte dieses Haus bauen, dachte Sarah.

Plötzlich blickte er auf. Ein heißer Wind blies über die Ebene, und die Blätter seines Skizzenblocks flatterten. Er saß etwa dreißig Meter von Sarah entfernt, und doch spürte sie, wie etwas von ihm zu ihr herüberkam. Es flog auf dem Atem der heißen Luftströmung, wirbelte um sie herum und hüllte sie ein wie eine Umarmung: Es war Philips Verlangen nach ihr. Und während sie ihm zuwinkte, überlegte sie, ob er das gleiche spürte, das von ihr ausging und nach ihm griff.

Er kam auf sie zu – langsam, wie sie dachte, als sei er unsicher und wolle sich Zeit nehmen, um über die richtigen Worte nachzudenken. Ganz plötzlich erkannte Sarah, was sie beide sagen wollten und doch wußten, daß sie es nicht sagen konnten.

»Hallo, Sarah. Ich habe eine Skizze von dem großen Haus in Tillarrara gemacht«, er hielt ihr den Block entgegen. »Es ist ein ideales Beispiel australischer Architektur. Siehst du das konkave Blechdach, die untermauerten Stützen und die bossierten Steine? Man hat blauen Basalt verwendet und das Haus mit Holz verschalt. Es zeigt georgianische Einflüsse und hat Stirnbretter. Deshalb würde ich sagen, es ist um 1840 gebaut worden.«

»1841«, Sarah gab ihm den Skizzenblock zurück.

»Ich hatte nicht erwartet, dich hier zu treffen.«

»Ich bin in die Stadt gefahren«, sagte sie, »um die Post zu holen.«

Sarah fiel ein, daß sie am Morgen beinahe darauf bestanden hatte, daß Joanna zu Hause blieb und sich um Daniel kümmerte, der schwer erkältet war. Sarah hatte erklärt, es mache ihr nichts aus, wegen der Post in die Stadt zu fahren. Gleichzeitig nahm sie sich vor, diesen Weg zu meiden und auf der Hauptstraße zu bleiben, da sie wußte, daß Philip angekündigt hatte, er werde sich Tillarrara ansehen. Dann dachte sie daran, daß sie sich nach dem Verlassen von Cameron Town vor der Kreuzung eingeredet hatte, dieser Weg sei besser, weil er kürzer war, und sie werde mit größter Wahrscheinlichkeit Philip ohnehin nicht begegnen. Nun erkannte sie die Zielstrebigkeit ihres Handelns und wußte plötzlich, daß sie diese Begegnung sehr wohl beabsichtigt hatte.

»Ich bin froh, daß du da bist«, sagte er. »Ich habe gehofft, daß wir eine Gelegenheit finden, um vor meiner Abreise miteinander zu sprechen.«

Sarah dachte an die vergangenen Monate, und ihr wurde klar, daß Philip sie ebenso gemieden haben mußte wie sie ihn.

Er half ihr beim Absteigen, und sie gingen eine Weile zu Fuß weiter.

Sie schwiegen und spürten, wie ihre Liebe und ihr Verlangen eine unsichtbare Hülle um sie webten, die sie von der übrigen Welt trennte.

Philip staunte, wie ruhig er sich in Sarahs Anwesenheit immer fühlte. Sein ruheloser Geist schien friedlich zu werden, wenn sie bei ihm war. Er dachte an das Haus, dessen Bau er gerade beendet hatte und das er als Krönung seiner Architektenlaufbahn betrachtete. Er vermutete, daß er dabei von seinen Gefühlen für Sarah inspiriert worden war.

Das Haus der Westbrooks am Fluß und umgeben von dem alten Wald sah genauso aus, wie er es geplant hatte – als sei es ganz natürlich zwischen dem Eukalyptus und dem Känguruhgras gewachsen. Die kühle Schlichtheit des Walmdachs und der breiten Veranda sprachen von einem vollendeten Stilgefühl. Philip dachte daran, welche Freude es ihm bereitet hatte, ein Haus zu entwerfen, das sich harmonisch in seine Umgebung einfügte. Es war eine einmalige Erfahrung gewesen, mit einheimischem Holz und einheimischem Stein zu arbeiten, Linien und Konturen zu schaffen, die die Natur ergänzten, anstatt sie zu vergewaltigen, in der Gestaltung des Hauses dem Geist des Landes Ausdruck zu geben, dessen Teil es war. Philip erkannte, es war beinahe so, als habe er das Haus gebaut wie die Ureinwohner, wenn sie Häuser gebaut hätten: als eine Erweiterung der Welt um sie herum und nicht losgelöst von ihr. Philip hatte sich in vielen Städten, die er besuchte und in denen er Häuser baute, eingeengt gefühlt. Seine kreativen Instinkte waren immer unterdrückt worden. Er vermutete, daß er unter anderem deshalb ständig unterwegs, ständig auf der Suche war. Und er überlegte, ob er alles, was er suchte, schließlich doch noch gefunden hatte, hier, in diesem fernen Winkel der Welt, im Haus der Westbrooks, in der Inspiration, die ihm diese junge schweigende Frau neben ihm schenkte. Noch nie hatte ihn eine Arbeit so tief befriedigt. Und er hatte noch nie einen solchen Frieden empfunden.
Plötzlich riß ein Windstoß Sarah die Haube vom Kopf. Philip griff danach, aber der Wind trug sie davon.
»Macht nichts, ich hole sie zurück!« rief er.
Sarah beteiligte sich an der Jagd. Sie liefen durch das trockene Gras und versuchten, die Haube zu fassen, als sie sich in einem Busch verfing, aber der Wind trug sie weiter. Bald war die Haube nicht mehr die Hauptsache, und sie überließen sich der Freiheit und der Freude an Wind, Sonne und weitem Land.
Die Haube landete im Gestrüpp, und Philip blieb unvermittelt stehen. Sarah rannte gegen ihn. Sie stolperten, hielten sich lachend aneinander fest und standen dann still. Philip drückte Sarah an sich. Die Haube war vergessen.
Seine Arme schlossen sich fester um sie.
Sie vergrub ihr Gesicht an seinem Hals. Sie spürten die warme Sonne auf ihren Rücken. Er küßte Sarahs Haare und dann ihre Wange. Er preßte

sie so fest an sich, daß sie kaum atmen konnte. Und dann fand sein Mund ihren Mund.
Sarah hielt Philip einen Augenblick fest, ehe sie sich ihm entzog. Philip war schön, und er war der Mann, den sie wollte. Aber Sarah wußte auch, Philip mußte weiterreisen, er war verheiratet.
»Sarah«, begann er, »ich muß mit dir reden, dir alles erklären. Es gibt so vieles, was ich dir sagen möchte.«
»Bitte nicht«, in ihren Augen schimmerten Tränen. »Es ist Alice gegenüber nicht fair.«
»Wir können nichts dagegen tun. Leugnest du es? Leugnest du, daß wir uns lieben?«
»Nein«, sagte Sarah. »Ich leugne es nicht. Aber wir haben kein Recht dazu.«
»Gibt unsere Liebe uns kein Recht?«
»Aber es geht nicht nur um uns, Philip. Es geht auch um andere. Deine Frau ...«
»Ich möchte nicht über Alice sprechen. Das hat nichts mit ihr zu tun. Es ist nicht ihre Schuld. Ich liebte sie, als ich sie geheiratet habe, und ich liebe sie immer noch, aber auf andere Weise als dich. Mich hat ihr ruhiges Wesen angezogen, die Art, in der sie in ihrem Zuhause, in ihrer Familie verwurzelt war. Ich dachte, sie werde mir helfen, mich irgendwo niederzulassen und meiner Ruhelosigkeit und meinem Umherziehen ein Ende machen. Statt dessen ist sie ein Opfer meines unsteten Wesens geworden. Du hast recht. Ich habe Häuser für andere gebaut, aber kein Heim für mich. Das ist ihr und Daniel gegenüber nicht fair. Deshalb bringe ich sie dorthin zurück, wo sie hingehört und wo sie glücklich sein wird. Laß uns noch ein Stück zusammen gehen, Sarah. Ich möchte nicht, daß wir uns so trennen. Ich möchte dir von mir erzählen, und ich möchte alles über dich wissen, was es zu wissen gibt. In dir ist etwas so wunderbar Geheimnisvolles, das ich erforschen möchte. Wenn ich abreise, wirst du mit mir gehen, hier drinnen« – er berührte seine Brust. »Laß uns einfach reden, Sarah, nur eine Weile. Danach tut jeder von uns, was er tun muß.«
»Wirst du zurückkommen, Philip?« fragte sie. »Werde ich dich wiedersehen?«
Er wollte sie noch einmal in die Arme nehmen. Aber er ließ den Abstand zwischen ihnen bestehen. »Zu einer anderen Frau würde ich sagen:

Wenn es in den Sternen steht, komme ich zurück. Aber zu dir, Sarah, sage ich: Wenn mein Traumpfad mich wieder hierher führt, dann werden wir uns wiedersehen.«

3

Joanna öffnete hastig den Brief vom Karra Karra-Missionsdorf. Er enthielt einen kleineren Umschlag mit britischen Briefmarken und ein paar Zeilen von Robertson. Er erklärte, sein Freund in London, der Fachmann für Tiro-Kurzschrift, habe ihm geschrieben. ›Ich lege hiermit den Schlüssel bei, den ich erhalten habe. Er schreibt, für den Fall, daß Sie Schwierigkeiten bei der Übertragung der Notizen Ihres Großvaters haben sollten, werde er die Aufgabe mit Freuden für Sie übernehmen.‹

Joanna öffnete den Umschlag und nahm den Inhalt heraus – ein Brief von Giles Stafford, in dem er die Kurzschrift erklärte, und ein kleines Notizbuch mit Kürzeln und ihrer alphabetischen, phonetischen und wörtlichen Bedeutung.

Es kam ihr wie ein Wunder vor. Ja, es war ein Wunder. Endlich hatte sie den Schlüssel. Nun konnte sie herausfinden, ob die Aufzeichnungen ihres Großvaters tatsächlich die Antworten enthielten, die sie gesucht hatte.

Aber obwohl Joanna am liebsten auf der Stelle mit der Übertragung begonnen hätte, öffnete sie den anderen Brief. Er kam von einer Mrs. Elsie Dobson; die Absenderadresse auf dem Umschlag verriet, daß sie im selben Dorf wie Tante Millicent lebte.

Joanna entfaltete den blaßblauen Briefbogen, der trotz der vielen tausend Meilen, die er zurückgelegt hatte, schwach nach Lavendel duftete. Mit kleiner, gestochener Handschrift stellte Mrs. Elsie Dobson sich als eine Witwe vor, die Millicent Barnes gegenüber auf der anderen Seite des Dorfangers lebte. Die beiden hatten sich seit beinahe sechzig Jahren gekannt. Sie fuhr fort, es sei ihre traurige Pflicht zu berichten, daß Millicent im Alter von siebzig Jahren friedlich und im Schlaf gestorben sei.

›Ich war ihre beste Freundin‹, schrieb Mrs. Dobson, ›und da ich sie in ihren letzten Tagen, als sie nach einem Schlaganfall ans Bett gefesselt war, gepflegt hatte, hinterließ sie mir alles, und das war sehr wenig. Als

ich es endlich über mich brachte, ihre Sachen durchzugehen, fielen mir Ihre Briefe in die Hand, Mrs. Westbrook. Millicent hat sie alle aufbewahrt.
Es tut mir leid, daß Millicent Sie und Ihre Mutter so unglücklich machte, indem sie Ihre Fragen nicht beantwortete. Sie war keine böse Frau. Aber sie hat es nie völlig verwunden, daß sie ihre Schwester an John Makepeace ‚verloren' hatte, wie sie es ausdrückte. Und als Emily später Petronius Drury heiratete und mit ihm nach Indien ging, fühlte Millicent sich noch einmal verlassen. Aber ich glaube, nachdem sie nun hinübergegangen ist, werde ich niemandem schaden, wenn ich versuche, Ihre Fragen zu beantworten.
Millicent und ihre Schwester waren zwar Zwillinge, aber sehr verschieden. Naomi, Ihre Großmutter, war so fröhlich, so optimistisch, und sie war die Stärkere der beiden. Millicent erschien mir immer als das genaue Gegenstück. Sie war verschlossen, schwermütig und, offen gesagt, recht schwach. Die beiden Schwestern waren unzertrennlich. Aber als Naomi sich in John Makepeace verliebte und mit ihm in das fremde Land fuhr, sagte Millicent, das werde sie ihr niemals vergeben.‹
Joanna stellte fest, daß es im Zimmer dunkel wurde. Die Sonne war untergegangen, und sie hörte durch die geschlossene Tür des Schlafzimmers, daß Mrs. Jackson, die Köchin, Peony beauftragte, den Tisch zu decken. Die Glastüren zur Veranda standen offen, und mit dem warmen Abendwind drang lautes Gelächter vom Hof herein, wo die Scherer ihr Handwerkszeug für den Tag zusammenpackten.
Sie zündete eine Lampe an und griff wieder zu Mrs. Dobsons Brief. ›Ich erinnere mich an den Tag, Mrs. Westbrook, an dem Ihre Mutter hier ankam‹, schrieb sie. ›Zufälligerweise besuchte ich Millicent an diesem Tag. Das muß wohl vor fünfundvierzig Jahren gewesen sein, denn ich weiß noch, daß ich den kleinen Raymond, mein erstes Kind dabei hatte, um ihn Millicent zu zeigen. Ich erinnere mich, daß wir Tee tranken, als wir durch Klopfen an der Tür gestört wurden. Ein höchst außergewöhnlicher Mann kam herein, ein Schiffskapitän. Er hatte ein Kind bei sich, und er erzählte uns eine geradezu phantastische Geschichte.‹
Während Joanna Mrs. Dobsons Bericht las, stellte sie sich die Odyssee ihrer Mutter vor – von Australien nach Singapur und von dort nach Southampton. Dabei hatte sie Monate nur in Gesellschaft von Seeleuten auf hoher See verbracht. Das Kind, das auf Millicents Türschwelle

erschien, war beinahe fünf Jahre alt gewesen. Seine Haut war dunkel gebräunt, die Haare hingen ihm bis über die Hüften, und über dem Kleid trug es eine dunkelblaue Seemannsjacke und eine Matrosenmütze. Außer den Geschenken der Matrosen hatte die Kleine nur eine Ledertasche bei sich. Darin befanden sich Papiere und eine merkwürdige Puppe aus Fell, die das Mädchen Rupert nannte.

›Der Kapitän konnte uns nicht sagen, wie Emily an die australische Küste gekommen war, wo das erste Schiff sie an Bord genommen hatte. Der Brief, den sie bei sich trug, erklärte nur wenig. Wir sahen nur, daß er in großer Eile geschrieben worden war.‹

Mr. Dobson fuhr fort, in dem Brief habe nichts anderes gestanden als: ›Das ist Emily Makepeace, die Tochter von John und Naomi Makepeace und Nichte von Millicent Barnes. Bitte liefern Sie Emily in Crofters Cottage, Bury St. Edmunds, England ab. Man wird Sie dafür belohnen.‹

Joanna versuchte, sich die Umstände der verzweifelten Flucht aus Australien vorzustellen. Wer hatte das kleine Mädchen zur Küste gebracht und den Behörden übergeben? Eine Frau namens Reena? Weshalb hatte sie Emily nicht nach England begleitet, oder war es ihr nicht möglich gewesen? Und was war danach mit John und Naomi geschehen?

Sie las weiter. ›Millicent war außer sich. Schließlich war es Naomis Kind, und Millicent liebte Naomi sehr. Aber was aus Naomi wurde, haben wir nie erfahren. Ich vermute, sie ist vor langer Zeit irgendwo in Australien gestorben.

Als Ihre Mutter größer wurde, wunderte sie sich manchmal darüber, daß sie sich überhaupt nicht an ihre Eltern erinnerte. Wenn sie ihre Tante danach fragte, sagte Millicent jedesmal, sie habe als Sechsjährige ein schweres Fieber gehabt. Das stimmte natürlich nicht. Über den wahren Grund für den Gedächtnisverlust Ihrer Mutter konnten Millicent und ich uns nie klar werden. Aber es muß etwas Schreckliches gewesen sein, denn ich erinnere mich, daß die arme kleine Emily unter Alpträumen litt. Sie hatte eine beinahe verrückte Furcht vor Hunden und Schlangen. Ich dachte immer: Sie muß in Australien etwas Entsetzliches gesehen haben. Millicent ging der Sache nicht nach. Ich glaube, sie fürchtete sich zu sehr vor dem, was sie herausfinden könnte.

Ich bedaure, Mrs. Westbrook‹, schloß Elsie Dobson, ›aber das ist alles, was ich Ihnen sagen kann. Entweder habe ich den Rest vergessen, denn mein Gedächtnis ist nicht mehr das, was es einmal war, oder es gibt wirklich sonst nichts mehr zu berichten. Aus Ihrer Mutter wurde eine hübsche junge Dame, und es tat uns allen leid, als sie nach Indien ging, denn wir fürchteten, wir würden sie nie mehr wiedersehen. Etwas muß ich Ihnen noch sagen, Mrs. Westbrook. Als ich vom Tod Ihrer Mutter erfuhr, war ich einerseits tief betroffen, andererseits jedoch merkwürdigerweise nicht. Wenn ich Ihre Mutter ansah, hatte ich immer die unbestimmte Vorstellung, ihr sei ein tragisches Schicksal bestimmt. Ich weiß nicht, weshalb ich auf diesen Gedanken kam. Ich kann es nur auf etwas zurückführen, das ich vor langer Zeit einmal gehört haben muß, woran ich mich inzwischen jedoch nicht mehr erinnern kann.‹

Der Brief war unterschrieben mit: ›Hochachtungsvoll, E. Dobson.‹

Joanna starrte auf die letzte Zeile. Die einzige Frau, die so viele wichtige leere Stellen hätte ausfüllen können, war tot. Und das Gedächtnis des einzigen anderen Menschen, der Emily offenbar in ihrer Kindheit gekannt hatte, versagte.

Sie las den Brief noch einmal, um festzustellen, ob ihr etwas entgangen war, und ihr Blick blieb an zwei Sätzen hängen: ›Sie muß in Australien etwas Entsetzliches gesehen haben‹ und ›Wenn ich Ihre Mutter ansah, hatte ich immer die unbestimmte Vorstellung, ihr sei ein tragisches Schicksal bestimmt‹.

Also selbst damals, als Emily unter Menschen lebte, die keine Ahnung von ihrer Geschichte oder ihren Lebensumständen hatten, die unmöglich etwas von Gift-Gesängen oder Flüchen australischer Ureinwohner wissen konnten, selbst damals hatte eine Mrs. Dobson in Bury St. Edmunds das unheilvolle Schicksal geahnt, das Emily überall durch die Welt folgte.

Joanna wollte den Brief gerade falten und wieder in den Umschlag stekken, als sie noch ein Blatt bemerkte. Sie hielt es ans Licht und stellte fest, daß Mrs. Dobson eine Nachschrift beigelegt hatte.

›Nachdem ich den Brief noch einmal durchgelesen habe, wird mir klar, Mrs. Westbrook, daß zwei Dinge fehlen, die Sie vielleicht interessieren werden. Sie baten um Informationen darüber, in welchem australischen Hafen Ihre Großeltern an Land gegangen sind. Das weiß ich nicht. Aber vielleicht hilft es Ihnen, daß sie 1830 auf einem Schiff mit dem Namen *Beowulf* gefahren sind. Daran erinnere ich mich und bin mir auch sicher, denn die Beowolf-Sage hat mich schon immer fasziniert, und ich fand den Namen des Schiffes sehr ominös. Die zweite Sache, die vielleicht von Interesse ist: Nachdem Emily etwa ein Jahr bei Millicent lebte, wurde die seltsame kleine Fellpuppe beschädigt, die sie bei ihrer Ankunft mit dem Schiffskapitän bei sich getragen hatte – ich weiß nicht mehr, was geschah. Aber das Kind wurde deshalb geradezu hysterisch, und Millicent rettete den heiß geliebten Rupert, indem sie die Puppe säuberte und die Nähte verstärkte. Dabei entdeckte sie, daß in dem Füllmaterial etwas versteckt war. Es handelte sich um einen recht großen, blitzenden Edelstein, um einen Opal, wie wir später erfuhren. Ich weiß nicht, ob Ihnen das etwas nützt, Mrs. Westbrook, und ich weiß nicht, was mit dem Opal geschah. Aber ich hoffe, daß ich Ihnen auf meine bescheidene Weise helfen konnte.‹

Joanna starrte auf die letzten Zeilen. Der Opal! Er war in Rupert versteckt gewesen!

Sie öffnete die unterste Schreibtischschublade und holte ein verschlossenes Metallkästchen heraus. Dann ging sie zu ihrer Schmuckschatulle, entnahm ihr einen kleinen Schlüssel, öffnete damit das Kästchen und nahm den Feueropal heraus.

Während sie in seine feurigen roten und grünen Tiefen blickte, fragte sie sich: In welchem Zusammenhang steht er mit Karra Karra? Hatte ihr Großvater ihn vielleicht dort gefunden? War das der Grund für den plötzlichen Drang ihrer Mutter, nach Australien zurückzugehen, weil es dort noch etwas ›anderes‹ gab, das ›andere Erbe‹, bei dem Joanna nie hatte herausfinden können, worum es sich handelte. Hatte John Makepeace möglicherweise eine Opalmine entdeckt? Bezog sich die Besitzurkunde darauf? Hatte Joanna in Wirklichkeit mehr geerbt als ein Stück Land? War es vielleicht etwas unvorstellbar Wertvolles?

Joanna hielt den Opal in der Hand. Sie spürte seine Wärme, als habe er eine eigene Energie, und sie dachte: Was bist du? Woher bist du gekommen? Welchen Zweck hast du? Sind deine Kräfte gut oder böse?

Es war Zeit, sich den Aufzeichnungen ihres Großvaters zuzuwenden. Ganz sicher lagen die Antworten in diesen geheimnisvollen Papieren.

Sie legte das Notizbuch mit dem Kurzschriftschlüssel vor sich auf die Schreibtischplatte, daneben die erste Seite der Aufzeichnungen und daneben ein weißes Blatt. Sie tauchte den Federhalter in das Tintenfaß, betrachtete das erste Symbol und fand es in Giles Staffords Buch.

Und dann, mit einem letzten Blick auf den Opal, der im Lampenschein geheimnisvoll schimmerte, ging sie ans Werk.

Kapitel Dreiundzwanzig

1

Joanna war verwirrt. Inzwischen übertrug sie seit einem Monat die Notizen ihres Großvaters, und bisher hatten ihre Bemühungen wenig mehr ans Licht gebracht als einen eher trockenen Bericht von John Makepeace über den Zug durch die Wildnis, den Busch und die Wüste. John und Naomi Makepeace hatten sich der Sippe eines Häuptlings mit dem Namen Djoogal angeschlossen. Joanna hatte aber keine Hinweise darauf gefunden, wo in Australien diese Ureinwohner lebten oder zu welchem Stamm sie gehörten. Soweit sie bisher feststellen konnte, gaben die Aufzeichnungen auch keinerlei Aufschluß über die Ursache der Ängste ihrer Mutter. Außer den Dingos, die die Sippe als Haustiere hielt, wurden Hunde nicht erwähnt, und von Schlangen erfuhr man kaum mehr, als daß die Aborigines die Regenbogenschlange verehrten.

Der bisher einzig bedeutsame Anhaltspunkt war die Aussage, daß die Känguruh-Ahne das Totem der Sippe war. Hier gab es also einen Zusammenhang, den Joanna bereits für ihr Leben auf Merinda als bedeutsam erkannt hatte, ohne jedoch mehr zu wissen.

Joanna lehnte sich zurück und bewegte den Kopf langsam von einer Seite zur anderen, um die Spannung in ihrem Nacken zu lösen. Jeden Nachmittag, wenn sie sich mit dem Kurzschriftschlüssel und den Aufzeichnungen ihres Großvaters an den Schreibtisch setzte, rechnete sie damit, etwas Aufregendes zu entdecken, hoffte sie auf einen Durchbruch. Und jeden Abend stand sie enttäuscht wieder auf.

Es war spät. Abgesehen von Hugh, der zu den Koppeln hinausgeritten war, um die neugeborenen Lämmer zu bewachen, schliefen alle. Im

Haus herrschte Stille. Die McNeals waren vor zwei Wochen abgereist, die Schur war vorüber und Merinda hatte wieder zu einer ruhigen Routine zurückgefunden. Bald sollten die Vorbereitungen für den Umzug in das neue Haus beginnen. Sobald der Innenanstrich fertig war, würden Joanna und ihre Familie in dem neuen Haus am Fluß wohnen und sich von diesem hübschen, alten Rindenhaus verabschieden.
Trotz der friedlichen und stillen Nacht stand Joanna unter großen Spannungen. Sie wurde das Gefühl nicht los, es sei ein schlechtes Omen, daß John Makepeace bisher über keine gefährlichen oder erschreckenden Dinge berichtet hatte. Außerdem beunruhigte Johanna die Nachricht, daß in letzter Zeit die Dingos bis nahe an Merinda herankamen.
»Ezekial sagt, er hat sie ein paar Meilen flußaufwärts gesehen«, hatte Hugh ihr an diesem Morgen berichtet. »Ich werde kein Risiko eingehen. Ich habe zusätzliche Männer auf Dingo-Wache hinausgeschickt. Sorge dafür, daß Adam und Lisa vom Fluß wegbleiben. Die wilden Hunde sind durch die Dürre in schlechter Verfassung, und das macht sie tollkühn.«
Dingos ...! Joanna seufzte, während sie die Insekten beobachtete, die um den Zylinder der Petroleumlampe flatterten. Wilde Hunde ...!
Sie verfolgten sie nachts im Traum und wurden nun auch bei Tag zum Schreckgespenst. Ezekial sah sich sogar veranlaßt, Hugh zu warnen. Hatte er die anderen Farmer ebenfalls vor den Dingos gewarnt oder galt seine Warnung speziell Merinda – ihr und möglicherweise Lisa? Joanna hatte den Dingozahn gesehen, den der alte Fährtensucher Lisa geschenkt hatte. Sie fragte sich, ob dahinter mehr steckte, oder ob es sich einfach um einen Talisman handelte, wie Ezekial erklärt hatte.
Joanna blickte auf die wenigen Seiten, die noch zu übertragen waren, und betete, daß der Schlüssel zu dem Geheimnis darin verborgen lag.
Sie griff nach dem Federhalter und nahm die Arbeit wieder auf. ›Ich mache mir Sorgen um Naomi‹, hatte John Makepeace vor beinahe fünfzig Jahren geschrieben. ›Ich fürchte, meine Frau fängt an, sich zu verändern. Etwas Seltsames scheint mit ihr vorzugehen.‹
Joanna wurde plötzlich hellwach. Nach seitenlangen Berichten über das Leben der Männer in Djoogals Sippe – er beschrieb ausführlich, wie die Ureinwohner jagten, wie sie Speere und Bumerangs anfertigten, schilderte ihre Rituale und gab ihre Geschichte wieder – änderte sich plötzlich der Ton der Aufzeichnungen. Joanna las schneller.

›Naomi blüht hier auf, während meine Selbstzweifel wachsen. Noch schlimmer ist, daß sie behauptet, meine Beobachtungen der Aborigines und ihrer Kultur seien einseitig, weil ich dabei die Frauen auslasse.

Naomi behauptet, die Frauen der Ureinwohner besitzen den gleichen Status wie die Männer. Ich gebe zu, daß Frauen innerhalb der Sippe eine große Bedeutung haben. Das ist mir nicht entgangen. Die Männer gehen zwar gelegentlich auf die Jagd, aber die Frauen sammeln die tägliche Nahrung. Die Frauen entscheiden sogar selbst in allen Fragen der Fortpflanzung und Sexualität. Das Hochzeitsritual ist sehr einfach: Eine Frau erklärt den Mann ihrer Wahl zu ihrem Ehemann. Das Leben der Frauen kreist nicht nur um das Gebären und Aufziehen der Kinder, während die Männer in allen anderen Bereichen ihres Lebens den Ton angeben. Im Gegenteil, alle lebenswichtigen Entscheidungen der Sippe werden von Männern und Frauen gemeinsam und gleichberechtigt getroffen.

Folgt die Sippe einem Traumpfad, übernehmen manchmal die Männer die Führung, und die Frauen folgen, dann wieder ist es umgekehrt. Ich spreche jedoch ausschließlich vom Alltag. Ich sehe nicht, daß den Frauen eine größere religiöse oder geistige Bedeutung zukommt; soweit ich feststellen kann, liegt diese Macht bei den Männern.

Naomi bestreitet das‹, hatte Makepeace hinzugefügt. ›Sie sagt, die Frauen haben eigene Rituale, bei denen Männer nicht zugelassen sind. Sie sagt, es gibt Frauenrituale, und sie seien in vieler Hinsicht wichtiger und machtvoller als die der Männer, denn es gehe dabei um Fruchtbarkeit und Geburt, das heißt also, um die Lebenskraft, um den Fortbestand der Sippe. So hat sie mir zum Beispiel erzählt, daß die Rituale aus Anlaß der ersten Menstruation eines Mädchens sehr viel umfangreicher und vielschichtiger sind, eine größere Geheimhaltung verlangen und mit sehr viel mehr Tabus belegt sind als die Initiationsriten der jungen Männer. Wie Naomi sagt, wissen diese Menschen anscheinend nicht, daß der Samen des Mannes zur Schwangerschaft einer Frau führt. Sie glauben an ‚Geist-Kinder'. Das heißt, eine Frau läuft über eine bestimmte Stelle, und der Kind-Geist, der geboren werden will, springt in sie. Aus diesem Grund gehören für die Ureinwohner Australiens Geburt und Leben – die Macht und Magie vom Werden des Lebens – ausschließlich in den Zuständigkeitsbereich der Frauen, und ihre geheimen Riten kreisten in erster Linie um diese Geheimnisse.

Naomi sagt, weiße Beobachter nehmen von den geheimen Ritualen der Frauen keine Notiz, sondern richten ihre Aufmerksamkeit nur auf die Rituale der Männer und ziehen daraus die falsche Schlußfolgerung, daß nur die Männer der Aborigines Spiritualität besitzen. Der Grund für dieses Mißverständnis liegt darin, daß es sich bei den Beobachtern um Männer handelt, wie ich es bin, und daß ihnen deshalb nur erlaubt ist, etwas über die Angelegenheiten der Männer zu erfahren. Das Ergebnis, so meint sie, ist eine einseitige Beschreibung dieser Kultur.

Vermutlich sollte ich froh darüber sein, daß ich eine Frau habe, die Freundinnen unter den Frauen der Sippe gefunden hat, und der man inzwischen erlaubt, bei einigen der streng geheimen Rituale anwesend zu sein, ja sogar daran teilzunehmen. Aber Naomi arbeitet nicht vorbehaltlos mit mir zusammen. Sie verrät nichts über das Wesen dieser Riten. Sie behauptet, den Frauen versprochen zu haben, daß sie die Geheimnisse wahrt. Aber sie versichert mir, daß es sich um höchst ernsthafte, fromme Rituale handelt. Sie fügt hinzu, wenn die Frauen ohne die Männer zusammenkommen, sei es um Nahrung zu suchen oder wegen religiöser Handlungen, dann sei das für sie eine Zeit starker weiblicher Verbundenheit und Spiritualität.

Naomi mag recht haben. Ich weiß es nicht. Aber ich ärgere mich darüber‹, schloß er, ›daß sie mir diese Geheimnisse vorenthält. Ich habe ihr gesagt, daß ich nur im Interesse wissenschaftlicher Forschung und aus rein rationalen Gründen wünsche, daß die Frauen mich bei einem dieser geheimen Rituale zulassen.‹

Joanna legte den Federhalter aus der Hand. Sie spürte, wie die Nacht um sie herum in geheimnisvolle Bewegung geriet. Das stille Haus schien sich zu regen, zu bewegen und zu seufzen. Sie las den Satz noch einmal, den sie gerade geschrieben hatte. Plötzlich ahnte sie, was kommen würde.

*

Lisa wurde plötzlich wach. Es war dunkel. Sie lag im Bett und lauschte auf die Stille im Haus. Sie überlegte, was sie geweckt hatte. Dann wurde es ihr bewußt: Knopf lag nicht auf dem Bett.

Sie war so an das schwere Gewicht seines Körpers gewöhnt, daß das plötzliche Fehlen des Drucks sie aufgeweckt hatte. Knopf stand an der Verandatür und kratzte mit der Pfote. »Willst du raus?« fragte Lisa.

Sie kannte das, denn manchmal lief er nachts in die Büsche. Deshalb schob Lisa den Riegel der Glastür zurück und dachte, der blinde Schäferhund werde nach ein paar Minuten zurückkommen. Zu ihrer Überraschung rannte er jedoch knurrend durch die Tür, über die Veranda und verschwand im Dunkeln.

»Knopf!« rief sie. »Komm zurück!« Sie lief hinter ihm her.

*

Die Nacht war so still, daß man nur das Geräusch von Joannas Federhalter hörte, der über das Papier glitt. Sie kannte den Kurzschriftschlüssel inzwischen auswendig und mußte das Notizbuch kaum noch in Anspruch nehmen. Sie schrieb schnell.

›Die Sippen versammeln sich seit Tagen hier in Karra Karra zu einem Treffen des ganzen Stamms‹, hatte John Makepeace notiert. ›Man hatte mir gesagt, daß es ein großer Stamm ist, aber ich hatte keine Vorstellung davon wie groß. Seit Wochen sind Sippen und Familien den Traumpfaden gefolgt und aus Norden und Süden, aus Osten und Westen an diesen Ort gekommen. Ich habe gehört, daß es ihr heiligster Ort ist: Karra Karra – der Berg des Lebens. Hunderte sind bereits hier, und es kommen immer noch mehr. Sie entzünden ihre Feuer, sie singen und tanzen. Verwandte, die sich jahrelang nicht gesehen haben, feiern das Zusammentreffen. Alte Freundschaften werden erneuert, Ehen werden geplant, sie tauschen und handeln. Djoogal spricht das Urteil über Vergehen, die ein Jahr lang ungesühnt geblieben waren – meist werden Strafen verhängt, weil jemand ein Tabu übertreten hat. Es ist eine große, laute, lebhafte Menge. Ich bin mir voll Staunen bewußt, daß Naomi, ich und die kleine Emily als die ersten Weißen ein solches Schauspiel erleben.

Morgen wird Naomi an dem heiligsten und geheimsten aller Rituale teilnehmen. Sie spricht kaum darüber und verrät mir nur, daß es sich um ein Ritual für Mütter und Töchter handelt. Naomi ist in letzter Zeit zunehmend schweigsamer geworden. Sie war mit den Frauen unterwegs und hat den Lehm und die Farben gesammelt, mit denen sie ihre Körper bemalen werden. Die Frauen haben sie die geheimen Lieder gelehrt, die Tabus, die sie befolgen muß, und sie haben sie in die Mysterien des Rituals eingeführt. Naomi hat mir gesagt, daß sie heute nacht nicht mit mir schlafen kann. Sie muß für das Ritual rein sein.‹

Joanna fiel auf, daß der Ton ihres Großvaters sich änderte. Er konnte

seine Gefühle nicht mehr unterdrücken. Sie spürte seinen Neid und die Gereiztheit darüber, ausgeschlossen zu sein.
›Ich habe Naomi versichert, ich werde nichts verraten, ganz gleich, was sie mir sagt. Sie weiß doch, daß ein Geheimnis bei mir gut aufgehoben ist. Aber sie weigert sich, meine Fragen über das Ritual zu beantworten. Ich habe sie daran erinnert, daß sie meine Frau ist und mir deshalb sagen muß, was sie tut. Ich habe ihr auch gesagt, daß sie mir rückhaltlos vertrauen kann. Ich verstehe nicht, was mit ihr geschehen ist. Sie gehorcht mir weniger und weniger. Die Autorität, die ich am Anfang unserer Ehe über sie hatte, ist geschwunden. Vielleicht war es ein Fehler von mir, sie hierher zu bringen. Naomi hat inzwischen eine Unabhängigkeit entwikkelt, die mir überhaupt nicht gefällt, denn sie ist unweiblich. Ich erinnere sie daran, daß ich hierher gekommen bin, um diese Menschen zu beobachten und ihre Sitten und Gebräuche aufzuzeichnen. Deshalb ist es ihre Pflicht, mich in alles einzuweihen, was sie erfährt. Meine bezaubernde Naomi, die einmal so nachgiebig, so folgsam war, ist inzwischen ebenso eigensinnig wie die Frauen, mit denen sie auf Nahrungssuche geht. Und die kleine Emily ist bereits mit dreieinhalb Jahren ein sehr eigenwilliges Kind.
Was, so frage ich mich, werden die Frauen morgen tun?‹

*

Lisa lief durch den Wald und rief nach Knopf. Er war noch nie grundlos davongelaufen.
Als Lisa ihn endlich auf einer Lichtung entdeckte, rief sie: »Knopf! Du bist richtig ungezogen. Du bist schuld daran, daß ich im Nachthemd hier herumlaufe.«
Lisa blieb plötzlich stehen. Etwas bewegte sich im Unterholz, ganz in der Nähe. Sie blickte angestrengt in die Dunkelheit. Etwas Unheimliches tauchte aus den Schatten auf. Sie sah den knochigen Körper, die aufgerichteten spitzen Ohren, den kurzen buschigen Schweif und das helle Fell. Es war einer der wilden, wolfsähnlichen Hunde – ein Dingo, wie die Aborigines sie nannten.
Nein, es waren zwei, ein kleinerer und ein größerer.
Der alte blinde Knopf, der seinem Geruchssinn und seinen Instinkten folgte, stellte sich zwischen das Mädchen und die Dingos. »Ist ja gut ...«, sagte Lisa kläglich. Sie hatte plötzlich schreckliche Angst.

*

Die Nacht umhüllte Joanna mit ihrer Dunkelheit und versetzte sie in eine andere Zeit. Sie schrieb nicht mehr, sondern las die Aufzeichnungen ihres Großvaters im Schein der Lampe.

›Naomi hat heute am frühen Morgen, noch vor dem Hellwerden das Lager verlassen und Emily in Reenas Obhut gegeben. Sie ist mit den anderen Frauen an einen geheimen Ort gegangen, um sich für das Ritual vorzubereiten. Die Männer des Stammes sind voller Unruhe und Geschäftigkeit – sie gehen auf die Jagd, bereiten das große Festmahl vor, das am Abend stattfinden soll, sie tanzen und singen. Seltsamerweise scheint es die Männer nicht zu verstimmen, daß sie von diesem entscheidenden Ritual ausgeschlossen bleiben. Es gibt hier keine Priester, keine Bischöfe oder Kardinäle. Diese wichtigste Zeremonie des Stammes wird von ganz gewöhnlichen Frauen durchgeführt, die keinen besonderen Status oder Titel haben. Es sind Mütter mit Töchtern. Das Ritual ist für Männer tabu – sie dürfen nicht daran teilnehmen, und sie dürfen nicht einmal wissen, was dabei geschieht. Kein Mann hat es je gesehen. Was tun die Frauen im Innern des Berges? Ich habe die barbarischen Beschneidungsriten der Jungen erlebt und kann mir nur vorstellen, welchen unaussprechlichen Praktiken sie ihre Töchter unterziehen, von denen viele noch kleine Mädchen sind.

Ich bin auf der Suche nach dem zweiten Garten Eden hierher gekommen. Die neue Wissenschaft, die unsere Zeit besudelt – mit ihrem sogenannten Beweis, daß Gott die Welt nicht geplant und erschaffen hat –, diese Wissenschaft, die angeblich das Wort Gottes widerlegt, indem sie die Bibel als ein Buch ‚voller Mythen und Geschichten' abtut, diese Wissenschaft muß um jeden Preis widerlegt werden. Ich bin hierher gekommen, um zu zeigen, daß die heilige Bibel einer empirischen Analyse standhält. Ich werde dafür sorgen, daß man die Wahrheit mit den gleichen wissenschaftlichen Methoden beweisen kann, die die biblische Wahrheit als falsch überführen sollen.

Ich bin gekommen, um das zweite Eden zu suchen – einen Ort, an dem Gott ein anderes ‚erstes' Paar geschaffen hat, das nicht von der verbotenen Frucht der Erkenntnis aß und deshalb weiterhin in Unschuld leben durfte. Die Ureinwohner kennen keine Scham wegen ihrer Nacktheit oder ihrer Sittenlosigkeit. Sie sind genau so, wie Gott sie geschaffen hat.

Aber jetzt erkenne ich meinen Irrtum. Das hier ist kein zweites Eden, es ist einer von Gottes Fehlern. Hier wird die Schlange angebetet, und es fehlt das Wissen um Gott. Diese Wilden verehren Steine und Flüsse und Tiere. Aber von unserem HERRN haben sie keine Kenntnis.
Gott möge mir verzeihen, ich habe mich geirrt! Ich habe mich wahrhaftig geirrt! Nun ist meine süße Naomi dicht davor, in die Sünden der Wilden mit hineingezogen zu werden, sie verläßt den Pfad der Rechtschaffenheit. Und ich fürchte, sie wird dafür bestraft werden. Wenn wir doch nur nach England zurückfahren könnten. Aber wie? Wir sind mitten in der Wüste, unendlich weit von der Küste und der Zivilisation entfernt. Und wir haben Land für eine Farm gekauft.
Ich muß wissen, was die Frauen im Berg tun und Naomi davor beschützen.‹

*

Lisa sah voll Angst, wie der größere Dingo mit glühenden Augen auf sie zukam. Knopf knurrte. Er drückte sich an Lisa und schob sie rückwärts, weg von dem Dingo. Der kleinere Hund schlich im Halbkreis nach rechts. Knopf wandte den Kopf und knurrte ihn an. Sein Fell sträubte sich im Nacken, die Lippen über den weißen Fängen zogen sich ruckartig zurück.
Die Dingos kamen näher.
Knopf zeigte ebenfalls die Zähne und schob Lisa mit dem Hinterteil weiter zurück. Sie überlegte krampfhaft, was sie tun sollte. Sie hob schnell einen Stock und warf ihn nach den wilden Hunden.
Er landete unbeachtet zwischen ihnen.
»Verschwindet!« sagte sie. »Haut ab!«
Die goldenen Augen blieben fest auf sie gerichtet. Sie sah gefletschte Mäuler, aus denen der Speichel tropfte.
Als der größere plötzlich sprang, schnappte Knopf blitzschnell zu und schlug dem Dingo die Zähne ins Fell. Lisa schrie auf. Auch der kleinere Hund griff Knopf an. Er packte ihn am Schweif. Lisa sah entsetzt, wie die Dingos von zwei Seiten über den alten Hirtenhund herfielen. Fellfetzen flogen, und sie hörte lautes, drohendes Knurren. Blut floß. Knopf wurde ein Ohr abgerissen, dann klaffte eine tiefe Wunde in seiner Flanke. Die Dingos kämpften so, wie sie Känguruhs erlegten: einer am Kopf, der andere am Schwanz. Dadurch geriet ihre Beute in immer größere Panik, bis sie völlig hilflos war.

»Hört auf!« schrie Lisa. Sie hob einen trockenen Ast auf und schwang ihn durch die Luft. »Weg!« schrie sie und schlug auf einen der wilden Hunde ein.

Der größere Hund ließ Knopf los und griff Lisa an. Er sprang, sie wich zurück, und seine Kiefer schnappten in die Luft. Knopf stürzte sich sofort auf ihn, ohne den kleineren Hund zu beachten, der sich in seiner Flanke festgebissen hatte.

Lisa ließ den Ast fallen und starrte auf den Hirtenhund, der blutbedeckt, mit tiefen Wunden und verklebtem Fell wie rasend kämpfte. Vermutlich war er durch seine Blindheit den tückischen Dingos noch mehr unterlegen. Das Knurren und Bellen klang immer bedrohlicher.

Lisa preßte beide Hände auf die Ohren, machte kehrt und rannte davon.

*

Joanna saß lange regungslos am Schreibtisch und blickte auf die letzten Worte, die ihr Großvater geschrieben hatten. Eine Ahnung, ein dunkles, schweres Vorgefühl stieg in ihr auf, als sie an den jungen Engländer dachte, der fern der Welt und den Gesetzen, die er kannte, versuchte, die Wirklichkeit im Griff zu behalten. In seiner Hilflosigkeit glaubte er, seine Frau an Geheimnisse zu verlieren, die seinen Verstand überstiegen. Hatte sein Eingreifen den Gift-Gesang über ihre Familie gebracht? Hatte er ein heiliges Tabu verletzt, weil er als Mann verbotenerweise das Ritual der Frauen beobachtete? Oder gab es da noch etwas anderes? Was hatte die dreijährige Emily erlebt? In welchen schrecklichen Strudel der Ereignisse war sie geraten, als das Verbrechen ihres Vaters entdeckt wurde?

Und was hatten die Frauen im Berg tatsächlich getan?

Joanna hob den Kopf. Sie lauschte in die Nacht. Ihr fiel auf, daß der Wald plötzlich voll Leben war. Sie hörte Vögel schreien und krächzen, die normalerweise nachts schwiegen. Krähen stießen ihren Warnruf aus, und sie vernahm sogar das durchdringende Lachen eines Kookaburra. Irgend etwas stimmte nicht. Es war etwas geschehen.

Lisa! dachte sie plötzlich.

*

Lisa rannte durch das Gehölz. Sie schob Zweige und Gestrüpp beiseite und hielt schützend die Hände vor das Gesicht. Ihr Herz klopfte wie rasend. Sie wußte, das Haus lag in der anderen Richtung, es lag hinter ihr. Aber hinter ihr waren auch die Dingos. Sie rannte blind durch die Dunkelheit, und in ihren Augen brannten die Tränen. Sie rannte voll Entsetzen und ohne einen klaren Gedanken weiter, immer weiter. Sie lief in ihrer Panik durch die Nacht, ohne darauf zu achten, wohin. Sie stürzte. Schnell stand sie wieder auf und rannte noch tiefer in den Wald.

Schließlich blieb sie keuchend stehen und lauschte. Sie hörte keinen Laut in der Dunkelheit, es herrschte Stille. Selbst die Vögel waren plötzlich verstummt.

Und dann hörte sie das leise Geräusch von Pfoten, die ohne anzuhalten durch das Unterholz liefen.

Lisa rannte wieder los und spürte, wie die wilden Hunde näherkamen. Sie hörte ganz in ihrer Nähe das Schnappen von Kiefern. Sie stieß erschrocken gegen einen Baum und ohne zu überlegen griff sie nach einem dicken Ast über ihrem Kopf und zog sich hinauf. Unter ihr funkelten hungrige Augen.

Etwas Scharfes packte plötzlich ihren Knöchel. Sie schrie.

*

Joanna eilte in fliegender Hast aus dem Haus und über den Pfad zum Wald. Sie begegnete Sarah und Adam, die in ihren Nachthemden auf der Lichtung standen und festzustellen versuchten, aus welcher Richtung der Schrei gekommen war.

Sie hörten den Schrei wieder. »Dort!« rief Adam.

Sie liefen atemlos weiter.

Plötzlich stolperte Joanna über etwas Weiches. Sie bückte sich schnell. Es war einer von Lisas Hausschuhen. Joanna blickte sich in der Dunkelheit um. »Lisa?« rief sie. »Wo bist du?«

Sie drehte sich im Kreis und stieß wieder gegen etwas Weiches. Als sie die Hand danach ausstrecken wollte, sah sie etwas, das ihr das Blut erstarren ließ. »Mein Gott ...«, stieß sie tonlos hervor. Es war der zerfleischte, blutige, tote Knopf.

»Lisa!« riefen Sarah und Adam.

»*Lisa!*« schrie Joanna.

Sie hörten noch einen Schrei und noch einen.

Lisa schrie verzweifelt um Hilfe ...

Joanna rannte durch den Wald. Äste schlugen ihr ins Gesicht. Sie achtete weder auf Steine noch auf Zweige. »O Gott«, schluchzte sie verzweifelt. »Bitte nicht.«

Lisas Schreie drangen durch die Nacht. Sarah und Adam folgten Joanna blindlings in das Dunkel. Ihre Nachthemden verfingen sich im Gestrüpp.

»Lisa!« riefen sie laut. »Wir kommen!«

Plötzlich hörten sie ein unheimliches Geräusch – ein seltsames Sirren und ein Zischen, dann ein dumpfer Aufprall und ein Jaulen.

»Dort drüben!« rief Adam. »Es kommt von da drüben!«

Im selben Augenblick lief ein blutender Dingo an ihnen vorbei. Dicht hinter ihm folgte der alte Ezekial mit einem Bumerang in der Hand.

Sie fanden Lisa auf einem Baum. Sie schrie hysterisch. Ihre Beine waren blutig. Zu ihren Füßen lag ein toter Dingo. Ezekials Bumerang hatte ihn getroffen.

»Mama!« schrie Lisa. »Mama, Mama!«

Joanna nahm ihre Tochter auf den Arm und drückte sie ganz fest an sich.

»Knopf! Knopf!« schluchzte Lisa. Joanna drehte sich um und lief, so schnell sie konnte, zum Haus zurück. Sarah und Adam folgten ihr. Lisa schluchzte und jammerte.

2

Die Küchentür wurde heftig aufgerissen, Hugh kam hereingestürzt. »Joanna!« rief er.

Er fand sie im Flur. Sie schloß gerade die Tür von Lisas Zimmer. »Wie geht es ihr?« fragte er.

»Es wird schon wieder werden«, Joanna schob erschöpft eine Haarsträhne aus ihrem Gesicht. »Sie hat ein paar schlimme Bisse, aber die werden heilen. Gott sei Dank sind die Beine nicht gebrochen. Aber es war ein schrecklicher Schock für sie, Hugh. Ich weiß nicht, wie sie darüber hinwegkommen soll.«

»Ezekial hat es mir gesagt. Ich bin so schnell ich konnte zurückgeritten. Soll ich vielleicht zu ihr gehen und mit ihr sprechen?«

»Ich habe ihr etwas gegeben, damit sie schläft. Hugh, der alte Ezekial hat Lisa das Leben gerettet. Ich glaube, er hat auf sie aufgepaßt. Dieser Dingozahn, den er ihr geschenkt hat, ich weiß nicht ... es sieht so aus, als hätte er es geahnt ...«

Nun ist Lisa gezeichnet, stellte Joanna erschüttert fest. Auch ihr ist das Erbe von Naomi Makepeace auferlegt worden. Joanna dachte an ihre Mutter, die mit vierzig einer Krankheit erlegen war, die sie nicht wirklich hatte. Wartete ein solches Ende auch auf Joanna, auf Lisa und möglicherweise auch auf Lisas Tochter? Würde es denn niemals aufhören?

»Wir müssen das Rätsel lösen, Hugh«, sagte sie. »Was immer dafür verantwortlich ist, wir müssen es herausfinden und dem Fluch ein Ende setzen, bevor es zu spät ist.«

Teil Vier

1885–1886

Kapitel Vierundzwanzig

1

Eine Nacht im Busch, hinter den Umrissen der Eukalyptusbäume ragten in der Ferne kaum wahrnehmbare Berggipfel auf, und am Himmel blinkten zahllose Sterne. Im Herzen der Dunkelheit brannte golden ein Feuer – ein Lagerfeuer, um das sich müde, gebeugte Männer scharten. Ihre Blicke richteten sich geduldig auf den dampfenden Teekessel. Die Stille war so unermeßlich wie der Himmel und der Horizont, den man nicht sehen konnte. Aber der Busch sprach zu ihnen im einsamen klagenden Heulen eines Dingo, dem Knacken und Prasseln des Feuers. Eine klare laute Stimme drang durch das Dunkel.

> Es waren schreckliche Tage, beschwerliche Tage
> Hart waren sie und die Herzen wund,
> Wenn wir auf den Weg uns machten ohne Klage,
> Der endete, wie wir wußten, in der Hölle Schlund!

Die Stimme sprach vom endlosen Busch mit den Känguruhs, die in großen Sätzen über die sanft gewellten Hügel hüpfen, von den Schwarzen auf der Jagd, von Hütten aus Schößlingen und Rinde und von einem Mädchen namens Ruth, das in der Einsamkeit, im Niemandsland, begraben lag »mit einem schlafenden Kindchen im Arm«. Währenddessen gingen die Männer am Lagerfeuer ruhig ihren Beschäftigungen nach. Sie entrollten Decken, sattelten Pferde ab, zündeten Pfeifen und Zigaretten an. Die Stille und die Sterne umgaben sie »kalt und ehrlich und rein«. Sie bewegten sich wie Schatten, »spielten das alte Spiel, müde und gebeugt, hungrig und pleite, doch sie vertrauten darauf, daß die Nacht einen besseren Tag versprach, denn bessere Tage waren ihr Ziel«. Am Ende der Ballade erlosch das Feuer, und die Männer krochen »unter Dekken, die alte Freunde waren«, und die letzten Worte verklangen: »Doch trotz all unserer Pein, dem Elend und der Not, wünschen wir, die alten harten Tage wären wieder unser täglich Brot.«

Auf der Bühne wurde es dunkel, und das Theater schien einen Augenblick lang entrückt in Zeit und Raum zu schweben. Dann gingen die Lichter wieder an, und eine neue Szene blendete die Augen. Es war heller Tag. Aus dem Schornstein einer Hütte stiegen Rauchspiralen auf, und unter einem blauen Himmel schien sich ein goldenes Weizenfeld bis in endlose Fernen zu erstrecken. Im Hof neben der Hütte arbeitete eine Frau, und die Stimme sagte: »Und staunend denkt man an die schwere Arbeit, die die Hände einer Frau im Busch übernahmen ...«

Als die Ballade ›Hannahs Herz‹ endete, wechselte die häusliche Szene, und man sah eine flache rote Wüstenlandschaft. Im feurigen Sonnenuntergang glühte ein unheimlich anmutender roter Berg, und der unsichtbare Erzähler rezitierte die berühmten Verse von ›Der Traum: Für Joanna‹.

Die Bilder auf der Bühne veränderten sich mit jedem Gedicht. Es waren die Landschaften und Küsten, die das Gesicht Australiens prägten. Die Zuschauer fanden in vielen Szenen etwas Vertrautes, das sie persönlich anzusprechen schien. Die meisten, die an diesem Abend, zwei Wochen vor Weihnachten, in der Melbourne Music Hall saßen, lebten zwar inzwischen in der Stadt, doch sie wurden an ihre Kindheit im Busch oder an Geschichten erinnert, die ihre Eltern ihnen erzählt hatten. Die Balladen sprachen zu ihren Herzen und berichteten voll Wehmut von einem Leben, das zum Untergang verurteilt war. Auf der Bühne funktelten die Sterne über der Wüste, der Kookaburra lachte, Ochsenpeitschen knallten und der Wind strich durch die Akazien.

Joanna und Hugh sahen die Vorstellung von einer Loge aus. Sie hatten die zwölfjährige Lisa bei sich, die ein langes weißes Spitzenkleid trug und Blumen in den Haaren. Neben ihnen saßen Sarah in einem langen smaragdgrünen Abendkleid und der achtzehnjährige Adam im Frack. Frank und Ivy Downs teilten die Loge mit ihnen. Die Westbrooks waren zur Premiere von ›Lebendige Geschichten aus dem Busch‹ nach Melbourne gekommen. Es war eine anschauliche und phantasievolle Bühnenprä-

sentation der Balladensammlung, die vor drei Jahren unter dem Titel ›GEDICHTE AUS DEM BUSCH‹ erschienen war. Hugh hatte Ivy Downs um farbige Illustrationen für das Buch gebeten. Ihre Bilder zeigten die Kiefern der schneebedeckten Berge, »wo dunkelgrüner Eukalyptus die strahlend blaue Himmelskuppel streift« und die Wüste, so groß und klar, daß »ein Mann die Hand über die Augen legt und ins Morgen blickt«. Das Buch wurde in den australischen Kolonien zu einem so überwältigenden Erfolg, daß Hughs populärste Ballade ›Matilda‹ sogar zu einem Lied gemacht worden war. Es wurde in Schulen und Pubs, im Busch und an den Lagerfeuern gesungen. Die Gedichtsammlung war inzwischen im ganzen britischen Empire bekannt und beliebt, so daß die Menschen in dem großen Reich überall von dem Sträfling lasen, dessen »Sündenregister vor seiner Geburt geschrieben wurde« und der »Wanderschaft der verwegenen Scherer mit ihrem Leben in ungebundener Freiheit, die ein kurzer Weg zum Tod ist«.
Die nächste Szene zeigte ein Fest auf dem Land. Scherer und junge Mädchen wirbelten in einer flotten Polka über die Bühne, während die Zuschauer den Takt klatschten. Man hörte den Sprecher kaum, der ›Feierabend‹ rezitierte. Und als die Bühne dann zum Schauplatz eines Rodeo wurde und das Publikum über den ›Lahmen Pete‹ jubelte, der einem Kalb hinterherjagte, herrschte ein so ohrenbetäubender Lärm, daß die Stimme des Sprechers fast darin unterging. Frank beugte sich vor zu Hugh: »Du hast den Leuten was für ihr Geld geboten, Hugh. Nichts auf der Welt ist so ungehobelt und laut wie zufriedene Australier im Theater.«
Die Lichter der Bühne erloschen zum letzten Mal, die Silhouette eines alten Viehtreibers auf seinem Pferd versank im Dunkel, die verhallende Stimme sagte: »Denn das ist das Leben, das Leben im Busch«, und der Vorhang fiel.
Joanna hielt den Atem an. Im Saal herrschte einen Augenblick lang Stille. Der Applaus setzte ein, zunächst zögernd, dann immer stürmischer, während die neu installierten elektrischen Kandelaber an der Decke strahlend aufleuchteten. Ein Mann betrat die Bühne, den alle kannten. Es war Richard Hawthorne, einer der beliebtesten Schauspieler Melbournes. Man hatte seine vertraute Baritonstimme gehört, denn er hatte die Balladen gelesen. Er verbeugte sich zweimal, hob den Arm, wies auf Hugh und alle Blicke richteten sich auf die Loge. Nacheinander

erhoben sich die Zuschauer von den Sitzen, bis alle standen. Ihr donnernder Applaus ließ den Saal erzittern.

»Hugh, für sie bist du ein Held«, sagte Frank Downs später, als sie auf dem Gehweg vor dem Theater auf eine Droschke warteten. »Weiß Gott, du hast der Welt gezeigt, daß wir hier in den Kolonien nicht nur ein Haufen Hinterwäldler sind.«

»Die Anerkennung gebührt auch deiner Frau, Frank. Sie hat mit ihren Bildern die Schau erst zum Erfolg gemacht.«

»Ihr habt den Beifall beide verdient«, sagte Joanna. Auf dem Gehweg drängten sich Damen in Abendkleidern und Herren in schwarzen Capes und Zylindern. Für die Bürger von Melbourne war es ein besonderer Abend gewesen, an dem ihnen als Unterhaltung einmal nicht das Werk eines Franzosen, eines Italieners oder gar eines Engländers geboten worden war – als ein junges Volk hatten sie sich damit abgefunden, daß Kunst und Kultur aus dem Ausland kamen –, jetzt hatten sie etwas gesehen, das von *ihrem* Hugh Westbrook stammte – einem Mann, dessen Heimat Australien war. Viele kamen begeistert auf ihn zu, um ihn zu beglückwünschen.

»Eine wunderbare Aufführung, Hugh«, sagte John Reed und schüttelte Hugh die Hand. »Mein Gott, ich muß gestehen, mir sind die Tränen gekommen. Ich mag zwar in England geboren sein, aber im Herzen bin ich Australier.«

»Warum kommen Sie und Maude nicht mit uns zum Essen, John? Wir haben im Hotel einen Tisch reservieren lassen.«

»Danke für die Einladung, Hugh. Aber wir sind leider anderweitig verabredet.«

Pauline hatte ihren Stiefsohn Judd mitgebracht. Sie reichte Hugh die Hand und sagte: »Es war ein wundervoller Abend, Hugh. Du solltest stolz sein.«

»Kommst du mit uns zum Hotel?« fragte Hugh. »Wir werden alle Champagnerflaschen entkorken, die das King George im Keller hat.«

»Ich bin müde, und ich muß den Frühzug nach Kilmarnock nehmen.« Sie drückte Joannas Hand. »Ich gratuliere euch beiden.«

Auch Ian Hamilton war gekommen und Angus McCloud mit dem jungen Declan. Sie beglückwünschten Hugh zu der Aufführung und priesen seine Balladen, die, wie Harold Ormsby erklärte, »Australier noch in hundert Jahren lieben werden«.

Louisa Hamilton und ihre Familie ließen es sich ebenfalls nicht nehmen, Hugh zu gratulieren. Joanna fiel auf, daß die siebzehnjährige Athena, Louisas Tochter, ihrem Sohn einen vielsagenden Blick zuwarf. »Hallo, Adam«, flötete sie und lächelte ihn unter seidigen Wimpern an. Joanna war nicht entgangen, daß nicht wenige junge Damen hofften, die Blicke des beinahe neunzehnjährigen Adam auf sich zu ziehen. Er war ein gutaussehender junger Mann, und seine Ernsthaftigkeit und gelehrte Art schienen aus irgendeinem Grund die Mädchenherzen zu entflammen.
Joanna war stolz auf ihren Sohn. Im nächsten Monat, kurz nach seinem neunzehnten Geburtstag, würde Adam sein Studium an der Universität in Sydney beginnen. Er hatte ein Stipendium erhalten, weil er bei der Abschlußprüfung an der höheren Schule von Cameron Town Klassenbester geworden war. Adam hatte sich sehnlichst gewünscht, an der Sydney University studieren zu können, denn dort gab es, wie er sagte, »eine erstklassige naturwissenschaftliche Fakultät, die vor kurzem einen Professor für Wirbeltier-Paläontologie berufen hat. Der Mann ist Mitglied der Royal Society in London. Stellt euch vor, er hat tatsächlich mit Charles Darwin zusammengearbeitet!«
Adam träumte davon, in Darwins Fußstapfen zu treten. Er wollte in die Royal Society aufgenommen werden, als Naturforscher die Welt bereisen, neue Tierarten entdecken, Dinosaurierknochen ausgraben und seinen Beitrag zu den Beweisen für die Richtigkeit der Evolutionstheorie leisten. An seiner energischen Art, dem Enthusiasmus, mit dem er davon sprach, und der Begeisterung, die aus seinen Augen leuchtete, erkannte Joanna, daß es ihm gelingen würde.
»Es war eine gute Aufführung, nicht wahr, Joanna?« sagte Hugh.
Sie spürte die Wärme seiner Hand durch den Handschuh, und als sie sein Lächeln sah, mußte sie an den jungen Mann denken, den sie vor fünfzehn Jahren kennengelernt hatte. Hugh sah mit fünfundvierzig ebenso gut aus wie damals, wenn nicht noch besser. Denn die Jahre hatten seinem Gesicht die Spuren von Erfahrung, Wissen und ruhiger Würde eingeprägt. »Ja, Hugh«, sagte sie. »Es war eine sehr gute Aufführung.«
Er sah sie an und fragte: »Ist alles in Ordnung, Joanna?«
Die Frage überraschte sie nicht. Sie hatte ihm zwar nichts von den Problemen der letzten Zeit erzählt, hatte sogar versucht, sie ihm zu verheimlichen, aber sie wußte, Hugh würde es spüren. »Ja«, beteuerte sie. »Es ist alles in Ordnung.«

»Fühlst du dich in der Lage, im Hotel im Speisesaal zu essen? Wenn es dir lieber ist, können wir direkt auf unser Zimmer gehen.«
»Das kommt überhaupt nicht in Frage. Ich lasse mir diesen Abend nicht von meinen dummen Kopfschmerzen verderben.«
Aber diesmal waren es nicht nur Kopfschmerzen, nicht nur die Nachwehen eines der häufigen Alpträume. Ein seltsames Gefühl beunruhigte Joanna schon den ganzen Tag. Es war wie eine Vorahnung, die unterschwellig vor einem Sturm warnt. Und sie erlebte das nicht zum ersten Mal. Seit Wochen brachte sie ein unbestimmtes, aber wachsendes Gefühl der Angst immer öfter aus dem Gleichgewicht.
»Vater«, rief Lisa und löste sich aus einer kleinen Gruppe ihrer Freundinnen. »Sie sind alle *so* beeindruckt! Du bist wirklich wunderbar!«
Joanna beobachtete, wie Vater und Tochter sich umarmten. Dabei dachte sie an den Tag, an dem sich diese seltsame Vorahnung zum ersten Mal eingestellt hatte. Das lag nun zwei Monate zurück. Lisa war gerade zwölf geworden und hatte angefangen, ihre Tage zu bekommen. Während Joanna ihrer Tochter die Veränderungen erklärte, die in ihrem Körper stattfanden und darüber sprach, was Lisa erwartete und wie sie damit umgehen solle, regte sich in ihr diese unbestimmte Angst. Sie dachte: Lisa ist kein kleines Mädchen mehr, sie wird erwachsen.
In dieser Nacht konnte Joanna nicht schlafen, sie las im Tagebuch ihrer Mutter. Sie wollte herausfinden, ob sie um die Zeit ihrer ersten Menstruation, bei der Joanna ebenfalls zwölf gewesen war, etwas von Bedeutung finden werde. Aber da stand nichts – kein Wort über das Ereignis und kein Hinweis darauf, daß Lady Emily danach beunruhigt gewesen wäre.
Die Zukunft machte Joanna Angst. Sie wußte, die Alpräume ihrer Mutter hatten begonnen, als Joanna sechs Jahre alt gewesen war. Das hatte sich bei ihr wiederholt, als Lisa sechs wurde. Ist das wirklich die Macht der Suggestion, fragte sie sich, oder hat es mehr zu bedeuten?
Was sollte sie tun? Was sollte sie nur tun? Sie konnte Lisa nicht immer bei sich behalten. Joanna wollte keine Mutter sein, die sich an ihr Kind klammert. Aber sie wollte ihre Tochter vor den Mächten schützen, die die Nachkommen von Naomi Makepeace zu verfolgen schienen. Joanna kannte Lisas panische Angst vor Hunden. Wenn sie ihre muntere, lebhafte Tochter ansah und an den dunklen, harten Kern der Angst dachte, der in Lisa lag, nahmen ihre Qualen zu. Joanna wußte von der Existenz

dieses Kerns, denn Lady Emily hatte eine solche schwarze Perle der Angst in sich getragen, und Joanna erging es ebenso. Manchmal kam es ihr vor, als sei es eine richtige Krankheit, so etwas wie Hämophilie, die von Generation an Generation weitergegeben wurde – ein unentrinnbarer Fluch, ein Erbe. Es weckte bei jeder neuen Generation das Mitgefühl für die nächste, weil man wußte, was für ein grausames Schicksal die Kinder erwartete.
Joanna würde die Wochen und Monate nie vergessen, die auf den nächtlichen Angriff der Dingos folgten. Sie war mit ihrer Tochter ans Meer gefahren und hatte darum gekämpft, ihr Kind durch die heilenden Kräfte von Sonne, Seeluft und Liebe körperlich und emotional wieder herzustellen. Lisa hatte sich tatsächlich erholt. Die Wunden heilten, Hysterie und Kummer wurden Erinnerungen. Aber bei der Rückkehr nach Merinda mußte Joanna zu ihrer Bestürzung erleben, daß die Heilung nicht vollständig war. Lisa fürchtete sich vor jedem Hund, selbst vor dem harmlosesten. Der Fluch war an sie weitergegeben worden.
»Mutter«, sagte Lisa jetzt mit strahlenden Augen. »An deiner Stelle würde ich vor Aufregung ohnmächtig werden! Alle *schwärmen* von Vater! Er ist richtig berühmt!«
Joanna hatte es bewußt vermieden, Lisa Genaueres über ihre Vergangenheit und über Lady Emily zu erzählen. Sie hoffte, den Kreislauf zu durchbrechen, indem sie verhinderte, daß Lisas Vorstellungskraft ihn wieder in Gang setzte, so wie ihre eigene Phantasie es getan hatte. Joanna zweifelte inzwischen nicht mehr daran, daß es bei ihr so gewesen war. Lisa kannte das Tagebuch ihrer Großmutter nicht. Sie wußte nichts von Lady Emilys Leiden und ihrem seltsamen, unerklärlichen Tod. Und sie glaubte, bei Joannas Suche nach Karra Karra gehe es ihr nur darum, ein Stück Land zu finden, das ihren Großeltern gehört hatte.
Und doch, dachte Joanna und fröstelte in der warmen Dezembernacht, zeigten sich bei Lisa trotz aller Vorsichtsmaßnahmen bereits dieselben Symptome. Diesmal konnte Joanna sie nicht Lisas eigener Phantasie zuschreiben.
»Also los, ihr beiden«, sagte Frank, als die Droschke schließlich kam. »Wir wollen keine Zeit verlieren. Ich habe Hunger!«
Das King George Hotel befand sich in der eleganten Elizabeth Street, nicht weit von der Wohnung entfernt, in der Ivy Dearborn einmal gelebt hatte. Als das Ehepaar Downs an der vertrauten grünen Haustür mit

dem glänzenden Messingklopfer vorbeifuhr, spürte Ivy Franks Hand auf ihrer Hand. Sie lächelten beide bei der Erinnerung an diese Zeit.
Im zweiten Wagen unterhielten sich Sarah und Adam aufgeregt über die Vorstellung. Lisa sagte Hugh noch einmal, wie stolz sie auf ihren berühmten Vater war. Währenddessen blickte Joanna aus dem Fenster und versuchte, die stechenden Kopfschmerzen, die sie seit Tagen quälten, durch Willensanstrengung zu vertreiben.
Sie fuhren am Büro einer Schiffahrtsgesellschaft vorüber, und Joanna mußte daran denken, wie sie und Hugh nach der *Beowulf* geforscht hatten, dem Schiff, auf dem ihre Großeltern nach Australien gekommen waren. Nach langer, hartnäckiger Suche erfuhren sie, daß die Beowulf 1868 mit Mann und Maus untergegangen war. Das Schiff war in Privatbesitz gewesen. Der Besitzer und Kapitän war mit der Mannschaft ertrunken, und es gab keine Aufzeichnungen, Logbücher oder Passagierlisten mehr. Danach schrieb Joanna an die Gesellschaft für ehemalige Seeleute und mehrere andere Organisationen, weil sie hoffte, jemanden zu finden, der möglicherweise gleichzeitig mit ihren Großeltern auf der *Beowulf* gewesen war. Aus den spärlichen Antworten hatte sich allerdings nichts ergeben.
Sie spürte eine Hand auf dem Arm und drehte sich um. Sarah sah sie fragend an.
Joanna lächelte, wie um zu sagen: »Es ist alles in Ordnung« und erkundigte sich dann, welche Szene Sarah am besten gefallen habe.
»Sie haben mir alle gut gefallen«, erwiderte Sarah. Sie dachte an Philip und wünschte sehr, er hätte an diesem Abend dabeisein können. Er wäre bestimmt von der Vorstellung begeistert gewesen.
Der Tag auf dem Land fiel ihr wieder ein, als sie und Philip sich nach ihrer zufälligen Begegnung geküßt hatten. Danach waren sie stundenlang, ohne sich zu berühren, spazierengegangen. Philip erzählte ihr von seiner Kindheit in Amerika, von seiner Familie und den Veränderungen, die der Bürgerkrieg in seinem Leben bewirkt hatte. Sarah berichtete, wie sie als Nicht-Weiße, Nicht-Eingeborene in der Missionsstation aufgewachsen war. Sie sprachen über Architektur und Heilen, über Musik und Schafe, über Navajos und die Regenbogenschlange. Und wie Philip angekündigt hatte, trennten sich danach ihre Wege. Er ging zurück nach Tillarrara, um seine Skizzen zu beenden, und sie fuhr nach Merinda, um seiner Frau die Post zu bringen.

In den fünf Jahren, die seit seiner Abreise vergangen waren, hatte Sarah gelegentlich von ihm gehört – unter anderem kam eine Weihnachtskarte aus Deutschland, ein Brief aus Sansibar, wo er muslimische Architektur untersuchte, und eine Postkarte aus Paris. Außerdem hatte er sein Buch geschickt mit einem Bild von Merinda auf dem Umschlag. Seine Nachrichten waren immer kurz und unbeschwert. Er sprach nie von Liebe oder ihrer zufälligen Begegnung. Sarah las zwischen den Zeilen, daß er sich einsam fühlte. Sie spürte seinen ruhelosen, suchenden Geist. Der letzte Brief war vor sechs Monaten angekommen. »Ich habe Alice um die Scheidung gebeten. Wir sind einfach zu verschieden, und meine Lebensweise macht sie unglücklich. Aber sie will sich nicht scheiden lassen.«
Schließlich hielten die Droschken vor dem hell erleuchteten King George Hotel. Die Westbrooks und das Ehepaar Downs gingen durch die Halle zum kleinen Foyer des Restaurants. Dort nahmen Garderobieren mit weißen Häubchen und Schürzen die Mäntel der Damen und die Zylinder der Herren entgegen. Frank sagte gerade: »Ich hoffe, das Roastbeef ist heute abend nicht wieder durch«, als der Oberkellner aufgeregt hereinkam. »Mr. Westbrook! Ich bedaure sehr«, er verneigte sich verlegen. »Hier scheint etwas durcheinandergeraten zu sein. Wir haben den Tisch, um den Sie gebeten hatten, für morgen abend gebucht. Bedauerlicherweise ist heute so gut wie alles anderweitig vergeben.«
»Also hören Sie ...«, begann Frank.
Aber Hugh sagte: »Schon gut. Irrtümer kommen vor. Vielleicht haben Sie doch noch einen freien Tisch.«
»Ich werde nachsehen, Mr. Westbrook. Ich werde nachsehen ...« Er verschwand eilig hinter dem Vorhang, der das Foyer vom Restaurant trennte.
»Schwachkopf«, sagte Frank.
»Was machen wir«, fragte Joanna, »wenn er keinen Tisch hat?«
Adam sagte: »Wir können es bei Callahan versuchen.«
»Aber dort sind die Tische so klein«, sagte Lisa.
»Wir könnten es in Moffats Crystal Café probieren«, sagte Hugh.
Frank erklärte: »Ich mag das Roastbeef dort nicht.«
Der Oberkellner kam zurück und strahlte. »Wir haben einen Tisch für Sie, Mr. Westbrook. Wenn Sie mir bitte folgen wollen.«
Als Hugh auf der anderen Seite des Vorhangs auftauchte, erkannte er im ersten Augenblick die vielen vertrauten Gesichter nicht. Ihm fiel auch

nicht auf, daß alle standen. Aber als das Orchester die bekannte Melodie von ›Matilda‹ anstimmte, wurde ihm klar, daß der Herr in der Nähe des Orchesters Ian Hamilton war, und daß es sich bei den beiden Männern mit erhobenen Champagnergläsern um McCloud und seinen Sohn handelte. Die Frau mit den riesigen Straußenfedern im Haar war Maude Reed. Und als alle das Lied anstimmten, sah Hugh andere, wohlbekannte Gesichter: Camerons, McClintocks und noch mehr Hamiltons. Schließlich begriff er erschrocken, daß beinahe der ganze westliche Distrikt vertreten sein mußte.

Als das Lied zu Ende war, trat Pauline zu ihm, reichte ihm ein Glas Champagner, und er sagte verwirrt: »Ich dachte, du mußt den Frühzug nehmen.« Alles lachte.

»Überrascht?« fragte Joanna.

»Sprachlos. Hast du es gewußt?«

»Wir wußten es alle. Komm, hier ist ein ganz besonders schöner Tisch für uns.«

»Großer Gott, der Gouverneur ist auch da.«

Hugh und Joanna gingen unter großem Applaus zwischen den Tischen hindurch, und Hugh mußte schließlich die Hand heben und um Schweigen bitten. »Vielen Dank, meine lieben, alten Freunde. Ich weiß nicht, was ich sagen soll.«

Lisa stellte sich neben Hugh. »Vater, wir haben eine Überraschung für dich.« Sie wandte sich an den Gouverneur von Victoria und lächelte.

Der von der britischen Regierung eingesetzte Gouverneur begann feierlich und mit großem Nachdruck zu sprechen. Er wandte sich an die beinahe hundert Menschen im Raum, als halte er eine Rede im Parlament. »Sie haben Ihrem Volk«, begann er und blickte auf Hugh, »seine eigene Kultur geschenkt. Sie unterscheidet sich von dem Erbe, das es von Mutter England an diese fernen Küsten mitbrachte. Und in Anerkennung Ihrer Verdienste ...« Er brachte eine Pergamentrolle zum Vorschein, die von einem Band zusammengehalten und mit Wachs versiegelt war. »... ist es mir eine große Ehre, Ihnen, Hugh Westbrook, diese besondere, persönliche lobende Erwähnung im Namen der Königin und Kaiserin Victoria zu überreichen.«

Hugh nahm den Brief entgegen, um ihn laut zu verlesen. Aber ihm versagte die Stimme. Joanna nahm das Dokument und las es den Anwesenden vor. »Ihre Dichtung«, schrieb die Königin, »bringt uns dem Ver-

ständnis unserer so weit entfernten Untertanen näher, mit denen wir bedauerlich wenig Kontakt haben, die uns aber dennoch teuer sind.«
Joanna blickte auf die feierliche Versammlung »Unterzeichnet, Viktoria. R. I.« Einen Augenblick herrschte Stille. Dann rief Angus McCloud: »Nur ein paar Worte, Hugh.«
Hugh räusperte sich. »Ich fürchte, ich bin nicht darauf vorbereitet, heute abend Reden zu halten. Ich muß nicht betonen, wie sehr es mich ehrt, daß Ihre Majestät meine Gedichte gelesen hat. Aber in diesem Augenblick denke ich auch an einen alten, inzwischen verstorbenen Freund, an Bill Lovell. Er war nicht sehr gebildet, er konnte kaum lesen und schreiben. Aber er sagte, was er dachte, wenn ihm danach zumute war. Eines Tages brüllte ihn ein Viehzüchter an: ›Lovell, wenn sich Ihre Manieren nicht bessern, jage ich Sie von der Farm.‹ Mein Freund erwiderte: ›So können Sie mich nicht behandeln. Ich bin ein britischer Untertan.‹«
Als das Lachen verstummte, sagte Hugh: »Meine lieben Freunde. Meine Gedichte sprechen davon, wer wir sind und wo wir sind.« Er sah Joanna an und fuhr fort: »Gewiß, wir mögen aus weiter Ferne hierher gekommen sein, und wir dürfen niemals vergessen, daß Britannien unsere Mutter ist. Aber wir alle wissen, Australien ist unsere Heimat und unsere Zukunft.«
Der Applaus drang durch die geschlossenen Türen des Speisesaals. Man hörte ihn in der Hotelhalle, wo sich ein Seemann dem Empfang näherte. Sein Gesicht war vom Wetter gegerbt, er hatte einen ordentlich gestutzten weißen Bart und blaßblaue Augen. Er trug eine dunkelblaue doppelreihige Tuchjacke mit Messingknöpfen und eine Offiziersmütze.
»Verzeihung«, sagte er zu dem Angestellten am Empfang. »Ich habe gehört, Mr. und Mrs. Westbrook wohnen bei Ihnen im Hotel.«
Der Angestellte sagte: »Einen Augenblick, bitte« und sah das Anmeldebuch durch. »Ah ja, hier haben wir sie. Aber ich fürchte, sie sind im Augenblick nicht im Hotel. Ich habe ihre Schlüssel hier, und das bedeutet, daß sie ausgegangen sind.«
»Wissen Sie, wann sie zurückkommen?«
»Das kann ich nicht sagen. Wenn Sie möchten, können Sie gern eine Nachricht hinterlassen.«
Der Mann überlegte einen Augenblick. »Ich weiß nicht, ob das etwas nützen würde«, murmelte er. »Ich bin ab morgen wieder unterwegs und ohnehin nicht erreichbar.«

Man hörte Gelächter im Speisesaal. Der Seemann drehte sich um. »Das klingt, als ob sich jemand gut amüsiert«, sagte er lächelnd.
»Es muß eine geschlossene Gesellschaft sein«, sagte der Angestellte. »Man hat mir gesagt, das Restaurant ist heute abend für die Allgemeinheit geschlossen. Soll ich Mr. und Mrs. Westbrook sagen, daß Sie sich nach ihnen erkundigt haben?«
»Das würde nichts nützen. Sie kennen mich nicht, und ich kenne sie nicht.« Der Seemann dachte nach. Dann sagte er mit einem Schulterzucken: »Es ist nicht wichtig. Also dann, gute Nacht.« Er verließ das Hotel.
Das Orchester spielte Walzer und Polkas und das flotte ›Klick geh'n die Scheren‹, Kellner trugen Tabletts mit Champagner und *Hors d'œuvres* und Joanna mischte sich unter die Gäste. Sie dankte ihnen für ihr Kommen und nahm die Glückwünsche für den Erfolg ihres Mannes entgegen.
Pauline trat zu ihr. »Ich gratuliere, Joanna. Die Überraschung ist gelungen und ein großer Erfolg für Hugh.«
»Pauline, ich freue mich so sehr, daß Sie mit Judd kommen konnten.«
Pauline blickte an Joanna vorbei und sah, wie Lisa sich für eine Gruppenaufnahme zu ihrem Vater und Adam gesellte. Sie empfand eine Spur Neid – nicht wegen Hugh, denn sie hatte sich schon lange damit abgefunden, daß sie ihn verloren hatte –, sondern wegen Joannas Tochter. Lisa war ein Mädchen, wie Pauline es gerne als Tochter gehabt hätte. Sie war intelligent, hübsch und voller Leben. Um ein solches Kind waren Paulines Gedanken gekreist, als sie noch davon träumte, eine Tochter zu haben, und ehe sie sich schließlich damit abgefunden hatte, daß es ihr nicht bestimmt war, Mutter zu werden.
»Es tut mir leid, daß Colin nicht hier ist«, sagte Joanna.
Pauline sah sie an und dachte an ihre erste Begegnung mit Joanna vor fünfzehn Jahren bei dem Kinderfest für Adam. »Danke, daß Sie das sagen«, erwiderte sie in dem Bewußtsein, daß Joanna und dem ganzen Distrikt bekannt war, weshalb Colin vor drei Monaten Australien verlassen hatte.
Kilmarnock war in Schwierigkeiten. Als der Weltpreis für Wolle sank, gerieten die Pächter von Colins Farmen in Not. Und infolge einer Wirtschaftskrise in den Kolonien konnten die Farmen nach der gerichtlich durchgesetzten Vertreibung der Pächter nicht sofort wieder verkauft

werden. McGregor versuchte, durch Immobiliengeschäfte in Melbourne seine Verluste auszugleichen und erwarb im großen Stil neue Häuser in den Vororten, weil er hoffte, sie mit den üblichen Gewinnspannen wieder verkaufen zu können. Die Wirtschaftskrise ließ jedoch den Strom der Einwanderer, die in den letzten zehn Jahren in die Provinz gekommen waren, beinahe völlig versiegen, und der Bauboom ging zu Ende. Das Geräusch von Hämmern und Meißeln, das lange Zeit so typisch für Melbourne gewesen war, verstummte schließlich. Das Angebot an Häusern überstieg die Nachfrage. Es gab keine Käufer für die Neubauten, und der fallende Hammer der Auktionatoren, die den Besitz bankrotter Unternehmen versteigerten, wurde zum neuen Markenzeichen von Melbourne. Colin konnte mit seinen leeren Häusern nichts anfangen, und die meisten seiner vielen Farmen und Weiden fanden keine Pächter mehr und blieben ungenutzt. Im Distrikt wußte jeder, daß er gezwungen gewesen war, Kilmarnock mit einer Hypothek zu belasten, um seine Schulden zu bezahlen.

Pauline würde nie seinen Gesichtsausdruck vergessen, als er ins Wohnzimmer gekommen war, sich mit versteinertem Gesicht vor sie hingestellt hatte und sagte: »Pauline, ich bin ruiniert. Die Bank wird die Hypothek kündigen. Sie werden mir Kilmarnock wegnehmen.«

Sie hatte seit einiger Zeit vermutet, daß es dazu kommen würde. Aber sein sachlicher Ton und die Art, in der er es sagte, ließen die Katastrophe plötzlich erschreckend wirklich erscheinen. Sie wußte, was geschehen würde, wenn die Bank Kilmarnock übernahm. Man würde den Besitz aufteilen und Stück um Stück verkaufen. Als Colin hinzufügte, er werde nach Schottland fahren und versuchen, Geld zur Rettung der Farm aufzutreiben, verstand Pauline, was er damit sagen wollte, denn sie kannte die Wahrheit: Colin würde nie mehr zurückkommen.

Wenn Pauline nun auf ihr Leben zurückblickte, mußte auch sie sich eine bittere Wahrheit eingestehen. Sie hatte immer nach Sieg und Eroberungen gestrebt, Wettkämpfe jeder Art geliebt und nur für die Siegespreise gelebt, aber sie, die unbesiegbare Pauline, hatte als Ehefrau und als Mutter versagt.

Ivy kam mit einem Glas Champagner in der einen Hand und einem Toast mit Kaviar in der anderen zu ihnen. »Joanna!« sagte sie. »Was für ein wundervolles Fest!« Ivy war zweiundfünfzig, und in ihre roten Haare mischte sich Grau. Sie trug ein langes schwarzes Kleid, in dem sie sehr gut aussah. Ivy war nicht nur durch ihre Illustrationen zu GEDICHTE AUS DEM BUSCH berühmt geworden, sondern auch durch ihre Gemälde. ›Es ist Mrs. Downs irgendwie gelungen‹, hatte die Cameron Town *Gazette* geschrieben, ›in ihren bemerkenswerten Bildern das Blau des australischen Himmels und die Klarheit und Transparenz der australischen Weiten einzufangen. Nach Meinung des Kritikers begegnen wir bei ihr heimischen Landschaften, die nicht durch malerische Hecken und Nebel den Eindruck englischer Landschaften erwecken wollen. Mrs. Downs zeigt uns in ihren Bildern den heißen Nordwind, das trockene Gras und die Kraft des Lichts. Sie ist sich bewußt, daß sie in Australien lebt, nicht in Surrey, und das ist eine sehr erfrischende Einstellung!‹

»Ja, es ist ein schönes Fest«, sagte Pauline zu Ivy. Ihre Vorurteile gegen Franks Frau gehörten der Vergangenheit an. Die Enttäuschungen in ihrem Leben hatten Pauline im Laufe der Jahre dazu gebracht, nicht mehr so streng über andere zu urteilen. Sie hatte Ivy als die Frau schätzen gelernt, die Frank glücklich machte, und sie bewunderte Ivy, weil sie mit Entschlossenheit ihren Weg in einer Welt und in einem Beruf gemacht hatte, die von Männern beherrscht wurden.

»Hast du etwas von Colin gehört?« fragte Ivy.

»Er hat gesagt, er wird mir schreiben, sobald er in Schottland angekommen ist. Ich erwarte jeden Tag einen Brief.«

»Ich wünschte, Pauline, er würde Frank erlauben, ihm zu helfen«, sagte Ivy.

»Ich habe versucht, mit ihm darüber zu sprechen. Aber Colin ist eigensinnig. Er hat gesagt, er will sich nicht noch mehr Schulden aufladen, und du weißt, was er von milden Gaben hält, selbst wenn sie von der Familie kommen. Er würde von Frank keinen Penny annehmen.«

»Pauline«, fragte Ivy, »besteht die Möglichkeit, daß du Kilmarnock tatsächlich verlierst?«

»Ja.«

Ein Magnesiumblitz zuckte, und der Knall hallte durch den Raum. Ein Photograph machte ein Bild von Hugh mit dem Gouverneur. »Du weißt, du hast in Lismore immer ein Zuhause, Pauline«, sagte Ivy.

»Danke, Ivy. Aber es wird schon alles gut werden. Colin findet einen Weg. Er wird mit dem Geld zurückkommen.«

Die drei Frauen schwiegen, während um sie herum der Lärm und die Musik der Feier weitergingen.

Pauline dachte an die letzten Stunden mit Colin, als sie zusammen am Pier gestanden hatten und warteten, bis er an Bord ging. Colin hatte nicht gewollt, daß Pauline ihn zum Schiff brachte, aber sie bestand darauf. In der Bahn sprachen sie nicht miteinander und am Pier nur sehr wenig. Sie umarmten sich höflich, und er ging über die Gangway nach oben. In diesem Augenblick wußte Pauline, daß sie sich nur an die guten Dinge erinnern würde – an die Flitterwochen, an die Nächte voller Leidenschaft, an die Zeit, in der sie im Wettstreit miteinander lagen. Sie dachte an Colins drahtigen Körper und daran, wie er sie mit seiner Leidenschaft erregt hatte. Sie dachte an die wundervollen Gesellschaften, die sie auf Kilmarnock gegeben hatten, an das herrschaftliche Leben. Und sie fragte sich, ob das Zusammenleben erfolgreich geworden wäre, wenn sie es energischer versucht hätte, wenn sie weniger egoistisch gewesen wäre. Trug in Wahrheit sie und nicht er die Verantwortung für die fehlende Liebe zwischen ihnen? Vermutlich würde sie die Antwort auf diese Frage niemals erfahren. Pauline stand nach langer Zeit schließlich doch allein, und es war ihr Schicksal, die ›arme Pauline‹ zu werden.

»Ich muß Sie warnen, Joanna«, sagte Ivy. »Mein Mann und ein paar andere versuchen Hugh zu überreden, daß er für das Parlament kandidiert.«

Die drei Frauen blickten auf die Gruppe der Männer an der Bar, und sie hörten Frank sagen: »Ich sage euch, wenn wir eine Föderation sind, werden wir Männer wie Hugh Westbrook in der Regierung brauchen.«

Während Hugh protestierte, stimmten alle seine Freunde Frank völlig zu.

Die Melbourne *Times* war inzwischen die größte Tageszeitung und wie die Auflage, so hatte auch Frank zugenommen. Seit seiner Heirat war der Bauch noch größer geworden, und die Uhrkette über der Weste war doppelt so lang wie früher. Die spärlichen Haare mußte man von hinten sehen, um zu erkennen, daß er grau wurde.

»Ich habe Ihren letzten Leitartikel über die Aborigines gelesen, Frank«, erklärte Ian Hamilton. »Ich muß sagen, Sie haben ein paar ziemlich harte Dinge über den Ausschuß zum Schutz der Ureinwohner geäußert. Der Vorschlag, die Kommission aufzulösen und den Schwarzen zu erlauben, ihre Reservate selbst zu verwalten, ist ein Aufruf zur Rebellion!«

»Mein Gott, Ian«, sagte Frank, trank seinen Gin Tonic aus und reichte das Glas dem Mann hinter der Theke. »In dem Ausschuß sitzen nur Idioten. Es war ihre Idee, daß in den staatlichen Reservaten nur reinrassige Eingeborene leben dürfen. Das bedeutete natürlich, daß die Mischlinge in die Städte getrieben wurden, wo sie sich irgendwie selbst durchschlagen sollten. Die katastrophalen Folgen kennen Sie ja. Diese entwurzelten Menschen können sich in unserer Gesellschaft nicht zurechtfinden. Man muß für sie sorgen.«

»Ich sehe nicht ein, warum«, erwiderte Hamilton mit finsterer Miene.

»Um Himmels willen, finden Sie nicht, daß wir ihnen etwas schulden? Nach der letzten Zählung leben in Victoria nur noch achthundert Aborigines, und es sind ausnahmslos Mischlinge.«

»Genau das meine ich, Frank. Jeder weiß, die Ureinwohner sind in zwanzig Jahren ausgestorben. In Tasmanien gibt es keine mehr, oder? Warum soll man sich also wegen eines Problems Sorgen machen, das sich bald von selbst erledigen wird?«

»Es ist dumm, so zu denken«, sagte Frank. Er trat beiseite, um Judd MacGregor Platz zu machen, der mit einem »Entschuldigung« zwischen den Männern hindurch nach einem Glas Champagner griff. Judd verließ die Bar, als sich das Gespräch über die Aborigines den Schafen zuwandte, und sah sich im überfüllten Raum um. Sein Blick fiel auf Lisa Westbrook, die gerade über eine Bemerkung von Declan McCloud lachte. Declan war wie Lisa zwölf Jahre alt, und beide wollten im nächsten Monat in die Tongarra-Schule eintreten.

Während Judd die kleine Westbrook beobachtete, dachte er an das Gespräch zwischen Hugh, Joanna Westbrook, Carpenter und seinem Stellvertreter im Zimmer des Schuldirektors. Judd war ebenfalls anwesend gewesen. Nach einer festen Regel wurde ein Vertreter des Lehrkörpers hinzugezogen, wenn Zweifel darüber herrschten, ob man einen bestimmten Schüler aufnehmen sollte oder nicht. Judd hatte sich freiwillig gemeldet.

Miles Carpenter, der Direktor, war zunächst sehr erstaunt, daß Westbrook auf den Gedanken gekommen war, seine Tochter in eine Jungenschule zu schicken. »Sehr ungewöhnlich«, hatte er gesagt. »Ein Mädchen, das Viehzüchter werden will.« Trotzdem hatte er Hugh und dessen Frau aufgefordert, bei ihm vorzusprechen.

»Lisa ist intelligent und lernbegierig«, erklärte Westbrook. »Und sie weiß bereits sehr viel über Tiere und den Betrieb einer Schaffarm. Sie wäre ein Gewinn für Ihre Schule.«

»Aber Tongarra ist ein Internat, Mr. Westbrook«, erklärte Carpenter. »Die Jungen wohnen hier und schlafen in Schlafsälen. Sie sehen sicher die großen Schwierigkeiten, die durch die Aufnahme eines Mädchens entstehen würden.«

Westbrook brachte sie alle in Verlegenheit, indem er sagte: »Merinda ist nur ein paar Meilen entfernt. Lisa könnte als Tagesschülerin morgens kommen und abends nach Hause gehen.«

Carpenter schlug einen anderen Kurs ein. »Zu unserem Lehrplan gehören harte körperliche Arbeiten. Wir haben nicht nur Unterricht im Klassenzimmer, wir lehren auch Sattlerei, das Beschlagen von Pferden, Feldarbeit und sogar das Brennen von Rindern – also Arbeiten, die für eine junge Dame höchst ungeeignet sind.«

Westbrook sagte daraufhin lakonisch: »Meine Tochter kann das alles lernen«, und Mr. Carpenter und Mr. McIntyre fanden offenbar keine Gegenargumente mehr. Judd entging nicht, daß sie sich in einer schwachen Position befanden und sagte: »Mr. Westbrook übersieht das Wichtigste: Sein Vorschlag verstößt gegen die Regeln der Schicklichkeit. Seine Tochter würde die Jungen nur ablenken. Ihre Anwesenheit wäre dem Lernen hinderlich. Als Lehrer wäre es für mich ganz bestimmt schwierig, sie im Unterricht zu haben.«

An diesem Punkt zog Westbrook sein Scheckbuch. »Ich bin zu einer großzügigen Spende für die Schule bereit.«

»Es hat nichts mit Geld zu tun, Mr. Westbrook«, sagte Judd schnell, denn er hatte den Blick gesehen, den Carpenter seinem Stellvertreter zuwarf. »Es ist eine Frage der Ehre. Wir müssen an den Ruf der Schule denken. Tongarra ist für sein hohes Niveau und hervorragende Leistungen bekannt. Wir sind eine der besten Lehranstalten in den Kolonien. Die Aufnahme eines Mädchens würde unserem Ruf schaden, ganz zu schweigen davon, daß es unsere Diplome in Mißkredit brächte.«

Judd unterlag am Ende. Hugh Westbrook stiftete der Schule eine große Summe, und Lisa durfte mit gewissen Einschränkungen im neuen Schuljahr am Unterricht teilnehmen.

Als Judd später immer noch protestierte, hatte Carpenter gemeint: »Finden Sie nicht, Mr. McGregor, daß Sie das Ganze etwas zu persönlich nehmen? Schließlich ist die Schule für das Mädchen verantwortlich.

Niemand wird Ihnen Vorwürfe machen, wenn es Schwierigkeiten geben sollte.«

Aber Judd mußte es persönlich nehmen, denn das Thema betraf ihn ganz direkt. Die Aufnahme des Mädchens in die Schule würde die Integrität seiner Grundsätze schwächen, die zum endgültigen Bruch zwischen ihm und seinem Vater geführt hatten.

Judd trank einen Schluck Champagner und entfernte sich dabei von der Bar und der Unterhaltung der Männer über Politik und Schafe, nickte unbestimmt Minerva Hamilton zu, die ihn anlächelte, und dachte an ein Gespräch, das dem im Zimmer des Direktors um zwei Monate vorausgegangen war. Es hatte im Arbeitszimmer seines Vaters auf Kilmarnock stattgefunden. Damals wußte Judd es nicht, aber es sollte das letzte Mal sein, daß sie miteinander sprachen.

Er blieb stehen und sah, wie Louisa Hamilton am anderen Ende des Raums plötzlich auf einen Stuhl sank. Ihre Töchter kamen sofort herbeigeeilt. Judd wollte sich nicht ablenken lassen. Er schloß die Augen und hörte sich sagen: »Vater, du kannst nicht im Ernst daran denken, jetzt abzufahren. In zwei Wochen fängt die Schur an!«

Colin hatte wie ein Besessener alles mögliche in seine Aktenmappe gepackt. Judd sah die Anspannung seines Vaters und die hektischen Bewegungen, mit denen er Akten und Dokumente in die Mappe steckte. Judd entging nicht, was sein Vater mitnahm: Es waren die Besitzurkunden für die alte Burg und den Landbesitz in Schottland. Manche dieser Dokumente stammten noch aus der Zeit von Heinrich VIII. Zum Schluß schob Colin noch seine Geburtsurkunde, den Reisepaß und eine Schiffsfahrkarte in die Tasche. »Judd«, sagte sein Vater mit zusammengebissenen Zähnen, »Reichtum mag kommen und gehen, Land kann man kaufen und verlieren, Freunde können zu Feinden werden und Söhne zu Fremden. Aber eine Wahrheit bleibt bestehen: Ein Mann kann sich auf sein ererbtes Geburtsrecht immer verlassen. Die Bank mag mir die Farm abnehmen, meine Gläubiger können mein ganzes Vermögen an sich reißen. Doch meinen Titel können sie mir nicht nehmen. Ich bin und bleibe der Laird von Kilmarnock.«

Da wußte Judd, sein Vater würde davonlaufen und nie mehr zurückkommen. Und in dem verzweifelten Versuch, seinen Vater zum Bleiben zu bewegen, hatte Judd Dinge gesagt, die er inzwischen bedauerte – im Zorn, in der Absicht ihn zu verletzen. Er wollte den Kern der Aggressivität treffen, die, wie er wußte, zum Wesen seines Vaters gehörte. Er hoffte, Colins Zorn zu wecken. Er wollte ihn soweit bringen, daß er blieb und um Kilmarnock kämpfte – um das neue Kilmarnock, nicht das alte zerfallene, das den Geistern gehörte, sondern um das Kilmarnock in der Sonne, das so viele Versprechen barg.

»Du hast dein Erbe nie gewürdigt«, sagte Colin bitter.

Judd erwiderte: »Ich bin Australier, Vater. Hier liegt mein Erbe, hier an diesem Ort.«

»Als Lehrer.«

»Jawohl, als Lehrer. Ich bin kein Lord, und ich will kein Lord sein.«

»Dann geh in deine Landwirtschaftsschule und lebe dort. Wirf alles weg, was ich für dich aufgebaut habe, alles was ich erarbeitet habe, um es dir zu übergeben. Geh und werde ein gewöhnlicher Lehrer von gewöhnlichen Kindern an einer gewöhnlichen Schule. Mein Gott, Judd, vergiß nicht, du bist nicht nach Oxford berufen worden, oder? Du gehst an eine provinzielle Landwirtschaftsschule in einer provinziellen Kolonie.«

Vater und Sohn hatten sich über das verhaßte Arbeitszimmer hinweg angesehen. Die Worte, die auf beiden Seiten gefallen waren, konnten nicht zurückgenommen werden. Sie hingen in der Luft wie Echos. Und das Elend, die Bitterkeit und die Ohnmacht, die sie beide empfanden, ließen eine Geste der Versöhnung nicht zu, noch nicht einmal die Worte: »Es tut mir leid.«

Judds Finger umklammerten das Champagnerglas, während er sah, wie die Frauen sich um Louisa Hamilton drängten, die nach Luft rang und sich offenbar übergeben mußte. Joanna Westbrook hielt Louisa ein Fläschchen Riechsalz unter die Nase. Die Hamilton-Töchter, alles verwöhnte junge Frauen, standen aufgeregt und hilflos um ihre Mutter herum. Judd sah, wie seine Stiefmutter in dieser Gruppe auffiel.

Pauline war neununddreißig, aber Judd fand sie immer noch schön. Er wußte, in ihrem schlanken, graziösen Körper verbargen sich seelische Qualen. Er wußte, was Colin ihr mit seiner Flucht antat. Und Judd kam der Gedanke, daß er in all den Jahren Pauline gegenüber vielleicht ungerecht gewesen war. Er hatte kühle Distanz zu ihr gehalten und geglaubt, sie sei wie Colin, nur weil sie ihn geheiratet hatte. Aber als Judd in den drei Monaten nach Colins Abreise erlebte, wie standhaft sie diese Belastung ertrug, stellte er fest, daß er anfing, sie zu bewundern.

Judd trank seinen Champagner aus und ging zur Bar zurück.
Joanna saß bei Louisa, und ihr Blick schweifte auf der Suche nach Lisa durch den Raum. Ihre Tochter stand unter einem Porträt von König George und hielt ein scheinbar vergessenes Glas Limonade in der Hand. Joanna folgte der Richtung von Lisas Augen und stellte fest, daß ihre Aufmerksamkeit Judd McGregor galt. Und Lisas Gesichtsausdruck ließ in Joanna die Angst und diese unbestimmte Vorahnung wieder aufsteigen. Sie erkannte, was ihre Tochter für den gut aussehenden jungen Mann empfand – Lisa redete nur noch von Mr. MacGregor. »Ich wußte überhaupt nicht, daß er so reizend ist, Mutter«, hatte Lisa nach der letzten Landwirtschaftsausstellung gesagt, auf der Judd einen Preis für einen Zuchtwidder erhielt. »Ich habe ihn schon tausendmal gesehen, aber mir fällt jetzt erst auf, wie wundervoll er ist. Und stell dir nur vor, er wird in der neuen Schule mein Lehrer sein.«
Das hatte Joanna daran erinnert, daß es nicht mehr lange dauern würde, bis Lisa verheiratet war. Sie würde von Merinda weggehen und woanders leben. Wie konnte Joanna sie dann beschützen?
»Ach du meine Güte«, stöhnte Louisa Hamilton, der plötzliche Mittelpunkt weiblicher Besorgnis. »Es muß die Hitze sein. Mir geht es wirklich nicht gut.«
Pauline stand neben ihr und beobachtete Joannas Bemühen, Louisa zu helfen. Louisa warf Pauline einen ängstlichen und verzweifelten Blick zu, den sie nur allzugut kannte. Und Pauline wußte sofort, worin Louisas Problem bestand: Sie erwartete wieder ein Kind, nachdem sie es dreizehn Jahre geschafft hatte, nicht schwanger zu werden.
»Louisa«, sagte Joanna. »Sie sehen wirklich nicht gut aus. Ich suche einen ruhigen Platz, wo Sie sich hinlegen können.«
Joanna verließ den Speisesaal und ging zur Rezeption. Sie wartete einen Augenblick, während der Angestellte Rechnungen durchblätterte. Als er aufblickte, sagte sie: »Ich bin Mrs. Westbrook. Ich möchte gern wissen, ob es ein Zimmer gibt, wo einer unserer Gäste sich ein paar Minuten hinlegen kann. Die Dame fühlt sich nicht gut ...«
»Mrs. Westbrook?« sagte der Angestellte. »Entschuldigen Sie, aber man hat mir bei Dienstbeginn nicht gesagt, daß es sich im Speisesaal um Ihre Feier handelt. Es war ein Herr hier und hat nach Ihnen gefragt. Ich habe ihm gesagt, daß Sie und Ihr Gatte ausgegangen sind.«
»Ein Herr? Hat er seinen Namen genannt?«

»Er hat gesagt, Sie kennen ihn nicht, und er kennt Sie nicht. Es war ein Seemann ... ich glaube, ein Kapitän.«
»Ein Kapitän! Und er hat keine Nachricht hinterlassen?«
»Er sagte, er sei ab morgen wieder unterwegs und ohnehin nicht erreichbar.«
Er sah ihr enttäuschtes Gesicht. »Es tut mir wirklich leid, Mrs. Westbrook. Hätte ich gewußt, daß Sie nebenan im Speisesaal sind ...«
»Wie lange ist es her, daß er gegangen ist?«
»Ich würde sagen zehn Minuten ...«
Joanna eilte durch die Halle und nach draußen. Auf dem Gehweg blickte sie aufgeregt die Straße auf und ab. Wagen fuhren vorbei, und Fußgänger schlenderten durch die warme Sommernacht. Unter der Laterne an der Straßenecke sah sie zwei Männer stehen. Der eine war ein Zeitungsverkäufer, der andere ein Seemann.
Sie lief hinüber. Beim Näherkommen sah sie, daß es sich bei dem Seemann um einen älteren Mann handelte. Sie schätzte ihn auf über siebzig. Er hatte weiße Haare, einen weißen, gestutzten Bart und zahllose Falten im Gesicht.
»Entschuldigen Sie«, sagte Joanna.
Die beiden sahen sie überrascht an.
»Haben Sie im Hotel gerade nach Mrs. Westbrook gefragt? Weshalb wollten Sie mich sprechen?«
Er griff in die Tasche und brachte einen Zeitungsausschnitt zum Vorschein. »Sind Sie Mrs. Joanna Westbrook, die Dame, die in der Zeitung diese Suchanzeige veröffentlicht hat?«
Joanna warf einen Blick auf die Meldung, die Frank in seiner *Times* regelmäßig erscheinen ließ. Sie nickte. »Ja, das bin ich. Ich bin Joanna Westbrook.«
»Hier steht, Sie wollen Auskunft über das Schiff *Beowulf*.«
Joanna glaubte, ihren Ohren nicht zu trauen. »Ich war gerade dabei, die Hoffnung aufzugeben!«
»Ich freue mich, Sie kennenzulernen, Mrs. Westbrook!« sagte der alte Mann. »Ich bin Kapitän Harry Fielding.«
Joanna schüttelte eine Hand, die sich hart wie Holz anfühlte. »Woher wußten Sie, daß ich heute hier im Hotel bin?«
»Ich war auf See«, sagte er, »hauptsächlich in Asien. Und ich bin erst vor kurzem zurückgekommen. Üblicherweise brauche ich eine Woche, bis

ich wieder auf dem laufenden bin, und deshalb hat es eine Weile gedauert, bis ich die Anzeige in der Zeitung gesehen habe. Nun ja, die Zeitung war so alt, daß ich eigentlich nicht weiter darüber nachdachte. Aber dann habe ich heute in der *Times* gelesen, daß Sie und Ihr Mann für eine Premiere in der Stadt sind und in diesem Hotel wohnen. Ich bin froh, daß wir uns doch noch getroffen haben.«

Sie lächelte ihn erwartungsvoll an.

»Bitte, Kapitän Fielding«, sagte Joanna, »sprechen Sie weiter.«

»In der Anzeige steht, Sie suchen Informationen über die *Beowulf*. Ich habe als junger Mann auf der *Beowulf* gedient. Ich war dort Bootsmann. Ich kann Ihnen wahrscheinlich alles sagen, was Sie über das Schiff wissen wollen.«

»Kapitän Fielding, ich versuche, etwas über zwei Passagiere herauszufinden, die 1830 auf der *Beowulf* gefahren sind. Waren Sie damals auf dem Schiff?«

»Ja, in der Tat. Ich war zwanzig und unterwegs, um die Welt zu entdekken.«

»Können Sie sich an die Passagiere erinnern?« fragte Joanna und versuchte, ihre Erregung zu unterdrücken. »Ich weiß, es ist lange her.«

»Sie werden feststellen, Mrs. Westbrook, in meinem Alter, und ich bin wirklich nicht mehr der Jüngste, weiß man nicht mehr, was vor einer Woche geschehen ist. Aber man kann sich in allen Einzelheiten an Ereignisse erinnern, die Jahre zurückliegen. Damals bin ich zum ersten Mal als Bootsmann gefahren. Ich kann Ihnen heute noch sagen, welche Farbe die Augen des Kapitäns hatten.«

»Erinnern Sie sich an ein junges Ehepaar. Sie hießen Makepeace? John und Naomi Makepeace?«

»Makepeace«, sagte Fielding. »Ach ja, dieser seltsame Pfarrer. Ja, ja, er hat gesagt, er sucht den Garten Eden, nicht wahr? Ich erinnere mich an ihn und seine hübsche Frau. Ich weiß noch, daß ich den Namen sehr merkwürdig fand ... Friedensmacher.« Fielding zog die Augenbrauen zusammen. »Wenn ich so darüber nachdenke, fällt mir in diesem Zusammenhang noch etwas Merkwürdiges ein. Als ich ein paar Jahre später wieder in Australien war, habe ich eine ganz unglaubliche Geschichte über sie gehört.«

»Wo war das, Kapitän Fielding? Erinnern Sie sich daran, wo die beiden von Bord gegangen sind?«

Joanna hielt den Atem an.
»Ja«, sagte er und nickte, »wir alle fanden nämlich, es war für ein jungverheiratetes Paar ein hoffnungsloser Platz, um eine Ehe zu beginnen. Gewiß doch, Mrs. Westbrook, ich kann Ihnen genau sagen, wo das war. Ist es sehr wichtig?«

Kapitel Fünfundzwanzig

1

Judd MacGregor hatte erst ein paar Absätze der Hausarbeit gelesen, als er bereits wußte, er würde ›sehr gut‹ an den oberen Rand der Seite schreiben. Aber als er das Blatt umdrehte, um zu sehen, von welchem Schüler die Arbeit stammte, sah er Lisa Westbrooks Unterschrift. Er zögerte und dachte mit gerunzelter Stirn, ihr muß zu Hause jemand bei den Hausarbeiten helfen. Kein Mädchen kann in Biologie so gut sein.

»Mädchen haben einfach nicht die Lernfähigkeit von Jungen«, hatte Judd im Dezember zu Miles Carpenter gesagt, als er erfuhr, daß Lisa Westbrook in die Schule aufgenommen worden war. »Ich versichere Ihnen, Mr. Carpenter, ich werde dem Mädchen keine Minute extra widmen. Sie bekommt dieselben Aufgaben, denselben Anteil der Unterrichtszeit wie die Jungen. Ich werde keine besondere Rücksicht auf sie nehmen. Wenn sie beim Lernen zurückfällt – ich bin sicher, das wird sie –, werde ich empfehlen, sie von der Schule zu entfernen. Und ich sage Ihnen heute schon, Mr. Carpenter, das wird eine Woche nach Schulbeginn sein.«

Aber das Schuljahr hatte vor vier Wochen begonnen, und bis jetzt hielt das Mädchen mit den Jungen mit. Judd mußte sich eingestehen, daß sie in Wirklichkeit sogar besser war als viele der Jungen. Und deshalb glaubte er, jemand müsse ihr bei den Hausaufgaben helfen.

Er hörte Gelächter vor dem Fenster und sah auf dem Rasen vor dem Schulgebäude ein paar Jungen. Sie riefen Lisa Westbrook etwas hinterher, die gerade von Sarah King, einer Eingeborenen und ihre Gouvernante, am Schultor abgeliefert worden war. Judd sah, wie steif das Mädchen sich bewegte, während es versuchte, die höhnischen Bemerkungen zu ignorieren. Judd wußte, die Jungen machen Lisa das Leben schwer, aber er griff nicht ein. Er würde auch nicht eingreifen, wenn sie einen anderen Jungen hänselten. Die Lehrkräfte von Tongarra befaßten sich selten mit den persönlichen Problemen ihrer Schüler. Die Schülerschaft hatte ihren eigenen Verhaltenskodex entwickelt und setzte ihn durch. Und zu den Regeln gehörte, daß ein Schüler – oder in diesem Fall eine Schülerin – Kämpfe selbst ausfocht und nicht zu einem Lehrer rannte.

Judd mußte an seine erste Zeit als Schüler von Tongarra denken. Er war für sein Alter klein gewesen, und die anderen Jungen kannten kein Erbarmen. Sein Vater hatte zu Carpenter gesagt: »Nehmen Sie auf Judd wegen seiner mangelnden Größe keine besondere Rücksichten. Behandeln Sie ihn wie die anderen Jungen. Das wird einen Mann aus ihm machen.« Judd ließ die Prüfungen und Initiationen mit stoischer Haltung über sich ergehen, wie die unausgesprochenen Verhaltensregeln es forderten. Und er ging stark und voll Selbstvertrauen daraus hervor. Er gewann die Bewunderung seiner Peiniger und wurde zu einem der beliebtesten Jungen der Schule.

Eine Stimme drang durch die Morgenluft: »Wir wollen hier keine Mädchen!« rief einer der Jungen hinter Lisa her. Und Judd erinnerte sich an seinen Vater, der vor Jahren gesagt hatte: »Du mußt dir mehr Mühe geben, Sohn. Du willst doch nicht, daß alle dich für ein Mädchen halten, oder?«

Judd blickte zum Februarhimmel auf. Es sah aus, als würden die Herbstregen in diesem Jahr früh einsetzen. Er dachte an seinen Vater, der inzwischen fünf Monate weg war. Judd stellte sich vor, wie er in seinem zugigen Schloß zwischen seinen keltischen Altertümern saß, und fragte sich, ob sein Vater glücklich war. Es hätte Judd Genugtuung verschafft zu wissen, ob er auch nur das leiseste Gefühl von Bedauern oder Scham empfand.

»Was ist denn los?« rief einer der Jungen. »Kannst du keinen Schritt ohne dein Nigger-Kindermädchen tun?«

Als Judd sah, daß Lisa sich umdrehte, um etwas darauf zu erwidern, schloß er das Fenster. Der Nachteil des Lebens in der Schule, so fand er, waren solche Ablenkungen.

Er vermißte den Frieden und die Ruhe von Kilmarnock. Doch er hatte festgestellt, daß er dort nicht leben konnte. Die ständigen Erinnerungen waren zu schmerzlich. Judds Vater war immer noch präsent, in jedem Stein, in jedem Brett von Kilmarnock, in jeder Ritterrüstung, jeder Teetasse und jeder Staubflocke. Judd dachte an den angefangenen Entschuldigungsbrief, in dem er seinen Vater bat, nach Hause zurückzukommen. Er würde diesen Brief nie beenden, nie abschicken.

Judd wandte sich wieder Lisas Hausarbeit zu. Er sah das Mädchen vor sich, das eines Tages im Januar in seinem Klassenzimmer erschienen war – keineswegs scheu und zögernd. Lisa stand einfach da, als warte sie, daß etwas geschah. Sie trug ein langes weißes Kleid, ihr Haar glänzte, und Judd mußte an die Gelegenheiten denken, wenn er Lisa Westbrook bei der Landwirtschaftsausstellung oder in Cameron Town gesehen hatte. Sie war ein jungenhaftes Mädchen mit Zöpfen und einer Schürze gewesen und mit einer Gruppe Jungen zwischen den Besuchern herumgerannt. Das Mädchen, das frühmorgens, vor den anderen Schülern in seinem Klassenzimmer aufgetaucht war, konnte man nicht als jungenhaft bezeichnen. Judd wußte aus Lisas Unterlagen, daß sie im vergangenen September zwölf geworden war. Und er konnte bereits die Zeichen sehen, die Lisa im Laufe der Monate mehr und mehr zu einem Störfaktor in seiner Klasse machen würden. Im Augenblick mochten die Jungen sie vielleicht wie einen der ihren behandeln – mit Sicherheit ärgerten sie Lisa, wie eine andere Gruppe Jungen einmal den kleinen Judd MacGregor geärgert hatte. Doch Judd wußte, bald würden die Jungen Lisa mit anderen Augen sehen, und sie würde es ihnen immer schwerer machen, sich auf den Unterricht zu konzentrieren.

Judd beobachtete durch das Fenster, wie die Jungen Lisa unten auf dem Weg verspotteten, und er sagte sich, wahrscheinlich werde sie nicht lange an der Schule bleiben. Die Jungen machten ihr das Leben sehr schwer. Ihre Anwesenheit störte sie, und das war besonders deshalb verständlich, weil Lisa im Unterricht so gut war. Judd wußte, daß einer der Lehrer sie nicht aufrief, wenn sie die Hand hob. Ein anderer hatte sogar davon gesprochen, er werde aus Protest kündigen. Auch manche Eltern protestierten. Vier Jungen waren von der Schule genommen worden, als ihre Väter von der Mitschülerin erfuhren. Als Judd den Direktor darauf angesprochen hatte und ihn daran erinnerte, welchen Schaden die Anwesenheit des Mädchens der Schule zufügte, gab Carpenter ihm eine Antwort in Pfund und Schilling. »Westbrooks Spende ist mehr als ein Ausgleich für die verlorenen Schulgelder, Mr. MacGregor. Und wir haben sein Versprechen, daß wir die Spende jedes Jahr erhalten, solange seine Tochter die Schule besucht.«

Doch Judd beharrte darauf, es sei mehr eine Frage der Ehre als des Geldes. »Sehen Sie sich doch nur an«, erklärte er, »welche Schwierigkeiten die neuen Gesetze in den Kolonien heraufbeschwören, die Frauen den Besuch akademischer Institutionen gestatten.« Massive Proteste wegen der Zulassung von Studentinnen an der University of Melbourne hatten vor kurzem zu einem tagelangen Vorlesungsstopp geführt. Und Lehrkräfte, die ihre Arbeit niedergelegt hatten, nahmen sie nicht wieder auf. Judd war stolz auf Tongarra. Er fand den Gedanken schrecklich, welche Auswirkungen dieses Sinken der Standards auf lange Sicht für den Ruf der Schule haben würde.

Wenn sie Glück hatten, sagte sich Judd, würde das Mädchen von sich aus gehen. Und wenn sie sich jemals bei ihm darüber beklagen sollte, wie die Jungen sie behandelten, würde Judd ganz bestimmt ihre Entfernung von der Schule verlangen.

Er warf noch einen Blick auf Lisas Arbeit, entschied, daß er zuviel Zeit mit einem unbedeutenden Problem verschwendete und schrieb die Worte ›Sehr gut‹ an den oberen Blattrand.

2

»Was ist denn los?« rief ein Junge namens Randolph Carey hinter Lisa her. »Kannst du keinen Schritt ohne dein Nigger-Kindermädchen tun?«

Das reichte Lisa. Die Jungen hatten sie auf dem Weg vom Tor, wo der Wagen sie abgesetzt und sie sich von Sarah verabschiedet hatte, über das Schulgelände verspottet und beschimpft. Bis jetzt hatte Lisa es ertragen, aber nun war es genug. Sie drehte sich um. »Sarah ist kein Nigger. Und sie ist nicht mein Kindermädchen. Sie ist meine Freundin.«

»Jeder weiß, daß deine Mutter die Nigger liebt«, rief der dreizehnjährige Michael Callahan. »Mein Vater sagt, wenn ihr soviel an den Eingeborenen liegt, soll sie doch zu ihnen gehen und bei ihnen leben.«

»Und dein Vater schreibt Gedichte«, sagte Randolph. »Ist er denn kein richtiger Mann?«

»Viele Männer schreiben Gedichte.«

In diesem Augenblick sah Lisa ein Aufblitzen. Sie hob den Kopf und stellte fest, daß Judd MacGregor das Fenster seines Zimmers im zweiten Stock schloß. Sie überlegte, ob er etwas gehört hatte.

Nein, sagte sie sich, denn sie wußte, Mr. MacGregor war ein Gentleman. Wenn er gehört hätte, was die Jungen alles zu ihr sagten, hätte er es ihnen verboten.

Es gefiel Lisa, daß Mr. MacGregor sie nicht als etwas Besonderes behandelte. Er bevorzugte sie nie, er machte sich nie über sie lustig oder tat, als sei sie zerbrechlich, wie der alte Mr. Carmichael. Der gab ihr nämlich keine harte Arbeit und sie mußte auch nicht strammstehen, wenn er das Klassenzimmer betrat. Und wenn sie eine falsche Antwort gab, und die Jungen lachten, dann lachte Mr. MacGregor nicht mit, wie es Mr. Tylor immer tat. Mr. MacGregor behandelte Lisa mit einer gewissen Gleichgültigkeit, und sie glaubte fest, das war ein Zeichen seines Vertrauens in sie. Vermutlich wußte er, sie würde ihren Erfolg lieber eigenen Leistungen zu verdanken haben als besonderer Hilfe. Und deshalb hatte sich Lisa nur noch mehr in ihn verliebt.

Randolph Carey, ein großer, rothaariger Junge mit Sommersprossen sagte: »Warum gehst du nicht zurück nach England, du blöde Engländerin?«

»Ich bin keine Engländerin!«

»Deine Mutter ist eine. Mein Vater sagt, sie ist eine ...«

In diesem Augenblick kam Mr. Edgeware, der Lateinprofessor, aus dem Schulgebäude. Die Jungen verstummten. Als er eilig an ihnen vorbeiging, sagten sie: »Guten Morgen, Sir.«

»Warum laßt ihr mich nicht in Ruhe«, sagte Lisa zu ihren Peinigern, nachdem Mr. Edgeware außer Hörweite war.

»Hör zu, Westbrook. Wenn du willst, daß wir dich in Ruhe lassen, dann mußt du eine von uns werden. Du mußt zu uns gehören.«

Lisa sah ihn wachsam an. »Und wie geht das?«

»Du mußt eine Prüfung bestehen. Jeder, der zu uns gehören will, muß sich der Einweihung unterziehen.«

»Was für eine Art Einweihung?«

»Das kann ich dir vorher nicht sagen. Sonst wäre es zu leicht. Aber wenn du meinst, du schaffst es nicht ...«

»Ich schaffe es«, sagte Lisa.

»Also gut. Du mußt folgendes tun.«

Die Schülerschaft bereitete den jährlichen Unterhaltungsabend vor – Sketche, Lieder, Lesungen von Geschichten, alles ohne Hilfe der Lehrer von den Schülern geschrieben, eingeübt und vorgeführt.

»Morgen abend ist im Auditorium eine Probe«, sagte Randolph. »Sag deiner Nanny, daß du dazu hierbleibst.«

»Aber meine Eltern wissen, daß ich nicht mitmache.«

»Sag ihnen, du siehst bei der Probe zu. Sie ist um neun zu Ende. Aber du gehst nicht ins Auditorium. Du bist um sieben am Pferch mit dem Desinfektionsbecken. Dann bekommst du deine Anweisungen. Es sei denn, du hast zu große Angst und kommst nicht.«

Lisa zögerte. Sie blickte auf die Jungen, die sie umstanden. Sie sah, daß Randolph die Lippen zu einem leichten Lächeln verzog. Dann dachte sie daran, daß er einmal eine Schlange in ihrem Pult versteckt hatte. »Ich werde dort sein«, sagte sie.

Als Randolph und seine Freunde gingen, sagte Billie Addison zu Lisa: »Nimm dich in acht. Carey hat etwas vor.«

Aber Lisa wußte bereits, am nächsten Abend erwartete sie eine Art Prüfung. Die tote Schlange in ihrem Pult war nur einer von vielen Streichen gewesen, die man ihr spielte – sie entdeckte Tinte auf ihrem Stuhl, der Pultdeckel war zugeklebt, ihr Mittagessen wurde gestohlen –, um festzustellen, ob sie deshalb zu den Lehrern oder ihren Eltern laufen werde. Bis jetzt hatte sie Randolph und seinen Freunden diese Genugtuung jedoch nicht verschafft.

»Wenn du hingehst«, sagte Billie, »werden sie vielleicht etwas Schlimmes mit dir machen.«

»Wirst du mir helfen?«

Billie zögerte, und Lisa fuhr fort: »Schon in Ordnung. Ich verstehe.«

»Ich bin kein Feigling«, sagte Billie. »Es ist nur, mein Vater sagt, wenn ich mich noch einmal prügle, nimmt er mich von der Schule. Dann muß ich auf der Farm arbeiten. Du solltest morgen abend einen Bogen um das Desinfektionsbecken machen und wie immer nach Hause gehen.«

Lisa wußte, sie konnte vor Careys Herausforderung nicht davonlaufen. Sie hatte ihr Leben lang mit Jungen gespielt, und sie kannte ihre Rituale, die Prüfungen, denen sie sich gegenseitig unterzogen. Und sie wußte, irgendwann mußte sie sich Randolph stellen, oder sie würde in der Schule niemals glücklich werden.

»Ich muß es tun, Billie. Sie werden mich nie akzeptieren, wenn ich mich der Probe nicht unterziehe. Aber es wird gutgehen. Du wirst schon sehen.«

3

Joanna klopfte an die Tür von Lisas Zimmer. »Stimmt etwas nicht, Liebes?« fragte sie, als Lisa sie einließ. »Du hast das Abendessen kaum angerührt.«

»Es ist alles in Ordnung, Mutter«, sagte Lisa. »Ich bin nur müde.«

Joanna sah ihre Tochter prüfend an. Sie strich ihr die Haare glatt und fragte: »Läuft in der Schule alles gut?«

»O ja. Es ist wunderbar in der Schule. Und bis du mit Vater zurückkommst, habe ich die Prüfungen für das Winterhalbjahr mit Auszeichnung bestanden!«

Joanna hatte Lisa nicht zu Hause lassen wollen. Aber Kapitän Fielding hatte davon abgeraten, sie mitzunehmen und gesagt, Westaustralien sei kein Platz für kleine Mädchen. Außerdem hatte Lisa ihren Eltern gegenüber betont, sie sei alt genug, um allein zurückzubleiben, und außerdem sei ja Sarah bei ihr. Hugh, Joanna und Kapitän Fielding planten, im Laufe der Woche aufzubrechen. Sie wollten in Melbourne an Bord eines Küstendampfers gehen, der sie nach Perth bringen würde. Adam war bereits abgereist. Er studierte im ersten Semester an der Universität in Sydney.

»Wäre es dir lieber, wir würden nicht fahren, Lisa?« fragte Joanna.

»O nein, du mußt gehen, Mutter. Du mußt den Ort finden, an dem Großmutter geboren worden ist.«

Wenn Joanna Zweifel an ihrer Entscheidung kamen, nach Westaustralien zu reisen, sagte sie sich jedesmal, sie tue es ebenso sehr für Lisa wie für sich selbst. Sie hatte versucht, Lisa zu helfen, damit sie ihre Angst vor Hunden überwand. Aber es war ihr beinahe unmöglich erschienen, denn auch sie litt unter dieser Angst. Und Lady Emily, die sich zeit ihres Lebens ebenfalls schrecklich vor Hunden fürchtete, hatte geglaubt, die Ursache dieser Angst und demzufolge vielleicht auch das Heilmittel dagegen, liege in Karra Karra.

Joanna dachte an die Reise, die sie und ihre Mutter vor fünfzehn Jahren, ehe Lady Emily dem Gift-Gesang zum Opfer gefallen war, beinahe unternommen hätten. Sie fragte sich, ob sie dem Ende dieser Reise nun nahe war, ob sie dicht davorstand, die Aufgabe zu erfüllen, die Lady Emily ihr als Vermächtnis hinterlassen hatte. Am Anfang war es für Joanna eine Verpflichtung gegenüber ihrer Mutter gewesen; es hatte sich in eine Pflicht gegenüber ihr selbst verwandelt, und nun war es etwas, das Joanna für Lisa tun mußte. Es ist wie ein Traumpfad, dachte Joanna, und sein Ende liegt irgendwo in Westaustralien.

Sie sah Lisa an und wollte sagen: ›Ich gehe deinetwegen, mein Liebling, um einen Weg zu finden, der verhindert, daß du dem Gift-Gesang zum Opfer fällst.‹ Statt dessen kam über ihre Lippen: »Ich mache mir Sorgen, daß du uns vermissen wirst, daß du einsam sein wirst.«

»Mir wird es sehr gut gehen, Mutter. Ich finde viele Freunde in der Schule. Und das Lernen macht mir Spaß.«

Außerdem, dachte Lisa, und ihre Zuversicht kehrte zurück, können die Jungen nicht ewig so weitermachen. Irgendwann haben sie die Streiche satt, die sie mir spielen, und akzeptieren mich. Außerdem quälten sie nicht alle Jungen – nur die wenigen, deren Anführer Randolph Carey war. Er würde sicher bald ebenfalls einsehen, daß seine Streiche wirkungslos blieben, und sie in Ruhe lassen. Lisa war nämlich entschlossen, ihm niemals die Genugtuung zu geben, zu zeigen, daß sie aufgab.

4

Am nächsten Tag erschien der Wagen aus Merinda nicht zur gewohnten Zeit am Schultor, und Lisa stand um sieben Uhr abends am Desinfektionsbecken.

Die Jungen tauchten fünf Minuten später auf. Sie trugen eine lange, schmale Planke und legten sie über das breite Becken, durch das man zu Unterrichtszwecken Schafe trieb, um sie zu desinfizieren. Das Becken war etwa sechs Meter breit und mit schlammigem Wasser gefüllt. Der Mond spiegelte sich darin, wenn er hinter den Wolken hervorkam. »Du mußt den ganzen Weg da rüber«, sagte Randolph. »Dann darfst du eine von uns sein.«

Lisa kaute auf ihrer Unterlippe, als sie die Planke betrachtete. Solange der Mond schien, war sie gut sichtbar, aber wenn Wolken ihn verdeckten, verschwanden Planke und Becken im Dunkeln. Und es war eine sehr schmale Planke, die nur wenige Zentimeter über dem Wasser lag.
Plötzlich kamen Lisa Zweifel, ob es klug gewesen war, Randolphs Herausforderung anzunehmen. Sie blickte über das stille Schulgebäude. Die meisten Gebäude waren dunkel, die Wege wurden von Gaslaternen beleuchtet. Stimmen von anderen Schülern drangen vom Auditorium herüber, und in der Luft lag der Geruch von Kühen und Schafen.
»Na, was ist?« fragte Randolph. »Hast du Angst, es zu versuchen?«
Lisa dachte an die Schlange in ihrem Pult und überlegte, was Mr. MacGregor getan hätte, wenn er sie gesehen hätte. Sie glaubte, Mr. MacGregor war gerecht und würde auf ihrer Seite stehen.
»Na?« sagte Randolph. Lisa sah, daß die Jungen sie beobachteten.
»Wenn ich über die Planke laufe, darf ich eine von euch sein?«
»Ja, ehrlich.«
Lisa ging zu einem Ende der Planke und sah, daß sie noch schmaler war, als sie vermutet hatte. Außerdem hing sie in der Mitte durch. Als sie an sich hinunterblickte, stellte sie erschrocken fest, daß der Rock ihre Füße verdeckte. Sie würde nicht sehen, wohin sie trat.
»Nun mach schon«, drängte Randolph.
Lisa sah zu Billie Addison hinüber, der ihrem Blick auswich. Dann tat sie den ersten Schritt auf die Planke.
Die Jungen standen im Kreis um das Becken und sahen schweigend zu, wie Lisa vorsichtig auf der schaukelnden Planke das Wasser überquerte. Der Mond tauchte auf und verschwand wieder hinter den Wolken. Vom Auditorium drang Lachen herüber. Nebenan im Stall muhte leise eine Kuh.
Lisa setzte mit ausgestreckten Armen vorsichtig einen Fuß vor den anderen. Dabei richteten sich ihre Augen auf die Planke und das Wasser dicht unter ihrem Rocksaum. Aus Süden wehte ein kalter Wind und kräuselte die Wasseroberfläche. Lisa bewegte sich mit angehaltenem Atem vorwärts.
»Sie schafft es«, sagte einer der Jungen.
»Halt die Klappe«, sagte Randolph.
Lisa spürte, wie ihr Mund trocken wurde, als das Holz unter ihr nachgab. Die Nacht schien plötzlich kälter zu werden. Sie begann zu zittern.

»Die Hälfte hast du hinter dir, Lisa«, sagte Billie.
Sie blieb einen Augenblick stehen. Es kam ihr vor, als werde das Becken breiter, als sei das Wasser tief und kalt. Als der Mond flüchtig hinter einer Wolke hervorkam, sah sie Insekten auf der Wasseroberfläche schwimmen.
»Geh weiter«, sagte Billie leise. »Du schaffst es.«
Lisa setzte sich wieder in Bewegung. Der Wind wurde stärker und zerrte an ihrem Rock. Die Planke schaukelte unter ihren Füßen.
»Sie bringt es fertig!« sagte Declan McCloud.
»Weiter so, Lisa«, sagte ein anderer Junge.
Sie wußte, sie näherte sich der anderen Seite und hob den Kopf. Randolph Carey stand dort und wartete auf sie. Er lächelte.
Plötzlich erstarrte Lisa.
Sie sah den Hund neben ihm. Es war einer der Schäferhunde der Schule.
»Na los, Westbrook«, sagte Carey. »Was hast du denn? Du fürchtest dich doch nicht vor einem kleinen Hund, oder?«
Lisa begann zu zittern. Sie bekam einen trockenen Mund. Ihr Magen zog sich zusammen. Sie versuchte, nicht auf den Hund zu blicken, nicht an ihn zu denken. Stell einfach einen Fuß vor den anderen, noch einmal und noch einmal – und du erreichst das Ende, sagte sie sich vor.
Aber dann blickte sie in die Hundeaugen, die im Mondlicht golden glänzten. Der Hund knurrte nicht, war in keiner Weise angriffslustig oder bedrohlich. Lisa wußte, er hieß Hexer und war ein netter alter Strolch. Aber er ließ sie nicht aus den Augen.
Und plötzlich sah Lisa die Dingos, die sie angriffen, und Knopf, der verzweifelt versuchte, sie zu beschützen.
Sie spürte, wie sich alles um sie herum anfing zu drehen, und plötzlich hatte sie keinen Halt mehr unter den Füßen. Lisa fiel mit einem lauten Klatschen ins Wasser und ging wie ein Stein unter. Sie geriet in Panik, als das eisige Wasser über ihrem Kopf zusammenschlug und der schwere nasse Rock sie nach unten zog. Im nächsten Augenblick berührten ihre Hände den Boden. Sie versuchte aufzustehen, aber der Schlamm war zu glitschig. Sie ruderte heftig mit den Armen, schluckte Wasser und rang verzweifelt nach Luft. Plötzlich wurde sie von Billie Addison und Declan McCloud hochgezogen.
Randolph Carey lachte schallend, und ein paar andere fielen in das hämi-

sche Gelächter ein. Die nassen Haare hingen Lisa ins Gesicht, sie hustete und würgte. Als sie schließlich mühsam aus dem Becken kletterte, sah sie die Unsicherheit in den Gesichtern der anderen.
»Das war nicht fair, Carey«, sagte Billie Addison.
Randolph lachte nur noch lauter. »Ihr seid alle Waschlappen«, sagte er. »Ich glaube, Miss Möchtegern, du kannst doch nicht eine von uns werden. Du hast die Prüfung nicht bestanden – nicht, wenn du vor einem alten Hund Angst hast.« Er drehte sich um und ging mit dem Hund davon. Ein paar Jungen folgten ihm.
»Meine Güte«, sagte Declan McCloud und half Lisa. »Du siehst ja aus.«
Lisa zitterte so heftig, daß ihr die Zähne klapperten.
»Was willst du denn jetzt machen?« fragte Billie. »Wirst du zum Direktor gehen und es ihm sagen?«
»Du gehst besser nach Hause«, sagte Declan. »So kannst du dich bei keinem Lehrer blicken lassen.«
Aber Lisa konnte nicht nach Hause. Der Wagen sollte erst in zwei Stunden kommen.
Sie versuchte, das Zittern zu unterdrücken, sah sich auf dem dunklen Schulgeände um und überlegte, was sie tun würde. Sie konnte sich nicht daran erinnern, schon jemals so gefroren zu haben.
»Du holst dir eine Lungenentzündung«, sagte Declan. »Daran kann man sterben.«
»Du kannst dich in den Stall setzen«, schlug Billie vor. »Dort wird es dir vielleicht warm.«
Aber Lisa sagte: »Nein, es ist schon in Ordnung. Ihr könnt gehen.«
Lisa blickte auf das erleuchtete Fenster im zweiten Stock des Lehrergebäudes. Sie wußte, an wen sie sich um Hilfe wenden konnte.

5

Judd öffnete die Tür und sah Lisa im Flur stehen. »Großer Gott, was ist denn mit dir passiert?« fragte er.
»Ich bin hingefallen.«
Er sah die nassen Haare, das nasse Kleid und die Pfütze, die sich auf dem

Boden bildete. »Komm herein.« Er warf einen raschen Blick in den Flur, ehe er die Tür schloß.
Er brachte Lisa zum Kamin. »Erzähl mir, was geschehen ist.«
»Ich bin am Desinfektionsbecken vorbeigelaufen und hineingefallen.«
»In das Desinfektionsbecken! Was hast du dort gemacht – und was tust du um diese Zeit noch in der Schule?«
Lisa gab keine Antwort, und Judd dachte darüber nach, was zu tun sei. Lisa sah jämmerlich aus mit den klatschnassen Haaren und dem Kleid, das an ihrem Körper klebte. Und sie zitterte heftig.
Judd nahm eine Decke von seinem Bett und reichte sie ihr. »Da. Zieh die nassen Sachen aus und wickle dich in die Decke. Bleib dicht am Feuer. Ich suche jemanden, der nach Merinda fährt und deine Eltern benachrichtigt.«
Als er kurze Zeit später zurückkam, saß Lisa vor dem Feuer. Sie hatte sich in die Decke gehüllt, und ihre Kleider lagen ausgebreitet vor dem Kamin.
»Es ist jemand unterwegs nach Merinda«, sagte er und blickte auf sie hinunter. »Wer hat das getan, Lisa?«
Als Lisa nicht antwortete, sagte er: »Das ist eine ernste Sache, Lisa. Das begreifst du doch, oder? Du mußt mir sagen, wer es war.«
»Ich bin gefallen, das ist alles.«
Judd blickte auf die Uhr. Wie lange würde es dauern, bis ihre Eltern kamen? Er wußte, was er bei einem Jungen in einer solchen Situation getan hätte. Aber Lisa verwirrte ihn. Auf seinem Arbeitstisch stand ein kleiner Spirituskocher. Er brachte Wasser zum Kochen und streute Tee hinein. Dabei ließ er das stumme Mädchen nicht aus den Augen.
»Lisa«, er brachte ihr den Tee, »ich will dir helfen. Ich verspreche dir, du bekommst keine Schwierigkeiten. Erzähl mir, was geschehen ist.«
Lisa blickte unverwandt in die Flammen. In ihren Augen schimmerten Tränen. Eine feuchte Haarsträhne fiel ihr über die Wange.
»Die Jungen haben sich einen Spaß mit dir erlaubt, nicht wahr?« fragte er.
»Es ist schon in Ordnung«, sagte Lisa. »Die kümmern mich nicht.«
Er sah, wie ihr eine Träne über die Wange rollte. Plötzlich fühlte er sich unerklärlicherweise unbehaglich.
»Wenn du mir sagst, wer das getan hat, Lisa, werde ich dafür sorgen, daß er bestraft wird.«

Aber Lisa schwieg.
Es klopfte, und der Direktor kam mit Joanna und Hugh herein.
Joanna ging mit Lisa in das andere Zimmer, trocknete sie ab und half ihr in die mitgebrachten frischen Sachen. »Ist alles in Ordnung, Liebling? Hast du dir weh getan?« fragte sie. »Erzähl mir, was geschehen ist.«
»O Mutter«, Lisa versuchte, nicht zu weinen, schluchzte aber trotzdem. »Es war eine Mutprobe. Ich mußte über eine Planke laufen. Und da war ein Hund ...«
Joanna nahm ihre Tochter in die Arme und drückte sie so fest an sich, als wollte sie Lisas Kummer auf sich nehmen. Es geht weiter mit dem Fluch, dachte sie gequält, immer weiter.
Als sie zurückkamen, sagte Joanna: »Lisa wird darüber hinwegkommen, Mr. Carpenter. Ich möchte aber wissen, wer dafür verantwortlich ist.«
»Ich versichere Ihnen, Mrs. Westbrook«, sagte der Direktor, »wir werden der Sache auf den Grund gehen.«
»Lisa, wer hat dich in das Becken gestoßen?« fragte Hugh.
Lisa saß schweigend dicht bei ihrer Mutter.
»Ist so etwas schon einmal vorgekommen, Lisa?« fragte Hugh erneut. »Haben die Jungen dich gequält?«
»Ich hatte Sie gewarnt, Mr. Westbrook«, sagte Judd. »Ich hatte Ihnen gesagt, es wird Probleme geben. Es ist für ein Mädchen nicht leicht, in einer Jungenschule akzeptiert zu werden.«
»Haben Sie etwas unternommen, um ihr zu helfen?« fuhr Hugh ihn an.
»Es ist nicht Mr. MacGregors Schuld, Vater«, erwiderte Lisa.
Miles Carpenter sagte: »Ich werde die Lehrkräfte anweisen, in Zukunft besser aufzupassen. Und ich versichere Ihnen, Mr. Westbrook, so etwas wird nicht wieder vorkommen.«
»Mr. Carpenter«, Joanna legte den Arm um Lisa, »wir fahren in einigen Tagen nach Westaustralien, und Lisa wird uns begleiten.«
»Aber Mutter ...« setzte Lisa an.
Carpenter flehte: »O je. Mrs. Westbrook, ich wünschte, Sie würden Ihre Tochter nicht von der Schule nehmen. Ich kann Ihnen versichern ...«
»Ich nehme sie nicht von der Schule. Wir sind in einigen Monaten zurück, rechtzeitig zu Beginn des neuen Schuljahres. Ich verlasse mich

darauf, daß Sie bis dahin den Verantwortlichen für diesen Vorfall gefunden und bestraft haben.«

»Ich kann mir denken, wer dahintersteckt, Mrs. Westbrook. Ich werde auf der Stelle gehen und den Jungen zur Rede stellen.« Judd drehte sich entschlossen um und verließ das Zimmer.

Während Miles Carpenter noch einmal beteuerte, es werde alles in Ordnung kommen, sprang Lisa plötzlich auf und rannte hinter Judd her.

»Mr. MacGregor, bitte warten Sie«, rief Lisa. An der Treppe vor dem Haus holte sie ihn ein. »Bitte, ich muß Ihnen noch etwas sagen ...«

»Es tut mir leid, Lisa, aber wir müssen der Sache auf den Grund gehen.«

»Darum geht es mir nicht. Ich wollte Ihnen nur sagen, wie leid es mir tut, daß ich Sie enttäuscht habe.«

»Wovon sprichst du?«

»Ich weiß, daß Sie großes Vertrauen in mich gesetzt hatten, und ich wollte Ihnen unbedingt zeigen, daß es gerechtfertigt war. Sie müssen sehr enttäuscht sein. Es tut mir so leid.«

Judd sah sie an. Die Wolken rissen auf, und das Mondlicht fiel auf Lisas Gesicht. Einen Augenblick hatte Judd das merkwürdige Gefühl, er sehe nicht ein zwölfjähriges Mädchen vor sich, sondern eine gleichaltrige Frau, und es habe einen ganz anderen Grund, daß sie an der Treppe standen.

»Ich will nicht weg von Tongarra«, sagte Lisa leise. »Ich komme zurück ..., wenn ich darf.«

»Ist es dir so wichtig, hier zu sein?« Er sah, wie ihr der Nachtwind durch die Haare fuhr.

»Es ist mir wichtiger als alles andere.«

Die Westbrooks kamen aus dem Haus. »Komm, Liebling«, sagte Joanna. »Wir fahren zurück.«

»Mrs. Westbrook«, stellte Judd fest, »ich spreche mit den Jungen. Sie werden auf mich hören. Ich bin sicher, wenn ich die Sache klargestellt habe, werden sie Ihre Tochter in Ruhe lassen.« Er sah Lisa an und lächelte. »Wir wollen Lisa im zweiten Schuljahr hier bei uns haben.«

Kapitel Sechsundzwanzig

1

»Glaubst du, da draußen in der Wildnis gibt es Pfade, Mutter?« fragte Lisa und blickte neugierig aus dem offenen Wagen.

»Ich glaube, es gibt dort *Traum*pfade und denke mir, daß wir gerade einem Traumpfad folgen, Liebes«, sagte Joanna. »In Perth hat man uns gesagt, daß die Bahnlinie entlang der alten Wanderroute der Aborigines verläuft.«

Lisa konnte vor Aufregung kaum ruhig sitzen. Sie streckte den Kopf aus dem Wagen, blickte auf die Wildnis draußen und dachte an die Menschen, die vor langer Zeit diesen Weg gezogen waren.

Auch Joanna konnte ihre Aufregung nur mühsam unterdrücken. Als Kapitän Fielding gesagt hatte: »Nach Westaustralien, ja, nach Westaustralien ist das Ehepaar Makepeace gegangen«, wollte sie ihm zunächst nicht glauben und dadurch neue Hoffnung schöpfen. Er konnte auch eine zweite Miss Tallhill sein, die sich mit Bowman's Creek und Durrebar offensichtlich geirrt hatte. Oder er konnte wie so viele andere, die sich im Laufe der Jahre auf Joannas Briefe und Anzeigen gemeldet und Informationen gegen Bezahlung angeboten hatten, nur ein Betrüger sein. Aber Fielding erzählte Joanna Dinge, die er unmöglich hätte wissen können, wäre er ein Betrüger gewesen.

»Der junge Makepeace hat nach dem Garten Eden gesucht... Seine hübsche Frau war am Ende der Reise schwanger... Sie bekam das Kind in Perth... Ich glaube, es war ein Mädchen...«

Und so war die kleine Gruppe aufgebrochen – Hugh, Joanna, Lisa und der Kapitän, der sie während der vierwöchigen Reise entlang der Südküste Australiens mit Geschichten von seinen Abenteuern unterhielt. Und um Frank Downs einen Gefallen zu tun, hatten sie auch einen Reporter der *Times* mitgenommen. Er hieß Eric Graham und würde über die, wie er hoffte, aufregenden und abenteuerlichen Ereignisse berichten. Sarah war nicht bei ihnen. »Ich bleibe besser hier«, hatte sie gesagt, »damit jemand zu Hause ist, wenn Adam in den Semesterferien zurückkommt. Und ich versorge den Garten. Wer soll sich darum kümmern, wenn wir alle fahren?«

Kurz vor der Abreise hatte Jack für Aufregung gesorgt, als er von den ersten Anzeichen eines ›Fliegenbefalls‹ bei einer Herde berichtete. Die Fliegen legen ihre Eier in die Wolle der Schafe, und die Maden ernähren sich als Schmarotzer von den Tieren. Das führt zur Erkrankung und schließlich zum Tod der Schafe. Trotzdem hatte Hugh sich nicht davon abbringen lassen, die Reise anzutreten. »Es gibt keine günstigere Zeit als jetzt«, hatte er zu Joanna gesagt. »Kapitän Fielding ist bereit, uns zu begleiten, und hier auf Merinda ist es relativ ruhig. Adam ist auf der Universität. Und Jack wird mit dem Fliegenbefall schon fertig.«

Aber als sie in Perth an Land gingen, wartete auf Hugh ein Telegramm: ›Fliegenbefall ernst. Kann nichts dagegen tun. Möglicher Verlust aller Herden. Komm schnellstens zurück. Jack.‹

»O Hugh«, sagte Joanna. »Was sollen wir jetzt nur tun?«

»Das Telegramm ist eine Woche alt. Die Lage hat sich vielleicht gebessert«, erwiderte Hugh. »Ich telegraphiere Jack sofort.«

Doch am nächsten Morgen kam ein zweites Telegramm. ›Hugh, Notstand auf Merinda. Glaube nicht, daß ich die Herden retten kann.‹

»Du mußt nach Hause«, sagte Joanna zu Hugh. »Lisa und ich, wir bleiben hier.«

»Es gefällt mir nicht, daß wir auf diese Weise getrennt werden, Joanna«, sagte er. »Wir waren noch nie getrennt. Aber du hast recht, es bleibt mir keine andere Wahl. Ich beeile mich und komme so schnell wie möglich zurück. Ich rechne, es wird vier Wochen dauern, bis ich zu Hause bin und eine Woche, bis ich den Fliegenbefall unter Kontrolle habe. Danach fahre ich mit dem ersten Küstendampfer hierher zurück. Du wirst so lange ohne mich zurechtkommen«, sagte er. »Mr. Graham, Kapitän Fielding und Lisa sind bei dir. Und ich bin früher wieder da, als du denkst.«

Aber drei Tage später saß Joanna mit Lisa, Kapitän Fielding und dem

Reporter der *Times* in einem Zug, der von Perth, das an der Westküste lag, ins Landesinnere nach Kalagandra, einer Goldgräberstadt, fuhr.
Nach Hughs Abreise machte sich Joanna in Perth, das weniger als achttausend Einwohner hatte, auf die Suche nach Spuren ihrer Großeltern. Sie hatte die ganze Stadt abgesucht, Dokumente durchforscht, mit Menschen gesprochen, und sie war auf Friedhöfe gegangen. Sie fand jedoch keinen Hinweis darauf, daß sich John und Naomi Makepeace jemals in Perth aufgehalten hatten. »Immerhin«, sagte Kapitän Fielding, »sind inzwischen fünfzig Jahre vergangen. Als die *Beowulf* damals hier anlegte, gab es nur ein paar Zelte auf Garden Island. Dort kampierten die ersten Siedler, die ein Jahr zuvor angekommen waren. Es gab noch keine Einwanderungsbehörde, die Papiere überprüfte!«
Kein Mensch, den Joanna fragte, hatte etwas von Karra Karra, von Bowman's Creek oder von Durrebar gehört.
Allerdings erzählte man Joanna Geschichten von einem ›verrückten Weißen‹, der mit seiner Frau vor vielen, vielen Jahren in die Wüste gegangen war und dort mit einer Sippe der Aborigines gelebt hatte. Es gab mehrere Varianten dieser Geschichte – je nachdem, mit wem Joanna sich unterhielt. Der Leiter der örtlichen Missionsstation sagte: »Ich kann mich erinnern, daß ich als kleiner Junge davon gehört habe. Es war ein Skandal. Die Ureinwohner haben den Mann und seine Frau gegessen. Damals waren sie noch Kannibalen.« Der Beamte in der Landbehörde der Kolonie sagte: »Ich habe von der Geschichte gehört, als ich hier ankam. Man sagte, der Mann sei verrückt geworden. Er heiratete eine Eingeborene, verschwand in der Wüste und ließ seine weiße Frau und sein Kind im Stich.« Nachdem Joanna noch mehrere andere Greuelmärchen gehört hatte, kam sie zu dem Schluß, daß man in Perth die wahre Geschichte des Ehepaars Makepeace nicht kannte. Die Legende von dem ›Weißen, der den Garten Eden suchte‹, gehörte in die Reihe der vielen anderen Märchen und Legenden über die farbige Geschichte Westaustraliens.
Am dritten Tag ihrer Suche erfuhr Joanna jedoch zwei Dinge: Wenn sie die Sippe finden wollte, die früher in der Gegend von Perth gelebt hatte, mußte sie ungefähr in Richtung der Bahnlinie weiter östlich suchen. Die Bahn folgte nämlich dem alten Weg, auf dem die Sippe bei ihren Wanderungen gezogen war. Außerdem mußte sie unbedingt Kommissar Fox sprechen, denn er wußte ›alles über die Gegend, was es zu wissen gibt‹.

Fox hielt sich zur Zeit auf einer seiner halbjährlichen Dienstreisen ins Landesinnere in Kalagandra auf.

Deshalb waren sie nun auf dem Weg in die Goldgräberstadt. Eric Graham machte sich Notizen und starrte hin und wieder mit leerem Blick vor sich hin. Zweifellos beschäftigte er sich mit seinem Bericht für die Zeitung. Lisa saß neben ihm, und man sah ihr die Aufregung an den Augen und den geröteten Wangen an. Neben ihr auf der Holzbank döste Kapitän Fielding vor sich hin. Joanna saß ihrer Tochter gegenüber in Fahrtrichtung. Sie beobachtete, wie die Küstenwälder langsam fruchtbarem Farmland wichen, das schließlich der Wüste Platz machte. Lautes Stimmengewirr umgab sie. Der Zug war voller Männer – hoffnungsvolle Goldgräber mit ihren Kleiderbündeln, Schaufeln und Pickeln, die auf den Goldfeldern reich werden wollten. Alles war staubig und verrußt. Der pingelige Eric Graham klopfte ständig Jacke und Hose ab, und wenn er ab und zu seine brandneue Melone abnahm, runzelte er die Stirn über die schwarzen Rußflocken, die daran hingen. Joannas Hut lag in der braunen Papiertüte, die Damen von der Eisenbahngesellschaft zur Verfügung gestellt wurde, im Gepäcknetz.

Kalagandra lag dreihundertfünfzig Meilen landeinwärts. Joanna war mit ihrer Gruppe am Abend zuvor von Perth aufgebrochen. Sie hatten im Sitzen geschlafen, während der Zug schnaubend und ratternd durch die Nacht fuhr. Nun war es beinahe Mittag, und das Ziel war nicht mehr weit, denn die Goldfelder lagen unmittelbar vor ihnen. Die Bahnlinie endete in Kalagandra. Dahinter, so hatte man Joanna gesagt, gab es nichts außer Buschland und Känguruhs.

»Glaubst du, da draußen in der Wildnis gibt es Pfade, Mutter?« hatte Lisa gefragt, und als Joanna aus dem Wagen blickte und versuchte, trotz der schwarzen Rauchschwaden der Lokomotive etwas zu sehen, stellte sie sich den Weg – einen Traumpfad? – in der nackten, kahlen Wildnis vor, dem Reena und Emily, das kleine englische Mädchen, möglicherweise gefolgt waren, während sie sich durch die gefährliche Wüste zum rettenden Fluß an der Küste, zu den schwarzen Schwänen mit ihren anmutig gebogenen Hälsen durchschlugen. Eine Frau und ein kleines Kind, dachte Joanna, ganz allein dort draußen, wo die Sonne unbarmherzig auf wasserloses Land herabbrannte, auf eine eintönige sandfarbene Landschaft mit vereinzelten Akazien und dürrem Buschwerk ...

Joanna blickte auf Lisa. Zum ersten Mal fielen ihr die Grübchen ihrer

Tochter auf. Es waren ungewöhnliche Grübchen, hoch oben in den Wangen und dicht unter den Augen. Joanna erinnerte sich, daß ihre Mutter die gleichen Grübchen gehabt hatte, und sie erinnerte sich an die Bemerkungen der Leute über Lady Emilys unwiderstehliches Lächeln. Während sie ihre Tochter beobachtete, kam es Joanna beinahe vor, als mache Lady Emily die Reise doch noch zusammen mit ihr.
Sie dachte an eine Stelle in den Aufzeichnungen ihres Großvaters. Dort berichtete er, daß das wichtigste Ritual der Sippe im Innern des heiligen Berges stattfand und die Mütter regelmäßig mit ihren Töchtern dorthin ›pilgerten‹.
Treibt mich dieses Ritual vorwärts? dachte sie. War das Motiv ihrer Suche vielleicht nicht nur die Sorge um ihre Tochter und die Zukunft? Standen sie und Lisa vielleicht unter einer Art Zwang, der ihnen vor langer Zeit von einem uralten Volk und seinen Glaubensvorstellungen auferlegt worden war? Und war diese Reise in Wirklichkeit nicht nur ein von der Angst diktiertes Unterfangen, wie Joanna immer geglaubt hatte? Wurde sie auch von positiven Kräften dazu gedrängt?
Joanna dachte plötzlich: Es ist, als seien Lisa und ich auf dem Weg, eine wichtige Aufgabe zu beenden.
Sie wußte, der Zeitpunkt würde kommen, wenn sie Lisa die Wahrheit sagen mußte, ihr sagen mußte, aus welchem Grund sie wirklich hierher gekommen waren. Joanna schloß die Augen, und der Zug schien zu flüstern: *Es eilt, es eilt, es eilt . . .*

2

Der Zug fuhr fauchend und mit laut quietschenden Bremsen in den Bahnhof ein. Die ersten Männer sprangen bereits ab, ehe er anhielt. Die vier versammelten sich inmitten von lauten Rufen und Schreien und hastenden Menschen auf dem Bahnsteig.
Joanna blickte sich im rauchigen Nachmittagsdunst um. Kalagandra schien in einer feindseligen, trockenen Gegend zu liegen. Westlich der Stadt gab es ein paar Farmen mit Getreidefeldern, im Osten lag die Große Wüste. Soweit das Auge reichte, waren Bäume gefällt worden. Vor ihr erstreckte sich meilenweit eine sandige Ebene, wie eine pocken-

narbige Mondlandschaft mit Hunderten von Löchern. Die Erde war aufgewühlt wie nach einer Invasion von Maulwürfen. Überall in den Löchern sah Joanna immer wieder kurz die Köpfe von Männern auftauchen. Sie hörte das helle Klingen von Pickeln auf Stein, das Poltern der Steine in den Schwingtrögen und das ständige Pochen der mit Dampf getriebenen Quarz-Zerkleinerer.

So viele Menschen! Zahllose Bretterbuden und Zelte umgaben die Goldfelder. Die hastig und roh gezimmerten Behausungen boten den vielen tausend Männern Obdach, die mit Schaufeln über der Schulter in den Distrikt gezogen waren. Die Blockhütten-Saloons, die Freilichttheater mit Zeltplanwänden, die provisorischen Kegelbahnen und Boxringe, die Gin-Verkäufer, die einfach ein Brett über zwei Fässer gelegt hatten, und die Frauen, die lockend in offenen Türen standen – all das sprach unmißverständlich von hektischem Wohlstand. Joanna schätzte, daß es mehrere tausend Zelte gab, über denen die Flaggen aller Nationen wehten – über einer halb zerfallenen Hütte entdeckte sie sogar den russischen Doppeladler mit den aufgerissenen Schnäbeln.

Die Stadt selbst war ebenfalls roh und unfertig, eine Ansammlung von Geschäften mit Holzfassaden, hastig errichteten Steingebäuden und hölzernen Gehwegen, deren Planken knarrten.

»Ich kann mich an eine andere Zeit erinnern, in der das Goldfieber ausbrach«, sagte Kapitän Fielding auf dem Weg zum Hotel. »Das war 1850. Wenn man durch den Hafen von Melbourne ging, konnte man an den Kais Schiffe sehen, die vollbeladen waren mit Passagieren nach San Francisco. Kurze Zeit später entdeckte man Gold in Victoria, und der große Exodus nach Kalifornien war natürlich schlagartig zu Ende.«

»Den Leuten hier scheint es gut zu gehen«, Joanna betrachtete die Schaufenster. Dort lagen alle möglichen Dinge, von Arbeitsstiefeln bis zu massiv goldenen Uhren.

»Ja, aber wer hier sein Vermögen macht, ist nicht hier geboren worden«, sagte Fielding. »Bis vor einem Jahr hatten diese Leute nicht einmal etwas von Kalagandra gehört. Sie kommen aus ganz Australien, ja sogar aus der ganzen Welt. Sie werden reich, und dann gehen sie wieder. Und wenn es hier kein Gold mehr gibt, wird die Stadt sterben.«

»Wo sind die Aborigines?« fragte Joanna.

»Ich bin sicher, sie sind hier irgendwo in der Nähe. Ich nehme an, sie sind an der Stadtgrenze, ganz am Rand, sozusagen. Das Land hat früher ihnen gehört – die ganze Gegend hieß *galagandra*, das ist der Name eines häufig vorkommenden Strauchs. Aber sie leben nicht in der Stadt und haben keinen Nutzen von dem Reichtum.«

Sie erreichten das Golden Age Hotel und mußten am Empfang warten, während der Angestellte alle Mühe hatte, Leute abzuweisen, die Zimmer suchten, obwohl draußen ein Schild ›Belegt‹ hing. Joanna sah sich in der überfüllten Halle um. Leute schliefen in Sesseln oder lagen auf Sofas.

Sie bekam schließlich ihre Zimmerschlüssel und ging mit Lisa nach oben, die unbedingt sofort ihrem Vater, Sarah und Adam Briefe schreiben wollte. Nachdem Joanna sicher sein konnte, daß ihre Tochter zufrieden und versorgt war, traf sie sich mit Kapitän Fielding in der Hotelhalle. Eric Graham war bereits unterwegs zur nächsten Zeitungsredaktion. Er wollte feststellen, ob er etwas über das Ehepaar Makepeace herausfinden konnte. Joanna und der Kapitän gingen in die Polizeiwache auf der anderen Straßenseite und fragten nach Kommissar Fox.

Einen Augenblick später trat ein Mann aus dem dahinterliegenden Büro. »Mrs. Westbrook? Ich bin Paul Fox, der Polizeikommissar in diesem Distrikt. Ich habe gehört, Sie wollen mich sprechen?«

Kommissar Fox war ein gutaussehender Mann Ende vierzig und hatte eine lange Narbe auf einer Wange, die seltsamerweise attraktiv wirkte. Er trug die staubige und verschwitzte Khakiuniform und den Pistolenhalfter am Schultergürtel mit der ganzen Korrektheit eines Mannes, der seine persönlichen Maßstäbe unter widrigsten Umständen aufrechterhielt.

»Ich hoffe, Sie können mir helfen, Kommissar Fox«, Joanna gab ihm die Hand.

Als Fox erfahren hatte, daß eine Mrs. Westbrook nach ihm fragte, die vermißte Verwandte suchte, rechnete er damit, eine Frau zu sehen, die zu einer der zwei Arten gehörte, die man in Kalagandra fand: die einen brachen das Gesetz, die anderen predigten das Evangelium. Er war angenehm überrascht, daß Mrs. Westbrook sich von beiden unterschied. Sie war eine hübsche Frau Mitte dreißig und hatte das Benehmen einer Dame. Sie trug ein elegantes Kleid und einen modischen Hut. Er hatte festgestellt, daß ihre Handschuhe aus weichem Chamoisleder waren.

Joanna machte ihn mit Kapitän Fielding bekannt und sagte dann: »Mr. Fox, ich bin nach Westaustralien gekommen, um festzustellen, ob ich Spuren meiner Großeltern finden kann. In Perth sagte man mir, Sie seien der Mann, der alles weiß, was es über die Gegend zu wissen gibt.«

Er lächelte. »Ich bin nicht sicher, ob ich alles weiß, Mrs. Westbrook. Aber ich werde Ihnen helfen, so gut ich kann. Wann sind Ihre Großeltern hier angekommen?«

»Sie sind 1830 in Perth gelandet. Aber ich weiß nicht, wohin sie danach gegangen sind. Ich habe Grund zu der Annahme, daß sie in diese Gegend kamen.«

»Das war vor sechsundfünfzig Jahren, Mrs. Westbrook. Ich bezweifle, daß Sie eine Spur von ihnen entdecken werden.« Er mußte sie immer wieder ansehen und dachte dabei, was für eine attraktive und kultivierte Frau sie doch war – eine große Seltenheit in Kalagandra. Er überlegte, wo ihr Ehemann sein mochte. »Mein Stellvertreter hat mir gesagt, Sie kommen aus Melbourne, Mrs. Westbrook«, sagte er. »Das ist ein weiter Weg auf der Suche nach den Spuren Ihrer Großeltern.«

»Ich bin noch aus einem anderen Grund gekommen, Mr. Fox. Ich glaube, meine Mutter ist möglicherweise hier in der Nähe geboren worden. Wenn sich diese Vermutung bestätigt, füllt sich ein wichtiger weißer Fleck in der Geschichte meiner Familie. Außerdem habe ich die Besitzurkunde für ein Stück Land geerbt, das meiner Meinung nach ebenfalls hier in der Gegend liegt. Bisher ist es mir allerdings nicht gelungen, herauszufinden wo.«

»Ich verstehe. Haben Sie außer dem Namen Ihrer Großeltern noch andere Anhaltspunkte? Einzelheiten, die vielleicht helfen könnten?«

»Sie haben einige Zeit bei einer Sippe von Ureinwohnern gelebt – ungefähr drei Jahre lang. Ich glaube, sie wurden sogar in die Sippe aufgenommen.«

»Ach wirklich?« sagte er. »Kennen Sie den Namen der Sippe?«

»Leider nein. Aber sie wird mit einem Ort mit dem Namen Karra Karra in Verbindung gebracht.«

»Karra Karra«, sagte der Kommissar, »kenne ich nicht.«

»Mr. Fox, man hat mir im Hotel gesagt, daß vor der Stadtgrenze Ureinwohner leben. Wissen Sie, ob es darunter vielleicht welche gibt, die ursprünglich aus der Umgebung von Perth kamen?«

»Das ist schwer zu sagen, Mrs. Westbrook. Sie kommen von überall her. Nachdem die Stämme und Sippen auseinandergebrochen sind, haben sie sich in alle Winde zerstreut, weil sie hofften, in den Siedlungen der Weißen werde man für sie sorgen. Dabei haben sie die alten Stammesgrenzen überschritten, was sie früher niemals getan hätten. Und so leben hier Eingeborene, deren Stammesgebiete weit entfernt liegen.«

»Könnten Sie mich bitte dorthin bringen, damit ich mit ihnen sprechen kann?«

»Mit größtem Vergnügen, Mrs. Westbrook«, sagte Fox. »Es kommt selten vor, daß ich, anstatt wie üblich, Betrunkene und Diebe einzusammeln, zur Abwechslung eine Dame durch die Stadt begleiten darf. Sagen wir in zwei Stunden? Ich treffe Sie in Ihrem Hotel.«

3

Die späte Nachmittagssonne am wolkenlosen Himmel schickte ihre schrägen Strahlen über die Sandebene und räumte nach dem heißen Tag allmählich das Feld. Kalagandra bereitete sich auf den Abend vor, doch die Männer arbeiteten immer noch in ihren Goldgruben.

Kommissar Fox und Joanna gingen nebeneinander auf dem hölzernen Gehweg, gefolgt von Kapitän Fielding und Lisa. Eric Graham und ein eingeborener Polizist, der Michael hieß, bildeten den Abschluß der Gruppe. In der Luft lag der Geruch von Kaffee und Staub. Immer noch zogen Männer, den Blick unverwandt auf die Goldfelder vor ihnen gerichtet, mit Schaufeln und Pickeln durch die Straße.

»Mr. Fox«, fragte Joanna, »gräbt man hier auch nach etwas anderem als Gold? Nach Opalen vielleicht?«

Er schüttelte den Kopf. »Ich habe nie gehört, daß man in Westaustralien Opale gefunden hätte. Wenn es hier Opale gäbe, würde das einen neuen Ansturm auslösen.«

Sie erreichten das nördliche Ende der Stadt am Abhang eines Hügels, der von aufgegebenen Goldgruben übersät war. Die Gegend war trostlos und trocken. Nirgends wuchsen Pflanzen oder Bäume, und nur die Schatten der Felsen oder die roh gezimmerten, über den Hügel und die Mulde davor verteilten Hütten boten dem Auge Abwechslung.

Joanna blieb stehen und ließ das erschütternde Bild, das sich ihnen bot, auf sich wirken.

Hunderte von Aborigines bevölkerten die Gegend. Bis auf einige wenige Steinhütten bestanden die an Felsen gelehnten Unterkünfte aus aufgeschnittenen und geradegebogenen Ölfässern, allen möglichen Holzstükken, Pappkarton und Stoff, ja sogar aus Flaschen und Dosen. Von vielen Feuerstellen stieg Rauch auf und hing wie eine dicke Decke über der Mulde. Fliegen summten in der Luft, und halbzahme Dingos mit hervorstehenden Rippen wühlten im Schutt und Abfall.
Eine seltsame Apathie lag wie ein Bann über allem. Joanna kam es vor, als bewegten sich die Menschen wie im Traum – ihre Gesten waren langsam, ihre Gesichter eigenartig leer. Die Erwachsenen saßen auf Stühlen oder auf der Erde und murmelten gedankenverloren vor sich hin, während die Kinder im Staub spielten. Alle waren ärmlich gekleidet. Die Frauen trugen schlecht sitzende Kleider, die Männer zerlumpte Hosen und Jacken. Die meisten Kinder waren beinahe nackt. Manche der älteren Männer trugen Decken über die Schultern; Joanna sah auch einige, die in Känguruh- oder Opossumfelle eingehüllt waren.
»Mr. Fox«, sagte Joanna leise, als sie am Rand der Elendssiedlung entlanggingen, »warum sind diese Menschen so heruntergekommen?«
»Vor Jahren, als sich die ersten weißen Siedler auf dem Land der Eingeborenen niederließen, haben sie versucht, gegen uns zu kämpfen. Die Siedler rächten sich damit, daß sie die Lager der Ureinwohner verbrannten und das Wild vertrieben, von denen sie sich ernährten. Nachdem die Schwarzen nicht mehr jagen konnten, gingen sie dazu über, bei den Farmern zu stehlen, und wurden dafür bestraft. Schließlich gaben sie auf. Sie kamen vermutlich zu dem Schluß, sie müßten sich uns anschließen und uns nachahmen, um zu überleben. Aber verstehen Sie, diese Menschen haben keine Ahnung, wie sie das anfangen sollen. Sie tragen abgelegte Kleider, die von den Kirchen gespendet werden. Sie sprechen nur wenige Worte Englisch, sie trinken Alkohol und sie rauchen. Aber es gelingt ihnen nie und nimmer, wirklich so zu werden wie wir.«
Sie blieben stehen und sahen einer Frau zu, die auf heißen Kohlen Brot buk. Sie war barfuß, und das Kleid hing in Fetzen an ihrem Körper. Der Schuppen hinter ihr war aus Holzsteigen gezimmert, auf denen man noch deutlich den Aufdruck ›Adelaide Produce Co.‹ lesen konnte. Die Behausung bot nur einer Person Platz. Auf dem Boden lag eine Matratze mit hervorquellender Füllung. Die Frau hob den Kopf, sah die Besucher an und wandte den Blick wieder ab.

Während Joanna langsam weiterging, fiel ihr auf, daß sich offenbar kaum jemand um die Gruppe Weißer kümmerte, die sich zwischen ihnen bewegte. »Mutter«, sagte Lisa leise, »gibt es niemanden, der diesen armen Menschen hilft?«

»Es gibt jemanden«, antwortete Fox. »Die Regierung nimmt sich durch ein Amt für Aborigines und durch den Ausschuß zum Schutz der Ureinwohner ihrer an. Die Behörde verteilt Essen und Kleidung und vertritt die allgemeinen Interessen der Schwarzen. Aber es ist schwierig, Probleme zu korrigieren, die vor langer Zeit entstanden sind. Viele der ersten Missionare sind nicht nach Australien gekommen, um die Siedler zu betreuen, sondern um die Ureinwohner zum christlichen Glauben zu bekehren. Trotz aller guter Absichten ist leider etwas schiefgegangen. Die Missionare bestanden zum Beispiel darauf, daß die Schwarzen ihre Känguruh-Umhänge aufgaben und sich wie Europäer kleideten. Doch das Känguruhfell diente den Aborigines für vieles – unter anderem als Schutz gegen die Elemente. Regen läuft von einem Känguruhfell ab, und der Mann darunter bleibt warm und trocken. Gehröcke dagegen werden vom Regen durchnäßt. Das Ergebnis war, daß viele Schwarze Lungenentzündung bekamen und starben. Gute Absichten, Mrs. Westbrook, bringen manchmal negative Ergebnisse hervor.«

Aber diese jämmerliche Szene sprach nicht nur von fehlgegangenen guten Absichten. Joanna sah in den leeren Gesichtern der Menschen, an denen sie vorüberkamen, völlige Selbstaufgabe. Es schien, als hätten sie einfach vor dem Leben kapituliert. Sie dachte an John und Naomi Makepeace und fragte sich, ob die Bewohner dieses Elendslagers in irgendeiner Form die Spätfolgen des Verbrechens waren, das ihr Großvater vor zweiundfünfzig Jahren miterlebt hatte. Schlimmer noch, waren einige dieser Menschen vielleicht einmal Mitglieder der Sippe gewesen, bei der ihre Großeltern gelebt hatten?

»Man kann doch sicher etwas für diese Leute tun. Ist es denn nicht möglich, sie in ihre alten Stammesgebiete zurückzubringen?«

»Selbst wenn dieses Land verfügbar wäre, Mrs. Westbrook«, sagte Fox, »so würde das nicht helfen, denn die meisten wissen nicht mehr, wohin sie gehören. Sie könnten die Traumpfade nicht mehr erkennen, die unsichtbaren Wege, die die heiligen Stätten miteinander verbinden.«

»Können wir feststellen, ob es Leute darunter gibt, die aus Perth gekommen sind?«

»Wir können versuchen, sie zu fragen. Eine andere Möglichkeit gibt es nicht. Wir führen keine Akten von diesen Leuten. Ihre Zahl ändert sich ständig. Sie kommen und gehen nach Belieben. Manche sind an einem Tag da und am nächsten dort. Und vielleicht finden sie morgen früh hundert neue hier.«
»Ich suche einen Stamm mit dem Känguruh-Totem. Die Leute würden sich doch sicherlich an ihr Totem erinnern.«
Fox schüttelte den Kopf. »Viele von ihnen könnten Ihnen nicht einmal den Namen ihres Stammes nennen.«
»Ich möchte mit ihnen sprechen«, sagte Joanna. »Ich möchte wissen, ob jemand aus Perth darunter ist.«
»Ich muß Sie warnen, Mrs. Westbrook«, sagte der Kommissar. »Diese Leute sagen einem gewöhnlich das, was man ihrer Meinung nach hören will. Und das ist nicht unbedingt die Wahrheit.«
Sie traten zu einem alten Mann, der unter dem einzigen Baum weit und breit saß. Sein weißer Bart reichte ihm bis zur Hüfte, und er rauchte Pfeife. Joanna dachte bei seinem Anblick unwillkürlich an den alten Ezekial, der Lisa vor den Dingos gerettet hatte. Eric Graham zog Notizbuch und Bleistift hervor und begann zu schreiben:
Kommissar Fox fragte: »Sprichst du Englisch?«
»Ich sprech es«, sagte der alte Mann.
»Zu welchem Stamm gehörst du?«
Kleine, durchdringende Augen unter dichten Brauen musterten den Beamten. Der alte Mann gab keine Antwort, und Fox sagte: »Ich bin nicht in einer offiziellen Angelegenheit hier, alter Mann. Wir suchen lediglich ein paar Informationen. Weißt du etwas über Karra Karra?«
»Ja«, sagte der Mann, »ich kenn Karra Karra.«
»Mr. Fox«, sagte Joanna aufgeregt, »fragen Sie ihn, wo ...«
»Einen Augenblick, bitte, Mrs. Westbrook. Alter Mann, kennst du den Platz, wo der Teller mit dem Löffel davongelaufen ist?«
»Ja, den kenn ich. Ich führ Sie hin.«
Fox murmelte: »Natürlich für Geld«, und wandte sich ab. »Verstehen Sie jetzt, was ich meine, Mrs. Westbrook?« fragte er. »Vielleicht erfahren Sie mehr, wenn Sie mit Schwester Veronika sprechen. Sie lebt seit Jahrzehnten in der Gegend. Sie könnte etwas wissen.«
»Schwester Veronika?«
»Sie ist eine der katholischen Nonnen, die am Stadtrand eine Schule und

eine Krankenstation führen. Sie lebt seit ewigen Zeiten hier. Wenn Sie wollen, kann ich Sie gleich hinbringen.«

Sie verließen das Lager, und Eric Graham fragte sich, ob ihm diese Reise vielleicht doch keine so aufregende Geschichte bringen werde. Kapitän Fielding blieb einen Augenblick stehen, um sich eine Pfeife anzuzünden, und Lisa wurde plötzlich auf einen Wegweiser aufmerksam. Im Sand steckte schief ein Pfahl, an den mehrere ungelenk beschriftete Pfeile genagelt waren, die in verschiedene Richtungen wiesen. Auf einem stand »Bustard Creek, 20 km südlich.« Lisa lächelte. Ein Witzbold hatte mit Farbe aus dem »u« ein »a« gemacht.

Auf den anderen Pfeilen stand: »Johnson's Well«, »Durrakai« und »Laverton«.

Lisa schüttelte verwundert den Kopf. Soweit sie sehen konnte, gab es zu den Pfeilen keine Wege oder Straßen.

Die Schule und die Krankenstation der Nonnen überraschte Joanna. Sie hatte ein schlichtes Holzhaus inmitten von halb vertrocknetem Gestrüpp erwartet. Statt dessen erreichten sie eine gepflegte Anlage mit mehreren Steinhäusern, die um die vermutlich einzige Quelle im Umkreis von mehreren Meilen standen. Joanna kam sich plötzlich wie in einer Oase vor, als sie die Bäume sah und das Gras, das auf der Böschung eines kleinen Bachs wuchs, in dem klares Wasser floß. Fox führte sie zu einem großen, mit Brettern verschalten Haus mit einer breiten Veranda und einem Blechfaß, in dem Regenwasser gesammelt wurde. Eine Tafel über dem Haupteingang trug die verblaßte Inschrift: ›Katholische Kirche St. Alban, Pfarrer Pater McGill, Hl. Messe an jedem vierten Sonntag im Monat.‹ Darunter war eine zweite Tafel angebracht: SCHULE UND KRANKENSTATION.

»Die Nonnen wohnen hier, und dort drüben ist die Krankenstation«, erklärte Fox, während sie die Stufen der Veranda hinaufstiegen. »Es würde mich nicht wundern, wenn wir Schwester Veronika dort finden, denn sie scheint in der Krankenstation zu leben.« Er lachte leise.

Joanna erlebte noch eine Überraschung, als sie eine kühle, ruhige Eingangshalle betraten, in der es nach Zitronenpolitur und frischen Blumen duftete. Der Staub und die Fliegen der Goldfelder und des Eingeborenenlagers schienen diesen christlichen Vorposten nicht zu erreichen, der, wie Fox erklärte, von zwölf Nonnen mit großer Hingabe betreut wurde.

Schwester Veronika war eine kräftige Frau Ende sechzig. Ihre weiße Schwesterntracht unterstrich die dunkel gebräunte Haut, und obwohl ihr Gesicht die jahrelangen Härten eines Lebens in der Wüste verriet, hatte sie eine erstaunlich kultivierte englische Aussprache.
»Paul«, sagte sie zu dem Kommissar und gab ihm die Hand. »Wie schön, Sie zu sehen. Sie besuchen uns viel zu selten.«
Fox stellte ihr Joanna, Kapitän Fielding und Lisa vor. Eric Graham versuchte, unauffällig im Hintergrund zu bleiben und hielt Notizbuch und Bleistift bereit. Kommissar Fox erklärte: »Mrs. Westbrook sucht nach Spuren ihrer Großeltern, die vor Jahren möglicherweise durch die Gegend gekommen sind. Ihre Namen waren John und Naomi Makepeace. Sie haben einige Zeit bei einer Sippe Ureinwohner an einem Ort namens Karra Karra gelebt.«
»Tut mir leid«, sagte die Nonne nach kurzem Nachdenken, »den Namen Makepeace habe ich noch nie gehört, und Karra Karra kenne ich nicht. Vielleicht erkundigen Sie sich bei den Aborigines vor der Stadt.«
»Das haben wir bereits getan«, sagte Joanna. »Leider habe ich nichts herausgefunden.«
Schwester Veronika sah das enttäuschte Gesicht ihrer Besucherin. »Wenn Sie mir etwas mehr erzählen, wird das meiner Erinnerung möglicherweise auf die Sprünge helfen. Ich war gerade auf dem Weg in die Krankenstation, um Schwester Agatha abzulösen. Wenn Sie mitkommen wollen, können wir uns unterwegs unterhalten.«
Sie verließen das Gebäude durch den Hinterausgang und gingen über einen Weg zwischen erstaunlich grünen Rasenflächen. Lampenputzerbäume, die übersät von schweren roten Blüten waren, und die ausladenden Äste und Zweige hoher Eukalyptusbäume, die über ihr raschelten, erinnerten Joanna an Merinda.
»Wie schön es hier ist«, sagte sie. »Wenn man die Stadt und die Goldfelder sieht, kann man sich nicht vorstellen, daß es etwas so Schönes ganz in der Nähe gibt.«
»Wir haben genügend Wasser. Bustard Creek, etwa zwanzig Meilen weiter südlich, wird von einem unterirdischen Fluß gespeist, der tief in der Erde durch Kalksteinkavernen fließt. Es gibt nur wenig, was wir hier nicht anpflanzen können.«
»Sie haben großes Glück, Schwester, daß dieses Land Ihnen gehört.«
»O, das Land gehört uns nicht, Mrs. Westbrook«, sagte Schwester Vero-

nika. »Die Kolonialverwaltung hat uns vor Jahren erlaubt, hier unser Krankenhaus zu bauen, um die wenigen Goldgräber zu versorgen, die damals Claims abgesteckt hatten. Und als der Goldrausch einsetzte, hatten wir plötzlich alle Hände voll zu tun. Wir behandeln viele verletzte Köpfe und Füße. Die Männer gehen mit ihren Pickeln und Schaufeln offenbar sehr sorglos um.«

»Ich bin sicher, die Goldgräber sind dankbar, daß es Sie und die anderen Schwestern hier gibt.«

»Ich kann Ihnen versichern, wir sind ständig beschäftigt. Aber wir stehen vor einem Problem, Mrs. Westbrook. Die Behörden werden gedrängt, uns von diesem Land zu vertreiben, weil Minengesellschaften es übernehmen wollen. Wir sind kein reicher Orden, Mrs. Westbrook. Das wenige Geld, das wir bekommen, reicht gerade, um Medikamente und Lieferungen zu bezahlen. Ich habe keine Ahnung, wohin wir gehen sollen, wenn man uns zwingt, das hier aufzugeben.«

Sie kamen an einem gepflegten Friedhof vorbei, an einem Gewächshaus, in dem Nonnen im weißen Habit arbeiteten, an einem Gemüsegarten und an einem Hof mit Ziegen, Schafen und Hühnern. »Wir versuchen, uns selbst zu versorgen«, sagte Schwester Veronika. »Aber wir werden alle älter. Die jüngste Schwester ist fünfzig. Wir haben Schwierigkeiten, Nachwuchs zu bekommen, weil wir so arm sind.«

Sie standen vor der Treppe eines einstöckigen Holzgebäudes. Auf dem Schild über der Tür stand: KRANKENSTATION.

»Mrs. Westbrook«, fuhr Schwester Veronika fort, »in welchem Jahr waren Ihre Großeltern hier?«

»Zwischen 1830 und 1834.«

»Und Sie sagen, Ihre Großeltern haben in Westaustralien mit Ureinwohnern zusammengelebt.«

»Möglicherweise sind sie sogar hier in der Nähe mit der Sippe durchgezogen, aber ich bin nicht sicher.«

Schwester Veronika blieb stehen und sah Joanna an. »Wenn sie zu dieser Zeit hier waren, müssen sie in Perth gewesen sein, als ich ebenfalls dort war. Ich bin als siebzehnjährige Novizin nach Australien gefahren. Ich und zwei andere Schwestern kamen mit den ersten Siedlern ins Land. Wir lebten drei Jahre in Perth. Dann zogen wir nach Osten, gründeten eine Farm und eine Schule für die Kinder der Siedler. Warten Sie, da fällt mir etwas ein ...«

Joanna hielt den Atem an. Die Sonne versank hinter den Bäumen, und der ständige Lärm von den Goldfeldern schien plötzlich gedämpft zu klingen.

»Es war 1834«, sagte Schwester Veronika nachdenklich. »Ich erinnere mich an das Jahr, denn ich hatte gerade meine letzten Gelübde abgelegt. Man brachte ein kleines Mädchen aus der Wüste, ein weißes Mädchen. Es war etwa vier Jahre alt und in einem schrecklichen Zustand. Körperlich fehlte ihm nichts. Man hatte es gut versorgt. Aber anfangs redete das Kind kein Wort, sondern weinte immer nur – es war völlig verängstigt. Aber später wollte es uns etwas sagen. Wir konnten jedoch nicht verstehen, was es uns sagen wollte, denn Mrs. Westbrook, das Verwirrende war, das Mädchen sprach nicht Englisch, sondern einen Eingeborenendialekt. Ich glaube mich zu erinnern, daß das Kind schreckliche Angst vor Hunden hatte, vor Dingos und vor Schlangen ...«

Schwester Veronika fuhr nach kurzem Schweigen fort: »Die Behörden hatten uns das Mädchen übergeben. Wir versorgten das Kind, bis man es auf ein Schiff nach England bringen konnte – zu seinen Verwandten, wie man uns sagte.« Sie bemerkte Joannas wachsende Erregung. »Mrs. Westbrook, hat dieses Kind möglicherweise etwas mit Ihren Großeltern zu tun?«

Joanna nickte. »Es war ihre Tochter ... meine Mutter.« Joanna konnte ihre Aufregung kaum noch unterdrücken. »Dann sind sie also hier in der Nähe gewesen«, murmelte sie, »sie sind diesen Weg gekommen. Wenn es so ist, kann Karra Karra nicht weit sein.«

»Was wollen Sie jetzt tun, Mrs. Westbrook?«

»Ich muß herausfinden, wohin sie gegangen sind, wo sie gelebt haben.«

»Weshalb? Ich bezweifle, daß Sie nach all den Jahren dort draußen im Busch überhaupt etwas finden.«

»Da draußen *ist* etwas, Schwester. Meine Mutter hat geglaubt, es wartet auf sie. In gewisser Weise habe ich jetzt das Gefühl, es wartet auf mich.«

Schwester Veronika sah ihre Besucherin mit ihren kleinen lebendigen Augen prüfend an. »Also ist es eine Pilgerreise?« sagte sie. »Ich dachte, ich hätte es gespürt, als wir uns die Hand gaben. Ich habe das starke Gefühl, Mrs. Westbrook, in unserer Begegnung liegt ein Sinn. Ja, ich habe den Eindruck, das Schicksal hat es so gewollt.« Sie sah Lisa an. »Das gilt auch für Ihre Tochter. Ich frage mich, ob Gott Sie aus einem bestimmten Grund hierher gebracht hat.«

»Irgend etwas hat mich hierher geführt«, sagte Joanna, »denn diese Reise dauert schon Jahre. Und ich mache sie nicht ganz freiwillig. Ich fühle mich dazu getrieben. Meiner Mutter erging es auch so.«

»Ich verstehe«, Schwester Veronika lächelte. »Auch ich fühlte mich vor vielen Jahren getrieben, hierher zu kommen. Ich stamme aus einer reichen Familie, Mrs. Westbrook. Und ich war, wenn ich das sagen darf, eine sehr hübsche junge Frau und hatte viele Verehrer. Aber ich wurde ›berufen‹. Mir blieb keine andere Wahl, als hierher zu kommen, um Gottes Güte und Liebe in diese Wildnis zu bringen.«

»Was werden Sie tun, wenn man Sie von diesem Stück Land vertreibt?«

»Wir finden einen anderen Platz. Wir haben immer einen gefunden.« Sie griff nach Joannas Hand. »Gott sei mit Ihnen auf dieser Reise, meine Liebe. Ich bete darum, daß Sie finden, was Sie suchen.«

Kapitel Siebenundzwanzig

1

»Das sieht nicht gut aus, Jack«, sagte Hugh, als er das tote Schaf sah. Er kniete nieder und untersuchte die Wunden an dem Kadaver. Die offenen Geschwüre am Tierkörper und das brüchige Vlies zeigten ihm deutlich, daß er es mit einem sehr ernsten Fliegenbefall zu tun hatte.

Hugh erhob sich wieder, zog die Handschuhe aus und sah sich um. Überall lagen tote Schafe, und die wenigen, die noch lebten, schienen dem Ende nahe zu sein.

Die Rückreise von Perth nach Merinda hatte fünf Wochen gedauert. Sofort nach seiner Ankunft hatte er sein Pferd gesattelt und war zu Jack hinaus auf die Weiden geritten, um mit seinem Vormann zu reden. Jetzt, eine Stunde später, wußte er, die Lage war sehr viel ernster, als er geglaubt hatte. Überall im Distrikt starben die Schafe herdenweise. Sie stürzten zu Boden, die Wolle hing ihnen in Fetzen am Leib, die Haut war von Geschwüren und Maden übersät. Von Williams Grange bis hinauf nach Barrow Downs waren die Herden von den Fliegen befallen. Noch war es kühl, aber Hugh vermutete, daß bei der zu erwartenden Hitze eine neue Generation Fliegen ausschlüpfte, und dann würde unvermeidlich eine noch erschreckendere Welle schmarotzender Fliegen über die Schafe herfallen.

Er warf die Handschuhe auf den Boden und fuhr sich erschöpft mit der Hand durch die Haare. Hugh war müde. Die Reise war anstrengend gewesen. Die Fahrt mit dem Küstendampfer schien kein Ende zu nehmen. Zu allem Unglück kamen sie infolge eines Maschinenschadens eine Woche lang nicht vom Fleck, während Hugh in dem gottvergessenen Esperance voll innerer Unruhe wie ein Tiger im Käfig saß. Als sie endlich die Fahrt fortsetzen konnten, hatte Hugh den Eindruck, das ewige Beladen und Entladen des Frachters werde nie ein Ende nehmen. Als er schließlich in Melbourne in den Zug nach Cameron Town stieg, waren seine Nerven bis zum Äußersten gespannt. Und jetzt wußte er, daß das Ausmaß der Katastrophe seine schlimmsten Befürchtungen bei weitem übertraf. Das bedeutete, er konnte leider nicht so schnell, wie er gehofft hatte, zu Joanna nach Kalagandra zurückkehren.

»Das ist kein gewöhnlicher Fliegenbefall, Hugh«, sagte Jack. »Ich verstehe es nicht, aber die Schafe verenden sehr viel schneller als normalerweise bei einem Befall. Deshalb habe ich dir auch telegraphiert, daß du sofort zurückkommen mußt. Ich wußte, daß ich damit nicht allein fertigwerde.«

Hugh ging langsam von einem Kadaver zum nächsten und betrachtete sich die toten Schafe genau. Seine Verwirrung wuchs. Ja, Jack hatte recht, der Zeitraum zwischen dem Befall eines Tieres und dem Verenden schien wahrhaftig ungewöhnlich kurz zu sein. Jetzt war er froh, daß er sich in Perth zur Rückkehr entschlossen hatte, aber die unglückselig lange Dampferfahrt erschien ihm plötzlich wie ein böser Streich des Schicksals. Natürlich zählte bei einer Fliegenplage jeder Tag, bis ein Gegenmittel gegen den Befall gefunden worden war, um seine Schafe vor dem sicheren Tod zu retten.

Er stieß auf ein noch lebendes Mutterschaf. Das Tier lag auf der Seite und wurde regelrecht von den ekelhaften Maden bei lebendigem Leibe aufgefressen. Hugh ging zu seinem Pferd, nahm das Gewehr und gab dem Schaf den Gnadenschuß.

»Die Männer sollen eine Grube ausheben, Jack«, sagte er, »sie sollen die Kadaver so schnell wie möglich vergraben.«

»Und was machen wir dann?«

»Wir werden jede einzelne Herde untersuchen. Die befallenen Schafe müssen wir absondern. Die gesunden Tiere werden wir auf der Stelle waschen. Mein Gefühl sagt mir, die Lage ist sehr ernst. Dieser Fliegenbefall ist für die Tiere offenbar in kürzester Zeit tödlich, und das kann nur bedeuten, wir haben es mit einer neuen Art Fliegen zu tun.«

»Die Schur wäre in vier Monaten«, sagte Jack niedergeschlagen, »ich glaube, wir müssen sofort damit anfangen, die Tiere zu desinfizieren.«

»Jack, ich befürchte nur, diesmal hilft eine übliche Desinfektion nicht.

Laß mir dieses Schaf auf die Farm bringen. Ich werde eine Autopsie machen. Vielleicht entdecke ich etwas, das uns weiterhilft. Ich reite sofort zu den anderen Farmen und erkundige mich, was für Maßnahmen man dort ergriffen hat.«

2

Als Hugh schließlich nach Merinda zurückritt, war er völlig erschöpft. Im Haus fand er nur Mrs. Jackson, die das Abendessen kochte.

Er zog sich niedergeschlagen um und genehmigte sich dann im Wohnzimmer einen Whiskey. Er fand es besonders tröstlich, wieder zu Hause in den eigenen vier Wänden zu sein. Das neue Haus auf Merinda tat ihm in seinem Kummer gut. Er war dankbar für die schlichte Schönheit, die ihn hier umgab, und er freute sich an den glänzenden Böden, den modern gekachelten Badezimmern, den bunten Glasscheiben in der Haustür, den schön gearbeiteten Möbeln und natürlich über die hellen Gaslampen. Das Haus strahlte Frieden und Ruhe aus. Es war solide, groß und vermittelte Zuversicht – es ist ein richtiger Zufluchtsort, dachte Hugh.

Aber noch wohltuender als Merindas schlichte Schönheit empfand er die vertrauten Dinge in diesem Haus. Jedes einzelne besaß für ihn eine besondere Bedeutung – ganz besonders die vielen Fotografien in Silber- oder Holzrahmen auf den kleinen Tischen oder an den Wänden. Hugh betrachtete versonnen die Aufnahmen – der neunjährige Adam hielt stolz einen Fisch hoch, den er im Fluß gefangen hatte; Lisa bei einem Maskenfest; Sarah und Joanna im Gewächshaus. Sie standen inmitten von Kräutern und Blumen im hellen Sonnenlicht. Die Fotografien weckten ebenso glückliche Erinnerungen wie die vielen Andenken, die den Zimmern eine besondere Note und Wohnlichkeit verliehen – zum Beispiel der Preis, den Lisa auf der letzten Landwirtschaftsausstellung für ein Lamm gewonnen hatte, oder Adams Urkunden für besondere Leistungen an der höheren Schule in Cameron Town.

In seiner Jugend im Busch hatte Hugh niemals ein so großes Haus gesehen, wie es ihm jetzt gehörte. Er wünschte, daß sein Vater noch lebte und sich daran erfreuen könnte.

Hugh trank langsam seinen Whiskey und versuchte, nicht an die schrecklichen Dinge zu denken, die er seit seiner Ankunft zu sehen bekommen hatte – Schafe, die bei lebendigem Leib verwesten, die Hoffnungslosigkeit in den Augen der Männer, die wußten, daß sie durch diese Tragödie ihre Farmen verlieren würden und damit alles, wofür sie gearbeitet hatten. Hugh wollte sich am nächsten Tag an die Arbeit machen und einen Ausweg suchen. Er mußte ein Mittel finden, mit dem man diese Herausforderung des Schicksals bewältigen konnte, die alle Schafzüchter im westlichen Victoria heimsuchte. Aber an diesem Abend suchte er Trost bei seiner Familie.

Ihm fehlte Joanna, und er wünschte, sie wäre mit zurückgefahren. Natürlich wäre ihm noch lieber gewesen, er hätte die Reise mit ihr fortsetzen können. Möglicherweise hatte Joanna in den vergangenen fünf Wochen Karra Karra bereits gefunden. Bei seiner Ankunft hatte ihn ein Telegramm von ihr erwartet. Es war bereits viereinhalb Wochen alt: ›Wir sind nach Kalagandra gefahren. Wohnen im Golden Age Hotel. Du fehlst mir. Ich liebe dich, Joanna.‹ Seitdem hatte sie sich nicht mehr gemeldet . . .

Hugh hörte Schritte im Gang draußen. Er drehte sich um und sah Sarah in der Tür.

»Hugh, du bist wieder da!« rief sie und strahlte.

Sie umarmten sich. »Wie geht es Joanna?« fragte Sarah. »Hat sie Karra Karra gefunden?«

»Ich fürchte noch nicht, das heißt, zumindest nicht, als wir uns trennten. Ich hatte gehofft, hier eine Nachricht von ihr zu finden.«

»Außer dem Telegramm ist nichts angekommen«, sagte Sarah. »Aber wie ich Joanna kenne, wird sie nicht ruhen, wo immer sie auch sein mag! Aber Adam hat geschrieben.« Sie ging zum Schreibtisch und kam mit einem dicken Umschlag zurück. »Du wirst eine Stunde brauchen, um das alles zu lesen. Er ist offenbar sehr glücklich an der Universität!«

Hugh warf einen Blick auf die vertraute Handschrift und las die ersten Worte: ›Ihr Lieben, Euer sehr kluger und wissensdurstiger Sohn grüßt Euch aus der großen weiten Welt!‹

Hugh lächelte und sah wieder einen kleinen Jungen mit einem verbundenen Kopf vor sich, der nicht sprechen konnte und ihn mit angstvollen und verwirrten Augen anstarrte.

»Was ist mit den Schafen?« fragte Sarah. »Weißt du, was ihnen fehlt? Ich habe gehört, daß man glaubt, es sei eine neue Art Schmarotzerfliege.«
»Ich glaube, das stimmt leider. Diesmal kommt es auch zu Pilzbefall auf der Haut. Das habe ich bisher bei einem Fliegenbefall noch nicht erlebt.«
»Was wirst du tun?«
»Zuerst werden wir alle Schafe scheren und soviel Wolle wie möglich retten. Dann werde ich die trächtigen Schafe absondern. Wir haben etwa zweitausend. Denn wenn sie auch befallen werden, verlieren wir alle Tiere. Danach versuchen wir es mit Desinfektionsbädern und können nur hoffen, damit Erfolg zu haben.«
»Hugh«, sagte Sarah, »wenn ich dir irgendwie helfen kann ...«
»Vielen Dank, Sarah«, er seufzte. Dann dachte er: Als erstes habe ich die unangenehme Aufgabe, nach Cameron Town zu reiten. Ich muß Joanna telegrafieren, daß ich leider nicht so schnell zu ihr nach Kalangandra kommen kann.

3

Sarah konnte nicht schlafen. Eine innere Unruhe hatte sie erfaßt. Vielleicht, so dachte sie, lag es an der Seuche, die die Schafe bedrohte, denn auch sie machte sich große Sorgen. Möglicherweise hatte ihre Rastlosigkeit jedoch überhaupt nichts mit Merinda zu tun, sondern mit dem, was sich viele tausend Meilen entfernt an der Westküste des Kontinents ereignete.
Sarah stand seufzend wieder auf, legte sich das Umschlagtuch um die Schultern und verließ leise das Haus. Es war Mitternacht. Ein runder großer Herbstmond wachte seltsam abweisend und kalt über dem schlafenden westlichen Distrikt. Sarah lief hinunter zum Fluß. Dort hatte sie neue Beete mit Basilikum und Minze angelegt. Sie dachte an Joanna. Wo mochte sie jetzt sein? Wie ging es Lisa, und was hatten sie auf ihrer abenteuerlichen Reise gefunden? Sarah bereute inzwischen, daß sie nicht mit ihnen nach Westaustralien gefahren war. Joanna hatte ihr gesagt: »Mrs. Jackson wird sich um den Garten kümmern.« Aber Sarah zweifelte daran, daß Mrs. Jackson die Pflanzen richtig pflegen würde.

Außerdem hatte sie geglaubt, Adam werde in den Semesterferien nach Hause kommen. Sie wollte ihn nicht auf Merinda allein lassen. Aber er schrieb, er habe bereits viele neue Freunde und sei eingeladen worden, die Ferien in Sydney zu verbringen. Deshalb hatte er sich entschlossen, nicht nach Merinda zu kommen.

Ich hätte Joanna begleiten sollen, dachte Sarah, als sie vor dem Beet kniete und im hellen Mondlicht die Blütenknospen der Minze begutachtete. Sie wurde den Gedanken nicht los: Ich sollte jetzt unbedingt bei Joanna sein! Das mußte wohl der Grund für ihre seltsame Unruhe sein. War Joanna in Schwierigkeiten geraten? Brauchte sie Hilfe? Dachte Joanna in diesem Augenblick an sie und wünschte, Sarah wäre in dem fremden, gefährlichen Land bei ihr?

Sie stellte fest, daß das Basilikum und die Minze nicht so viele Blätter hatten, wie es hätte der Fall sein müssen. Deshalb entfernte sie vorsichtig Knospen, um das Wachstum der Blätter anzuregen. Umgeben von den vertrauten Geräuschen der Nacht arbeitete sie geübt, aber ihre Gedanken waren nach innen gerichtet. Schatten bewegten sich durch die Bäume, Wolken schoben sich hin und wieder vor den Mond und Sarah versuchte in stiller Konzentration die große Entfernung zu überbrücken, die sie von Joanna trennte. Sie versuchte zu spüren, was in der Wüste des westlichen Australien geschah.

Plötzlich hörte sie das Geräusch von Pferdehufen. Sie richtete sich auf und lauschte. Es war ein einzelner Reiter. Wer mochte das sein? Kam jemand, der ihre Hilfe brauchte? Aber plötzlich wußte sie, wer es war. Sie blickte mit angehaltenem Atem durch die Bäume.

Und dann sah sie ihn. Er war vom Pferd gesprungen und ging langsam auf dem schmalen Pfad hinunter zum Fluß.

»Philip!« rief sie und lief ihm entgegen.

»Sarah!« Er breitete die Arme aus, und sie warf sich an seine Brust. Er drückte sie fest an sich. Sein Mund suchte ihre Lippen, und sie küßten sich lange. Dann flüsterte er zärtlich und staunend: »Sarah . . . meine Sarah . . .«

»Du bist hier! Du bist wirklich hier!«

»Hast du meinen Brief nicht bekommen?«

Sie schüttelte stumm den Kopf.

»Mein Gott, Sarah, wie habe ich mich danach gesehnt, dich wiederzusehen. Als ich heute in Cameron Town ankam, konnte ich einfach nicht im

Hotel bleiben und noch eine Nacht warten. Ich konnte nicht einschlafen. Schließlich habe ich mich aufs Pferd gesetzt und bin hierher geritten . . . « Er küßte sie noch einmal, er streichelte ihre Haare. Sie drückte sich ungläubig an ihn. Es war wie ein Rausch, ein unbeschreibliches Glücksgefühl, ihn zu fühlen, ihn zu küssen.

»Du hast mir gefehlt«, flüsterte er und nahm ihr Gesicht zwischen beide Hände. »Aber ich habe dir geschrieben, Sarah . . . und ich bin noch verheiratet . . . «

Sie verschloß ihm den Mund mit einem Kuß. Dann drückte sie ihr Gesicht an seinen Hals. »Du bist hier, Philip. Du bist endlich hier.«

»Ich werde dir alles erklären, ich werde dir alles erzählen. Weißt du, ich mußte einfach zu dir zurück. Ich bin durch die ganze Welt gereist, Sarah. Aber du hast mich überallhin begleitet. Ich habe versucht, mit Alice an einem Ort zu leben, so wie sie das wollte. Aber ich konnte es nicht, denn es war nicht mein Zuhause. Ich fühlte, wie mein Geist langsam starb. Und ich konnte nur an dich denken und an Australien. Hier bei dir hatte ich Frieden gefunden und hier bin ich zu Hause. Ich habe Alice gebeten, mir meine Freiheit wiederzugeben. Sie erklärte, ich könne gehen. Wir sind sehr ungleiche Menschen. Sie hat ihre Familie und Daniel, und England ist ihre Heimat. Sie braucht mich nicht. Aber sie sagte, sie könnte einer Scheidung nicht zustimmen – noch nicht. Meine geliebte Sarah«, sagte er, »ich möchte nur bei dir sein.«

»Ja, Philip«, sie verstand plötzlich die Unruhe, die sie an diesem Abend erfaßt hatte. Jetzt war sie wieder ruhig. Sie blickte auf seinen Mund – wie oft hatte sie an diesen Mund gedacht, von ihm geträumt. Sie berührte seine Lippen. Sie küßte ihn noch einmal ganz zart und dann voll Leidenschaft.

»Welche Zukunft uns auch beschieden sein mag, Philip«, sagte sie dann sehr ruhig, »wir werden zusammenbleiben. Wir werden es irgendwie schon schaffen.«

Er zog sie hinunter auf das Gras in den Schutz von Eukalyptusbäumen, Sträuchern und Büschen. Sie überließ sich seiner Leidenschaft. Durch die Äste schimmerte das Kreuz des Südens, als Philip flüsterte: »Ich hätte dich nie verlassen sollen.« Dann sprachen sie nicht mehr.

Kapitel Achtundzwanzig

1

Kapitän Fielding besprach sich mit ihrem schwarzen Führer. Aber Joanna wußte bereits, daß etwas nicht in Ordnung war.

Die kleine Expedition befand sich in einer Halbwüste, die man *Mallee* nannte. Es war ein großes, mit Gestrüpp bewachsenes Gebiet am Rande der Großen Victoria-Wüste. Vor vier Wochen hatten sie Kalagandra verlassen und zogen seitdem mit Kamelen durch die Wildnis. Sie ritten geradewegs nach Osten und hofften jeden Tag, für ihre Mühe belohnt zu werden. Aber bisher waren sie noch nicht auf Aborigines gestoßen, nichts wies auf das Lager einer umherziehenden Sippe hin, nichts auf Karra Karra. Joanna saß auf ihrem Kamel und ließ den Blick über das ausgedörrte Land schweifen, das bis in die Unendlichkeit zu reichen schien. Nur graugrüne *Mulga*, verkrüppelte Eukalyptusbäume und Casuarinen mit ihren nadelartigen Blättern unterbrachen die Eintönigkeit.

Joanna bekam allmählich eine bessere Vorstellung von dem harten, abweisenden Gesicht Australiens. Auf den Landkarten sah man das Küstengebiet, das sich wie ein grünes Band um den ganzen Kontinent zog. Dort breiteten sich Städte und Siedlungen aus, dort gab es grüne Wälder, fruchtbare Felder und Weiden. Aber dann begann die endlose, karge, dürre und sandige Weite Australiens. Kein Wunder, daß man schon vor langer Zeit Kamele importiert hatte. Als Joannas Expedition Kalagandra verließ, begann sofort die Wüste. Sie zogen von einer Einöde zur nächsten und sahen in den Sandebenen nur kümmerliche Bäume und winzige Salzseen, an denen es von Eidechsen, Fliegen und Schlangen wimmelte. Nur sehr selten zeigte sich ein Wallaby oder ein Emu. Von Menschen, einer menschlichen Siedlung oder einem Zeichen der Zivilisation war weit und breit nichts zu sehen.

Es war ein heißer Junitag. Am fernen Horizont ballten sich drohend schwarze Wolken. Die Sonne war schon seit neun Tagen nicht mehr am Himmel zu sehen.

Joanna dachte daran, wie viele tausend Jahre es gedauert haben mochte, die sandigen hohen Dünenkämme entstehen zu lassen, die von Gestrüpp, Büschen und Stachelkopfgras zusammengehalten wurden. Die *Mallee* war ein ungastliches, lebensfeindliches Gebiet. Es erschien ihr unmöglich, daß vor fünfzig Jahren eine junge Eingeborene mit einem kleinen Mädchen diese Wüste zu Fuß durchquert haben sollte. Joanna befand sich in Begleitung von vier Männern, sie hatten acht Kamele, Wasser- und Lebensmittelvorräte bei sich, außerdem Gewehre, Zelte und nicht zu vergessen ihre Arzttasche und einen Kompaß. Trotz allem war das Vorwärtskommen sehr mühsam. Joanna konnte sich nur denken, daß die junge Frau und das Kind Glück gehabt hatten und bei ihrer Flucht auf Hilfe gestoßen waren.

Joanna sah, daß Sammy, der schwarze Führer, das Gewehr schulterte und mit dem Bumerang in der Hand davonging. Fielding ritt mit seinem Kamel zu ihr. Anstelle der Kapitänsmütze trug er inzwischen einen breitkrempigen Hut. »Ich habe ihn auf die Suche nach einer Wasserstelle geschickt. Unsere Wasservorräte werden bedenklich knapp, Mrs. Westbrook.«

»Aber Sie scheint noch etwas anderes zu bedrücken, Kapitän. Was ist es?«

»Sie irren sich leider nicht, Mrs. Westbrook. Wie es aussieht, haben wir die Orientierung verloren.«

»Die Orientierung verloren? Aber wie ist das möglich?«

Er gab ihr seinen Kompaß. »Beobachten Sie die Nadel.«

Joanna betrachtete den Kompaß auf ihrer flachen Hand. Die Nadel zitterte über ›Norden‹, und plötzlich sprang sie auf ›Süden‹.

»Das geht nun schon einige Tage so«, sagte Fielding. »Anfangs war es nicht so schlimm. Sammy und ich glaubten, uns trotzdem noch orientieren zu können. Aber es wird immer schlechter. Ich fürchte, der Kompaß ist mittlerweile nutzlos.«

»Wie kommt das?« fragte Joanna und sah verblüfft, daß die Nadel wieder auf ›Norden‹ sprang.

»Wir wissen es nicht. Ich habe das bei einem Kompaß noch nie erlebt.«
»Ist er vielleicht kaputt?«
»Diese Frage habe ich mir auch schon gestellt. Aber ein guter Seemann fährt niemals mit nur einem Kompaß zur See.« Er öffnete die Satteltasche und holte eine Kugel von der Größe einer Orange heraus. Die untere Hälfte war aus Metall, die obere aus Glas. In dieser Kugel befand sich ein Kompaß. »Wir benutzen diese Art Kompaß auf dem Meer«, erklärte er. »Die Nadel schwimmt in Alkohol, sehen Sie? Dieser Kompaß ist zuverlässiger als die anderen, die man in der Hand hält. Und jetzt achten Sie auf die Nadel.«
Joanna blickte wie gebannt auf die Nadel in der Kugel. Sie pendelte in Richtung ›Norden‹ und dann kreiste sie langsam weiter auf ›Süden‹.
»Wenn Sie mich fragen«, Fielding warf einen Blick auf das öde Land, »hier sind sehr seltsame Kräfte am Werk.«
»Gibt es keine Möglichkeit festzustellen, wo wir uns befinden?«
»Mrs. Westbrook, wir haben nicht einmal die Möglichkeit, zu bestimmen, in welche Richtung wir reiten. Normalerweise kann man das mit einer ganz gewöhnlichen Taschenuhr ...« Er griff nach seiner Taschenuhr und zeigte sie ihr. »Man muß die Zwölf-Uhr-Anzeige nur auf die Sonne richten, dann verläuft die Nord-Süd-Linie genau zwischen der Zwölf und dem Stundenzeiger. Aber wir bekommen schon seit Tagen die Sonne nicht mehr zu sehen.«
Joanna kniff die Augen zusammen und blickte zu dem weißen Himmel hinauf. Eine hohe, geschlossene Wolkendecke lag über dem Land wie ein weißes Musselintuch über einem Tonkrug. Nichts wies auf die Sonne hin, die für das grelle Licht verantwortlich war. Das eigenartige Weiß endete erst, wo am Horizont die dunklen Wolken hingen, die sie ebenfalls schon seit Tagen sahen. Fielding war der Ansicht, daß dort heftige Gewitter tobten. Aber man konnte unmöglich sagen, ob sie im Norden, Süden, Osten oder Westen waren, und auch nicht, wie viele Meilen von ihnen entfernt.
»Und was ist mit Sammy?« Joanna meinte den schwarzen Führer, den sie in Kalagandra angeheuert hatten. »Kann er uns nicht weiterhelfen?«
»Sammy ist ein Pilbara, Mrs. Westbrook. Seine Vorfahren stammen nicht aus dieser Gegend. Er sagt, er kann die Traumpfade hier nicht erkennen.«

Lisa lenkte ihr Kamel zu ihnen. Sie hatte in Kalagandra schnell gelernt, auf einem zu reiten, und es bereitete ihr inzwischen keine Schwierigkeiten mehr. Wie alle hatte sie sich ein Tuch um Mund und Nase gebunden, damit sie den staubfeinen Sand nicht einatmete, und als Schutz gegen die Sonne trug sie einen breitkrempigen Hut. Den Saum ihres langen Rocks hatte sie in die Stiefel gesteckt. »Was gibt es, Mutter?«

Joanna erklärte ihr das Problem mit dem Kompaß, und Lisa fragte: »Müssen wir umkehren?«

Joanna dachte an Hugh. Sie zweifelte nicht daran, daß er bereits wieder auf dem Weg ins westliche Australien war. Als er vor sechs Wochen nach Merinda zurückgefahren war, hatte er ihr versichert, er werde den Fliegenbefall innerhalb einer Woche unter Kontrolle bekommen und könne sich danach sofort wieder auf den Weg nach Westaustralien machen. Er mußte also innerhalb der nächsten zwei Wochen in Kalagandra eintreffen. Joanna hatte im Golden Age Hotel einen Brief für ihn zurückgelassen. Sie erklärte darin den Grund für diese Expedition und das Ziel, das sie erreichen wollten. Sie hatte auch geschrieben, daß sie Mitte Juni wieder in Kalagandra sein würden – und Mitte Juni war in wenigen Tagen.

Sie fragte Kapitän Fielding: »Finden wir den Weg zurück?«

»Zuerst müssen wir feststellen, in welcher Richtung die Stadt liegt, Mrs. Westbrook. Wenn wir uns irren und die falsche Richtung einschlagen, landen wir in der Großen Victoria-Wüste, und das wäre unser sicheres Ende.«

»Was gibt es in der Großen Victoria-Wüste, Kapitän?« fragte Lisa.

»Das weiß niemand. Sie ist noch nicht erforscht. Es hat Expeditionen gegeben, aber bis jetzt ist noch keiner der Männer zurückgekommen. Ich vermute, sie ist noch sehr viel schlimmer als das, was wir in den letzten vier Wochen erlebt haben. Und das kann ich Ihnen sagen, dorthin dürfen wir auf keinen Fall geraten.«

Eric Graham ließ sein Kamel knien, stieg ab und rieb sich das wunde Gesäß. Er schimpfte leise vor sich hin. »Völlig verrückt ... einfach verrückt. Der reinste Wahnsinn ...«

In diesem Augenblick erschien Sammy mit strahlendem Gesicht. »Dort hinten gibt es viel Wasser, Kapitän«, er wies in die Richtung, aus der er gekommen war.

»Ist es ein großes Wasserloch?« fragte Joanna.

»Sehr groß, Missus«, erwiderte der Aborigine und breitete die Arme aus.
Gott sei Dank, dachte Joanna mit einem Blick auf ihre Begleiter. Seit sechs Tagen hatten sie keine Wasserstelle mehr gefunden. Ihre Kleider waren schmutzig, verschwitzt und die Gesichter mit einer Staubschicht bedeckt. Ihre Teller hatten sie nur mit Sand säubern können. Bei dem Gedanken an Wasser schöpfte Joanna wieder etwas Mut.
»Ich bin der Meinung, wir sollten hier unser Lager aufschlagen, Kapitän«, sagte Joanna. Wenn sie sich wirklich verirrt hatten und nicht innerhalb einer Woche nach Kalagandra zurückkamen, würde sich Hugh bestimmt auf den Weg machen und sie suchen.
»Gut, ich bin einverstanden«, Kapitän Fielding ließ sein Kamel knien und glitt mit steifen Gliedern auf den Boden.
»Kapitän Fielding«, fragte Lisa, »wie weit ist es Ihrer Meinung nach von hier bis Kalagandra?«
»Das kann ich dir nicht sagen, Kleines. Ich fürchte, wir sind in den letzten Tagen im Kreis geritten. Ich bin der Meinung, wir bleiben so lange hier, bis wir unseren Standort bestimmen können. Vielleicht klärt sich ja der Himmel in ein oder zwei Tagen auf, und wir können die Sonne wieder sehen. Es wäre zu gefährlich, einfach weiterzuziehen. Wir könnten im Handumdrehen in der Großen Victoria-Wüste landen, und dann gnade uns Gott! Dort gibt es bestimmt kein Wasser und auch nichts zu essen.«
Wie jeden Abend in den vergangenen vier Wochen schlugen sie gemeinsam das Lager auf. Sammy machte sich auf die Suche nach etwas Eßbarem, Graham und Fielding kümmerten sich um die Zelte und Lisa sammelte Feuerholz. Joanna zog sich erschöpft in ihr Zelt zurück, um sich vor dem Abendessen etwas zu erholen.
Sie entzündete die Petroleumlampe und nahm die Nadeln aus den Haaren. Sie bürstete die Haare lange und energisch durch und steckte sie sorgfältig wieder auf. Sammy hatte ihr Wasser gebracht. Damit wusch sie sich Hände und Gesicht. Dann betupfte sie sich die Stirn mit ein paar Tropfen Lavendelparfüm. Und da sie endlich eine Wasserstelle gefunden hatten, zog sie ihre letzte saubere Bluse an. Morgen, so nahm sie sich vor, würde sie waschen.
Vor dem Zelt war bereits der Tisch gedeckt. Sammy kochte, aber Joanna begutachtete wie immer zuerst alles, was sie aßen. An diesem Abend

briet er Wallabyfleisch. »Es darf innen nicht mehr blutig sein, Sammy«, ermahnte sie den jungen Aborigine. Dann nahm sie die Brotfladen aus der Glut, entfernte geschickt die Asche und legte die Fladen auf einen Teller.

Sammy zog es vor, am Feuer hocken und mit den Fingern zu essen. Joanna und die anderen saßen auf Stühlen am Tisch und aßen mit Messer und Gabel. »Kapitän Fielding«, sagte Joanna, als sie alle Platz genommen hatten, »befinden sich die schwarzen Wolken, die wir seit Tagen sehen, über der Großen Victoria-Wüste und bedeutet es, daß es dort regnet?«

»Ja, es fällt auch Regen in der Wüste, Mrs. Westbrook«, erwiderte Fielding und füllte sich ein kleines Glas Rum aus der Flasche, die er als eiserne Ration mitgenommen hatte. Er warf einen wehmütigen Blick auf die fast leere Flasche und fügte dann ernst hinzu: »Aber Regenfälle sind dort selten, und wenn es regnet, dann handelt es sich meist um Wolkenbrüche mit riesigen Überschwemmungen. Wir müssen unbedingt Abstand zu diesen Wolken halten, die mir wahrlich nichts Gutes verheißen ...«

»Ich meine, wenn die Wolken über der Wüste hängen, können wir dann daraus schließen, daß Kalagandra in der anderen Richtung liegt?«

»Das muß nicht so sein. Es könnte auch in Kalagandra regnen, und dann liegt die Wüste in der entgegengesetzten Richtung«, erwiderte er mit einem Blick über die Schulter.

»Ich verstehe beim besten Willen nicht«, sagte Eric Graham, »wie die Aborigines hier in dieser Wildnis überleben können. Was machen die denn, wenn die Sonne tagelang nicht scheint? Sie haben doch keinen Kompaß.«

»Sie orientieren sich an Traumpfaden, Mr. Graham«, sagte Joanna. »Es sind keine Wege in unserem Sinn, sondern unsichtbare Pfade, die sich durch den ganzen Kontinent ziehen. Die Aborigines folgen ihnen wie wir einer Landstraße.«

»Aber woher wissen sie, wo sie sich befinden, wenn diese Pfade unsichtbar sind?«

»Sie kennen Orientierungspunkte in der Landschaft«, erklärte Kapitän Fielding. »Sie sehen etwa diesen Baum dort drüben und wissen, daß sie an dieser Stelle, sagen wir, nach rechts abbiegen müssen. Oder eine Felsformation verrät ihnen, daß sie sich einer Wasserstelle nähern. Es würde

mich zum Beispiel nicht wundern, wenn wir hier mitten auf einer ihrer großen ›Straßen‹ sitzen, ohne es zu ahnen!«
Graham sah sich ungläubig in der Dunkelheit um. »Sie behaupten also, wenn wir einen dieser unsichtbaren Wege erkennen könnten, würden wir den Rückweg zur Stadt finden?«
»Wenn wir dem richtigen Traumpfad folgen könnten«, sagte Joanna, »dann würden wir geradewegs nach Karra Karra kommen, anstatt ziellos hier in der Wildnis herumzuziehen und darauf zu hoffen, daß wir zufällig einen Anhaltspunkt finden.« Sie erinnerte sich daran, wie Sarah ihr einmal den Traumpfad der Känguruh-Ahne gezeigt hatte, der durch Merinda führte, und Joanna fragte sich, ob sie es hier auf dieselbe Weise versuchen sollte. Sarah hatte auf einen Felsen geblickt, auf eine Baumgruppe und in ihnen Wegweiser gesehen.
Sammay übernahm nach dem Essen das Abwaschen der Teller. Die anderen setzten sich um das Lagerfeuer und tranken Tee. Er wurde in einem Teekessel gekocht, Joanna hatte Teetassen, Untertassen, Teelöffel und eine Zuckerdose mitgenommen. Eric Graham holte sein Notizbuch hervor und begann wie jeden Abend zu schreiben. Kapitän Fielding stopfte seine Pfeife. Lisa vertiefte sich in ihre Lektüre.
Joanna betrachtete die Gesichter ihrer Gefährten. Eric Graham, fand sie, hielt sich erstaunlich gut, obwohl ihm die Insekten zusetzten. Sie hatte bereits mehrmals die Stiche behandelt, von denen die anderen erstaunlicherweise verschont geblieben waren. Auch Lisa hatte zwar keine größeren Probleme, aber immerhin hatte Joanna auch sie schon zweimal behandeln müssen. Die größten Sorgen machte sie sich aber um Kapitän Fielding. Nach Joannas Ansicht hätte er sich in seinem Alter den Strapazen dieser Expedition nicht aussetzen dürfen. Er beklagte sich nicht, aber sie sah deutlich, wie erschöpft und blaß er jeden Abend war.
Allmählich kamen Joanna Zweifel an der Klugheit ihrer Entscheidung, die Warnungen von Kommissar Fox nicht zu beachten und sich in die Wüste zu wagen. »Warten Sie auf Ihren Mann, Mrs. Westbrook«, hatte Fox zu ihr gesagt. »Nehmen Sie mehr Männer und mehr Proviant mit.« Aber Joanna litt unter der Vorstellung, daß die kostbare Zeit nutzlos verging. Schwester Veronika hatte ihr versichert, daß Emily Makepeace aus dieser Richtung gekommen war. Das konnte nur bedeuten, Karra Karra lag irgendwo in der Nähe. Möglicherweise lebten auch Nachkommen von Djoogals Sippe in der Gegend. Es hatte ohnehin schon zwei

Wochen gedauert, die kleine Expedition auszurüsten, denn die Kamele mußten von Albany nach Kalagandra gebracht werden. Es war auch nicht leicht gewesen, einen zuverlässigen Führer unter den Aborigines zu finden. Und dann wollte Joanna nicht länger warten. Sie hatte bereits einen so weiten Weg hinter sich. Soviel Zeit war vergangen, und sie schien ihrem Ziel so nahe zu sein.
Als Kapitän Fielding seine Pfeife angezündet hatte und der würzige Rauch die Luft erfüllte, sagte er: »Habe ich euch schon erzählt, wie ich damals ...« Er begann wieder einmal eine Geschichte von seinen Reisen in ferne Länder, in denen immer exotische Frauen, mutige Seeleute und Ungeheuer vorkamen. Die anderen hörten höflich, aber ohne großes Interesse zu, denn Fielding erzählte ihnen solche Geschichten seit der Abfahrt von Merinda, und inzwischen begann er, sich zu wiederholen. Aber es war besser, ihm zuzuhören als der stummen Wüste, deren unerbittliches Schweigen mittlerweile beängstigend und bedrückend war, denn es erinnerte alle an ihre Ohnmacht in diesem rätselhaften Land. Während sie mit halbem Ohr Fieldings Geschichte zuhörten, gelang es keinem von ihnen, die Stille um sie herum zu vergessen. Sie erinnerten sich an die Warnungen von Kommissar Fox vor Schlangen, Skorpionen und Aborigines, die einen Mann mit einem Speer durchbohrten, nur um sich seines Tabaks zu bemächtigen. Joanna und Lisa wappneten sich insgeheim gegen wilde Dingos, vor denen Fox die Gruppe ebenfalls gewarnt hatte.
Joanna hielt den Kompaß in der Hand und blickte wie gebannt auf die Nadel, die unverständlicherweise immer wieder von ›Norden‹ nach ›Süden‹ pendelte. Sie blickte zum Himmel hinauf. Wie seltsam, dachte sie bekümmert und seufzte, kein Mond, keine Sterne, nur diese eigenartige schwarze Nacht, die immer bedrückender und bedrohlicher zu werden schien ...
Eric Grahams Bleistift machte ein schabendes Geräusch auf den Seiten seines Notizbuchs. ›Noch nie habe ich eine solche Stille erlebt‹, schrieb er. ›Ich habe den Eindruck, plötzlich irgendwie in einer anderen Welt zu sein, in der es keinen Mond, keine Sonne und keine Sterne gibt.‹
Eric verlor allmählich den Mut, denn es wurde von Tag zu Tag unwahrscheinlicher, daß sie das geheimnisvolle Karra Karra finden würden. Ihn bedrückte die Vorstellung, mit leeren Händen nach Melbourne zurückzukommen. Als Frank Downs ihm anbot, die Westbrooks auf ihrer Reise

nach Westaustralien zu begleiten, hatte er sich voll Begeisterung dazu bereit erklärt. Er hatte schon lange keine Lust mehr, immer nur langweilige Geschichten über Wale zu schreiben, die man an der Küste sichtete. Sein Ehrgeiz war es, sich unter Journalisten einen Namen zu machen. Und dies schien die einmalige Gelegenheit für einen ehrgeizigen Reporter, der bereit war, Risiken einzugehen, denn damit würde eine solche Geschichte zum ersten Mal von einem Augenzeugen berichtet und nicht aus zweiter Hand kommen. Eric Graham wollte mit dem Bericht über das Geheimnis von Karra Karra Ruhm und Ansehen erringen und sich einen Namen als der Beste seiner Branche machen. Vielleicht würde das auch eine gewisse junge Dame umstimmen, die seinen Heiratsantrag zurückgewiesen hatte. Aber wenn sich diese Träume wirklich erfüllen sollten, dann mußten sie endlich etwas finden ...

»Du meine Güte!« sagte er, legte den Bleistift nieder und rieb sich die Hände. »Es wird nachts hier draußen unglaublich kalt.«

Kapitän Fielding stand plötzlich auf und sah sich prüfend um. »Was gibt es?« fragte Joanna.

Er kniff die Augen zusammen und lauschte in die Dunkelheit. »Ich weiß nicht«, murmelte er, »es liegt etwas in der Luft ... Irgend etwas ist mir nicht geheuer.«

»Lisa«, fragte Joanna und zog fröstelnd das Umschlagtuch um die Schultern, »ist es dir warm genug?«

»Aber ja, Mutter«, erwiderte Lisa, ohne den Blick von ihrer Lektüre zu wenden.

Joanna hatte ihr am ersten Tag nach der Abreise aus Kalagandra Lady Emilys Tagebuch gegeben und ihrer Tochter erklärt, es sei Zeit, daß sie den wahren Grund dieser Reise in die Wüste erfahre. Sie hatte ihr die Aufzeichnungen ihres Großvaters gezeigt und auch die alte Urkunde. Jeden Abend hatte Lisa ein paar Seiten gelesen, und Joanna erlebte, wie ihre Tochter mehr und mehr in den Sog der Vergangenheit geriet. Sie vertiefte sich in das Buch und hatte keinen Blick mehr für ihre Umgebung. Wenn sie dann später in ihr Zelt gingen, unterhielt sich Joanna mit Lisa über das, was sie gelesen hatte. Lisa stellte ihr meist viele Fragen, und manchmal sprachen sie miteinander, bis ihnen vor Müdigkeit die Augen zufielen. Jetzt war Lisa fast am Ende des Tagebuchs angekommen und schien die letzten Seiten geradezu zu verschlingen.

Mit einem tiefen Seufzer hob sie den Kopf. »Was hat das alles nur zu bedeuten? Ich meine, warum fürchten wir uns vor Hunden, Mutter? Ich weiß, ich fürchte mich wegen der Sache mit den Dingos und Knopf vor ihnen. Aber Großmutter hatte panische Angst vor Hunden, und bei dir ist es nicht anders. Glaubst du wirklich, es ist ein Fluch? Wie aufregend!«

»Aufregend?« fragte Joanna, »na ja, vermutlich hast du recht.«

»Und glaubst du, daß mein Urgroßvater ein Verbrechen begangen hat? Was mag das wohl gewesen sein? Vielleicht hat er den Feueropal gestohlen? Der Opal ist doch sehr wertvoll, nicht wahr? Aber ich dachte immer, Aborigines legen keinen Wert auf Besitz. Warum sollte ein Opal für sie dann kostbar sein?«

»Vielleicht hat der Opal für sie einen anderen Wert ... möglicherweise einen religiösen«, erwiderte Joanna. Sie hatte Lisa den Opal am ersten Abend ihrer Expedition gezeigt. Lisa kannte ihn bereits, aber als Joanna ihr etwas von seiner wahren Bedeutung erzählte, nahm ihn Lisa andächtig in die Hand. Sie glaubte, die besondere Kraft und Wärme zu spüren, die von ihm auszugehen schien, und blickte wie gebannt in die funkelnden Strahlen, als sie ihn ihm Schein des flackernden Lagerfeuers bewunderte. Staunend hatte sie ihre Mutter damals gefragt: »Warum hat man ihn wohl in Rupert versteckt?«

Jetzt sagte sie: »Ich wette, mein Urgroßvater hat eine Opalmine entdeckt! Großmutter spricht doch immer von einem besonderen Erbe ...« Sie gab Joanna das Tagebuch zurück. »Bestimmt wollte sie deshalb unbedingt nach Australien zurück. Ich wette, das verbirgt sich hinter der alten Urkunde!«

Aber Joanna fürchtete, das ›besondere Erbe‹ habe weniger etwas mit einer Opalmine zu tun. Sie verstaute das Tagebuch sorgsam in dem Lederbeutel, in dem sie auch den Opal und die Aufzeichnungen ihres Großvaters und natürlich die Urkunde aufbewahrte. Dabei erinnerte sie sich an etwas, das ihr Sarah vor langer Zeit gesagt hatte. »Das Tagebuch ist das Träumen deiner Mutter. Es ist dein Traumpfad, so wie es der Traumpfad deiner Mutter war. Wenn du ihm folgst, findest du den Ort, den du suchst.«

Aber wie soll ich diesem Weg folgen, dachte Joanna, wenn ich die Orientierungspunkte nicht sehe? Vielleicht enthielt das Tagebuch Hinweise, die in die richtige Richtung zeigten, aber bis jetzt war es Joanna nicht gelungen, sie zu sehen.

Fielding entfernte sich vom Lagerfeuer, und sie fragte: »Stimmt etwas nicht, Kapitän?«
»Ich habe ein ungutes Gefühl«, erwiderte er.
»Was ist das?« fragte Graham und hob den Kopf. »Was ist das für ein Geräusch?«
Sie lauschten. »Es klingt wie Donnergrollen«, sagte Lisa.
Sammy sprang plötzlich auf. »Wasser!« rief er entsetzt.
Sie blickten alle in die Richtung, aus der plötzlich das unheimliche Donnern zu kommen schien. Sie konnten nichts sehen, aber im nächsten Moment begann der Boden unter ihren Füßen zu zittern.
»Was ist das . . .?« flüsterte Graham.
Sie lauschten wie erstarrt auf das unheimliche Geräusch und wagten kaum noch zu atmen.
Plötzlich sahen sie es.
»Mutter!« rief Lisa.
»*Lisa!*«

2

Joanna schlug die Augen auf und starrte in den Himmel. Sie hob den Kopf, und eine Welle der Übelkeit überkam sie. Sie mußte sich übergeben. Dann blieb sie einen Augenblick lang liegen und versuchte nachzudenken. Sie bemühte sich darum, einen klaren Gedanken zu fassen. Was war geschehen?
Sie fuhr sich langsam mit der Hand über die Stirn. Sand fiel ihr in die Augen und in den Mund. Sie hustete und setzte sich auf. Die Welt begann sich plötzlich zu drehen. Sie legte benommen die Hand auf die Stirn und spürte eine schmerzende Beule.
Joanna sah sich um. Die Umgebung kam ihr völlig fremd vor. Nein, hier hatten sie am vergangenen Abend das Lager nicht aufgeschlagen. Alles um sie herum schien auf dem Kopf zu stehen. Und dann fiel ihr auf, daß die Zelte verschwunden waren. Sie sah auch die Kamele nicht mehr. Sie sah niemanden. Sie war allein!
Langsam erinnerte sie sich – aus der Dunkelheit war plötzlich eine riesige Wasserwand vor ihnen aufgetaucht.

Lisa!
Joanna stand mühsam auf und blickte sich in panischer Angst um. Sie suchte Lisa und die anderen. Aber sie sah nichts, kein Lebenszeichen, niemanden.
Sie konnte es nicht glauben. Sie konnte doch nicht plötzlich ganz allein sein! Die anderen hatten doch die Flutwelle bestimmt auch überlebt und fanden wie sie selbst auf diese entsetzliche Weise in die Wirklichkeit zurück. Bestimmt würden sie bald wieder alle zusammen sein ...
Lieber Gott, betete Joanna verzweifelt, Lisa darf nicht ums Leben gekommen sein!
Sie drückte zitternd die Arme an sich und befahl sich stumm: Keine Panik! Du mußt jetzt klar denken! Du darfst nicht die Nerven verlieren.
Sie versuchte, sich daran zu erinnern, was geschehen war. Sie hatten am Lagerfeuer gesessen. Graham hatte plötzlich gefragt: »Was ist das für ein Geräusch?« Und während sie wie versteinert auf das unheimliche Donnern lauschten, war die Flutwelle über ihnen zusammengeschlagen. Joanna wußte nur noch, daß Lisa die Arme nach ihr ausgestreckt hatte, und dann – nichts.
Wieder begann sie heftig zu zittern, und alles schien sich zu drehen. Joanna wußte, der Schock setzte ein.
Sie richtete ihren Blick auf einen Eukalyptusbaum in der Nähe, der die Flutwelle überstanden hatte. Sie zwang sich, zu diesem Baum zu gehen. Sie lehnte sich zitternd und mit klappernden Zähnen an den Stamm. Es wurde ihr schwarz vor Augen, aber dann konnte sie wieder sehen. Joanna wußte, sie würde ohnmächtig werden. Sie setzte sich schnell und legte den Kopf auf die Knie.
»O Gott«, stieß sie schluchzend hervor, »hoffentlich sind die anderen noch am Leben. Lisa ...«
Nach einigen Augenblicken ließ das Schwindelgefühl nach, und Joanna fand die Kontrolle über sich wieder. Sie musterte aufmerksamer ihre Umgebung. Der Helligkeit nach zu urteilen war es ungefähr Mittag. Sie sah dieselbe leblose Einöde mit vereinzelten Eukalyptusbäumen und *Mulga* wie seit Wochen, aber jetzt waren die Bäume und Büsche entwurzelt und fahle Wurzeln ragten in den Himmel. Vom Lager fehlte jede Spur – kein Stuhl, kein Kamelsattel. Buchstäblich alles schien vom Erdboden weggewischt worden zu sein.

Und Lisa. Wo war Lisa?
Auch der Lederbeutel war verschwunden – der Feueropal, das Tagebuch, alles . . .
Joanna stand mühsam auf und hielt sich an dem Baum fest. Nicht weit entfernt glitten Schatten über den Sand. Sie hob den Kopf und entdeckte am Himmel große Vögel, die langsam ihre Kreise zogen.
Und dann sah sie etwas: Im Sand lag eine dunkle Gestalt.
Sie erkannte die blaue Jacke mit den Messingknöpfen. »Kapitän Fielding!« rief sie und lief schwankend auf ihn zu. »Gott sei Dank!«
Der Kapitän lag seltsam verdreht auf dem Rücken. Er hatte die Augen geschlossen, aber sein Mund stand offen. Sie fühlte am Hals nach dem Puls. Er war tot.
Joanna schlang die Arme um die Knie und kämpfte gegen die aufsteigende Panik und Hysterie an. Sie hatte noch nie im Leben solche Angst gehabt. Außerdem brannte ihre Kehle. Sie hatte schrecklichen Durst. Wo sollte sie Wasser finden? Seltsamerweise war die Erde trocken. Und das nach dieser gewaltigen Flutwelle? Wie lange war sie wohl bewußtlos gewesen?
Joanna blickte angstvoll zu einem Adler hinauf, der über ihr kreiste. Sie wußte, daß Adler manchmal neugeborene Lämmer raubten und sogar Babys. Würde der Raubvogel eine hilflose Frau angreifen?
Sie durfte nicht die Nerven verlieren. Die Flutwelle hatte alles davongetragen. Aber sie hatte überlebt. Es war demnach nicht auszuschließen, daß auch die anderen überlebt hatten, und vielleicht fanden sich einige Vorräte in der Umgebung.
Während die großen Vögel am Himmel kreisten, bedeckte Joanna die Leiche des Kapitäns mit Sand und Steinen. Dann fertigte sie aus Zweigen ein Kreuz und steckte es am Kopfende des Grabes in die Erde. Sie sprach kniend ein Gebet. Dann stand sie auf. Die Jacke des Kapitäns hatte sie behalten.
Joanna blickte zum Himmel hinauf und hielt Ausschau nach der Sonne, aber von Horizont zu Horizont erstreckte sich eine eintönige weiße Wolkendecke, die sie zu verhöhnen schien. Sie betrachtete die entwurzelten Bäume und Büsche genauer und erkannte daran den Verlauf der Flutwelle. Dann machte sie sich auf den Weg.
Als sie das Grab hinter sich ließ, achtete sie auf besondere Merkmale in der Landschaft. Hunger meldete sich, und der quälende Durst erinnerte

sie daran, daß sie möglichst schnell Wasser finden mußte. Beim Gehen rief sie immer wieder: »Lisa! Sammy! Mr. Graham!«
Nach wenigen hundert Metern stieß sie auf ein paar vertraute Dinge: ein gefüllter Wasserschlauch; eine Dose mit gesalzenem Rindfleisch und eine andere mit Keksen. Sie fand sogar Eric Grahams Hut. Sie trank etwas Wasser und versuchte, ihre Lage einzuschätzen. Wenn sie nichts verschwendete, hatte sie genug zu essen und zu trinken, um ein paar Tage zu überleben.
Sie mußte Lisa finden. Aber wo sollte sie nach ihrer Tochter suchen? Wie weit würde sie mit den wenigen Dingen, die sie gefunden hatte, gehen können? Dann erinnerte sie sich an die Warnung von Kapitän Fielding. Wenn sie den falschen Weg einschlug, geriet sie möglicherweise in die Große Victoria-Wüste, die noch feindlicher und bedrohlicher war. Dort würde sie bestimmt sterben. Dann dachte sie an Hugh. Vermutlich befand er sich bereits in Perth oder saß im Zug, der ihn nach Kalagandra brachte. Wenn er sie nicht im Hotel fand, würde er sich sofort auf den Weg machen, um sie zu suchen. Deshalb beschloß sie, nicht weiterzugehen, sondern auf Rettung zu warten.

3

Joanna trank einen kleinen Schluck Wasser aus dem Wasserschlauch und hielt ihn lange im Mund, bis sie schluckte. Sie schätzte, daß etwa noch eine Tasse Wasser im Schlauch war. Am Morgen hatte sie den Rest des gefundenen Proviants gegessen.
Sie kroch aus dem Windschutz heraus, den sie aus Zweigen und trockenen Ästen unter dem Eukalyptusbaum errichtet hatte, und musterte die Landschaft. In fünf Tagen hatte sich das Bild nicht verändert. Der Himmel war nach wie vor von der weißen Wolkendecke überzogen. Sie konnte die Sonne noch immer nicht sehen. Wenn der Tag zur Neige ging, versank die Welt schlagartig in Dunkelheit, und deshalb konnte sie nicht feststellen, wo Osten und wo Westen war. Joanna sah auch nie einen Sonnenaufgang. Wenn sie die Augen aufschlug, war es bereits taghell. Aber nun mußte sie sich über die Himmelsrichtungen klar werden, denn sie konnte nicht länger in ihrem kleinen Lager bleiben.

Fünf Tage lang hatte sich Joanna an die Hoffnung geklammert, einer ihrer Gefährten werde sie finden, Lisa werde plötzlich auftauchen oder Hugh. Tag für Tag machte sie sich in einer anderen Richtung auf den Weg und entfernte sich so weit vom Lager, wie sie es wagen konnte. Dabei verlor sie den Windschutz und den Eukalyptusbaum nie aus den Augen und legte beim Gehen eine Spur aus kleinen Steinen. Sie erkundete die Gegend, so gut sie es vermochte, und kehrte kurz vor Einbruch der Dunkelheit zum Lager zurück. Dort aß sie etwas von dem Fleisch und den Keksen, schlief dann unruhig und schützte sich mit Kapitän Fieldings Jacke notdürftig gegen die Kälte. Sie hätte viel darum gegeben, zu wissen, wie man ohne Streichhölzer Feuer macht. Oft wachte sie von Angst geschüttelt auf, weil sich in ihren Alpträumen die Flutwelle noch einmal auf sie zu wälzte, oder sie sah Lisa in ihren Träumen – Lisa, die auf schreckliche Weise starb. Joanna erwachte immer wieder schreiend, lag dann lange zitternd und bebend unter dem Eukalyptusbaum und betete darum, das sei alles nur ein Alptraum, und sie werde im nächsten Augenblick in ihrem Bett auf Merinda erwachen.

Und sie weinte – um Lisa, um den armen Kapitän Fielding, um Graham und um sich.

Sie hatte nichts mehr zu essen, und der Wasservorrat war bald erschöpft. Joanna stand vor der bitteren Notwendigkeit, das notdürftige Lager zu verlassen, um zu überleben. Aber sie wußte nicht, wohin sie gehen sollte. Sie hatte den Kompaß mit der kreisenden Nadel gefunden und sogar den Lederbeutel mit seinem kostbaren, glücklicherweise unversehrten Inhalt. Aber diese Dinge konnten ihr nicht sagen, wo Osten, wo Westen lag. Sie würden sie nicht zum Wasser führen oder ihr etwas Eßbares verschaffen.

Während sie auf die trostlose Einöde starrte, versuchte sie sich daran zu erinnern, was sie im Lauf der vergangenen Jahre von den Überlebensmöglichkeiten im Busch gehört hatte. Sie wußte, es gab hier Wasser, aber es war verborgen, und man mußte wissen, wie man ein Wasserloch fand. Und mit Geschick und dem richtigen Instinkt entdeckte man auch genügend Eßbares, um sich zu ernähren.

Sie hielt den Wasserschlauch abschätzend in der Hand und wußte, als erstes mußte sie Wasser suchen.

Aber Joanna wollte nicht auf gut Glück in eine Richtung laufen. Sie mußte ein Ziel vor Augen haben und den richtigen Weg einschlagen. Sie

musterte die niedrigen Hügel zu ihrer Rechten, die sie am ersten Tag erkundet hatte. Dort gab es kein Wasser, das wußte sie. Zu ihrer Linken lagen meilenweit verstreute Felsen, als sei vor langer, langer Zeit ein Berg explodiert. Hinter ihr erstreckte sich eine flache, eintönige Ebene und vor ihr die *Mallee*. Mit den vereinzelten Eukalyptusbäumen wirkte diese Gegend noch am verheißungsvollsten.
Deshalb entschloß sie sich, in diese Richtung zu gehen. Bevor sie aufbrach, hinterließ sie für andere, die möglicherweise hier vorbeikommen würden, ein Zeichen als Hinweis darauf, daß sie hier gewesen war. Sie nahm einen der Lapislazuli-Ohrringe und band ihn an einem dicken Eukalyptusast fest. Mit einem spitzen Stein ritzte sie ihren Namen in den Stamm. Schließlich legte sie mit Steinen einen Pfeil in die Richtung, die sie einschlagen wollte. Dann machte sie sich auf den Weg und verließ den Schutz ihres kleinen Lagers. Sie nahm Fieldings Jacke, den Lederbeutel und den erschreckend leichten Wasserschlauch mit. Sie wollte soweit wie möglich laufen. Sie fühlte sich schwach und hatte schrecklichen Durst, aber sie war entschlossen, vorerst kein Wasser mehr zu trinken. Leider hatte sie Eric Grahams Hut nicht mitgenommen, den sie vor Tagen entdeckt hatte. Aber in ihrem damaligen Zustand hatte sie nicht daran gedacht, daß er wichtig für sie sein könnte.
Sie ging langsam durch die Halbwüste und hob dabei den Rocksaum, damit er nicht im Sand schleppte. Ihr Weg führte sie an ausgetrockneten Salzseen vorbei, an Büschen, Steppengras und an verkrüppeltem Eukalyptus, der keine Ähnlichkeit mit den großen, anmutigen Bäumen besaß, die auf Merinda wuchsen.
Die Stunden vergingen. Sie hielt ihren Mut aufrecht, indem sie an ihr Heim dachte. Sie rezitierte in Gedanken Hughs Balladen und führte stumme Gespräche mit Lisa und Sarah. Sie stellte sich vor, sie werde plötzlich Lisa finden, die unter einem kleinen Windschutz saß, und sie malte sich das glückliche Wiedersehen aus. Als Joanna feststellte, daß der Tag zur Neige ging, drehte sie sich um und konnte den Eukalyptusbaum, der ihr als Schutz gedient hatte, nicht mehr sehen. Auch das Gelände wirkte plötzlich ganz fremd. Sie wußte nicht, wie weit sie gelaufen war, aber sie hatte quälenden Hunger, und der Durst war unerträglich. Sie setzte sich in den Schutz einiger Felsen, hoffte inständig, daß dort keine giftigen Schlangen hausten, und hielt den Wasserschlauch lange im Schoß, bis sie sich zu einem einzigen Schluck durchrang.

Panik und Angst überkamen sie wieder. Sie blickte zum Himmel hinauf, aber sie sah keine Sterne und keinen Mond. Ich werde hier sterben, dachte sie, und mußte weinen.
Als sie erwachte, war wieder ein milchigweißer Tag angebrochen. Die Totenstille, die sie umgab, würde sie bestimmt bald zum Wahnsinn treiben. Sie ließ den zweiten Ohrring als Zeichen zurück und legte wieder einen Pfeil aus Steinen. Dann machte sie sich auf den Weg. Sie suchte unter Felsen und in ausgetrockneten Flußläufen nach Wasser. Sie grub unter Büschen und hoffte, dem unversöhnlichen Boden etwas Feuchtigkeit zu entreißen. Um die Mittagszeit trank sie den letzten Schluck Wasser, aber sie nahm den Wasserschlauch mit in der Hoffnung, ihn bald wieder füllen zu können. Der Hunger löste inzwischen heftige Magenkrämpfe aus, und während sie sich mit eiserner Willenskraft zwang, unverdrossen auf den feindseligen Horizont zuzugehen, fürchtete sie sich vor dem schrecklichen Ende, das ihr unausweichlich bevorstand.
Nach etwa ein oder zwei Stunden mußte sie stehenbleiben. Sie wußte, es war sinnlos, einfach weiterzulaufen, ohne zu wissen, wohin sie der Weg führte. Wasser würde bestimmt nicht vom Himmel fallen oder plötzlich aus der Erde sprudeln. Sie mußte es finden, und zwar bald, solange sie noch klar denken konnte.
Sie griff nach ihren langen, herunterhängenden Haaren und steckte sie zu einem Knoten auf. Dann dachte sie an die Frau, die einst mit ihrem jungen Mann und ihrer kleinen Tochter durch diese Wüste gewandert war. »Naomi war stark«, hatten Patrick Lathrop und Elsie Dobson gesagt. Nun wurde Joanna klar, wie stark ihre Großmutter gewesen sein mußte, um hier zu überleben.
Ich bin Naomis Enkeltochter, sagte sie sich mit einem Blick auf die wenig verheißungsvolle Landschaft: Auch ich werde stark sein.
Dann dachte Joanna an ihre Mutter, an Lady Emily. Sie hatte als Kind in Begleitung einer Schwarzen die Wüste durchquert. Wie ist ihnen das gelungen? fragte sie sich. Wie konnten zwei so hilflose Wesen zu Fuß die endlosen Meilen zurücklegen?
Und dann fiel es ihr ein: Sie waren in der Lage gewesen, den Traumpfaden zu folgen.
Natürlich, dachte Joanna, das war die Antwort. Sie hatte versucht zu überleben, indem sie wie eine vornehme junge Engländerin dachte, aber sie hätte wie die Menschen denken sollen, die in diesem Land geboren

worden waren – wie die Aborigines. Joanna wußte, daß die Stätten der Traumzeit die Traumpfade miteinander verbanden. Diese Plätze waren die einzelnen Stationen eines Ahnen auf seinem Weg durch das Land, und meistens lagen sie eine Tageswanderung voneinander entfernt. Aber wie sollte sie einen solchen Platz finden?

Joanna drehte sich langsam im Kreis und versuchte, Anhaltspunkte in der kargen Landschaft zu erkennen. Sie sah Felsen, verkrüppelte Bäume, Sanddünen, ausgetrocknete Flußläufe, aber nichts wies auf einen Traumpfad hin. Dann begann sie sich zu fragen, wie ein solcher Weg wohl aussehen mochte.

Plötzlich erinnerte sie sich an etwas, das Sarah ihr vor vielen Jahren gesagt hatte, als sie unten am Fluß saßen. Sarah hatte erklärt, die Känguruh-Ahne sei durch Merinda gekommen. Sie hatte auf einen Hügel gedeutet und gesagt: »Dort hat sie geschlafen. Sehen Sie ihre großen Hinterbeine, den langen Schwanz, den kleinen Kopf?« Und Joanna hatte lange auf den Hügel geblickt und schließlich geglaubt, ein schlafendes Känguruh zu sehen.

War das also die Antwort? Sollte sie in der Wüste nach versteckten Zeichen, nach Bildern Ausschau halten? Sie durfte das Land nicht mehr mit englischen Augen betrachten, sondern so, wie eine Ureinwohnerin es sehen würde.

Joanna versuchte angestrengt, sich an Sarah zu erinnern. Sie versuchte, die Landschaft mit ihren Augen zu sehen, und wirklich, nach einer Weile schien die Umgebung sehr viel interessanter zu sein. Felsen, Bäume und Wasserläufe wirkten anders. Vor ihrem innern und äußeren Auge machten sie eine subtile Verwandlung durch. Joanna musterte prüfend eine Felsgruppe. Konnten das die Umrisse eines Emu sein?

Sie lief auf die Felsen zu. Vor Hunger und Durst hatte sie Schwindelgefühle. Dort angekommen suchte sie nach etwas Eßbarem oder nach Wasser. Aber sie stand nur vor nacktem, hartem Gestein.

Joanna suchte weiter. Ein ausgetrockneter Wasserlauf zog ihre Aufmerksamkeit auf sich. Sie betrachtete die Biegung genauer. Erinnerte sie das nicht an eine Schlange? Sie lief dorthin, kniete nieder und grub im harten Lehm. Aber sie fand kein Wasser.

Sie stand auf und blickte sich mit Tränen in den Augen um. Die Natur schien sie zu verhöhnen. Sie sah Stätten der Traumzeit, die keine waren.

Eine heiße Welle der Verzweiflung stieg in ihr auf. Sie dachte an den armen Kapitän Fielding, der in einem notdürftigen Grab in der Wüste lag. Sein Traum, das Ende seiner Tage unter der Sonne der Fidschi-Inseln zu erleben, hatte sich nicht verwirklicht.
Sie sank wieder auf die Knie und schlug die Hände vor das Gesicht. Als die salzigen Tränen auf ihre Lippen tropften, hob sie überrascht den Kopf. Im ersten Augenblick glaubte sie, es seien Regentropfen. Dann sah sie ihre feuchten Hände. Sie leckte die Feuchtigkeit gierig ab und war sich bewußt, wie verzweifelt ihre Lage geworden war. Sie legte sich auf den Boden und starrte auf die trockene Erde. Ihr Blick fiel auf den Lederbeutel mit den Metallschnallen und den Initialen ›JM‹. Ja, dachte sie, John Makepeace. Mit ihm hatte alles begonnen. Sie dachte an die Aufzeichnungen ihres Großvaters. Er hatte sorgsam und hingebungsvoll Seite um Seite mit seiner Kurzschrift gefüllt. Wie nutzlos war das alles für sie in der jetzigen Lage. Er beschrieb in chronologischer Folge sein Leben bei den Aborigines, aber praktische Hinweise fehlten. Er schrieb, daß die Frauen auf Nahrungssuche gingen, aber er erwähnte nicht, wie sie das taten. Er sagte, die Sippe wandere zu Wasserlöchern, aber er beschrieb nicht, wie sie das Wasser fanden. Seine Aufzeichnungen waren nichts als wertloses Papier.
In plötzlicher Wut packte sie den Lederbeutel und warf ihn soweit sie konnte von sich. Er prallte gegen einen Stein und fiel mit einem dumpfen Geräusch auf die Erde. Während Joanna niedergeschlagen auf den Beutel blickte, fiel ihr ein, daß sie nicht nur die Aufzeichnungen, sondern auch die Urkunde, den Feueropal und das Tagebuch darin aufbewahrte. Deshalb stand sie langsam auf und nahm den Lederbeutel wieder an sich. Sie öffnete ihn und vergewisserte sich, daß der Opal nicht zerbrochen war, und sie betrachtete ihre Übertragung der Aufzeichnungen von John Makepeace. Ihr Blick fiel auf einen Satz, den sie geschrieben hatte: *Das Totem von Djoogals Sippe ist das Känguruh.*
Bei diesem Satz durchzuckte sie es plötzlich. Sie schlug sich an den Kopf. Hatte sie denn bereits den Verstand verloren? Natürlich mußte sie einen Traumpfad finden und ihm folgen. Ihr Irrtum lag darin, daß sie geglaubt hatte, sie könne einen Weg erfinden. Es mußte der richtige Traumpfad sein, nicht einfach etwas, das an einen Emu erinnerte oder an eine Schlange oder an irgendein Symbol ihrer Wahl. Sie mußte genau wis-

sen, welcher Traumpfad durch dieses Land führte, und wenn es sich um das alte Stammesgebiet von Djoogals Sippe handelte, dann mußte sie natürlich den der Känguruh-Ahne suchen. Sarah hatte ihr versichert, ihr Totem sei das Känguruh. Also würde sie auch den Traumpfad, der hier entlang führte, finden können!

Joanna stieg das Ufer des ausgetrockneten Wasserlaufs hinauf und sah sich noch einmal aufmerksam die Umgebung an. Diesmal suchte sie die uralte Spur, die die Känguruh-Ahne vor vielen tausend Jahren hinterlassen hatte, als sie hier entlanggezogen war und durch ihren Gesang alles erschuf. Joanna versuchte, die englische Joanna Westbrook zu vergessen und sich statt dessen in Djoogal oder in ein Mitglied seiner Sippe zu verwandeln, vielleicht auch in die Frau, die Reena hieß. Joanna fragte sich, was die Aborigines wohl sehen würden, wenn sie den Traumpfad des Känguruh-Träumens suchten ...

Das dort drüben?

Eine jahrmillionenalte Felsengruppe ragte aus der Erde auf. Zuvor hätte Joanna gesagt, es sei vielleicht ein schlafender Leierschwanz oder ein kämpfender Bandikut, aber jetzt hatte sie den Eindruck, es könnten auch zwei Känguruhs sein, ein großes und ein kleines, die wie beim Äsen die Köpfe senkten.

Dort, dachte Joanna erleichtert. Ja, dort hat die Känguruh-Ahne vor langer, langer Zeit Rast gemacht, um zu fressen ...

Langsam ging sie auf die Felsen zu. Ihr entging beinahe, daß die Nacht anbrach, daß ihr schwindlig wurde und der Puls an den Schläfen unregelmäßig schlug. Aber noch ehe sie die Felsgruppe erreicht hatte, zweifelte Joanna nicht mehr daran, eine Traumstätte der Känguruh-Ahne gefunden zu haben.

4

Joanna zählte die Tage, indem sie kleine Zweige sammelte. Jeden Morgen, bevor sie sich wieder auf den Weg machte, suchte sie einen kleinen Zweig und legte ihn in den Lederbeutel. Außerdem hinterließ sie immer ein Zeichen – entweder ritzte sie ihren Namen in den Felsen oder ihre Initialen in einen Baumstamm. Außerdem legte sie jedesmal einen Pfeil aus Steinen, um in die Richtung zu weisen, in der sie lief. Und als Joanna bewußt wurde, daß sie die relative Sicherheit und Vertrautheit der *Mallee* verlassen hatte und in die Große Victoria-Wüste geraten war, lagen bereits vierzehn Zweige in ihrem Beutel.

An ihrem fünften Tag auf dem Weg des Känguruh-Träumens fand sie etwas, das sie erschütterte und ängstigte. Der Mut verließ sie, und quälende Zweifel stellten sich ein. Sie entdeckte das Skelett eines Mannes. Die Kleidung war zu Staub zerfallen, und die Knochen von der Sonne gebleicht. Es konnte also keiner ihrer Gefährten sein. Aber sie wußte: Dieser Mensch war hier in der Einsamkeit gestorben...

Joanna nahm eine Drahtbrille von dem bleichen Schädel und legte sie in den Lederbeutel.

An diesem Tag gelang es ihr noch vor Einbruch der Dunkelheit, ein Feuer zu entfachen, indem sie die Brille in die Richtung hielt, wo sie die Sonne vermutete. Endlich konnte sie kochen, was sie an Eßbarem fand.

Während Joanna dem uralten Traumpfad folgte, spürte sie, wie ihre Kräfte sich wieder einstellten – trotz der kärglichen Mahlzeiten und der trostlosen Wüste. Sie hatte erwartet, schwächer zu werden und immer hilfloser, aber statt dessen wuchs in ihr eine neue ungeahnte Kraft, und auch ihre Entschlossenheit zu überleben nahm zu. Joanna überkam das ehrfürchtige und erhabene Gefühl, zum Anfang der Zeit, zur Traumzeit, zurückgekehrt zu sein.

Ja, endlich stand auch wieder die Sonne am Himmel, und sie konnte mit ihrer Taschenuhr die Richtung bestimmen, in die sie wanderte. Sie erinnerte sich an Kapitän Fieldings Worte: »Die Nord-Süd-Linie verläuft zwischen zwölf Uhr und dem Stundenzeiger. Mit dieser Methode stellte sie fest, daß sie eindeutig nach Osten ging – und das bedeutete, immer weiter in die Große Victoria-Wüste.

Und doch konnte Joanna nicht mehr umkehren. Sie mußte dem Traumpfad folgen, denn sonst wäre der Tod unvermeidlich gewesen. Nur auf dem Weg der Känguruh-Ahne war sie in Sicherheit, daran zweifelte sie inzwischen nicht mehr.

Joanna spürte aber auch eine andere Kraft. Sie wußte, hier entlang war Djoogals Sippe gezogen und mit ihnen Naomi und John Makepeace, die sich auf der Suche nach dem Garten Eden ihnen angeschlossen hatten. Auf diesem Weg war auch Reena mit der kleinen Emily geflohen. Joanna fühlte sich von dieser Kraft beschützt und glaubte sich nicht länger allein, sondern unter der Obhut von Geistern.

Am fünfzehnten Tag, als sie gerade mit den Brillengläsern Feuer machte, um ein paar Engerlinge zu rösten, fiel plötzlich ein Schatten auf sie. Sie hob erstaunt den Kopf und sah, daß ein Mann vor der Sonne stand. Er hielt einen Speer in der Hand.
Joanna erhob sich langsam und stellte fest, daß er nicht allein war. Hinter ihm standen noch andere, ebenfalls bewaffnete Männer. Sie waren alle nackt, hatten die Körper mit Fett und Asche eingerieben und trugen um die Köpfe und Hüften Bänder aus geflochtenen Haaren, ähnlich wie das Haarband, das Sarah während der Typhusepedimie für Joanna angefertigt hatte. Die Männer blickten mit ausdruckslosen Gesichtern auf Joanna.
»Gehört ihr zu Djoogals Sippe?« fragte sie.
Sie gaben keine Antwort.
Deshalb fragte sie »Karra Karra?«
Wieder keine Antwort.
Sie spürte die Mittagshitze und die endlose Weite der Wüste, die sich eintönig bis zu einem fernen Horizont erstreckte. Das Feuer hinter ihr knisterte, und sie dachte an die Maden, die sie anfangs hatte roh essen müssen. Joanna erinnerte sich auch noch, wie sie die Eidechse gefangen und gegessen hatte, wie sie das bittere Wasser aus den Akazienwurzeln saugte, ohne daß der Sand, der daran hing, sie störte oder die Tatsache, daß es für sie schon lange weder Serviette noch Messer noch Gabel mehr gab. Und deshalb erschien es ihr irgendwie richtig, daß sie hier in dieser unwirklichen Landschaft stand, in die tiefliegenden rötlichbraunen Augen dieser Männer blickte und überhaupt keine Angst empfand.
Die Männer drehten sich wortlos um und gingen davon.
Joanna sah ihnen verblüfft nach. Dann begriff sie, daß sie ihnen folgen sollte. Schnell hob sie Kapitän Fieldings Jacke und den Lederbeutel vom Boden auf und lief hinter den Aborigines her.

5

Als sie das Lager erreichten, stand die Sonne als glühende Scheibe am westlichen Horizont. Joanna sah eine Reihe Hütten aus Zweigen und Ästen zwischen Lagerfeuern. Sie staunte darüber, daß sie immer noch keine Angst hatte, aber auch darüber, daß die Aborigines ihr Auftauchen mit so großer Gelassenheit und scheinbarer Selbstverständlichkeit hinnahmen. Sie ging an Frauen vorbei, die Mahlzeiten kochten, Tiere häuteten und Kinder stillten. Die Frauen lächelten sie an wie eine alte Bekannte. Auch sie waren nackt. Joanna bemerkte nur, daß einige Mädchen Röcke aus Kakadufedern trugen, aber alle anderen – Männer, Frauen und Kinder – waren splitternackt. Seltsamerweise machten die Leinenbluse, der lange Rock und die Stiefel Joanna plötzlich verlegen.

Die Männer blieben stehen. Sie drehten sich um, und ihr Anführer deutete mit seinem Speer auf etwas. Joanna trat näher und sah ein junges weißes Mädchen. Es lag in einer flachen Kuhle auf feuchten Eukalyptusblättern.

»Lisa!« rief Joanna und lief zu ihr.

Ihre Tochter war nicht bei Bewußtsein. Sie hatte einen schweren Sonnenbrand, und als Joanna ihre Stirn berührte, stellte sie fest, daß Lisa vor Fieber glühte. Eine Frau pflegte Lisa. Sie lächelte und sagte etwas, das Joanna nicht verstand.

Joannas Blick richtete sich wieder auf Lisa. Der Anblick ihrer kranken Tochter machte ihr Angst. Sie hatte diese unmißverständliche Blässe oft genug gesehen – während der Typhusepidemie und bei Kapitän Fielding.

Sie nahm ihre Tochter in die Arme und drückte sie an sich. In Panik dachte sie: Ich komme zu spät.

Kapitel Neunundzwanzig

1

Sarah arbeitete im Gewächshaus. Sie stellte Salben aus Beinwell und Ringelblumen her. Um sie herum hingen Pflanzen, standen kleine Bäume, wuchsen Schlingpflanzen und buschige Kräuter in Tontöpfen. Die Luft roch nach frischer Erde und Kompost; darunter mischten sich die zarten Düfte von Rosmarin, Zitronenstrauch und der würzige Geruch von geschmolzenem Bienenwachs. Als Joanna vor einem halben Jahr nach Westaustralien aufgebrochen war, hatte Sarah versprochen, die Heilkräuter zu pflegen und die Heilmittelvorräte ständig zu ergänzen. Sie arbeitete täglich hier, machte Ableger, schnitt die größeren Pflanzen zurück, topfte um, pflückte Blätter, Blüten, Stengel und beschnitt die Wurzeln. In der Ecke stand eine kleine Kohlenpfanne mit glühender Holzkohle, um die winterliche Kälte zu vertreiben. Wenn es regnete, lauschte Sarah mit besonderem Vergnügen dem Geräusch der Tropfen auf dem Glasdach.

Sie dachte oft an Joanna und Lisa. Hatte Joanna mittlerweile aufgegeben und rechnete nicht mehr damit, daß Hugh kam? Befand sie sich bereits auf der Heimreise? Seit einiger Zeit machte Sarah sich Sorgen. Sie hatten lange nichts mehr von Joanna gehört. Und Hugh hätte schon vor vielen Wochen nach Kalagandra zurückkehren müssen. Aber er war immer noch hier und kämpfte gegen den tückischen Fliegenbefall, der inzwischen fast das Ausmaß einer Epidemie angenommen hatte.

Sarah rührte gerade das schmelzende Bienenwachs um, als ihre Hände innehielten. Sie hob den Kopf und blickte durch das Gras auf das silbrige ruhige Wasser im Fluß unter den Bäumen: Philip kommt!

Sie löschte schnell die Flamme unter dem Topf mit dem Wachs, zog die Schürze aus, hängte sie an den Nagel und eilte durch das Haus zu ihrem Zimmer. Dort richtete sie schnell ihre Haare, klopfte Blätter und winzige Blüten von dem dunkelbraunen Wollrock und vertauschte dann hastig die Arbeitsbluse mit einer blaßblauen aus Seide. Sie stellte fest, daß ihre Hände dabei zitterten.
Sie freute sich bei der Vorstellung, Philip zu sehen, hatte aber auch Angst davor. Seit seiner Rückkehr nach Australien trafen sie sich nur sehr selten. Sarah wußte, aus Rücksicht auf Philips Erfolg als Architekt mußten sie im Distrikt vorsichtig sein. Die Dienstboten redeten und die Farmarbeiter ebenfalls. Und jedermann wußte, Philip war verheiratet. Seit dem ersten Mal hatten sie nicht mehr miteinander geschlafen.
Glücklicherweise hatte Philip viel zu tun, denn die Camerons und die McClouds hatten ihn beauftragt, große Häuser für sie zu bauen. Deshalb fuhr er öfter nach Melbourne, um Lieferungen zu besprechen, und verbrachte viele Tage auf den Baustellen. Freie Zeit gab es kaum für ihn, und es boten sich nur wenige Gelegenheiten, mit Sarah allein zu sein. Hugh hatte ihn mehrmals zum Essen eingeladen, und zu dritt besuchten sie Konzerte im Park von Cameron Town. Aber Sarah und Philip sehnten sich beide nach der Freiheit, nur füreinander da zu sein und miteinander zu schlafen, doch das war ihnen nicht vergönnt.
Nun erschien er allein und unangemeldet auf Merinda. Sarah spürte seine Anwesenheit bereits auf der Zufahrt. Sie konnte beinahe sehen, was er anhatte.
Sie eilte durch den Gang und öffnete die Haustür, noch bevor Philip klopfte.
Sie sahen sich beide an.
»Guten Tag, Sarah«, Philip lächelte.
»Guten Tag, Philip«, sagte sie, »komm herein. Wie schön, dich zu sehen.«
Er nahm den Hut ab und sah sich vorsichtig in der Empfangshalle um. Dann küßte er sie sehnsüchtig auf die Wange und betrachtete sie lange.
»Du siehst schön aus, Sarah. Wie geht es dir?«
Sie nahm seinen Anblick in sich auf, seine Größe, die leicht gebogene Nase, den geliebten Mund, und sie sehnte sich nach seiner Berührung.
»Mir geht es gut«, erwiderte sie und lachte leise. »Ich muß ständig an dich denken.«

Er seufzte. »Es fällt mir so schwer, nicht ständig hierher zu kommen. Ich kann mich nicht mehr auf meine Arbeit konzentrieren. Ich muß immer an dich denken. Glaube mir, ich möchte nur bei dir sein.«
»Mir geht es auch so, Philip«, sie berührte seinen Arm.
»Ich bin gekommen, weil Alice mir geschrieben hat. Sie will sich noch immer nicht scheiden lassen. Sie verlangt nicht, daß ich zu ihr zurückkehre, aber sie fürchtet, daß eine gesetzliche Scheidung Daniel schaden wird. Wenn er älter ist, sagt sie, ist sie einverstanden.«
Sarah nickte. Sie wußte, wie sehr das Stigma einer Scheidung auf einer Frau lastete, aber sie wußte auch, daß ihre eigene Lage das Stigma bedeutete, die Geliebte eines verheirateten Mannes zu sein.
»Wie geht es Hugh?« fragte Philip, der viel lieber über andere Dinge mit Sarah gesprochen hätte.
»Hugh ist im Camp an der Nordgrenze«, antwortete sie. »Er ist schon seit drei Tagen nicht mehr hier gewesen.«
»Sieht es immer noch so schlimm aus?«
»Ja, leider ...«
»Auf meinem Weg bin ich bei Mr. Ormsby vorbeigegangen. Er fürchtet, er wird bei Strathfield verlieren, wenn die Fliegenplage noch länger anhält.«
»Ich habe es auch schon gehört.«
Sie schwiegen wieder. Im Wohnzimmer schlug eine Uhr die volle Stunde.
»Wenn du möchtest, kannst du zu Hugh ins Camp hinausreiten«, sagte Sarah. »Er würde sich bestimmt sehr freuen, dich zu sehen.«
»Das werde ich wohl müssen«, Philip griff in die Jackentasche. Er zog einen Umschlag heraus. »Als ich heute morgen auf der Post war, hat man mich gefragt, ob ich nach Merinda komme, denn für Hugh ist dieser offenbar wichtige Brief eingetroffen.« Er zeigte ihn Sarah.
Sie las die Absenderadresse. Der Brief kam von einem Kommissar Fox aus Westaustralien. »Kommissar Fox schreibt aus Kalagandra. Philip, wir haben schon sehr lange nichts mehr von Joanna gehört. Irgend etwas stimmt nicht, ich spüre es. Ich spüre es schon seit Wochen. Wir müssen Hugh den Brief sofort bringen.«

2

Hugh legte den Federhalter beiseite und blickte aus dem Zelt. Er sah, wie seine Leute nacheinander im Lager eintrafen und sich Tee aus der Kanne eingossen, die ständig über dem Feuer stand. Für Hugh war es inzwischen ein Militärlager, und seine Leute waren Soldaten. Sie ritten jeden Tag über die Weiden und inspizierten die Schafe. Kranke Tiere wurden auf der Stelle erschossen und begraben. Die Gesunden wurden geschoren und, um sie vielleicht zu retten, durch äußerst widerliche Desinfektionsbäder getrieben. Die Männer kamen erschöpft, verdreckt und niedergeschlagen ins Lager zurück. Sie tranken den starken Tee und aßen Ping Lis belegte Brote. Dann schwangen sie sich wieder in den Sattel und machten sich auf zur nächsten Runde in diesem qualvollen Krieg, der kein Ende nahm. Auch Hugh war niedergeschlagen. Er hätte sich gerne eine Pause gegönnt, aber es wartete zuviel Arbeit auf ihn. Der Befall der Schafe hatte alarmierende Dimensionen angenommen, und die Tage vergingen wie im Flug, ohne daß er die Hoffnung hatte, ein wirkungsvolles Mittel gegen die Fliegen zu finden.

Wie er vor drei Monaten befürchtet hatte, schlüpften mit Beginn der warmen Jahreszeit Millionen Fliegen und fielen wie tödliche Wolken über die Schafe der Farmen im westlichen Distrikt her. Aber die Plage herrschte nicht nur in dieser Gegend. Überall in Südostaustralien starben Schafe zu Tausenden, während die Schafzüchter von Adelaide bis Queensland alles taten, um ein Gegenmittel zu finden, das der Fliegenpest Einhalt gebot.

Hugh griff wieder nach dem Federhalter, um weiterzuschreiben, aber zuerst blickte er seufzend auf Joannas Foto, das auf dem Arbeitstisch neben ihm stand. Sie fehlten ihm so sehr! Immer wieder wünschte Hugh, sie wäre mit ihm zurückgefahren, oder er hätte bei ihr in Westaustralien bleiben können. Er schrieb ihr regelmäßig und informierte sie ausführlich über seinen endlosen Kampf gegen die Fliegen, aber von ihr hatte er bisher nichts gehört. Man hatte von schweren Stürmen in der Großen Australischen Bucht berichtet. Schiffe waren gesunken, von denen einige Post an Bord hatten. Außerdem brach durch einen Streik der Seeleute der gesamte Schiffsverkehr an der Südküste völlig zusammen. Hugh wußte auch, daß Telegrafieren unzuverlässig war. Buschfeuer

zerstörten die Leitungen und aufsässige Aborigines warfen gelegentlich mutwillig die Masten um.
Bald, mein Liebling, dachte Hugh, bald werde ich kommen. Er stellte sich vor, mit welcher Ungeduld Joanna auf ihn im Golden Age Hotel wartete.
Er konzentrierte sich wieder auf seine Notizen. Er führte gewissenhaft über die Entwicklung der Fliegenplage Tagebuch. Inzwischen waren seine Aufzeichnungen eine Chronik der Fehlschläge und Mißerfolge vom ersten Eintrag an: ›Die Wolle von zwei Schafen in einer Mischung aus Tabak und Schwefel getränkt, aber die Fliegeneier reagieren nicht darauf.‹
›Dritte Woche – eine Herde Widder ist nach einem Desinfektionsbad aus Kalk und Schwefel schwer erkrankt. John Reed vermutet, die Tiere haben die giftigen Dämpfe eingeatmet. Ich setze deshalb das Mittel ab.‹
›Fünfte Woche – wir experimentieren mit höherer Wassertemperatur. Dadurch verliert die Wolle den Fettschweiß und wird beschädigt. Wir werden die Wassertemperatur wieder senken, obwohl Ian Hamilton das bereits erfolglos versucht hat.‹
›Achte Woche – Angus McCloud berichtet von einem Experiment mit sechs Monate alten Lämmern. Die Wolle wurde danach fleckig, und der Fliegenbefall ließ nicht nach.‹
›Zehnte Woche – Frank Downs hat auf Lismore erschreckende Verluste.‹
›Elfte Woche – Die Widderherde ist befallen. Ich muß alle Tiere töten.‹
Hugh schrieb langsam: ›Zwölfte Woche – ich bin jetzt der Meinung, daß die grüne Schmeißfliege ihre Eier beinahe ausschließlich auf lebenden Schafen absetzt. Deshalb gelingt es nicht, die Brut zu vernichten und die Fliegenplage erfolgreich einzudämmen. Man muß eine Methode finden, den Lebenszyklus der Schmeißfliege zu unterbrechen.‹
Er blickte auf die Gläser, die aufgereiht auf dem Arbeitstisch standen. Er hatte darin Wollproben von Merinda-Schafen gesammelt, die er mit den üblichen Desinfektionsmitteln behandelt hatte. Auf den Etiketten stand: ›Schmeißfliegeneier, ein Tag alt.‹ ›Schmeißfliegen im Puppenstadium‹ und ›Maden nach dem Scheren‹. Er hatte damit den Beweis, daß traditionelle Desinfektionsbäder, mit denen man üblicherweise die Schafe vor

dem Befall schützte, bei dieser besonderen Fliegenart ohne die erwünschte Wirkung blieben.
Hugh schrieb weiter: ›Ich werde jetzt die Ergebnisse meines Experiments mit Arsenbädern überprüfen.‹
Als er mit anderen Züchtern über seinen Plan gesprochen hatte, zu diesem gefährlichen Gift zu greifen, hatten sie ihn gewarnt. »Ich weiß nicht«, sagte Ian Hamilton, »Arsen ist zu gefährlich. Davon können die Herden noch schneller sterben als durch Fliegen. Außerdem sollten Sie an die Scherer denken, Hugh. Die Männer werden die Schafe nicht anfassen, wenn sie glauben, daß das Gift in der Wolle hängt.«
Aber Hugh hatte beschlossen, alles auf eine Karte zu setzen. Er hatte in den vergangenen drei Monaten einige bemerkenswerte Entdeckungen gemacht. So wußte er jetzt zum Beispiel, daß eine einzige grüne Schmeißfliege zweitausend Eier legte. Eine mathematische Berechnung für mehrere Brutkreisläufe und die Annahme, daß mindestens die Hälfte der ausgeschlüpften Fliegen wiederum zweitausend Eier legte, führte Hugh zu einem alptraumartigen Ergebnis. In der nächsten warmen Jahreszeit würde es eine neue Plage der Schmeißfliegen von so unfaßlichem Ausmaß geben, daß ein völliger Verlust der Herden nicht auszuschließen war.
Hugh warf einen Blick auf die Wollsäcke in seinem Zelt. Auf den Etiketten stand: ›Zuchtwidder, Tabak & Schwefel, 10. Juni 1886‹, und ›Jungwidder, verdünntes Ätzmittel, 30. Juni 1886‹. Nichts hatte geholfen. Deshalb hatte er vor zwei Wochen beschlossen, die Merzschafe mit dem sehr umstrittenen Arsen zu desinfizieren. Jack hatte ihm an diesem Morgen die ersten Wollproben gebracht. Hugh wollte sie sich jetzt unter dem Mikroskop ansehen.
Er griff nach dem Sack mit dem Etikett: ›Merzschafe, nördliche Kleeweide, Arsenmischung 12‹. Die Merzschafe waren zu alt, um noch mit ihnen zu züchten. Man hielt sie aber als Muttertiere für verwaiste Lämmer.
Hugh öffnete den Sack, entnahm die ersten Proben und ging damit zum Arbeitstisch. Er legte ein paar Wollfasern auf einen Objektträger, richtete den Spiegel des Mikroskops aus, senkte den Kopf und blickte durch die Augenmuschel.
Er runzelte die Stirn, justierte den Spiegel so, daß mehr Licht darauf fiel und regulierte die Scharfstellung. Er sah eine stark vergrößerte Wollfa-

ser. Er bewegte den Objektträger und wechselte zu einer Linse, die noch mehr vergrößerte. Er betrachtete die Fasern mit größter Aufmerksamkeit.

Vom Schmeißfliegenbefall war nichts zu sehen.

Er ging noch einmal an den Sack und entnahm eine zweite Probe. Sie stammte von einem anderen Schaf derselben Herde.

Wieder betrachtete er die Wollfasern unter dem Mikroskop. Auch diese Wolle war sauber. Er sah nicht ein einziges Fliegenei.

Er wiederholte die Prozedur bei fast allen zwanzig Proben, und sie waren alle sauber.

Das Arsen hatte die ersehnte Wirkung!

Er eilte aus dem Zelt und sah sich um, denn er wollte Jack die gute Nachricht sofort mitteilen. Zu seiner Überraschung rollte in diesem Augenblick der Einspänner in das Lager.

»Das ist heute für dich gekommen, Hugh«, sagte Sarah, als sie mit Philip im Zelt stand. »Philip hat den Brief gebracht. Wir dachten, er sei möglicherweise wichtig.«

Hugh öffnete den Umschlag, entfaltete den Briefbogen und las: ›Sehr geehrter Mr. Westbrook, wir haben gerade die Nachricht erhalten, daß alle Telegrafenleitungen in der Nähe der südaustralischen Grenze zerstört worden sind. Ich habe Ihnen Telegramme geschickt, aber ich weiß jetzt, daß Sie meine Nachrichten nicht erhalten haben. Deshalb schreibe ich diesen Brief. Mr. Westbrook, es ist meine traurige Pflicht, Ihnen mitzuteilen, daß Ihre Frau auf eigenen Wunsch, begleitet von Ihrer Tochter, Mr. Eric Graham, Kapitän Fielding und einem schwarzen Führer, am 6. Mai in die Wüste aufgebrochen ist. Offenbar wurde die Expedition von einer Flutwelle überrascht. Es gibt nur einen Überlebenden, Mr. Eric Graham, und sein Zustand ist kritisch. Mrs. Westbrook und alle anderen wurden nicht gefunden.‹

Hugh starrte auf den Brief. Er las ihn noch einmal. »Mein Gott ...«, stöhnte er, »mein Gott, Sarah ...«

»Was ist geschehen?« Sie nahm Hugh den Brief aus der Hand und las. »O nein ...«

Sarah legte eine Hand auf Hughs Arm. »Hugh‹, sagte sie, »Joanna lebt. Ich weiß es. Wenn sie tot wäre, würde ich es wissen. Aber sie ist in großer Gefahr. Wir müssen sie finden.«

3

Judd MacGregor saß im Arbeitszimmer seines Vaters am Schreibtisch. Er fürchtete diesen Raum nicht mehr, denn die Gespenster hatten ihn mit seinem Vater verlassen. Es klopfte, und Pauline kam herein.

»Hallo Mutter«, sagte Judd, »mein Kompliment. Du siehst hinreißend aus.«

Sie lächelte und zog ihre Handschuhe an. »Danke, Judd. Ich fahre nach Lismore, um Frank zu besuchen. Es gibt noch einiges zu klären, bis ich endgültig Besitzerin von Kilmarnock bin. Woran arbeitest du mit soviel Hingabe?«

»Nun ja, ich denke über unsere Lage nach. Wir können die restlichen Schafherden nicht mehr retten. Es gibt kein Mittel gegen die grüne Schmeißfliege. Wir können die Tiere deshalb zu Talg verarbeiten lassen und haben damit alles Weideland zur Verfügung. Ich habe eine neue Idee für Kilmarnock – Weizenanbau! Das bringt zur Zeit große Gewinne, Mutter. Du weißt doch, Onkel Frank hat mir im letzten Jahr zu meinem einundzwanzigsten Geburtstag diese Anteile an der Broken-Hill-Silbermine geschenkt. Glaubst du, er hat etwas dagegen, wenn ich sie jetzt verkaufe?«

»Ich glaube nicht. Schließlich gehören sie dir. Also du möchtest Weizen anbauen? Ich glaube, die Idee gefällt mir.«

»Die Anfangsinvestitionen sind geringer, man braucht weniger Arbeitskräfte und macht sehr viel größere Gewinne. Außerdem habe ich mit einer neuen Weizenart gearbeitet, die auch in Trockengebieten gedeiht.«

Pauline sah, wie er beim Sprechen die Hände bewegte und die Augenbraue etwas hob, wie immer, wenn er sich für etwas begeisterte. Er erinnert mich sehr an Colin, dachte sie, an Colin, bevor ihn die Jahre der Bitterkeit und der Enttäuschungen altern ließen. Pauline erkannte, daß Judd seinem Vater in vieler Hinsicht ähnlich war. Er war eigensinnig, er lebte und starb für seinen Traum. Aber Judd besaß auch etwas vom sanfteren Wesen seiner Mutter Christina, die vor vierzehn Jahren gestorben war.

»Ich werde zum Abendessen wieder zurück sein«, versprach Pauline und gab ihm einen Kuß auf die Wange. »Ich habe Jenny gebeten, für heute abend deinen Lieblingsauflauf zu machen.«

Als sie an der Tür stand, sagte Judd: »Weißt du, er hat dich nie anerkannt.«
Sie lächelte traurig. »Vielleicht doch ... auf seine Weise.«
»Glaubst du, er wird je zu uns zurückkommen?«
»Das weiß ich nicht, Judd.«
»Wenn er kommen sollte, dann gehört Kilmarnock aber dir. Wirst du ihm die Rückkehr erlauben?«
»Auch das weiß ich nicht.«
Pauline versuchte, nicht daran zu denken, was sein könnte oder was die Zukunft bringen mochte. Sie war entschlossen, das Leben auf ihre Weise zu führen; trotz allem, was ihre Freundinnen dachten. Sie hatte oft genug erlebt, daß die Gesellschaft die Schuld stets der verlassenen Frau zuschob, als sei es irgendwie ihr Fehler, wenn der Mann sie im Stich ließ. Aber in Paulines Augen hatte Colin sie nicht verlassen. Er war aus Scham davongelaufen. Er konnte vor sich selbst nicht mehr bestehen und hoffte, auf der alten Burg in Schottland einen Rest seiner Selbstachtung zu erhalten. Sie machte ihm keinen Vorwurf, weil er dem finanziellen Ruin und einer Ehe entfliehen wollte, die er nicht hätte schließen dürfen. Pauline trat nach wie vor im Distrikt in Erscheinung; sie besuchte gesellschaftliche Ereignisse und trug den Kopf hoch, auch wenn einige Leute sie schief ansahen und hinter ihrem Rücken über sie tuschelten. Außerdem hatte sie um Kilmarnock gekämpft. Mit ihrem Erbe und mit Franks finanzieller Unterstützung hatte sie Colins Schulden bezahlt. Kilmarnock war nun ihr Zuhause, und sie wollte es nie wieder verlassen.
»Von jetzt ab wird alles gutgehen, Mutter«, sagte Judd, »du wirst es sehen.«
Als Pauline die Tür öffnete, dachte sie an das Wunder, das sich ereignet hatte, als sie im Verlauf der tragischen Ereignisse plötzlich aufhörte, in Judd das Kind einer anderen Frau zu sehen.
»Ah, da bist du ja!« hörte sie plötzlich eine Stimme.
Sie drehte sich überrascht um und sah Frank vor sich stehen. »Ich wollte dich gerade auf Lismore besuchen«, sagte sie.
»Ja, ich weiß«, erwiderte er, »aber es ist etwas dazwischengekommen. Ich muß sofort nach Merinda fahren. Ich wollte dir nur schnell sagen, daß wir unsere geschäftlichen Dinge vertagen müssen.«
»Was ist auf Merinda geschehen?«

»Joanna scheint in Westaustralien in ernste Schwierigkeiten geraten zu sein. Hugh hat mich um Hilfe gebeten.«

»Was für Schwierigkeiten?«

»In seiner Nachricht hat er nichts Genaueres geschrieben. Aber es ist dringend, was immer es auch sein mag.«

»Ich begleite dich«, sagte Pauline erschrocken.

Judd griff nach seiner Jacke. »Ich möchte auch mitkommen.«

4

Als sie in Merinda vorfuhren, sagte Frank: »Das ist ja Reeds Pferd.«

»Und ist das nicht die Kutsche der Hamiltons?« sagte Pauline. »Hugh scheint alle um Hilfe gebeten zu haben.«

»Dann muß es sehr ernst sein«, Frank half seiner Schwester beim Aussteigen.

Zu ihrer Überraschung standen im Wohnzimmer viele Menschen. Sogar Ezekial war da. Als die drei eintraten, meinte der alte Mann gerade: »Meine Augen sind gut. Nehmen Sie mich mit. Ich werde die Missus finden.«

»Vielen Dank, Ezekial«, sagte Hugh, »ich weiß diese Hilfe zu schätzen.«

Pauline staunte über Hughs Aussehen. Er war ungekämmt, und er hatte sich nicht wie üblich umgezogen, wenn er Gäste empfing. Außerdem lag in seiner Stimme und seinen Augen etwas, das sie an ihm noch nie erlebt hatte.

»Hugh«, sie ging zu ihm, »was ist geschehen?«

Er erzählte ihr, was Kommissar Fox geschrieben hatte und von seinem Versuch, ein Telegramm nach Westaustralien zu schicken. Aber auf dem Telegrafenamt in Cameron Town hatte man ihm erklärt, die Leitungen seien noch nicht repariert. Hugh hatte sich deshalb zu einer Expedition entschlossen, um Joanna in Westaustralien zu suchen.

»Das ist etwas für mich«, erklärte Frank sofort. »Ich habe weiß Gott Erfahrungen im Zusammenstellen einer Expedition. Und diesmal schicke ich keinen Reporter. Ich werde selbst mitkommen. Wenn Eric Graham stirbt, werde ich mir das nie verzeihen.«

Judd sagte zu Hugh: »Und was ist mit Ihrer Tochter? Lisa ist doch mit ihrer Mutter gefahren?«

Hugh konnte kaum sprechen und erwiderte leise: »Sie ist auch vermißt.«

»Wenn ich darf«, sagte Judd erschüttert, »dann möchte ich auch mitkommen.«

Aber Hugh schüttelte den Kopf. »Es ist für uns alle besser, wenn Sie hierbleiben, Judd. Mit meiner Arsen-Desinfektion kann man die Schmeißfliege erfolgreich bekämpfen. Jetzt müssen alle Züchter informiert werden. Vielleicht gelingt es einigen, ihre Herden noch zu retten. Sie sind der beste Mann für diese Aufgabe, Judd. Ich werde Ihnen das genaue Mischungsverhältnis erklären. Die anderen hören auf Sie und werden Ihnen vertrauen.«

Später, als alle Pläne durchgesprochen waren, die Teilnehmer der Expedition feststanden und Mrs. Jackson die Kaffeekanne oft gefüllt hatte – nachdem alle gegangen waren und sich eine bedrohliche, abwartende Stille über das Haus senkte –, ging Sarah zu Hugh. »Ich werde dich nach Westaustralien begleiten. Ich werde dir helfen, Joanna und Lisa zu finden.«

Kapitel Dreißig

1

»Mutter«, sagte Lisa, »was ist denn los? Die Frauen verhalten sich so merkwürdig.«

»Ja, das stimmt, es ist mir auch schon aufgefallen«, erwiderte Joanna. Sie legte die Hand über die Augen und blickte lange auf den westlichen Horizont, wie sie es seit fünf Monaten Tag für Tag tat, seit sie mit Lisa bei den Aborigines lebte. Aber wieder einmal war nichts zu sehen – keine Männer, keine Kamele, nur die rote, tote Wüste, soweit das Auge reichte. Trotzdem gab sie die Hoffnung nicht auf, daß sie bald gerettet werden würden. Hugh würde sie finden, daran zweifelte sie nicht.

»Hast du Angst, mein Schatz?« fragte sie Lisa und blickte zu den schwarzen Frauen hinüber, die Nahrungsmittel sammelten. Diese Frauen waren inzwischen alle ihre Freundinnen. Aber an diesem Tag wirkten sie so anders, so ungewöhnlich ausgelassen.

»Aber nein«, sagte Lisa, »ich habe sie nur noch nie in einer solchen Verfassung erlebt. Sie werden uns doch nicht hier allein lassen, Mutter? Wenn Vater uns doch endlich finden würde. Ich möchte wirklich wieder nach Hause.«

In den ersten Tagen bei der Sippe hatte Joanna nach einer Möglichkeit gesucht, nach Kalagandra zurückzukehren. Als Lisa wieder bei Kräften war, versuchte sie den Sippenältesten ihren Wunsch zu verdeutlichen, denn sie hoffte, die Aborigines könnten ihnen helfen, zur Zivilisation zurückzufinden. Aber die Sippe befand sich auf dem Weg nach Osten zu einem Versammlungsplatz, wo sie an einem wichtigen *Corroboree*, einem Fest, teilnehmen wollte. Deshalb konnte Joanna sie nicht überreden, nach Westen, in Richtung Kalagandra zu ziehen. Man wollte ihr auch keine Begleiter mit auf den Rückweg geben. Daraufhin hatte Joanna erwogen, sich mit Lisa allein auf den Weg durch die Wüste zu machen, aber die Alten gaben ihr zu verstehen, bis Kalagandra sei es ein sehr, sehr langer und gefährlicher Weg. Allein auf sich gestellt würden sie die vielen Gefahren wahrscheinlich nicht überleben. Und die alte weise Naliandrah hatte Joanna versichert, nach dem Stammesfest werde die Sippe wieder nach Westen ziehen und Joanna und Lisa zu den Weißen zurückbringen.

Joanna zählte die Tage, die sie bei der Sippe verbrachten, und fragte sich immer wieder, wann sie den Treffpunkt erreicht haben und wieder nach Westen ziehen würden. Inzwischen war es Ende November. Hugh würde mit Sicherheit nach ihnen suchen. Unterwegs hinterließ sie auch weiterhin Zeichen. Sie markierte die Lagerplätze und wies mit Steinpfeilen in die Richtung, in die sie zogen. Tag für Tag beobachtete sie den Kompaß und stellte fest, daß die Nadel immer heftiger kreiste, je weiter östlich sie kamen, als näherten sie sich der Ursache der Störung. Die Sippe lagerte an einem Platz, den sie *Woonona* nannten. Übersetzt bedeutete das soviel wie ›Platz der vielen jungen Wallabys‹. Es war eine zutreffende Bezeichnung, die Sippe hatte genug zu essen. Während die Männer auf die Jagd gingen, sammelten die Frauen Nahrung, und wie üblich halfen Joanna und Lisa ihnen.

Ein plötzliches Gelächter veranlaßte Joanna, sich umzudrehen. Sie sah Coonawarra, eine junge Witwe, die auf unvergleichlich komische Art den alten Yolgerup, den Anführer der Sippe, nachahmte. Yolgerup wirkte oft finster und drohend. Aber Joanna wußte inzwischen, er war so gefährlich wie eine faule alte Katze. Alle liebten Yolgerup, und wenn die Frauen sich über ihn lustig machten, dann war das ein Zeichen ihrer Zuneigung. Coonawarra bedeutete soviel wie ›Honigblüte‹. Sie stolzierte mit ihrem Grabstock auf und ab und stieß gefährlich klingende Laute aus, wie es der Anführer tat, wenn er die Sippe an seine Autorität erinnerte. Im nächsten Augenblick saß Coonawarra auf dem Boden und führte pantomimisch vor, wie der alte Mann mit unsichtbaren Kindern spielte und mit seinem zahnlosen Mund lachte.

Die Frauen jubelten und redeten kreischend durcheinander. Joanna verstand sie nicht. Seit sie in Yolgerups Sippe lebte, hatte sie nur ein paar wenige Worte der Aborigines gelernt. Ihre Sprache war höchst differenziert und schwierig. Glücklicherweise konnte die alte Naliandrah, die weise Frau und Hüterin der Gesänge, deren Name ›Schmetterling‹ bedeutete, und die Lisa wieder gesund gepflegt hatte, etwas Englisch, weil sie in ihrer Kindheit in einem christlichen Missionsdorf gelebt hatte. Von Naliandrah hatte Joanna alles über die Menschen gelernt, mit denen sie jetzt zusammenlebten.

Einmal brach sich einer der jungen Männer auf der Jagd den Arm. Die alte Naliandrah häutete ein Wallaby, wickelte das noch warme und blutige Fell um den Arm und verschnürte den Verband mit einem Haarband. Der Mann mußte das Fell ein paar Wochen tragen, und Naliandrah erklärte Joanna, in dieser Zeit dringe der Geist des Wallabys in den Arm ein und heile den Knochen. Joanna fiel auf, daß das Fell schnell trocknete und so hart wie ein Brett wurde. Es war wie eine Schiene, die den Arm ruhigstellte, wodurch die Bruchstelle langsam wieder verheilte.

Von Naliandrah lernte Joanna die vielen Gesetze, Regeln und Sitten, die in einer Sippe galten. Sie erfuhr, daß es tabu war, die Namen von Verstorbenen auszusprechen. Naliandrah erklärte ihr auch das Hochzeitsritual, das nur daraus bestand, daß eine Frau mit einem Mann schlief und vor allen erklärte, er sei ihr Mann und sie seine Frau. »Hat dein Mann andere Frauen?« wollte Naliandrah wissen und erzählte Joanna, daß bei ihnen ein Mann mehr als eine Frau haben konnte. Dann fragte Naliandrah: »Wie viele Ehemänner hast du gehabt?« und erklärte, da ein Mädchen ihrer Sippe heiratete, wenn es zehn wurde, ein Mann aber erst in den mittleren Jahren, hätte eine Frau in Joannas Alter, also mit Mitte dreißig, bereits mehrere Ehemänner gehabt.

Schwierige Dinge ließen sich kaum erklären, zum Beispiel das Verhältnis der Aborigines zur Zeit. Alles drehte sich bei ihnen um die Traumzeit. Joanna stellte fest, daß sie nicht nur die Vergangenheit umfaßte, sondern auch die Gegenwart, ja sogar die Zukunft. Sie hatten keine Worte für Vergangenheit, Gegenwart und Zukunft – alles war *Traumzeit*. In der Sippe kannte man auch keine Begriffe für gestern, heute und morgen. Aber es gab das Wort *Punjara*, und das bedeutete einfach ›ein anderer Tag‹.

Joanna lernte, daß alles, was das Leben der Aborigines bestimmte, der Natur entnommen war. Ein Beispiel dafür war ihre Art zu zählen. In ihrer Sprache gab es keine Worte für die einzelnen Zahlen. Sie wurden durch Tiere ausgedrückt. Das Wort ›Hund‹ bedeutete soviel wie ›Vier‹,

denn der Hund hat vier Beine; ein Vogel war dementsprechend ›Zwei‹ und ein Känguruh stand für ›Drei‹.
Joanna erfuhr auch, daß der Tod für die Aborigines nur ein anderer Abschnitt des Lebens war. Man starb nicht, man ›ging zurück‹. Wer starb, wurde zu einem Ahnen. Als Naliandrah Joanna nach ihrem Träumen fragte, und Joanna sagte, das wisse sie nicht, hatte die weise alte Frau nachdenklich den Kopf geschüttelt und gefragt: »Und was wird aus deiner Seele, wenn du zurückgehst?«
Schließlich stellte Joanna fest, daß die Frauen von sich nicht als ›Frauen‹ sprachen; sie waren die ›Töchter der Traumzeit‹.
Joanna hatte bei der Sippe große Verwunderung ausgelöst. Man hatte sie beobachtet und festgestellt, daß sie dem Traumpfad der Känguruh-Ahne folgte. Als man sie nach ihrem Totem fragte, erinnerte sich Joanna an Sarahs Worte vor vielen Jahren und antwortete ›Känguruh‹. Daraufhin nickten alle zustimmend. Sie glaubten inzwischen, Joanna habe eine Beziehung zu der Sippe. Und da sie eine weiße Haut besaß und Weiß die Farbe der Geister war, stellte man sich vor, der Geist einer Ahne sei in sie gefahren.
Danach wuchs das Vertrauen der Frauen zu ihr, und sie weihten Joanna in ihre Geheimnisse ein. Sie beantworteten auf ihre Art sogar Joannas Fragen nach der geistigen Verbindung zwischen Müttern und Töchtern, nach den Traumpfaden, die die Generationen miteinander verbanden. Die Frauen ließen Joanna an ihren Ritualen teilnehmen. Naliandrah versuchte, ihr die Bedeutung der *Corroborees* zu erklären. Es ging dabei um die Fruchtbarkeit der Erde, um Sterndeutung, um das Heilen und das Erzeugen von Leben.
Aber als Joanna die alte Naliandrah fragte: »Kennst du Djoogals Sippe? Kennst du Karra Karra?«, wurde ihr Gesicht plötzlich ausdruckslos und sie schwieg.
Joanna und Lisa sahen neugierig zu, wie Coonawarra die anderen Frauen mit ihren Späßen unterhielt. Joanna nickte und sagte: »Ja, sie scheinen glücklicher zu sein als üblich. Ich glaube nicht, daß wir etwas zu befürchten haben.«
»Aber sie sind so unruhig«, erwiderte Lisa. »Was mag der Grund dafür sein?«
Winning-Arra, ein junges Mädchen, beteiligte sich nun ebenfalls an dem grotesken Possenspiel. Sie hielt ihren Grabstock wie einen Speer und

hüpfte dabei auf einem Bein auf und ab. Auch sie ahmte einen der Männer nach und erntete damit Gelächter. Joanna warf einen Blick auf die Körbe und die geflochtenen Tragetaschen auf dem Rücken der Frauen und staunte wieder einmal über ihre Fähigkeit, in diesem scheinbar unfruchtbaren Land soviel Nahrung zu finden. Joanna dachte an das Skelett, auf das sie gestoßen war. Dieser Mann war zweifellos verhungert, weil er in der Wüste nichts Eßbares gefunden hatte. Aber Coonwarra, Winning-Arra und alle anderen sammelten Tag für Tag Wurzeln, Samen, wilde Nüsse und Beeren und Honigameisen, sie gruben Engerlinge aus und fingen Eidechsen und bereiteten daraus für die ganze Sippe eine sehr gute und schmackhafte Mahlzeit. Sie befanden sich mitten in einer endlosen, glühenden Wüste. Die Luft war so trocken wie der Sand, die wenigen Bäume reichten nur bis zur Hüfte, und doch hatte Coonawarra viele dicke, runde, sich windende Engerlinge auf einem Haarband aufgereiht. Wenn man sie röstete, dann schmeckten sie, wie Joanna fand, fast wie Haselnüsse. Winning-Arra hatte zwei dicke Goannas gefangen, während andere Frauen stolz Beutelratten, Schlangen und in Schlingen gefangene Vögel vorzeigten. Das alles versprach für den Abend ein richtiges Festmahl, mit dem appetitlichen Geruch des brutzelnden Fleischs in der Luft.

Joanna betrachtete fasziniert ihre neue ›Familie‹. Nur die alte Naliandrah war im Lager zurückgeblieben, denn sie hatte die Aufgabe, zu verhindern, daß die Kochfeuer ausgingen. Alle anderen Frauen der Sippe – von der ältesten Urgroßmutter bis zum jüngsten Säugling an der Brust seiner Mutter – waren auf Nahrungssuche. Mädchen vor der Pubertät mit schlaksigen Armen und Beinen gehörten ebenso dazu wie etwas ältere, die sich mit großer Anmut bewegten, aber auch junge Mütter und Frauen, deren faltige Körper nach einem Leben inmitten von Sand und Sonne zusammengesunken waren. Sie waren geschmückt mit Halsbändern und Gürteln aus Menschenhaar, Federn und Dingozähnen. Einige der Frauen hatten sich bemalt, als habe das Sammeln von Nahrung eine bestimmte religiöse Bedeutung.

Joanna sah den starken Zusammenhalt dieser Frauen. In der Sippe lebten viele Generationen miteinander. Neidvoll sah sie die lange, ungebrochene Kette, die sie sich schon früher vorgestellt hatte, die Kette, die von den Urgroßmüttern bis zu den Töchtern reichte. Das kleinste Kind hatte eine weißhaarige Frau vor Augen, die sich über ihren Grabstock beugte, und sah in ihr die vielen Generationen, die ihm vorausgegangen waren. Vielleicht, dachte Joanna, brauchen diese Menschen deshalb keine Worte für Vergangenheit, Gegenwart und Zukunft, denn sie erleben das alles im Hier und Jetzt.

Joanna blickte auf Lisa, die neben ihr stand, und wünschte, Lisa hätte ihre Großmutter Lady Emily gekannt und auch die Urgroßmutter Naomi. Lisa glich den Makepeace-Frauen, dachte Joanna. Sie hatte die dichten braunen Haare, die charakteristische hohe Stirn und lange, dichte Augenwimpern. Und sie wurde groß. Vor zwei Monaten war Lisa dreizehn geworden. Sie entwickelte sich zu einer hübschen jungen Frau. Lisa hatte wie Joanna noch die europäische Kleidung an, obwohl Rock und Bluse inzwischen schäbig aussahen. Die Haare trug sie wie die Aborigines lang und offen, und die Haut war wie die Haut ihrer Mutter von der Sonne dunkel gebräunt.

Inzwischen war Lisa wieder stark und kräftig, aber sie hatte sich nur sehr langsam erholt. Lange befürchtete Joanna, ihre Tochter werde nicht überleben, denn sie war viele Tage ohne etwas zu essen oder zu trinken in der Wüste umhergeirrt, bevor die Aborigines sie fanden. Aber Naliandrah hatte Lisa mit ihren wunderbaren Heilkräften gerettet. Als Joanna sich nach den medizinischen Eigenschaften der Wurzeln und Beeren erkundigte, die Naliandrah ihrer Tochter zu essen gab, erzählte die weise Frau von der Regenbogenschlange, die alle Flüsse und Wasserlöcher geschaffen hatte, und von der All-Mutter im Himmel, die die Mutter von allem war. Und sie betonte, es seien die Kräfte dieser Geschöpfe, die ihre Tochter wieder gesund werden ließen, nicht die Wurzeln und Beeren. Anfangs hatte Lisa kaum genug Kraft, um zu essen, zu trinken und zu sprechen; aber nach einer Woche konnte sie sich bereits aufsetzen. Es dauerte lange, bis sie stehen und die ersten Schritte wagen konnte. Joanna und Naliandrah mußten sie stützen, als würde Lisa wieder lernen müssen zu gehen.

Joanna fiel auf, wie nachdenklich ihre Tochter Coonawarra beobachtete. Sie dachte offenbar immer noch über das ungewöhnliche Verhalten der Frauen nach. Lachen und Späße gehörten zum täglichen Sammeln der Nahrung, aber die schrillen Rufe und das ausgelassene Tanzen verrieten, daß eine andere Stimmung herrschte als an den vorausgegangenen einhundertfünfzig Tagen, die sie nun schon bei der Sippe lebten. Die Frauen schienen innerlich sehr angespannt und aufgeregt zu sein, und deshalb

klang auch ihr Lachen so schrill und so laut. Für einen Außenstehenden war das laute Kreischen wirklich beunruhigend.
Schließlich beendeten sie die Nahrungssuche und kehrten zum Lager zurück. Joanna und Lisa mit ihren langen dunklen Röcken und weißen Leinenblusen gingen inmitten der kleineren schwarzen Frauen, die ihre Körper täglich mit Emufett und Asche einrieben und ansonsten splitternackt waren. Wie ihre Gefährtinnen trug Joanna einen geflochtenen Korb auf dem Rücken, damit sie die Hände zum Graben frei hatte. Auf dem Heimweg sangen die Frauen, denn die Goanna-Ahne hatte ihnen große Beute beschert, ebenso die Kakadu-Ahne und die Schlangen-Ahne. Und man nahm nie etwas, ohne die angemessene Dankbarkeit zu zeigen.
Bevor sie das Lager erreichten, das neben einem Süßwasserbrunnen zwischen vulkanischen Felsen aufgeschlagen war, hörten sie die Gesänge der Männer, die sich bei dem Wallaby-Ahnen bedankten, der ihnen großes Jagdglück gewährt hatte. Coonawarra tanzte beim Gehen und redete ausgelassen. Sie freute sich auf die Mahlzeit am Abend und nahm sich vor, soviel zu essen, daß sie nie mehr Hunger bekam!
Joanna und Lisa hatten zusammen einen Windschutz aus Ästen und Zweigen mit einer rauchenden Feuerstelle davor. An einem dicken Ast, der in der Erde steckte, hingen ihre Besitztümer. Da die Aborigines wenig materielle Dinge besaßen, hing vor den Hütten wenig mehr als ein geflochtener Korb, ein Speer, ein paar heilige Steine und Federn, um Yowie, das Nachtungeheuer, zu vertreiben. Am Ast vor ihrer Hütte, an den Joanna jetzt den Korb mit den Baumwurzeln band, hingen Kapitän Fieldings Jacke, John Makepeaces Lederbeutel und zwei Wallabyfelle, außerdem ein paar Kämme, die sie und Lisa aus Holz und Knochen geschnitzt hatten.
»Lisa«, sagte Joanna, »hol uns Wasser zum Waschen. Ich gehe zu Naliandrah und werde mit ihr sprechen. Vielleicht kann sie mir sagen, was heute abend geschehen wird.«
Naliandrah saß am Feuer, stocherte in der Glut und murmelte magische Sprüche. Sie war die weise Frau der Sippe, und zu ihr kamen alle, um sich Rat zu holen. Die Alten sprachen mit ihr von der Jagd, junge Mädchen baten sie um Liebesamulette, Frauen, die keine Kinder bekamen, atmeten den Rauch ihres Feuers in der Hoffnung ein, schwanger zu werden; an Naliandrahs magischem Feuer wurden sogar Ehen geschlossen. Sie

hatte lange, weiße Haare; ihr kleiner, puppenähnlicher Körper war in sich zusammengesunken, aber ihre Augen, in denen Weisheit und Wissen war, richteten sich immer direkt und durchdringend auf jeden, der zu ihr kam.
»Naliandrah«, Joanna setzte sich, »haben meine Tochter und ich heute abend etwas zu befürchten? Gibt es etwas, worüber wir uns Sorgen machen müssen?«
Die kleinen tiefliegenden Augen richteten sich auf sie. Joanna konnte sie kaum sehen, aber sie spürte ihre wache Schärfe. »Du hast Angst, Jahna«, sagte die weise Frau, »du hast immer Angst.«
Joanna hatte mit Naliandrah schon öfter versucht, mit ihr über den Grund ihrer Expedition in die Wüste zu reden. Sie hatte der alten Frau von ihrer Mutter erzählt, vom Gift-Gesang, der über sie gesungen worden war, wie Joanna glaubte, und von ihrer Ahnung, daß in Karra Karra ein Geheimnis auf sie warte. Naliandrah hatte immer ausdruckslos und mit halbgeschlossenen Augen zugehört. Und wenn Joanna schwieg, dann hatte die weise Frau nichts gesagt. Joanna wußte nie, ob Naliandrah sie überhaupt verstanden hatte.
Zu ihrer großen Überraschung erklärte Naliandrah jetzt: »Du kommst an das Ende deines Traumpfads, Jahna – sehr bald ...«
Joanna sah sie mit großen Augen an. »Was bedeutet das?«
»Du wirst es sehen, heute abend beim *Corroboree.*«

2

Das *Corroboree* begann, als der Mond hoch am Himmel stand. Wie jeden Abend wurden die gebratenen Wallabys, Goannas, Eidechsen und Vögel, die Bienenwaben, Beeren und Wurzeln nach einem sehr komplizierten System von Prioritäten und Tabus verteilt. Niemand wäre auf den Gedanken gekommen, sich einfach das Essen zu nehmen oder darum zu kämpfen. Die Portionen wurden nach strengen Regeln zugeteilt. Der Mann, der ein Wallaby erlegt hatte, gab davon zuerst seinen Eltern und den Eltern seiner Frau, seinen Brüdern und den Männern, die mit ihm gejagt hatten. Sie ihrerseits teilten das Fleisch mit ihren Familien oder mit jemandem, dem sie etwas schuldeten. So kam es, daß manchmal nichts für sie selbst übrigblieb. Die Frauen verteilten die Dinge, die sie gesammelt hatten, entsprechend verwandtschaftlicher Bindungen, Ehebande und nach anderen Gesichtspunkten, die Joanna bisher noch nicht verstand. Die jungen Leute hielten sich sehr genau an die Tabus. Wenn ein junger Mann einen Goanna gefangen hatte, dann aß er ihn nicht selbst, sondern gab ihn seinen Eltern. Eine Frau durfte nur dann etwas von einem Mann annehmen, wenn er seine Einweihung bereits hinter sich hatte. Ein Mädchen, dessen Regel einsetzte, durfte bestimmte Dinge nicht essen.

Trotz aller Vorschriften und Tabus war die Essensverteilung eine fröhliche, lautstarke Angelegenheit, und die ganze Sippe wurde satt und war zufrieden. Joannas Gedanken kreisten jedoch unruhig um das, was an diesem Tag so anders war. Alle waren sehr viel lauter als üblich, das Lachen klang übertrieben und zu ausgelassen. Nach der Mahlzeit stellte sie überrascht fest, daß nicht alles gegessen worden war – bei Aborigines ein sehr ungewöhnliches Verhalten. Joanna wußte, es gab Zeiten, in denen die Sippe hungern mußte, aber wenn Nahrung in großer Fülle vorhanden war, dann aßen sich alle satt, bis die Bäuche dick und voll waren. Doch an diesem Abend erlegten sie sich eine gewisse Zurückhaltung auf, und jeder behielt einen gewissen Vorrat zurück. Das hatte Joanna noch nie erlebt.

Die Männer erhoben sich und begannen mit den Vorbereitungen zum Tanz. Joanna holte für sich und Lisa die Fellumhänge. Die Nacht war kalt, und sie wußte, der Tanz konnte bis zum Morgengrauen dauern. Sie blickte zum Mond hinauf, der wie eine glänzende Silbermünze am Himmel hing. Sie dachte an Hugh und überlegte, ob auch er gerade den Mond ansah. Befand er sich vielleicht schon in ihrer Nähe? Würde er bald kommen?

Ehe sie zum Lagerfeuer zurückkehrte, warf Joanna wie jeden Abend einen Blick auf den Kompaß. Die Nadel drehte sich mittlerweile pausenlos.

Sie setzte sich neben Lisa in den großen Kreis um das Lagerfeuer. Die Frauen unterhielten sich aufgeregt. Aber sie sprachen so schnell, daß Joanna nicht einmal Bruchstücke verstand. Bald würden die Männer in den Kreis treten, und dann begann der Tanz. An den meisten Abenden gab es in der Sippe *Corroborees*. Einige der Tänze hatten eine besondere religiöse oder rituelle Bedeutung für die Männer. Dann durften die

Frauen nicht anwesend sein; war umgekehrt der Tanz für die Frauen von besonderer Bedeutung, durften die Männer nicht zusehen. Andere *Corroborees* dienten nur der Unterhaltung – es wurden Geschichten erzählt, lustige Tänze getanzt und man spielte denkwürdige Jagderlebnisse nach. Aber an diesem Abend sollte etwas ganz Besonderes stattfinden, soviel ahnte Joanna.

Alte und junge Männer bereiteten sich auf den Tanz vor – sie bemalten sich, steckten Federn ins Haar und schmückten ihre Körper mit Tierzähnen und geweihten Steinen. Die Frauen kauten *Pituri*-Blätter. Sie stammten von einem giftigen Strauch, ihr Genuß konnte tödlich sein. Wenn man jedoch geringe Mengen kaute, dann wirkten die Blätter nur stark anregend. Joanna sah die dafür typischen verengten Pupillen und spürte die allgemeine Erregung.

Die Tänzer waren bereit.

Bei dem ersten *Corroboree*, das Joanna und Lisa miterlebt hatten, war es ihnen als eine völlig verrückte Art Tanz erschienen – ohne Ordnung, ohne Sinn. Inzwischen wußten sie, daß jede Bewegung eine Bedeutung hatte, jede Geste, jeder Sprung zu einer Geschichte gehörte. Das flakkernde Feuer erhellte die Gesichter, die Wüste lag im gespenstischen Glanz des hellen Mondes, vor dem die Sterne verblaßten, und der Tanz begann.

Naliandrah saß neben Joanna und Lisa. Ein Mann mit dem Namen Thumimberie galt als der beste Tänzer – sein Ruhm reichte weit über seine Sippe hinaus. Wenn der Stamm sich zu einem großen *Corroboree* versammelte, dann kamen viele nur, um Thumimberie tanzen zu sehen. Er sprang jetzt von einem Fuß auf den anderen, beugte und streckte sich, wiegte den Oberkörper und drehte sich schnell in der Mitte des Kreises. Ein Mann mit Blättern und Zweigen im Haar, der seinen Körper blau und rot bemalt hatte, gesellte sich zu ihm. Er tanzte mit Thumimberie einen sehr schnellen, kriegerischen Tanz. Sie stießen gegeneinander, trennten sich wieder in großen Sprüngen, und man hatte den Eindruck, als kämpften sie miteinander. Die im Kreis sitzenden Frauen nahmen Speere und Bumerangs in die Hände und schlugen sie rhythmisch gegeneinander.

»Was für eine Geschichte ist das?« fragte Joanna die alte Naliandrah.

»Eine sehr wichtige Legende, Jahna«, erwiderte die weise Frau, »schau zu.«

Die Männer tanzten zum ohrenbetäubenden rhythmischen Schlagen der Trommeln und Bumerangs um das Feuer. Die Frauen begannen zu singen. Mit ihren hohen Stimmen sangen sie Worte, die Joanna nicht verstand.
»Bitte, Naliandrah«, sagte sie, »erzähl mir die Geschichte.«
Die alte Frau erklärte ihr, es sei die Legende von Makpeej, der einst mit der Regenbogenschlange gekämpft hatte.
Die beiden Männer wirbelten mit ihren großen, weiten Sprüngen Staub auf. Ja, es war ein Kriegstanz, aber andererseits, wie Joanna fand, auch ein harmonischer Tanz. Sie hörte, wie Naliandrah mit brüchiger Stimme die Geschichte von Makpeej und seiner schwangeren Frau erzählte, die von den Toten als Geister geschickt wurden, denn ihre Haut war weiß.
Joanna hörte gespannt zu und sah, wie plötzlich ein dritter Tänzer in den Kreis trat. Er hatte lange Gräser in den Haaren und seinen Körper von Kopf bis Fuß weiß bemalt.
»Aber Makpeej war böse«, fuhr Naliandrah fort, »er hat die Regenbogenschlange zornig gemacht, und sie hat Makpeej verschlungen.«
Noch mehr Tänzer erschienen. Sie bewegten sich hintereinander in einer Reihe und hatten ihre Körper in den Farben des Regenbogens bemalt. Sie umkreisten den Mann, der Makpeej war, und er verschwand.
»Aber weil Makpeej böse war«, erzählte Naliandrah, »würgte die Regenbogenschlange, und aus ihrem Maul sprang ein Mädchen. Es hatte wie Makpeej weiße Haut.«
Das rhythmische Schlagen der Bumerangs wurde lauter, als ein kleiner Tänzer erschien. Er war am ganzen Körper weiß. Er drehte sich langsam und schwankte um das Lagerfeuer.
»Jetzt mußte die Regenbogenschlange das weiße Kind fressen«, sagte Naliandrah, »aber eine junge Frau des Stammes rief ihre Totem-Ahne, den Schwarzen Schwan. Der Schwan erschien. Sie setzten sich auf seinen Rücken, und er flog mit ihnen in die untergehende Sonne nach Westen.«
Joanna blickte benommen auf die etwa zwanzig Männer, die über den staubigen Boden stampften, in die Luft sprangen und sich drehten. Ihre Körper glitzerten vor Schweiß. Die Frauen im Kreis nahmen leidenschaftlichen Anteil an der Geschichte, wie ihre Gesichter bewiesen, die im zuckenden Licht der Flammen noch wilder, gespenstischer und aus-

gelassener wirkten. Ihr Gesang mit seinem immer schneller werdenden Rhythmus hallte weit durch die Nacht.

Lisa stieß ihre Mutter an. »Du weißt doch sicher, was für eine Geschichte das ist ...«

Joanna hörte ihre zitternde Stimme und sah in den Augen ihrer Tochter Staunen und Angst.

Sie sagte zu Naliandrah: »Du hast es also gewußt. Du hast die ganze Zeit gewußt, wer meine Großeltern waren und was sie hier getan haben. Naliandrah, bitte, sag mir, was ist mit ihnen geschehen.«

Aber die alte Frau schüttelte nur den Kopf und erwiderte: »Ich kann dir nichts sagen, Jahna. Die Antworten liegen in dir. Du mußt sie selbst finden.«

3

Niemand schlief in dieser Nacht. Der Tanz dauerte lange. Dann wurde wieder gegessen. Das Feuer brannte lichterloh, und die Gefühle schlugen hohe Wogen. Unter der Wirkung der *Pituri*-Blätter liefen auch Frauen in den Kreis und begannen, ihre eigenen Tänze zu tanzen.

Als der Morgen anbrach, dachte Joanna, alle seien müde und würden zu ihren Schlafplätzen und Lagerfeuern zurückgehen, um den ganzen Tag zu schlafen, wie es nach solchen Festen üblich war. Aber zu ihrer Überraschung brachen sie das Lager ab und zogen in Richtung Osten weiter.

Die Sippe nahm immer wenig mit. Um zu überleben, durften sie sich nicht mit Gegenständen und Besitztümern belasten. Naliandrah hatte die verantwortungsvolle und ehrenvolle Aufgabe, die kostbare Glut zu tragen, damit sie im nächsten Lager die Feuer wieder entzünden konnten. Alle anderen Frauen trugen ihre Grabstöcke, Körbe, Mahlsteine und ihre Säuglinge. Die Männer hatten nur ihre Waffen in der Hand. Manchmal gelang es ihnen, unterwegs ein Wallaby oder einen Emu zu erlegen. Bevor sie das Lager am *Woonona*-Platz verließen, rieben sie sich die Haut zum Schutz vor den Insekten mit Schlamm ein.

Joanna ging neben Naliandrah, die auf dem uralten Weg die ›Wegweiser‹ sang – Wasserläufe, Wasserlöcher und besondere Felsformationen, die alle von den geistigen Kräften der Ahnen erschaffen worden waren. Die

alte Frau zeigte Joanna eine heilige Stätte, an der die Sippe Ocker für die *Corroborees* fand. Sie nannte diese Stelle das Dingo-Träumen. Ein ausgetrockneter Wasserlauf war das Träumen des Weißen Kranichs, und eine abgestorbene Akazie war das Ameisen-Träumen. Yolgerups Sippe verneigte sich ehrfürchtig vor den Geistern, die an solchen Stellen wohnten, und alle vermieden es, gedankenlos über die geheiligte Stelle zu laufen. Kein Stein wurde verrückt, kein Zweig berührt.
Die Sippe wanderte in einer lockeren langgezogenen Reihe der aufgehenden Sonne entgegen. Joanna bemerkte, daß trotz der Tänze und der Ausgelassenheit in der vergangenen Nacht alle munter und fröhlich waren.
»Was ist nur los mit ihnen?« fragte Lisa, »sind sie immer noch von den *Pituri*-Blättern so aufgekratzt? Sieh dir nur Coonawarra an. Sie ist so aufgeregt, daß sie beim leisesten Geräusch in die Luft springt. Und selbst der alte Yolgerup – er müßte doch nach einer solchen Nacht müde sein. Aber er unterhält sich angeregt mit den Männern und gestikuliert heftig. Was hat das alles nur zu bedeuten, Mutter?«
Joanna legte ihrer Tochter den Arm um die Schulter. »Ich bin sicher, wir werden es bald erfahren.«
Sie liefen durch den frühen Morgen, während die ersten Sonnenstrahlen auf die rote Wüste fielen. Nach einiger Zeit glaubte Joanna, der Wind trage ihnen seltsame Geräusche zu. Sie wanderten Meile um Meile in den glühenden Osten, und der Sand wurde bereits warm unter ihren Füßen. Und als der Wind kräftiger wehte, hörte Joanna immer deutlicher Lärmen aus der Richtung, in die sie gingen.
»Mutter«, sagte Lisa plötzlich, »hörst du das auch ...?«
Es dauerte nicht lange, und Yolgerup blieb stehen und gab das Zeichen zum Anhalten. Als Joanna und Lisa die anderen erreicht hatten, sahen sie, daß die Sippe am Rand eines großen Plateaus stand. Die Welt schien plötzlich zu versinken. Zu ihren Füßen erstreckte sich bis zum Horizont eine endlose Ebene.
»Mutter!« rief Lisa staunend.
Joanna glaubte, ihren Augen nicht zu trauen. Auf der sandigen Ebene, nicht weit unter ihnen, lagerten hunderte, vielleicht tausend Aborigines. Soweit man blicken konnte, hingen die Rauchwolken der Lagerfeuer in der Luft.
»Es muß ein Treffen aller Sippen sein!« sagte Joanna ergriffen.

»Aber Mutter, ich habe noch nie so viele Aborigines gesehen. Woher kommen sie alle?«
Joanna stand noch ganz im Bann des atemberaubenden Augenblicks, während Yolgerups Sippe hinunter in die Ebene eilte. Von ihrem Platz aus sah sie, wie die Neuankömmlinge von den Sippen der verschiedenen Lager freudig begrüßt wurden. Die Frauen umarmten sich glücklich, Babys wurden stolz gezeigt und hochgehalten, alle sprachen gleichzeitig und deuteten lachend und unter Jubelrufen aufeinander. Es war ein turbulentes Wiedersehen, und jetzt verstanden Joanna und Lisa die Spannung und Aufregung der Sippe in den vergangenen Tagen. Sie hatten sich alle auf das bevorstehende Ereignis gefreut, so wie man sich bei den Weißen vielleicht auf das Familientreffen an Weihnachten freute.
»Lisa«, sagte Joanna, »genau das hat mein Großvater vor zweiundfünfzig Jahren beschrieben! Alle fünf Jahre treffen sie sich wie jetzt. Sie erneuern Freundschaften, tauschen Geschichten aus und festigen die Bande der Sippen ...«
»Sieh dir Coonawarra an!« rief Lisa und deutete zum Fuß des steilen Abhangs, wo sich eine große Menschenmenge versammelt hatte. »Das muß der Mann sein, von dem sie erzählt hat, den sie heiraten will. Und sieh nur Yolgerup! Vor wem verneigt er sich ehrerbietig?«
Aber Joannas Blick richtete sich nicht auf die Menschen. Sie starrte auf den riesigen Berg mitten in der Ebene.
Die Wüste erstreckte sich nach allen Seiten endlos und flach bis zum Horizont. Mitten in der Ebene erhob sich ein großer, breiter, roter Berg. Der heiße Wüstenwind blies Joanna ins Gesicht, und während die letzten Angehörigen von Yolgerups Sippe an ihr vorbei den Hang hinuntereilten, breitete sich in ihr eine seltsame Ruhe aus. Der Berg flirrte in der Hitze. Er schien sich zu bewegen, zu atmen. Joanna hatte das Gefühl, daß eine unbeschreibliche Kraft auf sie zukam und sie dorthin zog.
Lisa holte den Kompaß hervor und rief: »Sieh mal, wie die Nadel sich dreht, Mutter! Meinst du, der Berg ist dafür verantwortlich? Vielleicht ist der Berg ja magnetisch ...«
Joanna konnte den Blick nicht von dem Berg wenden. Der rote Stein schien Hitzewellen abzustrahlen. An seinem Fuß schimmerten silberne Flecken im Sonnenlicht, verschwanden und tauchten an einer anderen Stelle wieder auf. Joanna glaubte ein Summen zu hören, das von dem Berg ausging, als seien dort Millionen Bienen.

Naliandrah trat neben sie. Sie hob den Arm und deutete auf den Berg: »Karra Karra«, sagte sie.
»Warum hast du mir nicht gesagt, daß wir hierher ziehen?« fragte Joanna. »Du hast doch gewußt, daß ich Karra Karra suche.«
»Ich konnte dich nicht herbringen, Jahna. Du mußtest selbst hierher finden. Du folgst deinem Traumpfad. Niemand kann das für dich tun.«
»Hast du meinen Großvater gekannt? Warst du hier, als Djoogal Häuptling war?«
»Das ist schon lange, lange her, Jahna. Ich war nicht hier, ich war im Missionsdorf.«
»Aber weißt du etwas von dem Ritual, das im Berg stattfindet? Ich glaube, meine Großmutter hat daran teilgenommen.«
»Nur wer in den Berg geht, weiß um das Geheimnis des Berges, Jahna. Ich bin nicht hineingegangen. Als ich alt genug war, hatte man die Kraft von Karra Karra gestohlen.«
Mein Großvater hat sie gestohlen, dachte Joanna erschüttert.
»Mutter«, sagte Lisa, »wenn das Karra Karra ist, dann sind wir am Ziel. Was wollen wir denn jetzt tun?«
Joanna blickte noch immer auf den Berg, der in der Hitze flimmerte. Sie empfand tiefe Ehrfurcht und spürte, daß diesen Ort ein Mysterium umgab. Der Berg war ein einzigartiger roter Fels, aber sie spürte, er war ein Wesen, er hatte eine Seele. Joanna dachte: Die Bilder, die Mutter und mich in unseren Träumen verfolgt und gequält haben – die unaussprechliche Tat, die Emily mit angesehen hatte und das, was dazu führte, daß sie ohne ihre Eltern fliehen mußte – der Gift-Gesang – die Antworten auf die Fragen zu dem Geheimnis der Regenbogenschlange und der wilden Hunde – und schließlich auch das ›andere Erbe‹, das Mutters Rückkehr erzwingen wollte – all das ist hier gegenwärtig.
Joanna dachte an die langen Jahre, in denen sie diesen Ort gesucht hatte, an die vielen Meilen, die sie zurücklegen mußte, und sie konnte kaum glauben, daß sie Karra Karra schließlich doch gefunden hatte. Doch jetzt, nachdem Karra Karra vor ihr lag, erfaßte sie heftige Unruhe. Sie konnte keinen Tag, keine Stunde länger warten. »Ich werde in den Berg gehen, Lisa«, sagte Joanna.
Lisa sah ihre Mutter erschrocken an. »Aber Mutter, ist das nicht gefährlich?«

»Ich muß es tun. Es wird mir nichts geschehen. Mein Großvater schreibt, daß die Frauen viele Jahrhunderte lang im Berg Rituale abgehalten haben. Wie kann es also dort gefährlich sein?«

»Dann möchte ich dich begleiten.«

»Nein, Lisa, du bleibst bei Naliandrah.« Sie sah die alte Frau an und fragte: »Kannst du mir den Weg zeigen, der in den Berg führt? Mein Großvater schreibt von einer Höhle am Fuß des Bergs.«

»Ich werde dir den Weg zeigen«, antwortete Naliandrah, »aber vergiß nicht, Jahna, die Regenbogenschlange lebt noch immer im Berg.«

Kapitel Einunddreißig

1

»Merkwürdig«, sagte Frank und schlug mit dem Finger auf das Kompaßglas, »der Zeiger bleibt nicht stehen. Die alberne Nadel springt immer wieder nach Süden. Hugh, sieh doch mal, was dein Kompaß anzeigt.«

Sie saßen um ein Lagerfeuer. Es waren auf den Tag genau vier Wochen vergangen, seit sie in Kalagandra zu dieser Expedition aufgebrochen waren. Die Gruppe war wegen der Stürme in der Großen Bucht erst spät nach Westaustralien gekommen. Der Kapitän mußte immer wieder in kleineren Häfen entlang der südaustralischen Küste Schutz suchen. Und als sie schließlich Kalagandra erreicht hatten, fanden sie keine Männer, die bereit waren, in die Wüste zu ziehen, um eine verschollene Frau zu suchen, denn wer nach Kalagandra kam, hatte es auf Gold abgesehen. Deshalb waren seit der Abreise von Merinda beinahe drei Monate vergangen, bis sie schließlich Männer, Kamele und Proviant zusammenhatten. Am ersten Tag im November brach die Karawane ins Unbekannte auf.

Und jetzt, achtundzwanzig Tage später, glaubten sie, in der Nähe der Stelle zu sein, an der die Flutwelle Joanna und ihre Gefährten überrascht hatte. Hugh und Frank hatten Eric Graham im St.-Albany-Krankenhaus besucht, wo Schwester Veronika ihn pflegte. »Wir hatten uns verirrt«, berichtete Graham, »keiner der Kompasse funktionierte mehr, und dann kam die Flutwelle. Hätten mich die Goldsucher nicht zufällig gefunden, wäre ich wie die anderen gestorben.«

Hugh zog seinen Kompaß aus der Tasche und blickte auf den Zeiger. »Ja«, sagte er und nickte, »mit meinem ist auch etwas nicht in Ordnung. Und Eric hat gesagt, etwa an diesem Punkt sei das Unglück geschehen.«

Graham hatte ihnen eine ungefähre Karte von ihrem Weg in die Wildnis gezeichnet. Sein Notizbuch war von der Flutwelle davongetragen worden, aber er hatte sich unterwegs besondere Merkmale der Landschaft eingeprägt. Hugh entfaltete jetzt die Karte und betrachtete sie im Schein des Lagerfeuers.

»Na gut«, sagte er, »Eric hat erzählt, sie sind immer nach Osten gezogen und haben durchschnittlich fünfundzwanzig Meilen pro Tag zurückgelegt. Nach vier Wochen waren sie ungefähr hier, wo er die zackige Hügelkette eingezeichnet hat. Die haben wir vor drei Tagen gesehen. Wir müssen demnach ganz in der Nähe der Stelle sein, wo die Flutwelle sie überrascht hat.«

Frank blickte ebenfalls auf die Karte, die hier endete. »Und wohin ziehen wir jetzt?« fragte er.

»Jetzt müssen wir uns auf Ezekial und die beiden schwarzen Fährtensucher verlassen«, erwiderte Hugh, rollte die Karte zusammen und steckte sie in seine Satteltasche. »Morgen suchen wir die Gegend nach Hinweisen auf das letzte Lager ab. Wenn Joanna oder Lisa oder sonst jemand überlebt hat, dann konnten sie nach der Flut vielleicht einiges an Vorräten wiederfinden, hier irgendwo ein neues Lager aufschlagen und auf Rettung warten. Ich glaube, sie waren klug genug, nicht weiterzuziehen.«

»Aber was ist, wenn sie zum Weiterziehen gezwungen waren?« fragte Frank. »Ich meine, wir haben hier in dieser Gegend kein Wasser gefunden. Sie mußten sich vielleicht auf die Suche nach einem Wasserloch machen.«

»Wie auch immer, zu Fuß wären sie nicht weit gekommen. Sie wären bestimmt an der ersten Wasserstelle geblieben. Es hätte keinen Grund gegeben, weiter in die Wüste zu wandern.«

Hugh musterte seinen Freund nachdenklich. »Was ist, Frank? Was beschäftigt dich?«

»Ich denke nur, Hugh, wie ich Joanna kenne, hat sie sich vielleicht entschlossen, die Suche nach Karra Karra fortzusetzen. Da sie bereits soweit gekommen war, wollte sie möglicherweise nicht einfach die Hände in den Schoß legen und darauf warten, gerettet zu werden.«

Hugh trank einen Schluck Wasser aus dem Krug. »Ja«, sagte er, »daran habe ich auch schon gedacht.«

Er blickte zu Sarah. Sie starrte schweigend mit ihren rotbraunen Augen

ins Feuer. Sie behauptete noch immer, Joanna und Lisa seien am Leben. Ihre Gewißheit wuchs, je weiter sie nach Osten kamen.
»Also gut«, Frank verstaute seinen Kompaß, »wenigstens sehen wir die Sonne und die Sterne und können uns nicht verlaufen. Gott sei Dank sind keine Wolken am Himmel.«
Die Rettungsexpedition bestand aus zehn Mitgliedern: Hugh und Frank, drei Arbeiter von Merinda, Sarah und der alte Ezekial. Sie waren zusammen von Melbourne mit dem Schiff nach Perth gefahren und von dort mit dem Zug nach Kalagandra. Wachtmeister Ralph Carruthers hatte sich ihnen freiwillig in Kalagandra angeschlossen, ebenso die beiden schwarzen Fährtensucher Jacky-Jacky und Tom. Sie hatten fünfzehn Kamele bei sich, Proviant und Wasser für mehrere Monate, Verbandszeug und Medikamente, Kompasse, Zelte, Werkzeuge, Gewehre und Munition.
»In welche Richtung reiten wir morgen, Mr. Westbrook?« fragte Wachtmeister Carruthers. Bis jetzt fand er die Expedition langweilig; Tag für Tag saßen sie in der glühend heißen Sonne auf den Kamelen und nachts um ein Lagerfeuer. Carruthers war jung und nicht verheiratet. Ihn lockte das Abenteuer, und deshalb hatte er sich zur Grenzpolizei gemeldet. Als Kommissar Fox von der Rettungsexpedition sprach, hatte Carruthers endlich eine Möglichkeit gesehen, etwas wirklich Aufregendes zu erleben, und sich freiwillig gemeldet.
»Wir reiten weiter nach Osten, Mr. Carruthers«, Hugh blickte in die schwarze Nacht, die sie umgab. Ist Joanna wirklich hier entlang gezogen, fragte er sich. Ist sie womöglich ganz in der Nähe? Er blickte zu dem weißen, runden Mond hinauf und hoffte, Joanna werde in diesem Augenblick wie er den Mond betrachten und vielleicht sogar an ihn denken. Er fühlte sich ihr so nah. Er dachte an die vielen gemeinsamen Nächte, an die Stunden der Liebe und Leidenschaft. Er dachte an das gemeinsame Lachen und an alles, was sie teilten, was sie zusammen geschaffen hatten. Er betete, daß Joanna und Lisa am Leben waren und weigerte sich, etwas anderes zu glauben. Er war entschlossen, sie zu finden. Er würde die Wüste ohne sie nicht verlassen.
»Wohin Ezekial wohl gegangen ist?« fragte Frank.
Hugh sah seinen alten Freund an und rechnete nach, wie viele Jahre sie sich schon kannten. Er erinnerte sich noch gut an den eher aufgeblasenen jungen Besitzer von Lismore und der Melbourne *Times*. Frank hatte

sich mit ihm angefreundet, als alle anderen Schafzüchter den jungen Queensländer keines Blickes würdigten und ihn allein auf seiner Farm mit allen Widrigkeiten kämpfen ließen. Plötzlich tauchten in Hugh Ereignisse und Gespräche aus der längst vergessenen Vergangenheit wieder auf – eine Landwirtschaftsausstellung, bei der Ian Hamilton zum ersten Mal das Wort an ihn gerichtet hatte; ein Nachbarschaftsfest und Frank, der zu ihm sagte: »Paß auf, Hugh, ich glaube, meine Schwester Pauline hat ein Auge auf dich geworfen.« Seltsam, dachte Hugh, wie die Sterne und die Stille der Wüste Erinnerungen wecken ...

»Er wollte sich in der Gegend umsehen und nach Spuren eines Lagers suchen. Ezekial kann im Dunkeln so gut sehen wie eine Katze.«

»Also dann«, Frank stand seufzend auf und rieb sich den Rücken, »ich lege mich schlafen.« Er hatte zwar auf dieser Expedition abgenommen, besaß aber trotzdem noch nicht die richtige Kondition für ein solches Abenteuer. Jetzt bedauerte er sein seßhaftes, bequemes Leben und wünschte, Ivys Rat befolgt zu haben. Sie ermahnte ihn ständig, aktiver zu sein und nicht nur ›seinen Kopf zu bewegen‹. Frank war jetzt beinahe fünfzig, und an diesem Abend spürte er sein Alter mehr denn je. Auf dem Weg zum Zelt, das er mit Hugh teilte, gelobte er stumm, nach seiner Rückkehr wieder regelmäßig zu reiten, auf die Jagd zu gehen, zu segeln und es vielleicht sogar mit diesem neuen Sport zu versuchen, von dem alle redeten – ja warum nicht, dachte er, ich könnte auch Tennis spielen, um in Form zu bleiben.

Auch Carruthers beschloß, sich hinzulegen. Er wollte ausschlafen, um für alles gewappnet zu sein, was der morgige Tag außer einem langen Ritt bringen würde. Die Fährtensucher und die drei Männer von Merinda lagen schon unter ihren Decken neben den wiederkäuenden Kamelen. Nur Hugh und Sarah blieben am glühenden Feuer sitzen.

Sie schwiegen eine Weile und blickten auf den dampfenden Tee im Kessel. Hin und wieder hoben sie den Kopf und blickten zu den Sternen auf, als wollten sie sich davon überzeugen, daß es sie noch gab.

Hugh hatte in den vergangenen Wochen eine Veränderung an Sarah gespürt. In der Wüstensonne war ihre Haut noch dunkler geworden, und ein gewisses Strahlen ging von ihr aus. Aber es ist nicht nur das, dachte er. Sie war sehr still geworden und sehr in sich gekehrt. Er wußte, daß sie jede Nacht, wenn sie glaubte, alle anderen würden schlafen, das Lager verließ und in die Wüste wanderte. Meistens kam sie nach ungefähr einer Stunde wieder zurück, manchmal aber auch erst kurz vor Anbruch des Tages.

»Ich glaube, wir sollten uns auch schlafen legen«, sagte Hugh. »Morgen haben wir keine Karte, an der wir uns orientieren können, und auch die Kompasse funktionieren nicht mehr.«

»Ich bleibe noch eine Weile hier sitzen. Gute Nacht, Hugh.«

Sarah stocherte in der Glut und dachte an Philip. Sie dachte daran, wie er sie im Hafen zum Abschied geküßt hatte, ohne sich darum zu kümmern, daß alle Leute zusahen. Die vier Wochen in der Wüste hatten ihr die Zeit und die Stille gebracht, um nachzudenken und um sich zu prüfen. Sarah dachte auch an Joanna. Sie hatte ihr Schicksal selbst in die Hand genommen. Sie hatte nicht die Hände in den Schoß gelegt und darauf gewartet, daß das Leben sich einfach ereignete. Sie hatte ihr Ziel ins Auge gefaßt und sich auf den Weg gemacht. Joanna hatte ihre eigene Geschichte geschaffen und sie nicht für sich erschaffen lassen.

So muß ich es auch tun, dachte Sarah. Ich kann mir Joanna zum Vorbild nehmen. Ich muß selbst entscheiden, was ich will, und dann meinem Traumpfad bis zum Ende folgen. Aber wie soll das geschehen? Ich möchte Philip – nichts anderes. Aber uns stehen so viele Gesetze und Tabus im Weg.

Als Sarah glaubte, daß alle schliefen, wanderte sie so weit in die Wüste hinaus, wie sie es wagen konnte. Sie achtete darauf, daß sie das Lager immer noch sah, aber mit Sicherheit von niemandem gesehen wurde. Sie erreichte eine Stelle, wo sie unwillkürlich stehenblieb und zu den Sternen hinaufblickte. Sie fühlte die Anwesenheit aller Ahnen. Sie spürte das Wesen der Geister, die vor ihr auf diesem Weg gezogen waren, sei es als Schöpfer-Wesen oder als Menschen: John und Naomi Makepeace auf der Suche nach dem zweiten Garten Eden; Emily, Joannas Mutter, mit der jungen Reena auf der Flucht vor einer tödlichen Gefahr. Sarah wußte, daß die Leidenschaften, Gefühle, Gedanken und Träume all jener, die hier durchgezogen waren, noch immer lebendig waren. Sie drängten sich flüsternd um Sarah wie die winzigen Fische eines Schwarms um einen größeren Fisch. Sarah spürte ihren Atem an ihrem Körper. Sie hörte Gemurmel und das Schlagen von Herzen. Und sie dachte: Ich werde auch meine Liebe diesem Ort überlassen.

Sarah schloß die Augen und versuchte, ihren Geist durch die Nacht zu schicken. Sie stellte sich vor, daß Philip über die große Entfernung hin-

weg darauf wartete, ihn zu empfangen. Sarah spürte, wie er sich nach ihr sehnte und sie umarmte. Sie fühlte seinen harten, leidenschaftlichen Körper, den Druck seiner Lippen auf ihrem Mund. Sie sehnte sich danach, ihn zu umarmen und sich ganz seiner Liebe zu überlassen.
Dann schoß ihr ein anderes Bild durch den Kopf: die Blicke der Leute im Hafen. Ein Weißer, der in aller Öffentlichkeit eine Schwarze küßte, und einige wußten, daß dieser Mann auch noch verheiratet war.
Philip, dachte sie, was sollen wir nur tun?
Plötzlich hörte sie Schritte in der Dunkelheit. Sie drehte sich um und sah Ezekial durch den Sand auf sich zukommen. Er setzte sich neben sie und blickte zu den Sternen hinauf. »Dorthin gehören wir«, sagte er leise, »das ist die Heimat der Schwarzen. Du und ich, wir beide sind Aborigines.«
Sarah wartete. Nach kurzem Schweigen streckte Ezekial die geöffnete Hand aus. Sarah sah einen blauen Ohrring.
»Das ist Joannas Ohrring!« rief sie. »Wo hast du ihn gefunden?«
»An einem Baum nicht weit von hier. Sie hat ein Zeichen hinterlassen. Sie geht in diese Richtung«, er deutete nach Osten. »Dort ist die Missus.«
»Du meinst, sie hat einen Wegweiser hinterlassen?«
»Sie erschafft einen Traumpfad.«
»Ezekial, das ist ja wunderbar! Wir müssen es sofort Hugh sagen!«
Aber er bedeutete ihr mit einer Geste, sitzenzubleiben. »Ich gehe nicht mit. Ihr werdet sie jetzt auch ohne mich finden.«
»Was bedeutet das, Ezekial?«
»Ich heiße Geerydjine«, erwiderte er. »Die Weißen haben mir vor langer Zeit meinen Namen genommen. Sie nennen mich Ezekial. Aber ich bin Geerydjine. Heute sind wir am Träumen des Emu-Ahnen vorbeigekommen. Ich werde dorthin zurückkehren, und dort will ich bleiben. Ich gehe zurück zu meinen Ahnen.« Er schwieg, und Sarah sah, wie seine Augen leuchteten. Er erhob sich, sie stand ebenfalls auf. Sie verneigte sich vor ihm, er umarmte sie. Sarah spürte seinen rauhen Bart an ihrem Gesicht. Erstaunt spürte sie seine zerbrechlichen Knochen und den schmächtigen Körper. Sie hatte Ezekial immer für stark und kräftig gehalten. Aber jetzt war er ein alter Mann, der seine Aufgabe im Leben erfüllt hatte.
Sarah sah ihm nach, als er langsam davonging und schließlich in der

Nacht verschwand. Sie versuchte nicht, ihn aufzuhalten. Sie wußte, er handelte, wie es bei den Aborigines Sitte war. Er starb allein, in Würde, und nur er wußte, wann seine Zeit gekommen war.

Sie betrachtete den Ohrring, den er ihr gegeben hatte und dachte an den Traumpfad, den Joanna erschuf. Sie hörte die Worte des alten Ezekial in sich: »Wir beide sind Aborigines«, und sie lösten in ihr ein gewaltiges Echo aus.

Plötzlich sah Sarah ihren Weg so klar und deutlich vor sich, als führe er, vom Mond beschienen, durch die Wüste. Er führte sie durch das Land der Aborigines, durch das Land der Weißen und geradewegs zu Philip. Am Ziel angekommen sah Sarah, wie sie in die Arme des Mannes lief, den sie liebte. Sie küßte ihn, denn es gab nichts, dessen sie sich schämen mußten. Sie brachen keine Gesetze, denn sie war eine Aborigine. Geerydjine hatte sie daran erinnert, hatte ihr die Identität wiedergegeben. Und es war für Sarah wie ein befreiendes Geschenk, denn die Gesetze ihres Volks gaben ihr das Recht, einen Mann zu ihrem Ehemann zu erklären, und er konnte mehr als eine Frau haben.

Jetzt wollte sie die Suche nach Joanna und Lisa so schnell wie möglich wieder aufnehmen, damit sie bald nach Merinda zurückkehren konnten. Sarah verharrte noch eine Weile in dankbarem Schweigen und verabschiedete sich stumm von Geerydjine. Dann eilte sie zurück zum Lager. Sie wollte Hugh wecken und ihm sagen, daß sie Joanna finden würden.

2

Joanna trat aus dem Sonnenlicht in die Dunkelheit der Höhle. Sie blieb stehen und vergewisserte sich noch einmal, daß der Lederbeutel sicher an ihrem Rockgürtel hing. Dann hob sie die Fackel. Um sie herum summte der Berg. Sie spürte seine Kraft. Joanna hatte fast den Eindruck, sich einem lebenden Wesen anzuvertrauen. Vom Eingang der Höhle führte ein ausgetretener Pfad in die tiefe Dunkelheit. Vermutlich hatten die Füße zahlloser Generationen von Müttern mit ihren Töchtern den roten Stein geglättet. Als das Tageslicht allmählich hinter ihr zurückblieb, überließ sich Joanna ganz dem mächtigen, pulsierenden Berg. Was würde sie am Ende des Pfads erwarten?

Lisa wartete besorgt am Eingang der Höhle und lauschte auf die verhallenden Schritte ihrer Mutter. Sie blickte auf die zahllosen Aborigines unten in der Ebene, roch den Rauch der vielen Lagerfeuer und hörte das Singen und Trommeln. Als die Schritte ihrer Mutter nicht mehr zu hören waren, stellte Lisa fest, daß sie Angst bekam. Sie war nun allein unter vielen hundert Aborigines. Sie stand auf und ging unruhig auf und ab. Sie blickte zur Sonne hinauf, die langsam den Zenit erreichte, und fragte sich, wie lange ihre Mutter wohl im Berg bleiben werde.
Ihre Unruhe wuchs. An einem der Lagerfeuer tanzten die Männer die Geschichte einer Känguruh-Jagd. Sie hatten ihre nackten Leiber bemalt. Sie trugen Speere und Bumerangs, stießen durchdringende Schreie aus und verzerrten die Gesichter zu erschreckenden Grimassen. Die Männer sahen wild, gefährlich und grausam aus.
Lisa blickte auf den Eingang der Höhle. Das Sonnenlicht fiel auf den Pfad, der in die Dunkelheit führte. Sie warf noch einmal einen Blick auf die lärmenden Menschen hinunter, und ohne weiter zu überlegen lief sie in die Höhle und in den Berg.

*

Joanna verlor jedes Zeitgefühl, während sie dem dunklen, gewundenen Pfad folgte. Die Flamme der Fackel warf gespenstisch tanzende Schatten an die Wände. Sie bemerkte verschiedenfarbige Gesteinsschichten. Leuchtendgrüne Bänder zogen sich durch Rot, Orange und Braun. Sie spürte, wie sich die Haare in ihrem Nacken sträubten, aber nicht weil sie Angst hatte, sondern von der Kraft des Berges. Vielleicht lag es an dem Magnetismus, wie Lisa gesagt hatte. Aber vielleicht war es auch etwas anderes. Joanna fragte sich: Kann ein Berg einen Pulsschlag haben, eine Kraft wie ein Mensch?
Der Pfad wurde schmaler. Die Wände rückten so nahe zusammen, daß der Stein ihre Schultern berührte. Die Decke war jetzt so niedrig, daß sie sich bücken mußte. Tiefer und tiefer führte sie dieser Pfad, tief in das Herz der Erde. Manchmal wurde der Gang so schmal, daß sie kaum wagte, weiterzugehen.
Die Zeit verging, die Dunkelheit nahm zu. Bei jedem Schritt spürte sie das Gewicht und die Masse des Bergs. Joanna hörte ihren eigenen Atem, und er klang viel zu laut. Sie glaubte, wenn sie stehenblieb, dann würde sie ihren Herzschlag so laut wie Donner hören, dessen Echo sich an den unterirdischen Felswänden brach.

Sie drang immer weiter in die Tiefe vor. Das Blut pochte ihr in den Ohren. Die Luft veränderte sich und wurde schwerer. Die Fackel qualmte, die Flamme zuckte. Joanna fürchtete, sie werde ausgehen. Sie wußte, ohne Fackel befand sie sich wie eine Blinde in undurchdringlicher Dunkelheit.

Plötzlich hörte sie ein Geräusch. Sie blieb stehen und lauschte. Es war ein leises rhythmisches Klopfen.

Ihre Pupillen weiteten sich in der Dunkelheit. Das Licht der Fackel war so schwach, daß sie nur wenige Schritte weit sehen konnte. Bei jedem Schritt hatte sie das Gefühl, durch festen, schwarzen Fels zu gehen. Aber der Pfad führte immer tiefer hinab.

Hin und wieder blieb Joanna stehen und lauschte. Das Klopfgeräusch setzte nicht mehr aus. Manchmal schien es lauter, dann wieder leiser.

An den Felswänden entdeckte sie plötzlich seltsame Zeichnungen. Im Schein der zuckenden Flamme schienen die Gestalten auf den Wänden zu tanzen und sich zu bewegen. Sie blickte staunend auf Männer und Frauen, Tiere und mystische Wesen, die vielleicht vor Tausenden von Jahren hier gelebt hatten. Je weiter sie kam, desto mehr Bilder sah sie. Die Zeichnungen wurden größer und aufwendiger. Sie schienen eine Geschichte zu erzählen, aber Joanna verstand ihre Bedeutung nicht. Sie spürte nur die Lebendigkeit des Berges und seiner Wesen, die in diesen Bildern zum Ausdruck kamen.

Plötzlich erreichte Joanna eine große Höhle. Sie hielt den Atem an. Riesige Stalaktiten hingen von der Decke und ebenso mächtige Stalagmiten wuchsen aus dem Boden. Joanna fragte sich, ob man ihre Großmutter hierher gebracht hatte. War dies der Ort, an dem die Mütter mit ihren Töchtern die geheimen Rituale vollzogen? Das Klopfen war nun sehr laut, und Joanna stellte fest, daß es von Wassertropfen hervorgerufen wurde. Sie sah einen großen Teich mit schwarzem, tintenartigem Wasser, das sich in einer seltsamen Strömung bewegte. Die Höhle war so groß wie die Kathedrale, die sie einmal in London gesehen hatte. Auch dort fand jedes Geräusch einen lauten Widerhall, und die gotischen Pfeiler, Rippen und Gewölbe hatten der majestätischen Grotte im Bauch dieses märchenhaften Berges geglichen.

Als sie den Boden musterte, sah sie etwas dort liegen. Sie bückte sich und fand überall verstreut die Knochen kleiner Tiere, getrocknete Früchte und die Schalen von Nüssen. Sie richtete sich auf und lauschte mit ange-

haltenem Atem auf das Tropfen. War hier der Ort der Kraft, die im Urgrund des Seins alles bewirkt?
Joanna ging langsam weiter und fragte sich, ob die Kraft dieses heiligen Orts sie beobachtete. Vorsichtig ging sie am Rand des schwarzen Sees entlang und überlegte, ob in seinem Wasser möglicherweise ein unheimliches Wesen lebte. Der Rand wurde schmaler. Sie tastete sich langsam an der Felswand entlang. Aber die Wände und der Boden waren glitschig. Sie suchte einen Halt, rutschte aus, fing sich wieder, aber die Fackel fiel ihr aus der Hand und klatschte in das schwarze Wasser.
Voller Entsetzen sah Joanna, wie die Flamme erlosch. Im nächsten Augenblick hielt sie den Atem an – ein blaßgrünes Leuchten erfüllte plötzlich die Höhle. Es kam von den Felswänden, von den Kalksteinformationen, von der gewölbten Decke über ihr – es war ein überirdisches Leuchten, das diesen Ort noch geheimnisvoller machte. Aber es ermöglichte Joanna auch, etwas zu sehen.
Sie ging vorsichtig weiter. Sie lief am schmalen Rand des Sees entlang und erreichte schließlich das andere Ende. In der Felswand vor ihr entdeckte sie eine Öffnung. Hier ging der Pfad weiter.
Joanna zögerte. Hinter der Öffnung gähnte eine noch tiefere Schwärze. Und der Weg führte noch steiler in die Tiefe. Sie dachte daran, daß sie keine Fackel mehr hatte. Sie dachte an das Tageslicht weit, weit oben, wo Lisa auf sie wartete. Aber dann spürte sie den magischen Ruf des Berges.
Sie ging weiter.

*

Lisa lief zögernd durch den dunklen Gang. Sie tastete sich an der Felswand entlang und setzte ängstlich einen Fuß vor den anderen. Sie hätte sich eine so absolute Dunkelheit niemals vorstellen können. Auch in mondlosen Nächten auf Merinda, wenn die Sterne hinter Wolken verschwanden, war das Dunkel nie so schwarz gewesen. Sie wußte, ihre Mutter war ihr nur wenige Minuten voraus, aber da sie nur langsam vorwärtskam, würde sie Joanna möglicherweise nicht einholen.
Lisa blickte auf ihrem Weg durch die Dunkelheit angestrengt geradeaus, als könne sie dadurch vielleicht doch etwas sehen. Sie hoffte inständig, daß bald der Schimmer der Fackel vor ihr aufleuchten würde.
Irgendwann blieb sie stehen und drehte sich um. Der Höhleneingang

war von der tintenschwarzen Dunkelheit verschluckt, die sie umgab. Vom Sonnenlicht draußen war nichts mehr zu sehen.
Sie kaute auf ihrer Unterlippe. Ihr Mund war trocken. Dann ging sie zögernd weiter, tastete sich Schritt für Schritt vorwärts. Sie fürchtete, plötzlich mit der Hand ins Leere zu greifen und in bodenlose Tiefen zu stürzen. Wenn solche Vorstellungen sie zu überwältigen drohten, sagte sie sich mutig, auch ihre Mutter habe sich nicht gefürchtet, in das Innere des Berges zu gehen. Lisa erinnerte sich ebenfalls daran, daß ihre Großmutter hier gewesen war und den Berg wieder verlassen hatte. Sie klammerte sich an den Gedanken, daß Generationen von Frauen diesem Pfad gefolgt waren und es überlebt hatten. Sie wußte, er konnte nicht ewig weitergehen. Er mußte ein Ende haben.
»Mutter!« rief sie. »Mutter, wo bist du?«
Aber die einzige Antwort waren die Echos ihrer eigenen Stimme, die von überall zu kommen schienen.
»Mutter!« rief sie noch einmal und unterdrückte ihre Angst.

*

Nachdem Joanna die Öffnung am anderen Ende des Teichs durchschritten hatte, stellte sie zu ihrer Erleichterung fest, daß das grüne Leuchten auch weiterhin ihren Weg erhellte. Sie befand sich in einem breiten Gang mit Ritzzeichnungen und Malereien an den Wänden. Aber sie sah, daß diese Bilder sich von denen unterschieden, die sie bis jetzt gesehen hatte – Bilder von kämpfenden Männern und Jägern. Die Darstellungen hier wirkten sehr viel älter und sie zeigten nur Frauen. Die grob gezeichneten Figuren von Schwangeren und Gebärenden zeigten Stationen des Lebens. Es roch merkwürdig. Joanna versuchte, die Gerüche zu identifizieren, aber sie konnte dabei nur an Blut und Staub denken. Sie ging an immer neuen Szenen vorüber: Frauen mit großen Brüsten und ungeborenen Kindern im Mutterleib, Frauen unterwegs, die einem langen gewundenen Pfad folgten. Dieser Pfad bestand aus den vertrauten geschwungenen Linien, Punkten und Kreisen, die, wie Joanna inzwischen wußte, typisch für die Kunst der Aborigines waren. Ihr wurde klar, daß sie die Darstellungen alter Traumpfade vor sich hatte. Frauen hatten sie aufgezeichnet, an die sich niemand mehr erinnerte. Und sie fragte sich, ob sie in einer fernen, vergessenen matriarchalischen Zeit entstanden waren.

Joanna ging immer tiefer in den Berg hinein. Andere Gerüche schlugen ihr entgegen.
Ja, es roch nach Lehm und Schimmel, auch fast wie nach Pilzen und etwas Klebrigsüßem. Das grüne Leuchten gab ihr das Gefühl, in einem tropischen Meer zu schwimmen. Sie glaubte sogar, Salzwasser zu riechen und die See.
Plötzlich endete der Gang, und Joanna befand sich am Eingang einer großen, grottenähnliche Höhle. Sie war feucht und schimmerte grünlich.
Sie blieb wie angewurzelt stehen. Dort oben sah sie es! Das also hatte sie nach so vielen Jahren und über so viele Meilen hinweg hierher geholt. Ja, sie war endlich am Ziel.

*

»Mutter!« rief Lisa ängstlich. »Wo bist du?«
Sie kämpfte gegen die aufsteigende Panik an. Sie versuchte, ruhig zu bleiben. Aber die undurchdringliche Schwärze machte ihr Angst. Sie nahm kein Ende. Vielleicht war sie in einen falschen Gang geraten? Vielleicht kam sie nie wieder zum Ausgang zurück? Was sollte sie tun, wenn sie hier unten in diesem schrecklichen Berg ihre Mutter nicht fand? War das die Strafe dafür, daß sie nicht die Geduld oder den Mut gehabt hatte, am Eingang der Höhle zu warten . . .
Ihre Hände tasteten über die feuchte Felswand. Immer wieder rutschte sie auf dem glitschigen Boden aus und konnte sich nur mühsam auf den Beinen halten. Sie kämpfte gegen die Tränen und versprach Gott, wenn er ihr das Leben schenken würde, werde sie nie wieder ungehorsam sein.
Und plötzlich, wie als Antwort auf ihre Verzweiflung, sah sie vor sich Licht. Es war kein richtiges Licht, denn der lange schmale Gang endete schlagartig, und sie stand in einer riesigen domartigen Höhle mit einem schwarzen See. Die Höhle wurde von einem seltsamen grünen Licht erhellt. Wie gebannt blickte Lisa sich um und vergaß für einen Augenblick ihre Angst.
Sie sah einen schmalen flachen Felsvorsprung, der sich um das Wasser zog, und auf der anderen Seite des Sees eine andere Öffnung im Gestein. Offensichtlich ging der Weg dort weiter.
Lisa faßte wieder Hoffnung, denn endlich konnte sie wieder etwas sehen. Sehr wahrscheinlich war ihre Mutter vor ihr hier gewesen. Vielleicht

war sie sogar ganz in der Nähe. Mit größerer Zuversicht ging Lisa um den geheimnisvollen schwarzen See herum.

*

Joanna überkam im ersten Augenblick Angst, als sie die Schlange sah. Aber als sie mit großen Augen auf den gewaltigen regenbogenfarbigen Körper blickte, als sie die märchenhaften Einzelheiten sah, aus denen sie bestand, die geheimnisvollen Symbole und Bilder um sie herum, als sie die Brüste der Schlange betrachtete und erkannte, daß sie als ein weibliches Wesen dargestellt war, erfaßte sie große Ehrfurcht und eine wunderbare inner Ruhe.
Joanna ahnte, daß diese Schlange vor vielen, vielen Jahren, vielleicht Jahrhunderten oder sogar Jahrtausenden an die Felswand gezeichnet worden war. Wie viele Hände hatten dieses einzigartige Kunstwerk erschaffen? Während sie sich langsam der Schlange näherte, die viele Meter groß und so lang war, daß Joanna ihr Ende nicht sah, staunte sie über die künstlerische Vollkommenheit dieser Felszeichnung – jede einzelne Schuppe auf dem Schlangenleib war mit großer Sorgfalt gezeichnet und koloriert. Die Schlange wand sich bunt schimmernd in Ehrfurcht gebietender Entfaltung ihrer ganzen Kraft von einem Ende der Höhle zum anderen. Zahllose Generationen mußten an diesem Werk beteiligt gewesen sein.
Während Joanna noch immer wie gebannt die riesige Regenbogenschlange betrachtete, entdeckte sie unter der Farbe bunte Gesteinsschichten im Fels. Geschwungene rote, orangene, braune und grüne Streifen zogen sich über die Wand. Je länger sie darauf blickte, desto deutlicher wurde ihr bewußt, daß die Schlange bereits im Stein vorhanden gewesen war, lange bevor die Farbe auf die Felswand aufgetragen wurde.
Sie sah sich in der Grotte um. Die hohe gewölbte Decke, die säulenartigen Stalaktiten, die primitiven Felszeichnungen an den Kalksteinwänden und das geisterhafte grüne Schimmern schufen die Atmosphäre eines überirdischen Heiligtums.
Ein kleiner Fluß wand sich durch die Grotte. Joanna entdeckte überall auf dem Felsboden verstreut Trinkgefäße – Kürbisflaschen, Kokosnußschalen, Becher aus Rinde und Ton, ausgehöhlte Steine. Sie alle waren mit denselben mystischen Symbolen versehen, die die Regenbogenschlange

umgaben – Symbole für Leben und Sterben, dachte Joanna, Symbole der Weiblichkeit. Hier hatten jahrtausendelang die geheimen Rituale der Frauen stattgefunden. Denn hier kam das Wasser aus dem Bauch der Erde, hier begann das Leben.
Joanna griff nach einem Tonbecher und tauchte ihn in das kristallklare Wasser. Sie hob den Becher an die Lippen und trank.

*

Plötzlich glaubte Lisa unheimliche Gestalten im grünen Licht des Gangs zu sehen. Sie erschrak, aber dann erkannte sie, daß ihre Augen sie getäuscht hatten. Die gespenstischen Wesen waren Bilder an den Felswänden. Sie hätte schwören können, daß sie sich bewegten. Beklommen ging sie schneller. Sie wagte nicht mehr, um sich zu blicken, denn sie fürchtete, beim Anblick der tanzenden Wesen, die von allen Seiten auf sie einstürmten, ohnmächtig zu werden.
Als sie das Ende des Gangs sah, der in eine grüne Grotte mündete, begann sie zu rennen. Atemlos erreichte sie den Eingang und blieb wie gebannt stehen. Überirdisches grünes Licht traf ihre Augen. Die Luft um sie herum schien zu knistern, als befinde sie sich im Zentrum eines Gewitters. Ihre Sinne nahmen plötzlich alles überdeutlich wahr, sie war überwach. Dann sah sie die Regenbogenschlange – und dann ihre Mutter.
Joanna stand am Wasser.
»Mutter?« rief Lisa.
Joanna drehte sich um. »Lisa! Wie kommst du hierher?«
»Ich hatte Angst. Ich konnte nicht länger dort oben auf dich warten.«
Lisa lief zu ihr, und Joanna ergriff ihre Hand. Sie ging mit ihrer Tochter zum Wasser. Sie tauchte die Schale in das glasklare Wasser und reichte sie ihr. Lisa trank und fand, daß das Wasser so schmeckte, wie es aussah: klar und rein.
»Was ist das für ein Ort, Mutter?« fragte sie.
»Hier haben Generationen um Generationen von Frauen die Schöpfung gefeiert und die Wiedergeburt des Lebens.«
»Was für ein Ritual haben sie hier vollzogen?«
»Ich weiß es nicht«, erwiderte Joanna. »Vielleicht haben sie ihren Töchtern ein geheimes Wissen weitergegeben. Deine Großmutter war hier . . . vor vielen Jahren. Vielleicht hat sie erlebt, wie die Traumpfade von den Müttern auf die Töchter übertragen wurden.«

Lisa sah sie verwirrt an. »Aber ich dachte immer, ein Traumpfad sei eine Art Weg.«
»*Wir* sind der Traumpfad, Lisa – Mütter und Töchter. Und ich frage mich, ob dies das ›andere Erbe‹ ist, von dem meine Mutter gesprochen hat. Vielleicht hat man ihr erzählt, daß sie eines Tages mit ihrer Tochter hierher zurückkommen werde, um die Schönheit dieses Heiligtums zu erleben. Aber das war ihr nicht vergönnt. Sie ist gestorben, ohne das Geheimnis zu lüften, ohne das Rätsel zu lösen.«
Lisa spürte die Kraft des Berges, die sie umgab. »Was haben wohl die Mütter hier zu ihren Töchtern gesagt?«
Joanna sah Lisa an und dachte: Du bist die Tochter, die ich mir gewünscht habe. Du bist meine Freude. Du bist du. Du bist vollkommen du selbst, und doch bist du auch ein Teil von mir. Ich werde dir unseren Traumpfad zeigen. Ich werde dich lehren, auf die Musik in deinem Innern zu hören, auf die Klänge deiner Intuition. Und dann dachte sie: Vielleicht haben das die Frauen in all den vielen tausend Jahren hier in dieser Grotte zu ihren Töchtern gesagt. Vielleicht war es einfach das.
Lisa blickte zu der Regenbogenschlange hinauf. »Hat meine Großmutter diese Schlange in ihren Träumen gesehen?«
»Ja, ich glaube, das ist sie. Sieh sie dir gut an. Lisa. Unter den Farben befinden sich die natürlichen Gesteinsschichten. Kannst du sehen, daß auch sie den Leib einer riesigen Schlange bilden? Ich glaube, vor sehr langer Zeit, als Menschen diesen geheimen Ort entdeckt haben, sahen sie eine im Stein eingeschlossene Schlange, und sie begannen, sie zu verehren. Im Laufe der Jahrhunderte haben sie die Schlange verziert und bemalt, um sie schöner zu machen.«
»Mutter!« Lisa deutete auf den Kopf der Schlange. »Sieh mal, das Auge der Schlange!«
Joanna blickte zu dem aufgerichteten Kopf der Regenbogenschlange hinauf. Man sah ihn im Profil, und deshalb hatte er nur ein Auge. Aber das Auge war eine Höhlung im Gestein. Es schien mit einem Messer ausgehöhlt worden zu sein.
»Der Opal«, sagte Lisa, »von dort muß der Opal herkommen!«
Joanna öffnete den Lederbeutel und holte den Feueropal heraus. Er fühlte sich warm an in ihrer Hand und funkelte rot und grün. Sie blickte zu dem Bild an der Felswand. Die Höhlung für das Auge hatte die Größe und die Form des Opals. »Lisa«, sagte sie, »das muß das Verbrechen sein,

das mein Großvater beging! Er hat sich unbemerkt in die Höhle geschlichen und das Auge der Regenbogenschlange gestohlen.«
Sie blickte wieder auf die Schlange und sah noch etwas, das ihr bis jetzt entgangen war: am unteren Rand der Felswand waren in scharfen Konturen Hunde eingeritzt – viele Hunde!
»Mein Gott«, murmelte sie, »Naliandrah hatte recht. Erinnerst du dich, Lisa? Sie hat mir am letzten *Corroboree* gesagt, daß die Antworten auf meine Fragen in mir selbst liegen? Natürlich! Jetzt verstehe ich es. Ich kenne die Antworten schon lange, aber ich mußte sie erst zusammenfügen.«
»Wie meinst du das?«
»Diese Hunde«, Joanna deutete auf die Zeichnungen an der Wand, »galten als die Wächter der Regenbogenschlange. Das heißt, wenn jemand ein Verbrechen gegen die Schlange beging, wie es mein Großvater getan hat, dann haben die Hunde ihn bestraft. Erinnerst du dich an die Geschichte, die Naliandrah uns über Makpeej erzählt hat? Sie sagte, die Regenbogenschlange hat ihn mit Haut und Haaren verschlungen. Lisa, nicht die Schlange hat das getan, sondern die Hunde ...« Joanna schloß kurz die Augen. Ihr wurde plötzlich bewußt, was sie gesagt hatte. Die Sippe mußte John Makepeace bestraft haben. Sie hatten die wilden Hunde auf ihn gehetzt, als er mit dem Opal aus der Höhle zurückkehrte. Und die dreieinhalbjährige Emily mußte mit angesehen haben, wie die Hunde ihn zerfleischten.
»Jetzt verstehe ich alles«, flüsterte Joanna und dachte an das, was sich vor mehr als fünfzig Jahren hier in der Nähe ereignet haben mußte – der junge Engländer konnte der Versuchung nicht widerstehen, den Opal an sich zu nehmen. Die Frauen des Stammes entdeckten den Diebstahl, und das Urteil wurde von den Hunden vollstreckt... Und was war aus Naomi geworden? Wurde sie auch auf diese schreckliche Weise bestraft, weil sie ihrem Mann das Geheimnis verraten hatte?
»Der Opal gehört hierher«, sagte Joanna schließlich. »Wir müssen ihn der Schlange zurückgeben.« Und wenn wir das tun, dachte sie, ist das Verbrechen meiner Familie gesühnt.
Joanna reichte Lisa den Beutel, dann ging sie an einer schmalen Stelle über das Wasser und schob den Opal in die Augenhöhlung. Während sie den kostbaren Edelstein drehte, bis er richtig saß, öffnete Lisa erregt den Lederbeutel, denn ihr war etwas eingefallen. Sie sah die

gerollte Urkunde und nahm sie heraus. Neugierig entfernte sie das Band und hielt staunend das alte Dokument in den Händen. In dem grünen Licht konnte sie erstaunlich gut lesen, was auf der Urkunde stand. Als sie die Stelle erreichte, wo der Text unleserlich wurde: ›Zwei Tagesritte von ... und zwanzig Kilometer von Bo ... Creek‹, erinnerte sie sich plötzlich an den Wegweiser in der Nähe von Schwester Veronikas Krankenstation. *Bustard Creek, 20 km nach Süden* und *Durrakai.*

»Mutter!« rief Lisa aufgeregt. »Ich glaube, ich weiß, wo das Land liegt! Ich meine das Land, auf das sich die Urkunde bezieht. Es ist dort, wo die Nonnen leben. Du weißt doch, das Krankenhaus in der Nähe von Kalagandra!«

»Wenn es das Land ist, das mit dieser Urkunde gekauft wurde, dann müssen meine Großeltern geplant haben, sich dort niederzulassen. Stell dir vor, Lisa, wir hatten es gefunden, ohne etwas davon zu ahnen.«

»Was willst du mit dem Land tun, Mutter?«

Joanna dachte an Schwester Veronika. Sie hatte die kleine Emily Makepeace in ihre Obhut genommen, als das Kind aus der Wüste gekommen war. Wenn die Urkunde noch Gültigkeit besaß und sie das Land als ihr Eigentum beanspruchen konnte, dann wußte Joanna, was sie damit tun würde. »Die lebenslange Arbeit der Nonnen ist bedroht, da die Regierung ihnen das Land wegnehmen will. Ich glaube, das könnte ich verhindern«, erwiderte sie und Lisa nickte.

Als der Feueropal wieder an seinem Platz saß und das Auge der Regenbogenschlange grün und rot funkelte, sagte Lisa: »Glaubst du, Mutter, die Frauen werden wieder in den Berg kommen, jetzt, wo die Schlange ihr Auge zurückhat? Ich meine, werden sie ihre Rituale abhalten wie früher?«

»Ich weiß nicht, Lisa. Vielleicht nicht. Der Kreislauf ist unterbrochen. Es sind viele Jahre vergangen, und es ist so viel geschehen, seit die letzten Mütter mit ihren Töchtern hier waren. Nicht einmal Naliandrah weiß genau, was für ein Ritual im Berg stattfand. Vielleicht ist das Wissen für immer verloren. Vielleicht sind wir beide, du und ich, die letzten, die vor der Regenbogenschlange stehen.«

Lisa dachte einen Augenblick nach. Dann sagte sie: »Glaubst du, daß wirklich ein Fluch auf unserer Familie lag?«

»In bestimmtem Sinne, ja. Meine Mutter hat daran geglaubt. Und damit wurde er real, wenn auch nur in ihrem Bewußtsein. Aber das ist jetzt vorbei. Wir sind davon befreit.«

Joanna dachte an Hugh und wie sehr sie sich nach ihm sehnte. »Komm, wir gehen nach Hause.«

Nach einem letzten Blick auf die majestätische Regenbogenschlange machten sie sich auf den Weg und begannen den langen Aufstieg zurück zum Licht.

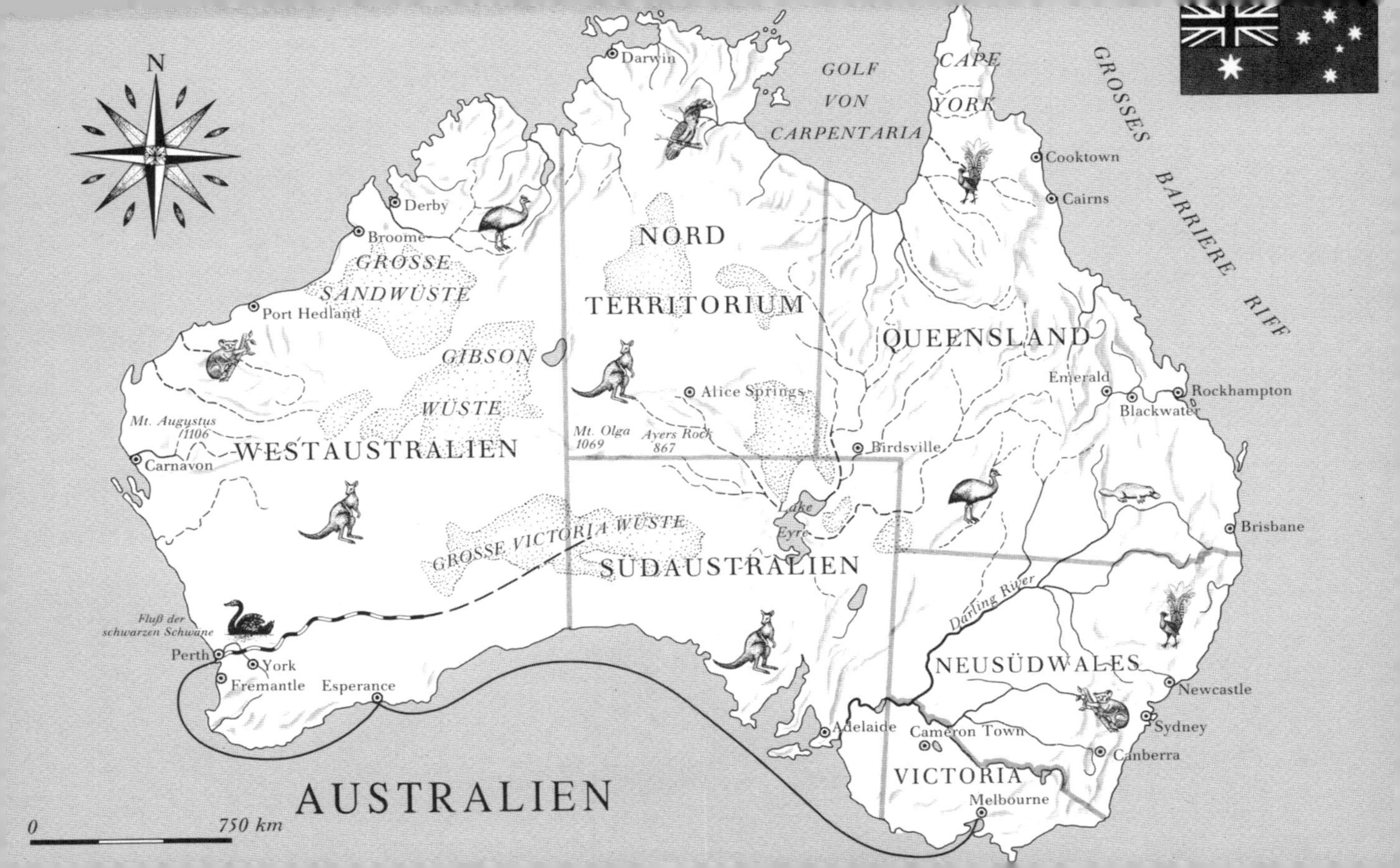
AUSTRALIEN
N
GROSSES BARRIERE RIFF
GOLF VON CARPENTARIA
CAPE YORK
NORD TERRITORIUM
QUEENSLAND
WESTAUSTRALIEN
SÜDAUSTRALIEN
NEUSÜDWALES
VICTORIA
GROSSE SANDWÜSTE
GIBSON WÜSTE
GROSSE VICTORIA WÜSTE
Darwin
Derby
Broome
Port Hedland
Cooktown
Cairns
Emerald
Blackwater
Rockhampton
Alice Springs
Birdsville
Brisbane
Mt. Augustus 1106
Mt. Olga 1069
Ayers Rock 867
Carnavon
Lake Eyre
Darling River
Newcastle
Sydney
Canberra
Cameron Town
Adelaide
Melbourne
Fluß der schwarzen Schwane
Perth
York
Fremantle
Esperance
0
750 km